마른 가지에
바람처럼 2

마른 가지에
바람처럼 2

달새울 장편소설

arte

CONTENTS

7

누구에게나 비밀은 있다 (2)

⚜

메르데스는 제법 우아하게 한쪽 팔을 휘저으며 허리를 숙여 인사해 보이고는 에스코트하듯 타니아 성녀를 향해 손을 내밀었다.

그 손을 탁 쳐 낸 타니아 성녀가 까칠하게 말했다.

"권능이나 빌려주고 사라져."

악마가 대번에 면상을 구겼다.

"아, 진짜 너무하네. 사람 무안하게."

"사람 같은 소리 하네. 내 사회적 체면도 좀 생각해 주지?"

못마땅한 기색으로 투덜거린 메르데스가 양옆으로 고개를 꺾으며 답했다. "무슨 권능?"

"뭐겠어? 쓸 만한 거 하나뿐이잖아."

"얼마나? 인간에게 오래 있으면 안 좋아."

"한 시간이면 돼."

"삼십 분 안에 해결해."

"어느 안전이라고 협상이야? 어련히 알아서 할까."

악마가 체념조로 한숨을 푹 쉬고 어깨를 으쓱했다.

"오케이."

악마가 성녀의 머리 위로 손을 뻗었다. 챙! 킬리언이 순식간에 검 끝으로 악마의 목을 겨누었다.

"……."

손을 멈춘 메르데스가 눈에 이채를 띠며 그를 바라보았다.

"축성 성물이네. 그걸 믿고 덤비는 거야? 제법 뜨겁겠지만 나 정도 되는 고위 악마한텐 안 통해."

리에타가 다급하게 킬리언의 앞을 막아서려 했다. 킬리언이 기가 찬 얼굴로 리에타의 어깨를 잡아당겨 거칠게 제 뒤로 숨겼다. 메르데스가 흥미롭다는 듯 고개를 기울이며 리에타를 보고 웃었다. 머리 위의 뿔이 위협적으로 빛났다.

"호오. 이건 또 뭐람?"

타니아가 팔을 뻗어 메르데스의 앞을 막아서며 그들을 향해 몸을 돌렸다. 일렁이는 검은 빛으로 가라앉은 눈동자가 차분히 킬리언을 향했다.

"이 악마는 저를 해할 수 없습니다. 걱정해 주신 건 감사하지만 검은 거두어 주셔도 됩니다."

서늘한 냉기가 흐르는 붉은 눈이 성녀를 노려보았다.

"어떻게 된 거지? 성녀가 악마랑 꽤 친해 보이는데?"

킬리언의 싸늘한 목소리에 리에타가 창백해지며 그의 팔을 붙들었다. 킬리언의 눈이 그녀를 향했다.

"아니에요! 흑마법이 아니에요. 신성 마법이에요!"

그를 붙든 리에타의 손이 떨리고 있었다. 제국인들은 사악한 마법 실험이나 악마와의 계약으로 숱하게 역사에 악명을 떨친 흑마법사들에게 자비가 없었다. 공개 처형까지 갈 것도 없이 즉결 처분을 당할 수도 있었다. 리에타가 다급하게 변호했다.

"믿기 어려우시겠지만, 신성 마법이 높은 경지에 이르면 악마를 복속시킬 수 있어요. 정말이에요! 성녀님께 해명할 기회를 주세요."

리에타의 말을 들은 킬리언의 눈이 꿈틀했다. 리에타가 두 손으로 그의 팔을 꽉 붙든 채 뒤로 돌아 성녀에게 스스로를 변호할 것을 재촉했다.

"그렇죠, 성녀님? 그 악마를 복속시키신 거죠?"

리에타가 똑똑하다곤 생각했지만, 그런 것까지 알고 자신을 감싸리라 예상하지 못한 타니아 성녀의 눈빛에 이채가 어렸다. 리에타를 향해 서 있던 킬리언이 눈을 찌푸리며 다시 성녀와 악마를 바라보았다.

"……그런 방식으로 악마를 복속시키는 것은 라멘타의 왕족들만 할 수 있는 것이었을 텐데?"

"휘유."

메르데스는 한숨 같은 감탄사를 뱉고는 손을 들어 성녀의 머리 위에 가져다 대었다.

"한 시간."

펑. 짧은 파열음과 함께 악마가 사라졌다. 사람들만이 남은 자리에 침묵이 흘렀다. 타니아 성녀가 쓰게 웃으며 어깨를 으쓱했다.

"일단 시간이 없으니 움직일까요? 설명은 나중에 하지요. ……아직 저를 믿으신다면."

리에타가 검을 든 그의 팔을 꼭 붙들고 간절한 낯빛으로 올려보았다. 킬리언은 못마땅한 얼굴이었지만 검을 검집에 도로 넣었다. 성녀는 고개를 까닥여 감사 표시를 하고 탁자 위에 올려 둔 검은 미사포가 달린 모자를 쎘다. 검은 빛이 일렁이는 눈동자가 짙은 미사포 뒤에 가려졌다.

"내가 뭘 한 건지 모르지 않는 모양이지만."

타니아 성녀의 시선이 리에타에게로 향했다.

"악마의 권능을 빌린 동안에는 신성 능력은 사용할 수 없어요. 그러니 리에타."

그녀가 가벼워진 태도로 싱긋 웃었다.

"잘 부탁해요."

예정에 없던 시간의 방문이었다. 로테와 베스가 조금 어리둥절한 기색으로 나와서 그들을 맞이했다.

"오셨어요? 영주님."

그들은 공손히 성녀에게 치맛자락을 펼쳐 보이며 타니아 성녀를 향해 몸을 낮추어 인사했다.

"주신 시엘의 사랑하는 딸이자 제국 릴페이엄의 가장 낮은 이들의 빛, 타니아 성녀님을 뵙습니다."

"타니아 성녀님을 뵙습니다. 주신 시엘의 등불 아래 보살핌 받는 어린 양이 주신의 종아께 경배 올립니다."

교인으로서의 성녀를 대하는 인사와 당연한 듯 몸을 낮추며 이어질 축성을 기다리는 듯한 몸짓에 멈칫한 리에타가 황급히 끼어들었다.

"성녀님!"

인사하는 사람들 사이를 부자연스럽게 끊고 들어온 모양새였지만 리에타는 짐짓 웃어 보였다.

"친구들에게 제가 축성을 해 줘도 괜찮을까요? 결례를 용서하신다면요."

타니아 성녀가 태연하게 싱긋 웃어 보이며 손을 들어 양보했다. 리에타는 얼른 앞으로 나서며 그들을 포옹했다.

"잘 있었어요?"

리에타는 자연스럽게 두 사람을 차례로 포옹하며 축성했다. 로테와 베스도 부자연스러움을 느끼지 못하고 웃으며 마주 안아 주었다. 영롱한 신성력이 은은하게 퍼졌다.

타니아 성녀는 침착하게 손을 들어 그녀들의 정수리를 가볍게 짚으며 교인으로서의 짧은 인사로 대신했다.

"루시엘리.*"

"레시엘!†"

로테와 베스는 얼굴을 발그레하게 붉히며 합창했다. 킬리언은 표정 없는 얼굴로 검은 미사포 뒤에 검은 눈동자를 숨긴 채 신의 축복을 논하는 타니아 성녀의 모습을 바라보았다. 리에타가 킬리언의 팔에 손을 대었다. 멈칫하며 그녀를 바라보자 리에타는 짐짓 그녀들을 바라보며 웃고 있었다.

"로테, 베스. 너무 영주님만 차별 대우하는 거 아니에요?"

여자들은 이상한 점을 느끼지 못한 채 웃었다. 하지만 리에타의 손은 긴장으로 떨리고 있었다.

"환자들을 다시 보지요. 잠깐 얼굴만 보면 됩니다."

타니아 성녀가 앞장섰다. 그녀는 일전에 보았던 환자들을 모두 한 번씩 다시 만나 보았다. 리에타는 타니아 성녀가 지시하기 전에 그들의 몸에 하나하나 축성을 걸어 주었다.

모든 방을 다 돈 후 타니아 성녀가 우두커니 멈추어 섰다. 그리고 영문

◇◇◇◇

* 신께서 빛으로 구원하실 것이다
† 신의 뜻대로 되리라

을 모른 채 그들을 따라온, 아직 병에 걸리지 않은 세 명의 여자를 바라보았다.

"아직 내가 보지 않은 사람이 있나요?"

"환자는 전부 보셨어요."

"환자가 아닌 사람은?"

"저희가 전부……. 아."

대답하던 베스가 퍼뜩 중얼거렸다. 타니아 성녀가 말을 받았다.

"안내 좀 부탁할까요."

끄덕인 그녀가 앞장서 세 사람을 인도했다. 킬리언의 눈이 가늘어졌다. 안내를 받기 전부터 이미 타니아 성녀의 몸과 시선이 기다리듯 그곳을 향하고 있었다는 것을 알아챈 것은 킬리언뿐이었다.

"아이린은 그간 사제 분들이 외간 남자라며 축성이나 정화를 거부했어요. 축성 받은 물건을 꾸준히 넣어 주긴 했고, 다행히 병에는 걸리지 않았어요. 원래도 워낙 방 밖으로 나오지 않는 편이라 아마 염려할 것은 없다고 생각하지만……."

베스가 말을 이었다.

"남자가 아닌 신성 능력자 분들께서 와 주셨으니 어쨌든 아이린에게는 다행이네요. 영주님께서도 다시 와 주셨고……."

로테가 슬쩍 리에타에게 귓속말했다.

"실은 엄청 원망을 들었어요. 며칠 전에 영주님이 다녀가셨다는 걸 아이린만 뒤늦게 알았거든요. 날카로운 상태일 거예요."

베스가 사층 복도 끝, 외진 곳에 있는 방문을 두드렸다.

"아이린." 안에선 대답이 없었다. 베스가 다시 문을 두드렸다.

"아이린? 신성 능력자께서 오셨어요. 나와 봐요. 한 번은 축성과 정화를 받는 것이 좋아요."

문 안쪽에서 뭔가가 날아와 문에 부딪히는 둔탁한 소리가 들렸다.

"난 필요 없다니까!"

목이 잠기고 갈라진 신경질적인 목소리가 돌아 나왔다. 오랫동안 울었던 것 같은 목소리다. 베스가 짧게 한숨을 내쉬고 덧붙였다.

"영주님도 오셨어요."

순간 우당탕 뭔가 떨어지는 소리가 들렸다. 다급한 소음. 벌컥 소리와 함께 문이 열렸다. 붉게 달아오른 눈시울에 당황한 녹색 눈이 킬리언을 찾았다. 즉시 킬리언을 발견한 그녀가 어찌할 바를 모르는 얼굴로 탄식처럼 중얼거렸다.

"……대공 전하."

애정과, 서러움과, 원망과, 두려움과, 그럼에도 불구하고 그 모든 것을 덮는 연정 위에 비로소 해소되었으되 차마 채워지지는 않는 안타까움이 얹혔다. 가장 앞에 있던 타니아 성녀가 그녀의 앞으로 나섰다. 그제야 성녀를 발견한 아이린이 눈을 치켜뜨고 바라보았다. 베스가 얼른 중재했다.

"타니아 성녀님이세요. 아이린도 알죠? 아이린을 봐 주실 거예요."

킬리언의 앞이었다. 아이린은 패악질을 하진 않았지만 내키지 않는 얼굴로 눈을 내리깔고 중얼거렸다.

"나는 괜찮아요." 그의 앞에서 완벽하게 꾸미지 않은 모습이라는 것을 비로소 깨달은 것인지 "저는 아프지 않아요." 하며 평소처럼 그에게 가까이 다가가지도, 사근사근한 인사와 눈빛을 건네지도 않은 채 아이린은 문을 잡고 섰다.

"그렇군요."

타니아 성녀는 담담히 말하고 문을 밀었다. 날카롭게 성녀의 손을 쳐낸 아이린이 경계하는 태도로 문 앞을 막아섰다.

"뭐 하시는 거죠?"

타니아 성녀는 그녀가 뻔한 것을 묻는다는 듯 고개를 기울였다.

"들어갈 생각인데요."

아이린은 어딘지 초조하고 불안정해 보이는 얼굴이었다.

"마음은 감사하지만 축성은 필요하지 않아요. 전 가문에서 정기적으로 보내 주는 축성받은 물건들로 보호받고 있습니다. 방이 엉망이라 보여 드리지 못하는 것을 양해해 주세요. 옷을 갈아입고 제가 나가죠. 잠시만."

아이린이 그녀를 밀어내고 문을 닫으려는데, 타니아 성녀가 탁 문을 잡았다. 아이린이 당황한 얼굴로 성녀를 바라보았다. 순간적으로 흔들리는 시선이 킬리언에게로 향하는 찰나, 열린 문틈으로 아이린의 손목을 잡아챈 타니아 성녀가 확 그녀를 잡아당겼다.

강한 악력에 휘청하고 끌려 나온 아이린의 몸이 가차 없이 킬리언에게로 내던져졌다. 타니아 성녀는 눈길 한번 주지 않은 채 문을 열어젖혔다. 그토록 애틋하고 사랑해 마지않는 대공의 품에 떨어지고도 아이린은 그가 안중에도 없는 듯 황급히 뒤로 돌아 소리쳤다.

"안 돼!"

이미 성녀는 방 안으로 발을 딛고 있었다. 심상치 않은 낌새를 눈치 챈 킬리언이 저를 밀치고 뛰쳐나가려는 아이린을 붙잡았다. 방 안으로 두어 걸음 들어선 성녀가 멈추어 섰다.

잠시 후, 그녀의 입이 열렸다. "과연, 방 안이 엉망이군요." 성녀가 몸을 옆으로 돌렸다.

어둑한 등잔불빛 아래 어렴풋이 드러난 방의 모습을 본 리에타가 믿을 수 없다는 얼굴로 입을 가렸다. 방 안에는 푸른 피로 그려진 마법진이 가득 차 있었다.

고약한 피비린내. 사람의 것도 동물의 것도 아닌 냄새였지만 피비린내가 아닐 수 없는 기묘한 냄새가 한발 늦게 끼쳐 왔다. 리에타의 눈이 망연

자실하게 아이린을 향했다.

"설마……. 설마 당신."

"아냐, 아냐."

새파래진 아이린이 고개를 저었다. 신성 마법이나 저주에 대한 지식이 없는 여자들마저도 아이린의 방을 보고 경악했다. 그 자리의 모두가 생전 처음 보는 것이었지만, 푸른 피가 저주에 쓰인다는 것을 모르는 사람은 없었다.

시황제 에스텐펠트의 대륙 정복 위업 최대의 실수로 일컬어지는 신성 왕국 라멘타의 멸망 당시, 라멘타 최후의 여왕 에샤힐테가 푸른 피로 그린 저주의 마법진으로 에스텐펠트를 저주하고 죽었다는 이야기를 제국민 가운데 모르는 이가 없었으므로.

"아이린……."

탄식처럼 흘러나온 자기 이름에 아이린이 몸을 떨었다.

"저주했어? 안나를, 안나를 저주했어?"

하얗게 질린 베스가 더듬거리며 묻자 아이린이 비틀거리며 고개를 저었다.

"아냐……. 저주하지 않았어. 난 저주하지 않았어."

타니아가 방 안으로 성큼 들어가더니, 검은 베일에 가린 눈이 뭔가에 이끌리듯 왼쪽으로 돌아갔다. 단숨에 침대로 다가가 허리를 굽힌 성녀의 손이 새하얀 침대 시트 밑으로 들어갔다.

손이 빠져나왔을 때는 그 안에 숨겨져 있던 물건을 움켜쥐고 있었다. 핏빛 칼날의 단검. 마치 검 속에 심장이 담기기라도 한 듯 흑유리 같은 반투명한 검날에 혈관처럼 퍼진 핏빛이 맥동치고 있었다. 소름 끼치는 정적이 내려앉았다. 그것이 무엇인지 아는 사람은 아무도 없었다. 무언가 끔찍하고 불길한 것이라고 짐작할 수밖에 없었다.

"아가씨가 어떻게……." 침묵을 깬 것은, 타니아 성녀의 목소리였다. "악마가 봉인된 단검을 가지고 있지?"

순간적으로 킬리언을 뿌리친 아이린이 방 안으로 달려들었다.

"아니야!"

괴물 같은 힘으로 성녀를 침대에 밀어 넘어뜨린 아이린이 그녀의 손에서 단검을 빼앗아 들었다. 순간 돌풍이 몰아쳐 방 안의 불이 꺼졌다.

"아이린!"

"멈춰!" 킬리언이 검을 뽑아 들었다.

"성녀님!"

여자들이 비명을 질렀다. 방 뒤의 발코니 너머로 벼락이 내리쳤다. 번쩍이는 섬광에 단검을 뽑아 든 아이린의 실루엣이 어렸다. 순간적으로 아이린과 리에타의 눈이 마주쳤다. 성큼 방 안으로 들어선 킬리언은 순식간에 타니아 성녀와 리에타의 앞을 가로막아 보호하고 있었다.

그러나 테라스 앞에 선 아이린은 칼날이 상대방을 위협하지 않는 방향으로 단검을 고쳐들고 있었다. 절망적인, 처연한 눈빛에 리에타의 몸이 얼어붙었다. 리에타가 가장 먼저 그녀가 하려는 일을 이해하고 아이린을 향해 달려들었다.

"안 돼!"

다음 순간 킬리언 역시, 그리고 타니아 성녀가 움직였다. 자신의 심장을 향해 내려 찍히는 단검을 쥔 아이린의 손을 리에타가 필사적으로 붙들었고, 킬리언은 리에타의 팔을 잡았다. 타니아 성녀가 베일이 달린 모자를 벗어 던지며 옷자락을 펼쳤다.

다음 순간 어둠의 장막에 감싸인 네 사람이 방 안에서 사라졌다.

대공 전하. 저와 눈을 마주쳐 주세요. 한 번만. 당신께서는 한 번만 저를 바라봐 주시면 돼요. 저는 계속 당신만 바라보고 있어요.

이토록 오랫동안 기다렸는데, 내 님은 다른 곳만 보시네.

'……미혹의 마법일 뿐이라고? 저분의 눈길이 나에게 향하도록 할 수 있다고? 정말 고작 이런 것으로, 대공 전하께서, 나를?

무서워……. 못하겠어. 나는 못하겠어. 바라만 봐도 가슴이 미어지도록 사랑하는 분을 찌를 수가 없어. 어차피 성공하지 못할 거야. 너무나도 강한 분인걸. 할 수 있다 해도 나는 못해.

……그분을 찌르지 못하겠다면, 눈을 마주친 순간 스스로를 찌르면 된다고? 그래. 그럼 기꺼이 그것으로 할게.

그분이 나를, 한 번이라도 바라봐 주시기만 한다면.

대공 전하, 저와 눈을 마주쳐 주세요. 한 번만. 당신께서는 한 번만 저를 바라봐 주시면 돼요. 저는 계속 당신만 바라보고 있어요.

미혹의 마법……? 아니. 사실 마법 같은 것은 아무래도 좋았어.'

멈춰진 시간. 악마의 권능으로 펼쳐진 어둠의 장막 속에서 리에타는 아이린의 의식과 만났다. 숨겨진 것을 알게 해 주는 정신계 악마의 권능. 인간의 몸을 통해 재생된 권능은 불완전했으나 리에타는 많은 것을 알 수 있었다. 깊은 사랑의 절망. 아이린의 의식이 마치 리에타 자신의 것인 양 다가왔다.

'어쩌면 나는 터무니없는 짓을 저지르고 있는 것이 아닐까? 아닐 거야……. 아닐 거야. 찌르는 것은 다른 누가 아니라 나 자신인걸. 난 그냥 이 단검을 가지고 있었을 뿐인데.

제발. 아닐 거야. 나랑 상관없는 일일 거야. 이것과 상관없는 일일 거야. 제발. 아프지 말아 줘. 제발. 일어나 줘. 제발. 죽지 말아 줘. 제발…….

안나. 네가 무사히 일어나 주기만 한다면, 나는…….'

리에타는 그 애타는 바람의 결말을 알고 있었다. 자신의 것처럼 생생하게 느껴지는 무거운 절망에 눈물이 핑 돌았다. 리에타는 눈을 감았다. 그러나 이미 더 깊은 절망을, 처절한 절망을 아는 리에타는 자신을 잃지 않고 그것을 관조했다. 아이린의 의식이 서글프게 말 걸어 왔다.

'나보다 많은 걸 포기하고 여기 있는 사람은 없었어. 내가 가장 사랑하는데. 난 가문도, 부모도, 친구도, 자유도, 자존심도……. 모든 걸 포기하고 그분 하나만 바라보고 있는데. 당신은 뭘 포기했어?'

'아아, 아이린. 나는 포기할 수 있는 것이 없어요. 가진 것이 아무것도 없는걸.'

처연한 눈빛이 마주쳤다. 아이린은 안나를 저주하지 않았다. 칠흑 같은 어둠 속에서 핏빛 단검이 아이린의 심장을 파고들었다. 비현실적 환상 혹은 미래의 예지를 보는 듯 우두커니 선 리에타의 팔을 누군가 채었다.

그 순간, 네 사람은 방 안을 하얗게 명멸시키는 벼락과 함께 방으로 되돌아왔다. 카앙! 검을 뽑은 킬리언이 아직 아이린의 가슴을 꿰뚫지 못한 채 공중에서 떨어지고 있는 단검을 쳐 냈다.

뒤이어 달려든 리에타가 단검을 놓친 아이린을 쓰러뜨리며 바닥에 뒤엉켜 굴렀다. 석장에 새하얀 신성력을 불어넣은 타니아 성녀가 벽을 치고 튕겨져 나와 바닥에 구르는 단검을 석장 밑으로 내리찍었다.

쩌엉, 귀를 찢을 듯한 소리와 함께 단검에서 튀어나온 시커먼 악마가 손톱을 세우고 타니아 성녀에게 달려들었다. 순간 쇄도한 킬리언이 악마를 향해 칼을 내리찍었다. 대수롭지 않게 한 손을 들어 칼날을 잡으려던 악마가 새파란 검기와 함께 내려쳐진 상상하지 못한 괴력과 충돌한 순간 벽으로 나가떨어졌다.

악마의 몸에서 화르륵 불길이 일었다. 이를 드러낸 악마가 홱 고개를 돌리며 리에타와 뒤엉켜 쓰러져 있는 아이린을 쳐다보았다.

"나를 소환한 것이 그대인가? 제물도 숙주도 없다니! 아무 짝에 도움이 안 되는군!"

불평을 토해 내며 일어서던 악마가 다음 순간 찢어지는 비명을 내지르며 무릎 꿇었다. 악마가 입에서 시커먼 피를 토하며 가슴에 꽂힌 은빛 석장을 내려다보았다. 새파란 눈동자가 악마를 노려보고 있었다.

"타, 타니아 성녀!"

성녀가 악마의 몸에 박아 넣은 석장을 뒤틀어 당겼다.

"크아아아악!"

고통의 비명을 지른 악마가 다급하게 아이린을 향해 노란 눈을 번뜩이며 손을 뻗었다. 킬리언이 그 손을 잘라 버릴 기세로 칼을 휘둘렀다. 악마의 팔이 기이하게 늘어나며 그를 피해 뒤로 달아나 아이린을 향해 날아갔다. 킬리언이 홱 뒤로 돌았다.

리에타가 몸으로 아이린을 덮고 눈을 질끈 감으며 신성력을 폭발시켰다. 채찍처럼 날아간 손이 신성력에 파드득 꺾이며 아슬아슬하게 빈 바닥을 때렸다. 성녀가 악마의 몸에 박아 넣은 석장을 통해 신성력을 폭발시켰다.

"아아아악!"

"저 여자를 데리고 나가요!"

성녀가 일갈했다. 버둥거리던 악마가 팔을 거두고 비틀거리며 몸에 난 거대한 구멍을 부여잡았다. 불길이 일었다. 석장을 들지 않은 성녀의 반대쪽 손에 거대한 신성력의 사슬이 휘몰아쳤다.

"키에에에!"

화르륵 치솟던 불길이 억눌리며 악마가 거대한 빛의 사슬에 다리를 구속당해 주저앉았다. 무릎을 꿇은 채 상체와 팔을 휘젓는 격렬한 저항에 시커먼 사기와 함께 불길이 휘몰아쳤다.

타니아 성녀가 사슬을 팽팽히 당기며 다시 한번 뽑아낸 새하얀 석장을 쳐들었다. 칠흑 같은 악마의 기운이 확 걷히며 눈부신 사슬이 악마의 목을 휘어 감아 그 머리를 바닥에 처박았다. 악마는 신성력의 단두대에 묶인 형상이었다.

성녀가 악마를 압도하는 것을 확인한 킬리언은 미련 없이 몸을 돌려 아이린과 리에타를 집어 들고 문 밖으로 뛰쳐나갔다. 굉음을 듣고 방에서 뛰쳐나온 여자들이 손에 대걸레나 빗자루, 빨래 건조대 같은 무기들을 들고 달려오고 있었다.

"가까이 오지 마!"

사슬을 끊으며 필사적으로 벗어나려 몸부림치는 악마의 사기와 타니아 성녀의 강대한 신성력이 맞부딪히며 폭음이 터져 나와 벽을 부쉈다. 킬리언이 두 여자를 감싸 안으며 몸을 낮추었다.

카앙! 성녀의 석장에서 다시 한번 눈부신 구마의 힘이 터져 나왔다. 수십 개의 고리가 튀어나와 악마를 겹겹이 포박하기 시작했다. 악마는 간신히 몇 개를 부수었지만 사슬과 함께 속박해 오는 신성력의 고리에 끝내 신성력의 단두대 위에 다시 무릎 꿇었다.

무서운 기세로 휘몰아치던 사기가 걷히며 번쩍 사방이 밝아졌다. 엉망으로 부서진 방에서 푸른 피로 그려진 마법진을 발견한 여자들이 얼어붙었다. 킬리언이 몸을 일으키고 아이린과 리에타의 모습이 드러난 순간.

"아이린, 네가 기어코!"

헬렌이 소리치며 아이린에게 달려들었다. 헬렌이 주먹을 쥐고 마구 아이린의 어깨와 가슴을 때리며 울었다.

"안나가 뭘 잘못했어! 그 어린애가 너한테 뭘 잘못했어!"

표정이 없어진 아이린의 눈에서 눈물이 떨어졌다. 저편에서 신성한 단두대에 속박당한 악마가 궁지에 몰린 비명을 쏟아 냈다.

"싫어! 싫어! 잘못했어! 죽이지 말아 줘! 다시는 오지 않을게! 지옥으로 돌아갈게!"

아무리 몸부림쳐도 강하게 옭아맨 수십 개의 빛의 사슬은 다시 끊어지지 않았다. 악마는 단두대에 묶인 채 비명을 질렀다. 겁에 질린 악마가 최후의 힘으로 킬리언 쪽을 향해 흉물스러운 팔을 늘여 뻗으며 소리쳤다.

"나를 지옥으로 돌려보내 줘!"

"그걸 왜." 대답과 동시에 킬리언의 검에서 날아간 새파란 검기가 악마의 팔에 부딪치며 깡 소리를 냈다. "나한테 해 달래."

충격으로 팔이 기이한 각도로 꺾인 악마가 공포로 충혈된 눈을 부릅뜨고 성녀를 향해 소리 질렀다.

"보……, 복종을."

악마가 버둥거리며 몸부림쳤다.

"나는 화마야. 불의 권능, 불의 권능을 가지고 싶지 않아?"

타니아 성녀는 들은 체도 않고 오른손에 든 거대한 빛의 심판을 치켜올렸다. 성녀의 석장에 휘몰아치던 강대한 신성력이 최후의 결정타를 위해 한 지점에 응축되었다. 그녀의 손 안에 고인 거대한 신성력이 또 한 번 눈부신 빛의 칼날이 되어 새하얗게 탔다.

"복종을 맹세할게! 날 마음대로 부리게 해 줄게! 그럴 수 있잖아! 그럴 만한 힘을 가지고 있잖아!"

성녀가 코웃음 쳤다. 그런 악연은,

"하나로도 후회하는 중이야."

콰직. 악마의 목에 빛의 기요틴이 떨어졌다. 머리가 떨어진 악마는 공기가 아닌 영혼을 통해 울리는 기이한 비명을 지르며 산화했다. 서서히 무너져 내리던 악마가 검은 먼지로 부스러져 사라진 후, 바닥에 낡은 단검이 툭 떨어졌다.

푸른 피로 그려진 마법진이 파스스 가루가 되며 흩날렸다.

"정말 안나를 저주했나?"

바닥에 주저앉은 채 고개를 떨어뜨린 아이린은 킬리언의 물음에 아무런 대답을 하지 못했다.

"왜지? 차라리 경쟁자라 여길 만한 여자들이었으면 이해라도 하겠어. 왜 안나를?"

"저주가 아닙니다."

석장을 옆으로 뿌려 악마의 피를 털어 낸 성녀가 그들에게 다가오며 말했다.

"저주였다면 차라리 정화로 약화되거나 감지될 수 있었겠죠. 이것은 그냥 '악의'입니다."

리에타가 조금 놀라 성녀를 바라보았다. 아까 정체 모를 어둠 속에서 만났던 아이린의 의식을 통해, 리에타 역시 그녀가 저주는 하지 않았다는 것을 어렴풋이 느끼고 있었다.

그렇지만 생전 처음 느껴 보는 감각에 자신이 느낀 것이 착각인지 실제인지, 다른 사람들도 그것을 느낀 것인지 자신만 느낀 것인지 확신할 수가 없었다. 성녀가 물었다.

"'안나'는 여기에서 역병으로 희생된 여자입니까?"

헬렌이 눈물 흘리며 고개를 끄덕였다.

"어린아이였나요?"

"열두 살이었습니다." 다른 여자가 답했다.

타니아 성녀가 무표정하게 아이린을 내려다보다가 입을 열었다.

"바실리스크의 피……. 연상시키는 바가 있으니 저주라 여기기 쉽지만, 저 마법진은 단검에서 나오는 사기를 숨기기 위한 것일 뿐. 원흉은 이거였습니다."

성녀가 이제는 돌 부스러기처럼 빛이 바랜 단검을 바닥에서 집어 들며 말했다.

"이 단검에서 나온 사기가 축성을 오염시켰던 것 같군요. 그럼에도 이곳은 악시아스 성. 거대한 축성 마법진의 내부나 마찬가지이므로 그것만으로 사람의 목숨이 위험해질 정도의 일은 일어나지 않아요."

킬리언이 눈을 치켜떴다. 성녀가 냉랭한 얼굴로 아이린을 향해 말을 이었다.

"그러나 어린아이는 사람의 악의에 취약하죠. 성인이었다면 충분히 저항할 수 있었겠지만, 저 단검에서 나온 악마의 사기가 축성의 균형을 깨뜨린 상태였기 때문에 당신이 가지고 있던 이곳의 여자들을 향한 부정적인 감정이 아이에게 크게 영향을 주었던 겁니다."

듣고 있는 것인지 아닌지 흐느끼는 소리 사이로 멍하니 고개를 떨군 아이린은 미동도 없었다. 타니아 성녀의 목소리가 이어졌다.

"사람의 악의나 적의, 미움같이 어두운 감정은 악마에게 유효한 통로가 되지요. 그것이 축성의 균형이 뒤틀려 있었던 환경과 맞물린 탓에 외부의 악마가 아이를 타깃으로 성 안으로 파고들 틈이 생겼던 겁니다. 작은 하급 악마만이 간신히 파고들 수 있을 만한, 아주 작은 틈이."

사람들의 시선이 아이린에게로 쏠렸다. 빛바랜 단검을 내려다보던 킬리언이 싸늘한 얼굴로 아이린을 노려보았다.
"어째서 이런 걸 가지고 있었지?"
아이린은 여전히 고개를 떨어뜨린 채 아무 말도 하지 못했다. 대답은 타니아 성녀에게서 나왔다. 그것은 킬리언이 아닌, 아이린을 향한 말이었다.
"당신이 이 단검으로 하려던 의식은 미혹의 마법 따위가 아니었어요. 그건 사람의 몸을 숙주로 악마를 강림시키는 마법이었습니다. 이제는 알 것이라 생각합니다만."
아이린의 머리 위로 차가운 진실이 떨어졌다.
"당신은 이용당한 겁니다."
아이린을 내려다보며 킬리언이 눈을 찌푸렸다.
"미혹의 마법?"
타니아 성녀가 쓰게 웃으며 그를 바라보았다.
"죄 많은 남자라는 농담은 넣어 둬야겠군요."
타니아 성녀는 메르데스의 권능이 지배하는 정신계 아공간으로 함께 빨려 들어갔다가 나온 세 사람을 가만히 바라보았다. 창백한 얼굴로 고개를 숙이는 것을 보니 리에타는 느끼는 것이 있는 모양이었다.
그러나 악시아스 대공은 그저 눈을 찌푸리고 불쾌한 얼굴을 했다. 어둠의 장막 속에선 아무것도 느끼지 못했다 해도 성녀의 말로부터 짐작할 수 있는 바가 있었기 때문이다. 함께 어둠의 장막으로 들어갔다 나왔지만 그만이 아이린의 의식에 닿지 못한 듯, 아무것도 느끼지 못한 것 같은 얼굴이었다.
타니아 성녀는 그것이 의미하는 바를 알고 있었다. 사랑의 고통을 겪어 본 적 없는 사람. 타니아 성녀가 아이린을 바라보았다.
"당신이 그런 결과를 의도한 것은 아니겠지만, 그럼에도 당신에게 책임이 없다곤 할 수 없겠군요."

아이린이 비로소 어깨를 떨었다. 모든 사람들이 그녀를 바라보았다.

"당신의 마음속 미움이 사람을 죽인 겁니다."

깊은 애정에서 비롯한 절망이나 사무치는 그리움. 차마 모질지 못해 킬리언을 찌르지 못하고 자기 자신을 찌르기를 택한 절절한 마음 같은 것은 타니아 성녀의 입에서도 리에타의 입에서도 나오지 못했다.

별채 일부가 통째로 날아갈 정도의 큰 소동에 많은 기사들이 동쪽 별채에 몰려들어 있었다. 킬리언은 최소한의 기사들만 남긴 채 그들을 해산시켰다. 잠시 후 별채에서 끌려 나온 아이린이 기사들의 손에 인계되었다. 킬리언이 짧게 명령했다.

"구금해."

단검을 입수한 경로를 비롯해 만난 사람이 누구인지, 어떻게 마법진을 그린 것인지, 외부인이 어디까지 출입했던 것인지 취조할 필요가 있었다. 얼떨결에 귀족 아가씨를 떠맡게 된 기사들은 그녀를 어떻게 다뤄야 하는지 난감했다. 기사들은 주저하며 되물었다.

"저, 지하 감옥에…… 구금할까요? 아니면……?"

귀족들은 죄를 지었더라도 지하가 아닌 탑의 독방에 구금되는 것이 일반적이다. 그러나 이렇게 구금하라는 명령이 떨어졌을 때 죄인들이 구금당하는 곳은 지하 감옥이었다. 아무리 집안에서 내놓은 자식이라 해도 아이린은 백작가의 여식이고 귀족이었다.

더욱이 평민 범죄자들이 주로 수감되는 지하 감옥은 귀족 여성이 있을 만한 곳이 아니었다. 그러나 킬리언은 표정 없는 얼굴로 말했다.

"흑마법이 관여되어 있을 수 있다."

킬리언의 말에 기사들의 안색이 변했다.

"알겠습니다. 지하 감옥으로 데려가 마법 포박 하겠습니다."

젊고 아름다운 귀족 아가씨를 향하던 동정 어린 시선과 머뭇거리던 손짓은 흑마법이라는 말에 단박에 거두어졌다. 단호하고 거칠어진 손길에도 아무 불만 없이 아이린은 그저 처분만 바란다는 듯, 수동적이고 고분고분한 태도로 고개를 떨군 채 연행되었다.

킬리언은 그녀를 폭력적으로 대우하진 않았지만 귀족이나 여성이라는 이유로 어떤 보호를 제공하거나 특별히 편의를 봐주지는 않았다.

아이린의 가문에도 알려야 했고 무엇보다 그녀가 당장 대화를 할 수 있는 상태가 아니었으므로, 일단 그녀는 일반적인 죄인들과 똑같이 악시아스 지하 감옥의 독방에 수감되었다.

추적추적 비가 내리기 시작했다. 얇은 여름 드레스 차림이었던 리에타는 여기저기 다치고 멍들어 엉망이 되어 있었다. 드레스가 성할 리 없었다. 킬리언은 묵묵히 자기 망토를 벗어 그녀의 어깨 위에 둘러 주고는 후드까지 눌러 씌웠다.

리에타가 멈칫하며 그를 향해 눈인사하고는 살짝 고개를 숙여 그가 여며 주는 망토를 가슴 앞에서 움켜쥐었다. 뺨에 생채기가 나 있었다. 킬리언이 눈을 찌푸리며 그녀의 얼굴에 난 상처를 향해 손을 들었다. 그때 타니아 성녀가 리에타를 불렀다.

"리에타."

리에타의 고개가 성녀를 향해 돌아갔다. 그녀의 뺨에 닿지 못한 킬리언의 손이 공중에 잠깐 멈추었다. 타니아 성녀가 리에타를 향해 손짓했다. 킬리언은 리에타의 어깨를 짚고 슥 타니아 성녀 쪽으로 밀어 주었다.

리에타는 그가 밀어 준 그대로 타니아 성녀를 향해 걸어갔다. 마주 다가온 성녀가 리에타의 양 어깨를 짚고 치유 마법을 시전해 주었다. 은빛 바람이 일며 리에타의 얼굴과 몸에 생긴 상처에 천천히 신성력이 스며들기 시작했다.

"감사합니다."

리에타가 작게 인사하며 고개를 숙였다. 킬리언은 조금 떨어진 곳에 선 채 가만히 두 사람을 쳐다보았다.

"대공 각하."

그때 아이린을 연행해 갔던 기사들 가운데 하나가 돌아와 그를 불렀다. 킬리언은 몸을 돌렸다. 기사와 몇 마디를 나눈 후 힐긋 리에타를 돌아본 킬리언의 눈과 타니아 성녀의 눈이 마주쳤다. 성녀가 입을 열었다.

"전 이곳에 남아 정화를 하고 돌아가겠습니다. 잠깐 리에타를 빌려도 괜찮을까요?"

킬리언은 거절하려 했지만, 잠깐 시선을 둔 리에타가 그와 눈을 맞춘 채 고개를 끄덕이자 허락의 의미로 침묵한 채 몸을 돌려 떠났다.

동쪽 별채 여자들은 다른 곳으로 옮겨졌다. 악마와의 전투로 건물의 상당부분이 파손되어 동쪽 별채는 환자들을 계속 격리해 둘 수는 없는 상태가 되어 있었다. 그렇지 않았더라도 악마가 날뛰고 마물의 피가 묻은 건물에 더 이상 사람이 머물 수 없는 노릇이었다. 꿈자리 사나울 건물이었다.

병은 전염력을 상실해 가는 단계였지만 성 안에 두기에는 여전히 주의가 필요했다. 여자들은 자진해서 내성이나 외성 지역으로 나가겠다고 했다. 그러나 킬리언은 들은 체도 않고 영주 성의 다른 건물을 정리해 주어 여자들을 지내도록 했다.

별채의 여자들은 신성 능력자들의 관리 하에 다른 건물로 옮겨졌다. 다른 건물의 이인실 몇 칸이 여자들의 임시 거처로 마련되었다. 병세가 남아 있는 여자와 병에 걸리지 않은 여자 들이 각기 같은 방으로 묶였다.

각기 일인실을 제공해 줄 수도 있었지만 오늘 밤 좋지 않은 기억에 밤잠 이루지 못할 그녀들을 위한 배려였다. 별채에 숨어 있던 위험 요소는 타니아 성녀에 의해 모조리 색출되고 박살났다.

동쪽 별채 여자들은 이미 거의 병을 떨쳐 내고 있었으므로 오늘의 소동으로 놀라고 충격받은 것 외에 더 이상 염려할 일은 없었다. 이대로 건강을 되찾아 열흘 후까지 다른 문제가 없다면 격리를 해제해도 좋다고 의사들로부터 허가가 떨어졌다.

성녀도 동의했다. 그러나 헬렌은 오랫동안 울었다.

타니아 성녀와 리에타만이 악마가 분탕질해 놓은 아이린의 방을 정화하기 위해 동쪽 별채에 남았다. 화마와의 전투로 부수어지고 그을려진 벽과 마수의 피로 오염된 주변에는 미미한 사기가 남아 있었다. 성녀가 지시했던 곳들을 모두 정화하고 축성한 리에타는 몸을 일으켜 광역 정화를 펼치는 타니아 성녀를 바라보았다.

악마의 권능을 돌려보내고 신성 마법을 되찾은 성녀는 강력한 힘으로 광역 정화를 펼치며 별채 인근을 휘적휘적 움직이고 있었다. 광역 정화를 펼치기 위해 끝없이 기도하며 가만히 제자리에 앉은 채 집중해야 했던 리에타와 달리, 성녀는 매우 일상적인 모습으로 태연하게 움직이며 숨 쉬듯 자연스럽게 광역 정화를 펼쳤다. 과연 자타 공인 제국 최강의 신성 능력자라 불리는 사람다웠다.

리에타는 부서진 방의 한구석에서 성녀가 벗어 던진 검은 미사포가 달린 모자를 발견하고 허리를 숙여 주워 들었다. 그리고 손바닥으로 그녀의 모자에 묻은 티끌들과 빗방울을 탈탈 털어 내었다.

저편에서 성녀가 리에타를 향해 자박자박 걸어왔다. 리에타가 고개를 들자 어느새 가까이 다가온 성녀가 싱긋 웃으며 그녀에게 손을 내밀었다. 리에타는 얼른 모자를 살피고 두어 번 더 털어 그녀에게 두 손으로 그것을 건네주었다.

"안 그래도 되는데, 고마워요."

타니아 성녀가 받아 들며 미소 지었다. 리에타가 머쓱한 얼굴로 도리도리 고개를 저었다.

지붕과 벽이 날아가고 바닥만 남은 황량한 건물에는 빗방울과 함께 바깥바람이 들이치고 있었다. 성녀는 거꾸로 나뒹구는 장식장을 의자 삼아 앉으며 리에타에게도 자리를 권했다.

"몸은 괜찮은가요?"

"몸이요?"

"악마의 권능에 영향을 받았잖아요. 아무래도 몽마의 권능이라, 사람의 정신에는 좋지 않을 수 있거든."

"아, 네. 괜찮은 것 같습니다." 리에타가 답하곤 조심스레 물었다.

"저…… 아까 그건, 성녀님께서 부리시는 악마의 권능이었나요?"

타니아 성녀는 리에타가 무엇을 묻는지 바로 알아들었다. 권능을 실현시킨 주체인 타니아 성녀는 리에타가 권능이 지배하는 아공간에 휩쓸려 느낀 것보다 더 많은 것을 정확하게 알 수 있었다. 그러나 고위 악마의 정신계 권능을 처음 겪어 본 리에타는 자신이 겪은 것을 온전히 이해하지 못했을 것이다. 자신이 무엇을 보고 듣고 느낀 것인지 혼란스러웠겠지.

"그래요. 메르데스의 권능이었어요. 어둠의 장막이라는 아공간에서 상대의 내면과 대화할 수 있게 해 주는 마법이지요."

리에타가 잠자코 고개를 끄덕였다. 정확하게는 타인이 숨기고자 하는 비밀을 알게 해 주는 권능이었지만, 뻔히 환영받지 못할 이야기를 자세히 설명할 필요는 없었다. 타니아 성녀는 일부러 말을 뭉뚱그렸다.

몽마는 정신 계열의 권능을 가진 악마이다. 본래 인간이 이해하기 어려운 성질의 힘을 가지고 있다. 악마학 대사전으로 불리는 '하비스턴 악마학'에도 몽마에 대해서만은 많은 것이 기록되어 있지 않았다. 몽마 메르데스는 꽤나 작위가 높은 강력한 고위 악마이지만, 세간에는 타니아 성녀가 소멸시킨 제후 급 고위 악마라는 이야기 외엔 많은 것이 알려져 있지 않았다.

성녀가 잠자코 리에타의 옆얼굴을 바라보았다. 악마에게 숙주를 내어줄 일촉즉발의 상황이라 어쩔 수 없었지만 그녀로서도 모험이었다. 어둠의 장막에 휩쓸린 인간이 타인의 의식을 직면하고 미쳐 버리지 않은 것만 해도 다행한 일이었다.

다행히 이 여자는 정신적으로 온갖 고초를 다 겪은 사람이라 자기 자신과 타인의 의식을 혼동하지 않을 정도로 강했고, 악시아스 대공은 실연의 고통 따위와는 전혀 접점이 없어 아이린의 의식 근처에도 가지 못했다. 우습고도 다행스러운 일이었다.

"그래서 일이 어떻게 된 건지 알 수 있으셨던 거군요……."

"그래요. 당신도 어느 정도는 아이린의 의식을 느끼지 않았나요?"

"네. 불분명하다고 생각했지만……. 아마도 그랬던 것 같아요. 하지만 성녀님께서 말씀하신 것만큼 명백하게 정황을 파악할 정도는 되지 못했어요."

타니아 성녀는 어깨를 으쓱했다.

"나도 빌린 권능이라 악마가 직접 하는 것만큼 정확히 느끼지는 못해요. 의식 속의 단서와 정황들로 간신히 끼워 맞출 수 있을 정도가 될 뿐이죠."

타니아 성녀가 빗물에 젖은 소맷자락을 감싸 쥐고 꾹 눌러 짰다. 옷자락에 스며 있던 빗물이 주르륵 바닥으로 떨어져 내렸다. 그녀는 대충 그것이 크게 거슬리지 않을 정도로만 털어 내며 말을 이었다.

"애초에 악마의 권능이라는 게 사람이 쓰기엔 한계가 많아요. 특히 메르데스 같은 몽마의 마법은 사람의 의식을 굉장히 혼란스럽게 하는 마법이기도 하고."

사실 악마의 권능을 지닌 상태라면 감각을 통해 느끼는 것만으로도 많은 것들을 알 수 있고, 그것으로도 충분하리라 생각했었다. 애초 빌린 권능의 궁극 마법까지 쓰게 되리라고는 생각지 못했다. 덕분에 무리하게 사용한 권능은 정해진 시간을 채우지 못하고 악마에게 돌아가 버렸다. 신성력을 극한까지 끌어올려 견뎌 냈지만 그녀로서도 상당히 위험한 도전이었다.

"그런데……." 리에타가 조심스레 물었다.

"영주님께선 아무것도 느끼지 못하신 것일까요?"

타니아 성녀가 대수롭지 않게 답했다.

"어둠의 장막 안에서 인간이 느낄 수 있는 의식의 범위란 원래 불완전해요. 그다지 일관성도 없는 편이고 대개 모두가 주관적 감상에 따라 다른 것을 느끼게 되지만, 비슷한 감정을 전혀 모르는 사람에겐 그이의 의식이 전혀 느껴지지 않기도 하지요."

성녀가 리에타를 잠깐 바라보다가 시선을 돌리고 중얼거렸다.

"대공 전하께선 누구 하나 제대로 사랑해 보신 적 없는 분이었던 모양이더군요. 서른이 넘도록 뭘 하셨는지, 원."

"그, 그럼 성녀님께선."

리에타의 눈이 휘둥그레졌다. 순간 자신이 성녀의 사생활을 물었다는 것을 깨달은 리에타가 자기 입을 틀어막았다.

"죄, 죄송합니다. 실언했습니다."

타니아 성녀가 싱긋 웃었다.

"왜? 나라고 사랑 한번 못 해 봤을까?"

너무나 대수롭지 않게 대꾸해 주는 말에 리에타가 넋을 잃었다가, 당황해서 얼른 말을 돌렸다.

"그, 메르데스라면, 그 악마지요? 성녀님께서 십여 년 전 재앙의 땅에서

……."

"그래요. 사실 소멸시키지 않았어요. 보시다시피 복속시켰고 가끔 도움을 받고 있지요. 권능이 쓸 만하거든요. 신성 마법을 쓸 수 없게 되고 시간의 제약을 많이 받기도 해서 자주 쓰는 편은 아니긴 하지만……."

성녀가 고개를 기울이며 웃었다.

"타니아 성녀의 명성을 쌓아 올려 준 위업 중 하나가 반쪽짜리였다니 실망했나요?"

"아뇨, 천만의 말씀을요. 성녀님의 판단을 존중합니다."

그렇게 답해 놓고, 오히려 리에타가 간이 작아진 듯 황급히 주변을 두리번거렸다. 다행히 가까이에 사람은 없었다.

"어째서 그런 위험한 비밀을 이렇게 쉽게 말씀해 주시는 건가요?"

"글쎄." 성녀가 대수롭지 않게 답했다. "당신이라면 비밀을 지켜 줄 거라고 생각하니까?"

리에타는 불안한 기색을 숨기지 못했다.

"물론 저는 성녀님의 말씀을 무덤까지 가져갈 것입니다. 하지만 다른 사람들에게 들키지 않도록 부디 조심하시는 것이……. 물론 성녀님께서 알아서 하시겠지만요."

"그래요. 나도 화형당하고 싶진 않으니까."

리에타가 차마 입에 올리지 못한 일을 이미 안다는 듯, 성녀가 빙그레 미소했다.

"아깐 놀랐어요. 몰래 다녀올 생각이었는데, 그렇게 쉽게 들킬 줄은 몰랐거든요. 근처에 있었나요? 사람들을 물리라 해 두었었는데."

"죄, 죄송합니다……."

"아니야. 한 번도 들킨 적 없다고 내가 너무 방심한 탓이지. 변호해 줘서 고마워요. 걱정해 준 것도."

성녀가 가만히 미소를 띤 채 리에타를 바라보았다.

“그런데 당신은 어떻게 알았을까? 라멘타의 왕족이 아니어도 충분히 강대한 신성력을 가지고 있다면 악마를 복속시키는 계약이 가능하다는 걸. 그런 건 책에도 나오지 않을 텐데.”

리에타가 살짝 고개를 숙이며 대답했다.

“어릴 때 저를 가르쳐 주신 수도원의 선생님께 들은 적이 있습니다.”

타니아 성녀가 싱긋 웃었다. “리에타.” 성녀가 리에타의 손목을 잡았다. 강대한 신성력이 리에타의 몸을 엄습했다.

“거짓말을 하고 있군요.”

새파란 눈동자가, 당혹감에 물든 연하늘색 눈을 꿰뚫을 듯 마주쳐 왔다.

“당신, 역병에 걸리지 않지?”

생각해 보니 그때부터 수상했다. 그날, 그녀에게 붙었던 역마가 다섯, 몽마가 하나. 그런데 역마의 권능은 피해 가고 몽마에게 당했었지. 어째서 이제야 알았을까. 숙소로 돌아온 타니아 성녀는 문을 열자마자 부서진 문짝 너머 보랏빛 악마를 발견하고 눈썹을 찌푸렸다.

“뭘 그렇게 대놓고 앉아 있는 거야? 나 곤란한 거 못 봤어?”

메르데스가 어깨를 으쓱하며 답했다.

“그래서 밖에 안 나가고 여기 얌전히 있잖아.”

“퍽이나 사려 깊기도 하지.”

“별말씀을.”

타니아는 상대하길 포기하고 문을 닫고 들어섰다. 메르데스가 빤히 그녀를 쳐다보다 물었다. “뭔데 권능이 일찍 돌아온 거야?”

타니아가 석장을 벽걸이 행거에 기대어 걸어 놓으며 답했다.

"빨리 돌려줘도 불만이야?"

"무슨 일이라도 있었어?"

"보시다시피 별일 없었어."

"인간들이 악마와 계약했다고 마녀로 몰아 해코지라도 해?"

타니아가 힐긋 메르데스를 쳐다보았다. 악마가 제 뺨을 만지작거리며 가만히 그녀를 마주보다가 손을 내리고 툭 내뱉었다.

"……신성력에 치여 쫓겨나는 느낌이었는데."

타니아는 고개를 돌려 악마를 외면하고 모자를 벗어 벽에 걸며 대답했다.

"신성 심판 당한 거 아니야. 내 신성력이었어."

"뭔데? 신성 마법이 필요했어?"

"알아내 보시든가."

성녀는 말 많은 악마를 일축했다. 메르데스가 확 인상을 구겼다. 알 수 없는 일을 질문하는 것은 그에게 정말 익숙하지 않은 일이었다. 숨겨진 비밀을 알아내는 권능을 가지고 있는 몽마계 최고위 악마지만 복속 당한 상대에게만은 그의 '알아내는' 권능이 통하지 않는다는 건 참 짜증나는 일이었다. 메르데스도 타니아도 알고 있는 사실이었으므로 대놓고 약 올리는 소리였다. 그녀가 문득 고개를 돌려 메르데스를 바라보았다.

"아까 그 여자 말인데."

메르데스가 비식 인상을 쓴 채 걸터앉아 있던 소파에 등을 기대며 외면했다.

"……맞구나?"

"글쎄. 고고하신 성녀께서 아무것도 모르는 미천한 몽마에게 뭘 물으시는지."

"네 권능, 어둠의 장막으로 나도 그녀를 봤어."

메르데스가 콧잔등을 찡그리며 턱을 괸 팔을 소파에 걸쳤다.

“그럼 뭐 더 설명할 필요도 없잖아?”

“좀 더 친절하게 설명해 봐. 인간의 몸으론 네 권능이 주는 정보를 온전히 파악할 수 없다는 거 알잖아?”

애초에 인간의 손에서 실현된 권능이었기에 처음부터 불완전했다는 것은 차치하고라도, 태생적으로 메르데스의 권능은 인간이 다루고 느끼기엔 위험한 것이었다. 메르데스가 언짢은 낯으로 한숨을 내쉬었다.

“어지간하면 권능을 빌려가더라도 어둠의 장막은 쓰지 마. 사람에게는 무리한 마법이라고.”

어떤 상황이었는지 설명하는 대신 타니아는 픽 코웃음을 쳤다.

“뭐 좀 쓴다고 닳는 것도 아닌데 되게 비싸게 구네. 그러니까 설명해 보라는 거잖아. 권능 다시 내놔 보라고 해야겠어?”

망할 계약자. 악마가 고개를 숙이고 제 머리를 헤집었다.

“궁금한 게 뭔데? 알고 있겠지만 난 전지전능이 아냐. 눈앞의 사람이 ‘숨기고 있는 것’만 알 수 있다고. 주체가 사라진 저주나 계약의 실체에 대해선 나도 알 수 없어. 당신이 지금 짐작하는 것보다 크게 나은 대답을 할 수 있는 것도 없을 텐데.”

성녀가 비밀을 파헤치는 권능을 지닌 악마에게 물었다.

“영주님.”

감옥 문을 열고 나온 킬리언이 시선을 내렸다. 리에타가 지하 감옥 건물 앞에 와 그를 기다리고 있었다. 그가 리에타의 모습을 가만히 내려다보다가 무뚝뚝하게 내뱉었다.

"모처럼 입은 새 옷이 상했군."

그가 손짓하자 우산을 받쳐 든 기사가 그에게 우산을 건네고 물러갔다.

"지금쯤이면 라트리아 의상실에서 드레스가 왔을 테니 그대의 방으로 보내지. 앞으로는 담당 시녀들이 그대를 돕게 할 테니 그들의 도움을 받아."

리에타가 조용히 답했다. "식사하시지요."

그의 명령에 대한 대답은 아니었다. 가만히 우산을 든 채 횃불을 등진 리에타의 고요한 얼굴엔 음영진 빛 그림자가 일렁이고 있었다. 킬리언은 고개를 옆으로 빗기며 대답했다.

"됐어. 이미 시간이 늦었으니 그대가 말했던 쿠키나 가지고 와 보지."

리에타가 가만히 대답했다.

"오늘 점심도 거르셨지 않습니까. 식사를 하셔야 합니다. 타니아 성녀님과도 나눌 말씀이 있으실 테고요."

타니아 성녀. 하아. 킬리언은 짧게 한숨을 내쉬었다. 어쨌든 리에타도 타니아 성녀도 저녁 식사를 하지 않았을 터였다. 킬리언이 결국 고개를 끄덕였다.

"그래. 성녀와 함께 본관 만찬실로 오게. 같이 식사하지."

리에타가 고개를 숙이며 물러섰다. 킬리언이 그녀와의 사이에 우산을 받쳐 들고 고갯짓했다. "이리 와."

뒤로 물러서 따르려던 리에타가 우산을 접고 그의 옆으로 왔다. 킬리언이 그녀의 손에서 슥 우산을 빼앗아 들며 말했다.

"치마나 잡아."

리에타는 익숙하지 않은 드레스 자락을 움켜쥐었다. 척척하게 젖어든 옷자락이 손가락 사이에 감겨들었다. 뒤에서 밝혀진 횃불로 인해 리에타의 얼굴에 드리워진 역광이 그녀의 표정을 감추고 있었다.

세 사람이 함께 식사한 후 리에타는 꾸벅 인사한 뒤 방으로 돌아가고 킬리언은 타니아 성녀와 독대했다.

"악마가 깨어나는 시간……." 킬리언이 피식 웃었다.

"그게 그런 뜻인 줄 몰랐지."

타니아 성녀가 싱긋 웃었다. "절 화형하실 건가요?"

"아서라. 아버지의 전철을 밟을 생각은 없어."

성녀가 조금 고개를 기울이며 웃었다.

"저는 어머니가 안 계시니 그럴 일은 없습니다."

"뭐, 그래서 화형시켜도 된다는 뜻이야? 도무지 농담을 못 하겠군."

"농담이셨습니까? 썩 위트 넘치진 않는군요."

"대체 누가 먼저 시작했는데."

썩 농담으로 활용할 만한 소재는 아니었다. 특히 시황제 에스텐펠트의 아들인 그가 입에 담기는 더더욱. 그러나 성녀의 비밀을 이야기하기에 앞서 신성 왕국 라멘타의 이야기를 자연히 논하지 않을 수 없었다.

킬리언이 열두 살, 아직 황자였던 시절. 전성기의 시황제 에스텐펠트가 대륙을 호령하고 평정했던 시기에 일어났던 과거의 일에 대해.

근 이십 년 전 제국의 손에 멸망당한 신성 왕국 라멘타는 대대로 강력한 무녀들이 태어나 여왕이 되었던 작고 평화로운 나라였다. 그들은 강대한 신성 능력을 바탕으로 국민들을 돌보고 선정을 펼쳤다. 그러나 대륙을 모조리 손아귀에 넣기 직전이었던 정복 군주 에스텐펠트의 진격을 라멘타 역시 피하지 못했다.

라멘타는 군사력이 탄탄하지 못한 약소국이었고, 당시 라멘타 여왕 에샤힐테는 결과가 뻔한 전쟁을 택하는 대신 제국에의 복속을 받아들이기로 결정했다. 그 결정에 그런 끔찍한 비극이 따를 줄 그 누구도 몰랐으므로.

"그건 정말 안타까운 일이었어요."

"아아, 말도 안 되는 일이었지. 황제 폐하의 정복 위업 최대의 실수라 할 만 해."

항복과 화친의 의사를 전하기 위해 라멘타의 왕관을 바치러 떠났던 베아트리체 왕녀는 황제 시해를 시도한 마녀라는 누명을 쓰고 화형당해 죽었다. 킬리언의 백부이자 시황제 에스텐펠트의 형, 신성 사제 루텐펠트가 그녀의 곁에 함께 했던 고위 악마들을 발견하고 말았기 때문이었다.

악마를 부리고 그들의 힘을 이용하는 것은 사악한 흑마법사의 사술. 그것이 세간의 상식이었다. 이전에도 지금에도 통용되는.

"생각보다 쉽게 인정하시네요."

"황제 폐하께서도 인정하신 일이야. 내가 인정하지 않으면?"

"글쎄, 사람들이야 황제 폐하께서 저지른 일로 알고 있지만 사실은 황제 폐하의 실책이라기보단 황형의 실책이었다고 변명할 만도 하잖아요."

"황제로서 그만한 권력을 준 사람을 똑바로 단속하지 못했으니 황제 폐하의 실책이지. 그대, 타니아 성녀는 지금 날 시험하는가."

"허심탄회한 이야기일 뿐이에요. 바르시네요, 대공께서는."

"별로."

"역시 허심탄회한 이야기로, 당시엔 황형께서 경솔하셨어요."

킬리언이 비죽 웃었다. 경솔이라. 뭐, 되었다. 경솔이든 그 이상이든. 어쨌든 라멘타는 아버지 손에 멸망당했고 제국은 신성 왕녀를 태워 죽인 실수에 넘치도록 죗값을 치렀으니까.

라멘타의 왕족은 대대로 강대한 신성력과 함께 모종의 계약으로 고위 악마를 복속시켜 부리는 권능을 가지고 있었다. 그러나 라멘타의 최상류층 귀족들 외에 그 비밀을 아는 사람은 많지 않았다.

시황제 에스텐펠트의 형, 일찍이 종교에 귀의했던 신성 사제 루텐펠트 역시 악마를 보는 눈을 가지고 있는 신성 능력자였으나 라멘타의 왕녀들에게 대대로 내려오던 강대한 신성 능력과 악마 복속 계약에 대해서는 무지했다.

그 어떤 인간도 감히 고위 악마를 복속시켜 부린 일이 없었으므로 감히 상상할 수 없는 일이긴 했다. 라멘타의 악마 복속 계약을 알고 있었던 킬리언조차 순간 성녀를 믿을 수 없다고 생각하지 않았나. 이십 년을 제국의 가장 낮은 곳에서 헌신한, 대륙이 사랑하는 성녀를. 킬리언은 가만히 타니아 성녀를 바라보았다.

"그 '악마를 복속시키는 강대한 신성 능력'이 라멘타 왕족만의 특권이 아니었다는 건가."

"네. 확실한 건, 저는 라멘타의 왕족이 아니니까요. 저는 르나하 남부 지방 출신이고 생전의 부모님을 기억합니다. 제게 뭐 출생의 비밀 같은 것이 있었을 것 같지도 않고요."

킬리언은 잠자코 끄덕였다. 그의 아버지, 시황제 에스텐펠트는 자신이 저지른 죗값으로 여왕에게 목숨 건 저주를 당하고도 그녀를 신성 여왕으로 추존했다. 그리고 매년 최후의 신성 여왕과 베아트리체 왕녀의 위령제를 사랑하는 딸의 제사 못지않게 성대히 치렀다. 사람들이 그 이야기를 두고 자신을 저주받은 폐황자라 말하는 것도 알고 있었다.

신이나 저주가 신성 마법이나 질병, 해악 따위로 실현은 될지라도, 사람이나 시대의 운명을 결정짓는 어떤 거대한 톱니바퀴 같은 힘이라는 식으로는 믿지 않는 킬리언으로서는 허튼 소리라고 여길 수 밖에 없는 이야기였다.

"메르데스는 그대의 명령을 따르나?"

"대개는 그렇습니다."

"대개?"

"강제력이 있기는 하나 절대적이지는 않습니다."

킬리언이 눈을 찌푸렸다. "썩 믿음직하게 들리지는 않는군."
"자세한 건 영업 기밀입니다만."
그렇게 말하면서도 타니아 성녀가 덧붙였다.
"메르데스는 인간계에서 제 의사와 반하게 날뛸 수 없고, 제가 강력하게 명령하는 것은 어쨌든 따라야 합니다. 달의 힘이 약할 때는 소환해 권능을 빌릴 수 있고요."
킬리언의 손가락이 테이블 끝을 톡톡 두드렸다.
"라멘타 왕족들의 복속과는 조금 다르게 들리는 것 같은데. 그들은 상시 소환 상태로 악마들을 거느리지 않았나?"
"네. 잘 아시는군요." 하며 성녀가 대답했다.
"그들은 대대로 악마를 복속시켰던 혈족인 데다 악마들이 그들의 권위를 존중했으니 제가 한 것보다 훨씬 유리한 계약을 했을 겁니다. 라멘타 왕족은 더 큰 대가를 지불하기도 했고,"
성녀의 담담한 목소리가 이어졌다.
"그들은 훨씬 많은 고위 악마를 거느리고 있었기 때문에 악마들을 일일이 통솔하진 않았습니다."
유리한 계약. 더 큰 대가. 킬리언이 성녀를 바라보았다.
"그대는 계약의 대가로 인간의 생명이나 고통을 제공할 의무는 지지 않는가?"
타니아 성녀는 잠깐 침묵했다.
"네. 다행히 메르데스는 그런 걸 요구하는 악질은 아닙니다. 믿어 주지 않으셔도 할 수 없습니다만, 맹세컨대 흑마법사 같은 짓은 하지 않았습니다."
"그래."
"흑마법이나 악마학을 공부하셨습니까? 잘 아시네요."
설마. 킬리언이 피식 웃었다. 라멘타에 대해서라면 조금 알기야 하지.

그는 시황제의 아들이고, 릴페이엄의 황족이었으니까.

라멘타 왕족이 악마를 복속했었다는 것은 외부에 알려지지 않은 황실의 기밀이었다. 당시 그는 겨우 열두 살이었지만, 남 일이 아니었기에 보고 들은 많은 것들이 있었다.

그에게 자세히 설명해 준 사람은 없었을망정 사제들은 그가 묻는 말에 거짓말을 하진 않았다. 킬리언도 혼자서 여러모로 조사했다. 어쨌든 그에겐 아버지의 목숨이 달려 있는 일이었다. 십 년이 넘도록 저렇게 가늘고 길게 잘 버티고 계실 줄은 몰랐지만.

황제의 사제들은 당연히 에샤힐테 여왕의 저주와 그 일을 연관시키고 있었고, 당연히 킬리언도 라멘타의 여왕이 할 수 있었을 저주와 악마 복속에 대해서 알아보는 과정에서 많은 것을 알게 되었다. 킬리언은 대답해 주는 대신 턱을 괴며 물었다.

"그 전에. 메르데스는 그대가 소멸시킨 악마라고 알려져 있었을 텐데."

타니아가 순순히 답했다. "네. 거짓말이었습니다."

"당당하군."

"설마요. 소싯적에 인퀴지터* 앞에 섰을 때만큼 긴장하고 있는데요."

"어떻게 된 거야?"

"소멸을 면하게 해 주고 복종을 맹세 받았습니다."

"악마를 복속시켰다고 말할 수 없었다는 건 알겠어. 하지만 지옥으로 쫓아냈다고 하지 않고 굳이 소멸시켰다고 알린 이유는?"

"딱히 명예욕은 아니었습니다. 지옥으로 쫓아냈다고 알리면 언젠가 소환이나 소통을 시도하는 흑마법사가 있을 텐데, 메르데스는 제게 복속되

◇◇◇◇

* 이단 심판관

어 있어 거기에 응할 수 없으니 뭔가 이상하다는 것을 눈치 채는 사람이 있으리라 생각했어요."

"뒤탈이 있을 거라 생각했다?"

"네. 저도 제 목숨은 소중하니까요. 당시엔 저도 이 정도 거물이 아니었고."

타니아가 담담히 어깨를 으쓱였다.

"이제 와선 거짓말쟁이가 되어 버렸으니 고백하기도 여의치 않게 되어 버렸네요."

여전히 악마를 부리는 것은 사악한 흑마법이라는 인식이 상식적이고 지배적이었다. 라멘타의 악마 복속 특권을 알고 있던 킬리언조차도 악마를 소환한 성녀를 보고 당연하다는 듯 그녀에게 속았다고 먼저 생각해 버렸을 정도였으니.

아이러니한 일이다. 모두가 추앙하는 이름 높은 성녀도, 강대한 신성 왕국의 여왕과 왕녀도 실은 모두 고위 악마를 부리는 사람들이었다니. 악마 정도는 부려 줘야 성인의 반열에 오른다고 누구에게 말한들 믿지 않을 것이다.

"그대의 운명이 다하면 악마는 복속에서 풀려나게 되는 건가?"

"네. 나중에 제가 죽더라도 인간 세상에서 날뛰며 해를 끼치지는 않도록 제가 잘 설득해 봐야죠. 그러기 위해 가혹하게 부리지 않고 존중하고 있습니다. 혹시 제가 메르데스를 어쩌지 못하고 급사하기라도 해서 문제가 된다면 뒷일을 좀 부탁 드리겠습니다."

킬리언이 눈썹을 찡그렸다.

"물귀신 같은 소릴."

"이왕 한배를 탄 운명이니 잘 부탁드립니다."

라멘타 때의 일을 염두에 두고 물은 것이긴 했지만 대놓고 끌어들이는 소리에 킬리언은 실소했다.

"어쩐지 술술 불더라니."

"불지 않으면요? 아까도 말씀드렸지만 저도 제 목숨은 소중합니다. 감히 어느 안전이라고 거짓을 아뢰겠습니까. 라멘타 왕족의 일화도 모르지 않으시는 분이시니 섣불리 변명하기보단 솔직히 말하는 쪽이 금방 말이 통할 거라 생각했을 뿐입니다."

킬리언이 찡그리듯 웃으며 몸을 뒤로 물리고 팔짱을 꼈다.

"한배를 타고 싶을 정도로 궁금한 건 아니었는데."

"대공께서 제국을 염려하시는데 설마 저를 외면하실까요."

"그대가 발목 잡는 데에 일가견이 있는 줄을 내 미처 몰랐군. 지금 그대 목숨을 가지고 날 협박하는 건가?"

"그럴 리가요. 부탁드리는 겁니다. 유지를 남기는 거라고 해 주시면 조금 더 폼 나겠네요."

킬리언이 피식 웃고 질문을 이어갔다.

"목숨만 살려 준다고 누구나 악마를 복속시킬 수 있는 건 아닐 텐데. 어떤 원리지?"

"영업 기밀을 너무 캐물어 보시는데요."

"한배를 탄 운명이라며?"

타니아 성녀가 어깨를 으쓱했다.

"인격이 없을 정도로 하찮은 악마는 애초에 복속 계약의 대상이 되지 않습니다. 적어도 대화가 가능한 중급 악마나 고위 악마부터 복속시킬 수 있는데, 그런 악마를 복속시키고 유지하면서도 잡아먹히지는 않을 정도로 강한 신성 능력을 가지고 있어야 하니 쉬운 일은 아닙니다."

킬리언은 곰곰이 생각하다 입을 열었다. "그대 외에는?"

성녀가 답했다.

"오만하게 들릴 수도 있겠지만 지금 대륙에서 저 외에 악마 복속이 가능한 사람은 없을 것입니다."

"흠." 킬리언이 턱을 만지작거렸다.

"그대는 메르데스뿐인가? 라멘타의 왕족들은 악마들을 꽤나 많이 거느린 것으로 아는데."

"라멘타의 왕족 '에율라티오'가 아닌 이상 솔직히 하나 유지하기도 힘들 겁니다. 저 역시 그렇고요."

"그래? 신성 여왕의 혈족이 그 정도로 강력했다는 건가?"

"그렇기도 하지만, 그들은 악마를 한 개인이 아닌 왕족의 핏줄에 복속시켜 대대로 물려받았기 때문에 복속을 유지하는 데 많은 신성력을 소모하지 않았을 것입니다. 그렇기에 악마가 세상에 날뛸 수 없도록 봉인하는 효과를 낼 수 있었던 것이고요."

킬리언이 짧게 숨을 내쉬며 소파에 등을 기대었다.

"그런 혈통의 대를 끊었으니."

"왕족의 핏줄에 복속당해 있던 악마들이 세상에 풀려나 날뛰었던 것입니다."

과연 큰 실수였군. 황제가 호의로써 복속을 받아들이기는커녕 왕녀를 불태워 처형했다는 소식을 듣고 끔찍한 비탄과 격노에 휩싸인 에샤힐테 여왕은 그 유명한 '푸른 피로 그린 저주의 마법진'으로 시황제 에스텐펠트를 저주하고 죽는다.

거대한 화염이 라멘타의 왕궁을 휩쓸었다. 화마들이 에율라티오에게 보내는 진혼곡이었다. 사나운 불길이 모든 것을 집어삼킬 듯 뜨겁게 치솟고 사방에서 화염이 타올랐다.

땅은 용암이 되어 녹아내렸고 왕궁 첨탑에서는 붉은 빛의 기둥이 하늘로 올랐다. 사그라들지 않는 불길에 인근의 많은 사람들이 두려워하며 대피했으나 몇 달을 계속된 불길은 성벽 밖으로 새어 나오지 않았다.

다만 더 이상 탈 것이 없을 정도로 잿더미가 된 성터에서 말뚝처럼 하늘을 향해 곧게 오른 붉은 빛의 기둥을 대륙 어디에서나 볼 수 있었다. 그 빛을 마지막으로 변방의 약소국이었던 라멘타는 멸망했다. 에율라티오의 이름을 계승하던 신성 왕국은 잿더미가 되었다. 그리고 그 누구도 상상하지 못했던 재앙이 시작되었다.

라멘타가 휘하에 복속해 두고 있던 강력한 고위 악마들이 봉인에서 풀려나며 세상을 쑥대밭으로 만들기 시작한 것이었다. 고귀한 신성을 지닌 인간의 비탄과 절망, 분노, 죽음을 양분으로 집어삼킨 악마들은 전례 없이 강력한 힘을 지니고 있었다.

화마, 수마, 몽마, 역마를 비롯해 온갖 사람을 미치게 만드는 악귀들이 온 제국에 날뛰었다. 화재와 수재가 동시에 일어나고, 사람들은 악몽과 광기에 미쳐 날뛰었으며, 역병이 마을과 도시를 집어삼켰다. 시황제의 정복 전쟁이 불러일으킨 전란의 후유증이 채 가라앉기도 전에 들이닥친 초자연적 재앙에 사람들은 공포에 휩싸였다. 인간의 세상은 엉망이 되었다.

라멘타가 왕족의 혈통에 악마를 복속시키고 있었다는 것은 극소수의 사람들밖에는 아무도 모르는 일이었지만, 신성 왕국 라멘타의 멸망과 재앙의 시작은 시기적으로 맞물려 있었다. 에샤힐테 여왕의 원한과 황제의 부덕함으로 이 모든 재앙이 벌어졌다는 대중의 아우성은 진실에 가까웠다.

악마들은 세상을 짓밟으며 퍼져나갔고 제국은 황폐화되기 시작했다. 에샤힐테 여왕의 원한 때문인지는 알 수 없지만, 라멘타의 멸망으로 인해 그 모든 재앙이 일어났다는 것만은 사실이었다.

그리고 타니아 성녀와 킬리언이 알고 있는 황실의 기밀이 한 가지 더. 공교롭게도 비슷한 시기에 에스텐펠트는 제 몸에 달라붙은 악마의 마지막 권능을 제때 발견하지 못하고 몽마에게 잠식당하게 된다.

황제의 직속 사제들은 발칵 뒤집어졌다. 이미 사람의 몸과 융화되기 시작한 악마는 어떤 방법으로도 뽑아낼 수 없다. 시한부 선고나 다름없었다. 자신의 몸에 악마가 뿌리박았다는 것을 알게 된 시황제는 사제들을 엄하게 입단속하고, 제국의 가장 높은 사람이 동원할 수 있는 온갖 방법으로 몽마의 잠식에 저항했다.

그러나 잠식의 진행을 늦출 수 있었을 뿐, 이미 숙주에게 스며들기 시작한 악마를 어찌할 수는 없었다. 교활한 몽마는 그가 사랑했던 죽은 황후의 모습을 하고 황제의 목숨을 갉아먹기 시작했다.

황제는 매일 밤 저항할 수 없는 잠에 빠져들며 끝나지 않는 악몽과 비탄, 고통에 시달리며 망가져 갔다. 뾰족한 방도를 찾지 못한 채 황제는 서서히 몽마에게 침식당하기 시작했다.

그러나 황제의 직속 사제들 외에는 아무도 그에게 벌어진 치명적인 악마의 잠식을 알아채지 못했다. 황제가 악몽에 시달린다는 정도의 일은 조금만 숨겨도 아무도 알아채지 못할 정도로, 당시 황실에는 사람들의 시선을 빼앗는 심각한 문제가 많았다.

라멘타에 복속되어 있던 역마들이 자유롭게 풀려나며 무시무시한 역병이 대륙을 휩쓸고 있었고, 그리고 황녀 힐스레인이 역병에 걸렸다. 오 년 만에 제국민의 삼 분의 일이 희생되는 역병 참사의 시작이었다.

신생 제국을 향한 제국민들의 민심은 그들의 삶의 질과 함께 시궁창에 처박혔다. 공포에 질린 사람들은 미신에 의존하기 시작해 문마다 베아트리체 왕녀의 초상을 걸었고, 황제는 민심을 잃었다. 대륙을 통일한 시황제와 제국의 위신은 땅에 떨어졌다.

이 모든 것이 베아트리체 왕녀를 잃은 에샤힐테 여왕의 저주 때문이라고 사람들은 입을 모았다. 모두가 제국을 몹쓸 것으로 취급하며 욕했고, 잔인한 에스텐펠트를 비난했다.

몸을 사리는 사원과 사제들 대신 신성 왕국 라멘타와 비극적 최후를 맞은 베아트리체 왕녀의 초상이 민간 신앙의 자리를 채웠다. 모든 대륙인들이 돌아오지 않는 신성 왕녀와 라멘타의 멸망을 애도하고 추모했다.

절망에 내몰린 사람들은 멸망한 신성 왕국의 왕녀가 살아 돌아온다는 영웅기담과 노래를 만들어 불렀다. 그들의 이야기 속에서 제국은 언제나 악역이었다.

처음에는 찍어 눌러서라도 반발하는 민심을 잠재우거나, 어떻게든 이미 멸망한 왕국에 뒤집어씌워서라도 제국이 백성들의 마음에 받아들여지도록 노력해야 한다고 간언하는 신하들이 많았지만, 시황제는 변명하지 않고 대중의 분노를 받아들이기로 했다.

에스텐펠트는 젊은 날 시작한 자신의 전쟁이 평민들에게 고통을 주었음을 모르지 않았다. 단지 역병이 돌고 악마들이 날뛰기 때문에 죄 없는 그에게 화살이 향한 것이 아니었다.

시황제 에스텐펠트는 오랜 전쟁으로 위명과 악명을 동시에 떨친 사람이었다. 딱히 평화를 위해 전쟁을 한 것이 아니었으니 더 그랬다. 그를 원망하는 사람들이 많았다.

언론을 통한 변명이나 면피는 귀족들에게나 통하는 사정이었고, 대다수가 문맹인 데다 당장 코앞에 닥친 재앙에 희생양이 된 평민들에게 그딴 것은 알 바 아니었다. 그들을 보호해 주었던 신성 왕국이 멸망하고 악마들이 세상을 짓밟았다. 모든 것이 황제의 탓이라는 원망만이 남았다.

신성 왕녀의 이름에 악마를 부리던 마녀라 먹칠을 하며 시궁창 싸움을 시작할 수도 있었지만, 에스텐펠트는 그러지 않았다. 어차피 대중은 아무도 믿지 않을 것이다. 섣불리 제국민들이 사랑하는 과거의 왕국을 건드려 분열을 일으키는 대신 포용하는 편이 나았다. 이미 라멘타는 멸망한 나라였고, 당장 악마가 날뛰는 제국은 엉망진창이 되고 있었다. 힘을 합쳐도 모자랄 판이었다.

시황제 에스텐펠트의 고명딸이었던 황녀 힐스레인은 결국 역병으로 요절했다. 여왕의 저주로 황녀가 죽었다는 식으로 해석하는 사람들은 황궁 내부에도 많았지만, 황제는 태도를 바꾸지 않았다. 애초 라멘타가 그런 식으로 멸망하지 않았다면 돌지 않았을 역병이었다.

에스텐펠트는 사원들과 사제들을 총동원해 악마들을 진압하기 위해 최선을 다하는 한편, 자신의 실수를 인정하고 라멘타와 베아트리체 왕녀를 추존하여 신성한 이미지로 보호하였다.

역병을 피하고 싶다면 마음껏 왕녀의 초상을 걸게 하고, 그 자신도 공개적으로 대축성 의식을 벌여 라멘타의 멸망을 애도하고 여왕 모녀의 죽음에 유감을 표했다.

자신을 저주한 사람이었음에도, 에스텐펠트는 매달 보름, 에샤힐테 여왕과 베아트리체 왕녀를 위한 위령제를 사랑하던 딸의 제사 못지않게 성대히 올렸다. 왕국 라멘타는 신성 왕국으로, 에샤힐테와 베아트리체 모녀는 최후의 신성 여왕과 왕녀로 추존하였다. 일 년을 계속된 제례 역시 성심성의껏 진심을 다했다.

그럼에도 제국을 덮친 재앙이 잦아들 기미가 없자 그제야 황제는 비로소 제게 내려진 저주를 알아내고 해소하기 위해 사원과 성직자들의 힘을 빌리며 적극적으로 노력하기 시작한다.

사제의 힘으로 저주의 근원을 알아내지 못하자 온갖 학자들과 실전된 고대의 마법, 심지어 흑마법사들까지 동원해서 그 저주의 근원을 추적했다.

결국 뒤늦게 알려진 저주의 내용은 '에스텐펠트는 자식으로 인해 피눈물을 흘리게 될 것이다.' 유서 깊은 신성 왕국의 최후의 여왕답게도, 직접적인 상해를 입히거나 악마를 씌우는 것보다 훨씬 난해하고 꼬리를 잡을 수 없는 저주였다.

수많은 사원들이 달려들어 라멘타 왕족의 넋을 기리고 용서를 비는 제례를 올리고 대축성 의식과 해주 의식을 거쳤다. 위대한 사제들과 거대 사원들이 자기들이 모시는 신의 이름을 걸고 수없이 어마어마한 정화 의식들을 치렀다.

세상에 날뛰는 악마들에 대한 대처도 게을리하지 않았다. 당시 이십 대였던 타니아 성녀를 비롯한 많은 성직자들의 헌신과 황실에서 지원한 악마 소탕의 노력으로 많은 악마들이 지옥으로 돌아가거나 소멸당했다.

가뜩이나 땅에 떨어진 민심에 황권까지 불안해지지 않도록 하기 위해 에스텐펠트는 자신이 악마에게 당한 상태라는 것을 철저히 숨겼다. 황제의 최측근 사제들 외에는 우연히 알게 된 킬리언과 아베르사티 황비, 황실의 주요인사들 몇몇 만이 그의 상태를 알고 있었다.

황제는 잠에 들 때마다 악몽과 비탄에 빠져 몽마와 싸워야 했지만 최고 권력자답게 온갖 방법을 써서 몽마의 잠식을 최대한 끌고 늦추었다. 그러한 노력에 성과가 있어, 황궁 밖으로 출입은 할 수 없지만 제한적이나마 얼굴을 내밀며 바깥에서 보기에 이상하게 보이지 않을 정도의 상태는 유지할 수 있었다.

그러나 킬리언은, 매일 밤 악몽에 시달리는 황제가 밤마다 죽은 그의 어머니, 아리아드네 황후를 고통스럽게 찾는 소리를 들을 수 있었다. 황제는 비탄과 절망에 빠져 조금씩 죽어 가고 있었다.

마침내 오 년 만에 역병이 잦아들고 평화가 돌아와 민심이 회복되기 시작했다. 많은 사람들이 하나가 된 나라, 제국을 인식하고 적응하기 시작했고, 시황제를 향한 여왕의 저주가 이제는 해소되었다고 믿었다.

그리고 일 년 후, 일황자 킬리언을 제국 최악의 흉포한 미치광이로 만든 그 사건이 일어난다.

"에샤힐테 여왕의 저주가 해소되었다고 믿으십니까?"

"사원에서는 그렇다고들 하던데. 나야 뭐 전문가가 아니니 알겠나. 오히려 내 쪽에서 성녀의 의견을 묻고 싶군."

저주의 당사자인 폐황자가 심드렁하게 와인잔을 기울이며 성녀를 향해 웃어보였다. 제국 삼 대 사원은 모두 황제를 위한 의식을 수십 번씩 올렸다. 사원들은 저주가 해소되었으리라고 본다고 말했지만, 모두가 쉬쉬하며 쑥덕였다.

신성 왕국 라멘타의 최후의 여왕이 목숨을 제물로 한 저주가 그렇게 쉽게 해소될 리 없지 않겠느냐고. 유력한 황태자 후보로 꼽혔던 일황자 킬리언이 미치광이로 돌변해 제 이복형제 윌리엄과 살레리온의 목을 자르고 그것을 황제의 발 앞에 던진 일이야말로, 한 서린 신성 여왕의 저주에 걸맞은 비극이 아니겠냐고.

황제가 몽마에게 잠식당했다는 것을 아는 사람이 거의 없음에도 사람들의 추측은 제법 신빙성이 있었다.

킬리언의 사건 이후 황제의 비탄을 양분 삼아 급격히 진행된 몽마의 잠식은 이제는 황제가 하루에 채 한 시간을 깨어 있지 못할 정도로 진행이 되었다. 그래도 정신계 악마에게 잠식당하고 이십 년을 살아서 버틴 것은 대단한 기록이었다.

황제는 이십 년 가까이 시달린 고통스러운 악몽에도 아직 미쳐 버리지 않았다. 황녀 힐스레인의 죽음으로 저주가 끝났는지, 사제들의 노력으로 저주가 정화되었는지, 혹은 일황자 킬리언이 저지른 일로 마침내 저주가 완성된 것인지.

십삼 년 전 그 비극이 일어난 이후 지금까지도. 아직 그 누구도 알 길은 없었다.

"말 나온 김에 타니아 성녀, 그대에게 자문을 구하고 싶은 일이 있는데."

킬리언이 성녀를 향해 눈을 돌렸다.

"사원이 있어야 하지 않을까 싶어, 악시아스에도. 위에 계신 분들께서 예쁘게 봐 주실지 모르겠지만."

타니아 성녀가 답했다.

"글쎄요. 저라고 돌아가신 여왕이나 신의 뜻을 알까요. 악시아스에 사원을 세우시게요?"

"음." 킬리언이 와인 잔을 내려놓으며 말했다.

"악시아스의 사원 건립에 도움을 줄 의향이 있나? 보수는 따로 지급하지."

성녀가 고개를 갸웃했다.

"저야 돈 되는 일이라면 마다하지 않는 사람이지만 아시다시피 떠돌이 체질이라. 유감스럽게도 한곳에 정착하는 사원의 일에 대해선 그다지 알지 못합니다."

"믿을 만한 사제를 추천하거나 알선해 주는 것으로 족해. 고위 사제들이 정착할 만한 매력적인 대우에 어떤 것이 있을지 묻고 싶은데."

"글쎄요……. 전 이것밖에 모르겠는데요."

엄지와 검지로 금화 모양을 그려 보이는 타니아에 킬리언이 헛웃음을 흘렸다. "그대다운 대답이군."

"과찬이세요." 웃음조차 없이 타니아 성녀가 말을 받았다.

"솔직히 저보다는 지금 같이 일하시는 분들과 의논해 보시는 쪽이 도움이 되지 않을까 싶은데요. 어차피 사원을 세우면 그분들을 쓰실 거 아닙니까? 리에타에게 맡겨 주셔도 괜찮을 것 같은데."

"나는 공사를 구분 못하는 사람이 아니야."

타니아는 대답 없이 멀뚱히 킬리언을 쳐다보았다. 대공이 말을 이었다.

"리에타한테 한 자리 주려고 사원을 세우는 게 아니라고. 소꿉놀이도 아니고, 어디까지나 사원의 필요성을 느껴서 그러는 거지."

묻지도 않았고 궁금하지도 않은 일을 해명하는 킬리언을 보고 성녀는 그냥 말을 돌렸다.

"뭐, 사원 일은 힘닿는 데까진 돕겠습니다. 보수를 받아도 될 정도로 도움이 될 것 같진 않으니 그쪽은 됐고, 대신 대공 전하께 부탁드리고 싶은 청이 있는데요."

타니아 성녀가 소매 속에서 금이 간 낡은 단검을 꺼내 테이블 위에 올려놓았다. 킬리언이 눈을 치켜들었다.

"저 혼자의 힘으로는 조사하는 데 한계가 있더군요."

순간적으로 아이린의 방에서 나온 단검인가 생각했지만 그것은 그가 가지고 있었다. 저것은 다른 단검이었다. 그러나 한눈에도 그것이 비슷한 폐물이라는 것을 알 수 있었다. 그렇지 않다면 단검에 저런 형태의 금이 갈 일이 얼마나 있겠는가.

킬리언이 손을 뻗어 그것을 집어 들었다. 망가진 단검을 앞뒤로 훑어보곤, 킬리언이 감정을 드러내지 않고 눈만 들어 성녀를 쳐다보았다.

"무슨 조사?"

"어딘가에서 이것을 만들어 내기 위한 마법 의식이 있었을 것입니다. 메르데스의 권능으로도 알 수가 없더군요."

킬리언이 얼굴을 찌푸리며 눈을 가늘게 떴다. "고대 흑마법인가?"

"그랬다면 차라리 나았을 겁니다."

타니아 성녀가 시선을 내려 사악한 것이 담겨 있던 물건을 바라보았다.

"검을 몸에 찔러 넣는 방식으로 칼날에 봉인한 악마를 인간에게 강령시키는 것. 전에 없던 새로운 방식의 흑마법입니다. 처음 이걸 발견했을 땐, 어쩌다 우연한 성공으로 만들어진 것이었길 바랐습니다만."

킬리언의 시선이 다시 단검으로 향했다.

"보시다시피 이미……. 지속적인 공급이 가능해졌다고 봐야 할 것 같습니다." 성녀의 목소리가 조용히 이어졌다.

"누가, 어디에서, 무엇을 위해서 이런 사악한 것을 만들었을까요."

'아마도 꽤 오랫동안, 끔찍한 마법 실험이 있었을 것입니다.'

킬리언의 시선이 부스러진 단검을 향했다. 실험…….

'역병으로 사람이 몰살당한 마을이 많습니다. 이런 것을 하나 만들어 내기 위해 필요한 대규모의 희생은 역병 희생자라는 핑계 속에 묻어 버릴 수 있었겠죠. 필요한 제물들을 거기에서 얻었을 수도 있습니다.'

방으로 돌아온 킬리언은 집무실 서랍을 열고 금 간 단검 하나를 꺼내 보았다.

'이것이 종탑 밖에서 발견되었습니다.'

하비투스의 일이 있은 다음 날 레이첼이 수거해 그에게 건네었던 이 빠진 단검이었다. 수상한 물건이었다. 사용하는 것이 불가능해 보일 정도로 삭아빠진 단검에 이상하게도 피가 묻어 있었으므로.

종탑. 신성 의식이 치러질 예정이었기에 군중들에게 에워싸이지 않도록 정리되어 있던 곳이다. 그리고 당시의 아수라장에서 대주교의 몸을 찬탈한 악마가 가장 먼저 걸어 나왔던 곳.

그곳에 가까이 갈 수 있었던 사람이 몇이나 되었을까. 더욱이 피가 묻어 있다는 것은 사용했다는 것인데. 언데드나 키메라가 제 손톱과 이빨을 두고 단검을 쓴다니 농담도 안 될 소리고. 기사의 것일 리는 없을 뿐더러 일반인이라도 이런 삭아 빠진 단검을 호신용으로 가지고 다녔을까?

어차피 엉망이 된 하비투스 대사원에서는 똑바로 진상 조사 같은 것을 할 여력도 없을 테고, 대사원은 황비와 모종의 협력 혹은 배신 관계가 있었을 가능성이 높으므로 그는 그것을 내어 주는 대신 그냥 직접 가져왔다.

뷔테르에게도 보여 봤지만 모르겠다 하고, 딱히 관련된 단서를 찾을 수도 없었기에 내버려 두었던 물건이었는데.

실험. 뭔가 사악한 것을 만들어 내는 의식…….

킬리언이 지그시 눈을 감으며 이를 사리물었다. 황비, 어디까지 갈 셈이야. 차라리 건전하게 칼이나 들고 설치라고. 킬리언은 얼굴을 찌푸린 채 의자에 몸을 깊이 파묻었다.

합리적으로 생각해 보자. 황제 폐하의 눈을 피해 황비가 홀로 그런 일을 벌일 수 있었을까? 황제 폐하도 바보가 아니다. 아무리 하루에 깨어 계실 수 있는 시간이 길지 않다 해도 황비가 벌이는 짓 정도는 파악하고 계실 것이다. 나와 개인적으로 치고받는 일이야 그간 묵인해 주고 계셨다지만, 도를 넘어선 짓을 용인하실 리 없어.

하루 이틀에 되는 일이 아닐 텐데. 이 정도 성과를 내기까지 분명 오랜 시간이 걸렸을 터였다. 게다가 무수한 생명의 희생이 따를 일. 그런 걸 숨기려면 적지 않은 돈이 들었을 것이다. 그런 엄청난 시간과 돈을 투자해야 할 일을, 그녀가 직접 벌였다면 발각되지 않았을 리가…….

정말 이 모든 게 황비 혼자서 벌인 일일까? 하비투스 대사원이 그 지경이 된 것도 분명 황제 폐하의 계산 밖의 일이었을 것인데. 주변에 사람이 남아나지 않는 황비가 직접, 이 정도의 일을, 주도적으로?

그렇지 않다면 대체 어떤 미친놈이 막대한 시간과 돈을 들여 이런 사악한 일을 벌이고, 그녀의 손을 잡는단 말인가. 복수에 미쳐 주변을 죄다 불사르는 그런 정신 나간 여자의 손을.

좀처럼 피로를 느끼지 않는 킬리언이었지만 절로 한숨이 나와 그는 마른세수를 했다. 하나가 일단락되나 싶으면 다른 하나가 터지는군. 십삼 년 전 황위를 박탈당하고 이곳에 맨몸으로 던져졌을 때도 이렇게 머리가 아프진 않았는데.

지금의 악시아스 대공은 지켜야 하는 것이 많은 사람이었다. 그의 어깨에 달린 목숨들이 많았다. 성녀의 이야기는……. 염두에는 두겠지만 지금은 내 코가 석자다.

킬리언은 손바닥으로 얼굴을 쓸었다. 답이 나오지 않는 고민에 산적한 일들까지 생각하니 정말로 머리가 아팠다. 서쪽 영지, 역병, 부서진 동쪽 별채, 아이린의 취조, 악마가 봉인된 단검, 위험한 마법 실험, 하비투스 대사원, 아베르사티 황비…….

그리고……. 한숨을 내쉬며 킬리언은 잠시 단검을 노려보다가, 신경질적으로 그것을 도로 서랍 속에 처박았다. 문득 서랍 속에, 그를 번거롭게 하는 여자가 보냈던 서신이 눈에 들어왔다. 킬리언은 가만히 손을 뻗어 그것을 집어 들었다.

집에 가는 일은 급하지 않습니다. 기다리겠습니다. – 리에타 트리스티.

킬리언이 피식 웃었다. 이 여자 때문에도 일이 늘지. 물끄러미 보다 저도 모르게 오밀조밀 적힌 예쁜 이름을 읽어보았다.

"리에타 트리스티……."

마침 침실에서 잠자리를 보던 에른이 들었는지 집무실 문간에 나타나 고개를 조아렸다. "아가씨를 드시게 할까요."

헛웃음이 나왔다. 됐다고 사양하려다 문득 시계로 눈이 갔다. 아직 잠자리에 들었을 시간은 아니었다. 벌써 자고 있진 않겠지.

"시녀들은 붙여 주었나?"

"예. 분부하신 대로 했습니다."

타니아 성녀가 제 비밀을 제대로 함구시켰는지도 물어볼 겸 옷이 잘 고쳐져 왔는지 확인이나 하자는 것이 과한 탈선은 아닐 터였다. 겸사겸사 얼굴이나 보지 뭐. 아름다운 걸 보고 기분 나빠지는 사람은 없는 법이니까.

"그래. 쿠키 가지고 와 보라 해."

집사가 조금 놀라서 눈을 떴다가, 이내 표정을 감추고 고개를 숙였다. 에른의 표정을 보지 못한 킬리언은 드레스 차림을 보고 싶은 것이니 침의 차림으로 올 필요는 없다고 말하려다가, 입을 다물었다. 안 그래도 그럴 리 없으니, 굳이 말할 필요는 없는 일이었다.

킬리언은 못마땅한 얼굴로 리에타를 쳐다보았다. 그녀는 어처구니없게도 드레스도 침의도 아닌, 원래 입던 평상복 차림이었다.

"왜 또 그 옷이야?"

"드레스는 불편해서요."

조용히 답하는 리에타의 말에 눈을 찌푸린 킬리언의 입에서 심술 맞은 목소리가 튀어나갔다.

"불편하면 아예 침의를 입고 오지 그래?"

물론 평상복이 드레스보다 편하기야 하겠지만 괜히 시녀를 붙여 준 게 아닌데. 굳이 사 준 옷을 두고 저걸 다시 주워 입고 왔다는 게 기분 나빴다. 다친 것은 타니아 성녀가 치료를 해 주었지만 기껏 꾸며 주었는데 엉망이 되었던 것이 마음 쓰였다. 그래서 다시 예쁘게 꾸며 주고 싶었던 건데.

리에타는 그의 퉁명스런 말에도 별 대꾸도, 표정도 없이 잠자코 서 있었다. 바로 몇 시간 전 그런 일이 있은 후 그가 사 준 드레스에 차마 손이 가지 않았던 것은 어쩔 수 없는 일이었다.

그리고…… 안나……. 다시 한번 사랑했던 소녀를 떠올린 리에타의 눈에 눈물이 핑 돌았다. 사람이 누군가를 미워하는 마음을 갖는 것이 어찌 죄일까. 자신이 적의를 가진 것만으로 사람이 죽을 수도 있으리라 그 누군들 예상할 수는 없었을 것이다.

그럼에도 안나를 아꼈기 때문에 리에타 역시 슬프고 아이린이 원망스러웠으나.

'안나. 네가 무사히 일어나 주기만 한다면…… 나는…….'

리에타는 아이린의 내면을 마치 자신의 감정처럼 보고 듣고 느끼고 말아서, 그녀를 온전히 미워하기만 할 수가 없었다. 아직 어둠의 장막에서 직면했던 아이린의 절절한 마음과 눈물이 생생했다.

스스로가 속아서 지게 될 형벌은 기꺼이 스스로 감내할 마음이 있었다. 찌르는 것은 다른 사람이 아닌 자기 자신. 그것이 믿었던 구석이라……. 순간적으로 이성이 흐려진 것을 인식하지 못했다. 설령 이 의식이 미혹의 마법이 아닌 다른 무언가래도 자신이 감당해 내면 되는 문제이리라고 믿었다.

서서히 깨달음이 다가오며 자신이 속은 것일지도 모른다는 의심이 두려웠던 것은, 단지 종국에 연모하는 이의 마음을 얻어 내지 못할까 봐 초조했던 것만은 아니었다.

그 누구에게도 내색한 적 없지만, 아이린은 병상에 누운 안나를 보고 끔찍한 직감과 괴로움에 시달렸다. 어쩌면, 자신이 하고 있는 것이 뭔가 잘못된 일일지 모른다고. 자신이 가지고 있는 이 단검이 뭔가 무서운 것일지도 모른다고 아이린 역시 생각하고 있었다.

'안나. 제발. 가지 마.'

그녀 역시 안나의 죽음에 말로 다 못할 충격을 받았다. 아이린은 안나의 죽음 이후 끝내 미혹의 마법을 포기했었다. 대공 전하께 모든 걸 고백할 생각이었다. 아이린 역시 죄의식과 두려움을 가지고 있었다. 그를 기다리는 시간 동안 심리적 궁지에 내몰리며 있는 대로 날카로워진 것은 그 때문이었다.

그러나 스스로 고백하기 전에 숨겨 두었던 단검을 성녀에게 발각당한 이후…… 그녀 역시 자신이 속았다는 것을 알았다.

깨달음은 빨랐다. 두려워 차마 직시하지 못하고 외면했던 진실을, 그녀는 바라보기만 하면 되었으므로. 그토록 아니길 빌었건만 기어코 자신이 죄 없는 소녀를 죽이고 말았다는 것도.

두려움과 죄책감, 절망이 불러온 히스테리가 그녀를 몰아세웠다. 검을 뽑아 든 그가 마침내 그녀를 바라봐 주었을 때, 아이린이 최후에 시도한 것은 미혹의 마법이 아니었다. 아이린의 의식을 직면한 리에타는 그 죄 없는 아이를 죽음으로 몰아간 한때의 악의를 차마 증오할 수가 없었다.

누구나 다른 사람을 미워할 수 있다. 리에타도 미워했던 사람들이 있었다. 그러나 그것이 누군가에게는 그런 치명적인 결과를 불러올 수도 있는 감정이라고 누군들 상상이나 할 수 있었을까. 한때 잠깐의 미움이 아무도 모르는 사이 무서운 비수가 되어 소녀의 목숨을 앗아 가고 만 것은 그녀의 옆에 있던 악마의 물건 때문이었다.

'선처해 주십시오. 그래도 최후의 순간, 악마에게 마음을 내어 주지 않은 여자입니다.'

정작 아이린 본인의 앞에선 그토록 무자비하게 단죄해 놓고, 악시아스 대공과 그녀만 남자 담담하게 선처를 탄원하던 타니아 성녀의 목소리가 귓가에 울렸다.

'본인이 사랑에 눈이 멀어 흑마술사에게 속았다는 것을 깨달은 순간 사악한 것을 향해 열었던 마음을 닫았기에 그 악마는 힘을 얻지 못했습니다.'

'만일 진정 누구를 해쳐야겠다는 몹쓸 마음이라도 먹었다면 그녀 자신의 몸이든 리에타의 몸이든 악마에게 숙주로 제공할 수 있었을 것입니다.'

'그럼 희생자가 나왔을 것은 물론이고, 바로 저는 숙주에 뿌리내린 고위 악마를 상대해야 했겠죠.'

악마의 물건이 아니었다면 아무리 아이린이 별채 아가씨들을 미워하는 마음을 품었던들 기껏해야 가시 돋친 독한 말과 표독스런 얼굴로 악을 쓰거나, 괜한 시비를 걸어 티타임을 망치거나, 최악의 경우에도 머리채나 잡고 투덕거리는 선에서 그쳤을 것이다.

신경질적으로 독설을 내뱉는 것 이상의 나쁜 짓은 모르는 여자였으니까. 어쩌면 안나와도 결국엔 좋은 친구가 되었을지도 모른다. 안나는 아이린이 싫다면서도 그녀의 생일 선물을 챙기고, 슬픔과 고독을 느끼지 않도록 배려하는 그런 아이였으니까…….

복잡한 머리와 반대로 텅 비어 버린 마음속에는 쉽게도 슬픔이 차올랐다. 리에타의 눈에 이유 모를 눈물이 고인 것을 발견한 킬리언이 당황해서 얼어붙었다. 그는 곧바로 사과했다.

"미안. 실언했다."

자신의 실수를 알아챘다고 생각한 그가 입술을 깨물고 한 마디를 덧붙였다. "그대를 희롱하려는 의도가 아니었어."

손을 들어 다가가려다가, 그런 소리를 해 여자를 울린 자신이 위로하겠답시고 가까이 가는 것이 더 나쁘다고 여겨 차마 다가가지도 못하고 도로 손을 내려 책상 모서리를 꽉 틀어쥐었다.

이젠 제법 날 편하게 여기는 것 같아 이 정도 심술은 농담으로 넘겨 줄 거라고 생각하고 말았는데. 무신경했다. 상처가 많은 여자라는 것을 잊고 있었다. 빌어먹을 수도원장, 빌어먹을 카사리우스.

킬리언과의 첫 만남도 썩 좋았다고 할 순 없었다. 이 여자에게 나는 어쩔 수 없이 좋은 낯으로 대해야 하는 어려운 상사일 수밖에 없는데. 더욱이 그런 상처가 있었던 사람에게.

리에타는 꾹 입술을 물고, 옆으로 고개를 돌린 채 눈물이 흐르려는 것을 참고 있었다. 그러나 눈 가득 그렁그렁 고인 눈물이 도로 들어갈 순 없었다. 결국 눈물이 흘러내리는 것을 재빨리 손으로 닦았다. 손에 든 쿠키

꾸러미가 그 결에 바스락거렸다.

쿠키나 가져오라고, 왜 드레스를 안 입었냐고 하시는 악시아스 대공 전하께서는 아이린을 지하 감옥에 처넣으신 일 같은 것은 벌써 잊어버리신 것 같았다.

같은 시간, 같은 장소에서 함께 보낸 시간인데, 어쩌면 이토록 다를 수 있을까. 리에타는 자신이 오랫동안 잊고 있었던 사람을 생각했다. 그녀를 위해 그녀와 너무도 다른 시간을 보냈던, 한때 누구보다도 가까웠던 사람을.

킬리언은 잠시 머뭇거리다가 리에타가 앉도록 의자를 빼놓아 주고 "앉아." 한 뒤, 책상 건너편에 가서 앉았다. 리에타가 유령처럼 의자에 다가가 앉았다. 초조하게 깍지 낀 손을 테이블 위에 올려놓고, 킬리언이 어렵사리 입을 열었다.

"……몹쓸 상사가 됐군."

리에타는 정말로 한순간 눈물을 보이고 원래의 표정으로 돌아갔을 뿐이었지만, 자신의 경솔함을 자각한 킬리언은 꽤나 충격을 받았다. 이 정도였나, 내가? 섬세한 어투 같은 것과는 거리가 멀어져 있을지언정 멍청이는 아니라고 생각했는데.

킬리언은 또래 아가씨들이 사교계 데뷔를 하는 나이에 살인을 저지르고 폐위를 당했다. 가지고 있던 모든 것을 잃고 악시아스로 온 후 십삼 년. 자연히 사교계에서도 방외인이 된 지 오래. 살아남기 위해 난폭해진 데가 있고 성미가 급해졌다는 점은 자각하고 있었지만, 설마 이 정도로 무신경해져 있었을 줄은.

"상처가 됐으면 미안하다. 내가 무신경한 소리를 했어."

킬리언이 다시 사과했다. 리에타가 조용히 청회색빛 눈을 들어 그를 보았다.

"실언이었다. 그런 뜻은 아니었는데……." 중언부언 말하다 멈춘 킬리언이 제 이마를 짚었다. 그리고 이내 마른 손바닥으로 얼굴을 쓸어내렸다.

"……아니, 그냥 내가 미안."

작게 고개를 저으며 "아닙니다." 대답한 리에타는 이미 눈물을 그치고 표정을 가다듬은 후였다. 하지만 킬리언이 보기엔 어딘가 영 좋지 못한 얼굴이었다. 그렇게 안 좋은 표정을 본 일이 드문 것 같아 그는 내심 상당히 놀랐다. 킬리언은 어색하게 리에타의 안색을 살피며 그녀를 달래려 애썼다.

다시는 그런 무신경한 농을 하지 않겠다. 옷은 얼마든지 입고 싶은 대로 입어라. 아예 편한 평상복을 하루에 세 벌씩 갈아입을 수 있도록 사 줄까?

조급하게 몇 마디를 더 덧붙여 보았지만 리에타의 어두운 표정은 나아지질 않았다. 당황한 킬리언이 머리카락을 쓸어 넘기며 초조하게 주먹을 쥐었다 폈다 했다.

"주인님. 차를 올리겠습니다."

에른의 목소리가 문 밖에서 들려왔다.

"들어와."

노집사가 트롤리를 밀고 들어왔다. 티테이블에 차를 세팅하려는 에른을 보고 킬리언은 그냥 책상으로 가져오라 했다. 지금은 티테이블에 마주 앉는 것보단 이 정도 거리감이 적당하다는 생각이 들었다. 능숙하게 책상 위에 공간을 만들고 차를 따르던 에른이 지나가듯 웃으며 말했다.

"아가씨께서 계시니 영주님께서 간식을 다 드시는군요."

킬리언은 문득 멈칫하며 에른을 올려다보았다. ……아가씨? 에른이 원래 리에타를 아가씨라 불렀던가? 에른은 차를 세팅한 후 여느 때처럼 정중한 인사만 남긴 채 물러갔다.

리에타가 말없이 쟁반 위에 쿠키 꾸러미를 풀어 놓았다. 은쟁반 위에 달그락 달그락, 쿠키가 놓이며 부딪치는 소리가 들렸다. 그녀가 쿠키가 한

가득 담긴 쟁반을 그를 향해 밀어 주었다.

이게 뭐람. 뭔가 이상하고 우스꽝스러운 기분이 드는데 뭐가 문제인지 정확히 말할 수가 없었다. 지금 이걸 먹으라고……. 물끄러미 쳐다보던 킬리언이 결국 쟁반 위 쿠키를 하나 집어 들고 오도독 깨물었다.

……쿠키가 본론이긴 했지. 리에타는 전혀 손대지 않고, 어색함을 어쩌지 못한 킬리언 혼자서 생전 먹지도 않던 쿠키를 거의 다 집어먹을 즈음, 리에타가 침묵을 깨었다.

"동쪽 별채에 계시는 아가씨들은……, 영주님께 어떤 의미가 있는 분들인가요?"

킬리언의 손이 멈추었다. 그는 조금 떨떠름한 얼굴로, 겨우 목소리를 들려 준 여자를 바라보았다.

"뭐?"

리에타는 질문을 바꾸어 물었다.

"동쪽 별채 여자 분들은, 전부 기사님들이신가요?"

킬리언은 리에타를 바라보았다. 그녀는 시선을 모호하게 떨군 채, 그와 눈을 마주치지 않고 있었다. 킬리언은 조금 느리게, 방어적으로 답했다.

"그대에게 입단을 제안했다곤 해도 아직 그대는 외부인인데. 기밀을 묻고 있다는 자각은 있겠지?"

리에타가 침묵했다. 그녀는 잠시 후, 질문을 바꾸어 다시 물었다.

"별채에…… 진짜 영주님의 여인이 있긴 있나요?"

이번엔 킬리언이 입을 다물었다. 진짜 내 여자? 현재형으로 그의 여자는 없지만, 과거형으로 그의 여인이었던 여자는 있었다. 하지만 근 몇 년간은 침실로 부른 적 없는데……. 제기랄. 이게 무슨 말장난이야? 킬리언은 자기기만을 때려치웠다.

과거형이고 나발이고 그의 여인이긴 한 여자가, 한때 그의 침실에 들었던 여자가 없지는 않았다. 그걸 리에타가 알게 하고 싶지 않았다. 킬리언이 방어적인 태도로 반문했다.

"그건 갑자기 왜?"

리에타는 잠깐 틈을 두었다가 중얼거렸다.

"아이린에게…… 희망이 있었나요?"

생각지도 못한 말에 뒤통수를 맞은 킬리언이 멈칫했다. 무슨 말을 하고 있는 거지? 의도를 파악하지 못한 킬리언이 빤히 리에타를 쳐다보았다. 평소보다 어두운 얼굴로, 언제나 어려운 이야기를 하기 전에 머뭇거릴 때처럼. 그녀는 손끝을 매만지고 있었다. 잠시 후 리에타가 다시 입을 열었다.

"동쪽 별채에 영주님의 여자가 하나도 없다면, 그건……."

리에타가 찻잔에 비친 그의 그림자를 향해 작게 말을 이었다.

"……영주님의 마음을 바라고 들어온 아가씨들에게는, 기만…… 아닌가요?"

감히 그 누구도 그의 사생활을 간섭한 일이 없었다. 이런 식의 비판을 받아 보리라 상상하지도 못한 킬리언은 있다고도 없다고도 대답하지 못한 채 굳어 버렸다.

"타니아 성녀님. 메르데스의 권능 말인데요. 사람의 정신에는 좋지 않을 수 있다고 하셨잖아요."

"그랬죠?"

"어디까지…… 안 좋은 영향을 미칠 수 있나요?"

"심하면 미치게 되는 경우까지 있지. 그건 갑자기 왜요?"

리에타는 비로소 모든 것을 이해했다는 표정으로 침착하게 끄덕였다.

그녀는 미쳤던 것이었다.

기만. 내가? 이용했느냐고 묻는다면, 맞다. 부정할 수 없겠지. 기사들만 모아 두는 것보다 진짜 애첩들도 섞여 있는 편이 훨씬 위장하기에 좋았으니까. 그렇게 보이길 바라서, 진짜 아무것도 모르는 평범한 여자들을 섞어 두었던 계산이 없진 않았다.

하지만 피차 원하는 바가 맞아 합의된 관계였다. 그는 그녀들이 위험에 빠지지 않게 보호했고, 부당하게 대우하지 않았고, 얼마든지 원한다면 머물 수 있게, 떠나고 싶다면 떠날 수 있게 해 주었다.

지내는 데 불편함이 없도록 편의를 봐 주었다. 돈도 섭섭하지 않게 주었지만…… 정말 돈을 바라 남아 있는 사람들이었나?

그들은 몸을 파는 여자들이 아니었고, 그가 준 돈도 화대가 아니었다. 그녀들은 무엇을 바라 그곳에 남아 있었나.

기만이었을까? 킬리언은 번민의 힘으로 밤새도록 서류에 파묻혀 일을 처리하며 자신과 연이 닿았다가 떠나갔던, 더러는 눈물을 보이기도 했던 여자들과 이 수많은 서류 틈새에서도 스러지질 않는, 지금 자신을 가장 번민하게 하는 여자를 생각했다.

다음 날, 시찰을 가기로 한 킬리언은 지난밤의 사건과 관련해 오전 중으로 처리할 일들이 많아 타니아 성녀보다 조금 늦게 서쪽 영지로 출발하게 되었다. 리에타와 함께 시찰을 가겠다는 이야기도 전해 두었다.

오전의 업무를 다 마치고 리에타를 데리러 간 킬리언은 리에타의 모습을 보고 그녀를 만나자마자 하려던 말을 잊어버렸다. 언제나처럼 금발을 단정하게 땋아 틀어 올린 리에타는 가죽 바지에 흰 셔츠를 입고 조금 어색한 얼굴로 다소곳하게 서서는 하늘색 말간 눈으로 그를 올려다보고 있었다.

'치마 입고 말 타는 건 한계가 있지. 외성에 나갈 땐 이렇게 입어도 괜찮겠군.'

그래……. 어제 사 준 것 중에 저런 것도 있었지. 킬리언이 마른 손바닥으로 얼굴을 쓸며 한숨을 내쉬었다. 저건 좀…… 잘못 사 준 것 같은데.

"……팔 들어 봐."

킬리언은 어깨의 망토를 풀어 그녀의 허리에 감아 두른 뒤 질끈 묶어주었다. 결국 다시 치마 차림 비슷한 것이 된 리에타는 영문을 모른 채 멀거니 그가 해주는 대로 가만히 있었다. 묵묵히 그녀를 앞에 태운 킬리언은 그 뒤에 올라앉아서야 입을 열었다.

"……어제 그대가 한 이야기, 생각해 봤는데."

어젯밤에 지껄인 자신의 미친 소리를 떠올린 리에타의 얼굴은 사색이 되었다.

"……합리적이더군."

리에타는 멍하니 넋이 나가 그를 올려다보았다. 평소보다 피로하게 보이는 킬리언은 골똘히 생각에 잠겨 있었다. 눈이 마주치자, 그는 그녀의 머리에 모자를 푹 눌러 씌우며 말했다.

"바로잡겠다."

리에타는 이내 침착하게 이 사태를 이해했다. 영주님 역시 메르데스의 권능에 노출되셨었지. 간밤의 저처럼 잠깐 정신이 혼미하신 것이다.

리에타는 뭐라 말하기 어려운 표정으로 앉아 있다가, 잠자코 몸을 돌려 그의 목에 축성 목걸이를 걸어 주었다. 킬리언의 시선이 문득 그녀의 목으로 향했다. 새하얀 셔츠 깃 틈새로 드러난 리에타의 하얀 목에 그가 선물했던 목걸이는 걸려 있지 않았다.

뚱한 표정으로 리에타를 쳐다보던 킬리언은, "축성해 줘." 툭 뱉으며 그녀에게 고개를 숙였다.

목걸이가 있는데……. 생각하면서도 리에타는 그의 이마에 입 맞추었다. 아직 권능의 후유증에서 벗어나지 못하셨구나. 과연 이름 높은 고위 악마였다. 이 얼마나 무서운 일인가. 리에타는 그를 위해 속으로 기도했다.

"나 혼자 결정할 일이 아니긴 하지만."

성문이 열리는 것을 기다리며, 뒤에서 고삐를 쥐고 있던 킬리언이 리에타를 향해 담담하게 말했다.

"타니아 성녀도 그대도 그렇게 말하고 내 생각하기에 타당한 점이 없지 않으니. 아이린을 선처하는 방향도 가능성을 열어 두고 유가족들에게 의향을 묻도록 하겠다."

리에타가 눈을 깜박였다. 유가족? 그게 무슨 말인지 물어볼 틈은 없었다. 킬리언이 말에게 박차를 가했다. 그들이 탄 흑마가 달리기 시작했다.

킬리언은 그날 저녁, 동쪽 별채 여자들을 하나하나 단독으로 면담해 아이린을 어떻게 벌하길 바라는지 물었다. 그리고 몇몇 여자들에게는, 혹시 아직 자신을 마음에 두고 있는지 물었다. 허심탄회하게 웃으며 답한 몇몇 여자들은 놀랍게도 그로부터 미안했다는 말을 들었다.

킬리언은 그를 사랑했던 여자들과 처음으로 깊은 대화를 나누었다. 여자들은 멍하니 그를 보고 있다가 몇 마디 대화를 더 나누고는, 더러는 눈에 아롱아롱 눈물이 고였다. 더러는 짐짓 괜찮다고 말하며 애틋한, 혹은 담담한 미소를 지어 보였다.

킬리언을 사랑했으며, 한때 그가 주었던 애정이 떠나간 후에도 가장 오래 그의 곁에 남아 있던 여자들이 처음 터놓는 속내를 다 들은 후, 킬리언은 다시 한번 사과했다.

그리고 마지막에는, 나의 곁을 떠나 그대들이 있어야 하는 곳으로 가서 자신의 행복을 찾길 바란다고 말했다. 모든 여자들이 즉시 대답을 하지 못하거나 거절했다. 여자들에게는 동쪽 별채가 정리되기까지 한 달가량 생각할 시간이 주어졌다.

"아이린은 어떤 벌을 받게 되나요?" 리에타가 물었다.

"안나의 가족들이 의논하여 결정할 것이다." 킬리언이 답했다.

아이린은 감금된 곳에서 자살을 기도했다.

"죽는 것은 쉽지." 동쪽 별채에서 가장 안나를 아꼈던 여자, 헬렌이 가라앉은 목소리로 말했다. "당신은 어렵게, 속죄하며 살아요."

아이린의 아버지인 슈펠만 백작은 딸이 저지른 일을 전해 듣고 격노했다. 이미 거짓말로 집을 나와 악시아스에 몸을 의탁했을 때 오가던 혼담이 깨지며 그의 명예에 먹칠을 했다고 의절하다시피 했던 딸이었다. 슈펠만 백작은 노발대발하며 자신은 그런 딸이 없으니 대공께서는 그런 어리석은 계집애는 어디 노예상에나 팔아 버리시라고 대답했다.

다행히 그녀의 어머니인 슈펠만 백작부인이 악시아스 대공에게 몸소 찾아와 용서를 빌었다. 상당한 재력가인 백작부인은 동쪽 별채의 어린 소녀의 죽음에 눈물로 사죄하며 대공에게 적지 않은 위자료를 바치려 하였으나 킬리언은 싸늘한 얼굴로 코웃음을 치며 이렇게 거절했다.

"당신, 나보다 돈 많아?"

악시아스 대공은 그대로 백작부인을 남겨 둔 채 휑하니 나가 버렸다. 제 주군의 인격이 땅에 떨어지는 것을 보고 레너드가 애써 수습했다. "아끼셨던 애첩이라……." 썩 효과적인 수습은 아니었다.

슈펠만 백작부인은 아이린을 면회하고 타니아 성녀와 면담한 후, 아이들을 위한 역병 구호 재단을 설립하여 딸과 함께 투신하겠노라 약속했다.

또한 희생된 소녀의 위령을 위해 추후 악시아스 사원의 건립에 보탬이 되기를 바라노라며 슈펠만 백작가가 소유한 대리석 광산과 은 광산을 악시아스에 십 년간 무상으로 대여하겠다고 제안했다.

명불허전 타니아 성녀의 수완에 창백해진 백작부인의 수행원들이 혀를 내둘렀다. 동쪽 별채 여자들과 이야기를 나눈 후, 악시아스 대공은 백작부인의 제안을 받아들이기로 했다.

애석하게도 아이린의 심문은 별 성과 없이 끝났다. 아이린은 그녀에게 접근해 '미혹의 마법'이라고 속여 단검과 바실리스크의 피를 팔았던 사람은 나이 많은 남성 흑마법사로, 항상 로브를 입고 검은 후드로 얼굴을 감싸고 있어 얼굴을 보지 못했다고 증언했다.

흑마법사는 마치 그녀와 대화할 기회를 노리고 있었던 것처럼, 언제나 아무런 약속도 없이 그녀가 외진 곳을 지날 때마다 불쑥 불쑥 나타나곤 했다고.

처음에는 상종하지 않으려 했으나 축성술사 리에타가 미혹의 마법으로 악시아스 대공의 마음을 빼앗았다는 말에 흔들렸다고 했다. 킬리언과 리에타가 하비투스 대사원으로 떠난 후, 흑마법사에게 승낙의 말도 거절의 말도 하지 못하고 돌아온 날.

어느 틈에 바꿔치기를 한 것인지 손가방 안에 넣어 두었던 지갑이 사라지고 단검과 푸른 피가 든 유리병이 담겨 있는 것을 발견했다고 아이린은 말했다. 밤이 되기 전에 이 마법진을 방에 그리지 않으면 단검의 존재를 들키게 될 거라는 쪽지도 함께였다.

단검과 유리병을 내다 버릴 수도 있었지만 덜컥 겁이 난 데다 마음이 흔들리고 만 아이린은 그러지 못했다. 일단 이것을 숨겨야 한다는 생각에 사로잡힌 아이린은 다급히 도서관으로 달려가 쪽지에 쓰인 마법진이 어떤 것인지 찾아보았다. 그리고 그것이 단순히 마법적 기운을 숨겨 주는 흔한 마법진이라는 것을 확인한다.

'위험한 마법진은 아니다. 위험한 마법진은 아니야.' 되뇌며 다급하게 방에 마법진을 그린 후, 아이린은 방문을 걸어 잠그고 외성 지역으로 뛰쳐나가 거리를 배회했다.

혼자가 될 때마다 귀신같이 나타났던 흑마법사는 아이린이 몇 시간이나 그를 찾아 헤맨 후에야 새파랗게 질린 그녀 앞에 나타났다. 항의하려 했지만 이미 당신은 나의 흑마법을 샀고, 마법진을 그린 이상 공범이라는 말로 몰아세워졌다. 악시아스 대공의 마음을 얻고 싶지 않느냐는 달콤한 회유도 뿌리칠 수 없었다. 겁을 먹은 아이린은 그의 교묘한 협박과 회유에 굴복하고 말았다.

그리고 그는 미혹의 마법을 시행하는 방법이라며 단검으로 킬리언을 찔러야 한다 말했다. 못하겠다고 하자 그러면 대공의 앞에서 그것으로 자기 자신을 찔러도 효과를 볼 수 있다 하였다. 아이린은 받아들였다.

모두 그들이 하비투스 대사원에 불려 가 자리를 비웠던 시기에 일어난 일이었다. 베일 너머에 몸을 숨기고 참관한 타니아 성녀와 메르데스가 그녀의 증언에 거짓이 없음을 입증해 주었다.

그 후 며칠 동안 아이린을 외성 지역에 내보내고 변복을 한 기사들을 풀어 미행해 보았지만, 흑마법사는 이미 낌새를 챈 듯 더 이상 나타나지 않았다.

심문이 종료되었다. 일주일 후, 아이린을 데려갈 마차가 악시아스에 도착했다.

기사들이 탑의 문을 열어 주고, 아이린은 수수한 검은색 로브를 걸친 채 바깥으로 나왔다. 예쁘게 꾸몄을 때는 생기 있고 탐스러웠던 붉은 곱슬머리는 빛을 잃고 하나로 묶인 채 잿빛 보닛 아래 가려져 있었다.

홀로 그녀를 전송하러 나온 리에타가 말없이 그녀를 마주보았다. 리에타는 작별의 인사를 대신해 조용히 허리를 숙였다. 잠자코 그녀를 바라보던 아이린은 조용히 옆에 짐을 내려놓고 손가방을 풀었다. 잠시 후, 가방에서 뭔가를 꺼낸 그녀가 리에타를 향해 손을 내밀었다.

"……."

아이린의 손 위에 올려져 있는 것은 끝에 녹색 자수가 들어간, 하얀 실크 리본이었다.

"……당신을 모욕하려는 건 아니에요. 그저 여기서 얻은 것은…… 다 두고 가야 할 것 같아서."

포장은 풀어져 있었지만 한 번도 사용하지 않은 리본은 처음 모양 그대로인 듯 예쁘게 끈으로 묶여 있었다.

리에타는 물끄러미 그녀의 손을 보다가 저도 모르게 "하……." 하고 탄식처럼 웃었다. 리에타는 조용히 그것을 받아 들고, 리본을 묶은 끈을 풀어내며 말했다.

"전해 드린 거예요."

묶은 끈을 풀어낸 리본을 잡고 손으로 쓸어 만지며 접혀 있던 모양을 자연스럽게 펼쳤다.

"제 선물이 아니었어요."

리에타는 풀어낸 리본을 들고 아이린을 향해 다가갔다. 갑자기 다가오는 리에타를 보고 아이린은 주춤 물러섰다. 리에타는 멈추지 않고 그녀의 바로 앞까지 다가갔다. 그리고 그녀의 손목에 그것을 묶어 주었다.

"가져가세요."

아이린은 리에타에게 손목이 잡힌 채로 달아나듯 상체를 뒤로 물렸다. 리에타는 표정 없이 말을 이었다.

"돌려드릴 분이 안 계시네요."

아이린의 눈에 혼란스러운 의혹이 떠올랐다. 아이린은 반신반의하는 얼굴로 리에타를 보았다가, 자기 손목으로 시선을 내렸다. 그러는 그녀를 보고, 리에타는 생각지도 못했던 마지막 작별 인사를 입에 담았다.

"행복하세요."

아이린이 고개를 들어 리에타를 바라보았다.

"아마, 그분이라면 그렇게 말했을 것 같아서요."

아이린은 우두커니 서 있었다. 잠시 후, 그녀는 고개를 돌려 악시아스 성을 올려다보았다. 사랑했던 사람이 머무는 곳, 하늘을 향해 곧게 선 회색빛 성이 그 동쪽 편에서 잠시 머물렀던 이 년, 어느 미쳤던 여름날을 떠나가는 그녀를 내려다보고 있었다.

아이린은 잠깐 그렇게 서 있다가 "행복할 염치가 없는 이에게 행복은 빌어 줄 필요 없어요." 중얼거리며 마차를 향해 돌아섰다. 떨리는 손으로 홀로 짐과 가방을 움켜쥐고 조금 비틀거렸지만, 아이린은 멈추지 않고 마차를 향해 곧게 걸어갔다.

이내 아이린은 마차 앞에 도달했다. 가느다란 손목에서 고운 리본이 하늘거렸다. 마차에 오르기 직전, 그녀는 잠깐 멈추어 서서 옆으로 조금 고개를 돌리고는 "축성은 고마웠어요." 들릴 듯 말 듯한 목소리로 속삭인 후 마차에 올랐다.

"대공 각하. 동쪽 별채 아가씨들을 내보내겠다고 하셨습니까?"

킬리언이 레너드를 향해 고개를 들었다.

"아아, 기사들은 빼고."

레너드가 당황한 얼굴이 되었다.

"곤란하지 않으시겠습니까?"

지금 동쪽 별채 기사단이 그들의 정체를 효과적으로 숨기고 있는 것은 동쪽 별채에 실제 그의 애첩들로 평범한 삶을 살던 여자들이 섞여 있기 때문이었다.

그런 여자들이 모두 빠진다면 남는 것은 예비 기사 코스를 밟았던 전적이 있거나, 용병이었거나, 군인이었거나, 과거가 베일에 싸인 여자들이 대부분…….

"동쪽 별채 여자들이 전투 병력이라는 것을 숨기기 어려워질 겁니다."

과거가 밝혀지지 않은 여자들이 어느 정도 섞여 있다 해도 절반 이상이 전투와 관계가 있는 여자들이라면 의심을 피할 수 없을 것이 뻔했다. 대부분 특수 무예를 익힌 여자거나 용병 길드 혹은 도둑 길드 출신. 알아보려고만 한다면 몸을 단련한 여자들이라는 것은 금방 티가 날 터였다.

게다가 정체가 밝혀지면 아예 밖에 돌아다닐 수 없는 불법 신분인 사람들도 있지 않은가. 그의 호위를 해야 하는 사람들이 오히려 그의 약점이 될 수도 있었다. 킬리언은 담담히 답했다.

"이미 황제 폐하께서 아신 마당에 더 이상 누구에게 알려질까 전전긍긍

할 이유가 없어. 어차피 하비투스 대사원에도 생존한 목격자들이 많이 남았지. 입단속엔 한계가 있다."

이 정도면 오래 버텼지. 솔직히 그 정도로 활약해 줬으니 그 순간을 위해 숨겨 왔다고 봐도 서운함이 없었다.

레너드도 '저의 임무니까요.' 하고 대답하던 렉터스 유스티오의 얼굴을 떠올렸다. 킬리언이 한쪽 입꼬리를 올리며 웃었다.

"물론, 여전히 애첩 핑계는 유효해. 암암리에 칼잡이들이라는 소문이 도는들 내가 애첩들을 대동하겠다는데 감히 누가 막을 것이지?"

앞으로 여기사들을 전혀 못 쓰게 된 것도 아니고, 이 정도면 억울하지 않았다. 앞으론 내가 하기에 달린 거지. 그가 의자에 몸을 파묻으며 여유롭게 팔짱을 꼈다.

"차라리 앞으로는 애매하게 껄떡대는 놈들이 줄지 않을까 싶어 나는 오히려 이쪽도 나쁘지 않겠다 싶군."

레너드가 주저하며 입을 열었다.

"하지만……. 다른 사람들에게 알려진다면 동쪽 별채 여자들이 전과 다른 위험에 노출되지 않겠습니까?"

킬리언이 웃으며 고개를 기울였다.

"그대는 지금 누구를 걱정하는 거지?"

레너드가 입을 다물었다. 습격이라도 터진다면 걱정해야 할 것은 그녀들이 아니라 상대방 쪽일 터였다. 목숨의 위협을 당하기는커녕 상대방 쪽을 도륙 낼 사람들이었다. 실제로 지금까지 그렇게 뒤탈 없이 일을 처리해 왔고.

"처음부터 언제까지고 숨길 수 있으리라 생각하지 않았어. 그걸 위해 동쪽 별채에는 애초에 어떤 위험에서도 제 몸 하나는 지킬 수 있을 정도의 인물들만 받았고."

킬리언은 태평한 태도로 말을 이었다.

"뭐 그런 것은 부수적인 이유고."

킬리언이 보던 서류를 덮어 넘겼다.

"유능한 여자들을 너무 오래 숨겨 두었잖아. 몰래 훈련하는 데도 한계가 있지. 명검도 사용하지 않고 숨겨만 두면 녹이 스는 법인데."

레너드가 눈을 휘둥그레 떴다.

"그 말씀은……."

킬리언이 자리에서 일어나며 답했다.

"여기사들도 이젠 그대들과 함께 훈련한다. 그렇다고 너무 대놓고 하진 말고. 악시아스 성 안에서만 적당히 알아서. 할 수 있겠지?"

불쑥 집무실 창문 위에서 검은 커트 머리의 여자가 머리를 내밀었다.

"네."

레너드가 칼에 손을 갖다 대며 기겁했다. 거의 검을 뽑을 뻔했다. 창문에 박쥐마냥 거꾸로 매달린 여자의 보라색 눈이 그를 놀리듯 새초롬하게 휘었다. 킬리언이 딱한 눈으로 레너드를 바라보았다.

"레이첼. 앞으로 레너드를 잘 부탁하지. 그대가 가르쳐 주는 한 수가 절실히 필요한 친구야."

레이첼이 싱긋 웃었다.

"싫은데요. 친구랑 엮인 남자는 관심 없어요."

레너드가 레이첼의 망언에 눈을 부릅떴다. 레이첼이 쏙 혀를 내밀었다. 킬리언이 레이첼을 향해 손가락을 까딱했다. 그녀가 킬리언을 향해 홱 손을 뿌렸다. 너무 빨라 보이지도 않는 비수가 쌕 날았다.

무섭게 날아오는 비수를 공중에서 손가락 사이로 낚아챈 킬리언은 고쳐 잡지도 않고 바로 방향만 바꾸어 그것을 과녁을 향해 던졌다. 과녁판이 충격에 움찔 기울어지며 비수와 함께 벽에 콱 틀어박혔다.

과녁 속에 그려진 사람의 형상에 아슬아슬하게 비수가 꽂혔다. 잔진동이 멈춘 비수는 사람 머리의 윤곽선 안으로 조금 걸쳐 있었다. 킬리언이 쯧 혀를 찼다. 레이첼이 점수를 매겼다.

"죽었네요. 영 점."

"응급처치 잘하면 안 죽을걸? 구 점."

킬리언이 정정했다. 레너드가 기겁했다.

"그런 위험한 장난 좀 하지 마십시오! 둘 다 안전 불감증 아닙니까?!"

레이첼이 픽 웃으며 창틀을 잡고 공중제비를 넘어 사뿐히 집무실 안으로 들어갔다.

"장난이라니. 나름대로 훈련이거든?"

그리고 과녁에 꽂힌 비수를 회수하기 위해 걸어갔다.

"레이첼."

킬리언이 손짓했다. 과녁에 가다 말고 다가온 레이첼에게 킬리언은 집무실 책상 위에 놓여 있던 섬세하게 세공된 흑단 나무 상자 하나를 내밀었다. 레이첼은 의아한 빛으로 묵직한 상자를 받아 들었다.

"선물."

상자가 낯익다는 것을 알아본 레이첼의 눈에 설마 하는 빛이 반짝 비쳤다.

"열어 봐도 돼요?"

킬리언이 고개를 까닥였다. "좋을 대로."

상자를 열어 본 레이첼의 눈이 휘둥그레졌다. 자줏빛 공단이 깔린 고급스런 나무 함 안에는 우아하고 세련되게 세공된 아름다운 은제 비수가 한가득 들어 있었다. 날카롭게 벼려진 날이 햇빛을 산란시키며 반짝 빛났다.

"세상에, 뷔셰트 한정판……!"

예쁜 비수를 수집하는 것을 좋아하는 레이첼의 얼굴에 순간 놀란 표정이 번지다가 합, 하고 딱 벌어진 입을 가리며 함박웃음을 참았다. 레이첼이 발을 동동 구르며 마음에 들어 하는 것을 확인한 킬리언이 웃었다.

“험한 일 하느라 수고했어.”

“험한 일요?”

레이첼이 얼굴에서 웃음기를 지우지 못한 채 어리둥절하게 고개를 갸웃 했다. 킬리언은 어깨만 으쓱했다.

“뭔지 모르겠지만 감사해요.”

레이첼은 예쁜 보라색 눈을 접어 생글 웃고는 상자를 소중히 옆구리에 에 끼었다. 다음 순간 그녀는 창틀 위를 잡더니 가볍게 몸을 뒤집어 휘릭 지붕 위로 사라졌다. 킬리언이 피식 웃었다.

동쪽 별채. 진작 이랬어야 했다. 애초에 물 밑에서 뭔가를 도모한다는 건 그닥지 않은 일이었다. 킬리언은 스스로의 결정이 마음에 들었다.

리에타의 말에서 힌트를 얻은 김에 옛 연인들만 아니라 기사인 여자들의 복지까지도 잊지 않았다. 역시 어딜 가도 나만 한 영주는 없을 거야.

이후 킬리언은 레너드와 함께 여기사들의 훈련 일정이나 장소, 앞으로의 방침에 대한 이야기들을 나누었다. 킬리언은 동쪽 별채 이야기를 마무리 지었다. 그리고 그의 충직한 심복의 이름을 불렀다.

“레너드.”

“예?”

“아슬란*이 낳은 넷째에게 관심이 있다고.”

레너드가 찔끔한 얼굴로 고개를 저었다.

“아, 아닙니다. 그냥 좋은 군마가 될 것 같다는 의미로……. 하슬러 놈이

◇◇◇◇

* 레아의 어미 말

입이 싸죠."

킬리언이 가볍게 끄덕였다.

"그대 집 마사에 가 봐."

"……예?"

킬리언이 스스로 과녁에 가 비수를 뽑으며 말했다.

"좋은 이름을 붙여 줘."

얼이 빠져 있던 레너드의 얼굴이 서서히 얼굴이 벌게졌다. 그리고 잠시 후, 살짝 고개를 옆으로 돌려 주먹에 대고 헛기침을 한번 하더니 솔직하게 말했다.

"표정 관리가 안 되네요."

"그러네."

"물러가 보겠습니다."

"그렇게 해."

"사랑합니다, 대공 각하."

"알아."

레너드는 푸핫, 웃고는 호쾌하게 애정 넘치는 경례를 올리고 물러갔다. 사랑하는 기사들이 좋아라하며 물러가고, 다시 혼자가 된 킬리언은 피식 웃었다. 나도 좀 나 같은 주군이 있었으면 좋겠네. 킬리언은 자기 자신에게도 상을 주고 싶다고 생각했다.

점심 무렵, 도서관에 다녀오던 리에타는 악시아스 성의 본성 뒤편, 도서관과 연무장 사이 돌계단 길을 내려오다 벽에 기대어 서 있던 킬리언과 마주쳤다. 나무 덩굴과 연보랏빛 상사화가 우거져 아치를 만들고 있는 바람

이 선선하고 그늘이 져 쉬기 좋은 길이었다. 그를 발견한 리에타가 공손히 고개를 숙여 인사했다.

"영주님을 뵙습니다."

킬리언이 가만히 고개를 들어 그녀를 쳐다보았다. 솨아아아. 바람 소리가 나뭇가지를 흔들었다. 그 결에 놀란 새들이 삑삑거리며 일제히 날아올랐다.

"어디 다녀오는 길인가."

"도서관에……. 아, 출입 허가를 해 주셔서 감사합니다. 영주님께서 허락하셨다고 집사님께서……."

리에타가 황급히 에른이 써 준 출입 허가증을 소맷부리에서 꺼내어 펼쳤다. 킬리언이 피식 웃었다.

"악시아스 성에서 그대를 막을 사람은 없다."

일전에 역병 격리 구역에서의 일을 마음에 둔 모양이지. 리에타는 출입증을 펼쳐 든 채 조금 얼떨떨한 낯으로 그를 바라보고 있었다.

"그대, 리에타."

그녀가 속눈썹을 아래로 드리운 채 평소보다 낮은 위치에 있는 그를 내려다보며 말간 눈을 깜박였다.

"그대에겐 출입증이 필요하지 않아. 성 안에서 그대가 원하는 곳 어디든 그대 마음대로 다닐 수 있으니."

리에타가 어정쩡하게 펼쳐 들고 있던 출입증을 두 손에 쥔 채 머뭇머뭇 대답했다.

"아……. 네……. 감사합니다."

따스한 여름 햇살 아래 점점이 이파리에 가린 그림자. 햇살과 그늘이 함께 아롱져 흔들리는 말간 얼굴이 언제나처럼 예뻤다. 새삼스럽게도.

어떻게 저런 색이 나올까. 리에타의 눈은 청유리보다는 하늘색에 가깝고, 하늘색보다는 투명하고 깊었다. 바다 같은가 하면 그것보다는 엷고 맑았다. 리에타의 머리카락은, 한밤의 달빛 같은 여리고 은은한 금빛이었다. 한낮에 뜬 달빛 같으면서도 햇빛에 색을 잃고 묻히지 않았다.

킬리언이 기댄 몸을 일으켜 돌계단을 걸어 올라갔다. 리에타가 계단 위에 서서 그를 내려다보고 있었다. 킬리언은 그녀의 두 걸음 아래 계단에 멈추어 섰다. 그곳에 서고서야 비로소 눈높이가 맞았다.

동쪽 별채에 대해, 이러저러한 별거 아닌 이야기들을 말해 주고 싶기도 했지만, 킬리언은 그냥 물끄러미 그녀를 쳐다보다가 말했다.

"축성해 줘."

"예?"

리에타는 얼떨떨한 얼굴로 그를 쳐다보았다.

"성 밖에 나가세요? 저도 준비할까요?"

"아니."

"아, 그럼 목걸이를 드릴까요?"

그렇게 말하며 서둘러 제 목으로 향하는 조그만 하얀 손을, 킬리언이 낮게 웃으며 팔을 뻗어 붙잡았다. 리에타가 어리둥절한 얼굴로 눈을 깜박이며 그를 마주보았다.

"아니."

문득 그녀를 울린 얼마 전의 실수가 떠올랐지만, 다행히 이제는 잊어 준 듯 안 좋은 안색이 아니었다. 킬리언이 웃음기 남은 얼굴로 그녀의 손을 제 어깨 위에 올려놓았다. 그리고 다시 한번 청했다.

"축성해 줘."

멀찍이서 들려오는 새소리. 머리카락을 흔드는 바람소리. 나뭇가지 사락대는 소리. 한 여름에 부서지는 햇살 소리. 손 안의 고동.

리에타는 이해하지 못하는 낯빛으로, 조금 어색하게 그를 향해 몸을 기울였다. 리에타가 그의 이마에 입 맞추었다.

서쪽 영지는 순조롭게 정리되어 갔다. 역병은 물 샐 틈 없이 틀어 막혔고 완쾌를 내다보는 환자들이 나오기 시작했다. 타니아 성녀는 막사에 머물지 않고 온 서쪽 영지를 누비며 상태가 좋지 않은 환자들을 치료하러 다녔다. 누구도 그 활동량을 따를 수 없었기에 그녀는 혼자 행동했다.

리에타는 자연스럽게 킬리언의 영지 시찰 일정과 동선에 맞추어 자기가 할 일을 찾아 일터에 스며들었다. 치유와 구마에 집중하는 사제들 대신 구호 막사를 정화하고 환자들의 몸에 축성을 하며, 때론 악마를 보는 눈으로 미처 제거되지 못한 작은 악마들을 발견해 구마 사제에게 알렸다.

그리고, 리에타는 킬리언의 축성 토템이 되었다.

"축성."

"……."

의자에 다리를 꼬고 앉아 손에 든 서류에 시선을 고정한 채, 킬리언은 리에타를 향해 손을 뻗었다. 그녀가 어색하게 킬리언에게 다가가 이마에 입 맞추었다.

그는 내내 리에타를 끼고 다니며 시도 때도 없이 당당하게 축성을 요구했다. 처음에는 그들이 하는 양을 보고 눈이 휘둥그레졌던 사제들도 이제는 리에타가 킬리언에게 입을 맞추든 말든 그러려니 했다.

리에타는 복잡한 표정이 되었다. 그의 목에 성물이 있으니 필요하지도 않은 축성이었지만, 대공 전하께서 받으셔야겠다는데 '당신께서는 굳이 안 받으셔도 된다'는 말이 차마 나오질 않았다.

다른 사람들한테는 묻지도 않고 축성을 해 주고서 정작 그녀가 모시는 영주님께는 못해 드리겠다니. 불충이 아닌가.

신성 사제들이 많았지만 그분들은 모두 치유나 구마에 집중하셔야 하니까, 축성이나 정화만 할 수 있는 리에타는 스스로 그 일을 최대한 도맡겠다고 자처하고 있었다.

그렇게 하는 것이 다른 분들의 부담을 조금이나마 덜어 드릴 수 있는 일이라고 자연스럽게 생각했는데. 영주님께는, 다른 사람들에게 축성할 때처럼 어깨나 머리에 손으로 하는 일반적인 축성이 아니다 보니…….

항상 성을 나와 출발할 땐 목걸이를 걸어 드리니 축성을 받을 필요는 없는데도 킬리언이 축성에 집착하는 증상은 날이 갈수록 심해지고 있었다.

역병의 끝이 보이기 시작했다. 일주일에 세 번씩 하는 시찰이 끝나는 시간은 점차 빨라져 갔다. 킬리언과 리에타는 각자 성에서 주어진 일에 좀 더 집중할 시간을 얻게 되었다.

동쪽 별채의 여자들은 모두 완쾌되어 격리 조치에서 풀려났다. 부서진 동쪽 별채는 이제 위험성이 없다는 확언을 받고 본격적으로 재건에 들어갔다.

악시아스 성의 북서쪽, 책을 한 무더기 안고 도서관과 기사 숙소 사이를 지나가고 있던 리에타는 레너드와 하슬러를 마주쳤다.

"안녕하세요, 기사님들."

"평안하십니까, 축성술사님. 들어 드리겠습니다."

"아, 감사합니다."

레너드와 하슬러는 리에타가 들고 옮기고 있던 책을 절반씩 받아 들었다. 리에타가 두 손으로 책들을 안았을 때는 턱 아래까지 가득 찼지만, 두 기사가 나누어 받드니 그저 한 손으로 옆구리에 끼워 드는 것으로 끝이 났다.

"본관으로 가시지요?"

"네."

리에타는 미안한 듯 "저, 저도 같이 들겠습니다." 하며 몇 권이라도 자신이 들려고 했지만 레너드는 "양보해 주십시오. 팔 운동이 좀 필요해서요." 하며 싱긋 웃어 사양했다.

"이 정도로 운동이 되려나?"

하슬러가 짐짓 서빙하듯 한 손 위에 쌓아 올린 책들을 가뿐하게 위 아래로 올렸다 내렸다 하는 시늉을 했다. 하비투스 대사원에 다녀오는 길에 마부로 변복하고 동행하여 리에타와도 익히 안면이 있는 기사였다.

그렇게까지 말해 주니 친절을 사양할 수 없어 리에타는 두 사람에게 다시 한번 감사하고 이마에 흐른 땀을 소매로 닦았다. 그러면서도 조심스레 덧붙였다.

"제가 바쁘신 분들을 붙잡고 있는 것이 아닌가요? 요즘 기사님들께서는 서임식 준비로 눈코 뜰 새 없이 바쁘시다던데……."

매년 팔월 대부분의 기사단은 신규 기사 입단 시험을 치렀다. 악시아스 기사단 역시 그랬다. 킬리언은 역병의 처리와 영지의 업무로 서류에 치여 죽을 정도로 바빴기 때문에 신규 기사 선발에 관련된 일들은 레너드를 비롯해 그가 신뢰하는 기사들에게 대부분 일임해 둔 상태였다.

신규 기사 선발은 이미 어느 정도 마무리가 되었고, 이제 기사 서임식과 입단식만을 남겨 두고 있었다. 하슬러가 리에타의 물음에 대답했다.

"괜찮습니다. 안 그래도 거의 일단락되었거든요. 총 연습만 남은 정도이니 이제 부단장이 할 일은 거의 없어요."

리에타가 조금 놀란 듯 눈을 동그랗게 떴다.

"부단장이요?"

하슬러가 대수롭지 않게 고갯짓으로 레너드를 가리켰다. 레너드가 조금 어색하게 웃었다. 리에타는 당황한 얼굴이 되었다.

"부, 부기사단장님이셨군요. 제가 그동안 실례를……."

"실례요?"

"호, 호칭을 틀려서……."

레너드가 서글서글하게 웃었다.

"틀리신 것 없습니다. 지금까지 부르셨던 것처럼 그냥 기사님이나 레너드면 됩니다."

악시아스 기사단은 창단한 지 갓 십 년이 넘은 신생 기사단이었다. 처음에는 악시아스 대공이 그를 섬기는 용병들을 자의 반 타의 반으로 달고 다녔던 것으로 시작이 되었다.

그리고 언제부턴가 악시아스가 커지고 그를 따르는 추종자들의 수가 늘어나며, 킬리언은 부하들의 농담 같은 아우성과 보챔에 떠밀려 그가 신뢰하고 실력 또한 인정하는 자들에게 약식으로 기사 서임을 해 주기 시작했다.

그것은 그의 신뢰의 표현이었다. 때때로 큰 임무를 앞두거나, 훈공을 세운 이들에게 킬리언은 '보상으로 원하는 게 있다면 청하라' 하였다. 그의 말에 많은 이들이 악시아스 대공의 기사가 되기를 자처했다. 용병이나 도둑은 물론 칼잡이가 아닌 사람들까지 어영부영 그의 '기사'가 되었다.

그렇게 그에게 기사의 맹세를 바친 사람들이 늘어나고, 어느 순간 기사단의 필요성이 생기자 얼렁뚱땅 그들이 기사단의 구색을 갖추어 출범하게 된 것이었다. 그런 식으로 꾸려진 기사단이라 해도 험악한 황무지였던 악시아스에 돈만 보고 덤빌 수 있을 정도로 한가락 하는 용병들이 전신이었으니, 고상을 떠는 요령은 없을망정 무력으론 처음부터 급이 달랐다.

정식으로 기사 교육을 받은 귀족 출신이 기사가 되는 다른 영지들과 달리 악시아스에선 수도원 출신 고아들이나 용병들이 예비 기사 코스를 밟고 실력만으로 인정을 받아 기사 서임을 받았다.

귀족 출신이 많지 않고, 마수 사냥이나 야만족 전쟁을 함께 하는 과정에서 킬리언을 따르게 된 사람들이 대다수였기에 딱히 목에 힘을 주지 않고 수평적인 독특한 문화를 가지고 있었다. 어차피 같은 대상에게 충성하는 사람들이었다.

그런 문화에 익숙하지 않은 리에타는 감히 눈도 마주치기 어려울 정도로 권위적이고 상하 위계질서에 충실한 세비타스 기사단장과 부기사단장을 생각하고 저도 모르게 주눅이 들었다. 기사들이 아주 사소한 실수나 무례만 범해도 세비타스 기사단장은 귀족인 그들을 거침없이 걷어차고 뺨을 후려쳤다. 저절로 몸이 움츠러들었다.

"저도 곧 기사단에 들어가게 될 텐데……."

이번에는 하슬러와 레너드가 눈을 동그랗게 떴다.

"기사단에 들어오신다고요?"

리에타는 당황해서 실언한 입을 가렸다. 당연히 알고 계실 줄 알았는데 모르시는구나. 내가 영주님께 입단을 제안받은 것. 지금 나 경솔하게 입방정을 떤 걸까?

동쪽 별채의 기밀이야 두 분께서도 당연히 아시는 일이긴 하지만, 마무리 유예 기간이 끝나면 함께하게 될 것이라 해도 아직은 그저 영주님께서 개인적으로 제안하신 일일 뿐인데.

혹시 큰 실수를 한 게 아닐까 하는 걱정에 리에타는 조마조마해졌지만, 이내 두 기사는 환히 웃으며 그녀의 고민을 불식시켜 주었다.

"동쪽 별채로 오시는 것이군요? 환영합니다! 저희가 아직 모르는 것을 보니 지금 유예기간인가 보네요? 마음을 정하신 것입니까?"

리에타는 간신히 조금 안도하여 머뭇머뭇 고개를 끄덕였다. 레너드가 기쁨의 표시로 휙 휘파람을 불고 하슬러도 주먹을 쥐어 낮게 두어 번 흔들어 환호했다. 리에타는 얼굴을 붉히며 고개를 숙였다. 그들이 이토록 반색하고 환영해 주는 것이 다행스럽고 고마웠다.

기사 숙소의 모퉁이를 돌아 연무장이 내려다보이는 비탈길이 나타났다. 앞서 가던 하슬러와 레너드가 문득 발걸음을 늦추며 한곳을 바라보았다. 리에타도 그들의 시선이 향한 곳을 따라 눈을 옮기며 발걸음을 멈추었다.

젊은 예비 기사들이 북쪽 기사 숙소 옆에 마련된 널찍한 연무장에 모여서 열을 맞추어 선 채 앞에 선 기사의 호령에 따라 검을 일정하게 세워 들고 경례하고 있었다. 서임식과 입단식의 예행연습이었다.

약식으로 차려입은 복장들이었지만 단호한 자세와 엄숙한 태도로 도열한 젊은 기사들의 모습은 위풍당당하고 절도 있었다. 앞에서 엄격한 얼굴로 호령하고 있는 기사는 언젠가 만찬실에서 본 적 있는 음식 말살자였다. 솔직히 딴사람 같았다.

젊은 기사들이 칼 같은 동작으로 일제히 군례를 한 후, 한 사람 한 사람 서임을 받기 위해 앞으로 나와 팔을 가슴에 올리고 무릎을 꿇었다. 제법 멋진 광경이었다.

성에서 일하는 사람들 모두가 이 볼거리에 구경을 나온 건지 상당한 인파가 모여들어 있었다. 리에타도 멍하니 넋을 잃고 그 장면을 바라보았다.

"보고 가시겠습니까?"

"미리 말씀드리지만 저희는 한가하고, 저희도 보고 싶네요."

레너드와 하슬러가 웃으며 제안했다. 리에타가 짧게 웃고, 고개를 끄덕끄덕했다.

"용감하고 정직하며 정의롭게 행동하라. 그대를 나의 기사로 봉한다."

"당신의 정의가 나의 정의입니다. 당신의 명예가 나의 명예입니다. 당신의 생명이 나의 생명입니다. 나는 오로지 당신의 검입니다. 당신께 저의 충성을 바칩니다."

마지막 기사가 경례하고 일어섰다. 악시아스 대공에게 충성하는 사람들. 좋은 분을 모셔서 그런가 다들 좋은 사람들이지.

리에타는 마음속으로 스쳐 지나간 충성이라는 단어를 곱씹었다. 그리고 제 목에 걸려 있는 딸아이의 반지를 무의식중에 만지작거리며, 은혜 입은 감사한 분의 얼굴을 떠올렸다.

기사들의 갑옷과 검, 반짝이는 머리카락 위에 티끌 한 점 없이 깨끗한 여름날의 햇살이 내리고 있었다. 리에타는 가만히 고개를 들어 그들의 머리 너머 악시아스 성을 바라보았다. 고난의 시간을 이겨 내고 하늘 아래 떳떳하게 선 의연한 성채 위에 눈부신 한낮의 태양이 쏟아졌다. 과묵하고, 거대하고, 아름다운 성이었다.

뜨거운 햇살 사이로 불어온 바람이 리에타의 머리카락을 희롱하며 흐트러뜨렸다. 리에타는 바람결에 얼굴 앞으로 흘러내린 머리카락을 귀 뒤로 쓸어 넘기며 다시 앞을 보았다. 성을 향해, 환한 햇살이 쏟아지는 회색 돌길이 은빛으로 빛나며 펼쳐져 있었다.

리에타는 킬리언이 일을 맡긴 후 열하루 만에 그가 지시했던 보고서를 가져왔다. 킬리언이 손을 내밀어 그녀가 건넨 서류뭉치를 받아 들었다.

빨리 했군. 서쪽 영지 시찰도 줄곧 함께했으니 보고서를 작성할 시간이 충분하지 않았을 텐데. 보고서는 그가 요구한 주제에 비해 꽤 두꺼운 양이었다. 의욕과 걱정이 앞설 때 흔히 하는 시행착오다. 이것저것 과하게 주워담는 것. 바로 훑어보고 고칠 점이나 보충할 부분을 알려 주기 위해 킬리언은 그녀의 눈앞에서 서류를 펼쳐 넘겼다.

리에타는 긴장한 얼굴로 다소곳이 손을 모아 선 채 그의 책상 앞에 섰다. 킬리언이 묵묵히 종이를 넘기기 시작했다.

팔락. 팔락. 팔락. 흠. 생각보다……. 서류를 넘기는 킬리언의 손이 어느 순간부터 느려졌다. 팔락. 팔락. 팔락.

서류를 넘기는 손이 멈칫 하고 멈추었다가, 맨 앞으로 돌아가 보고서의 목차를 다시 보았다. 아까와 달리 꼼꼼히 목차를 살피며 점차 킬리언의 안색이 변했다. 그러더니 굳은 얼굴로 다시 보던 곳으로 돌아갔다. 킬리언은 서류를 파라라락 끝까지 빠르게 훑어 넘겼다.

"……보고서를 써 본 적이 없다고 하지 않았나?"

"예……. 부족한 점을 말씀해 주시면 제가 다음에는……."

킬리언이 그녀의 말을 끊으며 고개를 들었다. "이건." 그리고 그녀가 만들어온 보고서를 보란 듯이 흔들었다.

"해 본 적 없는 솜씨가 아닌데?"

킬리언은 기가 찬 얼굴로 서류를 넘겨 수식과 표가 들어가 있는 부분을 가리켰다.

"이건 또 뭐야? 수학을 배웠어?"

핵심적인 내용만 깔끔하고 가독성 좋게 정리한 보고서의 마지막에 별첨된 부분으로, 대중적 장례 의식에 필요한 물품들 중 각 항목을 시장에서 살 때, 직접 제작할 때, 대체 가능한 다른 것을 선택하거나 생략할 때 등 각각의 경우 사용되는 비용이 표로 정리되어 있었다.

그녀가 보고서에 다 담지 못한 모든 경우의 수를 계산할 수 있도록 자료화한 것이었다. 관에는 무슨 나무를 선택하는지, 공예가에게 맡기는지

목수에게 맡기는지 직접 제작하는지, 수의를 따로 맞추는지 생전에 입던 옷을 그대로 사용하는지, 염습을 따로 전문가를 불러 하는지 그냥 장례를 치르는지에 따라서 비용은 크게 변동되었다.

생각보다 비용의 변동 폭이 컸으므로 영 납득이 되지 않는 쓸데없는 자료는 아니었지만, 어떤 장례를 택해도 이 안에 모조리 포함되리라는 집념이 느껴질 정도로 온갖 것을 세분화해 금액의 범위를 산정해 놓았으니 솔직히 미친 짓이었다. 자료를 바탕으로 산출될 장례비용을 간단하고 정확하게 계산할 수 있는 수식까지 밑에 달려 있었다.

킬리언은 서류의 맨 앞 장, 목차를 재차 훑어보며 거의 황당한 기분을 느꼈다. 장례비용의 산정 기준. 장사 종류 및 시설별 제반 비용. 역병 등 사망의 원인에 따라 특수 부대 비용이 발생하는 경우. 염습 및 장례비용……. 참고 표시를 달고 인구 자료가 이 년 전의 것이라 지금과는 다소 다를 수 있다고 적혀 있는 것이 화룡점정이었다.

킬리언은 기가 막혀서 서류와 리에타를 번갈아 보았다. 이런 걸 할 줄 알았단 말이야? 지나치게 방대하기는 했지만 결과적으로 경제적 수준별로 대략 어느 정도의 장례비용을 지출한다고 볼 수 있는지, 비용을 절감하기 위해서 어떤 부분에 손을 대는 것이 가장 효과적일지 한눈에 파악할 수 있는 완벽한 자료였다.

참고하라고 보여 줬던 보고서들보다도 월등히 수준이 높았다. 단순히 보고서를 쓰는 데에 능숙하다기보다는 어딘가 다른 것을 배운 티가 났다.

"신학이나 악마학 말고, 다른 뭘 배운 적이 있나?"

"수도원에 있을 때…… 회계를 도운 적이 있습니다."

리에타가 조심스럽게 답했다. 그러고는 살짝 고개를 숙이며 덧붙였다.

"작년에 직접 장례를 치르기도 했고요……."

킬리언은 마지막 말에 입을 다물어 버렸다. 한동안 눈을 찌푸리고 그녀를 바라보던 킬리언이 조금 누그러진 말투로 못마땅하게 뱉었다.

"잠은 자면서 한 거야?"

"그럼요."

킬리언이 의심스러운 눈으로 리에타의 안색을 살폈다. 리에타의 얼굴엔 피로한 기색이 있는 것 같기도 하고 없는 것 같기도 했다. 평소에도 딱히 기운차 보이는 편은 아닌 사람이라 확신할 수가 없었다. 킬리언은 잠시 그녀를 바라보다 "……수고했어." 하고는 그녀가 써 온 보고서를 만지작거렸다.

"다음부턴 이렇게까지 할 필요는 없어. ……여기까지. 이 정도만 해도 충분해."

그리고 책상에 쌓여 있던 두꺼운 서류들 가운데 몇 개를 신중하게 골라서 리에타에게 내밀었다.

"……이 보고서들. 읽어 보고 각각 어느 정도 신뢰성이 있다고 여겨지는지 포함해서 다섯 장 이내로 요약해 가져와 보겠나?"

일반 기사들과 함께 정규 훈련을 시작하며 동쪽 별채의 살림에 집중할 수 없게 된 여기사들의 임시 숙소는 점차 엉망이 되어 갔다. 청소도 빨래도 요리도 전처럼 할 수 없게 되었다. 킬리언은 동쪽 별채 아가씨들의 임시 숙소에 그들의 살림을 맡아 줄 관리들과 하인, 하녀들을 새로 붙여 주었다.

그의 옛 애인이었던 평범한 여자들은 하나 둘 떠나겠다는 결정을 내리고 차례로 성을 나가 자신들이 있어야 했던 곳으로 돌아갔다. 그를 사랑했던 여자들이었다. 사랑하는 사람을 지켜보면 말하지 않아도 알게 되는 것들이 있다.

킬리언의 동쪽 별채는 사실 그의 애첩들이 머무는 곳이 아니고, 동쪽 별채의 여자들 가운데 진짜로 킬리언의 연인은 몇 없다는 사실은 이미 어렴풋이 알아채고 있었다. 근래의 돌아가는 상황들은 그 희미하던 추측에 충분한 확신을 심어 주었다. 아이린의 일 이후, 킬리언이 이제는 동쪽 별채를 정리하려 하고 있다는 걸 눈치 채지 못한 사람은 없었다.

오랜 기다림 끝에 마음 기울어 있던 체념. 그리고 미안하다며 행복을 찾길 바란다던 킬리언의 무정하지만 진심 어린 사과. 그들이 오래 지냈던 동쪽 별채가 아닌 다른 숙소에서 얼마간 조용히 보냈던 사색의 시간은 옛사랑에 대한 마음을 정리하는 데에 도움이 되었다. 그의 옛 연인들 가운데 마지막 한 명이, 마지막 작별 인사를 하고 오늘 떠났다.

하나, 두울, 어이! 일꾼들이 구령을 맞추며 부서진 기둥과 지붕을 새로 올리고 있었다. 동쪽 별채의 재건이 순조롭게 진행되어 갔다.

"리에타아아아…… 살려줘……."

리에타의 어깨에 반쯤 업혀 늘어진 세이라가 앓는 소리를 냈다. 그녀를 돌아본 리에타의 얼굴 가득 수심이 나타났다.

"세상에……."

리에타가 뒤에서 제 목을 끌어안은 세이라의 팔을 손으로 잡으며 축성해 주었다. "어쩌다 이렇게까지……. 괜찮아요?"

"아안 괜찮아아……."

엘리제가 다가와 그녀의 어깨 뒤에서 세이라를 끌어내며 말했다.

"걱정 말아요. 리에타가 받아 주니 엄살이니까."

그렇게 말하는 엘리제도 상태가 썩 좋아 보이진 않았다.

"하지만 이렇게 상처가 났는데……. 쓰리겠어요. 어디서 넘어진 건가요?"

세이라의 팔에 난 심한 찰과상을 걱정스레 내려다보며 하는 말에 엘리제가 피로한 얼굴로 생긋 웃었다.

"그것도 걱정 말아요. 저녁에 사제님이 봐 주실 테니까."

"사제님요?"

"아. 콜브린 님과 데미안 님이 성의 직속 사제로 고용되었다는 거 들었어요?"

리에타의 눈이 동그래졌다. "정말요?"

성의 직속 사제? 사원으로 가지 않고 성에 남으시는 건가? 귀족에게 고용되는 것이 큰 금전적 보상이 따르는 일이긴 하다지만, 여러모로 사제들 사이에선 썩 대우받지 못하는 진로다.

그만한 신성 능력자라면 서품을 주지도 못하는 귀족의 휘하에 개인 고용 사제로 들어가기보다는 사원에 소속되어 정식으로 서품을 받고 더 많은 것을 배우고 경험을 쌓고 싶은 욕심도 있으실 텐데……. 리에타는 엘리제에게도 타박상과 찰과상이 있는 것을 보고 안타깝게 쳐다보며 축성을 해 주었다.

"몸조심해요."

나무에서 훌쩍 뛰어내린 레이첼이 대신 답했다.

"오랜만이라 어쩔 수 없어요."

세이라가 불만스레 투덜거렸다. "왜 레이첼만 저렇게 멀쩡하지."

레이첼이 웃으며 세아리의 멍든 자리에 약초를 붙여 주었다.

"난 평소에도 몸을 자주 쓰는 편이라서 세이라보단 사정이 낫네요. 그러니까 평소에 운동 좀 하지."

"아으으으……." 세이라가 끙끙 앓는 소릴 냈다.

"금방 익숙해질 테니 신경 쓰지 말아요."

엘리제에게도 마찬가지로 붙이자 엘리제의 우아한 눈썹이 찡그려졌다. 리에타는 안쓰러운 낯으로 열심히 축성과 정화를 해 주었다. 상처가 덧나거나 오염되지 않는 정도의 효과는 있을 것이다. 저녁에 사제님께서 봐 주시기도 할 테니…….

오랫동안 사용하지 않은 축성 능력을 근래 부쩍 열심히 사용했기 때문인지 대축성 의식의 영향 덕택인지 리에타는 신성력이 부쩍 넉넉해졌다는 걸 느끼고 있었다. 정화도 전보다 훨씬 익숙하게 구사할 수 있었고 연이은 축성도 전처럼 부담스럽거나 힘에 부치지 않았다. 뭔가 가볍고 자연스러워졌다.

레이첼이 책을 안고 있는 리에타를 보며 물었다.

"오늘도 도서관에 가나요?"

"네."

"바쁜가 보네요."

"저야 뭐……. 당신들만 할까요."

엘리제가 세이라를 굴리며 말했다.

"우린 그렇게 바쁘지 않아요. 당신만 괜찮다면 시간 날 땐 가끔 우리도 보러 와 줘요."

"그렇게 말해 줘서 고마워요. 너무 방해하지 않도록 할게요."

리에타가 웃자 엘리제가 고갤 저었다.

"방해라고 생각지 말아요. 정말이야. 솔직히 말해, 칼잡이들끼리만 있다 보면 무뎌질 때가 있거든요. 상식이라든가, 감정적으로……. 평범하게 사는 사람이랑 평범한 대화를 하는 게 꽤 도움이 돼요."

리에타는 이해하지 못하는 얼굴이었다.

"음……." 엘리제는 뭐라고 말해야 하나 조금 고민하는 듯한 얼굴이었다. "사람이 잊어버리면 안 되는 그런 게 있는데. 우리끼리만 있다가 치우쳐 버리면 위험하거든요. 이제 여긴……. 그런 사람들만 남았으니까."

그런 사람들? 최근 일반인 아가씨들이 전부 동쪽 별채를 나간 줄도 모르는 리에타는 장님 코끼리 다리 더듬는 표정이었다. 엘리제는 그냥 웃었다.

"엘리제 말이 맞아요." 끼어든 것은 레이첼이었다. "가끔 리에타 같은 사람을 만나서 환기할 필요가 있죠."

엘리제와 레이첼이 가만히 눈을 맞추고 미소했다. 레이첼과 엘리제는, 배탈 약을 써 보겠다던 지젤의 결정에 사실 동의하지 않았었다. 특히 레이첼은 그 계획이 성공한다면 뒤에 남은 사제를 몰래 가서 죽이고 돌아올 생각이었다.

지금도 같은 상황이 된다면 그렇게 하겠지만. 하지만 그러면서도 엘리제가 무슨 말을 하는지 레이첼은 이해하고 있었다. 엘리제에게 어깨동무를 걸친 세이라가 리에타를 보고 방긋 웃었다.

"웅. 이쁜 얼굴 보니 좋네."

리에타는 머쓱한 얼굴로 뺨을 조금 만지작거렸다. 알 듯 말 듯 했다. 하지만 빈말이 아니라는 건 와닿았다. 리에타는 그러겠노라 미소 지어 답하고, 모두에게 정성껏 축성을 해 주었다.

사람을 죽여 본 적 있는 사람들만 남은 동쪽 별채. 여기사들에게 지금은 떠나간 동쪽 별채 친구들은, 그들의 일상이 당연해지지 않도록 닻이 되어주는 사람들이었다. 그럼에도 비밀을 가지고 만났기에 그들 사이엔 어쩔 수 없이 생기는 벽이 있었다.

하지만 리에타에겐 그런 벽을 세울 필요가 없었다. 그녀는 이미 그들의 선 안에 들어온 존재였다. 리에타는 이질적이지만, 거슬리지는 않았다. 리에타는 그들의 사고방식을 이해하면서도, 심정적으로 온전히 동조해 주지는 않는다.

그들의 결정에 정면으로 반기를 들지 않지만, 그들이 기억해야 할 어떤 면을 남겨 둔다. 리에타는 그들에게 '사람'을 환기시켜 주었다. 축성으로 그들의 어깨를 안아주며 묘하게 쑥스러워하는 말간 하늘색 눈이 햇빛을 받아 투명하게 빛났다.

기사 서임식 준비를 살피러 들렀던 킬리언은 마침 리에타가 그쪽으로 가더라는 소리를 듣고 도서관으로 향했다. 그는 찾은 지 얼마 되지 않아 책장들 틈새에서 바스락거리는 리에타를 발견했다. 리에타는 그를 발견하지 못하고 들여다보던 책의 페이지를 넘기는 데에 여념이 없었다.

문득 보던 책을 안고 일어선 리에타가 무슨 책을 찾는 듯 서가 사이로 움직였다. 청록색 비단에 하늘색 시폰이 달린 투명한 드레스 자락이 하늘거렸다. 다른 데 열중해 있는 그녀가 평소보다 더 예뻐 보여 킬리언은 잠자코 책장에 기대어 종종걸음 치는 리에타를 쳐다보았다.

리에타는 찾던 책을 발견한 듯, 맨 위 칸의 책을 까마득히 올려다보았다. 리에타가 발돋움용 나무 의자를 놓고 서서 까치발을 하고 책장 맨 위 칸에 꽂혀 있던 책을 손가락 끝으로 건드렸다.

의자 위에 섰지만 맨 위 칸은 리에타에게 닿을 듯 말 듯 아슬아슬하게 높았다. 책 모서리에 손톱을 걸어 보려고 애를 쓰며 몸을 기울이는데, 책은 오히려 안으로 조금 파고 들어가 버렸다.

다시 자세를 가다듬고 발돋움을 하며 다른 책을 안고 있던 왼팔을 아래 칸에 살짝 걸쳤다. 몸을 기울이자 닿을 듯 말 듯 책 끝이 손가락 마디에 스쳤다.

리에타가 잡으려고 용을 쓰던 책등 위에 킬리언의 손이 겹쳐졌다. 등 뒤에 사람 기척이 닿자 리에타는 소스라치게 놀랐다. 순간 동그랗게 눈을 뜬 리에타는 나무 의자와 함께 기우뚱 미끄러졌다. 비명 지를 새도 없이 꼼짝없이 떨어지는 몸을 단단한 팔이 탁 채어 잡았다.

리에타가 놀라 그 팔을 붙들며 숨을 멈추었다. 팔 주인의 붉은 눈이 빤히 그녀를 내려다보고 있었다.

"그냥 사서한테 부탁해."

왼팔로 리에타의 허리를 감싸 안은 킬리언이 그녀를 바닥에 똑바로 세워 주며 말했다. 그의 팔을 짚고 선 리에타가 아직 정신을 못 차린 듯 눈동자를 흔들며 바로 섰다.

"가, 감사합니다."

그가 그녀에게 방금 뽑아 든 책을 내밀었다. 그러면서 힐긋 책의 제목을 보았다.

"알프레도 저서네. 내가 맡긴 보고서 때문에 보는 건가?"

두 손으로 책을 받아 든 리에타가 얼른 고개를 끄덕였다.

"아, 네. 『제국 전쟁사』에서 무기 분야의 최고 권위자라고 언급된 것을 본 적 있어서……."

"나쁘지 않은 기준이군. 하이넬의 저서도 봤나?"

"하이넬이요?"

기억을 더듬어 봤지만 들어 본 적 없는 이름이었다.

"음. 알프레도는 명망가의 귀족으로 태어나 엘리트 코스를 밟은 권위 있는 학자지만 하이넬은 평민 출신으로 뼛속까지 실전 군인인 사람이지. 자기만의 체계로 글을 써서 정통파 학자들은 제멋대로라고 평가하곤 하지만 나름대로 실용적이고 볼 만한 책이야."

킬리언은 조금 떨어진 책장으로 건너가더니 책 하나를 꺼내 건네었다. 『하이넬 실전 무기론』이었다. 리에타가 들고 있던 책을 옆구리에 끼고 두 손으로 받아 들었다.

"알프레도와는 다른 관점에서 무기에 대해 서술하고 있지. 같이 보면 도움이 될 거야."

그렇게 말하며, 그는 미끄러질 때 흐트러져 리에타의 입가에 걸렸던 머리카락을 손가락 끝으로 슬쩍 건드려 치워 주었다. 그의 손을 따라가던 말간 시선이 킬리언과 눈이 마주쳤다. 흠칫 리에타가 몸을 굳히며 고개 숙였다.

"……감사합니다."

킬리언은 무심히 팔을 괴고 턱을 만지작거리며 물었다.

"『제국 전쟁사』 말고 다른 역사서는 뭘 보았지?"

"슈발츠의 『역사학 개론』, 체르니의 『역사 총론』, 안데르센의 『대륙 백년사』, 블룸의 『딤펠리엄 제국 통일 역사』를 보았습니다."

"대체로 정통 학파 쪽을 많이 봤군. 수도원에서는 그런 걸 추천하나. 조르주의 『대륙 민중사』도 한번 봐. 귀족 글쟁이긴 하지만 황실에 비판적인 관점에서 쓴 책이지. 서로 상반되는 입장에 있는 학자들의 책을 함께 보면 균형 잡힌 관점을 가질 수 있어."

리에타는 주의 깊게 들으며 고개를 끄덕였다.

그녀는 정말 영민했다. 기본적으로 논리적 정합성과 타당성을 갖추고 있었고 활용하는 판단 준거로 신뢰성이 높은 자료를 선택하는 법을 알았다. 보고서나 명령의 목적에 따라 뭐가 중요하고 뭐가 중요하지 않은지 우선순위를 파악하는 능력도 뛰어났다. 판단을 내리는 데 신중하고 나쁘지 않은 균형 감각을 보유하고 있다는 것도 마음에 들었다.

왜 진작 일을 가르쳐 볼 생각을 하지 않았을까. 유사 이래 가장 어려운 학문이라는 악마학을 성녀가 관심을 둘 정도의 수준으로 한다는 게 어떤 의미인데. 킬리언은 리에타가 가져올 다음 보고서가 정말로 기다려졌다.

날이 저물어 도서관에서 책을 빌려 돌아오던 리에타는 도서관과 연무장 사이의 길에서 킬리언과 다시 마주쳤다. 리에타가 공손히 고개를 숙여 인사하자 킬리언은 주머니에 손을 찔러 넣은 채 저벅 저벅 다가오더니 그녀를 향해 허리를 숙여 인사하듯 몸을 낮추었다.

무슨 의미인지는 명백했다. 서쪽 영지를 시찰할 때마다 수시로, 하루에도 몇 번씩 있었던 일이었으니까. 다만 이렇게 사람들의 시선이 많은 성 한복판에서는 처음이었다.

근처에 있던 기사들과 하인들이 눈을 동그랗게 뜨고 지켜보는 가운데, 리에타가 주변의 눈치를 조금 보고 그의 이마에 입 맞추어 축성했다. 축성을 받은 킬리언은 무표정하게 허리를 들더니 리에타의 머리를 쓱쓱 쓰다듬고 휑 지나가 버렸다.

모여든 사람들의 입이 떡 벌어졌다. 요즘 본관에 머무시는 축성술사 아가씨에 대한 대공전하의 총애가 대단하다더니. 그들의 무뚝뚝하기 짝이 없는 영주님이 성 한복판에서 이런 짓을 하는 것은 역사상 처음 있는 일이었다.

킬리언이 사라지고 사람들의 시선이 쏟아지자 리에타는 황급히 자리를 피했다. 킬리언은 이제 목걸이가 있든 없든, 성 밖이든 안이든 가리지 않고 얼굴 볼 때마다 인사 대신으로 축성을 내놓으라는 것이 아주 당연하다는 태도였다. 리에타는 킬리언이 쓰다듬고 지나간 자기 머리를 어색하게 만졌다.

악마의 힘이나 사기에 노출되었던 몸이 회복을 위해 신성을 갈망하는 부작용을 겪는 것은 아주 흔한 케이스였다. 혹시 몸 안에 몹쓸 악마의 힘이라도 침투한 건지도 모른다. 뭔가 자신은 느끼지 못하는 악마의 힘이 남아 있어서 몸이 본능적으로 위협을 느낀다거나……. 메르데스의 권능의 부작용일지도 모른다.

그러니까 걱정스러운 것이 정상이었다.

혼자가 된 리에타는 무심결에 달려온 연못가에 서서 문득 아래를 내려다보았다. 바람에 흔들리는 수면에 비친 그녀는 낯선 표정을 하고 있었다.

리에타는 저도 모르게, 손에 든 책으로 가만히 자기 얼굴을 가렸다.

리에타가 떠난 후, 폴암의 도끼날을 정비하던 세이라는 간질간질한 팔을 긁다가 문득 부슬부슬 떨어지는 피딱지 같은 것을 느끼고 그 자리를 쳐다보았다. 팔에 나 있던 생채기가 은은한 흰 빛의 잔상으로 빛나며 아물어 가고 있었다.

"……어?"

상의 드리고 싶은 일이 있다는 리에타를 보고 고개를 끄덕인 성녀는 그녀를 자리에 앉히고 손수 차까지 준비해 주며 마주 앉았다. 그러나 성녀가 그렇게 본격적으로 분위기를 잡는 걸 눈치채지 못하고 풀어놓은 리에타의 염려라는 건 싱거운 내용이었다.

성녀는 가만히 리에타를 쳐다보다가 그저 이렇게 말했다.

"대공께서는 몽마의 권능에 대단한 정신적 영향은 받지 않으신 것 같으니 너무 걱정 말아요."

리에타는 그걸로 안심하는 기색이었다.

"그런가요……."

빤히 쳐다보는 성녀와 눈이 마주쳤지만, 리에타는 그저 웃었다.

"용건은 그것뿐인가요?"

결국 성녀가 먼저 운을 떼었다. 리에타는 말간 눈으로 그녀를 마주볼 뿐이었다.

"난 당신이 좀 더…… 당신의 이야기를 상담해 올 줄 알았는데."
"제 이야기요?"
리에타가 가만히 웃었다.

구호 막사는 이제 세 곳만을 남기고 모두 해산했다. 많은 환자들이 이제 집으로 돌아가도 좋다는 격리 해제 판정을 받았다. 지병이 있어 상태가 좋지 않은 환자들은 사제들이 출장 진료를 맡아 마지막 힘을 쏟아붓고 있었다. 특별히 외진 곳들은 타니아 성녀가 말을 타고 구석구석 누비며 치유와 구마를 펼쳤다.

막사를 하나 더 줄일 수도 있겠다는 의견이 있었지만, 그럼 남은 환자들이 어쩔 수 없이 불편을 겪게 될 수 있고, 사제들의 동선도 꼬이게 되는 사정으로 아예 역병의 뿌리를 뽑을 때까지 세 막사 체제를 유지하다가 일제히 접기로 했다.

환자도 줄었고 막사의 수가 반이 되자 순회 일정은 점점 더 빠르게 끝났다. 킬리언과 리에타는 해가 채 중천에 뜨기도 전에 막사의 시찰을 마치고 평소보다 여유롭게 말을 돌렸다. 딱히 서두르지도 않았는데 그동안의 시찰 중 가장 빠르게 끝이 났다.

돌아가면 오찬 시간 정도일까? 오늘은 좀 여유가 있겠다 싶어 리에타가 입을 열었다.

"영주님, 혹시 오늘 외출을 좀 할 수 있을까요? 북동쪽 내성 지역에 볼 일이 있는데요."

북동쪽? 리에타의 집과는 조금 거리가 있는 곳이었다.

"가는 길에 들르지. 어디 가는데?"

리에타가 조금 주저하고 답했다.

"저, 말을 좀 보려고……."

"말?"

"네, 기사단에 들어가면 말을 타는 것을 배워야 할 테니까요……. 슬슬 연습을 하려고……."

킬리언이 대수롭지 않은 얼굴로 고개를 들었다.

"아아. 그거라면 그냥 성으로 가지. 한 필 줄 테니."

"예?"

"다른 용무가 있는 건 아니고? 그대, 집에 돌아간 지 오래되지 않았나?"

리에타가 퍼뜩 고개를 저었다.

"아, 다른 용무는 없습니다. 집에는 가지 않아도 됩니다."

리에타는 성으로 들어온 후 그와 함께 서쪽 영지를 시찰하는 일 외엔 단 한 번도 외출하지 않았다. 킬리언이 악시아스 성 밖에 혼자 다니지 말라고 했기 때문이었다. 성 밖으로 나가 봐야겠다고 하면 영주님이 직접 따라 나오시거나 다른 기사들을 붙여 주실 가능성이 높다고 생각했고, 어느 쪽이든 부담스러웠으므로 아예 외출을 자제하고 있었다.

킬리언은 잠깐 생각하는 듯 잠자코 있다가 말했다.

"그래? 집을 오래 비워 둔 채로 방치하면 집이 상할 텐데. 한 번쯤 가 보는 게 좋지 않나."

리에타는 멍하니 그를 쳐다보았다.

"괜찮다면 하녀들을 파견해 그대 집을 돌보게 하지."

"마, 말은 제가 사겠습니다. 기사님들 모두 자신의 말을 가지고 기사단에 들어오시잖아요."

리에타는 얼른 정신을 차렸다. 그게 문제가 아니었다. 말은 비싼 동물이었다. 킬리언이 피식 웃는 소리를 내었다.

"기밀을 지키겠다는 마음이 있는 거야 없는 거야? 내 마구간에 말이 수백 필인데 그대가 밖에서 그대 돈으로 말을 사는 게 자연스럽다고 생각해? 어떻게 봐도 내가 선물해 줬다는 쪽이 자연스럽지 않아?"

이제 그 기밀은 전처럼 엄중히 단속하지 않을 예정이었지만 킬리언은 일부러 아닌 척 말했다. 그런 것을 알 리 없는 리에타는 자신이 미천한 몸으로 높으신 분의 안위에 관련된 대단한 비밀에 관여된 것으로 알고 간이 작아져 있었으므로 입을 다물었다.

확실히 애첩이라던 여자가 갑자기 제 돈으로 말을 사서 급하게 배우는 모양새는 누가 보더라도 어색하고 부자연스러워 보일 것 같았다. 하비투스 대사원에 갈 때에도 여기사들은 모두 마차를 타고 얌전을 떨지 않았던가. 돌아올 때야 워낙 갈 길이 급해서 모두가 말에 올랐지만.

리에타가 기어들어 가는 목소리로 말했다.

"그, 그럼. 제 봉급에서 말의 비용을 제하여 주십시오."

"됐어. 애초에 내 제안 때문에 말이 필요해진 건데 왜 그대가 그런 큰 지출을 감당해야 하지? 그대만이 아니라 평민 출신 기사는 대부분이 내가 하사한 말을 타고 있어. 최근엔 레너드도 말을 하사 받았고."

리에타가 눈을 휘둥그레 떴다. "정말요?"

"까탈스럽지 않고 순종적인 말들로 데려와 봐. 초보자가 쉽게 탈 수 있을 만한 녀석으로."

"예. 잠시만 기다려 주십시오."

바로 서너 명의 마필 관리사들이 마구간 안으로 달려갔다. 별로 오래 걸리지 않아 마구간지기가 그들을 안내했다.

"이쪽으로."

마필 관리사들이 그들을 데려간 곳에는 개별 마사에 들어가 있는 대여섯 마리의 말들이 고개나 꼬리를 흔들며 푸르릉거리고 있었다.

"아가씨께서는 말을 처음 타십니까?"

"아뇨. 영주님과 함께 타 보긴 했습니다만, 혼자서 타 보지는 않았습니다."

대답하고 나서야 뜻밖에 과시하는 애첩의 말로 오해받기 딱 좋은 소리를 지껄였다는 데 생각이 미쳐 당황스러워하는데, 킬리언이 마사에 준비된 말들을 둘러보다가 문득 어떤 말을 발견하고 눈썹을 찡그렸다.

"저건 티그리스잖아?"

그가 시선을 향한 곳에는 유난히 예쁘장한 은빛 갈기의 백마가 고운 자태를 뽐내고 있었다.

"순종적인 말을 보여 달라 한 말을 못 알아들었나?"

새카만 눈망울에 긴 하얀 속눈썹이 순진무구해 보이는 백마는 아무것도 모른다는 듯 우아하게 알랑알랑 꼬리를 흔들었다. 리에타가 조금 어리둥절해 져서 킬리언을 바라보았다. 얌전해 보이는 말인데, 아닌가? 킬리언은 마뜩잖은 기색이었다.

마필 관리사가 확신에 찬 목소리로 자신 있게 대답했다.

"티그리스는 남자 기수에게만 까탈스럽습니다."

"그게 무슨……."

"푸르릉!"

리에타가 제게 시선을 향하자 티그리스가 자기 어필을 하는 듯 고개를 흔들며 발을 가볍게 한 번 굴렀다.

"한번 보시겠습니까?"

마구간지기가 걸쇠를 빼어 티그리스가 있던 우리의 문을 열어 주었다. 킬리언이 얌전히 마사에서 이끌려 나오는 티그리스를 보고 어이가 없다는 듯 피식 웃었다.

"……그대에게 백마가 어울리긴 하는군. 어디 얼마나 순종적인지 한번 볼까."

다가가 보라는 듯, 킬리언이 리에타에게 손짓했다. 리에타는 말 조련사가 인도하는 대로 티그리스를 향해 조심스럽게 다가갔다. 사람과 달리 눈이 옆에 달린 짐승인데, 이렇게 바로 앞에서 다가가도 내가 보이는 걸까? 리에타는 말이 놀라기라도 할까 봐 약간 한쪽으로 비스듬히 다가갔다.

다행히 한동안 킬리언의 애마 레아를 얻어 타고 다니며 익숙해져 있었기에 리에타도 말이 그리 두렵지는 않았다. 얼마 전 시나에게 외면당했던 지라 조심스러웠지만 다행히 티그리스는 그녀가 다가가도 온순하게 굴며 피하지 않았다. 리에타가 천천히 손을 내밀어 말의 머리에 가져다 대었다.

"오." 마필 관리사들이 짧게 감탄사를 뱉었다.

웬일로 그 까탈스러운 티그리스가 처음 보는 사람에게 제법 친근하게 굴며 제 머리를 내 주었다. 쓸어 주는 리에타의 손에 머리를 부비기까지 했다. 갈기에 도는 은은한 상아빛이 반짝였다. 새카만 눈망울이 정말이지 '저는 순한 말이랍니다'라고 하는 것 같았다.

"……내 말인데."

킬리언이 조금 불만스런 웃음기를 담아 말했다. 마필 관리사들이 왁자하게 웃음을 터뜨렸다.

"말 임자랑 말이 좋아하는 기수가 늘 일치하진 않더라고요."

"농담이 아닙니다. 저희도 꽤나 오랫동안 티그리스가 사람 가리지 않고 성깔 더러운 말인 줄로만 알았습니다. 그런데 그저 남자가 싫었던 모양입니다. 여성분께는 이렇게 사근사근하다니까요?"

"헌데 그런 것 치고도 제법 호의적으로 구는군요. 녀석도 미인을 알아보는 건지."

주로 레아를 타지만 킬리언은 마구간의 대부분의 말들과 친분이 있었다. 티그리스는 대부분의 말들이 집중력 향상을 위해 쓰는 눈가리개조차 거부할 정도로 성질이 사나운 말이었다. 다행히 눈가리개를 안 써도 달리는데 지장이 없을 만큼 겁 없는 녀석이기는 했다.

“레아를 보나 티그리스를 보나 말이 겁 많은 동물이라는 건 다 거짓말입니다.”

“저건 아마 초식도 아닐 거야. 고기를 던져 줘도 씹어 먹을걸?”

마구간지기가 웃으며 리에타에게 물었다.

“이 녀석이 마음에 드십니까?”

티그리스의 목이 따뜻했다. 가만 가만히 티그리스의 목을 쓸어 주던 리에타가 문득 고개를 돌려 마구간지기와 킬리언의 눈치를 보았다. 백마는 일반적인 말보다 가격이 비싸다는 걸 말에 대해 잘 모르는 리에타도 알고 있었다.

“주력으로는 전력으로 달리는 레아에게 뒤처지지 않는 유일한 말입니다.”

리에타가 당황해 티그리스에게서 손을 떼고 조금 뒤로 물러섰다. 레아급이라고? 그녀도 킬리언의 애마 레아가 얼마나 대단한 말인지 알고 있었다.

“저, 저는 평범한 말이면 됩니다. 말을 잘 타지도 못하는데 과분한 명마는 사치입니다.”

리에타가 물러서고 말 조련사에게 고삐를 잡힌 티그리스가 불만스레 머리를 흔들며 푸르릉거렸다. 킬리언이 피식 웃었다.

“명마?”

마필 관리사들이 침통한 표정을 지었다.

“사실 이 녀석에겐 치명적인 문제가 하나 있는데요…….”

“치명적인 문제요?”

놀란 리에타가 침을 꿀꺽 삼키며 물었다. 한 마필 관리사가 푹 한숨을 내쉬며 말했다.

"그 주력이 아무 때나 나오질 않습니다."

무슨 말인지 이해하지 못한 리에타가 "예?" 하고 반문하자 다른 마필 관리사가 말을 이어 받았다.

"다른 말 옆에 붙여놓으면 엄청난 주력을 보이는 놈인데, 혼자서 달리게 하려고 하면 도통 뛸 생각을 안 해서……."

"아무리 채찍이나 박차를 가해도 도무지 산만해서 속도가 안 나와요. 맷집이 좋은 건지 게으른 건지 경쟁심이 강한 건지. 신경질은 또 어찌나 대단한지 모릅니다. 이 좋은 말이 아직까지 주인을 못 찾은 건 그 때문입니다."

다른 말 조련사가 변명하듯 끼어들었다.

"하지만 여성 기수에게 순종적이라는 건 정말입니다. 남성 기수가 채찍질을 하면 떨어뜨리려고 발길질을 하며 난리가 나는데 여성 기수에겐 그나마 듣는 척은 해 주거든요."

설명을 들은 킬리언이 뜻밖에 흡족한 기색으로 피식 웃었다. 리에타의 눈이 휘둥그레졌다.

"괜찮은데. 어때?"

"저, 저야 어떤 말이든 주시는 대로……."

리에타는 자신에게 호의적인 기색의 예쁜 백마가 싫지 않았지만 호불호를 따질 정도로 말에 대한 지식은 없었다. 게다가 어차피 그녀에게 무슨 선택권이 있겠는가.

"타 보지."

조련사와 마필 관리사들이 재빨리 티그리스의 몸 위에 마구와 안장을 얹었다. 티그리스는 곧 리에타를 태운다는 걸 알기라도 하는 듯 정말로 얌전했다.

"레아급으로 달릴 수 있는 말은 많지 않아. 좋은 말이긴 하지."

킬리언은 리에타의 허리를 잡아 올려 언제나처럼 그녀를 말 위에 앉혀 주었다. 리에타는 재빨리 정신을 차리고 자세를 잡았다. 처음으로 고삐를 제 손으로 잡았다.

"……."

제 손으로 잡은 줄 알았다. 킬리언의 손이었다.

"죄, 죄송……."

리에타의 손이 화들짝 놀라 달아났다. 킬리언이 다시 고삐를 건네주었다. 리에타는 이번에는 제대로 고삐를 건네받았다.

늘상 뒤에 앉아 있던 사람이 없어서 허전하고 불안했다. 그래도 오랫동안 말을 얻어 탄 가락이 있으니 리에타는 의젓하게 앉아 있으려고 애썼다. 이, 이렇게 앉으면 되는 건가?

킬리언은 티그리스가 점잔을 떠는 것을 빤히 쳐다보았다.

"……정말 얌전하네. 내가 탔을 때완 너무 달라 서운한걸."

마필 관리사들이 이끄는 대로 리에타와 티그리스는 말 훈련장 안을 타박타박 걸었다. 영 갈피를 못 잡는 리에타의 승마 자세는 점차 무너져 내리고 있었지만 겉보기에 큰 문제는 없어 보였다.

"본격적으로 배워 봐야 알겠지만 궁합은 썩 나쁘지 않아 보이는군."

"그러게요." 마필 관리사들이 웃으며 긍정했다.

승마를 제대로 배우고 나면 얼추 괜찮겠다 싶은 그림이 나왔다. 말과의 궁합을 보려 한 것이니 일단 충분히 합격점을 줘도 될 것 같았다.

"그대는 마음에 드나?"

움직이는 말 위에 혼자 앉아 있다는 데에 긴장한 리에타가 정신없이 고개를 끄덕였다. 다행히 티그리스는 그녀를 떨어뜨릴 기색은 아니었다. 킬리언이 웃으며 손을 들어 말을 멈추게 해 주었다.

어차피 승마를 배울 것이니 오르고 내리는 법을 찬찬히 가르쳐 주어도 되련만, 그는 그냥 가까이 다가가 리에타에게 두 손을 내밀었다. 리에타는 경황없이 손을 마주 내밀고 그의 팔에 제 몸을 맡겼다. 귀여운 데가 있네.

리에타를 내려 준 킬리언은 아직 목에 걸고 있던 축성 목걸이를 그녀에게 옮겨 걸어 주었다. 리에타의 눈에 퍼뜩 정신이 돌아오는 것이 보였다. 혼 돌려놓는 마도구가 따로 없군.

"좋아. 티그리스를 그대의 말로 하사하지."

킬리언이 장난스레 말하며 붉은 눈을 휘었다.

"레아와 보조를 맞출 수 있는 말이면서 혼자 타기엔 좋은 말이 아니라는 점이 더더욱 마음에 드는군. 멋대로 시키지도 않은 일을 저지르는 데 내가 선물한 말이 활약한다면 서운할 테니 그대에게 딱이 아닌가."

리에타가 당황한 눈으로 그를 바라보았다.

"그래도 내가 걱정한다는 걸……."

리에타의 얼굴이 확 달아오르며 그의 말을 끊었다.

"생각하며 움직이겠습니다."

킬리언이 흡족하게 티그리스의 목을 쓸었다.

"그래. 어차피 그대가 혼자 말을 탈 일은 많지 않을 거야."

오랜 애물단지 백마가 주인을 만난 것에 마필 관리사들이 환호했다. 흐뭇한 얼굴로 저마다 한 번씩 티그리스의 머리를 쓰다듬어 주었지만, 티그리스는 신경질적으로 머리를 흔들어 그들의 손길을 떨쳐 냈다. 그러다가 리에타와 눈이 마주치자 언제 그랬냐는 듯 순진한 깜장 눈망울을 깜박였다.

킬리언이 웃으며 말을 맺었다.

"항상 내 곁에서 달려 달라는 의미로 선물하지."

"……세비타스 수도원장이 죽었다고?"

"네. 유월 초에 역병으로 죽어 화장했다 합니다."

지젤의 보고를 받은 킬리언이 눈을 찌푸렸다.

"조사는 다른 방향으로 계속 이어 가고 있습니다만, 세비타스는 지난 사월 이후 지금까지 역병 피해가 심각하게 번져서 많은 사람이 죽었습니다. 살아 있는 사람들도 이미 한 달 전쯤부터는 마을을 버리고 달아나기 시작해 형편이 좋지 않습니다."

킬리언이 손가락 끝으로 테이블을 톡, 톡, 두드렸다.

"사람들이 사는 곳을 버리고 달아나고 있다고?"

"네. 역병으로 몰살을 당한 집도 많고 수도원에서도 피해자가 많은 모양입니다. 탈주는 칠월 중순부터 시작해 꾸준히 늘어나고 있어 살아 있는 사람은 거의 남아 있지 않습니다."

땅을 버리고 도망……. 궤멸 코스를 밟는가. 악시아스는 다행히 잘 이겨내 해당이 없는 사안이었지만, 킬리언은 역병에 관한 보고서를 충분히 많이 읽어보았다. 역병이 돈 마을이 궤멸에 이르기까지는 적어도 육 개월, 길게는 일 년 이상의 시간이 걸렸다.

세비타스는…… 딱 육 개월 만인가. 착실하게 최악의 코스를 밟는군. 내가 빌려준 돈은 다 어디에 탕진하고 그 지경이 된 건지. 카사리우스가 봄에 역병으로 죽었고, 그때도 세비타스에서는 역병으로 죽는 사람들이 적잖이 나오고 있었지만 사람들은 아무도 달아나지 않고 버티고 있었다.

마을이 궤멸 상태에 이르러 더 이상 살 수 없는 지경에 이르지 않는 한, 사람들은 자발적으로 제 삶의 터전을 두고 달아나지 않는다. 오히려 역병에 걸린 사람들이나 가족들이 마을 밖으로 쫓겨나는 몹쓸 경우가 있다면 모를까.

그곳에 땅이 있다. 더욱이 수확철인 가을을 목전에 두고, 마을에 역병이 돈다 해도 이미 한 땅에 터전을 두고 있는 농민들은 쉽게 제 삶의 터전을 버리고 달아나지 않는다. 어지간하면 버텨 보려고 들지……. 그렇기에 역병의 공포를 바로 곁에 두고도 반 년 이상의 시간이 걸리는 일이었다.

"그리고 제국에서도 최근 세비타스를 역병 고위험지로 판단해 관리를 시작했습니다. 접근하는 길목 자체가 폐쇄당해 세비타스에 들어가는 것도 쉽지 않은 형편입니다."

지젤이 보고를 이어 갔다. 킬리언은 의자에 몸을 파묻으며 골똘히 생각에 잠겼다. 리에타의 일과 관련해선 뭐 하나 마음대로 되지를 않는군. 카사리우스 자식도 이미 뒈져 버려 어떻게 할 수 없더니. 수도원장이라는 놈도…….

확증은 없지만 그는 이미 강한 심증을 굳힌 상태였다. 편하게 못 죽게 해 줄 생각이었는데, 이미 죽어 버렸다면 뭘 더 어쩔 수도 없지 않은가.

지젤은 레이첼을 통해 도둑 길드를 고용하여 조사를 계속하고 있다고 보고를 이어 가고 있었다. 세비타스 자체가 틀어 막힌 것이야 그렇다 치지만, 가장 유력한 용의자가 죽어 버린 마당이니 수색 범위에도 차질이 생겼다. 리에타에게 대놓고 묻는 것이 가장 간단하긴 하겠지만.

쯧. 킬리언은 혀를 찼다.

"좋아. 그 방향으로도 계속 조사해. 그리고 리에타의 수도원 시절 동기들에 대해 알아봐."

"동기들이요?"

"그래."

세비타스의 수도원 동기들이라면 수도원의 사정이나 리에타에 대해 좀 더 아는 것이 있겠지. 신성 능력자들은 신성 능력자들끼리 따로 교육을 받게 되니 더 친해지게 마련이다. 리에타야 사제가 되기를 포기했다지만 아마 그들 중에는 일찍이 다른 사원으로 사제가 되어 떠나간 사람들이 있을 것이다.

리에타를 가엾게 여겨 거두었다는 대공이 그녀를 위해 조용히 따로 이야기를 좀 듣겠다고 한다면 가엾은 동기가 부조리한 일을 당했던 이야기를 쉽게 털어놓을 것이다. 리에타의 입에서 제 이야기가 나오는 것보다는, 그쪽이 훨씬 쉽다.

악시아스 기사단은 상당히 처우가 좋은 직장이었다. 그리고 악시아스 수도원에서 자란 아이들은 그들의 땅을 나락에서 건져 낸 구원자이자, 막강한 소드마스터, 불패의 지휘관인 킬리언을 선망하고 존경했다.

재능 있는 아이들에겐 후원을 아끼지 않았고, 때때로 그가 시찰을 왔다가 정말 뛰어난 녀석이 보일 땐 흥미롭다는 듯 예의 한쪽 입꼬리를 쓱 올리는 미소를 지으며 대무 상대를 해 주기도 했다. 그건 정말 영광스러운 일이었다.

수도원을 예비 기사 코스로 졸업한 아이들은 어떤 기사단에든 응시할 기회가 있었지만 대부분 악시아스 기사단에 지원했다. 그러나 팔 년 전까지만 해도, 그것은 남자 예비 기사들에게 한정된 이야기였다.

악시아스 기사단은 여기사를 받지 않는 곳이었다. 여자아이들은 여기사를 받는 다른 기사단에 지원해야 했다.

최초에 지젤이 여기에 반기를 들고 도전했다. 킬리언은 여느 때처럼 한쪽 입꼬리를 올리고 나른하게 웃으며.

'나의 기사단은 여자가 있기엔 위험한 곳이다. 하지만 정 그대의 뜻이

그렇다면.'

자기 기사들 중 셋의 어깨를 툭 툭 툭 짚었다.

'이들을 이긴다면 생각해 보도록 하지.'

지젤은 받아들였다. '두 개의 검을 써도 괜찮겠습니까?'

킬리언은 허락했다. '물론이다. 그대에게 맞는 무기를 써라.'

그리고 자신의 기사들에게 말했다.

'불만은 없겠지? 레너드, 하슬러, 플린트. 악시아스의 기사라면 상대가 어떤 무기를 들고 나오더라도 상대할 수 있어야 한다고 생각하는데.'

쌍검이라니, 희귀한 기술이 아닌가. 기사들은 오히려 눈을 반짝였다.

'물론입니다.'

기사들은 흔쾌히 받아들였다. 솔직히 말해, 겨우 열아홉 살짜리 여자가 어떤 무기를 쓴다 해도 질 리 없다고 생각했다.

그러나 지젤은 기사들을 압도했다. 두 손을 자유자재로 쓰는 독창적이고 신출귀몰한 검술은 어쩔 수 없는 완력의 차이를 무색하게 했다. 강하게 밀어붙이는 것을 쉽게도 흘려내 버리는 유연한 몸. 검을 맞대거나 흘려 버리는 순간 시간차를 두고 가차 없이 쇄도해 오는 두 번째 검. 이 대 일로 싸우는 것이나 다를 바 없었다.

차례로 패배한 후 혼이 빠진 채 입이 떡 벌어진 기사들을 앞에 두고, 열아홉 살 아가씨가 미안하다는 듯 짧게 한숨을 내쉬며 뱉은 말이 걸작이었다.

'제 검이 두 개라…… 죄송하네요. 이거 좀 불공정한 기분인데……. 이 대 일로 함께 덤비시는 걸로 다시 할까요?'

충격적인 수준의 검술과 모욕에 가까운 오만에 경악한 기사들은 차마 말 못할 얼굴이 되었다.

챙!

콱. 위협적으로 회전하며 날아간 검이 연무장 근처의 나무에 맞고 떨어졌다. 지젤은 왼손에 들고 있던 검을 놓친 채 굳어 있었다.

강한 충격에 왼손과 왼팔이 어깨까지 저릿하게 떨렸다. 아직 그녀의 오른손에 검이 남아 있었지만, 순식간에 쇄도한 레너드의 검이 이미 지젤의 목에 닿아 있었다.

패배였다. 검이 손을 떠난 순간 그녀의 날카로운 기감은 패배를 예상했으나, 그것을 진심으로 인정하는 데는 조금 더 오래 걸렸다.

지젤은 떨리는 손을 꽉 쥐어 거두며 패자의 예를 표하기 위해 오른손의 검을 아래로 내리고는 바르게 섰다.

그러나 레너드는 어딘지 개운치 않은 얼굴로 눈을 찌푸리며 검을 물렸다. 레너드는 지젤이 입을 열기 전에 뒤로 돌아섰다.

검이 날아간 곳으로 향한 레너드는 그녀의 손에서 튕겨 날아간 검을 주워 들고, 날을 자기 쪽으로 향한 채 손잡이 쪽을 지젤을 향해 건넸다. 지젤이 눈을 치켜떴다.

"뭐 하는 거야?"

레너드는 뭐라 말해야 좋을지 모르겠다는 얼굴로 잠시 망설이다가 이내 의연한 얼굴로 입을 열었다.

"방금 그건 순전히 완력에 의지한 공격이었어. 불공정했으니 다시 해."

지젤은 순간 충격 받은 얼굴이 되었다. 레너드를 노려보는 그녀의 표정에 점차 분노가 나타났다.

"당신이 이 정도로 뒤끝이 있는 성격인 줄 몰랐는데."

"……뭐?"

"그때는 내가 재수 없었다는 거 알아. 하지만 이런 식의 복수는 좀 치졸하게 느껴지네."

지젤은 레너드가 건네는 검과 대무 요청을 무시한 채 패자의 예를 표했다. "졌습니다. 감사합니다."

그 후에야 지젤은 그의 손에 들린 검을 낚아채듯 탁 빼앗아 들었다.

"……아."

뒤늦게 예전의 기억을 떠올린 레너드가 짧은 감탄사를 흘렸다. 지젤은 자기 옷을 챙겨 들고 연무장 출입구를 향해 걸어가고 있었다. 레너드가 이마를 짚으며 그녀의 뒤에 대고 말했다.

"비꼰 거 아니야. ……잊고 있었는데 무의식중에 머릿속에 남아 있었나 보네. 내 스스로 떠올린 말인 줄 알았을 땐 멋진 말이라고 생각했는데."

지젤은 대답하지 않고 돌아선 채 출구를 향해 계속 걸었다. 뒷머리를 헤집은 레너드가 그녀의 뒷모습을 보고 있다가 피식 웃었다.

"어깨는 괜찮아. 다음엔 봐주지 마."

막 나가려던 지젤이 멈칫 멈추어 섰다. 그리고 봐주지 않았다는 말 대신 가만히 답했다.

"……오른쪽 허벅지에 생기던 빈틈, 극복했네. 다음엔 다른 약점으로 때려눕혀 줄게."

그리고 문을 열어 연무장을 떠났다.

외성 남쪽 주거지역의 공터. 공놀이를 하고 놀던 아이들 중 하나가 찬 고무공이 어떤 젊은 신사의 발 앞으로 굴러갔다. 한눈에 보기에도 값비싸 보이는 정장 차림의 훤칠한 신사를 보고 아이들이 쭈뼛거리며 멈추어 섰다.

새하얀 장갑을 낀 신사가 허리를 굽혀 친히 흙 묻은 공을 집어 들었다. 신사는 공을 던져 주는 대신 직접 들고 걸어와 자세를 낮추며 건네주었다.

"고맙습니다."

한 소년이 두 손으로 공을 받아들었다.

"천만에."

신사가 부드러운 얼굴로 서글서글하게 웃어 보였다. 보기 드문 은빛 머리카락에 아이들이 눈을 동그랗게 뜨고 그를 쳐다보았다.

"음. 그런데 꼬마야. 내가 뭐 하나만 물어봐도 될까?"

신사가 조금 자신 없는 목소리로 말문을 열어 놓고 망설였다. 어찌 말해야 할지 모르겠다는 듯 손에 든 지팡이를 만지작거렸고, 온화한 얼굴에는 난처한 미소가 어렸다.

"혹시 알지 모르겠는데……. 영주님께서 서너 달 전에, 여기로 예쁜 금발 누나를 데려오지 않으셨니?"

아이들이 대답 없이 서로 멀뚱히 쳐다보았다.

"음……. 한번 보면 절대로 못 잊을 만큼 엄청 예쁜 누나인데. 본 적 없니? 여기 친구 머리카락보다 조금 밝은 금발에 키는 이 정도……."

소년 하나가 조금 고개를 기웃하며 물었다.

"……하늘색 눈?"

신사가 반색하며 물었다. "그래, 맞아! 본 적 있어?"

소년이 고개를 끄덕끄덕 했다. 신사가 무릎에 손을 짚고 허리를 숙였다.

"언제? 어디에서?"

"며칠 전에…… 내성에서 영주님이랑 같이 말 타고 지나가는 거 봤는데……."

사내의 눈이 조금 커졌다.

"영주님이랑? 그분, 악시아스 성에 사시니? 아, 이걸로 간식 사 먹을래?"

남자가 주머니에서 은화를 하나 꺼내더니 소년에게 쥐여 주었다. 평민 아이들로서는 보기 드문 고액 화폐에 소년 소녀들의 눈이 휘둥그레졌다. 인심까지 후한 잘생긴 신사에게 소년은 금세 호의적으로 대답했다.

"아니요, 그 누나네 집이라면 내성 안에 있는데……."

"집이 내성에 있어?"

"응. 내성의 축성술사네 집이라고 하면 모두 다 아는데!"

"축성술사?"

신사가 눈을 동그랗게 뜨며 반문했다. 이내 그는 온화하게 눈을 휘어 보이며 웃었다.

"알았다. 알려주어 고맙구나."

그는 다 같이 맛있는 것 사 먹으라며 은화 하나를 더 내어주고 일어섰다. 신이 난 아이들이 그에게 인사하고 왁자지껄 몸을 돌려 달려갔다. 몸을 일으킨 신사가 악시아스 성 쪽을 향해 시선을 향했다.

"축성술사라……."

곰곰이 생각하더니, 이내 그 얼굴에 조금 밝은 미소가 어렸다.

"사제는 아니지만, 그나마 네 꿈에 조금은 가까워진 걸까?"

"이제 떠나시나요?"

"응. 나를 찾는 곳이 많으니까."

리에타가 아쉬운 표정으로 미소 지었다.

"또 오세요."

"내가 올 일이 없는 편이 좋을 텐데?"

"그래도……."

리에타가 고개를 숙이며 손끝을 만지작거렸다. 타니아 성녀가 어깨를 으쓱하더니 팔을 벌리고 다가갔다. 리에타가 조금 쑥스럽게 웃으며 그녀에게 안겼다. 성녀가 리에타를 마주 안아주었다.

"정말 존경해요."

"알아요."

"사랑하고요."

"줄 서요."

"보고 싶을 거예요."

타니아 성녀가 리에타의 어깨를 두드려주며 어쩔 수 없다는 듯 웃었다.

"또 보게 될 거예요."

젊은 나이에 너무 많은 것을 짊어진 의지할 데 없는 여자가, 조금 물기가 도는 하늘색 깊은 눈으로 청아하게 웃었다.

"감사했어요."

"즐거웠습니다."

"고마웠네."

"별말씀을요. 받은 만큼 했을 뿐입니다."

킬리언이 먼저 악수를 청했다. 그로서는 정말 드문 일이었다. 성녀는 담백하게 손을 마주잡았다.

"루시엘리."

여사제가 신을 믿지 않는 남자에게 교인의 인사를 건넸다. 그녀에 대한 경의의 표시로, 정말로 오랜만에 킬리언이 그 인사를 받아주었다.

"레시엘."

타니아가 픽 미소 지었다. 그리고 뜬금없는 작별 인사를 건넸다.

"다음에 만나면 누나라고 불러도 좋아요."

알페테르의 사제들이 경악한 눈으로 성녀를 바라보았다.

"내가 십 년만 젊었어도."

뻔뻔하게 덧붙인 말에 사제들의 안색이 새파래졌다. 개중 하나는 요란하게 기침을 토해 냈다. 킬리언이 피식 웃었다.

"뜻밖에 그 영광된 성심에 내가 차는가. 과연 성녀의 마음인지라 나 같은 놈도 그 넓은 아량 속에 포용할 수 있나 보군."

타니아 성녀가 싱글 웃으며 대꾸했다.

"미남이고 성실하고 돈 많고. 씀씀이가 특히 마음에 듭니다. 하지만 동쪽 별채에 열 살 연상은 안 받으시겠죠?"

사제들은 파랗게 질린 채 이 둘 중 어느 쪽이 미치광이인가 심각하게 고민하기 시작했다. 한쪽 입꼬리를 올린 킬리언이 우아하게 성녀의 손등에 입 맞추었다.

"만인의 연인으로 남아 주게."

성녀가 대공이 입 맞춘 손을 심드렁하게 휘저었다.

"이놈의 인기란."

그것이 마지막이었다. 타니아 성녀는 휙 몸을 돌려 말에 올랐다.

"어디로 가나."

"수도로 갑니다."

킬리언이 담담히 끄덕였다.

"황제 폐하께 안부 전해 드리게."

"직접 하시지요. 기다리실 텐데."

킬리언이 쓰게 웃으며 어깨를 으쓱했다.

"인연이 있으면 또."

성녀의 인사에 킬리언이 화답으로 손을 들었다. 타니아 성녀가 고삐를 당겨 말을 돌렸다. 사제들을 이끌고 멀어지던 그녀가, 일행들을 잠시 세워 두고 다시 말을 돌려 킬리언에게로 돌아왔다.

킬리언이 말없이 그녀를 쳐다보았다. 가까이 온 성녀가 허리를 숙이며 손짓했다. 뭔가 귓속말을 하려는 듯했다. 킬리언이 조금 의아하게 옆으로 귀를 대어 주었다.

성녀가 속삭였다. "리에타 트리스티를 가까이하지 마십시오."

뜻밖의 말에 킬리언이 눈썹을 치켜 올리며 그녀의 눈을 쳐다보았다. 그리곤 이내 한쪽 입꼬리를 올리며 대수롭지 않게 웃었다.

"무슨 소리야? 리에타는 이미 내 애첩인데."

농담하는 투가 아닌 파란 눈이 조용히 그를 마주보며 담담히 말했다.

"거짓말하지 않으셔도 됩니다. 이미 저의 비밀을 쥐고 계시지 않습니까."

킬리언이 입을 다물었다. 타니아 성녀가 몸을 일으키며 멀어졌다.

"그녀를 곁에 두지 마십시오. 대공과는 악연입니다."

이상한 표정이 된 킬리언을 뒤에 두고 타니아 성녀는 말을 돌려 떠났다.

악시아스에서 역병이 잦아들었다. 긴 여름이었다.

8

물들어 가는

⚜

가을비가 내린 서늘한 아침, 새벽부터 도서관에 박혀 있던 리에타는 서가 사이의 테이블에 앉아 졸고 있었다. 키 큰 남자가 잔 빗방울과 함께 서늘한 바람이 들이치는 창문을 조용히 닫았다. 빗소리가 잦아들었다. 리에타는 언젠가 그가 골라 주었던 새벽빛 드레스를 입고 있었다.

여름에 맞춘 시폰 드레스는 더없이 잘 어울리고 아름다웠지만 지금 날씨에 입기에는 다소 얇고 쌀쌀해 보였다. 킬리언은 제 외투를 벗어 툭툭 이슬을 털어 내고는 리에타의 몸 위에 가만히 덮어 주었다.

"재단사를 다시 불러야겠군."

무심한 목소리로 낮게 중얼거렸다. 빗속을 걸어온 탓에 흑발이 서늘하게 젖어 있었다.

역병 때문에 예년보다 늦어진 신입 기사들의 서임식이 일주일 앞으로 다가왔다. 서쪽 영지에 예비 사제들의 잠입을 도왔던 예비 기사들 중 수도원 졸업을 앞두고 있던 한 명도 그해 최연소로 악시아스 기사단에 합격했다.

수도원을 졸업한 수도자들은 정식 사제로서 몸담게 될 사원으로 제각기 떠나는 시기였지만, 데미안과 콜브린은 다른 사원으로 떠나지 않고 악시아스에 남았다.

킬리언은 사원이 건립되기까지 그들을 악시아스 성 소속의 전담 사제로 고용하고 리에타와 함께 악시아스 성에 필요한 축성과 치유, 구마를 맡게 했다. 구호 막사 쪽의 후처리에 집중하다 돌아온 두 사제는 리에타가 만들어 둔 축성 관리 체계에 따라 함께 악시아스의 축성 보안을 담당하게 되었다.

젊고 튼튼한 두 청년 사제에게 축성 일을 나누어 준 후로 여유가 생긴 리에타에겐 점점 더 많은 업무가 주어졌다. 뭘 시켜도 금방 적응하고 잘 해내는 리에타에게 킬리언은 분야를 가리지 않고 다양한 일을 주었다. 행정과 재정에서 시작해 법무, 교역, 관세, 군무까지 가리지 않았다.

리에타는 빠르게 그를 보좌할 수 있는 실무 기술을 습득해 나갔다. 킬리언은 그녀를 거의 비서 겸 사무관으로 쓰기 시작했다. 신중할 필요가 있는 결정에는 어김없이 리에타의 의견을 물었다.

그리고 리에타는 킬리언의 식사를 챙기기 시작했다. 악시아스 대공을 줄곧 보필한 충직한 노집사 에른조차 리에타에게 이것만큼은 한 수 접어 주어야 했다.

지나치게 튼튼해서 제 몸을 챙기는 걱정은 무시하기 일쑤인 킬리언이었지만, 묘하게도 리에타가 식사하시겠느냐 청해 오는 것은 내치지 않았다. 킬리언은 꼬박꼬박 식사를 챙겨 먹기 시작했다.

오찬 때가 되어 킬리언의 집무실로 찾아온 리에타가 조금 붉어진 얼굴로 그의 외투를 돌려주었다.

"깨워 주셨어도 되었을 텐데요……."

"그냥 감사하다 해도 돼."

"감사합니다."

그녀는 어느새 집사 에른의 허락을 받지 않고도 킬리언의 집무실이나 침실에 자유롭게 출입할 수 있는 사람이 되어 있었다.

"제대로 자면서 일하는 것 맞아?"

"그럼요……. 책이 지루했을 뿐입니다."

킬리언이 픽 헛웃음을 쳤다.

"정말로 자고 있나 확인하러 가 봐야겠군. ……아."

킬리언이 제 입에서 나온 소리에 순간 정색을 하고 그녀의 얼굴을 쳐다보았다. "희롱하는 것 아니야."

리에타가 약하게 웃었다.

"알아요."

빤히 그 얼굴을 쳐다보다가 짧게 웃은 킬리언이 집무실 책상 위에 있는 보고서를 집어 들었다.

"이번 보고서 말인데. 그대가 인용한 이 부분, 페들러의 이론이라고? 사실 난 그를 별로 높이 평가하지 않고 있었는데 그대 생각은 나와 다른 것 같더군. 그대가 그 이론을 바탕으로 결론 내린 지점, 제법 흥미로웠어."

킬리언은 리에타가 써 온 보고서에 소개된 이론의 내용에 큰 관심을 보이며 그녀에게 이것저것 물었다. 리에타는 간결하고 명료하게 답했다. 킬리언은 그녀의 대답을 경청하고, 때로는 질문을 던졌다. 무심한 얼굴이었지만 눈빛만큼은 그녀를 신뢰하는 듯 주시하고 있었고, 이따금씩 고개를 끄덕였다.

악시아스에 학자 계열의 인재가 많지 않고 그의 눈에 찰 만큼 일을 해내는 사람이 드물다는 것도 하나의 이유였지만, 사실은 그저 그것이 속이 편했기에 킬리언은 대부분의 일을 자기 손으로 직접 처리했다. 조금 더 시간을 투자하면 그가 온전히 원하는 대로 처리할 수 있는 대단치도 않은 일들이었다.

다만 그런 일들이 워낙 많고, 다른 사람과 나누질 않으니 쌓이고 쌓여 길어지는 것이었다. 그동안 사사건건 그녀가 저지르는 일에 화를 내고 언쟁을 벌였다는 것이 믿기지 않을 정도로 리에타는 그의 마음에 쏙 들게 일했다.

리에타는 그와 비슷한 방식으로 사고하고 판단했고 그녀가 쓴 보고서의 결론은 항상 완벽할 정도로 만족스러웠다. 때론 그의 예상을 뛰어넘었다. 다른 일들의 우선순위에 밀려 킬리언으로선 적당히 직감적으로 처리하고 넘어갈 수밖에 없었던 부분을, 리에타는 충실히 도서관을 뒤지고 발품을 팔며 조사한 후 보충해 주었다.

그녀의 결론이 자신의 생각과 같으면 만족스러웠다. 자신의 직감적 결정이 옳다는 반증이었으므로. 다르면 다른 대로 흥미로웠다. 그 이유를 살펴보는 것은 항상 결정에 더 도움이 되었으므로.

가끔 배경지식이 부족해 미진한 부분이 보이면 조언했다. 그럼 리에타는 금방 이해하고 공부해 오거나 잘못된 부분을 고쳐왔다. 성실한 사람이었다. 리에타가 그의 일을 상당히 덜어 주었기에 킬리언은 확실히 전보다 시간적 여유가 생겼다.

"……그대는 정말 승마에는 재능이 없군."

리에타는 덜덜 떨며 티그리스의 목에 달라붙어 일어날 줄을 몰랐다. 항상 완벽한 보고서를 가져오고, 악시아스 성의 축성을 완벽하게 책임지고, 모든 드레스가 완벽하게 어울리는 여자였지만……. 언제나 뭘 시켜도 완벽하게 해 내기에 이런 것도 잘할 줄 알았지. 이 정도로 답이 없을 줄은 정말 몰랐다.

그녀에게 승마를 가르치도록 붙여 둔 교관들은 진땀을 빼고 있었다. 그간 그와 함께 레아를 타는 데에 별 문제가 없었기에 걱정하지 않았건만. 사실 그것은 리에타의 공이 아니라 온전히 명마 레아와 완벽하게 숙련된 기수 킬리언의 공이었다.

리에타가 승마를 배우는 데 어려움을 겪고 있더라는 소리를 건너서 전해 듣고 살펴보러 왔던 킬리언은 가만히 서 있는 말 위에서 혼자 풍랑 만난 종이배처럼 비틀거리는 여자를 보고 떨떠름한 표정을 지었다. 생전 처음 보는 기막힌 승마 솜씨였다.

리에타는 승마에 정말로 재능이 없었다. 그저 말이 느리게 걷거나 고개를 흔들기만 해도 어쩔 줄을 모르며 온몸을 경직시키는 바람에 자세가 흐트러졌다. 속도를 높이는 것은 상상도 할 수 없었다. 그 까다로운 티그리스가 그토록 얌전하다는 것이 하나도 보람이 없었다.

처음 타 보는 말 위에서의 혹독했던 경험. 무시무시하게 흔들리는 말에 의지하길 포기하고 레아의 전력질주를 견뎌 내며 뒤에 탄 사람만 믿고 악으로 버텼던 기억은 리에타에게 극복하기 어려운 두려움으로 남아 있었다.

초심자가 한번 겁을 먹고 나니 극복하는 것이 오래 걸리고 있었다. 파랗게 질린 리에타도, 교관들도 딱할 노릇이었다. 도무지 진도가 안 나가는 꼴을 지켜보고 있던 킬리언이 결국 고개를 저으며 다가갔다.

"오늘은 이만 하지. 이리 와."

킬리언이 리에타를 향해 팔을 내밀었다. 리에타는 이미 겁에 질려 통제

불능이 된 몸으로 일찌감치 제 주제를 알고 있는 듯 손을 내밀어 그의 팔을 붙들고 몸을 내맡겼다.

"아이고. 타고 내리는 것이라도 혼자 하셔야 늡니다."

마구간지기가 난처해하면서도 웃는 낯으로 훈수를 두었다. 킬리언이 픽 웃으며 리에타의 허리를 잡고 내려 주었다.

"됐어. 급하지 않으니 천천히 해."

아무리 몸을 움직이는 데에 익숙하지 않은 아가씨라도 한 달 안에 트롯*, 석 달 안에 캔터†까지 하실 수 있게 하리라 장담했던 리에타의 승마 교관은 차마 킬리언 앞에서 면목이 없어 고개를 들지 못했다.

저도 제가 이 정도로 형편없을 줄 몰랐던 리에타도 발개진 얼굴로 숙연해지긴 마찬가지였다. 킬리언이 피식 웃으며 풀이 죽은 리에타의 머리를 쓱쓱 쓰다듬었다.

"굳이 그대가 승마를 배우지 않아도 레아가 나와 그대를 함께 태우고 달릴 수 있으니 괜찮아."

리에타가 얼굴이 빨개져 고개를 숙였다.

"죄송합니다. 제가 더 노력하겠습니다."

말까지 하사해 주셨는데 이 무슨 불충이란 말인가. 게다가 아무리 거구의 명마 레아라 해도 사람 둘을 태우고 계속 달리는 게 얼마나 허리에 부담이 되는지 이제는 리에타도 모르지 않았다. 말을 타는 데 어려움을 겪기 시작하며 승마에 대한 서적을 어지간히도 들추어 보았던 그녀였다.

"됐어."

다정하게 미소 지은 킬리언이 그녀의 뒤에서 양 어깨 위에 격려하듯 손

◇◇◇◇

* trot, 속보, 빠른 걸음

† canter, 구보, 가볍게 달리기

을 얹으며 속삭였다.

"그대는 취미로 승마를 배우는 거잖아?"

"아……." 리에타는 어설프게 끄덕였다. 지금 제가 너무 과한 부담감을 가지고 있는 것처럼 보이리라는 게 뒤늦게 신경 쓰였다.

그녀는 동쪽 별채 기사단에 들어가기 위해, 필요할 때 킬리언을 보필하기 위해, 유사시에 킬리언이나 다른 동쪽 별채 여자들의 발목을 잡지 않기 위해 승마를 배우는 것이었지만, 표면적으로 동쪽 별채는 어디까지나 악시아스 대공의 애첩 군단이므로 그런 것은 적당한 취미 생활로 위장해야 하는 일이었다.

킬리언이 나긋하게 웃으며 고개를 기울였다.

"애써 주는 것은 기특하고 예쁘지만."

킬리언이 그녀를 제 쪽으로 돌려세우며 달콤한 목소리로 말했다.

"긴장 풀어. 그대와 나란히 달려 보고 싶다고 말하긴 했지만 난 그대를 안고 달리는 것도 좋으니까."

그의 애첩이라는 표면적 지위에 맞게 만들어진 언사임을 알고 있음에도 당황한 리에타는 낯이 뜨거워져 간신히 고개를 끄덕이며 땅바닥만 쳐다보았다. 뭐, 킬리언이 보기엔 그러는 것도 오히려 자연스럽고 나쁘지 않았다. 킬리언이 그녀의 어깨를 두드려 주며 웃었다.

"빨리 배워야 한다는 부담을 갖고 욕심을 부리니 더 안 되는 거야. 조바심 내지 말고 그냥 한동안 티그리스한테 간식이나 주면서 친해져 봐. 그냥 내키면 한 번씩 타보는 것으로 족해."

그러고는 오늘의 인사를 빼먹었다는 듯이 허리를 숙여 이마를 가까이 해왔다.

"……."

리에타는 황망히 그의 이마에 입 맞추었다. 아름답기 짝이 없는 광경이라는 듯, 승마 교관과 마구간지기를 비롯해 모여든 이들이 훈훈한 얼굴로 바라보았다.

에른이 명을 받들며 허리를 숙였다.

"그럼 라트리아 의상실에 연통을 넣겠습니다."

"그래."

"하온데……. 그럼 아가씨께선 지금 머무시는 방에서 의상실 마담을 맞이하게 되실 터인데, 괜찮으시겠습니까?"

지금 머무는 방? 킬리언이 손목 커프스를 풀어 내며 생각에 잠겼다. 그건 좀 그런데. 지금 리에타의 방은 그냥 본관에 남아도는 빈 방 중 하나일 뿐이었다.

아무에게나 적당히 제공되는 손님용 침실. 악시아스 성이 아무리 삭막하고 딱딱한 곳이라지만 악시아스 대공이 총애하는 애첩이 머무는 방이라기엔 그곳은 너무 소박하고 아무것도 없었다. 킬리언이 곤란하다 여기는 것을 눈치챘는지 에른이 말을 이었다.

"하오면, 주인님의 침실에서……?"

"설마."

킬리언이 단박에 부정했다. 아무리 대외적으로 애첩이라 알려져 있다 해도 그런 천박한 취급을 당하게 할 생각은 없었다.

"하오면 아가씨의 방을 옮겨 드리거나 드레스룸을 따로 꾸밀까요?"

가을 옷 좀 맞추자고 일이 생각보다 커지는데. 그렇게까지 해야 하나? 애초에 임시로 보호하기 위한 조치일 뿐, 리에타가 언제까지 성에 있을지도 모르는 일이었다.

"라트리아 의상실의 경험은 모두 귀족들의 귀에 들어갈 것입니다. 아가씨께서 의상실 마담을 맞이하실 수 있도록 드레스룸을 마련하여 드릴 필요성이 있지 않겠습니까?"

골치 아프군. 거기까지 생각지 못한 킬리언은 눈썹을 찡그렸다.

"놔두게. 그냥 직접 가는 게 낫겠군."

"의상실에요?"

불쑥 끼어 든 여자의 목소리에 막 옷을 벗으려던 킬리언은 도로 상의를 여몄다. 레이첼은 침실 창가에 거꾸로 매달린 채 들어오지 않고 훈수를 두었다.

"보여주기용으로 한 번이야 괜찮지만 각하께서 매번 직접 발걸음 하시는 건 그다지 그림이 안 사는데요. 이제 의상실 쪽더러 오라고 하시는 게 좋지 않을까요?"

"……그래?"

"북방의 패자 악시아스 대공의 체면이 있는데, 매번 직접 옷가게까지 발걸음 하시게요?"

그런 문제인가? 킬리언은 골똘히 생각에 잠겼다. ……직접 가서 입은 모습을 보고 사는 것도 그리 나쁘진 않았는데.

"밖에서는 다들 최고로 총애하는 애첩이라고 하는데. 당연히 맞춤옷이죠."

맞춤옷. 레이첼이 말하는 그 단어에 왠지 힘이 들어가 있어 머릿속에 꽂혔다.

"다 들고 오라고 하세요. 성으로."

'지체 높으신 귀족 분들께선 단 한 분의 여성을 위해 특별히 제작된 단 하나의 드레스만을 고집하시는 일이 흔하지요.'

고민은 길지 않았다. "다 들고 오라고 해. 성으로."

악시아스 대공의 체면이 있다니…….

"리에타에게 드레스룸 배정해서 꾸며."

"그러겠습니다, 주인님."

에른이 싱긋 웃으며 허리를 숙였다. 레이첼이 생글 웃고 휘리릭 사라진 후에야 킬리언은 옷을 벗었다.

편지를 뜯어 읽던 베스의 표정이 점점 일그러지며 무너져 내렸다. 세이라가 그녀의 얼굴이 심상치 않은 것을 보고 베스의 앞에 놓여 있던 편지봉투를 슬쩍 집어 들었다.

"로드미뉴……. 샤넬로페. 수도에 계신다던 이모님?"

찻잔을 들고 다리를 꼰 엘리제가 힐끗 베스의 얼굴을 쳐다보았다.

"무슨 편지길래 표정이 그래? 영주님이 또 누굴 죽였대?"

"아으으……."

베스가 머리카락을 쥐어뜯으며 티테이블에 이마를 박았다.

"……아무래도 이모가 또 사기를 당한 것 같아요."

"뭐어?"

"이것 좀 봐요!"

베스가 편지 뒷장에 함께 동봉되어 있던 금발 여인의 초상화를 움켜쥐고 흔들어 보였다.

"신성 왕녀의 초상화래. 악시아스에 역병이 돈다는 소릴 듣고 놀라서 이걸 글쎄 이천 골드나 주고 그랬대요! 미쳤어!"

엘리제가 떨떠름하게 그것을 받아 들었다. 세이라는 베스가 팽개쳐 버린 편지를 집어 들고 읽어 내려갔다.

"……그 은퇴 사제가 네가 위험에 처해 있다고 하더라. 처음엔 나도 믿지 않았지."

'하지만 그땐 악시아스에 역병이 돈다는 소식은 수도에 전해지지도 않았던 때였어. 동쪽 별채에 역병이 들었다는 소식을 듣고 내가 얼마나 놀랐는지 아니? 백방으로 수소문해 그 사제를 찾느라 어찌나 힘들었던지. 나를 딱 보자마자 걱정되는 일이 있어서 오셨군요, 하더니.'

베스가 울분을 토했다.

"그럼 안색이 새파란 아주머니가 그렇게 힘들게 물어물어 자길 찾아왔는데 걱정 있어서 온 건 뻔하잖아!"

'네 이야기를 했더니 주변에 악마며 역병이며 어두운 기운이 가득하다는 거야. 은퇴 사제라더니 정말 영험하기도 하지.'

"이모도 동쪽 별채에 역병이 들었다는 얘길 들었는데 그런 사기꾼이 못 들었겠냐고요! 딱 등쳐 먹기 좋겠다 싶었겠죠!"

베스는 거의 끙끙 앓았다.

'너는 아직 괜찮다고, 이 신성 왕녀의 초상화만 있으면 네가 무사할 거라더구나. 원래 사천 골드라는데, 네가 아주 귀인이 될 사람이라고 반값에 그려 주었단다.'

레이첼이 끙 소리를 내며 이마를 짚었다. 더 이상 듣지 않아도 훤했다.

조금만 늦으면 위험하다고 해서 급히 편지를 보낸다. 편지가 늦지 않게 제때 도착해야 할 텐데. 네가 뭐라 할지 눈에 훤하다만, 아깝다고 화내지 말고 한 번만 이모 말을 들어주렴. 이거 대문에 꼭 붙이고 자고…….

편지가 늦기는 늦었다. 악시아스에서 역병은 이미 끝났으니까. 여자들은 웃지도 울지도 못하고 안타까운 표정으로 베스를 바라보았다.

'사랑하는 베스, 이모는 네가 너무 걱정돼. 너를 악시아스에 내버려 두는 게 아니었는데. 네가 괜찮다는 소식을 하루빨리 전해 듣고 안심하고 싶구나. 꼭 답장을 다오.'

"리에타! 정말로 신성 왕녀의 초상화가 역병이나 악마를 막는 데에 효험이 있을까요?"

울상이 된 베스가 리에타를 향해 고개를 돌렸다. 리에타가 초상화를 보며 난처하게 미소 지었다.

"글쎄요……."

라나가 고개를 저었다.

"그 사제는 영험하지 않아요."

여자들의 시선이 라나에게 집중되었다. 라나가 가만히 손가락을 들어 베스의 손에 들린 초상화를 가리켰다.

"그건 베아트리체 왕녀의 초상화가 아니에요."

베스가 얼떨떨하게 손에 든 초상화를 바라보았다.

"그래요?"

라나가 끄덕였다. "하나도 닮지 않았어요."

세이라가 베스의 손에서 냉큼 초상화를 빼앗아 들고 노려보았다. 그러다가 어리둥절한 얼굴로 라나를 보며 물었다.

"어떻게 알아?"

"베아트리체 왕녀는 금발이 아닌걸요."

라나가 간단히 대답했다. 리에타가 모호하게 웃으며 말했다.

"네. 그분은 흑발이에요."

책장 앞에 서 있던 리에타는, 누군가 갑자기 제가 보고 있던 책을 슥 빼앗아 들자 깜짝 놀라 고개를 들었다.

"별 책이 다 있군. 승마의 이해 기초편?"

"영주님."

리에타의 손이 허공에서 우물우물 방황했다. 그의 손에서 책을 뺏어들고 싶은 마음과 싸우는 듯했다. 그러나 리에타는 끝내 책을 빼앗지 못하고 그저 부끄러워하는 얼굴로 고개를 숙였다.

킬리언은 책을 몇 장 넘겨 보곤 피식 웃었다.

"그래, 공부 많이 했나? 도움이 좀 되는 것 같아?"

"네. 승마를 할 때는 이렇게 힘을 빼고 반동을……."

리에타는 곱디고운 드레스를 입은 채 고삐를 잡듯 두 손을 앞으로 쥐어 내밀고 어정쩡한 자세를 취한 채 흐물흐물 움직여 보였다.

"……."

그 자태를 보고 킬리언은 단지 무서워하는 것 외에도 왜 승마가 안되고 있는지 알 것 같다고 생각했다.

"……반동은 트롯부터 고민해. 워크*도 못하면서 무슨 반동이야."

아무래도 마음만의 문제는 아닌 것 같았다. 킬리언은 탁 책을 덮고는 책장에 꽂아 버렸다. 어렵게 뽑은 책을 도로 높은 곳에 꽂아 버리는 그를 보고 리에타가 황망히 손을 내밀었다.

"주, 주세요."

"무슨 승마를 책으로 배워? 직접 말과 만나서 몸으로 배워야지."

리에타가 시무룩해졌다. 킬리언이 리에타의 눈썹 앞머리에 생긴 시무룩한 구김이 웃긴다는 듯 피식 웃으며 손가락을 들어 꾹 눌러 가라앉혀 주었다.

"이런 것 볼 시간에 티그리스를 한 번이라도 더 만나서 친숙해지는 편이 나을걸. 자세 같은 것에 집착하지 말고 아무것도 못하겠어도 그냥 앉아라도 있어. 너무 긴장하니 악순환이잖나."

"네……."

그대로 그는 문 쪽으로 툭 고개를 까딱이며 손짓했다.

"식사나 하러 가지."

"아, 네."

리에타가 퍼뜩 도서관 벽시계를 보았다. 어느새 만찬 때가 되어 있었다. 딱히 그러자고 말이 오갔던 적은 없었지만 이제 킬리언과 리에타가 식사를 함께하는 것은 자연스러운 일과가 되어 있었다.

그래도 리에타가 킬리언의 식사를 챙기는 것이지 킬리언이 리에타의 식사를 챙긴다는 것은 말도 안 되는 일이었기 때문에 당황한 리에타는 얼른 책을 정리하고 따라나섰다.

◇◇◇◇

* walk, 평보, 가장 느린 걸음

"다음에는 나랑 같이 가지."

"어디를요?"

"승마 교습."

리에타가 머뭇거리다가 물었다. "바쁘지 않으세요?"

킬리언이 어깨를 으쓱했다.

"나 요즘 시간 많아. 그대 덕분에. 그러니까 내 시간을 그대에게도 좀 써 주는 것이 공평하다고 생각되는군."

리에타가 뭐라 답하기 전에 킬리언의 말이 이어졌다.

"그리고 내 애첩이라고 교관들이 그대에게 함부로 손대서 가르치지 못한다던데."

"아……."

레이첼이 킬리언에게 슬쩍 귀띔해 준 이야기였다. 리에타로서도 몰랐던 사정으로, 지금에야 처음 듣는 말이었다. 잠시 골똘히 생각에 잠겼던 리에타는 교관들이 한창 헤매는 제 주변에서 손만 올렸다 내렸다 방황하며 말로만 설명을 하느라 고생해 주었던 것을 떠올렸다. 그 외에도 이래저래 짚이는 상황들이 있는 것을 보니 맞는 말 같았다.

그래서 내 승마에 이렇게 진전이 없는 거였을까?

리에타는 음식을 찍은 포크를 입에 문 채 슬그머니 건너편의 킬리언을 쳐다보았다. 지젤이나 레이첼에게 부탁해 보겠다고 말씀드려 볼까 싶었지만, 얼마 전 만났던 그들도 딱히 한가해 보이지 않았다는 점이 마음에 걸렸다. 리에타가 그를 도운 후로 킬리언이 훨씬 한가해졌다는 것은 사실이었다. 와인잔을 입가로 가져가던 킬리언과 눈이 마주쳤다.

"대답."

리에타는 고개를 끄덕끄덕 하고는 접시로 시선을 내렸다.

"네……. 감사합니다."

리에타가 킬리언의 영주 사무를 돕는 비율이 높아지기 시작하며 그녀는 악시아스의 사정을 상당히 꿰게 되었으나, 사원 건립 계획이 진행되리라는 것은 조금 늦게 알게 되었다. 언제나처럼 평소와 같은 대화를 이어가던 도중이었다.

“하지만 그 정도의 지출을 감당하면서 굳이 여기서 여기까지 길을 정리할 필요가 있을까요? 이쪽 길을 정리한다 해도 다들 오트낭을 지나가는 길을 이용하려 할 텐데요. 이쪽은 상인들이 많이 다니는 길도 아니고요.”

“필요가 있어. 이건 상인들이 이용할 길이 아니니까. 사원을 지을 거거든.”

너무 아무렇지도 않게 언급된 중대사에 리에타는 저도 모르게 ‘아, 그렇구나.’ 하고 고개를 끄덕이다가 눈이 휘둥그레졌다. 이렇게 지나가듯 던지고 넘어갈 이야기가 아니었다.

“악시아스에 사원을요?”

“그래.”

너무 놀라 할 말을 잃은 리에타가 입을 가렸다.

‘아! 그래서 사제님들께서……!’

리에타는 악시아스 성에 고용된 콜브린, 데미안과 함께 일하고 있었다. 악시아스 수도원에서 졸업하는 신성 능력자들이 상당한 지원을 받으며 악시아스에 정착하기 시작하는 것도 알고 있었다.

사제가 될 수 있는 수도자가 졸업한 후 사원 없는 영지에 그대로 정착하는 케이스는 흔치 않다. 충분히 신성 사제가 될 수 있는 능력을 가지고 있는 젊은이들 상당수가 수도원을 졸업했는데도 다른 도시의 사원으로 떠나 정식으로 사제 서품을 받는 대신 마을에 정착하고 있었다. 그것이 의아하던 차였다.

설령 속세에서 일한다 해도 사원에 적을 두고 귀족에게 파견을 가는 것이 낫지, 사원으로 가길 포기하고 귀족의 아래 남는다는 것은 꽤나 모험적인 결정이었다.

신성 능력자들 사이에서 사제 이외의 진로는 썩 인정받지 못하는 길이기도 하거니와, 당장 역병이 돌고 마음이 급할 때야 대우가 좋고 사랑받는다 해도 언제 마음이 변할지 모르는 귀족의 아래에서 일한다는 것은 사원에서 사역하는 것에 비해 안정적이지도 못한 일이고, 귀족을 위해 사역한다고 은근히 다른 사람들로부터 멸시당하기도 했다.

평민이 신성 능력자로서 축성 사제 이상의 서품을 받으면 생활이 안정되기도 하고 귀족들도 함부로 대하지 못하는 신분 외 계급이 되기도 하니 나름대로 출세다.

안정적인 생활을 바라는 생존욕구든, 입신양명에 대한 명예욕이든, 숭고한 봉사정신이든, 수도자들에게 사원에 들어가 사제로 사역한다는 영광을 얻는 것은 한결같은 꿈이었다.

어쨌든 악시아스로서는 제국에 퍼지고 있는 역병과 역마들로부터 스스로를 보호하기 위해 많은 신성 능력자들이 영지에 남아 주는 것이 필요한 일이었고, 그러한 유인의 방편으로 마을에 정착하는 신성 능력자들에 대한 지원이 다각도로 이루어지고 있기도 했지만, 사실 사제들이 스스로 속세에 남겠다고 결정할 만한 보상이라기엔 부족한 것이 사실이었다. 그들에 대한 악시아스의 지원이 괜찮은 수준이기는 해도 불로소득으로 먹고 살 수 있을 정도는 아니니 그들은 노동을 해 살아남아야 했다.

그럼에도 생각보다 많은 수도사들이 악시아스에 남았다. 대부분의 사원에서는 매년 갓 수도원을 졸업한 열여덟 살의 수도자들만을 새로운 사제로 받아들이며 사제 서품을 내려 주기에 때를 놓친 수도자에게 다시 사제가 될 수 있는 기회는 잘 열리지 않았다.

예외라 할 만한 케이스는 새로 건립되는 사원이 있는 경우. 물론 이건 자주 있는 일이 아니었다. 그렇기에 대부분의 수도자들은 수도원에서 졸업하자마자 이곳저곳의 사원으로 뿔뿔이 제 갈 길을 찾아 떠나갔다.

사제가 되는 것을 꿈으로 가지고 있었을 수도사들이 어째서 사제가 되기를 포기한 채 낯선 속세 생활을 감수하고 악시아스에 정착하는 것인지 의아했는데, 악시아스에 사원이 생길 것이라는 정보를 그들도 미리 알고 있었다면 말이 되었다.

악시아스에 사원이 생기면, 그런 신성 능력자들은 서품을 받고 사제가 되어 새로 출발하는 사원의 주춧돌이 되는 의미 있는 일에 힘을 보탤 수 있을 터였다. 게다가 악시아스가 어디 보통 도시인가. 리에타의 눈이 반짝였다.

"정말 좋은 일이네요……! 악시아스에 사원이 생긴다면 분명 많은 사람들이 기뻐할 거예요."

리에타야 결혼까지 했었고 환속한 몸이니 해당이 없지만, 사제는 될 수 없을망정 사원이 생겨나는 것을 지켜보며 그 과정에 사역할 수 있다는 것은 신성 능력자에게 매우 뜻깊은 일이었다.

"슈펠만 백작부인께서 빌려주신 광산을 활용할 수 있겠어요. 때가 아주 좋아요."

북부에서 사제의 수요를 충족해 주던 하비투스 대사원이 그렇게 되었으니 사제를 구하기 어려워져 다들 난감해하던 차라는 둥 악시아스의 상권이 더 발달하는 데에도 분명 도움이 될 것이라는 둥…… 사제가 되고 싶었냐는 질문에 이제는 그저 옛일이다 했으면서도 리에타는 제법 높아진 목소리와 빨라진 어조로 이것저것을 물어 왔다. 생기가 도는 얼굴이었다.

"그럼 사원은 어디에 짓게 될까요? 규모는 어느 정도로 생각하세요? 외성 남부 지역도 괜찮을 것 같고, 작은 규모라면 내성 남동쪽도……. 아, 설계도를 그릴 만한 건축 전문가들을 한번 초빙해 볼까요?"

한창 흥분해 있던 리에타가 킬리언이 웃는 것을 보고 퍼뜩 정신을 차리며 얼굴이 발그레해졌다.

"아, 제가 너무 앞서 나갔죠. 어련히 알아서 하실 텐데……."

"아니."

킬리언이 웃는 얼굴 그대로 의자 등받이에서 몸을 일으켰다.

"의욕을 보여 주니 고맙군. 그대가 할 일이 많을 거야."

그리고 책상 한쪽에 쌓아 두었던 서류와 책 더미를 통째로 리에타에게 밀어 주었다. 전부 사원 건립에 관련된 자료였다. 제법 질릴 만한 높이의 문서 더미였지만 리에타는 놀라지도 않고 다가와 맨 위의 서류부터 냉큼 집어 들었다.

리에타로서는 일이 어느 정도 진행되기 시작하는 와중에 처음 듣는 이야기였으므로, 한동안 바쁘게 서류와 책을 넘기며 흥분한 듯 질문공세를 이어 갔다. 킬리언은 꽤나 즐거운 얼굴로 나름대로 성심껏 대답해 주었다.

그들은 밤늦게까지 이야기를 이어 갔다. 평소라면 리에타가 진작 물러가고도 남았을 시간이 되었는데도 이야기는 끝나지 않았다. 리에타가 문득 창밖이 어두워졌음을 살피는 눈치이자, 킬리언은 힐긋 벽시계를 보고 일어서며 말했다.

"가면서 마저 이야기하지."

"아, 네."

가면서 이야기한다고 해 보았자, 리에타의 방은 킬리언이 머무는 곳의 바로 아래층이었다. 어차피 한 지붕 아래, 멀지도 않은 거리를 바래다주며 채 몇 마디를 나누지 않아 그녀의 방 앞에 도착했다.

기껏 집무실을 나온 것이 무색하게도 킬리언은 그녀의 방문 앞에 선 채 한동안 더 이야기를 나누었다. 그러다 새삼 서늘해지기 시작하는 밤공기에 제 팔을 감싸는 리에타의 손을 보고 킬리언이 미세하게 찌푸렸다.

"그대, 추워 보이는군."

불쑥 그가 꺼낸 말에 대화가 끊어졌다. 리에타는 팔을 감싸고 있던 손을 딱 떼고 눈을 깜박이며 고개를 저었다.

"아뇨, 괜찮습니다."

"들어가. 라트리아 의상실에서 조만간 사람을 부르지."

킬리언은 끝나지 않던 이야기를 끊어서 맺어 버렸다. 그리고 그녀 앞에 고개를 숙여 왔다. 리에타는 저도 모르게 익숙해진 대로 그의 어깨를 짚고 이마에 입 맞추었다.

"평안히 주무세요."

고개를 든 킬리언이 리에타의 머리를 툭 쓰다듬어 주며 웃었다.

"그대. 어젯밤 제대로 안 잤군?"

"예? 아뇨, 잤습니다."

"못 잔 것 같은데?"

"괜찮습니다. 정말 잤습니다."

리에타의 눈 밑이 어두웠다. 킬리언이 눈썹을 찡그렸다.

"서류를 주지 말걸 그랬군."

정곡을 찔린 리에타가 우물쭈물했다.

"아뇨……. 많이 도움이 되었는걸요."

"그걸 보다가 늦게 잤겠지."

"자는 것이야 오늘 또 잘 텐데요……."

"만찬 때 또 먹을 것인데 조찬과 오찬은 왜 하지?"

말하고 보니 자기소개였다. 리에타가 소리 없이 웃었다. 그리곤 언제나처럼 조곤조곤 잔소리를 해 왔다.

"바쁘시더라도 식사는 거르지 마세요."

"아무렴 굶어죽을까."

"모시는 분께서 그리 스스로에게 가혹하신데 어찌 따르는 자로서 편히 먹고 잘까요."

킬리언이 피식 웃었다. "내 탓이라는 거야?"

"꼭 그런 건 아니지만……."

"난 잠은 잘 자."

리에타가 약하게 웃으며 끄덕였다.

"오늘은 저도 일찍 자겠습니다."

"식사도 요즘은 이렇게 잘 챙겨 먹는다고."

"예. 저도 식사는 잘하고 있습니다. 영주님을 본받아서요."

리에타가 근래 식사를 잘 챙겨 먹는다는 건 알고 있었다. 그가 항상 같이 먹고 있었기 때문이다.

승마 시간이었다. 킬리언은 리에타를 데리고 마구간으로 향했다. 벌써 잔뜩 긴장하고 있는 것을 눈치채고 킬리언이 피식 웃으며 그녀의 어깨를 툭 쳤다. 리에타가 화들짝 놀랐다.

"이래서야."

리에타는 이미 혼이 빠져 있었다. 애석하게도 그녀의 목에는 이미 그 목걸이가 걸려 있었으므로 혼 돌려놓는 마도구도 무소용이었다.

"레아에 탈 때는 이렇지 않았잖아? 뭐가 문제야?"

리에타는 결심을 다잡으려는 듯 양 손으로 제 뺨을 꾹 누르며 심호흡하고 있었다.

"티그리스가 그대를 겁먹게 한 적이 있나?"

킬리언의 물음에 리에타가 퍼뜩 고개를 들고 고개를 도리도리 저었다.

"아뇨. 티그리스는 착해요. 그저 제가……."

때마침 티그리스가 마구간에서 마필 관리사에게 이끌려 나왔다. 리에타를 발견한 백마가 온순하게 눈을 깜박이며 쫑긋쫑긋 귀를 움직였다. 리에타는 멍하니 넋이 빠져 티그리스를 바라보며 혼잣말처럼 중얼거렸다.

"……영주님께선 고삐를 혼자 잡고 앉는다는 게 부담되지 않으세요?"

그녀답지 않은 바보 같은 질문에 킬리언이 웃어 버렸다.

"글쎄. 고삐는 원래 혼자 잡고 앉는 건데."

다시 비장하게 심호흡한 리에타가 다가가 티그리스의 머리를 쓸어 주고 입 맞추었다.

"오늘도 잘 부탁해……. 티그리스."

킬리언이 가만히 쳐다보다 피식 웃으며 고개를 돌렸다. 그날 역시 리에타의 승마 솜씨에는 도무지 진전이 없었다. 리에타는 나름대로 애를 쓰는 모양이었지만 결과는 딱할 노릇이었다.

"정면! 정면 보셔야 합니다. 아이고, 아가씨!"

리에타는 점점 몸을 움츠리더니 기어코 티그리스의 목을 껴안고 붙어 버렸다. 말을 끌어 주며 타이르는 교관 뒤에서 한 발짝 떨어져 지켜보던 킬리언이 결국 혀를 차며 다가왔다.

그리곤 리에타의 뒤에 훽 올라탔다. 티그리스는 조금 놀란 듯 발을 구르며 푸르릉거렸지만 킬리언이 허벅지에 힘을 주어 안정적으로 휘어잡자 크게 반항하지는 않았다. 킬리언이 리에타의 손등 위에 제 손을 겹쳐 올리고 고삐를 잡았다.

"허리 펴."

귓가에 들려오는 목소리와 갑자기 익숙해진 자세에 리에타가 고개를 들고 정신을 차렸다.

"똑바로 잡아 봐."

킬리언은 이상하게 고삐를 잡은 리에타의 손을 고쳐 주었다. 뜻밖에 킬리언이 뒤에 타자 안정적인 자세가 되어 허리를 펴는 리에타를 보고 승마 교관과 마필 관리사들의 눈이 휘둥그레졌다.

그가 말에 타고 자세를 고쳐 준 지 얼마 되지 않아 리에타의 승마 자세는 나무랄 데 없이 완벽해졌다. 킬리언이 제 팔 안에 있는 리에타를 살폈다.

"앞에 보고. 발 더 깊이 걸어. 대체 이게 왜 안 되는 거야?"

킬리언은 리에타의 손 위로 바로 고삐를 당겨 쥐고 말을 몰기 시작했다. 그들은 그대로 속도를 올려 트롯에 캔터까지 했다. 마치 앉은뱅이가 일어나는 기적을 본 듯 교관과 마필 관리사들이 넋을 잃고 그들을 쳐다보았다.

아무 문제가 없었다. 당연했다. 이미 그렇게 리에타를 앞에 앉힌 채 전속력 갤럽*으로 며칠을 달려오기까지 했는걸. 티그리스에게는 잘못이 없었다.

"지금은 괜찮은 거야?"

"네……."

킬리언이 피식 웃으며 중얼거렸다.

"꼼짝없이 태우고 다녀야겠군."

리에타는 지금의 자세를 잊지 않으려는 듯 말을 타는 데 집중하고 있었다. 킬리언이 말의 속도를 늦추며 말했다.

"사실 빨리 달리는 건 중요하지 않아. 중요한 건 낙마하지 않는 거지. 낙

◇◇◇◇

* gallop, 습보, 전력질주

마하면 다칠 수도 있고 운이 나쁘면 죽을 수도 있어."

리에타가 고개를 끄덕였다. 킬리언이 말을 이었다.

"지금 그대처럼 매번 긴장하고 겁을 먹었다간 티그리스는 그대를 신뢰하지 못하게 될 거야. 위급한 상황에 과감히 판단할 수 없는 주인이라 생각하고 그대의 명령을 듣는 대신 멋대로 움직이겠지. 그러면 낙마할 위험이 높아."

킬리언은 마장을 한 바퀴 돌더니 마구간지기에게 다가가 리에타와 나가서 한 바퀴 돌고 오겠다 말했다. 별 위험이 없겠다고 생각한 마구간지기와 교관이 그러시라 하고 실내 승마장의 문을 열어주기 위해 움직였다.

"한동안 무리하게 말을 타려 하지 말고 부담을 내려놓는 데 집중해."

처음으로 편한 마음으로 티그리스에 올라탄 리에타가 한숨처럼 답했다. "네……."

킬리언이 웃으며 말했다.

"전에도 말했지만. 굳이 그대가 승마를 배우지 않아도 레아가 그대를 함께 태우고 달릴 수 있으니 괜찮아."

승마장의 문이 열렸다. 킬리언이 즉시 티그리스의 허리를 찼다.

"난 그대를 안고 달리는 것도 좋으니까."

킬리언은 각양각색의 기구한 사정들로 수도원으로 모여드는 아이들을 후원하고 있었다. 그는 나이와 성별을 가리지 않고 아이들에게 다양한 공부를 시켰고, 그중에서도 무술에 두각을 드러내는 재능 있는 아이들에게 특히 관심을 보였다.

정식으로 기사 교육을 시켜 악시아스 기사단으로 입단할 수 있는 기회를 주기도 했고, 어떤 아이들에겐 본인의 신체 조건에 맞는 다양한 무기를 다루어 볼 기회를 주었다.

그중에서도 십삼 년의 악시아스 수도원 역사가 배출한 일당백의 여자 아이들은 악시아스 기사단의 상급 기사이자 비밀요원들이 되었다. 사람들은 그녀들이 그저 킬리언의 눈에 들어 애첩이 된 것으로 생각하고 있었지만 사실 동쪽 별채에서 애첩과는 가장 거리가 먼 것이 그녀들이었다.

동쪽 별채에 한때 실제로 그의 애첩 비슷한 여자들이 스쳐 지나가기는 했지만 킬리언은 기사단의 여자들에게만은 손대지 않았다. 기사와 연애하지 않는다는 것은 그의 철칙이었다.

"지젤이 요즘 상태가 너무 좋은데."

"……'안' 좋은 거 아니야?"

연무장을 초토화로 만들며 "다음!"을 외치는 지젤을 보며 세이라와 레이첼이 중얼거렸다.

"뭐에 쫓기기라도 하는 사람 같네."

"레너드 아닐까. 지젤은 대공 각하께 말고는 처음 져 본 거니까."

로테가 놀란 토끼눈이 되었다.

"봐준 거 아니었어요?"

"그런 줄 알았는데 아닌가 봐. 우리가 오래 쉬긴 했나 보네. 이제는 저 두 개의 검을 상대할 수 있는 사람이, 대공 각하 외에도 하나쯤은 나올 정도로."

벌떡 일어나며 베스가 소리쳤다.

"봐준 거예요! 기사단장이 졌을 리 없잖아요!"

리에타가 손에 들고 있던 사과를 멍하니 떨어뜨렸다.

"……예?"

“제 검이 두 개라…… 죄송하네요. 이거 좀 불공정한 기분인데……. 이 대 일로 함께 덤비시는 걸로 다시 할까요?”

그 정도로 기사들이 참패를 당하리라 생각지 못한 킬리언이 재미있다는 듯, 눈에 이채를 띠며 씩 웃었다.

“흥미롭군.”

킬리언이 검을 들어 올렸다.

“나랑도 한판 하지.”

그녀가 열세 살 되던 해. 메마른 눈의 젊은 폐황자가 그들의 땅을 밟았다. 황궁에서 쫓겨난 미치광이 황자? 그래 봤자 곱게 자라신 도련님이지.

발을 움직일 여력이 있는 젊은이라면 모두가 떠나는 땅이었다. 난다 긴다 하는 용병들도 겁 없이 덤벼들었다가 죽어 나가기가 비일비재한 곳이었다. 곧 떠나리라. 곧 나가떨어지리라 생각했다.

그러나 그는 매번 그들의 땅으로 돌아왔다. 그가 이 땅으로 아주 왔다는 것을 알게 된 것은 한참 후의 일이었다. 그의 뒤에 선 사람의 수가 점점 늘어났다. 그의 등 뒤가 악시아스에서 가장 안전한 곳이라는 것을 약자들은 금방 알아챘다. 그리고 그는 언제나 전투의 최전선에 서는 사람이었다.

열여덟의 폐황자가 굳건히 제가 밟은 땅을 지켜 내는 것을, 고대 성 악시아스를 백여 년 만에 인간이 수복하는 것을 그녀는 두 눈으로 직접 보았다.

그녀가 살던 피 냄새 나는 황량한 땅이, 그가 온 후로 사람들이 사는 마을이 되어 가는 것을, 어느새 그들이 신뢰하는 지도자가 된 사람이 그 폐허와도 같던 땅을 도시로 일으켜 세우는 것을 그녀는 두 눈으로 지켜보았다.

그런 그의 뒷모습을 바라보면서 자랐다. 때론 현실은 동화보다 더 기적 같았다. 어느 순간부터 사람들은 그를 악시아스 대공이라 부르기 시작했다.

그녀 또한 킬리언 악시아스의 추종자였으므로 지젤은 그가 어떤 사람인지 알고 있었다. 여기사를 받지 않는 기사단이었지만 그의 눈앞에서 실력으로 증명한다면 안 될 도박은 아니라는 생각이었다.

두 개의 검을 쓸 수만 있다면 검으로는 어떤 용병, 어떤 기사와 붙어도 밀리지 않을 자신이 있었다.

그러나 킬리언 악시아스의 벽은 높았다. 지젤은 태어나서 처음 검으로 참패했다.

"그대, 왜 울지? 날 이기는 건 원래 불가능한 일이야."

킬리언이 고개를 기울이며 웃었다.

"난 '내 기사들'을 이긴다면 생각해 보겠다고 했다."

지젤은 얼마 후 킬리언의 침실로 불려 갔다. 그녀는 그곳에서, 평생 잊지 못할 최고의 스무 살 생일 선물을 받게 된다.

"용감하고 정직하며 정의롭게 행동하라."

킬리언은 무심히 칼등으로 지젤의 양 어깨와 머리 위를 차례로 가리키며 말했다.

"그대를 나의 기사로 봉한다."

그가 그녀에게 검을 주었다. 예의 한쪽 입꼬리를 올려 웃으며.

"내가 여기사를 들이게 될 줄은 몰랐군. 자랑스럽게 생각해도 좋아."

그는 그녀의 주군이 되었다.

지젤은 이를 악물었다. "다음!"

"이전에도 마수 잡으러 다니던 용병들이라 칼잡이로서는 어디서 꿀릴 것 없는 사람들이었는데. 열아홉 살 지젤이 저 쌍검으로 완전히 밟아 버린 이후로 충격 받은 악시아스 기사단 검술은 비약적으로 성장했어요. 이전에는 솔직히 사람 상대하는 검술은 무시하는 경향이 있었는데."

"상대는 열아홉 아가씨였어. 원래 못 이기는 사람이라 생각하고 포기하고 있었던 대공 각하와는 다르지."

"지젤의 존재만으로 큰 충격이었을 거야. 지젤의 입단 이후 용병들이나 기사들이나 미친 듯이 자기 검술을 수련했고, 그게 지금의 악시아스 기사단을 만들었죠."

킬리언은 태초부터 종이 다른 사람인 줄 알았지만 지젤은 아니었다. 그녀의 검술은 재능과 노력의 산물이었다. 그녀가 있음으로 해서 악시아스 기사단의 검술 수준이 비약적으로 상승했다는 걸 누구도 부정하지 못했다. 겉으로 드러나지도 않는 신분의 기사인 그녀가 기사단장이 되는 순간조차 격한 반대에 부딪히지 않았던 것은 그녀와 검을 맞대어 보지 않은 기사가 없었기 때문이었다.

'동쪽 별채'의 비밀요원이 기사단장이 되어도 괜찮냐는 우려 외엔, 아무도 이의를 제기하지 않았다.

"리에타가 동쪽 별채 기사단으로?"

"응. 몰랐어?" 레너드가 대수롭지 않게 답했다.

"말도 하사 받으셨잖아."

'무려 그 백마 티그리스를 받았다던데…….' 하는 말을 이으려는데, 지젤이 반사적으로 답했다.

"안 돼."

뜻밖의 반대에 레너드가 어리둥절한 얼굴이 되었다.

"왜? 찬성할 거라고 생각했는데. 기사단에 신성 능력자가 필요하다는 것도 사실이고……. 축성술사님 너희 여자들하고도 사이좋지 않았어?"

"동쪽 별채로 들어오는 거라면 환영이야. 하지만 '동쪽 별채 기사단'은 안 돼!"

레너드는 이해 못하는 얼굴이었다.

"어차피 칼잡이도 아니고 축성 능력자로 들어오시는 건데 뭐가 문제야?

라나도 일반적인 의미에서의 기사는 아니었잖아. 애초에 레이첼도 기사라기보단…….”

“리에타는 여자라고!”

레너드가 골똘히 생각에 잠기며 해괴한 표정을 지었다.

“……이제라도 알려 줘서 고마워. 혹시 너희는 아니었나?”

“기사가 아니라 여자란 말이야! 대공 전하께 리에타는 여자로 있어야 한다고! 이게 얼마나 중요한 일인지 몰라?”

지젤이 속 터진다는 듯 말했다. 레너드가 떨떠름한 얼굴로 반문했다.

“두 분이 요즘 분위기가 나쁘지 않다는 건 알고 있지만, 그렇다고 기사단에 들어오면 안 될 이유는 뭔데?”

“대공 각하께선 기사단 여자들하곤 절대 연애 안 하신단 말이야! 그러고도 당신이 대공 각하의 최측근이야?”

레너드가 경악한 표정으로 지젤을 바라보았다.

“연애를 안 하신다고? 그렇게 많은 밤을 같이 보냈는데? 라나도, 너도?”

지젤이 끝내 레너드를 경멸하는 눈초리로 쳐다보았다.

곧 있을 기사 서임식과 관련된 일정을 이야기하던 리에타의 표정이 묘하게 걱정스러워졌다. 그녀의 표정을 알아챈 킬리언이 리에타를 쳐다보며 물었다.

“왜 그래?”

리에타가 조금 머뭇거리다가 입을 열었다.

“……저, ‘동쪽 별채’도 그 서임식 일정대로 서임을 받게 되나요?”

“아니. ‘동쪽 별채’는 그쪽 일정과 상관없어.”

리에타의 표정이 조금 안심한 기색이 된 것을 보고 킬리언이 손에 든 서류로 시선을 향했다.

"유예는 한 달이야. 아직 시간이 있으니 더 생각해 봐. 동쪽 별채는 아직 수리가 끝나지 않았으니 더 천천히 대답해도 돼."

"예……."

리에타가 가져온 보고서는 이번에도 만족스러웠다. 흡족한 듯 미소 지은 킬리언이 고개를 들어 다시 그녀에게 시선을 향했다.

"그대, 리에타."

"네."

"굳이 기사단에 들어올 필요는 없어."

"예?"

리에타가 어리둥절한 얼굴로 그를 바라보았다.

"그대가 날 위해 할 수 있는 건 다 하겠다는 자세인 걸 알아. 기사로서 충성하고 싶다면 나야 고마운 일이지. 굳이 말릴 생각은 없어. 하지만 이제 내가 그대를 알고 보니 그대는 기사랑 썩 어울리는 것 같진 않군."

킬리언이 가만히 웃으며 손에 든 서류를 들어 보였다.

"그대, 참모나 사무직 쪽이 더 적성인 것 같은데."

리에타의 시선이 그의 손에 들린 서류로 향했다. 그녀가 만들어 온 보고서였다.

"꼭 기사의 맹세를 하고 '동쪽 별채' 소속이 되어야만 나를 위해 일할 수 있는 건 아니야. 그대는 지금도 충분히 날 돕고 있어. 이 보고서는 정말 훌륭하거든."

제안을 했을 때는 리에타가 이런 데 적성이 있는지 몰랐지. 킬리언이 서류로 가볍게 자기 머리를 건드렸다.

"솔직히 그대, 이쪽이라면 모를까." 그리고 턱으로 리에타 쪽을 가리켰다. "몸을 움직이는 쪽에는 재능 없잖아."

냉정한 평가에 당황한 리에타가 얼굴을 붉히며 고개를 숙였다.

"승마는…… 제가 더 노력하겠습니다."

하비투스 대사원에서의 일과 악시아스의 역병을 겪은 리에타는 그에게 신성 능력자가, 그리고 악마를 보는 눈이 필요하다는 걸 누구보다 잘 알고 있었다. 킬리언도 아마 알고 있을 것이었다. 그런데도 저리 말씀하시는 것은 자신의 부족함 때문이겠지. 다른 사제님들이 계시다 해도, 이제는 자신만이 할 수 있는 일도 있을 거라고 리에타는 조심스럽게 믿고 있었다.

킬리언이 서류를 내려놓고 미소 지은 채 손을 깍지 껴 무릎에 얹었다.

"힘들어 보여."

"할 수 있습니다."

"사무직은 별로?"

리에타가 비장하게 대답했다.

"머리로도 도와드리고, 몸으로도 힘이 되어 드리겠습니다."

킬리언이 짧게 웃음을 터뜨렸다. 정말이지 걱정이 안 되기 짝이 없었다.

"충성에 몸 던지는 기사는 사양인데."

알아듣지 못하고, "네. 심려 끼치지 않겠습니다." 한다. 기사단에 들어가는 건 위험한 일이고, 많은 걸 포기하게 될 수도 있는 일이었다. 그래도 리에타가 원한다면 원하는 대로 하게 해 줄 생각이었다. 맡기는 임무야 적당히 자기 선에서 조절하면 되니까. 리에타는 도움이 되는 사람이고, 뭐로든 곁에 두어 그에게 나쁠 것은 없었다.

나무마다 울긋불긋한 단풍이 들기 시작하고, 사방에 가을꽃이 만발한 성내 광장에서 악시아스 기사단 입단식이 서임식과 함께 거행되었다. 그날의 주역이 아닌 동쪽 별채 여기사들은 조금 물러난 자리에서 신임 기사들의 모습을 지켜보았다.

눈에 띄는 최고의 자리는 아니지만 구경하기에는 나름 상석이었다. 근처 별관의 사층 발코니에서는 입단식이 진행되는 광장 전체의 모습이 한눈에 들여다보였다.

리에타도 애첩으로 꾸민 여기사들 사이에 자연스럽게 섞여들어 다른 구경꾼들보다는 좋은 자리에서 기사 서임식과 입단식을 구경할 수 있었다.

경례하며 가슴 앞에 주먹을 댄 기사가 악시아스 대공의 앞에 무릎을 꿇었다. 평소보다 격식 있는 정복 차림으로 기사의 맹세를 바치는 젊은 기사 앞에 선 킬리언이 종자가 받쳐 올린 검을 들어 올렸다. 그리고 검으로 그의 양 어깨와 머리를 차례로 가리켰다.

"용감하고 정직하며 정의롭게 행동하라. 그대를 나의 기사로 봉한다."

먼발치에 선 리에타가 묘한 기분으로 그의 모습을 바라보았다. 아이러니하게도 기사를 서임하는 주군의 모습은 축성하는 사제를 닮아 있었다. 젊은 기사가 킬리언에게 두 손으로 검을 받아 들고 가슴 앞에 세웠다.

"당신의 정의가 나의 정의입니다. 당신의 명예가 나의 명예입니다. 당신의 생명이 나의 생명입니다. 나는 오로지 당신의 검입니다."

"악시아스 대공 전하께 저의 충성을 바칩니다."

새로이 서임 받은 젊은 기사가 바닥에 검을 내리꽂았다. 멀리 떨어져 있었지만, 서늘하고 무심한 붉은 눈이 바로 앞에 보이는 것 같았다. 리에타는 지젤과, 제 주변에 있는 여기사들을 바라보았다.

"여기사님들께서도 저런 서임식을 거치셨나요?"

엘리제가 대수롭지 않게 답했다.

"이런 정식 서임식은 아니지만, 네. 기사가 되려면 서임식은 필수죠."

세이라가 엄지와 검지로 손가락 하나 크기를 만들어 보이며 리에타에게 물었다.

"영주님 침실 바닥에 이만한 칼자국들 모여 있는 것 본 적 있어요?"

리에타가 눈이 동그래진 채로 고개를 도리도리 저었다.

"그게 우리가 한 기사의 맹세의 흔적이에요. 내가 한 건 제일 두꺼운 것. 엘리제가 한 것은 제일 긴 것. 제일 얇은 게 레이첼 것이죠."

와. 리에타가 입을 가리며 무의식적으로 감탄사를 흘렸다. 머릿속에 로망스 소설 속 한 장면처럼 황제와 여기사들의 맹세 장면이 그려지는 듯했다.

"침대 옆에 모여 있을 거예요. 나중에 찾아봐요." 하며 엘리제가 웃었다.

"'동쪽 별채'는 지젤 이후로 따로 침실로 불려 가 영주님을 독대하고 서임을 받는 게 전통이 됐죠. 서임식조차 애첩 기사단답지 않아요?"

리에타가 열성적으로 고개를 끄덕였다.

"꼭 찾아볼게요."

세이라가 방긋 웃으며 두 손으로 유선형 칼날 모양을 그려 보였다. "내 건 이렇게 생겼어요."

지젤과 레이첼이 날카로운 눈빛을 교환했다.

"그거 아무나 볼 수 있는 게 아니라는 거 알죠? 근 몇 년간은 리에타 빼고 영주님 침실에 들어간 여자가 없으니까."

"그런데 리에타가 들어오고서 요즘 본관 분위기가 정말 좋지 않아요? 영주님도 많이 부드러워지셨고."

"요사이 식사를 잘하세요."

리에타가 순진하게 웃었다. 그러게. 왜 갑자기 식사를 잘하실까.

"밥이 문제야? 딴사람이 다 되셨다고 다들 놀라는걸요. 예년 같으면 한창 예민하실 시기인데."

"타니아 성녀님과 사제분들 덕분에 역병이 빨리 가라앉은 덕분인가 봐요."

레이첼이 거의 이를 악물었다.

"'리에타가 오고' 좋아지셨다니까요?"

이리저리 지젤과 레이첼이 변죽을 울려 봤지만 영 신통치가 않았다. 엘리제는 그들의 묘한 의도를 알아챈 듯 살짝 웃으며 외면했지만, 세이라와 리에타만은 영 아무것도 알아채지 못하고 여기사 무용담에만 열을 올리고 있었다. 레이첼의 속 타는 얼굴을 보고 급한 불부터 끄기로 방향을 선회한 지젤이 리에타에게 터놓고 물었다.

"리에타. 유예기간이라고 했죠?"

"아, 네!"

서임식 때문인지, 리에타는 새삼 기사단장이라는 그녀가 낯선 듯 바짝 손을 모으고 섰다.

"얼마나 남았어요?"

리에타가 조심스레 답했다.

"가을…… 정도로 정했었어요. 확실한 날짜는 받지 않았는데. 그래도 곧 유예 기간이 끝날 것 같으니 정식으로 다시 말씀드리려고요. 아마 제 의향은 짐작하고 계시겠지만……."

"받아들이지 말아요."

잘라 말하는 기사단장님 말씀에, 리에타가 어리둥절한 얼굴을 했다. 이유를 묻기도 전에 청천벽력 같은 답이 돌아 나왔다.

"검을 잡는 직종으로 들어오는 것은 아니라지만, 혼자서 말을 제대로 탈 수 있게 되기까지는 곤란해요."

단호한 기사단장님의 말씀에 리에타의 표정이 창백해졌다. 그렇지 않아도 얼마 전 킬리언에게 기사 적성이 아닌 것 같다는 말을 들었다는 것이 떠오르며 마음이 철렁했다.

'그대가 기사랑 어울리는 것 같진 않군.'

'몸을 움직이는 쪽에는 재능 없잖아.'

기사단으론 굳이 들어오지 않아도 좋다던 말씀. 혹시 이래선 곤란하겠다고 돌려 말씀해 주신 걸 못 알아들었던 걸까?

"대공 각하. 아가씨는 '동쪽 별채'보다는 비서나 참모로 들이시는 것이 어떠십니까? 지젤도 같은 의견이라고 합니다."

킬리언이 눈을 들어 레너드를 쳐다보았다. '아가씨?' 요새 리에타를 아가씨라 부르는 사람들이 늘더니 레너드에게도 그 소리가 옮았다. 호칭이 오락가락하긴 해도 레너드는 대개 그녀를 축성술사님이라고 불렀다. 아가씨라 부른 적은 없었다.

"기사단장이?"

"네."

"이유는?"

"몸을 움직이는 쪽에는 재능이……."

킬리언이 깍지 낀 손을 무릎 위에 올리며 말을 잘랐다.

"그건 그대들의 의견이 아니라 내가 했던 말이고, 농담이었는데."

킬리언은 그 이야기를 했을 때 레이첼이 창문 근처에서 듣고 있다는 것을 알고 있었다. 레너드가 입을 다물었다.

"어차피 말 위에서 검을 쓰게 할 것도 아니니 라나 정도로만 말을 달릴 줄 알아도 괜찮잖아?"

이름이야 기사단이지만 '동쪽 별채'에 들어가는 사람들은 악시아스 대공에게 충성하는 사람들일 뿐 칼을 쓰는 기사들만 있는 것이 아니었다.

"본인도 노력하겠다고 하고, 당장 급할 땐 레아에 같이 타고 움직여도 되니 천천히 배우면 되는 일이야. 승마 기능을 갖추는 것이 입단 필수 요건이 아니라는 것, 그대들도 알고 있을 텐데?"

레너드가 어물거렸다.

"꼭 기사단에 들이지 않으셔도 그때처럼 도움을 받을 수 있지 않습니까?"

"기사단에 들여야 위험수당 포함해 제대로 급여를 주지. 이유 없이 돈 받는 여자가 아니라고."

레너드의 표정이 황당해졌다. "그런 이유입니까?"

"뭐가 문젠데?"

킬리언이 눈을 찡그렸다. 본인이 들이겠다고 결정한 사람이 반대에 직면하는 것은 거의 없는 일이었다. 남자뿐이던 기사단에 지젤이 처음 여기사로 들어왔을 때도, 심지어 외부에는 기사임을 숨겨야 해 전면에 나설 수도 없는 그녀가 기사단장이 되었을 때도 이런 반대를 마주한 적이 없었다.

지젤이야 당시 독보적인 쌍검술로 악시아스 기사단 전체의 검술 수준을 비약적으로 끌어올린 공로가 모두에게 받아들여지고 있었기 때문이기도 했지만.

"기사단에 신성 능력자가 필요하다는 건 다들 동의하는 부분이었잖아? 라나가 동쪽 별채에 들어온 후 기사단의 협공이 체계화되고 효율이 올라가고 있지. 신성 능력자도 마찬가지야. 함께 지내며 서로 동료의 능력을 이해한다면 도움이 될 텐데."

"그렇다면 아예 구마 능력이나 치유 능력이 있는 신성 능력자를 들이는 편이 낫지 않겠습니까? 데미안이나 콜브린이 있는데. 그들이라면 이미 말도 탈 줄 알잖아요."

"그 애들은 그냥 뼛속까지 사제고. 남자잖아? 이미 신에 귀의한 몸이라 충성의 색깔이 다른 데다 살생 금지 규율로부터 자유롭지 못하고 애첩으로 위장할 수도 없어. 리에타는 눈으로 악마를 볼 수 있고, 사제의 규율에서 자유로운 데다 여자이기 때문에 할 수 있는 역할이…….”

킬리언이 말을 멈추고 의자에 몸을 기대었다.

“내가 왜 이런 설명을 하고 있어야 하지? 난 들여도 좋겠다고 판단했고 나머지는 리에타의 의향대로 결정할 뿐이야.”

타니아 성녀가 곁에 두지 말라던 말이 떠올라 언짢아졌다. 어떤 뉘앙스로 말한 건지 불분명하지만, 남녀 문제에 성직자의 조언만큼 쓸모없는 게 있을까 싶기도 하고 심각한 일이라면 그렇게 애매하게 말하지 않았을 것 같아서 크게 신경 쓰지 않고 있었는데.

생각지도 않은 기사단장과 부기사단장이 반대하다니. 마치 모두가 리에타를 반대하는 것 같지 않은가. 내가 그녀가 도움이 되고 마음에 들어 곁에 두겠다는데.

“대화가 겉도는 것 같은데, 반대하는 이유가 있다면 명확히 말해.”

레너드가 대답하지 못하자 뭔가 있다는 걸 눈치챈 킬리언이 눈을 가늘게 떴다.

“명령이다. 거짓 없이 고해.”

명령은 거부할 줄 모르는 충직한 기사가 결국 한숨을 내쉬었다.

“기사랑은 연애 안 하신다면서요.”

“연애? 리에타랑?” 킬리언이 허탈한 웃음을 터뜨렸다.

“쓸데없는 참견 말고 시키는 일이나 잘해.”

레너드가 발끈하더니 주먹을 쥐었다.

“대공 각하. 저는 시키는 일만 잘하는 게 충직한 기사가 아니라는 것을 깨달았습니다. 정말 각하를 위한다면 진정한 주군의 행복을 위해 노력해야 한다는 것을요!”

그거 고맙긴 한데. 킬리언이 떨떠름한 얼굴로 쳐다보았다.

“리에타에겐 맡길 일이 많아 곁에 두고 있을 뿐이고, 필요한 역할을 수

행하고 있을 뿐이야."

"보호하려고 곁에 두는 것이기도 하잖습니까."

"그래. 그것도 있지. 하지만 그게 뭐? 내가 보호하는 게 리에타뿐이야?"

"그게 아니라, 좋아하시잖아요!"

"그대들을 좋아하는 것과 크게 다르지 않은데."

"누가 봐도 대단히 다르거든요?"

킬리언이 눈살을 찌푸렸다.

"그대들보다 손 가는 데가 많아 그렇게 보이는 것뿐이야. 일이야 잘하지만 마음에 안 드는 점도 얼마나 많은데."

레너드가 믿지 않는 낯으로 한번 들어나 보자는 듯이 물었다.

"마음에 안 드시는 점은 뭔데요?"

킬리언은 팔짱을 끼고 한동안 침묵하며 기억을 더듬다가, 툭 뱉었다.

"죄송합니다, 괜찮습니다, 감사합니다. 그런 소릴 하며 속을 뒤집어 놓을 때가 가장 마음에 안 들어."

"……그러니까, 친해지고 싶다는 것 아닙니까?"

레너드의 표정이 이상해졌다. 킬리언은 대단히 어리석은 말을 한다는 듯이 레너드를 쳐다보았다.

"난 리에타랑 친해지고 싶은 게 아냐. 그냥 지켜 주고 싶은 거지."

레너드가 멍하니 쳐다보았다. 킬리언은 무슨 생각을 하는지 잠자코 있더니 말을 이었다.

"자꾸 화내게 하니 나쁜 상사가 된 기분이고."

"……."

"걸핏하면 위험한 짓을 하는 것도 마음에 안 들어. 감히, 자기가 뭔데 자꾸."

생각할수록 짜증난다는 듯이 킬리언의 얼굴이 구겨졌다.

"……그런 짓을 하느냔 말이야."

"……."

"좀 자기 자신을 챙기면서 이기적으로 굴 줄 알아야 피곤하질 않은데. 계속 손이 가게 하잖아. 그 여자 때문에 일이 얼마나 늘어."

"……."

"자꾸 다치고 아프고 신경 쓰이게 하는 점도 결격사유야. 약해 빠졌으면 얌전히 자기보다 강한 사람의 뒤에나 숨을 것이지, 싸울 줄도 모르면서 안전한 곳에 숨어 있지 못하고 그딴 식으로 나서서 사람을 귀찮게 하니."

킬리언은 멈칫했다. 자기가 너무했나 싶어 한마디를 변호했다.

"……뭐 그만큼 재주가 도움이 되기는 하지."

모자란가 싶어 덧붙였다. "예쁘기도 하고."

아무래도 양심에 켕겼다. 틀린 말을 한 건 없지만 그렇게 부려먹으면서 너무 혹평만 했나 싶었다. 리에타에게 장점이 얼마나 많은데.

"가끔 괘씸하게 행동하는 거야 다 충성스럽고 성실해서 그런 거고."

레너드가 가만히 제 주군을 쳐다보았다. 킬리언이 주섬주섬 말을 이었다.

"뭘 시켜도 금방 배우거든. 하나를 가르치면 열을 알아. 사실 승마 빼곤 딱히 못하는 걸 본 적이 없어. 승마야 레아가 있으니 내가 태우고 다니면서 천천히 배우면 되는 거고. 오히려 리에타는 시간을 들여도 배우기 어려운 걸 많이 갖고 있으니까."

"……."

"신성 능력에, 악마를 보는 능력에, 균형감도 괜찮고 일처리도 확실하고. 아, 의외로 눈치가 빠르고 순발력도 있지. 자기가 가진 입장이라는 걸 활용할 줄 알아. 겸손하고, 사람들에게 인망도 있고. 하다못해 말까지 나보다 리에타를 더 좋아하더군."

착실하고 똑똑하고 상황 판단 빠르고 폐 끼치지 않으려 노력하고. 어쩌고저쩌고. 장점이 많으니 말을 할수록 할 말이 늘었다.

레너드가 끄덕였다. "굉장하네요."

"그렇지."

"제가 더 노력하겠습니다."

"뭘?"

갈 길이 멀었다.

리에타는 사원 일에 열성적이었다. 원래도 성실했지만 평소보다 더 그랬다. 다행히 승마와는 달리 결과물은 훌륭했다. 그녀는 한동안 도서관에 틀어박히더니 점차 킬리언에게 쓸 만한 정보를 제공해 오기 시작했다.

"레나투스 서방 사원의 사례가 참고가 될 것 같아요."

바로 떠오르는 것이 없는 낯선 이름에 킬리언은 기억을 더듬었다. 신을 믿지 않을망정 황자로서 교육받았던 그가 모르는 사원은 없을 텐데. 곧 기억 속에 걸리는 것이 있었다.

"레나투스라면, 칼리고 근처의?"

"네. 칼리고 백작령이 폐허가 되기 전에는 칼리고 사원이라고 불리기도 했던 그곳이요."

리에타가 정리한 보고서를 내밀었다.

"오래 전의 일이긴 하지만, 꽤 규모가 있는 수도원 근방에 사원을 건립한 사례예요. 사원을 짓는 데 무려 팔십 년이 넘는 시간이 걸렸는데, 사원이 완공되지 않은 상태에서 근처에 있는 수도원과 가건물이 꽤 오랫동안 사원의 역할을 대신할 수 있었다고 해요."

짓다 만 가건물로 사원 역할을? 신선한 이야기네. 뭐, 엄청난 수요가 있다면 안 될 건 없을 것 같긴 하다. 하지만 그건.

"칼리고의 입지라 가능했겠는데."

리에타가 고개를 끄덕이며 보충했다.

"네. 인접해 있는 칼리고가 교통의 요지라 수요가 꾸준해서 사원이 지어지기 전에도 그런 형태로 사원의 기능이 유지될 수 있었던 것 같아요."

칼리고는 십여 년 전 역병 사태 때 이미 한 번 궤멸 코스를 밟았던 곳이다. 입지가 좋고 비옥한 땅이지만, 십구 년 전 디리타스 역병 사태 때 영주 일가를 포함한 마을 전체가 단 하나의 고위 역마의 손에 몰살당했던, 유사 이래 역마로부터 가장 큰 피해를 입은 땅이었다.

역병사태 이후 영주가 없어 영지와 작위는 황실의 소유로 들어가 섭정하에 있었는데 많은 이들이 탐내던 땅이라 기억하고 있었다. 워낙 이점이 많고 좋은 땅이니 지금은 사람이 다시 모여들어 영지로서의 기능이 회복되고 있지만, 그 풍요로운 땅이 고위 역마라는 날벼락에 하루아침에 궤멸하였으니.

레나투스 서방 사원은 역마의 손에 풍비박산이 난 후로 주변 사원에 뿔뿔이 흩어져 흡수됐었다. 즉 레나투스 서방 사원은 지금은 없는 사원인데. 어떻게 저런 정보를 찾아오는지 참 재주도 용하다.

리에타가 말을 이어 갔다.

"악시아스는 칼리고만큼 교통의 요지는 아니지만 가을에 마수 사냥으로 용병들이 많이 모이고, 북부에서 큰 영향력을 가지는 사원이 될 가능성이 높다는 점을 생각하면 충분히 이 사례를 참고할 수 있지 않을까 싶어요."

악시아스의 가을을 겪어 본 적도 없으면서 이미 마수 사냥철까지 꿰고 있는 게 기특해서 킬리언은 보고서를 읽으며 살짝 웃었다. 리에타가 말을 이었다.

"마침 악시아스 수도원도 규모가 큰 편이라 대충 들어맞지 않을까 했는데요, 하나 걸리는 점은 레나투스 서방 사원의 모태가 된 수도원은 일반적인 수도원이 아니었다는 점이에요."

킬리언이 흥미롭게 서류를 넘겼다.

"그러네. 아카데미와 병영 기능을 동시에 하던 곳이라고?"

"네. 그래서 일반적 수도원과는 다른 점이 많았던 것 같아요. 사원이 지어진 후에도 활용되었고 꽤 큰 건물이었다고 하던데, 악마와의 전쟁 도중 피해를 크게 입어 없어졌다더라고요. 그래서 악시아스 수도원에서 활용하려면 한번 자세히 알아볼 필요가 있지 않을까…… 해서 알아보고 있었는데요."

리에타가 자신 없는 투로 말꼬리를 늘였다.

"어떤 구조였는지 구체적인 기록은 찾지 못했어요……."

그랬겠지. 옛날식 건축물이라도 병영 기능을 했다면 함부로 설계도면을 남겨 두지 않았을 것이고, 수도원으로 기능이 바뀌었을 때 구조가 밝혀졌더라도 책 같은 곳에 공개적으로 구조도를 싣지는 않았을 테니. 킬리언이 간단히 설명해 주자 리에타는 "아……." 하고 끄덕이며 머쓱하게 목을 만지작거렸다.

"그렇군요. 그럼 건축 분야의 전문가들을 청해서 의견을 물어볼까요?"

뭐 그것도 나쁘지 않겠지만 하나 떠오르는 책이 있었다. 그런 사례가 실려 있을 만한 서적이. 때마침 보고서를 끝까지 훑어본 킬리언이 말했다.

"이런 사례라면 『카르테시우스 건축도감』에 나와 있을 수도 있겠군."

"정말요? 그 책 도서관에서 본 적 있어요! 제가 지금 다녀올게요."

킬리언의 말을 들은 리에타의 눈이 동그래졌다. 리에타가 자리에서 일어나려는 것을 킬리언이 막았다.

"가긴 어딜 가, 이 밤에."

그가 리에타를 멈춰 놓고 자리에서 일어섰다.

"그 책이라면 내 서고에도 있을 테니 거기로 가 보지."

"서고요?"

킬리언은 뒤쪽 서랍장을 열어 뒤적이며 말했다.

"아아. 본관 서고."

리에타가 눈을 깜박였다. 킬리언의 집무실은 꽤 넓고 서재까지 겸하고 있어 딱히 다른 서고가 있으리라 생각하지 못했다.

"본관에 서고가 있나요?"

"그래. 내 개인 서고라, 아마 그대가 가 본 적은 없겠군."

영주님의 개인 서고? 열쇠를 찾은 킬리언이 고리에 달린 열쇠 꾸러미를 꺼내며 서랍을 닫고 돌아섰다. 리에타의 눈이 평소보다 커져 반짝이는 걸 보고 킬리언이 피식 웃었다.

"도서관만 못하니 기대하진 마. 도서관 만들기 전에 잠깐 내가 보던 책들을 두던 곳일 뿐이라. 제대로 정리되어 있지도 않고 그냥 책 쌓아 놓은 창고일 뿐이야. 청소나 제대로 돼 있을지 모르겠군."

벽에 촛불이 일렁이는 어두운 복도를 가로질러 나타난 마지막 방문에 킬리언이 열쇠를 넣고 돌렸다. 찰칵. 삐이걱……. 서늘하고 메마른 소리와 함께 문이 열렸다. 리에타가 그를 따라 어두운 방 안으로 들어섰다.

치익. 성냥을 긋는 소리와 함께 불꽃이 일어 반짝 그의 얼굴을 비추었다. 킬리언이 촛대에 불을 붙이고, 성냥을 흔들어 끈 뒤 다른 초에 불을 옮겨 붙였다. 메마른 종이 냄새가 가득한 공기 중으로 성냥과 초 타는 향이 퍼져나가며 노란 촛불이 은은하게 방 안을 밝혔다. 킬리언이 불 켜진 초 하나를 촛대에 꽂아 리에타에게 건네주었다.

리에타가 받아들자 킬리언은 벽의 촛대에도 다가가 불을 옮겨 붙이기 시작했다. 리에타의 키로는 손이 닿지 않는 곳이라 그녀는 그저 촛대를 든 채 그가 하는 것을 멀거니 보고 있다가 주변을 살폈다.

창문의 방향이 좋지 않아 햇빛이 잘 들지 않는 방이었다. 조금 퀴퀴한 냄새가 나고 어둑했지만 하인들이 관리를 꾸준히 한 듯 냄새가 심하지는 않았고, 곰팡이가 슬거나 거미가 줄을 친 곳도 없었다.

제각기 크기가 다른 책장과 테이블이 다소 일관성 없이 중구난방으로 흩어져 있는 그리 넓지 않은 방이었다. 테이블 위에는 책들이 펼쳐져 있거나 쌓여 있었고, 책이 많이 놓인 테이블 위는 속이 비치는 얇은 천을 덮어 먼지를 타지 않도록 정리되어 있었다.

꽤나 오래전 사용한 방인 듯, 배치된 가구들에는 고풍스럽지만 세련된 악시아스 공예품 특유의 느낌이 없었다. 다른 방들과는 다른 느낌의 통일성 없고 오래 된 가구들이 즐비했다.

"내가 손을 대지 말라고 해서." 벽마다 촛불을 켠 킬리언이 촛대를 들고 다가왔다. "책이 정리돼 있지 않군."

그의 말대로였다. 책장에는 옆이 비어서 기울어 있거나 아예 누워 있는 책들이 많았고, 책들은 단정하지 않은 모양새로 책상이나 바닥, 다른 책들의 머리 위에 어지러이 놓여 있었다. 불규칙하게 흩어진 테이블과 의자 위에도 제멋대로 책들이 놓여 있었다.

지금 그의 서재와는 딴판이었다. 킬리언이 대충 주변을 훑어보더니 무뚝뚝하게 툭 뱉었다.

"이렇게 오랫동안 안 들어올 줄 알았으면 정리를 시킬걸. 나도 뭐가 어디 있었는지 기억이 안 나는군. 오랜만이라. 하지만 분명 그 책이 있긴 할 거야."

킬리언은 말없이 책장과 테이블 위를 뒤적이기 시작했다. 리에타도 따라서 책을 찾아 책장 앞을 기웃거리며 물었다.

"책을 정리하실 거라면 제가 좀 도와드릴까요?"

"아니. 오래 걸릴 테니 건축도감이나 찾아 봐. 책 정리는 내일 다른 이들에게 시키지."

"네."

리에타는 손에 든 촛대를 조심히 들어 가만가만 책장을 살폈다. 꽂혀 있는 책들은 배열이나 종류에 일관성이 없었다. 비슷한 책들끼리 뭉쳐 있는 곳도 있었지만 전체적 배열 같은 것은 고려하지 않고 되는 대로 꽂아 둔 식이라 하나하나 살펴보아야 했다.

킬리언의 집무실에서 본 것 같은 책의 더 앞선 판본이나 필사본도 보였고, 리에타가 어렸을 때 수도원에서 본 적이 있는 책들도 있었다.

도서관이 생기기 전에 잠깐 보시던 책들……. 도서관은 악시아스 성의 학자들과 관료들을 비롯해 누구라도 허가를 받으면 이용할 수 있는 곳이라 다양한 종류의 책을 종류별로 구비해 두고 있었지만, 개인 서고는 그가 읽었던 그의 책들만이 남아 있으니 그의 사적인 독서 취향이 반영되어 있는 곳이었다.

물론 서재를 겸하고 있는 집무실의 책장도 그렇긴 하지만. 이곳은 왠지 현재의 킬리언이 아닌 예전의 킬리언, 그리고 지금의 악시아스 대공을 있게 한 역사가 녹아 있는 서고 같아서, 리에타는 책장에 꽂혀 있는 책들의 목록을 보며 과거의 그를 엿보는 듯 묘한 기분을 느꼈다.

'……예전에도 문학을 좋아하셨구나.'

그의 집무실에 가장 많은 건 전쟁과 무기, 역사, 영지 업무와 관련된 서적들이지만 의외로 문학도 적지 않은 비중을 차지하고 있었다. 서고 역시 비슷했다. 영지의 업무와 전쟁, 북부의 지형과 지리, 마수에 관한 서적이 특히 많았고, 문학도 여전히 많았다.

리에타는 책장 앞을 살피다가, 높은 곳을 살피기 어려운 자신이 책장 앞을 서성이는 것이 비효율적임을 깨닫고 바닥이나 테이블, 의자 위에 쌓여 있는 책들 쪽을 살피는 것으로 목표를 바꾸었다.

가까이 있는 둥근 원형 책상 위, 천으로 덮인 책들이 보였다. 리에타는 조심조심 천을 걷어 내고 촛불을 비추어 살폈다. 한 테이블 위에 있는 책들이나 근처의 바닥, 의자에 쌓여 있는 책들은 대체로 종류가 비슷해 좀 더 빠르게 훑어보고 여기는 아니구나 하는 판단을 내릴 수 있었다.

그래도 혹시 모르니 바닥에 있는 책들까지 쪼그리고 앉아 꼼꼼히 살핀 후, 리에타는 책장 앞에 인접한 큰 책상에 쌓여 있는 책 더미 쪽으로 눈을 옮겨갔다.

"……?"

이건……. 바닥에 쌓여 있는 책들의 맨 위, 표지에 적힌 뜻밖의 제목이 시선을 끌었다. 『죽은 자의 영혼은 어디로 가는가』 신학? 영주님은 이런 것에는 관심이 없으신 줄 알았는데……. 하긴 사원을 지으려 하시는 걸 보니 꼭 그렇지만도 않으시려나.

뜻밖에 자신의 전공 분야의 서적을 발견하니 조금 반가운 마음이 들었다. 리에타는 촛대를 가까이하고 근처에 쌓인 책들을 쭉 끝까지 살폈다.

『영혼과 육신의 상관관계』, 『죽음 이후 인간의 육신에 남는 것』, 『부활과 의식』……. 신학이 아닌가? 어쨌든 건축도감은 없었다. 리에타는 몸을 일으켜 책상에 다가가 위에 덮인 천을 걷었다. 그리고 책상 위에 쌓여 있는 책들에 촛불을 비추었다.

『언데드: 삶과 죽음을 모독하는 마물』, 『언데드가 발생하는 원인과 대처 방안』, 『언데드의 비극: 승천하지 못하는 길 잃은 영혼들』, 『언데드 도감: 희귀 케이스 언데드 모음』

리에타가 고개를 갸웃했다. 언데드라면 마물학, 오히려 악마학 쪽에 가까운 학문이다. 그들을 상대하는 것이 구마 사제의 일이니 신학과도 관련이 있지만……. 리에타는 옆에 더 높이 쌓여 있는 책들의 제목을 계속 읽어 보았다.

『마물화된 인간에게 영혼이 있다고 보아야 하는가』, 『죽음의 의식: 언데드』

죽음의 의식? 흑마법? 리에타는 잠시 멈칫했지만 크게 신경 쓰지는 않았다. 흑마법서가 표지에 이렇게 나 흑마법서라고 쓰여 있을 리도 없거니와 영주님이 그런 것에 관심을 두실 분도 아니었다.

리에타는 계속 책들을 살폈다. 언데드, 언데드, 영혼, 마물, 언데드, 언데드, 언데드……. 책상 위에는 언데드에 관한 책들이 한가득이었다.

'……악시아스에 언데드 관련한 문제가 발생한 적이 있었나?'

언데드는 자연발생하기도 하지만 기본적으로 흑마법이나 악마들과 닿아 있는 존재다. 그리고 마수들의 땅이었던 악시아스에선 악마와 관련한 문제는 거의 없었다. 악마와 마수는 상성이 썩 좋지가 않으니까……. 악시아스는 마수로부터 고통은 당했을망정 악마의 영향으로부터는 비교적 자유로운 편이었다.

흑마법으로 문제된 적이 있었다면 리에타도 들어 봤을 텐데 악시아스에서 그런 일이 있었다는 이야기는 들어 본 적 없었다.

'나중에 여쭤 보거나 알아봐야지.'

이쪽도 아닌가 보다 싶긴 했지만 제목을 다 확인하기는 할 요량으로, 아래쪽에 그림자 져서 잘 보이지 않는 책의 제목을 확인하기 위해 그녀는 책으로 손을 뻗었다.

그때 뒤에서 나타난 손이 리에타가 건드리려던 책을 가만히 덮어 눌렀다. 리에타의 몸이 멈추었다. 리에타의 뒤에서 뻗은 팔이 그녀의 어깨 위를 지나 내려와 책을 가로막고 있었다.

"……이쪽에 건축 서적은 없는데."

귓가에서 울리는 낮은 목소리에 리에타가 퍼뜩 정신을 차렸다. 그의 몸과 팔 사이에 갇힌 채 리에타는 어쩔 줄 모르고 책 위에 놓인 그의 손에 시선을 고정했다. 책 위에 가만히 올려진 손은 그녀가 그 책에 손대는 행위에 명백한 거부를 말하고 있었다.

"죄, 죄송합니다."

팔도, 손도 움직이지 않은 채 나직한 목소리만 울렸다.

"……무엇이?"

조용하고 부드러운 목소리였지만, 리에타의 귀에는 어딘가 날카롭게 들렸다.

"허, 허락 없이……."

잠시 후, 킬리언은 얕게 한숨을 내쉬며 손을 거두고 그녀를 놓아주었다. 쿵. 쿵. 쿵. 쿵. 심장 소리가 귀에 들릴 정도로 울렸다.

그가 팔을 풀어 내는 대로 힘없이 밀려나며, 리에타의 몸이 살짝 옆으로 돌아갔다. 내려다본 리에타의 안색이 창백하게 굳어 있어 킬리언은 피식 씁쓸하게 미소 지었다.

"그대는 시키는 일을 했을 뿐인데."

리에타는 아무 말도 하지 못한 채 가늘게 떨고 있었다. 눈치가 빠르고 예민한 것이 이럴 땐 좋지가 않구나. 킬리언은 저도 모르게 새어 나오고만 방어적인 적대감을 갈무리했다.

"사과는 내가 해야겠군. 놀랐다면 용서해라."

하인들에게 왜 책에 손을 대지 말라 했었는지 뒤늦게 기억이 났다. 한동안 잊고 있던 기억. 모후의 두 번째 기일이 가까워 오고 있었다.

킬리언은 냉정하게 느껴지지 않을 정도의 손길로 리에타를 부드럽게 책장 쪽으로 밀어 주었다.

"이쪽은 내가 보지. 책장 쪽을 부탁한다."

리에타가 그를 올려다보았다. 그녀가 먼저 그를 바라보기 시작하면 언제나 그랬던 것처럼, 이내 눈이 마주쳤다. 킬리언은 미소 지었지만, 입가만

웃고 있는 그의 눈은 서늘했다. 킬리언이 먼저 시선을 거두었다.

킬리언은 물끄러미 맨 위에 놓인 책을 바라보았다. 『마물화된 인간에게 영혼이 있다고 보아야 하는가』 제목은 그럴싸한 논문처럼 보이지만, 내용은 실소가 나올 정도로 형편없는 쓰레기였다. 어떤 할 일 없는 작자가 종이와 잉크를 이런 헛소리에 낭비했나 궁금할 정도로. 그럼에도 매번 이 책을 버리지 못한 것은 저 제목 때문이었다.

어떤 직감처럼, 리에타의 눈이 책상 구석에 놓인 낡은 액자를 발견했다. 쌓여 있는 책 더미들 틈새에 박힌 손바닥만 한 액자 안에는 백금발의 아름다운 여인의 초상화가 들어 있었다.

머리에 쓴 루비 티아라. 처음 보는 사람이었지만 누구인지 바로 알 수 있었다. 황후 아리아드네. 황자 킬리언의 돌아가신 어머니였다.

그의 눈이 이내 리에타의 시선을 따라가 액자를 발견했다. 그는 메마른 눈빛을 한 채 피식 웃더니 액자로 손을 가져갔다. 달각. 어쩌면 저 손이 그 액자마저 덮어 버릴지도 모르겠다는 생각을 했던 것 같다.

"……이게 여기 있었군."

킬리언은 액자를 집어 들더니, 그저 담담하게 말했다.

"미인이시지."

그것을 덮어 버리는 대신, 그는 담백하게 웃는 얼굴 그대로 리에타에게 슬쩍 자랑하듯 그것을 들어 보여주었다.

"내 모후야."

리에타는 아무 말도 하지 못했다. 그는 잠깐 들고 있던 액자를 만지작거리다가 이내 원래 있던 자리에 내려놓았다. 다시 눈이 마주쳤다. 그는 리에타를 물끄러미 쳐다보다가 그녀의 머리카락 끝을 손가락으로 빗어 내려 보았다. 가닥가닥, 달빛이 손가락 사이로 빠져나가는 것을 가만히 움켜쥐었다. 손가락에 감기는 리에타의 백금발을 바라보다가, 엄지손가락으로 지그시 그것을 문질러 흐드러지게 만들었다.

하늘색 눈과 붉은색 눈이 어둑하게 일렁이는 촛불 사이로 교차했다. 킬리언이 리에타 쪽으로 반걸음 다가가며 그녀 뒤의 책장을 짚었다. 흔들리는 눈으로 그를 올려다보며 주춤주춤 뒤로 물러나던 리에타의 등에 덜컹, 책장이 닿았다. 그가 천천히 고개를 내리며 가까워졌다.

툭. 그가 멈추더니, 책장에 닿은 손을 조용히 끌어당겼다. 책장에서 빠져나온 책 한 권이 그의 손에 들려 있었다.『건축도감』

"……찾았군."

굳어 있는 리에타를 두고, 싱긋 웃은 그는 책장에서 손을 떼고 물러났다.

리에타를 방에 데려다 주면서도 킬리언은 아무 말이 없었다. 그녀와의 거리는 일정 이상 벌어지지 않았지만, 그는 조금 뒤에서 걷고 있는 리에타를 한 번도 돌아보지 않았다. 그녀의 방 문 앞에 도달하고 나서야 킬리언은 몸을 돌려 리에타를 마주했다. 평소와 다를 바 없는 웃는 낯이었다.

"이 책은." 킬리언이『건축도감』을 들어보였다.

"그대가 밤새 보지 못하게 내일 주도록 하지."

그가 미소 지으며, 책을 가볍게 어깨 위로 들어올렸다. 언제나처럼 장난스러운 태도였다.

"그럼 좋은 꿈꾸길."

그가 돌아섰다. 리에타가 저도 모르게 손을 뻗었다.

"아……."

킬리언이 반쯤 몸을 돌려 리에타를 쳐다보았다. 저도 제가 그를 잡을 줄 몰랐던 듯, 조금 놀란 얼굴로 그를 올려다보고 있었다. 하지만 잡은 손을 놓지 않은 채, 입을 움직이는 데는 주저함이 없었다.

"혹시 제가 힘이 되어 드릴 수 있는 게 있다면……."

킬리언이 가만히 그녀를 내려다보았다. 그는 잠시 침묵하고 있다가 그저 웃었다. "괜찮아." 그리고 반쯤 몸을 돌린 채 리에타의 머리를 쓰다듬었다.

"쉬어라. 필요하면 부를 것이니."

리에타가 그를 올려다보았다. 어쩐지 오랜만에 보는 듯한 한쪽 입꼬리만 올리는 시니컬한 미소가 슬퍼 보였다. 리에타의 대답을 기다리지 않고, 그는 몸을 돌려 떠났다.

리에타는 침대에서 뒤척였다. 언데드……. 그 책에 손을 대려던 제게 화가 나신 걸까 했지만 이내 그녀는 그런 것이 아니라는 걸 알아차렸다. 그저 그건, 방어적인 태도였다. 그녀도 익히 알고 있는 것이었다. 영주님에게서 볼 거라곤 생각하지 못했던 모습이었지만…….

그의 말마따나 그녀가 잘못한 것은 없었다. 그리고 잘못하지도 않은 일에 겁을 먹기에는 이제 리에타는 그를 전처럼 두려워하고 있지 않았다.

일부러 생각하지 않으려 애를 쓰는데도 생각은 자꾸만 뻗어 나갔다. 언데드. 삶과 죽음을 모독하는 마물. 죽은 것도 산 것도 아닌 존재……. 흔하지는 않지만, 드물게 발생하는 마물이다.

언데드는 잘 죽지 않기에 그 육신의 말로는 대개 처참하다. 이미 죽은 육신인 언데드는 머리를 잘려도 한동안 움직인다. 불로 태우거나, 사악한 마력의 핵과 머리를 포함한 몸의 여러 곳을 강한 힘이나 신성력으로 부수어야만 멈출 수 있다.

사랑하던 이의 모습을 한 괴물이 움직이고 살아 있는 사람들을 공격하는 것 자체로도 끔찍한 기억이지만, 되살아난 시체와 직접 대면한다는 최악의 악몽이 아니더라도, 언데드를 멈추어 다시 평범한 시신으로 돌아가게 하려면 이미 그이는 참혹한 모습이 되는 것을 피할 수 없게 된다.

그렇기에 소중한 이의 시신이 언데드가 되어 되살아나는 것은 가족들에게 씻을 수 없는 상처가 된다. 언데드가 된 육신의 영혼은 신의 품으로 돌아가지 못한다는 속설도 있었다.

가족이 언데드가 되는 비극은 공포 문학 작품에서도 단골 소재이다. 한여름 밤 수도원 괴담의 단골 소재이기도 했다. 리에타는 시트 속에서 뒤척이며 눈을 깜박였다.

언데드는 자아도 의식도 없기에 생전에 알던 사람도 알아보지 못하고 덤비고 공격한다. 그러한 언데드의 겉모습에 흔들리고 현혹되는 것을 막기 위해 구마 사제들은 생전의 사람과 언데드를 철저히 구분하는 훈련을 받는다.

하비투스 대사원에서 보았던 언데드가 떠올랐다. 그들도 누군가에게는 소중한 사람들이었을 것이다. 훈련받은 사제들이라 해도 큰 충격과 상처를 받았겠지.

순전히 영적인 존재인 악마라면 구마 사제가 신성력만으로 쉽게 상대할 수 있지만, 언데드는 물질 육신과 사악한 마력을 동시에 가진 존재라 공격적인 신성력을 자유자재로 구사하는 높은 수준의 구마 사제라도 상대하는 것이 쉽지 않다.

언데드를 상대하려면 신성한 힘과 물리적 힘이 동시에 필요하고, 둘 중 하나는 압도적이어야 한다. 악시아스 대공 일행의 무기는 전부 은도금이 되어 있었고, 축성을 받은 상태였기에 언데드와 악마들을 상대할 수 있었다.

언데드는 주로 사악한 흑마법이나 악마의 힘에 의해 일어난다. 많은 죽음과 악마들이 모이는 곳에서 자연 발생해 주변의 시신들에 전염병처럼 퍼지기도 한다.

하지만 악마들의 일에서 무조건이라는 건 없으니까……. 그 어떤 곳에서도 벌어질 수 있는 일이긴 하다.

언데드, 그리고 황후 아리아드네……. 아리아드네 황후가 죽은 것은 이미 이십 년이 넘은 일이다. 유일한 아들, 킬리언을 낳은 후 몸이 약해져 꼬박 칠 년을 앓다가 죽었다고 했다. 황제가 온갖 방법을 다 써서 황후의 건강을 되찾게 하기 위해 노력했다지만…….

아리아드네 황후의 묘소는 황제의 궁 안에 있었다. 시황제가 죽은 아내를 너무 사랑해서, 엄청난 규모의 축성 마법진으로 황후의 묘소를 보호하고 있어 그 시신은 부패조차 하지 않는다더라 하는 이야기를 리에타도 공부하며 들은 적이 있었다.

시신이 완전히 썩어 뼈만 남으면 언데드는 될 수 없다. 하지만 그런 상태였다면……. 언데드와 영혼에 관련된 서적들 사이에 있던 모후의 액자. 스쳐지나간 한 줄기 직감이 리에타를 사로잡고 놓아주지 않았다. 리에타는 생각하지 않으려 애썼다.

시황제의 황후 아리아드네에게 언데드 의혹이라니, 이런 생각을 하고 있다는 걸 들키기라도 한다면 황족 모독까지 가지 않더라도 당장 모시는 악시아스 대공 전하께 얼마나 큰 실례인가. 오래전 돌아가신 모친을 모독하는 상상이 아닌가. 하지만 잊으려 노력하면 할수록 더 잊을 수가 없는 건 당연했다.

언데드……. 아리아드네 황후의 초상화. 그리고 영주님에게서 한 번도 본 적 없는 표정.

리에타는 결국 몸을 일으켜 앉았다. 항상 습관처럼 그녀를 찾아오던 '축성' 소리도 오늘은 없었다는 것을, 리에타는 조금 늦게 깨달았다. 축성……. 꼭 영주님께 직접 해드리지 않더라도 이미 영주님의 침실에 축성이 빈틈없이 되어 있긴 하지만.

리에타는 침대에서 일어나 옷장을 열었다. 리에타의 옷장에는 드레스가 빈틈없이 빼곡히 들어차 있었다. 지금 그녀가 입고 있는 것은 얇은 슬립 가운 한 장뿐이었다.

하지만 이미 밤이 깊은 시간이었다. 새삼스레 시녀를 불러 다시 옷을 입어야겠다고 도움을 청하기는 미안했다. 원래 그녀가 입고 있던 평상복은……. 영주님께서 싫어하시던 것이 떠올랐다.

리에타는 그냥 위에 걸칠 수 있는 숄 두어 장으로 차림새를 얌전하게 정돈하고 방을 나섰다.

'혹시 제가 힘이 되어 드릴 수 있는 게 있다면…….'

"……."

짐작하고 한 말일까. 모르고 한 말일까. 킬리언은 툭, 창문에 이마를 가져다 대었다. 하긴 눈치 빠른 여자니까. 서늘한 기운이 이마에 스며들었다. 악마학과 신학을…… 성녀가 관심을 둘 정도의 수준으로 하는 사람.

킬리언은 피식 웃었다. 됐다, 이제 와서 그런 건……. 그 정도 수준의 학자나 사제가 없어서 못 밝힌 것이 아니니까.

언데드에 관해서라면 그 어떤 악마학자보다도, 사제보다도 자신이 더 잘 안다고 자부할 수 있었다. 언데드에게 생전의 사람의 의식이 남아 있었던 케이스는 단 한 건도 없다. 정신계 마물이 사람을 현혹하기 위해 인간의 흉내를 낸 경우라면 모를까.

'오지 마, 킬리언!'

마물……. 킬리언은 물끄러미 창가에 턱을 괸 채 어두운 바깥을 쳐다보았다. 달이 떠 있었지만 한밤의 세상은 고요하고 어두웠다. 이제 와서 언데드 안에 진짜 어머니가 있었는지 없었는지 따위가 뭐가 중하랴. 내 착각이었든 아니든.

이젠 일으킬 시신조차 없으니 언데드로도 더 이상 볼 수 없을 텐데. 이미 그 서고에 들어가지 않은 지 오 년이 넘었을 텐데도 여전히 담담하지 못한 것은 어머니가 마물이 되었더라고, 정말 마물이었을지 모르겠다고, 어떻게 생각하냐고 아직 아무에게도 묻고 싶지 않았기 때문이다.

킬리언은 우두커니 앉아 어둑한 창밖을 쳐다보았다. 덩그러니, 창백한 달빛. 밤하늘은 고요하고 어두웠다. 책은 책상 위에 던져둔 채 촛불 하나 켜지 않고 킬리언은 오랫동안 서늘한 바람이 스치는 창가에 몸을 기댄 채 앉아 있었다.

아직도 혹시나 누가 알게 될까 마음이 내려앉는 것은 여전했다. 어머니의 시신을 모독한 놈들은 전부 이 손으로 베어 버렸는데도. 이 일이 황제 폐하의 명을 재촉할 비탄이 될까 두렵다는 것과는 별개로 그는 어머니를 훼절하고 싶지 않았다.

이미 복수는 마쳤다. 내 명예 같은 것도 관심 없다. 그놈들을 죽여 마땅했는지 어땠는지 남들에게 인정받고 싶은 생각도 없다. 언데드의 상태가 어떠했느니, 내 이름을 부르며 무슨 말을 하였느니 하며 어머니의 두 번째 마지막을 입에 올리고 시빗거리로 만들며 싸우고 이미 언데드가 되어 두 번 죽은 어머니의 육신을 다시 실험대에 눕혀 내가 미쳤는지 미치지 않았는지, 살인이 정당했는지 정당하지 않았는지 평가받을 생각도 없다.

그따위 것. 그는 가만히 창문을 열고 바람을 느껴 보았다. 어머니의 두 번째 기일이 이쯤이었다. 어머니가 두 번째로 돌아가셨던 날.

두 번의 기일은 많다. 한 번의 상실도 누군가에게는 치명적인 슬픔이 되는데……. 두 번은 너무 많다.

"책은 내일 주겠다고 했을 텐데."

사락거리는 옷자락 스치는 소리와 얕은 발소리가 멈추었다. 킬리언은 조용히 눈만 돌려 문 쪽에 선 여자를 쳐다보았다.

"그대, 리에타. 무슨 일인가. 이 야심한 밤에."

킬리언이 고개를 기울이며 창문에 머리를 기대고 웃었다. 리에타는 당황하지도 않고 조용히 대답했다.

"축성을…… 드리지 않아서요."

킬리언은 가만히 그녀를 쳐다보았다. 달빛이 부서지고 있기 때문인가. 리에타의 몸에서 은은하게 빛이 나는 것 같다는 생각이 들었다. 피식. 킬리언이 웃었다.

"그래?"

모른 척한다는 선택지도 있었을 텐데 속이 뻔히 보였다. 위로씩이나 필요해 보일 정도로 우습게 보인 걸까, 아니면.

"그대는 거짓말에는 소질이 없군."

리에타가 살짝 입술을 말아 물며 고개를 숙였다. 꼭 그 이야기에 확신을 얻어야겠다는 생각으로 왔던 것은 아닌데……. 리에타는 자신이 생각하지 않으려 노력했던 일이, 설마 했던 자신의 예상이 진실에 가깝다는 것을 직감적으로 깨달았다. 그것을 킬리언이 알아챘다는 것도.

아리아드네 황후께서……. 외부에 알려지지 않은 이유도 납득이 갔다. 황실은 그렇지 않아도 저주니 뭐니 바람 잘 날 없는 부정적인 소문으로 몸살을 앓고 있었으니까.

곤란했겠구나……. 그와 별개로 황실 사람들이…… 크게 상처를 받았겠구나 하는 생각도 들었다. 어쩌다 그런 일이 벌어지고 말았을까. 언제 일어난 일인지 몰라도, 영주님이 황궁에 계시던 시절의 일이었겠지. 설핏, 악시아스 대공은 신을 믿지 않는다던 사람들의 이야기가 떠올랐다.

"축성을 해 준다고."

"……."

느른하게 창가에 기댄 채, 킬리언이 리에타를 향해 팔을 들어 올리고 손짓했다. "와 봐." 리에타가 머뭇거리며 다가왔다. 킬리언이 피식, 한쪽 입꼬리를 올려 웃으며 그녀의 손목을 잡고 끌어당겼다.

그는 리에타의 허리를 붙잡더니 제가 기대어 있던 창문 난간에 훌쩍 올려놓았다. 그러더니 팔 사이에 리에타를 가두고 올려다보았다.

"그대 같은 미인이 위로해 준다는데 사양할 사내가 있을까."

리에타는 조금 놀란 얼굴이었지만, 킬리언이 기대한 만큼은 아니었다. 이 여자는 좀 경계심을 기를 필요가 있어. 그럴 생각은 하나도 없으면서, 이 밤에, 이런 옷차림으로 찾아오다니. 왠지 당황하는 얼굴을 보고 싶다는 심술이 불쑥 올라왔다. 정말 키스라도 해 버릴까. 그러나 그녀의 입에서 나온 다음 말에, 오히려 킬리언이 몸을 굳혀 버렸다.

"마음에 없는 말을 하실 땐……."

리에타가 손을 뻗어 그의 오른쪽 눈썹가를 건드렸다.

"이쪽 눈썹이 평소보다 조금 더 올라가세요."

킬리언이 입을 다물었다. 시선이 교차했다. 그녀의 손가락 끝이 닿은 것은 아주 잠깐. 리에타가 약하게 미소하며 손을 떼었다.

창백하기만 하던 달빛을 등지고 앉은 리에타의 백금발이 눈부셨다. 고요히 그를 내려다보는 말간 하늘색 눈이 그를 꿰뚫어 보는 듯했다.

이 여자에게 드레스를 입혀 놓았을 때 누군가 그랬었지. 여신이라고. 정말로 그렇게 보인다. 하긴 보통 미인은 아니니까. 나는 아마도 시커멓게 보이겠지. 시뻘겋게 보이거나.

말하고 싶지 않으시면 되었다거나, 모르는 척 입 다물겠다거나, 당신의 마음을 이해한다거나 그 어떤 위로를 시도하는 말도 없었다. 다만 리에타는 손을 거둔 채 조용히 눈을 내리깔고 입술을 열었다.

"주제넘은 행동을 용서하세요."

뚫어져라 그녀를 쳐다보던 킬리언이 살짝 고개를 숙였다. 그건 시선을 피하는 것 같기도 했고, 끄덕이는 것 같기도 했다.

"물러감을 허락해 주시겠습니까?"

킬리언은 잠시 가만히 있다가 말없이 한쪽 팔을 열어 주었다. 리에타가 톡, 창가에서 내려와 한걸음 멀어졌다. 리에타는 잠깐 망설이다가 그의 어깨를 짚고, 은빛 신성력을 끌어올렸다. 그리고 평소처럼 고개를 숙여 주지 않는 그의 머리에 조심스레 손을 올려 축성했다.

그건 마치 평소에 그가 그녀에게 하듯이, 머리를 쓰다듬어 주는 것 같았다. 가만히 그녀의 손길을 느끼며 킬리언은 저도 모르게 느리게 눈을 깜박였다.

"평안히 주무세요."

킬리언은 아무 말도 하지 않았다. 어두운 방 안, 살짝 열린 창문으로 사랑했던 어머니를 닮은 달빛이 조용히 들어왔다. 가을밤이 깊어 가고 있었다.

9

상처 입은 짐승

⚜

"헉……!"

불현듯 잠에서 깨어난 리에타가 숨을 몰아쉬며 눈을 떴다. 온몸이 식은 땀에 젖어 있었다. 리에타는 익숙한 천장을 확인하곤, 고개를 돌려 어슴푸레 밝아오는 창밖을 바라보았다.

항상 일어나던 시간이었다. 아직 해는 뜨지 않았다.

"하아……."

잠시 손등을 이마에 얹은 채 누워서 숨을 고르던 리에타는 바로 일어나는 대신 시트 안에서 몸을 웅크렸다. 속이 울신거린다. 달거리 할 때가 되었나. 가뜩이나 몸살 기운도 있는데, 시기가 좋지 않았다. 리에타는 으슬으슬한 몸을 감싸 안으며 가만히 어깨 위로 시트를 끌어 올리고 지친 눈을 감았다.

'조금만…… 누워 있다가 일어나야겠다…….'

그녀의 몸에서 희미한 빛이 새어 나오고 있었지만, 눈을 감은 리에타는 자각하지 못했다.

리에타는 조찬을 혼자 먹었다. 에른이 와서는 대공 전하께서는 늦게까지 주무셨다며, 아침은 따로 먹자는 킬리언의 말을 전해주었다. 새삼스런 설명이었다. 꼭 같이 못 먹는다고 이유를 붙일 것도 없었다. 가끔 각자에게 일이나 약속이 있을 때는 따로 먹기도 했으니 이상할 것 없는 일이었다.

집무실로 찾아온 리에타에게, 킬리언은 말없이 불쑥 책부터 내밀었다. 『건축도감』이었다.

"감사합니다."

리에타가 작게 말하며 두 손을 뻗어 받아들었다. 킬리언은 그녀를 똑바로 바라보지 않은 채 대충 고개를 끄덕였다. 어딘지 데면데면한 태도였다.

"……내가 먼저 한번 봤어. 책갈피를 꽂아 뒀으니 참고해."

"그러겠습니다."

두 사람 다 어제 일 이야기는 꺼내지 않았다. 무슨 일이 있었냐는 듯 평소 같은 대화가 시작되었다.

"용병 길드에서 삼 차 마수 사냥에 참가할 사냥꾼들의 사전 등록 목록을 보내 왔습니다. 준비를 위해 외성 지역의 진입 허가를 요청하고 있는데, 얼마 전 있었던 일 차 사냥의 성과가 좋아서 예년보다 용병들이 늘었어요. 이건 길드료와 사냥세 상납입니다."

리에타가 회계 장부와 보고서를 내밀었다.

"용병들 사이에서 작년에 시험적으로 운영했던 마수의 숲 안내인, 조난자 구조 체계, 보급에 만족도가 높다고 합니다. 길드료나 사냥세를 올리고 그쪽의 지원을 더 늘려 주는 방향도 검토할 수 있을 것 같아요."

그러더니 시킨 적도 없는 두 번째 보고서를 건넸다. 리에타의 말이 이어졌다.

"사냥법을 위반한 사냥꾼들은 이번 사냥에서 제외되었고, 위법의 정도가 심각한 사냥꾼들은 악시아스 밖으로 추방되었습니다. 법의 위반 정도에 따른 처벌 수위는 말씀하신 대로 처리했습니다만, 한 번 더 검토해 주시면 좋을 것 같아요."

그리고 또 다른 장부와 세 번째 보고서가 건네어졌다. 손이 참 빠르기도 하지.

"원정 갔던 이 차 사냥팀이 곧 돌아올 예정인데, 부상자들이 조금 있다고 해요. 수도원 근방에서 잠시 머물며 부상자 치료에 도움을 받는 김에 생포한 중형 마수들을 잠시 위탁하려고 한다고 합니다."

두어 번 비슷한 보고를 더 반복한 후에야 리에타가 팔에 안고 들어온 문서 뭉치들이 거의 비워졌다. 언제나처럼 일 이야기가 이어졌지만 대체로 킬리언이 말을 덧붙이지 않고 받아들여 간결하게 맺어졌다. 이야기가 평상시보다 금방 끝나서 리에타는 책을 안고 한 걸음 물러났다.

"그럼 그렇게 알고, 물러가 보겠습니다."

이젠 리에타의 팔에는 그가 건네준 『건축도감』만이 남아 있었다. 여느 때처럼 공손하게 꾸벅 인사를 하고 돌아서는 리에타의 등 뒤에 대고, 그는 예고 없이 불쑥 사과했다.

"어제는 미안."

리에타가 돌아보았다. 킬리언은 의자를 비스듬히 한 채, 턱을 괴고 책상 구석을 쳐다보고 있다가, 그녀가 바라보자 눈만 들어 슬쩍 쳐다보았다. 리에타가 웃었다.

"저도 죄송했어요."

그리고 가슴에 안은 책으로 앞섶을 가린 채 꾸벅 허리를 숙이고 다시 가려고 했다. 킬리언은 다시 불쑥 말했다. 어딘지 초조한 목소리였다.

"이따 오찬 같이하지."

새삼스런 소리였다. 혹시 조찬을 일부러 피한 거였을까 잠깐 생각이 닿을 법도 하건만 리에타는 전혀 모른다는 듯이 개의치 않고 웃었다.

"네."

리에타가 문을 닫고 집무실을 나왔다. 리에타는 잠깐 닫힌 문에 등을 기대고 선 채, '후……' 하고 한숨을 내쉬며 위를 보았다. 그리고 이내 책을 추슬러 안고 걸어갔다.

킬리언은 가만히 책상에 앉아 있다가 슬쩍 미간을 찡그렸다. 깍지 낀 손으로 꾹 이마를 짚으며 입술을 깨물었다. 젠장. 왠지 어색해서 축성해 달라고 못했다.

말하고 싶지 않은 일을 회피하려고 짐짓 태도를 꾸며 그런 식으로 겁을 준 건 비겁한 행동이었다. 잘못을 인정하고 사과했다. 리에타도 평소처럼 대해 주었는데. 나는 평소랑 뭐가 다른 거지.

괜히 제 표정이 신경 쓰여 고개를 들고 거울을 쳐다보았다. 자기 얼굴을 확인했다. 잘생겼다. 표정은 모르겠다. 제 잘난 얼굴이 갑자기 멍청하게 느껴져서, 킬리언은 눈썹을 구기며 그냥 거울을 툭 쳐서 밀어 버렸다.

"안색이 안 좋네. 생리통 심한 편이에요?"

지젤이 진통제를 건네주며 물었다.

"그냥…… 평범한 것 같은데, 평소보다 늦어지면 많이 아플 때가 있더라고요."

"아, 맞아. 그건 나도 그래요."

지젤이 동병상련의 고통으로 눈을 찡그리며 웃었다.

"이렇게 가볍게 운동이라도 해 주면 조금 나아요. 너무 앉아만 있지 말고. 배 따뜻하게 해 주고."

지젤이 근래 하고 있는 것은 가벼운 운동이라기엔 아득한 차이가 있었지만, 리에타는 고개를 끄덕이며 웃고는 약을 받아들었다.

"약 고마워요."

지젤이 생글거리며 리에타에게 질척였다.

"고마우면 축성 해 주고 가."

리에타가 웃으며 지젤의 어깨를 짚고, 멍든 팔을 아프지 않게 쓸어 주고, 머리를 쓰다듬어 주었다.

"다치지 말아요."

"고마워요."

근래 다시 몸을 움직이기 시작하며 부쩍 활기가 넘치는 지젤이 와락, 리에타를 안아 주고 멀어졌다. 지젤이 연무장으로 뛰어 들어간 후, 리에타는 가만히 지젤의 머리를 쓸어 준 제 손바닥을 쳐다보았다.

"……."

세이라는 멍하니 그런 리에타를 쳐다보았다. 뭔가……. 리에타를 보면 할 말이 있었던 것 같은데. 뭐였지? 얼마 전 다쳤던 팔을 무의식중에 긁적였다. 기억이 날 듯 말 듯 했다. 리에타가 떠나고 지젤의 앞에 선 후에야 세이라는 휘둥그레 눈을 뜨며 소리쳤다.

"아!" 그 순간, 지젤의 쌍검이 쇄도해 왔다.

"으, 으악! 자, 잠깐만! 할 말이!"

"리에타."

부르는 소리에 리에타가 퍼뜩 고개를 들었다. 시계로 고개를 돌렸다. 어느새 식사 시간이었다.

"아, 죄송합니다."

그녀가 일어서길 기다리던 킬리언이 평소보다 행동이 굼뜬 리에타의 안색이 좋지 않은 것을 보고 찌푸리며 다가왔다.

"얼굴이 왜 이래?"

그의 손이 리에타의 이마로 다가갔다.

"괘, 괜찮습니다."

리에타가 다가오는 그의 손을 사양하며 책상을 짚고 일어섰다. 보던 책을 덮어 책장에 돌려 넣기 위해 움직이는데, 책장 앞에 선 리에타의 이마가 고통으로 일그러지며 책이 바닥으로 떨어졌다. 표정이 변한 킬리언이 성큼 다가왔다.

"어디 안 좋아?"

"아, 아뇨. 그냥 속이 좀……."

"아픈 사람이 왜 나와서 이러고 있어? 방에나 누워 있을 것이지."

"괜찮습니다."

리에타가 떨어진 책을 줍기 위해 몸을 굽혔다. 그리고 그대로 휘청 무릎이 꺾이며 바닥을 향해 곤두박질쳤다. 킬리언이 쓰러지려는 리에타를 붙잡았다. 몸이 달아오른 불덩이 같았다.

킬리언의 눈이 커졌다.

"아윽……."

리에타가 떨며 신음했다. 킬리언이 자신을 밀어내는 리에타를 안아 들고 빠르게 발걸음을 옮겼다.

"괘, 괜찮습니다."

"괜찮긴 뭐가 괜찮아. 어디가 아픈 거야?"

"그냥, 그냥 감기 몸살입니다. 내려 주세요!"

"이렇게 아파하면서 무슨!"

리에타가 손으로 제 얼굴을 가리고 꽥 소리쳤다.

"생리통이 겹쳤을 뿐이에요!"

"아."

"내려 주세요! 불편해요!"

멈추어 선 킬리언이 어색하게 그녀를 내려 주었다. 리에타가 비틀 하고 책상을 붙잡았다. 킬리언이 눈을 찌푸렸다.

"……정말 안 도와줘도 돼?"

"괜찮아요. 걷는 게 편해요."

지난달 몸이 무리했는지 건너뛰더니 거의 두 달 만에 하는 달거리라 생리통이 심한 모양이었다. 온몸이 아팠다. 몸살이 겹쳐 안 좋은 시너지가 난 듯, 진통제도 소용이 없었다.

가뜩이나 승마가 늘지 않아 신경 쓰이는데 더 허약하게 보이고 싶지 않아서 리에타는 억지로 괜찮은 척 몸을 펼쳤다. 그러나 이내 몇 걸음 걷지 못하고 책상 모서리를 잡고 주저앉았다.

결국 킬리언이 리에타를 업고 본관까지 왔다. 그는 깜짝 놀란 집사와 시종들을 물리치고 리에타를 그녀의 방 침대에 내려 주었다.

"죄송합니다……."

"사제나 의사를 불러 줄까?"

리에타가 떨리는 손으로 침대 시트를 끌어 올리며 고개를 저었다.

"아뇨. 어차피 해줄 게 없을 거예요."

킬리언이 입술을 짓씹었다. 그 역시 치유 마법이 악마와 상관없는 질병에는 효과가 없다는 것을 알고 있었다. 하지만 너무 아파 보이는데.

"그럼 지젤은? 진통제를 만들어 줄 수 있을 텐데."

"이미 먹었어요. 정말 괜찮으니 신경 쓰지 마세요."

진통제를 먹었는데도 이렇다고? 킬리언이 눈을 찌푸렸다.

"원래 그렇게 심해?"

"아뇨……. 항상 이렇진 않아요."

"그럼 오늘은 왜 이런데?"

"불규칙하면 심할 때가 있어요."

"왜 불규칙해졌는데?"

"……."

몰아치는 질문에 리에타는 점점 고개를 숙이며 더듬더듬 중얼거렸다.

"그냥…… 이유 없이 그럴 때도 있어요."

킬리언은 납득하지 못하는 얼굴이었다.

"레이첼. 그대도 그래?"

리에타는 자기가 잘못 들었나, 그가 잘못 말했나 순간 혼란에 빠져 그를 올려다보았다. 잠시 후, 창문 밖에서 조금 황당해하는 목소리가 들렸다.

"……보통 여자에게 그런 걸 그렇게 꼬치꼬치 묻진 않아요."

"그런가."

"따뜻하게 해 주면 조금 나아요. 손이라도 대 주세요."

"그래?"

킬리언의 시선이 자신에게 돌아오자 리에타의 눈이 휘둥그레졌다. "레, 레이첼!" 목소리는 돌아오지 않았다. 리에타의 얼굴이 새하얘졌다.

다행히 킬리언에게 그 정도로 인식이 없지는 않았다. 킬리언은 혀를 차고 시동을 불러 가죽 주머니에 뜨거운 물을 담아 가져오게 시켰다. 리에타의 눈에 안도하는 기색이 퍼지는 걸 킬리언은 떨떠름하게 쳐다보았다.

날 뭘로 보고 그런 불한당 만난 눈빛을 하는 건가. 레이첼도 생각 없이 한 소리일 게 뻔한데. 하지만 전날 밤의 찔리는 일이 있으니 억울하다고 할 입장도 못되어 킬리언은 묵묵히 벽난로에 불이나 때었다.

리에타가 따뜻한 가죽 주머니를 끌어안았다.

"영주님, 식사하셔야죠."

"그대 걱정이나 해."

"오후에 회의가 있어요."

"자기들끼리 하라고 해. 내가 꼭 가야 하는 회의 아니야."

"그래도 전문가들이 의견을 나누는 자리이니 들어 보시면 도움이 될 텐데요."

"그 회의 백날 듣고 있어 봐야 그대 입에서 나오는 말 한마디보다 도움이 되지 않는다."

리에타가 창백한 얼굴로 작게 웃었다. "그만 가세요."

"그대가 잠들면 가겠다."

킬리언이 주전자에서 물을 따랐다.

"말했잖아. 내 시간을 그대에게도 좀 써 주는 것이 공평하다고."

김이 나는 약차가 유리컵에 조용히 차오르는 것을 리에타는 가만히 쳐다보았다. 언제 데면데면하게 굴었냐는 듯 그는 그녀를 살뜰히 챙겼다. 시중인들의 손을 빌리지 않은 채, 그는 직접 벽난로에 불을 때고, 따뜻한 차를 가져다주고, 리에타는 다시 약을 먹었다.

리에타가 자기 몸을 움켜쥐며 신음했다.

"읏……. 흐윽……."

리에타는 식은땀을 흘리며 거의 정신을 잃고 울고 있었다. 리에타의 몸이 덜덜 떨리며 열 때문에 달아오른 얼굴이 일그러졌다.

"아……. 아……."

리에타 앞에 앉아 있던 킬리언이 결국 의자를 박차고 일어섰다.

"에른!"

뭔가 이상했다. 이런 게 감기 몸살일 리가 없었다. 몸살이든 생리통이든 이 정도로 고통스러워할 리가 없었다.

결국 새벽에 불려 나온 콜브린과 지젤, 셀린느가 황급히 본관으로 달려오며 악시아스 성이 발칵 뒤집혔다.

"대체 왜 이래?"

"모, 모르겠어요. 몸살이나 생리통은 아닌 것 같은데요."

"뭐든 해 봐. 진통제든 알루치노든 뭐든!"

"리에타! 리에타?"

킬리언보다 더 놀란 얼굴의 지젤이 그의 목소리가 들리지도 않는 듯 리에타의 뺨을 두드렸다.

"아윽……. 흑……."

리에타가 고통에 몸부림치며 헐떡였다. 킬리언이 아득한 얼굴로 리에타를 내려다보았다. 그녀는 금방이라도 숨이 멎을 것처럼 정신을 잃은 채 울며 몸부림치고 있었다. 지젤도 셀린느도 당황하며 모른다는 말에 시시각각 낭떠러지로 밀려나는 기분이었다.

"일단 열을 식혀야겠어요. 물수건을 갈아주세요. 옷을 벗겨야겠는데."

셀린느가 물러가 달라는 뜻으로 주변의 남자들을 쳐다보았다. 킬리언. 콜브린. 그런데 콜브린의 얼굴이 뭔가 이상했다.

"잠깐만요." 젊은 사제가 머뭇거리며 입을 열었다.

"제가…… 뭔지 알 것 같습니다."

킬리언과 모인 사람들이 벼락같이 콜브린을 쳐다보았다. 콜브린은 확신할 수 없는 듯 리에타를 내려다보며 고개를 갸웃하고 눈썹을 찌푸렸다. 그리고 정신없이 리에타에게 약을 먹이려던 지젤을 저지했다.

"잠깐만요. 하지 마세요."

"네?"

지젤이 당황해서 콜브린을 올려다보았다.

"……뷔테르 원장님을 불러 주시겠습니까?"

킬리언이 후려칠 기세로 그를 다그쳤다.

"뭔데!"

콜브린이 퍼뜩 정신을 차리고 고개를 들며 대답했다.

"신성력으로 인한…… 성장통……인 것 같습니다."

모인 사람들의 눈이 휘둥그레졌다. 콜브린은 시선을 리에타에게서 떼지 않은 채 눈썹을 찌푸리며 덧붙였다.

"……치유 능력이 개방되고 있는 것 같습니다. 그러니까……."

셀린느가 빠르게 물었다.

"신성 몸살? 그걸로 이렇게 심하게 앓는다는 이야기는 들어 본 적이 없는데요."

"예. 이 정도로 심한 것은 저도 처음 봐서……. 확신하진 못하겠습니다."

콜브린이 긴장한 태도로 리에타에게 다가가며 말을 이었다.

"저로서는 확신할 수 없지만, 원장님이라면 확실히 아실 겁니다. 이런 신성 능력자들을 많이 보셨을 테니까요."

콜브린이 은빛 신성력을 일으키며 그녀의 몸을 살폈다.

"아악……." 리에타가 고통스러워하며 몸을 뒤틀었다.

당황한 콜브린이 신성력을 거두며 물러섰다.

"저는……, 저는 경험이 부족해서 할 수 없습니다. 원장님을 불러 주십시오."

킬리언이 벼락같이 소리쳤다. "에른! 수도원으로 마차를 보내!"

그리고 바로 정정했다.

"……아니. 레이첼! 당장 벡토르에게 가. 팔콘을 몰고 달려가서 뷔테르를 데려오라고 전해!"

대답은 없었다. 다만 창밖에서 휘익 길게 바람을 가르는 소리가 들리고, 탁, 하고 착지하는 소리에 뒤이어 다급하게 달려가는 발소리가 들렸다. 킬리언이 리에타의 침대 앞에 선 콜브린을 향해 성큼 다가서며 물었다.

"신성 몸살? 그게 뭐지?"

"치유 능력이나 구마 능력이 발현되면서 신성력이 급격히 늘어나고 성장통이 오는 일입니다. 이렇게 크게 아픈 사람들도 제법 있다고 들었습니다."

"생명에 지장이 있나?"

"모, 모르겠습니다. 성장통으로 목숨이 위험해졌다는 사람은 본 적 없습니다만, 저도 경험이 많질 않아서……."

"원래 저렇게 아픈 게 정상이야?"

"많이 고통스럽긴 합니다. 저도 심하게 앓은 편이었는데, 이렇게 정신을 잃을 정도로 심했던 것 같지는 않습니다. 아무래도 하비투스 대사원의 대제사장으로 서셨던 경험이 있기 때문에 어쩌면 축성술사님께서는 다른 사람들보다……."

킬리언이 뚝 잘랐다. "그대도 겪었나?"

"아, 네. 작년에 치유 능력이 발현되면서 저도 겪었습니다."

정체 모를 위험이 주는 두려움은 끝이 없지만 그나마 그 실체가 분명한 위험이 주는 두려움은 한계가 있었다. 더욱이 눈앞에 멀쩡히 살아 있는 경험자가 나타나자 킬리언은 이성을 되찾았다. 여전히 무시무시한 얼굴이었지만 비로소 사람 같은 모습이 된 킬리언이 빠르게 물었다.

"치유 마법으로 도와줄 수 없어?"

콜브린도 뭐라도 좀 더 해 보고 싶은 듯 주먹을 쥐었다 폈다 하며 오락가락했지만, 아까 리에타가 더 고통스러워했던 것을 떠올린 듯 이내 주먹을 풀고 힘없이 손을 내렸다.

"소용없을 것 같습니다. 기본적으로 질병이 아니기도 하고……. 정확하게는 모르지만 성장통에는 아무것도 안 듣기 때문에 고스란히 앓아야 한다고 들었던 것 같습니다."

안절부절못하던 콜브린은 조급한 마음이라도 어떻게 해 보고 싶은 듯 번뜩 고개를 들고 주변 사람들에게 묻기 시작했다.

"혹시 리에타 님에게서 근래에 치유나 구마 능력이 발현된 적이 없습니까?"

"그거라면 하비투스 대사원에서."

킬리언의 대답에 콜브린이 고개를 저었다.

"의식으로 인해 일시적으로 발현된 것은 관계가 없습니다. 조금 더 근시일에……."

"마…… 맞는 것 같아요."

사람들의 시선이 지젤에게로 향했다.

"세이라가…… 말한 적 있어요. 며칠 전 리에타에게 받았던 축성이 치유 능력으로 실현되는 것처럼 보였던 적이 있다고……."

"신이여……." 콜브린의 눈이 커지며 주먹을 꽉 쥐었다.

"그렇다면 정말로 가능성이 높습니다. 아마 성장통이 맞을 것 같습니다." 젊은 사제의 눈에 확연히 안도하는 빛이 드러났다.

리에타는 여전히 정신을 차리지 못한 채 아파하고 있었다. 킬리언이 리에타의 하얗게 질린 얼굴을 내려다보며 곱씹듯 천천히 내뱉었다.

"……치유 능력이 발현되고 있다고?"

콜브린이 조심조심 리에타를 살피며 대답을 이어 갔다.

"네. 데미안도 구마 능력이 발현되며 성장통을 겪었던 것으로 압니다. 보시다시피……. 해 줄 수 있는 것은 없는데 보는 사람이 힘들 정도로 고통스럽게 앓기 때문에……. 젊은 수도사들에겐 잘 보여 주지 않습니다."

콜브린은 주변 사람들의 불안한 얼굴을 보고 자신의 안심한 마음을 나눠 주고 싶은 듯 애를 썼다.

"너무 염려 마십시오. 원장님께서 보셔야 확신할 수 있겠지만……. 성장통이라면 아마 괜찮으실 것입니다. 오히려 축하할 일입니다. 신성 능력자로서 가장 높은 능력이 개화한 것이니까요."

킬리언의 눈썹이 꿈틀했다. "축하?"

성장통을 겪은 수도자를 축하해 주고, 또 그런 축하를 받았던 적이 있는 콜브린은 왈칵 불쾌한 얼굴이 된 킬리언을 보고 주춤하며 입을 다물었다. 뒤늦게 아차 싶었다. 아직 확실한 것도 아닌데, 아픈 사람을 앞에 두고 너무 성급했나 싶었다.

킬리언은 리에타에게로 눈을 돌렸다. 축하를 한다고? 이렇게 고통스러워하는데? 그는 문득 개화라는 말을 들은 적이 있다는 걸 떠올렸다.

'대축성 의식으로 모여들었던 신성력이야 빠져나갔겠지만, 몸은 그 힘을 기억하고 있겠지요. 강대한 신성력을 받아들였던 경험은 잘 훈련해 준다면 무서운 재능으로 개화할 겁니다. 구마 쪽으로 발현되든, 치유 쪽으로

발현되든 영주님의 큰 힘이 될 것입니다. 꼭 곁에 두십시오.'

킬리언이 저도 모르게 차게 식은 낯을 손으로 가렸다.

'안 그래도 그럴까 하고. 꽤나 괜찮은 말이 되겠어.'

리에타가 울며 헐떡였다.

"아……. 아윽……."

그 재능이 개화할 때, 이렇게 고통스러워야 하는 거였나? 킬리언이 주먹을 틀어쥐었다. 하나도 기쁘지 않았다. 이딴 거면 치유 능력 같은 거 없어도 됐다. 이렇게 아플 거면.

리에타. 그대에게 치유 능력까지 있을 필요는 없단 말이야.

뷔테르가 도착했다. 백발이 성성한 노수도원장은 거의 벡토르에게 업혀서 들어왔다. 리에타의 상태를 본 뷔테르는 신성력으로 인한 성장통이 맞다고 진단했다.

"신성 몸살이군요."

그리곤 킬리언을 향해 담담하게 고개를 들었다.

"치유 능력이 개화하고 있는 듯합니다. 축하드립니다."

당장 숨넘어갈 정도로 아파하는 그녀에게 온통 마음이 붙잡힌 킬리언은 이성적으로 생각할 여력이 없어 왈칵 화부터 났다. 뭘 축하한다는 거야. 리에타도 아니고 왜 나에게 축하를 하는데.

일단 다급한 질문부터 해결했다.

"어떻게 하면 돼? 목숨엔 지장이 없나?"

"걱정 마십시오. 괜찮습니다. 생명에 지장 없습니다. 놀라셨겠습니다."

하. 확언하는 말에 간신히 숨통이 트이는 듯했다. 킬리언이 창백한 얼굴

위로 제 이마를 쓸었다. 뷔테르가 말을 이었다.

"상당히 심하게 앓는군요. 이 정도로 호되게 앓는 경우는 드문데. 굉장히 강한 능력을 갖게 될 모양입니다."

그래서 잘됐다고? 킬리언이 으르렁거렸다.

"입 닥치고 당장 낫게 해 주기나 해."

"신성 몸살로 인한 성장통은 낫게 할 수 없습니다."

그러나 뷔테르는 고개를 저었다. 킬리언이 눈을 치켜떴다.

"뭔가 덜 아프게 할 방법이 있을 거 아냐?"

"감내해야 합니다. 신이 가장 높은 권능을 허락하는 과정에서 내리는 시험이기 때문에 고통을 덜기 위한 어떤 방법도 허락되지 않습니다."

킬리언이 사납게 이를 갈았다.

"신이 허락하든 아니든, 당장 할 수 있는 거 다 해."

뷔테르는 고개를 저었다.

"역효과만 날 겁니다. 콜브린이 치유 마법으로 뭔가 하려고 했다고 하지 않으셨습니까? 더 아파하지 않던가요?"

킬리언이 입을 다물었다.

"약을 써도 마찬가집니다. 고통만 더해 줄 뿐일 겁니다."

"아……." 뒤에 있던 지젤이 창백해지며 입을 가렸다.

리에타는 도서관에 가기 전에 지젤이 준 진통제를 받아 갔다. 그후 킬리언이 도서관에서 쓰러진 리에타를 업고 본관까지 달려갔다는 이야기가 이미 수많은 목격자들에 의해 성 안에 파다하게 퍼져 있었다.

킬리언도 리에타의 상태가 이렇게 악화되기 직전 그녀가 약을 먹었다는 것을 기억하고 있었다. 뷔테르가 오기 전에도 알루치노를 써 보려던 것을 콜브린이 기다리라 만류하여 간신히 멈추었던 차였다.

"콜브린은 그대가 뭔가 해 줬다던데."

"상태를 진단하고 대화를 했을 뿐입니다. 달리 말하자면 정신적으로 의지가 되어 주었을 뿐이지요."

킬리언이 화난 얼굴로 헛웃음을 흘렸다.

"사실상 신성 몸살 환자에게 해 줄 수 있는 건 그것뿐입니다. 하지만 저렇게 정신을 잃을 정도로 상태가 나빠서야 대화도 불가능하겠군요."

"약도, 의사도……, 신성 능력도 해 줄 수 있는 게 아무것도 없어?"

"예."

킬리언이 날카롭게 쏘아붙였다.

"이렇게 사람이 많은데 아무짝에도 쓸모가 없군."

"염려하시는 마음은 이해합니다만……, 걱정 마십시오. 신이 보살피는 고통이니 목숨이 위험해지지도, 그 어떤 후유증이 남지도 않습니다. 기다리시면 건강히 일어날 겁니다."

쾅! 킬리언이 발로 테이블을 걷어찼다. 테이블 다리가 나가떨어지며 바닥에 나뒹굴었다. 콜브린이 화들짝 놀라 주춤 물러섰다.

"신이 보살피는 고통?"

개소리하네. 고통은 그냥 고통이다. 리에타가 저렇게 아픈데, 고통을 덜기 위해 아무것도 해 줄 수 있는 게 없었다. 리에타는 완전히 탈진해 신음도 내지 못하고 축 늘어져 색색거리며 눈물만 흘리고 있을 뿐이었다.

입에서 폭언이 터져 나올 것 같아서 킬리언은 마른 손바닥으로 눈을 가리고 이를 꽉 물었다. 생명에 지장이 없다는 건 전혀 위로가 안 되었다.

속을 후벼 파는 듯했다. 제 고통만 짊어지기도 버거운 저 작은 여자가 어째서 그런 걸 감당해야 하나. 킬리언은 리에타가 누워 있는 침대 쪽으로 돌아서며 씹어뱉었다.

"다 나가."

대부분의 사람들이 담담했지만, 그렇게 날카롭고 히스테릭한 킬리언을 가까이에서 본 것은 처음인 콜브린만 안절부절못했다. 그간 한 번도 믿지 않았던 소문 속의 악시아스 대공을 처음 본 것 같기도 하고, 당장 잘못 건드리면 칼부림이라도 날 듯한 위험인물 같아 두렵기도 하고, 왜 그런 소문이 났는지 조금 알 것 같기도 했다.

수도원장님은 아무렇지도 않으신가? 혈통은 황실 직계에 신분은 황족에 준하는 그이니 어떤 처사든 감히 너무하다고 여길 수 있는 일은 없다. 그것이 아니어도 콜브린은 팔 년 전 전쟁터에서 그에게 구해지고 은혜를 입은 입장이니 어찌 감히 그런 마음을 품을까 싶기도 하지만.

콜브린이 보아 왔던 영주님은 무뚝뚝하고 가끔 날카로운 데가 있을망정 항상 이지적이고 이성적인 사람이었던지라 그런 모습을 본 것은 조금 충격이었다. 새삼 그가 난폭한 악시아스의 전장에 섰던 검사라는 게 실감났다.

구마와 치유 능력을 가진 신성 능력자들은 모두 한 번은 겪는 성장통이지만……. 축성술사님께서 너무 아파 보이셔서 자신으로서도 놀랐고, 영주님께서도 축성술사님을 아끼시니 많이 놀라셨을 것 같긴 하다……. 곁에 있다 함께 쫓겨난 사람들이 긴장을 풀며 후우 한숨을 쉬는 것이 눈에 들어왔다.

"올해는 웬일로 그냥 넘어가나 했더니."

누군가 중얼거린 소리에, 뷔테르가 픽 웃으며 답했다.

"그래도 이 정도면 고상하신데. 많이 나아지셨어."

십삼 년의 우정이 공짜로 쌓인 건 아니었다. 가을마다 돌아오는 킬리언의 히스테리가 시작될 때였다. 저렇게 난폭해지고 예민해지다가 혼자 틀어박히거나, 어딘가로 사라져 버리거나, 갑자기 미친 듯이 운동을 시작하거나, 평소에 마음에 안 들어 하던 귀족들을 사방팔방 들쑤시고 다니며 시비를 걸거나, 혼자서 칼 한 자루만 들고 훌쩍 마수 사냥을 떠나 버려서 성을 발칵 뒤집어 놓거나, 그것들을 모두 다 하거나 하겠지.

최악의 상태일 때의 킬리언을 알고 있는 뷔테르로선 지금의 그는 귀여운 수준이었다. 어리둥절한 얼굴로 콜브린이 물었다.

"그게 무슨……?"

"녀석. 놀란 게로구나. 걱정하지 말거라."

뷔테르가 미소 지으며 콜브린에게 간단히 설명해 주었다.

"영주님은 가을 타신다."

"……?"

콜브린이 해괴한 표정을 지었다. 뷔테르는 더 설명하지 않은 채 굳게 닫힌 문을 돌아보았다. 이 정도면 최근의 킬리언은 유례없이 온화한 상태였다. 반쯤 농담으로 시작했던 말이었지만, 저 아름다운 신성 능력자는 정말로 영주님께 필요한 사람이 될지도 모르겠다. 어쩌면 이미 그렇게 되었는지도 모를 일이었다.

아파……. 제이드……. 나 아파…….

열에 들떠 추워하는 몸이 사람의 온기를 찾았다. 허공을 더듬던 손이 잡히는 것을 힘없이 움켜쥐었다.

아파…….

쉬이……. 괜찮아……. 괜찮아질 거야.

메마른 손이 이마를 짚어 주었다. 시원했다. 몽롱한 의식 틈새로 눈물이 떨어졌다.

“방이 왜 이렇게 차!”

“불을 더 땔까요?”

킬리언은 이미 리에타를 시트로 감싸 안아 올리며 문을 나서고 있었다.

“내 방으로 데려가겠다.”

막 문을 열고 물동이를 가지고 들어오던 시동이 당황한 얼굴이 되었다. 지금 리에타의 방은 킬리언의 방보다 더 더웠으면 더웠지 춥지는 않았다. 집사가 따라붙었다.

“지금 주인님의 방이 더 찰 텐데요.”

킬리언의 얼굴이 구겨졌다. “어디가 따뜻하지?”

“조금만 기다려 주십시오. 아가씨의 드레스룸에 불을 때겠습니다. 온기가 돌면 그쪽으로 모시지요. 그 방에 벽난로가 두 개입니다. 문이 넓어 시중인들이 오가기도 더 좋고, 다른 난로를 더 가져다 놓기에도 적합합니다.”

드레스룸? 못 미더웠지만 어련히 에른이 그럴 만하니 그렇게 말하리라 생각한 킬리언이 알았다고 말하며 다시 방 안으로 몸을 돌렸다. 매시간 침구를 갈아 주러 오가고 있던 시녀들이 분주히 움직여 침대 시트를 교체하고 있었다.

비 맞은 뱁새처럼 덜덜 떨던 리에타가 본능적으로 그의 품에 파고 들었다. 서늘한 목덜미에 뜨거운 이마가 닿았다.

‘제이드……. 나 아파.’

속삭이듯 앓는 소리를 들은 것은 킬리언뿐이었다. 잠시 망설이던 손이, 그녀의 어깨를 안고 서툴게 토닥여 주었다.

쉬이……. 괜찮아……. 괜찮아질 거야.

제이드가 천사를 그려 놓은 겨울 이불 속에서, 세상에서 가장 사랑스러운 아이가 코를 발갛게 물들이고 잠결에 칭얼거렸다.

"눈사람……."

제이드, 난 대체 뭘 한 걸까.

'엄마. 나도 저거!'

'저거? 눈사람?'

'눈사람!'

눈사람. 그까짓 게 뭐라고. 죽은 사람에게 매달려 그것 하나 못해 줬을까.

'눈사람! 천사 눈사람! 아빠 오면 눈사람!'

아델, 천사 같은 내 아가.

엄마가 같이 해 주지 않아서, 그래서 아빠에게 가 버린 거니?

'엄마. 아빠는 언제 와?'

'엄마! 꽃이 피면 눈은 녹는대.'

'아빠가 꽃이 피기 전에 올까?'

'엄마.'

아델, 내 아가야. 가지 마. 엄마가 잘못했어.

'엄마 눈사람! 아빠 눈사람! 애기 눈사람!'

엄마가 미안해. 엄마가 눈사람 같이 못 만들어 줘서 미안해.

리에타는 꼬박 이주일을 앓았다. 리에타의 거처는 두 번을 더 옮겨서 악시아스 수도원까지 이동했다. 리에타가 나흘이 지나도록 도무지 깨어날 기미가 없자 혹시 축성 마법진의 내부인 성 안에 있는 것이 회복에 부정적인 영향을 주고 있는 것 아니냐는 의견이 대두되었기 때문이었다. 그 의견을 받아들여 리에타의 거처는 외성의 수도원으로 옮겨졌다.

"저어……. 그 목걸이, 축성 성물 아닙니까?"

콜브린이 조심스레 물어오는 말에, 킬리언은 그것이 리에타의 회복에 좋지 않은 영향을 미칠 수 있다는 의미라는 것을 알아들었다. 그는 물끄러미 리에타를 내려다보다가 대답했다.

"……두어라. 그건 내가 알아서 할 터이니."

침대 맡에 앉아 가만히 내려다보던 킬리언은 리에타의 베개 뒤에 손을 넣어 그녀의 머리를 일으켰다. 힘없이 딸려 오는 가벼운 몸. 리에타의 목에 느슨하게 흐트러진 목걸이가 걸려 있었다. 바스러질 듯 가느다란 숨소리가 색색거렸다.

목걸이를 빼 주려고 일으켰으면서도, 너무나 쉽게 빼어 갈 수 있을 것 같다는 생각에 오히려 그는 선뜻 목걸이로 손을 뻗지 못했다.

한참을 쳐다만 보다가 그녀의 목으로 손을 가져갔다. 가죽 줄 아래로 들어간 손가락을 들어 올린 순간. 저항하지 못하는 힘없는 몸이 가늘게 떨며 그녀의 눈에서 눈물이 흘러내렸다.

'가지 마.'

숨넘어갈 듯 연이어 속삭이는 소리가 그의 손을 붙잡았다.

'엄마가 잘못했어.'

'엄마가 미안해.'

이제는 익숙해진, 때론 다급하고, 때론 애절하고, 때론 절박한 속삭임. 그녀는 앓는 내내 하루에도 몇 번씩 딸아이를 찾았다.

그는 잠깐 동안 그대로 그녀의 숨소리를 들었다. 잠들어 있을 때면 항상 이런 잠꼬대를 했을까, 아니면 지금, 오래 앓느라 마음이 약해져 그런 것일까.

근 몇 달 간 곁에 두고 맨 정신으로 나누었던 수백, 수천 마디의 대화보다 이 며칠, 잠든 그녀의 몇 마디에서 킬리언은 더 많은, 더 깊은 리에타를 보고 있었다.

꿈. 누군가에게는 없는 것이 더 나은……. 몽마도 없는데 리에타는 꿈을 헤매며 울어야 한다. 자식으로 인해 피눈물을 흘리게 되리라, 그 눈물에 잠겨 죽게 되리라 저주받았다는 그의 아버지보다 리에타의 상황이 딱히 더 나을 것이 없다.

물끄러미 가여운 얼굴을 내려다보았다. 창백한 뺨. 젖은 이마에 달라붙은 머리카락. 머리카락을 정리해 주는 메마른 손길이 젖은 얼굴 위를 스친다. 손바닥에 아픈 숨결이 닿는다.

이 여자의 딸이 살아 있었으면 좋겠다. 내가 찾아 줄 수 있었으면 좋겠다. 이 눈에서 눈물이 그만 흐르기를 바란다. 이 여자에게 아픈 일은 더 이상 없기를 바란다. 그래서 이 여자가 더 이상 숨어서 울지 않았으면 좋겠다.

그가 뭘 하려는지 알고 그러는 것도 아닐 텐데, 흐느끼는 소리가 제게서 목걸이를 가져가지 말라고 하는 것 같았다.

'리에타' 그녀의 이름을 한 번 작게 부르고, '……잠깐만 빼자.'

의식도 없는 사람에게 속삭이며 달래었다. 그녀의 울음 섞인 속삭임이 색색이는 숨소리로 잦아들 때까지 그는 가만히 그녀의 곁에서 기다렸다. 그리고 마침내 그녀의 얼굴이 조금 편해지며 숨소리가 깊어질 즈음, 조용히 손을 움직여 토닥이듯 목걸이를 빼어 주었다.

킬리언은 수도원까지 따라와 줄곧 리에타의 곁을 떠나지 않고 보살폈다. 가을은 영주가 할 일이 많은 계절이었기에 킬리언은 리에타가 머무는 수도원 방의 불편한 테이블 앞에 앉아 그곳으로 배달되어 온 업무를 처리하고 있었다.

"아이구야. 우리 대공 전하께선 오늘도 애첩의 방에서 나올 줄을 모르시네."

리에타의 방을 전담해 맡다시피 한 수도사 마지스가 환자의 방에 필요한 물건들을 이것저것 챙겨 들고 들어서며 말했다.

"좀 쉬시라니까. 오늘도 안 주무셨습니까? 축성술사님은 곧 일어나실 거라 하지 않았습니까."

리에타를 언급하자마자 날선 반응이 돌아왔다.

"닥쳐. 돌팔이들 같으니. 길어야 닷새에서 일주일이면 깨어날 거라면서 지금이 며칠째야. 이 주째 못 깨어나고 있다는 게 말이 돼?"

죄 없는 마지스가 푹푹 한숨을 쉬며 항변했다.

"이제 정말로 곧 일어날 거라니까요……. 보시다시피 상태도 안정되었잖습니까."

그렇게 리에타의 상태가 호전된 것은 삼 일 전부터였다. 마지스의 말대로 리에타는 더 이상 열이 나지도 않았고, 고통스러워하며 몸부림을 치지도 않았다.

이따금씩 몸에서 빛이 새어 나올 때는 신음하거나 뒤척이기는 했지만 처음처럼 사람을 놀라게 하지는 않았다. 리에타는 그저 깊은 잠에 빠진 사람처럼 평온하게 숨쉬며 누워 있었다.

"이미 원장님께서도 말씀드렸겠지만 신성 몸살을 길게 앓는 사람들도 이런 상태로 안정기에 접어들면 사나흘 안에 깨어납니다."

마지스가 다가와 빵이 담긴 바구니를 킬리언의 테이블에 올려놓으며 잔소리를 이어 갔다.

"신성 몸살에 걸린 사람의 몸은 신이 보살피기 때문에 보통 사람 같은 신체 활동을 하지 않는다고요. 안 먹고 안 자도 건강에 아무런 지장이 없다 이 말입니다. 영주님과는 상황이 전혀 다른데, 똑같이 굶고 계시면 어떡합니까?"

킬리언은 어련히 알아서 먹고 있다는 대꾸도 해 주지 않고 물끄러미 건너편 침대를 쳐다보았다. 새삼 저 여자의 목소리를 들은 지가 오래 되었다는 생각이 들었다. 마지스가 빤히 킬리언을 쳐다보다 한숨을 쉬었다.

"보는 사람 딱해서 원. 먹으라고 안 할 테니 잠이라도 좀 주무십쇼."

"자고 있어."

"그러시겠죠. 이 불편한 테이블에 엎드려서 궁상맞게."

"엎드리진 않고 앉아서 잔다."

마지스가 헛웃음을 웃었다. "예에. 장하십니다."

그가 눕지도 않고 리에타의 곁을 지키고 있다는 것은 딱히 비밀도 아니었다. 바로 옆방에 킬리언의 침실이 마련되어 있었지만 이 까다로운 간병인은 한 번도 제 방에 들어가지 않고 리에타의 방에만 붙어 있었다.

결국 리에타의 방에 간이침대가 하나 더 들어왔지만 킬리언은 그것도 좀 넓은 의자로만 쓸 뿐 거기에 누워서 잠들지는 않았다. 눈을 뜨면 바로 리에타가 보이는 자리에서 잠은 그때그때 마음에 드는 의자에 앉아 쪽잠자는 걸로 때웠다.

리에타의 앓는 소리든, 방 근처를 지나다니는 사람의 소리든 킬리언은 인기척이 느껴지면 곧바로 깨어났기에 그가 잠든 모습을 본 사람은 없었다.

"그러다 얼굴 상하십니다."

그래 봤자 잘생겼겠지. 킬리언은 들은 척도 않았다. 그로선 십 년 전에는 몇 달을 내리 이어 한 적도 있는 익숙한 생활이었으니 겨우 이 주일 하고 피곤하다 엄살 부릴 것도 없는 일이었다.

비도 들이치지 않고 불도 땔 수 있으며 마음에 드는 자리와 마음에 드는 시야, 마음에 드는 의자까지 택할 수 있으니 상황은 나쁠 것도 없는데. 책상물림들 호들갑이란.

마지스가 짧게 녹아내린 초를 새것으로 갈아 주며 말했다.

"성장통도 다 지나고 보면 추억입니다."

킬리언이 퉁명스레 대꾸했다.

"아직 안 지났어. 추억 아니야."

마지스가 눈썹을 팔자로 만들며 웃었다.

"식음을 전폐하고 병간호할 필요까진 없다는 뜻입니다. 누구는 겪고 싶어도 못 겪는 거구만. 그렇게 싸고도시면 질시 받으십니다?"

"수도사란 것들이 얄팍하기 짝이 없군."

"에휴……."

시니컬하기 짝이 없다. 마지스가 마른 천으로 먼지를 훔쳐 내며 종알대었다.

"솔직히 그 축성술사님이 신성 몸살로 아팠던 걸 싫어하실 것 같습니까? 저보다도 그분을 모르세요?"

"……."

리에타를 알던가. 그러고 보니 역병구역에서 같이 봉사했던 것 같기도 했다.

"기뻐하실 겁니다. 깨어나거든 멀쩡한 모습으로 축하해 주십시오. 영주님께서 많이 걱정하셨다고는 꼭 전해 드릴 테니."

뭘 축하하라는 거야. 리에타의 쓸모가 한층 더 상향된 걸? 킬리언은 표정 한 자락 없이 무시해 버렸다.

"이러고 계신 걸 축성술사님이 아시면 좋아하지도 않으실 게 뻔할 뿐더러, 영주님도 이제 나이가 있으시니 조금이라도 젊을 때……"

이러쿵저러쿵 잔소리를 이어 가던 마지스는 걸레를 반대편으로 접으며 고개를 들어 대답 없는 킬리언을 쳐다보았다. 그는 우두커니 침대에 누운 리에타만 바라보고 있었다.

"……."

다시 한숨을 내쉰 마지스는 포기하고 창문이나 열어 환기했다. 가을의 밤공기는 차다. 밤새 불을 땔 것이니 이쯤에는 환기를 할 필요가 있었다. 킬리언이 창으로 서늘한 바람이 들어오는 것을 힐끗 쳐다보았다. 창밖으로 붉은 석양이 내리고 있는 악시아스 성의 풍경이 들어왔다. 마지스가 툭 던졌다.

"축성술사님이 깨어나시면 영주님께서 그런 꼴로 계신 걸 보고 놀라 나자빠질 겁니다."

잠깐 가만히 말이 없던 킬리언이 눈을 찌푸리며 반응했다.

"내 꼴이 어떤데?"

"눈이 시뻘겋습니다."

"내 눈은 원래 빨갛다."

"거기 말고요."

킬리언은 쯧 혀를 차며 마지못해 마지스가 가져다 준 거울로 시선을 옮겼다. 눈이 좀 충혈되었을 뿐 별것도 없었다. 겨우 이 정도로 호들갑은. 딱히 잠이 부족해서가 아니라 수도원은 건조하고 먼지가 많아서 그런 건데.

하지만 킬리언은 리에타를 한 번 쳐다보고 마지못해 일어났다.

"오. 이제 좀 각방 쓰실 마음이 드셨습니까? 영주님 침실이 어딘지는 아십니까?"

"씻고 오겠다."

"……예에. 어련하시겠죠."

열부 나셨다며 긁는 소리를 듣고도 킬리언은 대꾸 한마디 없이 평온하게 그를 무시하고 문으로 걸어갔다. 마지스가 뒤에서 피식 웃으며 그의 뒷모습을 쳐다보았다. 문을 반쯤 나서던 킬리언이 찡그린 얼굴을 뒤로 돌렸다.

"뭐 해. 나와."

"예, 예."

물을 데워다 드리겠다는 수도사들의 권유를 사양하고 그는 욕실로 들어갔다.

"자꾸 생각나고, 신경 쓰이고, 걱정되고, 같이 있고 싶고, 뭐든 도와주고 싶고! 이런 것이 바로 사랑이란 겁니다."

열변을 토하는 레너드를 쳐다보던 킬리언이 쏘아붙였다.

"장난해?"

"제가 진지하다는 데에 저의 검과, 명예와, 저의 목숨과, 대공 각하에 대한 저의 충정을 겁니다."

킬리언은 어처구니가 없어 웃어 버렸다.

"사람을 바보 취급하기 위해 목숨까지 걸다니."

"바보만 아니면 누구나 사랑을 다 안다고 확신하십니까?"

킬리언이 짜증스레 얼굴을 구겼다.

"나도 사랑이 뭔지 알아."

"각하께선 사랑의 사전적 정의만 아실 뿐 사랑이 뭔지 모르십니다. 지금 본인이 사랑에 빠져 있다는 것도 모르시잖아요."

"사랑이 옆에서 사랑이다, 사랑이다 세뇌해서 사랑이 되는 건가?"

"아 글쎄 사랑이라니까요? 그 사람이 아프면 내가 더 아프고! 뭐든 상처

받지 않게 지켜 주고 싶고! 내 여자에게 함부로 한 놈들에게 복수해 주고 싶고!"

"나도 안다고. 아니라고 했어."

"가슴에 손을 얹고 생각해 보세요. 진짜 아닙니까? 저와 지젤에게 왜 그런 명령을 내리셨습니까? 축성술사님께 그냥 물어보실 수도 있었잖아요."

킬리언이 귀찮다는 듯 손을 휘저었다. "바빠. 나가."

레너드가 헹, 코웃음 쳤다.

"축성술사님 덕분에 시간 많으시다면서요?"

"도무지 내 성엔 비밀이란 게 없군."

"대공 각하." 레너드가 열정적으로 눈에 불을 켰다.

"걱정하셨죠? 축성술사님께서 쓰러지셨을 때 놀라셨죠?"

"그럼 걱정이 안 돼?"

"가신들을 걱정해도 그런 모습이 되신 적 없으십니다."

킬리언은 잠깐 침묵했다. 하지만 여전히 가라앉은 태도로 담담히 말할 뿐이었다.

"그날은 놀랄 만했어. 그날 놀란 건 나뿐만이 아니었고. 지젤도."

"가끔 막, 막 눈에 뭐가 쓰인 것처럼 너무 예뻐서 미치겠고, 막!"

"리에타가 예쁜 건 객관적인 사실이지 내가 사랑에 빠져서가 아니야."

"막, 그분 생각에 일이 손이 안 잡히고!"

"일이라면 지장은커녕 더 잘 되고 있으니 더더욱 해당 사항 없군."

레너드가 답답해 죽겠다는 듯 가슴을 쳤다.

"아니 대체 왜 그렇게 부정하시는 거예요? 사랑이 창피합니까?"

"창피할 게 뭐 있어? 아니니까 아니라고 하는 거지."

"대체 왜 아니라고 생각하시는 건데요? 이게 사랑이 아니면 대체 뭐가 사랑입니까?"

"이게 무슨 쓸데없는 시간 낭비인 건데? 나가."

"대답해 주시면 나가겠습니다. 각하께서 생각하시는 사랑은 뭡니까? 예라도 들어 주세요. 여기 책 많네! 이 중에 대공 전하가 생각하시는 사랑이 뭡니까?"

킬리언이 눈을 찌푸렸다. 결국 몸을 돌리고 책장을 빤히 쳐다보다가, 아무렇게나 책 하나를 꺼내 레너드 앞에 툭 던졌다.

『로즈와 하멜 백작』.

레너드의 얼굴이 멍해졌다. 사랑 때문에 왕비는 악마에 영혼을 팔고 백작은 자살한다는 비극적인 결말의 고전 로맨스 소설이었다. 금지된 사랑에 격정적으로 빠져드는 순간의 두 사람의 심리 묘사가 매우 탁월한 명문이라고 평가받는 슬프고 환상적인 고전 명작이었다.

"……아니, 예시 너무 극단적이잖아요."

킬리언은 짧게 한숨을 쉬더니 다른 책 하나를 또 꺼내 그 위에 올렸다. 『흡혈귀 에레로아』 아름다운 흡혈귀를 사랑한 왕이 제 나라를 말아먹는 내용이었다.

"더 극단적이거든요? 왜 다 비극인데!"

킬리언이 허탈하게 웃으며 등받이에 몸을 기댔다.

"그럼 『페레트라 극단』."

"아. 그건 좀 평범하네요. 구스타프와 레나의 사랑 이야기는……."

킬리언은 팔짱을 끼며 눈을 찌푸렸다.

"뭐? 걔들이 무슨 사랑이야. 사랑을 한 건 에스라스와 마담 셸시아지."

레너드의 표정이 묘하게 바뀌었다. "그……. 음." 레너드는 그 아들 앞에서 시황제를 예로 드는 실수를 범할 뻔했다가, 간신히 말머리를 돌렸다.

"……대공 각하. 세상엔 평범한 사랑도 있습니다. 사실 대부분의 사랑은 평범하지요. 사랑이 사람을 바꾼다는 것도 사실이고, 때로 비이성적인 짓을 저지르게 하는 경우도 있긴 합니다만. 꼭 그렇게 격정적이고 스케일 크게 미친 짓을 해야만 사랑인 것은 아닙니다."

킬리언이 팔짱을 풀고 한숨을 쉬더니 고개를 옆으로 돌렸다.

"리에타가 가엾고 예쁘고 고맙긴 해. 인도적인 차원에서 걱정되고 도와주고 싶고 행복했으면 좋겠어. 하지만 그뿐이야. 리에타 때문에 딱히 이성을 잃고 있지도 않고, 한 지붕 밑에 있다고 무슨 짓을 하고 싶지도 않아."

레너드가 숨을 들이마시며 눈썹을 팔자로 꺾었다.

"각하. 사랑에는 여러 단계가 있습니다."

"그래. 어쩌면 호감 정도는 있을 수 있겠지. 하지만 당장 내 여자로 만들지 못하면 죽을 것 같다는 정도의 감정은 아냐."

레너드가 뭐라고 끼어들려는 것을 킬리언이 저지하며 말을 이었다.

"하지만 리에타의 입장을 생각해 봐. 상황을 알잖아? 나 아니라 누구라도 그런 감정을 가지고 접근하는 걸 달가워할까? 좋대도 말려야 할 판국에 그대들이 지금 아니라는 사람의 등을 떠밀 때야?"

레너드가 입을 다물었다. 킬리언이 몸을 돌렸다.

"이 정도면 충분히 대답이 됐겠지. 나가."

킬리언은 머리 위로 찬물을 뒤집어 쓴 후, 몸을 일으켰다. 욕실에서 나온 킬리언은 수건으로 머리를 털며 시끌시끌한 창밖을 내다보았다.

바깥에선 원정에서 돌아온 용병 길드의 마수 사냥꾼들이 수도원 앞마당 격인 너른 공터에 무력화된 마수들을 가두어 둔 철창이나 포박 따위를 실어다 내리고 있었다.

마수는 마법의 힘을 가지고 있거나 마법을 쓰는 짐승들이다. 인간과도 악마와도 사이가 좋지 않은 그들은 인간이나 악마들이 없는 계곡이나 숲, 호수 따위에서 짐승들과 섞여 살았다.

악마들이 한번 휩쓸고 가고 인간들이 악마들을 몰아낸 후, 서식지라 할 만한 곳이 거의 사라져 지금은 대륙 전체를 통틀어 대부분의 마수가 용의 계곡에서만 남아 서식하고 있었다.

악시아스에서 수도원과 마수 사냥꾼들의 동맹은 꽤나 오래 역사를 이어온 전통이었다. 악시아스 북쪽에 위치한 용의 계곡에서 마수들이 범람하는 가을, 용병 길드는 마수들을 사냥하여 그 개체 수를 줄이고 수도원은 용병들이 필요로 하는 조력과 포획한 마수들을 수용할 수 있는 너른 앞마당, 숙소 따위를 제공하고 사례금을 받았다.

"아 형제님. 사정 좀 봐줘요……. 이놈들이 다 돈인데 기껏 힘들게 잡은 걸 버리고 올 순 없잖아. 이 근처에 마수들을 맡아 줄 만한 곳은 여기 말곤 없다고."

마수들을 가둔 철창을 내리던 마수 사냥꾼들 가운데 하나가 마수 관리인 격인 수도사 후안과 수도원 벽면 근처의 그늘 한구석에서 실랑이를 벌이고 있었다.

"아니, 사냥꾼 형제님. 이건 당신께서 신고하고 허가 받은 마수의 수보다 훨씬 많잖습니까. 한두 마리도 아니고 이것들이 전부 실수로 누락된 마수들이라고요? 그 실수는 꼭 세금 비싼 놈들한테만 발생한다, 그죠?"

사냥꾼이 목소리를 낮추며 품에서 조그만 돈주머니를 꺼내었다.

"한 번만. 진짜 한 번만! 어련히 내가 형제님 섭섭지 않게 챙겨 드리지."

그러나 후안은 손목을 떨쳐 내며 딱 잘라 말했다.

"한두 마리여야 눈을 감아 드리든 코를 풀어 드리든 하지. 이건 신고한 개체 수의 거의 두 배잖아요. 게다가 우리가 수용하겠다 약속한 것은 중형 마수까지입니다."

후안이 깃펜 끝으로 꽁꽁 포박된 하얀 마수가 들어 있는 철창을 가리켰다. "저건 아르젠 루프스 아닙니까? 대형 마수잖아요."

후안의 지적에 찔끔한 사냥꾼이 얼른 손을 비볐다.

"아이고. 아르젠 루프스를 아시다니 역시 유식하신 형제님. 그러니까 봐봐. 요 녀석은 꼬리가 하나잖아. 마법은 못 쓰는 어린놈이야! 모피와 눈으로 팔리는 아르젠 루프스 성체랑은 다르다고!"

킬리언은 흘끔 눈을 들어 철창 안에 갇혀 있는 강아지만 한 흰 마수를 쳐다보았다. 아르젠 루프스라. 희귀한 걸 잡았군. 대형 마수의 반입이 금지되어 있긴 하지만, 어린 아르젠 루프스가 마법을 못 쓴다는 건 사실이니 따로 신고하고 체류 요청을 하면 허가가 안 나올 일은 아니었다. 탈세가 목적인가.

인간들은 마수들을 꺼림칙하게 여기고 싫어하면서도 그들이 주는 전리품들을 꾸준히 필요로 했기에 마수 사냥은 큰돈이 되는 일이었다. 그러나 마수는 평범한 짐승들보다 지능이 높고 강해서 리스크 역시 만만치 않게 높았다.

악시아스 성을 인간이 수복하고 성과 길드의 지원으로 마수 사냥의 위험도가 대폭 낮아지자 마수 사냥꾼을 자처하여 사냥에 참가하는 용병들은 더욱 늘어났다. 사냥꾼들이 부쩍 늘고 사냥이 무자비해지자 궁지에 몰린 마수들의 저항은 극렬해졌다.

마수들의 수는 급감한 반면 악에 받힌 마수들로 인한 인명 피해는 오히려 늘어났다. 악시아스는 양쪽 모두를 위해 마수 사냥시에 지켜야 할 규칙을 정하고 마수 사냥을 체계화하여 마수 사냥법이라는 이름을 붙였다.

마수 사냥꾼이 징 박힌 쇠사슬로 꽁꽁 포박된 하얀 털의 마수를 철창째로 들어 보였다. 철창에 연결된 도난 방지용 족쇄가 덜컹, 소리를 내며 당겨졌다.

"이게이게 작고 귀여워서 오트낭 귀족들에게 애완용으로 아주 기가 막히게 팔리거든! 위험도는 제로야! 새끼라서 조그마하고 예쁘기만 하지!

이거 진짜 비싼 애완동물인데, 키우다가 죽더라도 박제나 모피 목도리로 만들면 아주 그만이거든!"

이미 해가 떨어져 어둑해지고 있는데도 아르젠 루프스의 은빛 털은 반짝이며 보는 이의 시선을 사로잡았다. 후안이 손에 든 마수 관리 장부에 깃펜으로 체크하며 물었다.

"관심 없고요. 새끼 마수는 한 둥지에서 두 마리 이상 잡지 않으신 거죠?"

"그럼! 마수 사냥법, 숙지했다고! 확인해 볼래?"

사냥꾼이 엉성하게 외운 마수 사냥법을 얼기설기 나열했다.

"사냥시 용병대장의 지시를 따른다. 사냥 목적이 아닌 살생이나 학살은 금지. 어린 마수의 포획은 한 둥지에서 한 마리까지만. 무리에서 자진해 나서는 놈이 있으면 다른 놈들은 살려 준다."

마수 사냥법에는 인간의 안전을 도모하고 사냥꾼들 간의 과도한 경쟁을 막기 위한 규칙들도 있었지만 그 반대의 규칙들도 있었다. 대륙에서 가장 많은 마수들이 남아 있는 곳 악시아스는 계곡의 마수들을 완전히 밀어버리는 대신 그들과의 선을 지킨 공존을 택했다. 새로운 규칙이 받아들여지도록 하기 위해 킬리언은 용병 길드를 포섭하고 한동안 마수 사냥을 직접 통솔하며 엄격하게 법을 적용하는 등 직접 본보기가 되었다.

처음에는 불만이 없지 않았지만 곧 마수 사냥법이 마수 전리품의 가격을 안정시키고 사냥꾼들의 안전과 사냥의 효율성에도 크게 기여한다는 것이 증명되었고, 용병과 사냥꾼들은 새로운 규칙을 받아들였다.

후안은 사냥꾼이 성실한 체 나불거리는 것을 한 귀로 듣고 흘리며 장부와 철창을 비교하며 확인했다. 그가 마지막 철창까지 확인을 마치자 사냥꾼은 손바닥을 마주치며 활짝 웃었다.

"그럼 문제없는 걸로?"

그러나 후안은 은근슬쩍 넘어가려는 사냥꾼에게 휘말리지 않았다.

"그럼 위반 사항은 '아르젠 루프스'와 '신고된 개체 수 이상의 마수' 둘 뿐인 걸로."

"아, 수도사님!"

"예, 전 일개 수도삽니다. 그리고 이건 수도원에서 감당하기엔 위험한 마수입니다. 기사 부르기 전에 외성 밖으로 데리고 나가 주십시오."

사냥꾼이 답답하다는 듯 인상을 썼다.

"아 융통성 좀 발휘합시다. 어차피 너무 어려서 마법도 못 쓰지만, 어련히 내가 마법 감옥에 마법 포박까지 했다고! 위험하지 않다니까? 삼십 년쯤 지나서 꼬리가 셋 이상 나면 마법을 쓰는 대형마수가 되겠지만, 지금은 중형 마수보다도 조그마하잖아?"

후안은 그를 무시한 채 양피지에 필요한 것들을 적어 넣으며 다른 사냥꾼들을 향해 몸을 돌려 버렸다.

"정말 위험하지 않다면 성에 가서 신고하고 허가 받아 오십시오. 하시는 김에 누락된 여섯 마리 전부 받아 오시면 되겠네요. 가세요. 제가 하는 것보다 직접 신고하시는 게 나을 거라는 건 설명해 드릴 필요가 없을 것 같습니다."

뒤에 남은 사냥꾼이 발을 동동 굴렀다.

"아, 좀! 나 작년에 사냥법 위반으로 추방 먹어서 제일 중요한 원정 놓친 거 몰라서 이래? 또 걸리면 올해 사냥은 완전히 공친다고!"

상습범이군. 킬리언이 물끄러미 아래를 내려다보았다. 탁, 창을 넘어 들어온 레이첼이 사뿐히 내려서며 말했다.

"상습범이에요. 탈세 현장 현행범인데 단속 한번 하시겠어요? 다시는 꿈도 못 꿀 텐데."

"문제 있는 놈인가?"

"그냥 구닥다리 사냥꾼이에요. 이십 년 전부터 마수 사냥하던 사람이라 사냥 포획물 신고하고 세금 떼이는 걸 아까워해요. 그 외엔 딱히."

"그럼 됐어. 후안이 알아서 하게 둬."

큰일도 아니고 극적인 연출이야 되겠지만 제가 직접 끼어들어 강렬한 인상을 줄 필요가 있을 정도의 위중하거나 만연한 탈법이 아니었다. 그는 절차대로 처리되게 두기로 했다. 용병과 사냥꾼들은 제가 수도원에 와 있는 줄도 모르는데 괜히 사람들을 피곤하게 할 생각도 없고 자신의 시간을 빼앗길 생각도 없었다.

킬리언은 신경을 끄고 물러서며 레이첼에게 말했다.

"내가 없을 땐 리에타한테 가 있어."

레이첼이 끄덕이며 답했다.

"네. 하지만 요샌 제가 멀리 떨어져 있을 때가 많으니 호출해서 명령해 주세요."

킬리언이 문득 생각났다는 듯 그녀를 바라보았다.

"그래. 요즘 가까이 없을 때가 많더군. 왜지?"

"각하께서도 사생활이 있으시니까요."

킬리언이 멈칫하고 레이첼을 쳐다보았다. 그의 부하는 별 소리도 안 했다는 듯 아무렇지 않은 얼굴로 그를 마주보았다.

킬리언이 조금 틈을 두고 입을 열었다. "……배려 고맙군."

그는 표정 없는 낯으로 고개를 돌리며 담담하게 말했다.

"하지만 괜찮아. 리에타랑 그럴 일 없어."

레이첼이 답했다. "네."

괜히 수건으로 물기 떨어지는 머리를 한번 더 문질렀다. 레이첼이 소맷부리에서 서신 하나를 꺼내어 그에게 건네며 말했다.

"이거 전해 드리러 왔어요."

킬리언이 받아들었다. 리에타 앞으로 온 서신이었다. 발신자 이름은 아나이스. 레이첼이 덧붙였다.
"리에타의 수도원 시절 동기입니다."

닫혀 있던 눈꺼풀이 파르르 떨렸다. 리에타의 몸에서 빛이 나기 시작했다.

창가에 붙어 하얀 입김 위에 그림을 그리던 아이가 그녀를 향해 고개를 돌렸다.
'엄마, 꽃이 피었어.'
아델의 얼굴이 생각나지 않는다. 돌아본 얼굴 위에 새카맣게 불타 버린 얼굴이 겹쳐 있었다. 아이의 얼굴이 없다.
'엄마. 눈사람은? 아빠는?'
아이가 묻는다. 어떤 얼굴을 하고 저 말을 했던가. 세상에서 제일 사랑스럽던 얼굴이 떠오르지를 않는다. 아이의 얼굴이 새카맣게 불타 있다. 내 딸이 어떤 얼굴을 하고 있었는지 기억이 나지 않는다. 아직, 아직 살아 있을 때인데…….
'엄마. 울어? 왜 울어?'
맙소사, 아델. 내 아가, 내 아가. 어떡해, 어떡해, 어떡해, 어떡해. 둘 중 한 사람만 남아야 했다면 죽는 건 나였어야 했는데. 살아남은 게 당신이었어야 했는데. 제이드, 당신이라면 훨씬, 훨씬 잘 해냈을 텐데. 아델을 지켜 냈을 텐데. 지켜 냈을 텐데.
'엄마. 울어?'
이따위 것 뭐가 귀하다고 몸을 아껴서 애를 잃고, 제이드. 난 당신을 어떻게 봐야 해.

'눈사람은 다음 겨울에 만들면 되는데……. 엄마, 나는 괜찮아. 엄마, 울어? 울면 역마가 잡아간대. 엄마, 왜 울어?'

어떡하면 좋아. 아델, 아델. 엄마가 빨리 정신을 차리지 못해서 미안해. 엄마가 널 지키지 못해서 미안해.

'리에타, 리에타!'

'정신 차려. 정신 차려야 해! 애를 봐서라도 살아야지!'

애를 봐서라도 살아야 한다면서, 왜 우리 아이를 구해 주지 않았어요. 왜.

'제이드에게 약속했잖아. 애를 잘 키우겠다고, 잘 살아가겠다고 약속했잖아!'

친구라고 했잖아. 나도 제이드도 친구라고 했잖아. 뭐든 할 테니까, 난 어떻게 돼도 좋으니까 아이만이라도 살려 달라고 했잖아. 아델만이라도 찾아 달라고 했잖아. 당신밖에 도와줄 수 있는 사람이 없었는데, 내가 할 수 있는 일은 당신에게 매달리는 것뿐이었는데. 왜.

'엄마.'

혼자서는 지킬 수 없어. 장례식 때 했던 말은 사실이 아니야. 혼자서는 지킬 수 없어.

'리에타.'

제이드, 가면 안 돼. 제이드. 날 두고 가지 마. 당신 없이, 당신 없이 나 혼자선 아델을 지켜 낼 수 없단 말이야.

'엄마.'

미안해. 엄마가 지켜 주지 못해서 미안해. 엄마가 살아 있어서 미안해.

'엄마아…….'

내 아가, 아델. 가지 마. 눈사람. 엄마랑 눈사람 만들자. 제발 한 번만 …… 한 번만……!!!

'아우우우우.'

귀가 아니라 영혼으로 들려오는 낯선 짐승의 소리에 리에타가 눈을 떴다. 눈은 떴지만 몽롱하고 모호한 의식은 제가 누워 있던 방이 낯선 모습으로 바뀌었다는 것도, 제 몸에서 빛이 나고 있다는 것도, 심지어 그녀가 있는 곳이 악시아스 성이 아니라는 것도 인지하지 못했다.

'아우우우우…….'

다시, 울음소리. 리에타는 홀린 듯이 몸을 일으켜 창문으로 다가갔다. 열린 창문으로 들어온 밤바람이 리에타의 풀어진 머리카락을 흐트러뜨렸다. 얇은 옷 한 장에 추위도 느끼지 못하는 듯 멍한 얼굴로, 그녀는 창밖을 향해 손을 내밀었다.

'아우우우우…….'

뇌리에 맺히는 긴 울음소리가 불어오는 바람과 기묘하게 공명하는 순간, 마수의 아공간이 펼쳐졌다. 아르젠 루프스. 악시아스의 은늑대라 불리는 마수의 마법이었다.

리에타는 멍하니 창밖을 넘어가 내려섰다. 갈기와 잇새로 푸른 화염을 토해 내는 거대한 은빛 늑대가 손톱 아래서 피가 나도록 철창을 할퀴며 울고 있었다. 날카로운 톱니로 맞물린 철창을 쉴 새 없이 물어뜯는 마수의 입가는 너덜너덜 상처투성이가 되어 피가 흐르고 있었지만 대*마수 마법이 걸린 창살은 흠집 하나 나지 않고 견고했다.

어찌나 그 일에 열중하여 정신을 빼놓고 있었는지 제 아공간에 들어선 침입자를 뒤늦게 알아챈 은빛 마수가 크르릉 소리를 내며 철창 앞을 막아섰다.

◇◇◇◇

* 對

"으르르르르……."

상처투성이가 된 어미 은늑대가 제 몸뚱이로 새끼가 갇힌 우리를 가로막고 네 개의 꼬리를 사납게 곤두세웠다. 철창 안의 새끼도 징이 박힌 마법 포박에 묶여 아름다운 은빛 털이 피투성이가 되어 있었다. 리에타는 멍한 얼굴로 어미 마수를 마주보았다.

대치한 리에타가 가만히 선 채 움직일 기미를 보이지 않자 마수는 시간이 아까운 듯 홱 몸을 돌리고 다시 철창에 열중했다. 파지직 하얀 전기가 일며 푸른 기염을 토해 내는 마수의 주둥이를 할퀴었다. 이미 찢어져 있던 마수의 입가에 다시 긴 상처가 생기며 피가 흘렀지만 한 순간 움찔 할 뿐 마수는 멈추지 않았다.

마수는 손톱이 빠지도록 철창을 긁으며 물어뜯었다. 그러나 날카로운 이빨로도, 손톱으로도 대마수 주문이 걸려 있는 창살을 어쩌지는 못했다. 리에타는 텅 빈 눈으로 철창을 향해 다가갔다.

홱 고개를 돌린 마수가 눈에 새파랗게 불을 켜고 이를 드러내었다. 하얗게 드러낸 잇새로 씩씩 서슬 퍼런 기염이 퍼져나왔다.

"으르르르르르……."

그러나 이미 아공간을 유지하고 있는 것만으로도 버거운 듯, 리에타에게 달려들지는 못한 채 지친 다리를 떨며 간신히 서 있을 뿐이었다. 리에타가 싸늘한 철창을 향해 손을 뻗었다.

키이이잉! 하얀 빛이 감도는 그녀의 손이 스치자 날카로운 소리와 함께 신성에 반발하는 마법 주문이 부수어졌다. 철컹. 마법이 사라지고 물리적 잠금장치만이 남은 철창이 저희들끼리 부딪히며 마찰음을 냈다.

리에타를 노려보던 어미 마수가 홱 머리를 돌려 철창과 그 안의 새끼를 보고 씨근거렸다. 리에타는 홀린 듯이 멍한 눈으로 마법이 풀린 철감옥의 잠금장치 마저 풀어 열었다.

철커덩. 철창의 문이 열렸다. 철창이 열린 것을 본 어미 루프스는 리에타 따위 안중에도 없는 듯 다급하게 열린 철창 안으로 고개를 들이밀었다. 은빛 늑대는 징 박힌 쇠사슬에 묶인 채 몸부림치느라 피투성이가 된 제 새끼를 정신없이 핥다가 다급하게 그 목덜미를 물어 올렸다.

새끼를 입에 문 어미 루프스가 철창 밖으로 몸을 빼는 순간 마수의 아공간이 부수어졌다. 루프스가 홱 머리를 틀었다. 동시에 쐐액 공기를 가르는 소리, 콰드득 뼈 부러지는 소리와 함께 어미 마수의 허리에 새카만 화살이 날아와 박혔다.

"캐애앵!"

아름다운 은빛 늑대가 쓰러지는 장면이 느리게 리에타의 눈에 담겼다. 리에타는 멍하니 넋을 잃고 어미 루프스가 자기 새끼를 놓치며 쓰러지는 장면을 바라보았다. 그러나 아르젠 루프스는 그 정도로 절명하지 않았다.

거대한 은늑대가 사납게 으르렁거리며 이빨로 옆구리에 박힌 화살을 뽑아내었다. 새하얀 털 위로 붉은 피가 비산했다. 간신히 머리를 가누는 마수가 몸부림치며 놓쳤던 새끼를 제 품으로 끌어당겼다. 화르륵 푸른 마기가 사방으로 뿜어졌다.

온몸으로 새끼를 품고 일어선 마수가 휘청거렸다. 바닥에 후두두둑 붉은 피가 떨어졌다. 카가가가가각. 소름 끼치는 도르래 소리. 빠아아아아아. 거대한 석궁의 시위가 긴장하는 소리. 쐐애액! 다시 공기를 찢는 파공음이 들렸다.

달빛을 반사하며 맹렬히 날아오는 거대한 화살촉을 리에타는 멍하니 응시했다. 콰악! 언제부터 그 자리에 있었는지, 어느새 리에타의 앞을 막아선 시커먼 그림자가 공중에서 발리스타 화살을 잡아챘다. 그는 그대로 손을 뿌려 발리스타 화살을 바닥에 집어 던졌다. 탱그랑. 창이나 다를 바 없는 거대한 철제 화살이 바닥에 굴렀다.

"감히…… 어떤 새끼가." 사내의 눈에서 불이 튀었다.

"내 땅에서 내 여자에게 창질을 하는가."

맨손으로 발리스타 화살을 잡아낸 사내를 보고 입이 벌어진 사냥꾼은 제 눈을 의심하며 망원경을 내렸다. 금방이라도 미쳐 날뛸 듯 흉악한 살기를 뿜어내던 흑발의 사내는 곧바로 뒤로 걸어가 잠옷 바람에 맨발로 서 있는 백금발의 여인을 감싸 안아 올렸다.

리에타는 주변 상황도, 킬리언도 알아보지 못하는 듯 멍하니 넋이 나간 눈으로 아르젠 루프스만 쳐다보고 있었다.

킬리언의 눈이 리에타의 텅 빈 눈을 바라보고, 그녀의 눈에 비친 쓰러진 마수를 돌아보았다. 상처 입은 짐승이 그르렁거렸다.

그가 가만히 그녀의 이름을 불렀다. "리에타."

대답이 없었다. 촤라라라락! 라나의 마법이 마수를 포박했다. 뒤이어 뛰쳐나온 마수 사냥꾼들이 대마수용 그물을 쏘아 던지며 어미 루프스를 둘러싸고 포위하기 시작했다.

"크아아아앙!"

거대한 은빛 마수가 사지를 옭아매는 그물을 물어뜯으며 필사적으로 저항했다. 사방으로 흙과 돌조각이 튀었다. 뒤늦게 정신을 차린 사냥꾼이 자리에서 벌떡 일어나며 소리쳤다.

"잠깐! 그 은늑대는 내 거야! 손대지 마!"

아르젠 루프스는 푸른 불을 토하며 격렬하게 저항했지만 이미 치명상을 입은 마수의 공격은 무뎠다. 서슬 퍼런 눈과 드러낸 잇새에선 새파란 불길이 피어오르고 있었지만 상처 입은 짐승의 입에선 그 어떤 마법도 구현되지 못했다.

마수 사냥꾼들에게 둘러싸여 겹겹이 그물을 맞고 족쇄가 채워진 은빛 늑대는 오래 버티지 못하고 이내 바닥에 무릎을 꿇었다. 그물과 족쇄로 구속당해 바닥에 짓눌린 은늑대가 피를 흘리며 식식거렸다.

"내 거라고! 내가 가장 먼저 발견해서 쐈어!"

사냥꾼이 달려오고 있었다. 킬리언의 눈에서 억눌린 살기가 새어 나왔다. 리에타를 왼팔로 안아 든 채 오른손으로 검을 뽑아 들었다. 은늑대의 주둥이에 재갈을 물리고 결박하던 용병들이 날카롭게 넘실거리는 살기에 주춤하며 순간적으로 시선을 집중했다.

싸늘한 붉은 눈이 냉혹하게 가라앉아 있었다.

"야……. 야."

곧바로 그를 알아본 몇몇 용병이 동료들에게 손짓해 그에게서 멀어지길 종용했다. 악시아스 대공. 난데없이 나타난 북방의 패자. 서릿발 같은 분노가 그의 검에서 파란 아지랑이가 되어 피어오르고 있었다. 무서운 자제력으로 억눌렀음에도 숨겨지지 않는 흉흉한 살기가 공기를 할퀴었다.

나이 많은 용병 하나가 순식간에 사태를 파악하고 파래진 얼굴로 뛰쳐나왔다. 그리고 저 멀리서 뛰어오던 마수 사냥꾼을 가로막았다.

"이 정신 나간 자식!"

그는 그대로 사냥꾼에게 달려가 그의 멱살을 잡으며 소리쳤다.

"아무리 마수를 막으려 했대도, 사람이 바로 옆에 있는데 발리스타를 쏘면 어떡해!"

"어엉?"

둔해 빠진 사냥꾼이 얼빠진 소리를 내었다. 용병의 등골이 쭈뼛 섰다. 제기랄! 가까워져 오고 있다. 고개를 돌리지 않아도 위험이 가까이 오고 있다는 게 느껴지며 목 뒤가 오싹거렸다. 여자를 한 팔에 안아 든 사내가 검을 든 채 시퍼런 살기를 뿜어내며 걸어오고 있었다.

"빨리 사과드려!"

제 목숨이 풍전등화인 줄도 모르는 사냥꾼이 나불거렸다.

"아니, 사과는 내가 받아야 하는 거 아냐? 저 여자가 내 감옥을 열어서 사냥감을 빼돌리려고 했……!"

맙소사, 미친 자식! 죽으려면 뭘 못해! 기겁한 용병은 냅다 사냥꾼의 얼굴에 주먹질을 해 사냥꾼의 입을 틀어막았다.

"커헉."

"아하하하! 이 자식! 뭐라는 거야? 루프스가 사람을 해치려는 줄 알고 그걸 막으려고 쏜 거잖아?"

용병은 사냥꾼이 뭐라 반응하기도 전에 냅다 그의 멱살을 잡아 일으키고 얼른 킬리언의 방향으로 고개를 돌려 사과했다.

"죄송합니다. 대공 각하. 이놈이 오래전에 일하다 복귀한 지 얼마 안된 사냥꾼이라서 사냥법에 무지합니다."

영문 모르고 얻어터진 사냥꾼이 얼굴을 감싸 쥐고 항의하려다 뒤늦게 사내를 향한 호칭을 인식했다.

사냥꾼은 멍청하니 주변 용병들의 질린 얼굴과, 사내의 인상착의, 싸늘한 눈빛, 손에 들린 검에서 올라오고 있는 푸른 검기를 확인했다. 마지막으로 그의 팔에 안겨 있는 여자. 사냥꾼의 안색이 허옇게 변했다. 싸늘한 붉은 눈이 그를 찢어 죽일 듯이 노려보고 있었다.

대공의 팔에 안겨 있던 유령 같은 여자가 그의 옷깃을 쥐고 약하게 당기며 멍하니 입술을 달싹였다. 순간 악시아스 대공에게서 뿜어져 나오던 살기가 거짓말처럼 잦아들었다. 그가 그녀를 향해 조용히 고개를 낮추고 귀 기울였다.

그녀가 뭐라고 말했는지, 주변의 용병들에겐 하나도 들리지 않았다. 다만 악시아스 대공은 그녀에게 가만히 귀를 대어 주고 있다가 앞에 있는 놈 따위는 잊어버렸다는 듯 한 점 미련 없이 몸을 돌렸다.

그는 리에타를 안은 채 억류되어 있는 아르젠 루프스를 향해 걸어갔다.

그리고 잠깐 그녀의 귓가에 무어라 말한 후, 근처에 있던 철창 위에 드리워진 장막을 확 당겨 그녀의 어깨에 감싸듯 둘러 주었다. 그가 마수의 앞에 리에타를 내려 주었다.

리에타는 아르젠 루프스의 앞에 무릎을 꿇고 앉았다. 그리고 어미 루프스의 품 안에 있던 새끼를 향해 손을 뻗었다. 어미 루프스는 꼼짝도 하지 못한 채 가쁜 숨을 헐떡이며 제 새끼를 바라보고 있었다.

리에타의 손에서 하얀 빛이 뿜어져 나왔다. 눈부시게 터져 나오는 빛에 사람들이 손을 들어 눈을 가리거나 고개를 돌렸다. 작은 탄성과 함께 소리 죽여 웅성거리는 소리가 용병들 사이에서 터져 나왔다.

'뭐야. 저 사람, 세비타스의 과부 아니야?'

'……대공의 애첩에게 치유 능력까지 있었어?'

그녀는 마치 그 일에 매우 익숙하기라도 한 사람처럼 치유 마법으로 새끼 마수를 치료하기 시작했다. 킬리언의 눈이 묘한 빛으로 가라앉았다. 용병들이 저희들끼리 속삭이는 소리가 들렸다.

'아니……. 그런데 마수한테도 치유 마법이 통합니까?'

'몰라 나도…….'

억류된 어미 루프스가 그 광경을 보며 가슴을 오르락내리락 헐떡였다. 새끼 루프스가 낑낑대며 꿈틀거렸다. 피투성이가 된 새끼 루프스의 상처에 흰 빛이 스며들었다. 포박당한 어미 루프스는 고개를 가누지 못한 채 씩씩거리며 한쪽 눈만으로 제 새끼를 내려다보고 있었다. 새끼 마수의 상처가 호전되어 가는지 어떤지는 가시적으로 눈에 보이지 않았다.

그 모습을 지켜보던 킬리언이 별안간 입을 열었다.

"네 놈 것이라 했지."

뒤쪽에 멀거니 서 있던 사냥꾼이 저를 부르는 줄 알아채고 혼비백산해 대답했다. "예? 예!"

그가 싸늘하게 새끼 마수를 향해 턱짓하며 명령했다.

"풀어라."

여전히 새끼 마수를 덫처럼 옭아매고 있는 징 박힌 포박을 말하는 것이었다.

"아, 예……!"

뭐야 대체. 왜 마수를……. 그러나 사냥꾼은 차마 이의를 제기할 생각도 하지 못하고 주춤주춤 허리춤에서 열쇠 꾸러미를 꺼내어 다가갔다. 잘각잘각, 소리가 들리며 흉악한 쇠사슬로 된 포박이 풀려나가기 시작했다.

조용히 열쇠 소리와 쇠사슬 절걱이는 소리와 신성력이 공명하는 소리, 그리고 달빛 아래 은빛 늑대가 씩씩거리는 소리만이 공기를 울렸다.

사냥꾼은 포박을 풀며 힐끔 리에타를 쳐다보았다. 맨발에 잠옷 바람. 어깨에 대공이 걸쳐 준 휘장만이 사람들의 시선과 차가운 밤바람으로부터 그녀의 엉성한 차림새를 가려주고 있었다. 여자는 멍하니 넋 나간 얼굴로 마수 새끼를 향해 치유 마법을 시전하고 있었다. 꾸미기는커녕 흐트러진 모습임에도 실로 놀라운 미인이었다. 그런데 살짝 제정신은 아닌 것 같았다.

'……얼굴 하나는 정말…… 기가 막힌데…….'

정말 발리스타와 마수를 보고 겁에 질려서 정신이 나간 건가? 마수 새끼에게 동정심이라도 느낀 건지, 남의 마수는 왜 풀어 주려고 하는 건가 이해할 수가 없었다. 치유 마법까지 쓰다니. 설마 이 마수를 빼앗아 가려는 건 아니겠지? 분명 길드 놈들이 악시아스 대공이 법에는 칼 같다고 했는데.

내 마수를 제값 주지 않고 빼앗아 간다면 그런 소릴 한 놈들 다 가만 안

둘 거라고 사냥꾼은 속으로 부득부득 애를 태웠다.

아무튼 목숨은 귀하니까 눈치를 봐서 죄송하다고 해야…….

"그르르르르……."

철컹. 쇠사슬이 당겨지는 소리가 사냥꾼의 상념을 끊었다. 용병들이 어이쿠, 소리를 내며 재차 저항을 시도하는 루프스를 짓눌렀다. 용병들이 무력화된 아르젠 루프스를 둘러싸고 거대한 네 발과 주둥이에 겹겹이 마법 족쇄와 포박을 채우고 있었다.

달빛 아래 새하얗게 빛나는 은빛 털. 피를 흘리며 쓰러져 있음에도 숨겨지지 않는 웅대한 위용에 사냥꾼이 턱을 벌렸다. 와, 씨. 저게 얼마짜리야? 순간 머릿속을 채우던 두려움조차 날아갔다. 그가 잡은 조그만 새끼 루프스보다 최소 열 배는 비쌀 놈이었다.

결국 미친 욕심과 조바심이 두려움을 이겼다.

"저……. 귀하신 분을 의도치 않게 놀라시게 한 건 정말로 잘못했습니다만……."

소리 없이 움직인 묵직한 붉은 눈동자가 제게로 향하자 저도 모르게 소름이 쭉 끼치며 어깨가 움츠러들었다. 찔끔한 사냥꾼이 손가락 끝으로 슬그머니 뒤쪽에 세워 둔 발리스타를 가리켜 보였다.

"겨, 결과적으로 제가 마수를 제때 쏘아서 아가씨께서도 안전하셨던 거 아니겠습니까……. 하하."

이, 이 정도 어필이면 되겠지? 사실은 저 놈에게 치명상을 입힌 건 저라는 걸 좀 더 강하게 주장하고 싶었는데.

여러 사람이 마수 사냥에 참가할 경우 위험 부담을 많이 한 사람들의 배당이 높으니 멀리서 발리스타만 한 대 맞추었을 뿐인 사냥꾼은 배당을 주장하기에 입장이 애매했다. 이렇게 멀거니 눈치만 보며 손 놓고 있다가 이런 대박 배당을 놓칠 순 없었다.

저 악시아스 대공이 끼어들지만 않았어도 독식을 할 수 있었을지 모르는데……. 어쨌든 제때 치명상을 입힌 게 저라는 거라도 주장해 둬야…….

그러나 모여든 사람들은 심드렁하게 사냥꾼을 쳐다볼 뿐이었다.

"……."

사냥꾼은 데굴데굴 눈을 굴렸다. 왜들 저러지? 내 공로를 인정하든 안 하든, 기면 기다, 아니면 아니다. 말이라도 있어야 할 텐데. 이렇게 대단한 마수를 잡아 놓고도 어쩐지 다들 시큰둥한 얼굴이었다. 그때, 용병 하나가 그를 향해 툭 던졌다.

"누구 공이 얼마든 무슨 상관입니까. 어차피 어미와 새끼를 한 번에 잡는 건 법에 의해 금지되어 있는데."

사냥꾼의 눈이 휘둥그레졌다. "뭐라고요?"

그 용병이 덤덤하게 말을 이었다.

"사냥법 알잖아요? 어미와 새끼, 둘 중 하나는 방생해야 합니다."

그, 그런 법이 있었어? 딱 벌어진 눈으로 용병을 쳐다보고, 다음으로 악시아스 대공을 쳐다본 사냥꾼의 얼굴에 낭패감이 떠올랐다. 그제야 사냥꾼은 주변의 용병들이 이렇게 비싼 마수를 앞에 두고 하나같이 심드렁한 얼굴인 이유를 알아차렸다.

어차피 못 먹을 감이라서. 그들은 사냥을 한 게 아니라 그저 수도원 앞마당에 급작스레 나타난 위험한 마수를 제압해 주었을 뿐이었다. 새끼든 어미든 마법 재료로도, 모피로도, 박제로도 가치가 최상급인 마수인데 꼼짝없이 하나를 놔줘야 한다니!

사냥꾼은 순간 제가 잡았던 새끼 루프스를 홱 쳐다보았다. 이번 사냥에서 잡은 것 중에 제일 비싼 놈이었는데! 이 놈 때문에 저 노다지를 놓쳐야 한다고?

은신 능력과 마법 능력이 고도로 발달한 대형 마수인 아르젠 루프스 성체를 이렇게 거저 잡을 기회는 거의 전무하다고 봐야 한다. 새끼 때문에 어미 루프스가 나타난 것이라는 인과관계가 뻔히 보이는 상황이지만 사냥꾼은 새끼 마수가 야속해 미칠 노릇이었다.

어떻게 안 되나? 사냥꾼들끼리만 있다면 어떻게든 싸바싸바를 해서 나눠가질 수 있었을 텐데. 코앞에 악시아스의 지배자가 떡하니 버티고 있었다. 꼬리 넷짜리 아르젠 루프스 성체가 넝쿨째 제 발로 굴러 들어오는 천운이 모처럼 따라 주었는데 왜 악시아스 대공이 눈앞에 있냐는 말이다.

사냥꾼은 겁먹었던 것도 잊은 채 울상이 되었다. 대체 왜 그런 법이, 대체 왜 이 사람이 지금 여기, 아니 대체 왜 대공은 애초에 자기와 어울리지도 않는 그런 법을…….

몇몇 용병들은 두 아르젠 루프스를 앞에 두고 저희들끼리 시선을 교환하며 애매모호한 얼굴을 하고 있었다.

'진짜로 대공이 아르젠 루프스를 놔주라고 명령할까?'

'아마……. 그렇겠지? 악시아스 대공이라면…….'

'끙……. 그럼 어느 쪽을 놔줄까?'

'아무래도 어미를 놔줘야 하는 거겠지? 새끼 쪽은 소유권이 분명한 데다 그쪽이 먼저 잡힌 마수니까……. 새끼로 유인해 어미를 잡은 꼴이니 어미 방생이지.'

법을 좀 안다 하는 용병 하나가 중얼거렸다.

'꼭 그렇진 않을걸. 법의 해석에 따라 새끼를 놓아준다 해도 먹힐 여지가 있겠는데.'

주변 용병들이 의외의 말에 조금 놀라면서 기대하는 얼굴로 소리를 낮추었다. '그래?'

저 거대한 짐승을 놓아주는 건 엄청 피곤한 대작업이 될 일이었다. 여긴 용의 계곡도 아니고 악시아스 한복판이다. 일단 저걸 놓아주기 위해선 저항하는 거대 마수를 포박하고, 가두고, 실어서, 용의 계곡까지 도로 가야 한다. 부담스럽고 위험한 일이 될 것이 뻔했다. 게다가 새끼를 찾으러 무려 여기까지 은신해 온 아르젠 루프스라면 인간들이 놓아준다고 해도 결코 얌전히 물러나지 않을 터. 해석에 따라 이렇게도 저렇게도 가능하다면, 단순히 생각해도 새끼를 놓아주는 쪽이 훨씬 간편하고 이득이었다.

'……아르젠 루프스는 허가받지 않고 들여온 마수이니 새끼 루프스 쪽을 몰수당한다 해도 사냥꾼 쪽은 할 말 없는 상황 아냐?'

'글쎄……. 몰수에 해당하는 중죄는 아니긴 한데.'

용병들은 혹시나 해서 상황을 지켜보며 악시아스 대공의 낌새를 살폈다. 그러나 대공은 표정 없는 낯으로 돌아서며 말했다.

"어미를 놓아줘."

용병들은 조금 아쉬운 얼굴로 그럼 그렇지 하고 물러났다.

"새끼를 놓아주세요."

그때 별안간 여자의 목소리가 공기를 갈랐다. 킬리언이 멈추어 섰다. 모여 있던 사람들의 시선이 소리가 들려온 방향으로 향했다. 새끼에게 치유술을 행하고 있지만 여전히 넋 나간 얼굴을 한 채라, 사람들은 눈을 껌벅이며 정말로 방금 그녀가 입을 연 것인지 의심했다.

어미 루프스의 가쁜 숨소리와 새끼의 끙끙거리는 울음소리, 여자의 손에서 웅웅거리는 신성력만이 대기를 울렸다. 가만히 침묵하고 있던 킬리언이 입을 열어 반복했다.

"……어미를 놓아줘."

리에타가 조금 전과 똑같은 목소리로 반복했다.

"새끼를 놓아주세요."

찬물 끼얹은 듯 공기가 가라앉았다. 이번에는 눈으로 보고도 그녀가 말했다는 것이 믿기지 않았다. 지금 악시아스 대공의 말에 정면으로 반기를 든 건가? 저렇게 다짜고짜, 무엄하기 짝이 없는 태도로?

대공의 애첩이라던 아름다운 축성 능력자는 바로 직전 입을 열어 말했다는 것이 남의 일인 것처럼 멍하니 정신을 놓은 채 주저앉아 있었다. 그녀가 정신을 놓지 않았다는 걸 증명하는 것은 그녀의 손에서 휘돌고 있는 은빛 치유의 힘뿐이었다.

이게 무슨 일일까. 사람들의 시선이 영문을 모르고 두 사람 사이를 오락가락했다. 킬리언은 조용히 멈춘 채 리에타를 내려다보고 있다가 철걱, 검을 집어넣으며 고개를 들었다.

"둘 다 놓아줘."

용병들이 멍하니 그를 올려다보았다. 악시아스 대공이 가라앉은 목소리로 무미건조하게 말했다.

"어느 쪽이든 남는 쪽을 내가 사겠다."

그가 수도사들을 향해 짧게 손짓했다. 갑작스런 소란에 달려 나온 수도사들의 무리 가장 앞에 마수 관리인 후안이 서 있었다. 앞마당에 족쇄 채워져 늘어진 거대한 마수를 보고 입이 벌어진 채 아연한 얼굴을 하고 있던 후안은 얼른 정신을 차리고 발을 놀려 가까이 다가왔다.

"방생하십니까?"

"그래. 일단 둘 다 성으로 데려가지."

"그럼 수레를 부르겠습니다."

킬리언이 짧게 끄덕였다. 후안이 지시하기도 전에 지켜보고 있던 수도사들이 일사불란하게 움직였다. 저를 제외하고 돌아가는 이야기에 당황한 사냥꾼이 두 사람을 쳐다보았다.

"저, 저어……. 남는 쪽을 사시겠다 하심은……?"

킬리언은 그를 쳐다보지도 않고 후안을 향해 짧게 말했다.

"소유권 이전 계약서."

"예."

후안이 재빨리 달려가 마수 관리 장부와 서류 뭉치들을 꺼내 왔다. 킬리언은 사냥꾼에게 시선 한번 주지 않은 채 입을 열었다.

"동급 아르젠 루프스. 역대 경매 최고 낙찰가의 두 배로 사마."

"예에?"

사냥꾼은 물론, 용병들마저 놀란 얼굴을 했다. 마수 관리인 후안은 잠시 당황했지만 얼른 그의 앞에서 장부를 펼치고 계약서를 작성하기 시작했다.

"아니, 이거 참……. 아르젠 루프스 시세가 요새 꽤 올랐는데, 두 배요? 아이 참……."

상대가 누군지도 잊고 튀어나온 장사꾼의 주둥이가 본능적으로 나불거렸다. "경매 최고 낙찰가가…… 얼마까지 됐더라……?"

다른 수도사가 횃불을 들어 장부와 서류 위에 빛을 비추어 주었다. 후안이 장부의 페이지를 펼치고 킬리언을 향해 깃펜을 내밀었다. 그가 손을 내밀어 깃펜을 받아들었다.

사냥꾼의 의향은 듣지도 않은 채, 킬리언은 후안이 내민 계약서에 사인했다. 후안이 얼른 서류를 받아 들고 다른 깃펜을 사냥꾼에게 내밀었다. 사냥꾼은 뜻밖의 횡재에 거의 넋이 나간 채 소유권 이전 계약서에 사인했다.

킬리언은 깃펜을 내려놓고 무미건조한 눈으로 사냥꾼을 향해 돌아섰다. 그제야 정신을 차린 사냥꾼이 신이 나 굽실거리며 손을 내밀었다.

"아이고, 과연 공정하신 분이시라더니……. 악시아스 대공 전……."

킬리언은 다짜고짜 사냥꾼의 뺨을 후려갈겼다. 빠악. 주먹도 아닌 손바닥으로 때렸다는 것이 믿기지 않을 정도로 길고 묵직한 소리가 났다. 사냥꾼의 몸이 크게 휘청이며 뒤로 물러섰다. 그가 물러서는 만큼 다가서며 킬리언은 몇 번 더 사냥꾼의 따귀를 올려붙였다.

빠악, 빠악. 커다란 소리가 연이어 울렸다. 사냥꾼은 몇 대 버티지 못하고 와당탕 뒤로 넘어졌다. 사냥꾼의 입에서 부러진 이빨이 피와 함께 주르륵 흘러내렸다. 사냥꾼이 발꿈치로 바닥을 긁으며 엉덩이걸음으로 어기적거렸다.

그가 날아간 위치 근방의 용병들이 주춤 주춤 물러났다. 뒷걸음질 하는 용병들 사이로, 나이 든 사제가 엇갈려 걸어 나왔다. 지팡이를 짚고 나선 뷔테르가 다가와 쓰러진 사냥꾼과 킬리언 사이에 비스듬히 들어와 섰다.

"수도원 앞마당입니다, 영주님."

킬리언이 담담히 답했다. "안다."

처음부터 죽일 생각까지는 없었다는 듯 그는 미련 없이 몸을 돌렸다. 사람들이 넋을 잃은 가운데, 라나가 태연하게 킬리언에게 다가가 손수건을 내밀었다. 킬리언이 그것을 받아들었다. 그는 감정 없는 눈으로 손에 묻은 피를 닦아 내며 후안을 향해 말했다.

"법대로 처리해라. 수고한 용병들에게 부족함 없이 포상하고."

"예."

사람들이 얼떨떨해하는 사이 그는 몸을 돌려 저벅 저벅 걸어갔다. 그가 향한 곳은 아르젠 루프스의 곁, 그의 애첩이 앉아 있는 곳이었다. 그녀는 제 뜻이 관철되었는지 어쩐지도 인식하지 못하는 사람처럼, 맨발로 멍하니 바닥에 주저앉은 채 새끼 루프스를 향해 치유 마법을 시전하고 있었다.

마수에게 치유 마법이 통하기나 하는 것일까. 밑 빠진 독에 물붓기로만 보이는 모습이었다. 킬리언이 그녀의 앞에 멈추어 섰다. 가만히 그녀를 바라보던 대공이 손에서 뭔가 반짝이는 것을 꺼내더니 축성술사의 목에 툭 걸어 주었다.

목걸이? 우두커니 앉았던 흐린 눈의 축성술사가 두어 번 눈꺼풀을 깜박였다. 그리고 조금 몸을 움직이는 듯하더니 비로소 멍하니 악시아스 대공을 올려다보았다. 은빛 털이 빛나는 마수의 쓰러진 몸 앞에 흐린 눈의 축성술사와 붉은 눈의 악시아스 대공이 마주보았다.

고요한 가운데, 어미 루프스가 헐떡이는 소리와 새끼가 낑낑거리는 소리만이 울렸다. 용병들이 영문 모를 얼굴로 지켜보는 앞에서 그는 몸을 숙이고 축성술사의 곁에 한쪽 무릎을 꿇고 앉았다. 짧고 강렬한 분노를 쏟아내던 와중에도 거짓말처럼 평온하던 그의 눈에 알 수 없는 빛이 담겼다.

리에타. 그가 다시 그녀의 이름을 부르려는 찰나, 덜그럭 덜그럭……. 수레가 도착했다.

"자. 자. 그만들 들어가요. 논공행상들 하십시다."

마지스가 분위기를 정리하며 용병들을 해산시켰다. 살벌한 분위기 가운데 흘러나온 달가운 소리에 용병들이 슬그머니 좋아라 하며 움직이기 시작했다. 요사이 근방에서 가장 뜨거운 염문 속의 두 주인공을 호기심 어린 눈으로 바라보는 사람들도 있었지만 논공행상을 뒷전에 두고 목숨 걸 정도로 궁금한 일은 아니었다.

용병들은 수레에 마수를 올려 싣는 걸 도와주고 물러갔다.

"그대, 리에타."

누군가 가져다준 포대 자루 위에 리에타를 앉혀 놓은 킬리언이 물끄러미 그녀를 바라보다 한참 만에 입을 열었다.

"내가 걱정한다는 걸 생각하고 움직인다 하지 않았나."

리에타는 대답 없이 그저 멍하니 그를 바라보았다. 피식 웃은 킬리언이 손을 뻗어 리에타의 양 뺨을 덥혀 주듯 감쌌다. 창백한 눈동자가 그를 마주보았다. 리에타의 뺨도 차가웠지만 킬리언의 손도 만만치 않아서 쉽게 온기가 돌지 않았다. 킬리언은 손을 떼고 리에타의 어깨에서 흘러내리는 휘장을 추켜올려 주었다.

"지금 위독한 건 어미 쪽이다."

"……."

가라앉은 목소리로 말을 이었다.

"새끼는 괜찮으니 어미 쪽을 치유해 다오."

리에타가 조용히 그를 올려다보았다. 킬리언이 슬쩍 미소 지었다. 리에타는 공허한 눈으로 고개를 돌려 아르젠 루프스의 새끼와, 완전히 늘어져 발리스타에 맞은 상처에 지혈 조치를 받고 있는 그 어미를 바라보았다. 제가 듣는 말을 이해하지 못하는 듯 우둔한 얼굴이었다.

"아." 그제서야 리에타는 멍하니 제 손바닥을 들어 쳐다보았다. 비로소 자신이 치유 능력을 가지게 되었다는 걸 깨달았다는 듯이.

킬리언은 가만히 그녀를 바라보았다. 그대가 일어나길 기다렸는데 왜 이런 모습으로 나와 있느냐. 일어나기를 기다리고 있었는데, 사람들은 축하해 주라 하였는데. 위험할 뻔하였다. 걱정하였다. 많이, 화가 날 뻔하였다.

수많은 말이 바람을 타지 못하고 킬리언의 목 안에서 허물어졌다. 킬리언은 그저 그녀의 눈을 마주보며 담담히 반복했다.

"어미를 치유해 다오."

그러나 멍한 얼굴로 어미 마수를 바라보기만 할 뿐, 리에타는 새끼에게 향한 치유의 손길을 거두지는 못했다. 한참 만에 입술을 달싹였다.

"새끼를…… 조금만 더……."

뚜걱……. 말없이 지팡이를 짚으며 다가온 뷔테르가 어미 마수에게 치유 마법을 시전하기 시작했다. 리에타는 멍하니 어미 루프스를 바라보았지만, 치유 마법은 새끼에게로만 향한 채 하염없이 새끼의 상처에 제 신성력을 쏟아부었다. 밑 빠진 독이든 아니든 상관없다는 듯이.

수도사들이 더 이상 머리를 가누지 못하는 어미 루프스에게 응급처치를 마치고, 거대한 수레에 말들이 매여 두 마수를 성으로 실어 갈 준비가 끝날 때까지 리에타는 하염없이 새끼에게만 향하는 손을 거두지 못했다.

킬리언은 조용히 곁에서 리에타를 바라보았다.

동이 터 오기 시작했다. 킬리언이 리에타의 곁에 다가가 한쪽 무릎을 꿇고 그녀의 앞에 신발을 놓아 주었다.

"가자."

리에타는 멍하니 그를 마주볼 뿐 대답이 없었다. 신발을 신지도, 몸을 일으키지도 않았다. 킬리언이 물끄러미 그녀를 바라보다가 흙투성이가 된 그녀의 차가운 발을 잡았다.

그는 그녀의 발을 털어 준 뒤 손수 신발을 신겼다. 리에타는 가만히 그가 해 주는 대로 넋을 놓고 앉아 있었다. 킬리언은 그녀와 눈을 맞추고 다시 한 번 미소 지었다.

"나는 그대가……."

잠깐 말을 멈추었다가, 다시 눈을 내리고 다른 발을 잡아 들었다. 그리고 그쪽 발에서도 흙을 털어 내고 신발을 신겨 주며 말했다.

"어미 쪽을 치유해 주었으면 좋겠다."

리에타가 표정 없는 얼굴로 그를 바라보았다. 킬리언은 조용히 다정한 미소를 지었다. 멍하니 앉아 있던 리에타가 끊어질 듯 여린 목소리로, 띄엄띄엄 입술을 달싹였다.

"어미는…… 새끼를 구하길 바랐어요."

킬리언이 그녀의 얼굴 앞으로 몇 가닥 흘러내린 머리카락을 쓰다듬듯 넘겨주며, 슬쩍 웃었다.

"어떻게 아느냐."

리에타는 제가 왜 그러는지도 모른 채 따라 웃었다. 눈꺼풀이 떨리며 휘었다. 아름다웠지만 어딘지 우는 것 같은 얼굴이었다.

"당연하잖아요."

킬리언은 여전히 다정하게 웃는 얼굴로 말했다.

"새끼 쪽은 위독한 어미 쪽을 먼저 구해 주길 바랐을 텐데."

킬리언이 엄지로 가만히 그녀의 뺨에 흐르는 눈물을 닦아 주었다.

"그건 당연하지 않나?"

리에타는 어리둥절한 얼굴로 느릿하게 손을 들어 제 뺨을 쓸어 보았다. 차갑게 식은 물기가 잡혔다. 그제서야 리에타는 제가 울고 있음을 알았다. 마주보던 킬리언이 조금 묘한 얼굴로 웃는 듯하더니 고개를 떨어뜨렸다.

"그대, 리에타."

한 번 부르고는, 고개 숙인 채 그녀의 어깨에 양 손을 올렸다.

"눈물을 거두어라."

어깨와 목 언저리를 맴돌던 손이 미끄러지며 차게 식은 팔을 잡았다가, 다시 어깨로 올라왔다. "그러지 마라."

어깨를 붙든 그의 손이, 조금 느리게 그녀를 제 앞으로 끌어당겼다. 숨소리가 들릴 정도로 거리가 가까워졌지만 끌어안은 건 아니었다. 그저 어깨만 붙들고 제 앞에 당겨 세운 채 어깨만 꾹 쥐었다.

"곱씹지 마라."

리에타는 멍한 눈으로 그의 가슴팍을 보며 서 있었다.

"둘 다 구했으니. 울지 마라."

그건 마치 자기 자신에게 하는 말처럼 속으로 잠겨 들어가는 목소리였다. 메마른 목소리가 그녀의 머리 위에 속삭였다.

"구하려 하지 않아도 된다."

다시 팔로 내려갔던 서늘한 손이, 있을 곳을 찾지 못하는 듯 또 어깨 위에 올라가 멈추었다. 리에타를 덥혀 주고 싶지만, 그의 손이 더 차가워서 쉽게 온기가 만들어지지 않아 어찌할 바를 모르는 듯이. 어깨를 꽉 쥔 손에 힘이 들어갔다. 그가 말했다.

"새끼 쪽은 괜찮았어."

이상하게도 그의 목소리가, 그의 손이 약하게 떨리는 것 같았다. 어딘가 예기치 못한 상처가 헤집어져 차마 정신이 들지 않는 사람처럼.

덜컹이는 마차 안에, 두 사람이 마주 앉았다. 외투와 모포를 몇 겹이나 둘러 주었지만 리에타의 몸은 여전히 찼다.

"몸은 괜찮으냐."

"괜찮습니다."

킬리언이 슬쩍 웃었다. "나는 괜찮은지 안 물어보느냐."

리에타가 멍하니 그를 올려다보았다.

"어디…… 편찮으신가요?"

조금 낫네. 킬리언이 피식 웃었다. 리에타가 비척거리며 그를 향해 몸을 움직이려 했다.

"다치신 곳이 있으시면…… 제가……."

킬리언이 가볍게 손사래를 쳤다.

"되었다. 성에 가거든 어미 쪽이나 치료해 다오. 새끼는 콜브린에게 맡길 것이니."

리에타가 멍하니 흐려진 눈으로 "왜……." 하고 중얼거렸다.

킬리언은 웃는 얼굴 그대로 툭 뱉었다. "그냥."

리에타는 알 수 없는 얼굴을 했다. 킬리언이 낮게 웃었다.

"나는 그냥 그대가 어미를 치유해 주었으면 좋겠는데."

리에타는 멍하니 눈꺼풀을 깜박였다. 넋을 놓은 채, 입술을 달싹여 물어왔다.

“왜…… 어미를 놓아주라 하셨나요.”

킬리언이 살짝 고개를 기울여 창가에 기대며 답했다.

“그것이 법이었으니까.”

“…….”

“그 편이 옳았다.”

그녀의 어깨에 둘러진 검은 모포 위에 창백한 달빛 머리카락이 흐드러져 있었다. 마차가 덜컹거렸다. 리에타가 아득하게 혼잣말처럼 중얼거렸다.

“……새끼를 살려 주라 하셨어야 합니다.”

킬리언은 가만히 그녀를 마주보다가, 눈을 돌려 외면했다.

“글쎄. 애매한 상황이었다고 생각한다.”

덜컹. 마차가 돌에 걸렸는지 살짝 흔들렸다. 리에타가 고장 난 태엽인형처럼 입술을 달싹였다.

“새끼를…… 살려 주시는 쪽이 옳았습니다. 법의 대전제를 우선해 해석하면…….”

킬리언이 잠깐 틈을 두고 답했다. “애매한 상황이었다.”

마차 창틀에 팔꿈치를 괸 채 손을 내려다보니 손톱 끝에 거스러미가 일어나 있었다. 뜯어내고 싶은데. 잘못 뜯으면 상처가 날 것 같았다. 그러면 리에타가 치유 마법을 써 주려나.

리에타는 넋 나간 사람처럼 중얼거렸다.

“새끼는…… 마수 종을 보호하려면…….”

킬리언은 살짝 눈을 찡그리며 그녀를 외면했다.

“그만. 지금은 그런 것이 중요한 문제가 아니야.”

킬리언은 다소 거친 손길로 망토를 풀어 휙 던지듯 그녀의 무릎 위에 놓아 주었다.

“덮고 자라. 도착하면 깨워 줄 테니. 그대는 이 주 만에 혼수상태에서 깨어난 사람이다. 안정을 취해야 해."

리에타는 고집스레 중얼거렸다.

"아르젠 루프스는…… 가족 애착이 강한 마수입니다. 새끼를 잃고서는 살 수 없어요."

뭔가가 울컥 치밀어 올라 내뱉었다. "살 수 없을 리 없다."

"새끼를 잃은 어미가 모두 죽어 버렸다면 아르젠 루프스는 진작에 멸종하고 말았을 것이다. 용의 계곡에서 사라진 저 드래곤들처럼."

저도 모르게 공격적인 감정이 튀어나왔지만 리에타는 흐린 눈으로 가만히 그를 마주볼 뿐 놀라지 않았다. 킬리언은 입을 다물고 침묵하고 있다가 퉁명스레 내뱉었다.

"축하해 주라더군. 능력이 개화한 것을. 어차피 나를 위해 쓸 능력일 텐데 뭘 축하해야 하는지는 모르겠으나."

"……."

"축하한다."

"……감사합니다."

"보상으로 원하는 것이 있으면 청하라."

리에타는 멍하니 입을 열어 맹랑한 소리를 중얼거렸다.

"어미와 새끼가 함께 잡혔을 때……, 새끼 쪽을 살려 주신다고 공언해 주세요."

킬리언이 비죽 한쪽 입꼬리를 올렸다.

"내키지 않는데."

"새끼를 잃은 어미를 살려 두는 것보다, 그쪽이 낫습니다."

"내키지 않는다."

리에타가 살짝 입술을 떨었다. 감정 없던 눈에 비로소 망연한 서글픔과 함께, 일말의 총기가 돌았다.

"보고서를……."

"……."

"보고서를 만들어 오겠습니다. 검토해 주세요."

"하지 마라."

"검토해 주세요."

"하지 마."

"영주님."

그는 충동적으로 내뱉었다.

"그대가 옳다는 걸 알고 있다. 그저 나는." 꾹 입술을 물었다가, 창밖을 향해 고개를 돌리며, 툭 던졌다.

"어미 쪽을 살려 주고 싶다."

덜컹, 마차가 흔들렸다. 무의식적으로 손톱 끝의 거스러미를 만지다가, 킬리언은 저도 모르게 내뱉어 버렸다.

"내 어머니도 나를 지키다 죽었다."

내지르고 나서야 뒤늦게 자신이 한 소리에 충격이 왔다. 단 한 번도, 이걸 이런 식으로 입 밖에 내리라 생각해 본 적 없는데.

"어차피 나는 폭군이니 내 멋대로 할 거야."

아무렇게나 지껄이고 비죽 웃어 버렸다. 얄팍하게 들리든 말든 상관없다. 어차피 나는 제대로 된 인간은 못 된다. 가슴이 답답해 콱 틀어쥐고 아무렇게나 풀어헤쳐 버리며 휙 뒤로 몸을 기대었다. 목에 뭔가 콱 걸린 것 같다.

뻔뻔하게 쳐다보니 리에타의 여린 하늘색 눈동자가 물끄러미 그를 마주보고 있다. 그 안에 담긴 시뻘겋고, 시커먼 것이 꼴 보기 싫다. 솔직히 이 여자가 아까 그 모습을 보고 크게 상처 받았을 줄 알았는데. 위로해 주리라…… 생각하였는데.

그런데 이 여자는 이미 모두 가라앉은 잔잔한 연못 같고, 새카맣게 탄 것은 오히려 내 쪽인 것 같다. 킬리언은 한동안 마음을 가라앉히기 위해 침묵하고 있다가, 조용히 입을 열었다.

"내가 어머니가 되어 볼 일은 없을 테니, 아마 그 마음은 모를 테지."

"……."

"그러나 그대는 새끼의 마음을 나만큼은 모를 것이다."

그는 오래된 붉은 상흔의 아주 작은 한 귀퉁이를 열어 보여 주었다.

"새끼에게도 마음이 있어."

리에타가 가만히 그를 바라보았다. 말없이 마주 보다가, 킬리언은 별거 아니라는 듯 피식 웃었다. 무심한 얼굴로 손마디를 만지며 창밖으로 고개를 돌렸다.

"그리고 자식 이기는 부모가 없는 법이지."

날아갈 듯 가벼운 농지거리가 잘도 나온다. 공기는 비쩍 말라 비틀어져 갈라지고 있고, 마차 바퀴에 걸린 돌조각들은 사방으로 튀며 먼지를 일으킨다.

무거운 것을 뱉어 버린 탓인가, 마음은 텅 빈 채 흔들리는 마차를 따라 가벼이 덜컹였다. 별것 아닌 소리라는 듯이 가벼운 태도로 말했으나.

그러나 리에타는 그가 막 토해 낸 것이 중한 말인 줄을 아는 것처럼 가라앉은 목소리로 "제 이야기도…… 할까요." 하며 그를 보고 묘한 표정으로 따라 웃었다. "제 이야기, 들려드릴까요."

리에타는 자신의 얼굴이 어떻게 보일지 알지 못했다. 그러나 킬리언의 얼굴을 보며, 알 것 같다고도 생각한다.

그러나 그는 "아니." 그저 턱을 괸 채 웃는다. "하지 않아도 된다."

시선이 엇갈린다.

"……알고 있어."

킬리언은 잠시 아래를 빗기듯 보다가 가만히 서느런 새벽빛이 밝아 오는 창밖으로 시선을 돌렸다. 그는 그녀가 쓰라린 상처를 가지고 있음을 알고 있다. 그럼에도 그녀의 아이가 살아 있다는 데 걸고 있기에 듣지 않는다. 그것을 듣고, 거짓말을 하지 않기 위해.

어차피 뻔히 상처를 헤집는 소리일 것이었다.

"……."

그녀가 본 시신은 딸의 것이 아니다. 그는 그녀조차 모르는 속사정을 안다. 그래서 그는 그녀의 이야기를 다 안다고 생각한다. 그녀도 아마, 어느 정도는 제가 그녀의 딸아이 이야기를 짐작하고 있다는 것을 알고 있겠지.

하……. 리에타는 그의 뒤에서, 소리 없이 탄식처럼 웃는다. 순간적으로 떠나가는 킬리언의 붉은 눈동자를 제게로 돌려세우고 싶다고 생각한다.

정말요? 정말 아시나요.

웃은 것 같기도, 운 것 같기도 하다.

리에타가 정신을 차렸을 땐 낯선 방의 침대 위였다. 그래서 자신이 입 밖으로 내어 물었는지 어쨌는지 알 수 없었다.

10

괜찮아, 사랑이야

⚜

리에타는 멍하니 침구에 몸을 묻은 채 침대 캐노피 너머의 잿빛 천장을 바라보았다. 이 회색 돌벽은…… 악시아스 성인데.

낯설었다. 자신의 침실도, 킬리언의 침실도 아니었다.

몸을 일으키자 몸을 덮고 있던 천이 스르륵 미끄러져 허리께로 내려갔다. 리에타가 물끄러미 쳐다보다가 그것을 집어 들었다. 마차에서 킬리언이 덮고 자라며 던져 주었던 암적색 망토였다.

리에타는 한동안 멍하니 그것을 만져 보다가 힘없이 웃었다. 그리고 조심조심 그것을 예쁘게 개켜 무릎 위에 올려놓았다.

여기가 어디인지 살피기 위해 두리번거리다 리에타는 움찔 놀라 몸을 굳혔다. 침대에서 멀지 않은 의자에 책을 들고 앉아 배경처럼 녹아 있던 남자가 가만히 그녀를 바라보고 있었다.

"……영주님."

인기척 하나 없이 꼼짝도 하지 않아서 누가 있는지도 몰랐다. 리에타는 조금 어색하게 웃었다. "계셨어요."

킬리언은 작게 "어." 대답하고 그녀를 바라보았다. 리에타는 열없이 목덜미를 만지작거리다가 제 다리 위에 개켜 놓은 망토를 내려다보았다. 책을 덮은 킬리언이 자리에서 슥 일어나는 것이 느껴졌다.

"……아직 환자라 생각해 지켜보고 있었다. 실례한 거라면 용서해라."

티테이블 앞에 선 그가 찻잔에 물을 따르며 말했다. 리에타가 더듬더듬 대답했다.

"괜찮아요……."

킬리언이 물잔을 건네주었다. 감사합니다, 작게 답하며 받아 들었다.

"그대." 한 모금 마신 리에타가 눈을 들어 그를 바라보았다.

"만약 내가……."

무의식적인 움직임처럼 입술을 살짝 당겨 물었다.

"……그대를……."

킬리언이 말을 멈추었다. 잠깐 마주친 눈 아래 어디쯤으로 잠깐 시선이 떨어졌다가, 다시 눈을 보았다. 빤히 그녀를 바라보던 킬리언은 잠시 멈추었다가…… 옆으로 고개를 돌리며 외면했다.

"……내가 그대를 위로할 수 있는 방법이 있다면 말하라."

리에타는 뜻 모를 표정으로 눈을 깜박였다. 그녀의 목에 걸린 반지에서 반사된 빛이 킬리언의 눈에 잔상처럼 아른거렸다. 킬리언은 담백한 태도로 물러섰다.

"……의사가 왔군."

똑똑. 노크 소리가 울렸다. 때때로 그녀를 봐 주던 의사의 뒤에 셀린느가 따라 들어왔다. 리에타가 반가운 얼굴에 눈길을 보내자 셀린느는 살짝 마주 눈짓하며 웃었다.

"셀린느가 제대로 의술을 배우기로 했다. 앞으로 수습 기간을 거친 후 그대를 봐 줄 거야."

킬리언이 새삼 소개 아닌 소개를 해 주자 셀린느는 짐짓 리에타에게 처음 선보이는 양 우아하게 치맛자락을 들고 무릎을 굽혔다가 서며 생글 웃었다. 리에타가 그녀의 장난에 살짝 웃었다. 의사와 셀린느가 리에타의 몸 상태를 진찰하기 시작했다.

"신성 몸살을 이 주 동안 앓았고, 간밤에 찬바람을 좀 맞았다."

킬리언이 리에타 대신 설명했다. 의사가 진맥하며 말했다.

"신성 몸살을 앓으신 후라면 큰 걱정은 없겠습니다만, 어디 특별히 불편한 곳이 있으십니까?"

의사의 물음에 킬리언의 눈이 슥 움직여 리에타에게로 향했다. 무의식적으로 '괜찮습니다.'가 나오려다 옆에서 느껴지는 묵직한 시선에 멈칫했다. 심려 끼치지 않기 위해 그나마 덜 좋은 곳을 구체적으로 말해야 할 것 같다는 생각이 들었지만 열심히 생각해 봐도 정말 불편한 곳이 없었다. 리에타가 자신이 얼마나 괜찮은지 대답할 말을 찾지 못하는 사이 킬리언이 먼저 물어 왔다.

"다친 데는? 발이라든가."

"없습니다."

"속이 안 좋거나, 배가 아프거나."

"속도 편하고, 아프지도 않습니다."

"땀이 나거나, 감기 기운이 있다거나, 춥다거나."

리에타가 큰 시험 앞에 선 사람처럼 침을 삼키며 신중히 대답했다. "감기나 몸살 기운도 없고, 춥지도 덥지도 않고 딱 좋습니다."

의사가 진맥을 마치고 고개를 끄덕이며 물러났다.

"좋군요. 아가씨의 몸 상태는 지금으로써는 염려치 않으셔도 될 듯합니다. 제가 아가씨를 뵌 중 건강 상태는 오늘이 가장 좋으십니다."

그 망할 몸살을 신이 보살피기는 한 모양인가. 의사의 말이 이어졌다.

"하지만 그건 신성 몸살을 앓으신 직후이기 때문이겠지요. 물러가는 마당에 주제넘은 말씀 올리겠습니다. 마음은 괜찮으십니까?"

"……예?"

의사가 차분하게 말을 이었다.

"근본적으로 아가씨의 건강 문제는 마음의 병입니다. 스스로를 혹사시키시기 때문입니다. 그러지 마십시오. 마음을 평안히 다스리지 못하시면 몸의 건강 문제는 언제든 다시 재발할 수 있습니다. 조금 내려놓고, 마음을 편히 가지셔야 합니다."

리에타는 갑작스런 직언에 당황했다. 킬리언과 셀린느가 지켜보고 있었다.

"……저는 괜찮습니다."

"바로 이러시기 때문입니다."

"……."

"제가 굳이 실례를 무릅쓰고 이리 말씀드리는 것은 아가씨께서 털어놓는 분이 아니시기 때문입니다. 삭이기만 하지 마십시오. 스스로를 좀먹게 두지 마십시오. 덮어 두면 썩습니다. 햇살을 보이고 바람을 쐬어야지요. 주변 분들께서도 도와주셔야 합니다."

"……."

킬리언은 표정 없이 진찰 결과를 들었다. 의사는 리에타를 한 번, 킬리언을 한 번 보고 물러났다.

"셀린느 양에게는 수습 기간이 필요하지 않습니다. 아가씨에게라면 저보다도 나을 테지요. 오늘부터 셀린느 양을 주치의로 상정하고 인수인계를 하겠습니다."

그가 의료 가방을 정리하며 말을 이었다.

"간밤에 일이 있었다는 이야길 저도 들었습니다. 걱정했습니다만, 다행히 아가씨 몸은 괜찮으십니다. 이제 마음만 편히 가지시고 푹 쉬시면 됩니다."

정리를 마친 의사는 허리를 숙이고 하직했다.

"건강하십시오. 셀린느 양이 있으니 걱정은 않겠습니다만, 이렇게 인사드리더라도 제가 필요하다면 언제든 불러 주시고요."

의사가 가방을 들고 일어섰다. 그는 킬리언과 무어라 몇 마디를 주고받더니 조금 떨어진 테이블에 셀린느와 따로 마주앉아 리에타의 건강과 처방에 대해 이야기를 나누기 시작했다. 아예 본격적으로 종이와 펜까지 펼친 것이 이야기가 조금 길어질 모양이었다.

킬리언은 무슨 생각을 하는지 팔짱을 낀 채 잠깐 그들을 쳐다보고 있었다. 리에타가 어색하게 목을 누르며 조심스레 주변을 살피다 물었다.

"저……. 영주님. 그런데 여기는……."

"드레스룸이다."

리에타가 눈을 깜박이며 반문했다. "네?"

킬리언이 잠깐 리에타 쪽으로 눈을 들었다가 내리곤 대답했다.

"그대에게 배정된 드레스룸이라고."

리에타는 멍하니 그를 올려다보며 대답했다.

"아……. 네……."

킬리언이 미세하게 눈썹을 찌푸렸다.

"에른이 그대에게 말하지 않았나?"

리에타가 퍼뜩 고갤 저으며 답했다.

"아, 아뇨. 알고 있습니다. 들었습니다."

영주님의 이런 저런 사정으로 '별채 아가씨'에게 드레스룸이 있을 필요가 있고, 조만간 준비해 드리겠노라던 집사 에른의 말에 그저 그러려니, 분부대로 하겠노라 대답했던 일이 떠올랐다. 이곳이 그 방인 모양이었다.

리에타는 멀거니 눈을 깜박이며 방을 둘러보았다. 벽에 걸린 그림과 벽 곳곳을 환하게 밝히는 은촛대, 큼직한 창문과 두 개의 벽난로. 몇 개나 되는 크고 고급스런 소파들이 여기저기 효율적이면서도 미학적으로 놓여 있었고, 저편 정중앙에 복도와 연결되어 있는 듯한 방문이 보였다.

침실 안쪽에선 문을 볼 수 있지만, 바깥에선 방의 깊은 안쪽, 침대가 있는 곳이 한눈에 보이지 않도록 칸막이벽이 세워져 있고 하늘하늘한 캐노피에 휘장 자락이 우아하게 드리워져 있었다.

햇살이 잘 드는 한쪽 벽면을 차지한 드레스를 위한 공간에는 과하지 않게 세련된 화장대와 옷장, 크고 작은 거울들, 액세서리가 들어 있는 보석 금고까지 놓여 구색을 갖추고 있었다.

그 공간과 침대 사이의 뒤편에는 아치형 문이 있는 벽을 두고 욕실까지 있었다. 티테이블과 안락한 흔들의자, 장식장 등이 놓인 다과 공간에, 또 다른 편 칸막이 너머에는 지금 리에타가 쓰는 것보다 배는 넓어 보이는 책상까지 보였다.

드레스룸 안에 침실과 응접실, 집무실까지 들어 있는 것 같아 어쩐지 배보다 배꼽이 더 커 보였지만……. 귀족들의 드레스룸은 이렇게 되어 있나 보다……. 리에타는 별 생각 없이 감탄하며 두리번거렸다.

킬리언의 집무실 외에 리에타는 그렇게 큰 개인 방을 본 적이 없었다. 기본적으로 어디나 삭막하고 묵직한 악시아스 성이지만 회색빛 벽을 하고서도 이렇게 화사하고 세련되어 보일 수 있다는 것이 놀라웠다. 넓고, 귀족적이고, 우아하고, 좋은 방이었다.

그러나 조금도 저와 개인적으로 상관있는 방이라 생각하지 못하는 리에타에겐 별다른 감흥이 없었다. 방이야 어찌 됐든 리에타에겐 일시적으로 맡겨진 업무의 연장일 뿐이었으니까.

"아르젠 루프스는 성 북동쪽에 격리했다."

킬리언의 목소리에 리에타가 눈을 깜박였다. 어느새 그가 다가와 침대 곁 의자에 앉아 있었다.

"새끼와 어미 둘 다 그곳에 있다."

"아……."

"마수를 치유해 주기로 했지."

리에타가 퍼뜩 고개를 끄덕였다. "네."

그가 손을 깍지 낀 채 말을 이었다.

"허나 마수에게는 치유 마법이 잘 통하지 않는다고 들었다."

리에타가 멈칫 하다가 네, 하며 고개를 끄덕였다. 맞는 말이었다. 신성력과 마력은 기본적으로 서로 융화되지 않는 힘이다. 물과 기름처럼 섞이지 않고 반발하며, 어떤 경우에는 서로 충돌하기도 한다.

하지만 마법적 존재이면서도 가장 강인한 자연 육신을 가진 생명이기도 한 마수는 마력도 신성력도 배척하지 않고 받아들이는 경우가 있었다. 신성력이란 악마에겐 명백히 불편한 힘이고, 인간에겐 추앙하며 선망하는 힘이지만, 마수에게는 모호하여 어느 한쪽으로 특정할 수 없다. 마수는 악마와도 인간과도 다른 묘한 존재기에. 결론부터 말하면 그때그때 마수의 종이나 상황마다 다르다.

아르젠 루프스와 치유 마법은, 간밤의 경험을 비추어 보아도 효과가 전혀 없는 것은 아니지만 상당히 효율이 나쁜 듯했다.

"새끼 루프스는 건강하다. 처음부터 크게 다치지도 않았고. 문제는 어미 쪽인데……. 예민한 상태인지 치료를 위한 접근도 모조리 거부하고 있어서."

아……. 사실 늑대계 마수인 아르젠 루프스의 경우, 보름달이 뜨면 비약적으로 육체가 강인해지고 회복력이 상승하니 괜히 자극하지 말고 달을 기다리는 것이 차라리 나을 수 있다는 생각이 들었다.

"늑대계 마수이니 보름달이 뜨면 상태가 좋아질 것이다. 치유 마법으로 굳이 그대가 무리하는 것보단 그걸 기다리는 편이 나을 거라고 생각하는데."

리에타가 생각하고 있던 바를 킬리언이 정확히 지적했다. 당황한 리에타는 속으로 혀를 깨물고 싶었다. 간밤의 주제넘은 언행으로 영주님께서 이런 설명을 하시게 했다는 것이 몸 둘 바를 모르게 황송했다. 마음의 병이 어떻느니 하는 말을 들은 직후라 더욱 스스로가 어리석게 느껴져 창피하고 부끄러웠다.

명령에나 따를 것이지 새끼를 치유하게 해 달라느니, 법에 대해 왈가왈부한 말도 하나같이 주제넘었다. 제가 우두망찰해 실수했던 것이었다.

리에타는 아무 말도 못한 채 끄덕이며 수긍하듯 고개를 숙였다.

"네."

킬리언은 물끄러미 내려다보다가 고개를 돌리고 담담히 말을 이었다.

"나중에 같이 가 보겠나?"

리에타가 작게 끄덕였다. "네."

'네' 밖에 할 줄 모르는군. 킬리언이 물끄러미 그녀를 쳐다보았다.

"식사하겠나?"

"예? 아뇨……." 리에타가 퍼뜩 정신이 든 듯 물었다.

"식사 하셨어요?"

킬리언이 피식 웃었다. "이따 같이 하지."

킬리언이 힐끔 문밖으로 눈길을 돌리고 다시 리에타를 바라보았다.

"동쪽 별채 여자들이 문병을 온 모양인데. 괜찮겠나?"

생각지 못한 질문에 리에타의 눈이 동그래졌다.

"그럼요."

미처 인식하지 못하고 있었는데, 그 말을 듣고 보니 문 너머에 작게 인기척이 웅성이고 있었다. 킬리언이 끄덕이고 문 밖을 향해 말했다.

"들어와."

"리에타."

문 쪽이 아닌 엉뚱한 방향에서 낯익은 여자의 목소리가 그녀를 불렀다. 리에타가 고개를 돌려 목소리의 주인을 바라보았다.

"레이첼."

몇 사람의 발소리가 문쪽에서 연이어 다가왔다. 뒤이어 리에타의 이마를 짚어 오는 손길, 걱정스레 내려다보는 얼굴들이 쏙쏙쏙 나타나며 침대에 기대어 앉은 그녀를 둘러쌌다. 리에타는 멍하니 네 사람의 얼굴을 올려다보았다.

"지젤. 세이라. 엘리제……."

"괜찮아?"

리에타가 미소 지었다.

"네, 괜찮아요."

세이라가 와락 리에타의 어깨를 끌어안아 왔다.

"미안해. 내가 제때 말해 줬으면 좋았을걸."

리에타가 어리둥절해 눈을 굴렸다. "뭘요?"

세이라가 팔을 풀며 속상해하는 얼굴로 리에타와 눈을 맞추었다.

"내가, 성장통이라는 게 이렇게 큰일인 줄 모르고. 리에타가 축성해 준 상처가 나았었는데, 까먹고 있다가……. 내가 빨리 말했으면 치유 능력이 발현될 걸 예상하고 준비를 했을 텐데."

세이라가 반쯤 울먹이며 횡설수설 자초지종을 말하는 걸 한참이나 듣고서야 무슨 말인지 이해한 리에타는 머쓱하게 웃었다.

"괜찮아요……. 어차피 알고 준비하고 있었어도 마찬가지였을 텐데요."

대답이 돌아 나오지 않았다. 리에타는 자신을 향한 많은 얼굴들과 다정한 눈들을 바라보았다. 어쩔 수 없이 마음 한구석이 따뜻해져 왔다.

"나 때문에 놀랐어요?"

울적하게 염려하는 얼굴들이 그녀를 둘러싸고 있었다. 다들 시무룩하고 웃지 못하는 얼굴이었다. 밝게 말하려던 리에타는 덩달아 눈치를 보며 조금 어깨를 떨어뜨렸다.

"나는 정말로 괜찮아요. 몸도 가볍고, 기분도 좋은데……. 다들 나 때문에 걱정했나 봐요."

아무렇지 않은 자신과 다르게 표정이 다들 무거웠다. 낯설고 당황스러우면서도 안온하고 그리운 느낌이 들었다. 정말로 괜찮은데.

"걱정했지, 그럼."

지젤이 어쩔 수 없다는 듯 웃었다. 그러더니 불쑥 리에타에게 조그만 은쟁반을 내밀었다. 쟁반 위에는 길쭉한 샴페인 병 하나와 손바닥만 한 상자가 놓여 있었다. 리에타가 얼떨떨하게 지젤이 내미는 은쟁반을 받아들었다.

"축하해요. 리에타."

리에타가 멍하니 그녀들을 쳐다보았다가 손 위에 들린 쟁반을 쳐다보았다.

"우리는 익숙하지 않은 일이지만……. 사제님들이 그러시더라고. 원래 신성 몸살 앓고 일어나면 축하해 주는 거라고……."

생각지도 못했던 상황에 리에타는 할 말을 잃었다. 옆에 있던 레이첼이 달각, 상자를 들고 열어 주었다. 상자 안에는 은빛 구슬과 앙크 십자가를 함께 엮은 신성 팔찌가 놓여 있었다.

수도사들이나 사제들이 신성 몸살을 겪은 후 가족이나 스승에게 받곤

하는 상징적인 선물이었다. 감사의 표시로 물이나 술에 축성해 축하해 준 이들과 나누어 마시는 것이 관례였다.

“고생했어요.”

지젤이 웃었다. 리에타는 차마 손을 대지 못하고 어쩔 줄 모르는 얼굴이었다. 리에타의 손을 감싸 들어 올리더니 지젤이 그녀의 손목에 팔찌를 걸어 주었다. 차마 곧바로 고맙다 말하지 못하고, 리에타는 고개를 숙여 손목을 바라보았다. 둘러싼 여자들이 따스하게 웃으며 그녀를 안아주었다.

친구들이 지켜보는 가운데, 얼굴이 발개진 리에타는 머뭇거리다가 은빛 신성력을 일으킨 손가락 끝으로 샴페인 병을 쓸었다. 손가락이 닿는 순간 영롱한 빛이 산란하며 병에서 맑은 소리가 났다. 휘익, 짧은 휘파람 소리와 함께 여자들이 엄숙하게 박수를 쳐 주었다.

“하, 하지 마세요.” 하며 리에타의 얼굴이 빨개졌다. 리에타는 잠시 손목을 만지작, 만지작…… 말을 잇지 못하다가 수줍게 손을 뻗어 지젤을 끌어안으며 속삭였다.

“고마워요.”

소리 없이 다가온 손이 쟁반 위의 샴페인 병을 매끄럽게 낚아챘다. 마술 같은 유려한 움직임으로, 레이첼이 병을 어깨 뒤로 팽그르르 던졌다가 머리 위에서 받았다. 샴페인 병에서 별이 거꾸로 쏟아지는 듯 파르르르 포말이 일어났다. 레이첼이 장난스레 보라색 눈을 휘었다.

펑! 예고 없이 샴페인이 터졌다. 리에타는 깜짝 놀라며 가슴 위로 침대 시트를 끌어당겨 황급히 킬리언의 망토를 가렸다. 즐거운 비명과 함께 여자들의 머리 위에 축성 받은 샴페인이 뿌려졌다. 머리와 옷이 순식간에 샴페인에 젖어들며 드레스룸은 달콤한 향기에 휩싸였다.

새끼 아르젠 루프스는 소유권 이전으로 판정, 대공이 구매하였다. 성체 아르젠 루프스는 방생 대상으로 판정, 성에서 몰수하였다. 사냥에 대한 분배가 아닌 위험한 마수를 제압하여 생포한 공로에 대한 포상으로, 힘을 보탰던 이들에게는 성체 아르젠 루프스 시가의 열 배에 해당하는 포상금이 분배되었다.

역대 마수 경매의 최고가를 아득하게 초월한 엄청난 금액과 대공의 애첩 이야기는 순식간에 용병과 모험가 들 사이에 퍼져나갔다. 악시아스 대공이 엄청난 부의 소유자긴 하지만 그렇게 재력을 함부로 휘두르거나 과시하는 인물은 아니었기에 소문엔 이런 저런 추측과 이야기가 보태어졌다.

대공이 돈을 아끼지 않고 애정을 쏟는다는 아름다운 신성 능력자, 리에타가 위험해졌던 걸까? 아니. 대공이 그녀를 위협한 사냥꾼을 가차 없이 다루었다는 이야기에도 제법 살이 붙어, 어느새 리에타는 감히 넘볼 수 없는 귀하신 몸으로 신분 상승하여 소문의 중심에 섰다. 당사자만 체감을 못하는 염문에는 다시 한번 뜨겁게 불이 붙었다.

"그럼 적당한 시기에 귀족들 쪽으로도 라트리아 의상실 쪽의 이야기를 흘리도록 하겠습니다."

"그래."

킬리언은 거기에 더해 용병 길드와 도둑 길드, 사원과 수도원을 비롯하여 귀족들 쪽과 관련된 정보원까지 움직여 세밀하게 소문을 조율했다. 보고를 마친 상대를 내보내고 집무실에 다시 혼자가 된 킬리언은 마음에 차지 않는 보고서를 물끄러미 쳐다보다 몸을 돌렸다.

귀족이고 건달이고 감히 함부로 손 뻗는 건 꿈도 못 꿀 위치에 올려놓을 것이다. 문득 그의 눈에 책장에 꽂힌 책 하나가 눈에 들어왔다.

『로즈와 하멜 백작』

저도 모르게 꾹 입술을 씹고 고개를 들었다.

여기사들이 떠나간 후, 리에타는 방에 혼자 남았다. 손목에서 앙크 달린 은팔찌가 흔들리는 낯선 감각에 어색하게 만져 보며 리에타는 방을 두리번거렸다. 여자들과 함께 정신없이 샴페인 목욕을 하는 사이 킬리언은 어느새 사라지고 없었다.

리에타는 물에 적신 수건으로 샴페인에 젖은 머리를 문지르며 우두커니 앉아 있다가 몸을 일으켜 공부하는 기분으로 방 안 이곳저곳을 둘러보았다. 대외적으로 귀족들에게 선보일 용도로 배정된 방이니까, 이곳에서 자연스럽게 움직이는 모습을 외부인에게 보여야 할 일이 있을 수 있었다. 그러니까 익숙하게 굴 수 있도록 어디에 무엇이 있는지 정도는 파악해 두는 게 좋겠지…….

'……넓다.'

여러 개의 방을 이어 놓은 것 같기도 하고 미로처럼 방 안에 방이 있는 것 같기도 했다. 리에타가 머물고 있던 침실도 결코 작지 않았는데 그보다 몇 배는 더 컸다.

'이런 곳이 드레스룸이라니…….'

드레스룸이라면서 옷을 위한 공간보다 침실, 응접실, 집무실 따위의 기능을 하기 위한 공간의 비중이 더 큰 것이 묘했다. 화려한 침실이며 응접실, 거실의 가구들을 볼 때는 그저 순수한 감탄 외에는 아무런 감정이 들지 않았지만, 집무실 비슷한 공간의 책상 앞에 섰을 때는 리에타의 눈에도 새삼 선망하는 빛이 떠올랐다.

리에타는 신기한 얼굴로 깊고 넓은 원목 책상을 조심스레 만져 보았다. 거의 영주님의 집무실 책상에 버금가는 멋진 책상이었다. 넓고 깊은 책상이 얼마나 업무의 효율을 높여 주는지, 써 본 적 없어도 짐작할 수 있었다. 악시아스 공방 거리의 라벨이 새겨진 책상은 대륙 최고급품이라는 명성에 걸맞게 정말 훌륭했다. 여기서 일하면 정말 좋겠다……. 리에타는 괜한 욕심이 들지 않도록 길게 그곳에 매여 있지 않고 몸을 돌렸다.

어차피 중요한 건 '드레스룸'이었다. 리에타는 옷과 화장대 들이 늘어선 곳으로 걸어가 조심조심 살폈다. 그리고 오래 지나지 않아 자신의 옷가지나 소지품 들이 이미 다 이 드레스룸에 옮겨져 있음을 깨달았다.

리에타가 가져왔던 평상복을 제외한 리에타의 옷, 즉 킬리언이 맞춰 주었던 드레스들은 이미 모조리 드레스룸에 옮겨져 걸려 있었고, 그녀의 소지품들은 리에타가 원하는 곳에 정리할 수 있도록 침대 옆의 함에 가지런히 정리되어 있었다.

똑똑. 문에서 노크소리가 들렸다.

"에른입니다, 아가씨."

"아, 네. 들어오세요."

조용히 문을 열고 들어온 에른이 허리 숙여 인사하더니 트레이 카트를 밀고 들어와 먹고 남은 다과와 컵, 쟁반 따위를 정리하기 시작했다. 뭔가 기분이 이상했다. 에른이야 항상 친절했지만, 뭔가 묘하게 낯선 기분이 들었다.

리에타는 티테이블 쪽으로 종종 걸어가 에른을 도와 뒷정리를 하려고 했다. 에른이 싱긋 웃으며 무례하지 않게 팔을 뻗어 그녀를 막았다.

"제가 하겠습니다."

"같이해요."

"이 주간 누워 계시던 분에게 일을 시키면 제가 불편합니다. 어려운 일도 아닌데요."

리에타가 어색하게 목덜미를 만지작거리며 물러났다. 달각, 달각.

에른은 익숙한 손길로 잔과 접시, 쟁반을 척척 정리해 순식간에 일을 마쳤다. 습관이 되어 날렵하면서도 거의 소리가 나지 않는 동작을 보니 그녀가 끼어들지 않는 편이 나은 것은 사실인 듯했다. 에른이 거의 정리를 마치고 물러날 것 같은 기미가 보이자 리에타는 주저하며 입을 열어 물었다.

"혹시 저, 한동안 이 방에서 머무는 건가요?"

설마 아니겠지 하는 태도를 보고 에른이 빙그레 웃으며 친절히 답했다.

"아가씨께서는 오늘에야 처음 보시겠군요. 사실 편찮으실 때부터 이곳에서 머무셨었습니다. 아래층의 침실보다는 이곳이 따뜻하고 넓기 때문에, 주인님께서 그리 하도록 하셨었지요."

놀란 리에타가 감사나 면목 없음의 말을 꺼내려 머뭇거렸지만, 집사의 말이 이어졌다.

"머무시기에는 이 방이 더 나을 것입니다. 갑작스레 편찮으셔서 미루어졌었습니다만 조만간 라트리아 의상실에서도 가을 옷을 맞추어 드리러 올 것이고요."

조만간 일이 있구나……. 바로 거기에 제가 대공의 애첩 역할로 이 방을 선보일 일이 곧 있으리라 짐작하는 것은 어렵지 않았다. 에른의 말이 이어졌다.

"그때까지 방을 사용하시는 일과 관련하여 그 무엇도 저의 허락을 구하실 필요 없습니다. 침실도 드레스룸도 모두 아가씨의 방이니 어느 방에서든 머무셔도 좋습니다만, 모쪼록 내 방이다 생각하고 편히 계셔 주십시오."

리에타는 미소 지었지만 난처한 웃음이었다. 에른이 자신의 첨언이 리에타에게 그리 좋지 못했음을 알아채고 장갑 낀 손을 매만지며 고개를 숙였다.

"갑작스럽게 느껴지실 수 있으시리라 이해합니다. 제가 미처 헤아리지 못했습니다."

"아, 아뇨……."

잠깐 방이 옮겨지는 정도야 상관없었다. 다만 리에타를 불편한 마음에 내몰리게 하는 것은 그의 정중함이었다. 그는 오랫동안 악시아스 성에서 일했고, 거의 킬리언만을 직속으로 모시는 사람이었다. 이렇게 그녀의 시중을 들 사람이 아니었다. 리에타가 부담스러워 한다는 것을 눈치챈 에른이 미소 지으며 그녀의 마음을 편하게 해 주었다.

"한동안 머물러 주시길 부탁드립니다. 사람이 없는 방은 누가 와서 보면 티가 나게 마련이 아니겠습니까. 편히 사용하시며 사람 사는 곳처럼 만들어 주십시오."

그런 말을 듣고 거절할 수 있을 리 없었다. 리에타는 미소한 얼굴로 끄덕이듯 고개를 숙였다.

"그러겠습니다. 감사합니다."

집사가 싱긋, 상냥하게 미소하고 물러갔다.

똑똑. 노크가 문 쪽이 아닌 곳에서 들려왔다. 하지만 소리가 들린 쪽으로 고개를 돌리며 대답은 반사적으로 나왔다.

"네?"

복도와 이어지지 않은 쪽의 한쪽 벽 구석에서 불쑥 킬리언이 들어왔다. 복도 쪽에 있는 정문이 아닌, 침실 곁에 있던 쪽문이었다. 저 쪽에도 문이 있었네. 리에타는 멍하니 그를 바라보다가 고개 숙여 인사했다.

"오셨어요."

킬리언이 고개를 까닥이고 손짓했다. "잠깐 와 봐."

리에타는 몸을 일으켜 그쪽으로 따라갔다. 일어나기 직전, 침대 머리맡에 접어 두었던 킬리언의 망토도 집어 들었다. 들어왔던 곳으로 도로 몸을 돌리던 킬리언이 순간 멈칫하며 멈추어 섰다. 그러더니 리에타의 방 안쪽으로 다시 몸을 돌렸다.

"아니. 저쪽으로 가지."

"……?"

리에타는 군소리 없이 그의 뒤를 따랐다. 킬리언은 리에타의 방을 가로질러 복도 쪽 문으로 가서 문을 열었다. 그를 따라 밖으로 나오자 낯익은 복도가 나타났다. 리에타는 잠깐 멍하니 눈을 깜박이며 복도를 쳐다보았다.

'「아래층」의 침실보다는 이곳이 따뜻하고 넓기 때문에.'

아. 집사 에른의 말이 뒤늦게 뒤통수를 울렸다. 영주님께서 머무시는 곳과 같은 층이었다. 달칵. 킬리언이 문을 여는 소리가 들렸다. 리에타가 멍하니 열린 문을 쳐다보았다.

그녀가 나온 방에서 하나의 방을 건너뛰고 다음 방, 그러니까 옆옆방. 리에타가 아주 잘 아는 익숙한 방이었다. 킬리언의 집무실이었다. 그녀에게 배정된 드레스룸은 킬리언의 집무실 옆옆방, 그러니까 침실 바로 옆방이었다.

세상에. 집무실의 정경을 보자마자 당황해 그런 생각 따위는 한 번에 날아갔다. 킬리언의 집무실은 서류 지옥이 되어 있었다. 오늘이 며칠이지? 리에타는 자신이 이 주나 누워 있었다는 이야기를 떠올리고 어찌할 바를 몰랐다.

할 일이 얼마나 많았는데, 남들은 이삼 일 만에도 일어나는 것을 어찌 저는 이렇게 요란하게도 치르고 말았나. 의식 없이 보내 버린 이 주의 공백이 새삼 실감이 나며 사라진 시간이 너무 아까웠다.

어떡해. 그녀가 관여하고 있던 일들이 많았다. 그 일들이 이 주 동안 다 어찌 되었을까. 너무 죄송하고 조바심이 났다.

"아. 저기 이거……. 감사합니다."

리에타가 두 손으로 내미는 망토를 킬리언은 대수롭지 않게 받아들었다. 리에타는 바짝 긴장한 채 손을 모으고 서서 킬리언의 말을 기다렸다. 어떤 얘기부터 하실까. 짚이는 게 너무 많았다. 세금, 사냥세, 길드료, 길의 정비, 사원 계획……. 삼 차 마수 사냥은 어찌 되었을까? 중요한 시기에 너무나 오랫동안 손을 놓고 있었다. 이미 사 차 마수 사냥 이야기가 한창 진행되고 있어야 할 시기인데…….

킬리언은 책상 서류더미 위에 망토를 대충 올려놓더니 별 말 없이 책상 뒤로 들어가 서랍을 열고 열쇠 몇 개가 달린 열쇠꾸러미를 꺼냈다. 그가 그것을 눈앞에 내밀자 리에타는 얼떨떨하게 쳐다보았다. 킬리언은 열쇠를 하나하나 짚으며 설명해 주었다.

"이건 아래층 그대 침실. 이건 드레스룸 복도 쪽 문. 이건 내 침실이랑 연결된 문. 이건 본관 이 층 창고."

리에타는 영문을 모른 채 일단 말씀해 주시는 걸 다 기억하기 위해 정신을 집중했다.

"……이건 본관 서고."

리에타가 눈을 깜박이며 그를 올려다보았다.

"정리를 시켰어. 전 같은 꼴은 아닐 거야. 없는 책은 도서관에 가야겠지만, 사용 빈도가 높거나 중요한 책은 어느 정도 갖추고 있는 편이니까……자유롭게 사용해."

그리곤 받으라는 듯, 열쇠꾸러미를 내밀어 까닥였다. 리에타는 퍼뜩 두 손으로 받아들었다. 잘그락. 새로 세공한 티가 나는 은빛 열쇠가 리에타의 손에 닿았다.

"……제가 서고에 들어가도 되나요?"

말해 놓고, 실언이었을까 싶어 리에타는 입을 다물고 그를 올려다보았다. 킬리언은 열쇠를 받아 드는 리에타를 보며 가만히 있다가 웃었다.

"악시아스 성에서 그대가 들어가지 못하는 곳은 없어."

킬리언이 담담하게 말을 이었다. "축성해 줘."

리에타가 킬리언의 어깨를 짚고 살짝 누르며 발꿈치를 들었다. 킬리언의 상체가 숙여졌다. 리에타가 그의 이마에 입 맞추었다.

고개를 든 킬리언은 좀 어색한 얼굴로 이마를 만졌다.

"……서고에."

"아." 리에타가 눈에 띄게 당황했다. 얼굴이 새빨갛게 달아올랐다.

"네, 네."

킬리언이 웃었다.

"자주 보는 책은 반납하지 말고 아예 그대 방이나 서고에 가져다 놓고 봐. 사서에게 말해 두었으니 가져가겠다고 이야기하면 돼. 아무리 성 안이라도 도서관은 낮에 다니고 밤늦게 돌아다니지 말고."

"네."

"해 떨어지고 나면 나나 에른을 불러. 가져올 책이나 반납할 책이 많을 땐 하인들을 시켜. 그대가 들고 다니지 말고."

"그러겠습니다." 리에타는 조심스레 일 이야기를 묻기 시작했다.

"일은 무엇부터 다시 시작할까요?"

"천천히 해. 지금 당장 그대 도움이 필요한 일은 없으니."

리에타는 어색하게 서류들을 쳐다보았다. 아무래도 당장 도움이 필요해 보였다.

"……믿고 맡겨 주셨는데 주어진 소임을 다하지 못해 송구합니다."

킬리언도 리에타가 눈치를 보는 서류더미들을 힐끗 보고 낮게 웃었다.

"보기만 거창하지 별거 없어. 거의 다 처리한 서류야."

"제가 폐를 끼쳤지요."

"그대가 정리를 잘 해 놔서 괜찮았어."

킬리언은 대충 몸을 돌리고 책상 위 서류를 뒤적였다.

"그대가 진행했던 일들이 어떻게 처리됐는지 대충 설명해 줄 테니 듣기나 해. 그대 성격에 걱정할 것 같아서."

리에타는 안절부절못하며 슬금슬금 일 욕심을 부렸다. 킬리언은 그대가 필요한 일이 생기면 어련히 시킬 테니 그때까지 책이나 보고 놀고 있으라며 잘라 냈지만, 결국 리에타는 자신이 맡았던 일 중 몇 가지의 후처리를 위해 관련 서류를 받아가는 것은 허락받았다.

"그대는 일중독이야."

리에타가 서류로 얼굴을 반쯤 가리며 작게 중얼거렸다.

"영주님만 할까요."

킬리언이 피식 웃었다. 리에타는 조금 수줍어하며 서류를 안은 채 눈을 들어 물었다.

"저…… 그럼 앞으로 제가 드레스룸에 머무는 동안…… 드레스룸의 책상을 사용해도 되나요?"

"……."

리에타의 손가락이 꼼지락거렸다. 자기는 잘 숨겼다고 생각하는 모양이었지만 퍽도 설레어하는 듯한 리에타의 표정이 상당히 인상적이어서 킬리언은 잠시 그녀를 쳐다보았다.

"사용하던 책상이 불편했다면 말하지 그랬나. 바꿔 주었을 것인데."

"아, 아뇨! 그 책상이 불편했다는 건 아니고요."

리에타가 고개를 저으며 작게 웃었다. 킬리언은 피식 웃으며 시선을 내려 그녀를 외면했다. 드레스나 보석을 사 주고서도 저런 얼굴을 보지 못했는데. 책상 세 개쯤 더 사 줄까 하는 소리가 저도 모르게 튀어나올 뻔했다.

코끝에 달콤한 향기가 스쳐 킬리언은 저도 모르게 손을 뻗었다. 킬리언은 리에타의 머리카락을 한줌 들어 올리고 고개를 숙여 코를 가까이했다. 갑자기 가까워진 그에게 놀란 리에타가 어깨를 움츠렸다. 킬리언이 살짝 웃었다.

"……뭐야? 달콤한 냄새가 나는데."

"아, 그, 그게."

간신히 도망가지 않은 리에타가 상체를 뒤로 기울여 젖히며 더듬더듬 말했다. "샤, 샴페인을, 이렇게 해서요."

눈을 동그랗게 하고 더듬더듬 손짓 발짓하는 리에타를 보고 킬리언이 웃었다.

"샴페인 샤워를 했나?"

"아, 네. 그거……."

리에타를 놔주고 킬리언은 그녀가 돌려준 제 망토를 집어 들어 코를 묻었다. "여기서도 달콤한 냄새가 나는데."

리에타의 눈이 동그래졌다.

"예? 그럴 리가……. 제가 묻지 않게……."

킬리언이 망토를 슥 들어올렸다.

"이걸로 닦았어?"

리에타가 기겁했다. "말도 안 돼요!"

깜짝 놀라며 부정하는 리에타를 보고 킬리언이 킥킥 웃었다.

"안 될 건 없는데."

"정말 아니에요!"

"술 냄새 나."

"그, 그럴 리가. 이, 이리 주세요. 빨아 드릴게요!"

리에타가 당황한 얼굴로 손을 뻗었다. 킬리언이 휙 손을 들어 올렸다. 리에타의 손이 닿지 않는 높이로 망토가 훌쩍 달아났다. 거의 그와 부딪힐 뻔한 리에타가 황망히 손짓했다.

"그대가 달달한 냄새를 풍기고 있으니 배가 고픈데."

킬리언이 달게 웃으며 고갯짓했다. "식사 하지."

그가 그녀의 어깨를 밀었다. 몸이 돌려지며 어쩔 줄 몰라 하는 리에타의 뺨이 붉어 졌다. 하늘색 눈은 언제나처럼 맑았다. 역시 눈 감고 누워 있는 것보단 생기가 도는 얼굴이 예쁘다.

축하해 주자는 소리에는 끼지 못했지만 그가 직접 골라 선물한 샴페인이 나쁘지는 않았다. 그녀에게서 그가 좋아하는 냄새가 나는 것이.

리에타가 빠져 있는 동안 세 사람이 책임지고 있던 악시아스 성의 축성은 콜브린과 데미안이 나누어 맡았다. 리에타 혼자 도맡고 있던 일들도 적지 않아 두 사람은 평소의 두 배 정도 되는 빠듯한 일정으로 축성과 업무를 소화하고 있었다.

물론 지난여름 구호 막사에서의 살인적인 일정도 소화했던 두 사제에게 그 정도는 가뿐했지만 리에타는 킬리언에게 자신이 매우 건강하며 빨리 업무에 복귀하고 싶다는 의사를 피력했다. 그러나 킬리언은 리에타에게 일주일 간 본관 밖으로 나가지 말고 요양하라는 명령을 내렸다.

리에타는 기겁하며 요양은 필요도 없지만 굳이 요양을 해야 한다면 하루면 된다고 단언했다. 킬리언은 "일주일." 반복하며 리에타의 머리를 툭, 한 번 쓰다듬곤 훌쩍 몸을 일으켜 드레스룸에서 나가 버렸다. 놀란 리에타가 그를 쫓아 방을 나서며 뒤에서 따라붙었다.

"영주님."

"안 돼."

리에타가 그를 다급하게 뒤따라가며 복도를 가로질렀다.

"정말 과한 휴식입니다. 그렇게까지 요양이 필요하지 않습니다. 저는 정말 괜찮고 사제님들께서도 고생하고 계십니다."

우뚝 멈춰 선 킬리언이 그녀를 똑바로 마주보며 정색하고 말했다.

"그대." 리에타가 눈을 깜박깜박하며 그를 올려다보았다.

"나를 걱정시키지 않겠다고 하지 않았나."

리에타가 속박 주문에라도 걸린 듯 멈춰 섰다. 결국 우물쭈물 손을 모아 선 채 기어들어가는 목소리로 답했다.

"정말…… 괜찮은데……."

단숨에 기세가 푹 꺾였다. 양심이 있다면 걱정 끼쳤다는 걸 모를 수가 없겠지. 킬리언은 리에타의 머리를 물끄러미 내려다보다가 짧게 한숨을 내쉬며 표정을 풀고 고개를 돌렸다.

"그렇다면 요양 기간 동안 어떻게 행동해야 하는지 잘 알고 있겠지."

리에타가 시무룩한 낯빛으로 고개를 떨어뜨렸다. 복도를 오가던 하인들이 눈이 휘둥그레 진 채 두 사람을 쳐다보았다. 킬리언이 미간을 찌푸렸다.

말로 내색은 하지 않았지만 킬리언은 자신이 자리를 비운 그 짧은 사이 리에타가 깨어났고, 공교롭게도 그녀가 방을 벗어났다가 위험한 상황에 처했던 그 기억을 꽤나 신경 쓰고 있었다. 마음 같아선 그냥 리에타가 아프던 때처럼 계속 옆에 두고 일을 하고 싶었다. 하지만 그랬다간 저도 일을 하겠다고 달려들 것이 뻔해 그럴 수가 없었다. 아직은 리에타에게 일을 맡기고 싶지 않다.

"그대가 얼마나 나를 안심시켜 주는지 보고 결정할 것이다. 라트리아 의상실에서 올 때까지, 최소 사흘 간 요양해."

리에타가 퍼뜩 고개를 들었다. 사흘로 줄었다. 킬리언으로선 상당히 양보해 준 것이라는 걸 알 수 있었다.

"네!"

리에타는 이상한 점을 눈치채지 못하고 눈을 반짝이며 바삐 끄덕일 뿐이었지만 그걸 지켜본 하인들은 은근히 저희들끼리 놀란 눈짓을 주고받았다.

'뭐지? 뭐야 지금?'

'몰라. 영주님 이상해.'

꽤나 짬이 있는 하인 하나가 퍼뜩 놀란 눈으로 그를 바라보았다.

'그러고 보니 요새 가을인데…….'

킬리언은 다소 날카롭기는 했지만 난폭하거나 시니컬하게 굴지 않았다. 예년 때의 가을처럼 혼자 틀어박히거나 어딘가로 사라져 버리는 등의 행동들을 하지 않은 것이다.

리에타가 쓰러진 날, 거의 터지기 직전의 폭탄 같은 그를 보고 가을 히스테리가 시작될 때가 되었음을 되새기며 모두가 대비를 했는데, 이상한 일이었다.

그는 오히려 굉장히 빠르고 침착하게 평정을 찾아 가고 있었다. 어디로 튈지 모르는 그의 돌발 행동에 대비하고 있던 하인들은 어리둥절한 상태가 되었다. 집사가 입술 위에 검지를 세워 올리며 쉿, 하인들을 입단속 시켰다.

리에타가 채 정신을 차리지 못하고 있었던 때부터 근처 테이블에 앉아서 침대에 누워 이따금씩 앓는 소리를 내거나 뒤척이는 리에타를 근처 테이블에 앉아서 지켜보고 보살피며 킬리언은 점점 안정을 찾아 가고 있었다.

말은 그렇게 했지만 킬리언은 시중을 핑계로 드레스룸에 시녀들을 붙였다. 시녀들은 교대로 문 보초를 서거나, 리에타를 시중들며 도와주거나, 그녀의 뒤를 졸졸 따라다니며 그녀가 드레스룸을 벗어날 때마다 살짝 킬리언에게 보고를 했다. 하지만 시녀들이 모두 보고를 해 봤자 그 내용은 '축성하러 가셨습니다'와 '주무시러 가셨습니다'뿐이었다.

리에타는 킬리언의 집무실에 찾아가 일 이야기를 할 때, 킬리언과 식사를 할 때, 성의 축성을 위해 본관을 돌아다닐 때, 밤에 잠을 잘 때만 드레스룸을 벗어났다. 본관을 벗어나지 못하는 대신 리에타는 본관 전체의 축성을 맡아 오전 중에 성을 순회했고, 잠은 아래층 침실에서 잤다. 리에타는 정말로 드레스룸에서 '근무'를 하고 있었다.

설상가상 킬리언도 자신의 침실과 연결된 드레스룸 직통 문은 사용하지 않고 복도를 통해 집무실과 드레스룸을 옮겨 다니는 기행을 보여 주고 있었다. 그리고 그것은 에른의 고뇌가 되어 가고 있었다. 에른은 리에타가 오늘 밤도 아래층으로 잠을 자러 갔다는 보고를 해 오는 시녀의 이야기를 킬리언의 어깨 너머로 전해 듣고 고뇌에 빠졌다.

'역시 마음이 부담스러워 그러신가.'

차라리 드레스룸의 무언가가 불편하시다거나 아래층 침대가 좋아서 그러시는 거라면 좋으련만. 입 한번 벙긋하지 않았지만 에른이 고민하는 바를 꿰뚫어 본 킬리언이 그를 불렀다.

"에른."

"예."

"과했다."

에른이 그를 바라보았다. 킬리언이 턱짓해 리에타의 방과 연결된 침실

곁문을 가리켰다.

"무엇보다 저 자리는 너무 노골적이지 않아? 내 침실과 직통으로 연결된 방이라니."

에른은 제법 뻔뻔하게 변명했다.

"영주님의 총애를 받는 애첩이 사용하기에 가장 적합한 빈방은 그곳뿐이었습니다. 다른 방은 크기와 격이 부족하거나, 이미 사용 중이거나, 애첩의 방이라기엔 위치가 너무 외진 곳에 있었습니다."

킬리언이 바로 받아쳤다.

"그래. 그 방이 비어 있던 이유는 성 안주인의 방으로 자네가 예전부터 낙점해 두었던 곳이기 때문이었지. 적당히 해 둬. '드레스룸'? 웃기지도 않는군."

눈 가리고 아웅 하던 에른이 싱겁게 웃었다.

"……기억하고 계셨습니까."

킬리언이 비죽 웃었다.

"벌써 기억력에 문제가 생겼을까 염려할 정도로 자네가 나를 위태롭게 보았다면 이 사태를 이해 못할 것도 없군."

열쇠는 리에타에게 줘 버렸다. 리에타가 잠그면 그는 열 수 없다. 무심결에 한 번은 저 문으로 넘어가 버렸지만 침실로 연결된 문은 아무래도 아닌 것 같아서 복도 쪽으로 이끈 이후 그는 그 문을 한 번도 이용하지 않았다.

그는 일부러 복도를 통해 그녀의 드레스룸과 자신의 집무실을 오가는 모습을 보여 그녀와 자신의 방을 구별하는 행보를 보였다. 어차피 침실이 이어져 있다는 점이 큰 맹점이긴 했지만 어쨌든 공사를 구분하는 모습으로 에른의 스케치에 조용히 우회적 부정을 표했다.

그리고 리에타는, 아마 별 계산 없이 한 행동이겠지만 밤에 아래층으로 가서 잠을 청하는 것으로 선을 그었다. 둘 사이 어떤 의논도 없었지만 각자가 한 행동은 에른의 설계를 꽤나 성공적으로 약화시켰다.

킬리언은 얕게 한숨 쉬었다.

"자네 딴에는 충심이라 여겨 한 일인 것을 알아서 그냥 두었을 뿐이다. 그러나 다시 나를 시험한다면 용납하지 않겠다."

외부에 리에타를 퍽이나 사랑받는 애첩으로 보이도록 꾸민 건 어디까지나 리에타를 보호하기 위한 조치였다. 그건 필요한 일이었다. 그러나 본성의 하인들이나 내부 사람들에게까지 그렇게 어필할 필요는 없었다. 그런 설계가 필요한 건 장기적으로 성을 휘어잡고 정착해야 하는 '안주인'이지 실제 애첩조차 아닌 그녀가 아니다.

잠깐 신경 쓰지 못한 사이 시키지도 않은 엉뚱한 그림을 그리고 있었다. 리에타를 상대로 이런 설계를 해 봤자 얄팍한 흑심으로만 보일 뿐이 아닌가. 그나마 아직은 요양을 하라, 의상실에서 오리라, 핑곗거리가 있지만 에른이 여기서 더 뭔가를 하려고 한다면 그대를 보호해 주리라 약속한 그의 꼴이 우스워질 일이었다.

킬리언은 리에타에게 좋은 사람이고 싶었다. 그녀가 은혜를 갚겠다 종종거리는 것이 안쓰럽고 괘씸하면서도 예쁘고, 자신을 은인으로 여기고 고마워하는 마음을 잃고 싶지 않았다. 이왕이면 끝까지 깨끗하게 잘해 주고 싶었다. 리에타는 상처가 많고, 그중 가장 큰 몇 가지 중 하나가 카사리우스가 한 짓이니까.

그러니 에른이 하고 있는 것은, 어쩌면 예전의 악몽을 떠올리게 할 수도 있고, 두렵게 할 수도 있는 일이었다. 그는 그녀가 안심하고 의지할 수 있는 그늘이고 싶었다.

그래서 그는 리에타를 꽤나 용인해 주고 있었다. 저 황폐하고 겁에 질려 있던 여자가 조금씩 웃고, 조금씩 장난을 받아 주고, 그를 덜 두려워하고, 이젠 제법 대등하게 목소리를 높이고 드물게는 말을 받아치기까지 하는 것을, 어렵게 얻은 것이니만큼 소중히 하고 싶었다. 그것으로 하여금 치유 받는 느낌이 들어서.

킬리언은 문에서 시선을 돌렸다. 연결된 침실, 안주인에게나 허락될 방, 꽤나 사랑받는 애첩이라는 추앙. 리에타에게 필요한 건 그런 게 아니다.

그녀에게 필요한 건 그냥 상처가 가라앉기까지 잠시 어둠 속에 홀로가 될 수 있는 시간과, 의지와 휴식이 되되 숨기고 싶은 한숨은 숨길 수 있도록 조금 떨어진 채 곁을 지켜 주는 사람들.

성 안에서 리에타가 퍽이나 사랑받는다는 소문이 퍼져 봤자 나중에 수습하기가 어려울 뿐이다. 그는 어떤 형태로든 리에타를 오래 곁에 둘 생각이었다.

"더 이상은 하지 마. 이 이상 멋대로 굴며 리에타를 곤란하게 하면 날 기만하는 것으로 여기고 벌하겠다."

에른은 허리를 숙였다.

"명심하겠습니다."

리에타는 성 안을 돌아다니며 축성하고 밤에 자는 일 외에는 드레스룸에서 시간을 보냈다. 대신 여기사들이 요양형*에 처해진 그녀를 매일 같이 보러 왔다.

훈련이나 대무를 하고 와서 생채기라도 있을 때는 리에타에게 치유 마법을 써 달라고 귀염을 떨었다. 리에타의 드레스룸은 아직 수리가 끝나지

◇◇◇◇

* 刑

않은 동쪽 별채를 대신해 새로운 '동쪽 별채'가 되었다.

잠시 안식처를 잃었던 여자들은 호화로운 드레스룸에서 하던 대로 놀고먹는 일에 빠르게 적응하고 있었다. 리에타는 평화롭게 웃으며 여기저기 여자들이 널려 있는 모습을 바라보았다.

의상실을 맞이하기까지, 방에 사람 사는 장소 같은 생활감을 만든다는 임무는 순조롭게 진행되고 있었다.

"리에타, 리에타!"

세이라의 부름에 리에타가 웃음기 남은 표정으로 고개를 들며 "네?" 물었다. 엘리제의 어깨 위에 턱을 얹은 세이라가 활기차게 웃으며 물었다.

"우리 오늘 여기서 자고 가도 돼?"

리에타는 어리둥절한 얼굴이 되었다.

"어……. 여기서요?"

세이라가 고개를 끄덕이며 방긋 웃었다.

"이러저러해서 내일 아침 훈련도 없으니! 여차저차해서 오늘이야말로 밤샘 데이트에 다시없을 적기라고!"

리에타가 뭐라 입을 열기 전 여기저기서 다른 여자들의 목소리들이 쏟아졌다.

"어, 그럼 나도."

"나도! 아예 우리 다 자고 갈까?"

"주방에 말해서 고기 구워 달래자!"

"버섯도!"

"과일도!"

"쿠키도!"

여기저기 널려서 게임을 하고 있거나, 차를 마시고 있거나, 책을 보고 있거나, 심지어 맨손으로 대무 비슷한 것까지 하던 여자들이 저마다 손을 들었다. 리에타는 당황해서 별채 여자들을 쳐다보았다.

그녀들은 마치 리에타의 집에 놀러온 사람처럼 말하고 있었다. 이 방이 임시로 그녀에게 배정되어 있는 공간이라고는 해도 대외적으로 영주님의 '별채 아가씨'에게 필요한 방이었으니 그녀의 개인 공간이라고 생각하기는 어려웠다.

생활감을 만들기 위해 머물고 있긴 하지만, 바로 옆방이 영주님 침실이었다. 공간이야 몇 명은 더 지내도 될 정도로 넉넉해서 소파며 침대며 티테이블이며 여기저기 사람들이 널려 있거나 오가도 전혀 복작인다는 느낌은 들지 않았지만, 옆방이 영주님 침실인걸.

다른 이유보다도 리에타는 그가 아주 잠이 얕은 사람이라는 걸 알고 있었다. 내가 잠꼬대라도 해서 영주님이 잠을 설치시면 어떡해. 숨소리도 제대로 못 내며 자야 할 게 뻔했다. 그런데 밤새 고기 파티를 하자니!

"아, 저기, 이 방은……."

순간 낮익은 남자의 목소리가 끼어들었다.

"자고 가라고 해."

툭, 리에타의 머리 위에 커다란 손이 가볍게 얹어졌다.

"그대가 그러고 싶으면."

어느새 열린 복도 쪽 문에서 에른과 함께 들어온 킬리언이 말했다. 리에타가 어깨를 움츠리며 대답했다.

"가, 감사합니다."

조금 걱정이 되기는 했지만 영주님이 허락하신다는데 제가 뭐라고 할까. 그녀들이 좋아하겠다 생각하며 고개를 들고 쳐다보는데, 그녀들은 기대하는 눈으로 리에타를 쳐다보고 있었다.

리에타가 영문을 모르고 멀뚱히 마주보았다. 어느새 차와 다과를 담은 트레이 카트를 밀고 들어온 에른이 빈 접시를 치우며 빙그레 웃었다.

"그러시면 오늘 밤 편히 머무시도록 침대를 몇 개 더 들여 놓을까요?"

리에타는 집사의 물음에 무의식적으로 킬리언을 쳐다보았다가 그녀를 쳐다보고 있던 킬리언과 눈이 마주쳤다. 영주님께서 대답하시겠거니 하고 있던 리에타는 그가 말도 없이 저를 쳐다보고 있어 당황했다. 리에타를 물끄러미 마주 응시하던 킬리언이 집사 쪽을 보라는 듯이 고갯짓했다. 얼떨결에 에른을 바라보니 노집사는 킬리언이 아닌 리에타를 향해 있었다.

"그…… 그럴까요?"

그녀가 어영부영 대답하자 여자들이 환호했다.

동쪽 별채 아가씨들이 복작복작 리에타의 드레스룸에 모여들었다. 침대가 세 개나 더 들어왔다. 그럴 수 있을 정도로 방이 넓다는 게 새삼 놀라웠다.

조금 걱정이 되기도 했지만 리에타는 새삼스레 들뜨고 속이 설레어 손바닥으로 뺨을 눌렀다. 오래전 수도원에서 친구들과 기도회를 핑계로 밤을 새며 놀던 생각이 났다.

"라나는 돌아가야 해요?"

자리에서 일어나며 라나가 미소했다.

"네. 난 성에서는 자지 않아요."

엘리제가 못 말린다는 듯 웃으며 정정해 주었다.

"라나. 그럴 땐 '좋은 시간 보내요. 함께하지 못해 미안해요.'라고 하는 거야."

라나가 진지하게 순순히 따라했다.

"좋은 시간 보내요. 함께하지 못해 미안해요."

세이라가 아쉬워하며 칭얼거렸다.

"그래……. 잠은 집에서 자야 한다는데 어쩌겠어. 우린 신경 쓰지 말고 조심히 들어가."

라나가 대답 대신 웃었다. 문득 리에타의 눈에 그녀의 손에 감긴 붕대가 들어왔다.

"라나, 손은 왜 그래요? 화상인가요? 다쳤어요?"

라나의 손에 감긴 붕대 위에 붉은 진물이 스며든 것을 보고 리에타가 놀라서 물었다. 라나는 자기 손을 보더니 푸른 기운을 일으켜 상처를 진정시키며 말했다.

"뜨거운 걸 만졌어요."

리에타가 무심결에 치유해 주려 했지만 라나는 거절했다.

"나는 마법사예요. 신성 마법은 받지 않아요."

"아……."

이번에도 엘리제가 고쳐주었다.

"라나. 그럴 때는 '마음은 고맙지만, 나는 마법사라서 신성 마법으로 치유받을 수는 없어요.' 라고 하는 거야."

리에타는 주먹을 쥐며 물러났다. 치유 마법을 가지게 되었다고 무엇이든 치유할 수 있게 되는 것은 아니다. 그래도 아파 보이는 손을 하고 혼자 돌아간다는 라나가 맘에 걸려 물었다.

"라나의 집은 어디예요?"

리에타의 질문에 라나가 손을 들어서 창밖을 가리켰다. 수도원? 베스가 말 수 적은 라나를 대신해 확언해 주었다.

"라나는 수도원에서 살아요."

라나가 끄덕였다. "이곳은 몸에 좋지 않아요."

엘리제가 고쳐 주었다.

"라나. 그럴 때는 '여긴 축성 마법진의 내부라 마법사인 저에게는 편하지 않아요.'"

베스가 친절히 덧붙였다.

"축성 마법진 안에서 오래 있으면 불편하다나 봐요. 혹시라도 리에타, 서운해하지 말아요."

아하. 리에타는 끄덕였다. 마력과 신력은 반발하는 성질이 있고, 라나는 마법사니까. 라나는 대신 설명해 준 여자들에게 고맙다는 듯 살짝 웃었다.

드래곤과 함께 고대 마법이 사멸한 지금, 마법사는 거의 남아 있지 않다. 본래도 대놓고 몸을 드러내지는 못하는 존재들인 사악한 흑마법사들을 제외하고는 독자적으로 마법을 전승해 온 폐쇄적인 집단의 전승 마법사들만이 드물게 남아 있을 뿐이었다.

긴 마법의 암흑기를 거쳐 대체로 깊은 계곡이나 숲속 외진 곳, 먼 외국의 섬나라 등에서 독자적으로 자신들의 마법을 계발하고 전승해 온 극소수 마법 유파의 마법들만이 살아남았다.

마법사들은 폐쇄적인 사람들이라 저희 유파의 계승자들에게만 마법을 가르치고 정보를 공유하므로 일반인들은 물론이고 학자들도 잘 알지 못한다. 어쨌든 라나는 신력과 많이 충돌하는 계열의 마법을 쓰는 유파인 모양이다.

성의 축성 마법진……. 그래서 라나는 동쪽 별채에서 살지 않았던 거구나. 리에타는 얼마 전 수도원에서 그 일이 터졌을 때 라나가 나타나 빠르게 대처했던 것을 떠올렸다.

……수도원에서 사는 사람. 새삼 자신의 유년 시절을 함께한 수도원의 생활이 떠올라 동질감이 느껴졌다.

라나가 리에타를 향해 미소했다.

"당신도 성보다는 수도원이 편하지 않나요?"

"네……. 저는 수도원에서 오래 살았으니까요."

"요양 끝나면 놀러 와요. 초대할게요."

엘리제가 이번엔 괜찮은 편이었다며 칭찬해 주었다. 라나가 요새 부쩍 말수가 늘었다며 세이라가 기분 좋게 재잘거렸다.

리에타도 웃으며 끄덕였다. "놀러 갈게요."

"세비타스에는 사원이 없어 수도원을 졸업한 신성 능력자들은 모두 각기 근방의 사원으로 흩어진 모양입니다. 그중 리에타와 꾸준히 연락을 지속하던 사람은 그 편지를 보내 온 아나이스라는 여사제뿐인 것 같습니다."

킬리언이 레이첼이 건넨 문서를 받아들었다.

"기록에 의하면 리에타보다 두 살이 많은 신성 능력자였던 것으로 확인됩니다. 졸업한 후 축성 사제가 되어 남쪽 헤르메덴 사원으로 갔다고 하는데, 리에타가 수도원을 졸업해 정착한 후에도 가끔 서신으로 연락을 주고받았던 모양입니다."

헤르메덴이라. 꽤 멀리 갔군. 축성 사제가 되었다고. 킬리언은 팔짱을 낀 채 물끄러미 서류를 바라보았다. 리에타는 정화까지 가능한 신성 능력자였는데도 사제가 되지 못했다.

모르긴 몰라도 졸업 시험이든 사제 시험이든 리에타가 이론 시험을 통과하지 못했을 리도 없어 보이는데. 수도원 졸업시험이 승마 시험이었을 리도 없고. 이 년 사이에 어떤 변화가 있었을 가능성도 있긴 하지만…….

"만나 볼 수 있겠나?"

레이첼이 "길드 쪽으로 사람을 보내어 사원 쪽의 의사를 타진해 보도록 하겠습니다." 대답했다.

킬리언은 가만히 끄덕이고 서류를 내려놓은 뒤 아나이스의 서신을 집어 들었다. 편지의 내용물은 킬리언의 손 안에, 그리고 그의 책상 위에는 밀랍이 개봉된 봉투를 대신하여 정교하게 위조된 새 봉투가 놓여 있었다.

사원에서 주로 쓰는 수수한 밀랍과 위조된 인장도 함께였다. 레이첼이 덧붙였다.

"밀랍의 모양을 위조할 필요가 있다면 제게 주세요. 고쳐 오겠습니다. 그렇게까지 할 필요는 없다면 그냥 봉인하셔도 되고요."

레이첼은 유능한 부하다. 봉투를 봉인하고 있던 밀랍은 레이첼의 손에 의해 정교하게 분리된 채 따로 떨어져 있었다.

"레이첼."

"네."

"편지 내용을 보았나?"

"아뇨. 조사는 봉투에 적힌 이름만으로 했습니다."

킬리언은 짧게 한숨을 쉬었다. 레이첼이 조금 미심쩍은 낯빛으로 물었다.

"……혹시 봉투에 적힌 이름과 내용을 작성한 인물이 동일인이 아닌가요?"

"아니."

"그녀가 쓴 편지가 아닐 가능성이 있다고 여기신다면 필적 감정사를 불러 살펴볼 수 있습니다."

"아니야. 되었다."

그렇게 말하는 킬리언의 표정이 영 심상치 않아, 레이첼이 마지막으로 한 번 더 물었다.

"제가 읽어 봐야 할 내용이라고 여기신다면 살펴보겠습니다."

킬리언은 잠시 침묵하고 있다가 "괜찮아. 돌아가도 좋다. 봉인은 내가 다시 하지." 말했다. 잘못을 저지르는 건 나 하나면 되겠지.

그는 무겁게 편지를 내려놓으며 물었다.

"아이 쪽은?"

본관의 축성을 마치고 방으로 돌아온 리에타는 드레스룸의 책상 위에 몇 개의 편지 봉투가 놓여 있는 것을 발견하고 다가갔다.

리에타 트리스티

봉투 위에 적힌 자신의 이름을 보고 의아한 낯빛으로 그것을 집어 들었다. 그 글씨가 어딘가 낯익은 기분이었지만 들여다보고 추정해 보는 대신 봉투를 뒤집었다. 곧 서신을 봉한 인장을 확인한 그녀의 눈이 휘둥그레졌다.

아나이스다! 리에타는 서둘러 봉투를 열고 편지를 펼쳤다.

답장 없는 리에타에게. 살아 있니? 네게서 답장을 받은 지 벌써 백 년이 다 되어 가는 것 같아. 답장해 줘. 제발. 플리즈. 부탁합니다. 나 외로워.

신년 인사 편지는 받았는지 모르겠네. 편지가 중간에 누락되는 일이야 뭐 이제는 그러려니 하지만. 혹시 편지 전달이 미덥지 못하다면 같은 편지를 여러 사람에게 며칠 차이를 두고 부탁하는 걸 추천해. 편지를 전해 주면 헤르메덴의 사제가 수고비를 줄 거라고 덧붙이고.

아……. 눈물이 앞을 가리네. 지금 나 너무 매달린다고 생각했지, 너? 하지만……, 하지만! 나는 너밖에 답장해 주는 사람이 없단 말이야. 나 여기서 완전히 놀림감이 됐다고! 다들 겉으로만 친구인 척하고 사실 널 싫어한 거 아니냐고 자매님들이 어찌나 놀려대는지. 너까지 연락이 끊기니 이젠 정말 나 혼자 매달리는 것 같아. 우리 엔조이였어?

리에타는 이 대목에서 그만 저도 모르게 웃어 버렸다. 그녀는 빠르게 편지를 읽어 내려갔다.

자긴 이제 결혼했다 이거지? 남편이 잘해준다 이거야. 자. 어서 펜을 들고 종이 위에 손을 놀려 아니라는 걸 증명해! 맹세컨대, 저는 아나이스뿐입니다. 이 한 줄만 써서 보내도 좋아. 이혼할게 한 마디여도 좋고. 아이는 데려와. 이 언니 그렇게 야박한 사람 아니다. 네 딸이라면 예쁘겠지. 사원의 종아로 키워 줄게.

헛소리해서 미안. 알아. 아주 정신없이 깨가 쏟아지겠지. 어쩌면 이 순간에도 너의 답장이 내게 달려오고 있을지도 모르지만, 너를 향한 그리움이 사무쳐서 한 번 더 미친 편지를 보내는 거라고 이해해 줘.

그러니까 답장 좀 자주해 줘. 구걸하는 내가 불쌍하지도 않니? 거짓말쟁이들. 글렌이나 페터슨이나 헤어질 땐 다들 죽고 못 살 것처럼 굴더니 다들 내 편지에 답장을 한 번도 하지 않아. 남자애들이 그렇지 뭐. 내겐 리에타 너뿐이야.

옆에는 잔망스러운 입술 도장이 꾹 찍혀 있었다. 새삼 봉투를 살피니 받는 이의 주소는 악시아스가 아닌 세비타스 백작령으로 되어 있었다. 날짜는 거의 작년 겨울에 보낸 것이었다. 세비타스의 집에 쌓이던 편지를 누군가 발견하고 악시아스로 보내준 걸까?

리에타는 계속 읽어 내려갔다.

사실 어느 정도는 이해해. 역병이 돌고나서는 여기도 여행자분들이 많이 안 계셔서 편지를 부탁드릴 만한 분들을 찾기도 더 어려워졌거든. 빨리 이 역병이 가라앉아야 나도 순례든 파견이든 여행을 할 수 있게 될 텐데.

보고 싶다, 리에타. 너도, 제이드도, 너희 아이도. ……사실 글렌도 페터슨도 다른 친구들도 보고 싶어. 지금이라도 답장해 주면 내가 모른 척 용서한다고 살짝 전해 줄래? 혹시 너랑은 연락된다면 말이야.

답장 기다릴게. 그리움을 담아.

따돌림 의혹에 시달리는 가엾은 아나이스.

아나이스의 편지 속 그리움이라는 글씨를 눈으로 어루만졌다. 리에타의 나이가 벌써 스물여섯, 아나이스가 곧 스물아홉. 그녀가 수도원을 졸업하고 헤어진 지 이미 십 년이 넘었는데도 종이 너머로 튀어나올 듯 활기찬 목소리는 아직도 귓가에 생생했다. 복잡한 마음보다 반가움이 앞섰다.

슬픈 이야기를 어떻게 전해야 할까. 한편으론 막막한 기분이 들었지만……. 유쾌한 옛 친구의 편지 속 통통 튀는 필체 너머로 아나이스의 활달함이 옮은 듯 리에타의 얼굴에도 살풋 미소가 어렸다.

세비타스의 주소로 수신된 날짜가 다른 편지가 두 통 더 있었다. 모두 아나이스에게 온 것이었다. 리에타는 봉투를 들어 날짜를 살핀 후 먼저 온 편지를 펼쳤다.

그리운 친구 리에타에게. 별일 없지? 로산체스*에 역병이 돌았다고 사제들을 차출하기에 나 세비타스 출신이라고 자원했는데 떨어지고 말았어. 파견은 최소 정화 사제 이상만이래. 휴. 정화는 대체 어떻게 하는 거야? 내 살아생전 정화 능력을 얻게 될 수 있기나 할까 모르겠어. 아직 축성도 컨디션 나쁘면 어려운데.

너랑 제이드 모두 잘 지내지? 항상 편지로 전해 주던 너희 딸 소식도 정말로 궁금해. 너무 커 버리기 전에 보고 싶었는데 벌써 말까지 한다니 충격이야. 처음 네가 딸을 낳았다는 이야길 들었을 땐 금방 보러 갈 수 있을 줄 알았는데.

◇◇◇◇

* 세비타스 인근의 큰 도시

난 언제 여기서 벗어날 수 있는 걸까? 좀 가까운 사원으로 갈걸 그랬어. 여기는 너무 외진 곳이라 밖으로 나가기가 더 힘들어. 너희 사정 뻔히 아니 내가 움직여야 하는데.

사제만 되고나면 타니아 성녀님처럼 순례자가 돼서 대륙을 맘껏 누빌 수 있을 줄 알았는데. 말을 지급받아야 하니 파견이나 순례라는 게 생각보다 쉽게 결정되는 게 아니더라고. 나처럼 애매한 수준의 신성 능력자에게는 특히나 말이야.

벌써 우리 못 본 지 십 년이라니, 믿어져? 결혼식 축하하러 못 갔을 땐 정말 속상해서 많이 울었지만 금방 훌훌 털어 버렸는데 너희 딸을 못 보는 건 나중에 보러 가면 되지 하고서 시간이 갈수록 점점 속이 타네. 그래도 나 살아 있을 때 너힐 다시 볼 수 있긴 하겠지?

아이 덧신 동봉한다. 사이즈가 맞을지 모르겠네. 세 살이면 고만하다던데. 애들은 금방금방 큰다고 해서 넉넉하게 떴어. 아나이스 이모라고 내 이름도 가르쳐 줘. 제이드에게도 안부 전해 주고.

네가 보고 싶다. 너의 편지를 기다리는 아델 이모 아나이스.

리에타는 선뜻 손에서 편지를 놓지 못한 채 잠깐 그 자리에 서 있었다. 다 읽은 편지를 내려다보며 꾹, 빰을 눌렀다. 도톰한 편지 봉투 안에 남아 있는 연노랑 색 털실 뭉치가 비로소 눈에 들어왔다. 편지를 쥐었던 자리만 몇 번 고쳐 잡으며 만지작거리다가 잠시 후 내려놓았다. 잠깐 그러고 서 있다가, 리에타는 살짝 떨리는 손으로 마지막 편지를 집어 들었다. 여름에 온 마지막 편지는 짧았다.

사랑하는 리에타. 잘 지내? 오랫동안 네게서 답장을 받지 못해서 걱정하고 있어. 세비타스에 역병이 돈다는 이야기를 들었거든. 네가 염려돼.

나 사실 너에 대해서 이상한 소문을 들었어. 네가 더 이상 세비타스에 없다는 소식인데, 그럴 리가 없다고 얘기했거든. 뭔가 착오가 있을 거라고. 별 이야기는 아니야. 신경 쓰지 않아도 돼.

네가 이 편지를 무사히 받게 된다면 아마 전부 오해인 게 맞을 테니까. 답장 기다릴게.

P.S. 어려운 일이 있다면 부디 알려줘. 어떻게든 달려갈 테니까.

항상 마음으로 곁에 있는 소중한 친구 아나이스.

리에타는 두 손으로 편지를 잡은 채 가만히 서 있었다. 우두커니 바라보던 아나이스의 이름 위에 툭 물방울이 떨어지며 잉크가 확 번졌다. 급하게 고개를 위로 들어 올리자 눈꼬리 쪽으로 물길을 바꾼 뜨거운 것이 뺨 바깥으로 흘러 내렸다.

리에타는 손에 편지를 들고 고개를 치켜든 채 천장을 보고 눈을 깜박였다. 꽉 막힌 목으로 침을 한 번 삼키고 고집스레 눈을 찡그리며 이를 꽉 물었다. 짧게 코로 젖은 숨을 들이 마시고, 손등으로 흐르는 것을 훔쳐 내다가.

끝내 무너져 내리며 그녀는 숨죽인 울음을 터뜨렸다.

꾹 닫힌 문 너머에 등을 기댄 채 소리 죽인 흐느낌을 들으며 킬리언은 가만히 고개를 떨어뜨렸다. 아이를…… 찾아야 했다.

살아 있으라고, 살아만 있어 달라고. 어디서든 살아 있다면 제발 신호를 달라고.

'아델.'

본 적도 없는 아이의 이름을 간절히 불러보았다.

두 마리의 아르젠 루프스는 악시아스 성 북동쪽에 함께 격리되어 있었다. 그들을 위해 고용된 수의사와 마수 전문가 들의 보호 속에 회복하는 중이었다.

어미 루프스는 큰 부상을 입고 있었지만 기본적으로 위험한 마수인 데다 날카로운 상태로 그 누구도 접근하지 못하도록 사납게 경계하고 있어 마법을 쓰지 못하게 하는 족쇄를 차고 재갈을 물린 채 마수용 감옥에 갇혀 있었다.

반면 새끼는 상처도 빠르게 나은 데다 제법 넉살이 좋아서, 며칠 만에 성 안 사람들의 애정과 관심을 독차지하며 어느새 제멋대로 북동쪽 정원을 뛰놀기 시작하고 있었다.

어미 마수가 새파랗게 눈을 뜨고 예민하게 경계하고 있어, 사람들은 지나치게 새끼에게 접근하지는 않았다. 새끼도 먹을 것을 탐낼 때 외에는 사람에게 가까이 가지 않았다.

누군가 접근해 오거나, 새끼가 저도 모르게 먹을 것에 정신이 팔리면 뒤에서 어미 마수가 짧게 그르륵, 성대를 긁는 소리로 경고했다. 어미가 눈치를 주면 새끼는 재빨리 어미의 품으로 돌아갔다.

“새끼여도 아르젠 루프스인데. 저렇게 족쇄도 포박도 아무것도 하지 않아도 되나요?”

“네. 오히려 포박을 하려고 하면 어미 마수가 가만히 있지 않아서……. 새끼는 위험하지는 않으니 괜찮아요.”

수의사가 턱턱 닭고기를 먹기 좋게 토막 내며 말했다.

“성체 아르젠 루프스는 기본적으로 달빛만 쐬어 주면 한 달은 굶어도 되지만, 어미와 달리 마법도 쓰지 못하는 성장기의 어린 새끼는 그냥 강아

지나 마찬가지거든요."

"어미만 저렇게 묶어 두니 좀 미안하네요."

"하하……. 하지만 성체 아르젠 루프스는 정말 위험한 마수니까요. 풀어 놓을 수가 없어요."

기본적으로 아르젠 루프스가 강력한 마수이기도 하지만, 어미 루프스는 상처가 악화될 정도로 너무 난폭하게 굴었기 때문에 족쇄와 재갈을 하는 것은 어쩔 수 없었다. 그나마 새끼를 품에 넣어 주었더니 얌전해져 새끼와 따로 떨어뜨려 놓지는 않게 되었다.

처음 한동안 어미 마수는 식음을 전폐하고 새끼를 품에 감싸고 있었지만 그 상태로 어미에게만 맡겨 두었다간 새끼는 굶어 죽을 판이었다.

완전히 경계를 풀진 않았지만 고도의 지성을 갖춘 생물이니, 앞뒤 정황이야 어찌 되었든 성의 인간들이 자기들을 도우려 한다는 것은 알고 있을 터였다.

처음엔 품에서 새끼를 떼어 놓지 않으려 하던 아르젠 루프스도 새끼가 배가 고프다며 울자 어쩔 수 없이 새끼를 놓고 콧잔등으로 그 등을 밀어 철창 밖으로 내보내 주었다.

주춤거리며 밖으로 나와 인간 수의사들이 던져 주는 쥐와 닭고기 따위로 실컷 배를 채우고 나자, 새끼는 인간들이 넣어 주는 먹을 것을 물고 감옥 안의 어미에게 가져다주기도 하며 제법 기분이 좋은 듯 꼬리를 살랑거리기도 했다.

"새끼 아르젠 루프스는 위험하지 않아요. 혹시 저 녀석을 노릴 사람들이 있을지를 거꾸로 경계해야지. 뭐 이 정원 밖으론 못 나가게 해 두었고 어미 마수가 눈 시퍼렇게 뜨고 있으니 감히 그럴 녀석은 없겠지만."

"저 녀석을 노린다고요?"

수의사가 웃으며 새끼 마수를 턱짓했다.

"귀엽잖아요. 비싸기도 하고."

짧은 다리를 버둥거려 비어 있던 양동이에 들어간 새끼 은늑대는 네 발을 비좁은 양동이 안에 모아 앙증맞게 서더니 굉장히 자랑스러워하는 얼굴로 하얀 꼬리를 살랑거렸다. 아기 늑대의 시선 끝에는 호박색 눈의 고양이가 담장 위에 볕을 받으며 늘어져 있었다. 시나는 은늑대에게 시선 한번 주지 않고 무심하게 제 앞발을 핥았다.

"……저래도 돼?"

"……아마도요?"

감옥 속에 갇힌 어미 늑대는 제 새끼가 고양이 흉내를 내는 것을 대단히 언짢은 눈으로 바라보고 있었지만 킁, 소리를 내며 앞발 위에 턱을 얹을 뿐이었다.

네 개의 꼬리가 산란하게 툭툭 움직이며 철창을 때리는 것이 어미 은늑대는 매우 못마땅해 보였지만 어차피 철창 밖으로 나오지 못하는 신세였다. 으르렁거려 봤자 좋을 것이 없다는 걸 알고 있으니 앞발 위에 머리를 얹고 눈만 부라릴 수밖에.

그때, 바람결에 삐삐거리며 일제히 날아오르는 새들을 향해 길게 머리를 빼며 움직이던 아기 늑대의 몸이 양동이와 함께 기우뚱 기울어졌다.

"어, 어?"

퉁. 소리가 나며 은늑대는 양동이째로 나동그라졌다. 많은 사람들이 그 하는 양을 지켜보고 있었던 듯, 여기저기서 짧은 웃음소리가 터져 나왔다.

언제 넘어졌냐는 듯 뒤집힌 양동이에서 빠져나온 늑대는 발딱 몸을 세우더니 고개를 갸웃 갸웃했다. 새끼 늑대는 햇살 속에 평화를 만끽하고 있던 고양이를 쳐다보았다.

심드렁하니 늘어져 있던 시나의 꼬리 끝이 살랑거리다가 쓱 담장을 치며 올라갔다. 다음 순간 꼬리를 치던 아기 늑대가 냅다 시나를 향해 달렸다.

"애오옹!"

기겁한 고양이가 파드득 일어나 도망가기 시작했다.

하녀가 문을 열어 주자 라트리아 의상실의 디자이너들이 들어와 공손히 인사를 건네었다.

"아가씨를 뵙습니다."

"다시 뵙게 되어 영광입니다, 아가씨."

눈부신 햇살이 들어오는 방 안에 한 폭의 그림처럼 앉아 있던 아름다운 여인이 일어서며 미소했다.

"어서 오세요."

세 사람의 디자이너와 대여섯 명의 재단사, 이십여 명의 하인 하녀들이 바삐 움직이며 짐을 날랐다. 드레스와 원단이 담긴 상자와 마네킹들이 하인들의 손에 끝도 없이 운반되어 왔다.

운반물들의 행렬 끝에 킬리언이 들어오고 있었다. 에른과 몇 마디를 나누며 옆을 보고 있다가, 고개를 돌려 리에타와 눈이 마주쳤다. 킬리언이 빤히 리에타를 쳐다보았다.

"오셨어요."

리에타가 새삼 어색하게 인사했다. 재단사들이 소리 없이 신나하며 시선을 교환하고 리에타를 이끌었다. 리에타는 어색하게 섰다가 하녀가 가져다 준 의자에 앉았다.

킬리언은 제 방처럼 방 한가운데의 가장 큰 소파에 가 털썩 앉았다. 하인들이 그가 앉은 자리 옆에 함들을 차곡차곡 진상했다. 하인들의 손에 나란히 줄 맞추어 턱 턱 놓인 함들이 보기 좋게 차례로 열리며 온갖 보석과 구두, 액세서리까지 나타났다. 가을 옷이나 조금 맞추는 줄 알았는데, 생각보다 규모가 컸다.

리에타는 평온하게 미소한 얼굴로 제법 침착하고 우아하게 킬리언의 앞에 마주 앉아 그것들을 바라보았다. 어련히 뜻이 있으시리라. 이미 그간 킬리언의 일을 도우며 그가 돈을 쓰는 방식에 대해서 파악하게 되었기 때문이었다.

킬리언은 아무 곳에나 함부로 후하게 굴지는 않았지만 어떤 순간에는 전혀 가성비를 따지지 않았다. 그는 때때로 물건이 필요해서가 아니라 '얼마만큼의 돈을 썼다'라는 정보를 풀기 위해 돈을 썼다. 그의 필요나 판단에 의해 높은 가치를 부여하고자 하는 사안에는 의도적으로 소위 '돈지랄'을 했다.

처음에 그런 소비에 대해 이해하지 못하던 리에타에게, 킬리언은 간단히 설명해 주었었다.

'평소 엄격하게 군 만큼, 후하게 굴었을 때의 효과는 높게 돌아온다.'

'함부로 호구처럼 굴어선 안 돼. 다만 필요할 때는 인상적이라는 느낌이 들 정도로 확실히 써야 한다. 화제가 될 필요가 있다면 더더욱 아껴선 안 되지. 크게 소문을 타길 원할수록 크게, 과격하게 써야 한다.'

'사람들에게 의도적인 「인상」을 주고, 효과적으로 소문을 탈 기회는 그리 많지 않아. 기회는 있을 때 잡아야 하지. 필요할 때 이용할 수 있도록 적당한 타이밍에 내가 원하는 정보를 미리 심어 두는 값이라고 여기면 비싸지도 않아.'

'어차피 돈은 그런 데 말고는 탕진할 데도 없을 정도로 많고.'

그렇게 잘 아시는 분이 왜 본인의 소문은 그 모양이실까. 모를 일이었다. 다 뜻이 있어 그러시는 것이리라고는 이미 동쪽 별채 여기사들이 추측하여 설명해 준 바가 있지만. 정말로?

리에타는 여전히 그런 돈쓰기를 이해할 수가 없어 불가해한 낯빛으로 질문했다.

'어떤 정보를 심어 두시는데요?'

그는 의자 등받이에 몸을 기대며 대답했다.

'예를 들어…… 악시아스는 부유하다.'

그가 차례로 손가락을 꼽았다.

'마수 전리품은 귀한 것이다. 악시아스 공예품은 최고다. 악시아스는 살 만한 곳이다.'

리에타는 이해할 수 없는 얼굴로 반문했다.

'그건…… 심어 둘 필요가 없는 정보잖아요. 누구나 모르는 사람이 없는 사실…….'

그리고 깨달았다. '아.' 킬리언이 리에타를 보며 웃었다.

'이젠 실제로 그렇지.'

평소에는 엄격한 안목으로 날카로운 거래 감각을 발휘하던 사람이 세간의 인식보다 월등히 후하게 돈을 쓸 때는 그만한 주목을 끌게 된다. 게다가 그는 인상적인 면에선 대륙 그 누구보다도 영향력 있는 사람이었다. 그가 투자하는 물건은 죄다 가격이 폭등하거나 가치가 오른다. 항상 그의 소비는 시간이 지나고 보면 그럴 만한 이유가 있었으니 그의 판단에는 이번에도 그럴 만한 이유가 있으리라는 신뢰와 균형을 맞춘 가치평가가 뒤따랐다.

그는 그런 권력을 가지고 있는 사람이었다.

리에타는 차곡차곡 진열되어 가는 마네킹과 드레스들을 보며, 문득 세비타스에서 그가 지불했던 자신의 몸값을 떠올렸다. 그것은 어떤 필요에 의해 지불된 금액이었을까.

악시아스 대공이 여자를 좋아한다? 이미 그런 정보는 충분했는데. 악시아스 대공은 이런 짓을 불쾌하게 여긴다? 영주님이 평소에 만들어 오신 이미지와는 어쩌면 상반된 그림이 아니었을까.

'가엾게 여기신 것이겠지요.'

……정말 그런 것이었을까.

태연한 체하며 앉아 있었지만 지난번 라트리아 샵에서 몇 시간 동안 수십 벌의 드레스를 갈아입었던 기억에 리에타는 꽤나 긴장하고 있었다. 그러나 그때와는 달리, 이번에는 생각보다 그리 오랜 시간이 걸리지 않았다.

베일 뒤에서 오락가락하며 매번 완벽하게 꾸미고 조이고 갈아입는 대신 몇 벌의 샘플 드레스를 간단히 입어 보고, 몇 가지 종류의 직물을 그 위에 대어 보며 리에타와 킬리언에게 이것이 어떠시냐, 저것이 어떠시냐 의견을 묻는 것으로 평화롭게 시간이 지나가고 있었다. 기성복을 입어 보며 고르는 것이 아니라 맞춤 드레스를 준비하기 위한 방문이라서 다른 것인가 해도, 확실히 뭔가가 달랐다.

"어떠세요?"

리에타는 입어 본 샘플 드레스들이 상당히 편한 편이어서 놀랐다. 드레스가 이렇게 편할 수도 있나? 특히 지금 입어 본 샘플 드레스는 대체 어떻게 만든 건지, 드레스인지 평상복인지 구별하기가 어려울 정도로 편안했다.

"마음에 들어요. 지금까지 입어본 옷 중 가장 편하네요. 어떻게 된 거죠? 다른 드레스와 뭐가 다른 건가요?"

옷을 입고 벗을 때 다른 사람의 도움도 필요하지 않을 것 같았다. 놀랍게도 그것이 사실이었다. 리에타의 물음에 양 옆에 선 디자이너와 재단사들이 기다렸다는 듯 달갑게 설명해 왔다.

"저희 의상실 디자이너들이 모조리 매달려 만들어 낸 역작이에요. 편하시죠?"

"이 드레스는 이렇게, 여기에 여밈이 앞쪽에 숨겨져 있어요. 손이 닿는 대로 이렇게, 이렇게 걸치시고 여기랑, 여기만 여미신 후 이 부분을 내리시면 되기 때문에 준비하는 시간도 오래 걸리지 않는데다가 급할 때는 혼자서도 입고 벗으실 수 있답니다."

"아, 물론 아가씨께선 항상 도와줄 분이 계실 테니 걱정 없으시겠지만요!"

신나서 설명하다가 그녀를 다시 킬리언에게 선보이기 위해 베일을 거두었다. 베일이 걷히자 직물 네 종류가 걸려 있는 행거를 늘어놓고 설명중인 다른 재단사의 뒷모습이 드러났다. 재단사는 한창 조곤조곤 설명을 이어가고 있었다.

"말씀하신 대로, 편하고 따뜻하게 입을 수 있는 직물 위주로 골라 봤는데요, 이건……."

리에타가 나온 것을 발견한 재단사가 화색을 띠고 다가와 리에타의 어깨 위에 흰 레이스 시폰을 가져다 대었다.

"여기에 이걸로 숄을 걸치면 너무 어울리겠네요. 어떠세요? 이건 페리에 시폰이라고, 악시아스 직조 장인 페리에가 평생 역작이라고 새로 내놓은 건데 요즘 아주 화제예요. 겉보기엔 얇아 보이지만 튼튼하고 따뜻해요."

다른 재단사가 반대쪽 어깨 위에 붉은 실크를 가져다 대었다.

"이건 므아벨 실크예요. 신축성은 좋지 않지만, 겨울까지 입을 수 있을 정도로 따뜻해요. 여길 이렇게 넓게 펼쳐 재단하면 평상복만큼 편하게 움직일 수 있을 거예요."

다른 직물을 들고 다가오던 재단사가 감탄했다.

"와. 사실 전 므아벨 실크는 푸른색이 괜찮을 거라고 추천하려 했는데, 흰색도 붉은색도 정말 잘 받으시네요."

하인이 열어 준 함을 들여다보던 킬리언이 담담하게 말했다.

"다 만들어. 리에타에게 어울리지 않는 색은 없으니까."

그리고 일어서서 리에타에게 다가가더니 그녀의 머리 위에 섬세하게 세공된 티아라 형태의 핀을 톡 눌러 씌워 주었다. 싱글벙글하던 재단사들이 재빨리 티아라의 위치를 바로잡고 리에타의 머리를 어울리도록 꾸며 매만져 주었다.

"……화관도 예쁘지만, 체면이 있으니 이런 걸 해 줘야 한다더군."

리에타가 어색하게 티아라를 만졌다.

"보석은 아쿠아마린으로. 세공사를 한번 부르지."

옆에 있던 하인이 재빨리 양피지에 킬리언의 말을 받아 적었다.

"예."

뒤이어 기다렸다는 듯 그의 곁에 다가와 늘어선 하녀들의 손에 나란히 들린 함 몇 개가 주르륵 열렸다. 안에 들어 있는 것은 여러 가지 종류의 구두였다.

킬리언은 가만히 그걸 보더니 유리 구두 하나를 집어 들었다. 하녀들이 잽싸게 쿠션을 가져와 리에타의 앞에 대어 주었다. 리에타가 당황해 주춤하는 사이 손에 구두를 든 킬리언이 언젠가처럼 그 앞에 한쪽 무릎을 꿇고 앉았다. 그리고 리에타를 올려다보며 붉은 쿠션 위를 손으로 툭, 두드렸다.

어련히 뜻이 있고, 의도가 있으실, 남들 보라는 행동. 무슨 의미인지 알고 있는데도 리에타는 치맛자락을 움켜쥔 채 움직이지 못했다. 생글생글 웃으며 재단사들이 리에타의 팔을 부축해 주고 그녀를 이끌었다. 킬리언이 손을 내밀었다.

"……레이첼이나 레너드, 지젤이 좋아할 만한 건 내가 아는데. 그대가 뭘 좋아할지는 모르겠어서."

어련히 뜻이 있고, 의도가 있으실…….

"……대체로 선호한다고들 하는 걸로 골라 봤는데."

그가 그녀의 발을 잡고 구두를 신겨 주었다. 킬리언은 물끄러미 리에타의 발을 내려다보다가, 그답지 않게 조금 열없이 들리는 목소리로 중얼거렸다.

"이 중에 그대 취향이 하나쯤은 있었으면 좋겠네."

창가에 선 킬리언이 손목보호대를 찬 팔을 내밀었다.

"까악, 까악."

푸득 푸득 날개를 치며 거대한 큰까마귀가 그의 손목에 내려앉았다. 까마귀가 펼친 날개를 완전히 갈무리하자 킬리언은 내밀었던 팔을 가슴 앞으로 끌어당겼다. 영특한 까마귀는 자연스럽게 편지가 묶인 한쪽 다리를 내밀었다.

툭. 킬리언이 편지를 풀어 꺼내자 까마귀는 당당하게 부리를 벌렸다. 킬리언은 그 입 안에 큼직한 고기 조각을 물려 주곤 돌돌 말린 종이를 펼쳐 읽기 시작했다.

텁, 텁. 까마귀가 고기를 삼키는 사이 무표정하던 킬리언의 이마가 미세하게 찡그려졌다. 대사원의 축성 성물? 이건 또 무슨…….

어느새 고기를 다 삼킨 까마귀가 킬리언의 어깨를 툭툭 건드리며 말했다. "더 줘."

킬리언은 까마귀에게 고기 조각 하나를 더 물려 주었다.

"까악."

까마귀가 기분 좋은 듯 고기를 물고 날개를 퍼덕거렸다. 킬리언은 다시 서신을 내려다보았다. 하비투스 대사원, 대축성의 밤. 킬리언의 머릿속에 그날의 장면이 스쳐지나갔다. 여신상을 말하는 것은 아닐 테고, 하비투스 대사원의 성물이라면 더 생각할 것도 없이 그것뿐이다. 하비투스 대사원의 소유가 되기 전 원래 불리던 이름이…….

"더 줘."

……도무지 진지한 생각을 못하겠군. 킬리언이 까마귀의 몸을 손바닥으로 밀어 버렸다.

"그만 가."

까마귀가 퍼덕퍼덕 날개를 치며 몸을 낮추어 버텼다. 영혼 없이 똑같은 억양으로 까마귀가 다시 말했다.

"싫어. 더 줘."

"싫어?"

킬리언이 실소했다. "녹턴. 누가 너한테 그런 말을 가르쳤지?"

높낮이조차 없이 똑같이 반복하는 소리로 까마귀가 요망하게 대답했다. "더 줘."

리에타는 킬리언의 집무실에 축성을 하러 들어갔다. 킬리언은 잠시 자리를 비운 듯 방에 없었지만 리에타는 그가 자리에 없을 때 들어와도 좋다는 허가를 받은 사람이었으므로 제지되지 않았다. 늘 하던 대로 집무실의 축성을 마친 후 연결된 문을 통해 침실에도 들어갔다.

침실은 커튼이 쳐져 있어 집무실보다 어둑했다. 리에타는 침대에 은빛으로 빛나는 손을 가져가다가 제 손에 환히 도는 흰 빛을 바라보았다.

이전과 확연히 다른 환한 빛. 손가락 끝으로 조심스레 살짝 스쳤을 뿐인데 우웅…… 영롱한 소리가 나며 밀도 높은 축성이 저절로 침대 헤드에 달라붙었다. 치유 능력을 얻게 된 후 리에타는 확실히 축성의 느낌이 달라졌다는 것을 느끼고 있었다.

잔이 넘칠 듯 가득 차 있던 신성력이 뭔가를 만지는 순간 기다렸다는 듯이 착 감겨드는 느낌이다. 일전의 축성이 손바닥으로 천천히 쓸어내려 빈틈없이 꼼꼼히 감싸는 방식이었다면, 이제는…….

스륵. 문득 발끝에 카펫이 걸려 무심결에 아래를 내려다본 리에타의 눈이 동그래졌다.

마룻바닥에 몇 개의 검고 길쭉한 칼자국이 나 있었다. 여기사들이 한 기사의 맹세의 흔적이었다.

'「동쪽 별채」는 지젤 이후로 따로 침실로 불려가 영주님을 독대하고 서임을 받는 게 전통이 됐죠. 서임식조차 애첩 기사단답지 않아요?'

리에타는 저도 모르게 꼴깍 침을 삼키고 바닥에 쪼그리고 앉아 무릎에 턱을 대고 마루를 살폈다. 길고 깨끗한 단면의 기다란 홈을 보고 있으니 멋지고 신기하다는 감정을 넘어 뭔가 경이로운 기분까지 들었다.

오늘로 그녀가 받은 요양 명령 기간은 끝이 난다. 기사……. 그리고 기사단. 기사라는 단어는 사제라는 단어만큼이나 묘하고 멋진 울림을 가지고 있다. 그녀가 이곳에서 아는 사람들의 팔 할이 기사라지만, 그녀가 세비타스에서 평생을 살아오며 보았던 '기사'들과 이 악시아스의 '기사'들이 너무나도 다른 탓일까.

솔직히 기사가 뭔지 잘 실감이 나지는 않았다. 굳이 말을 타고 검을 쓰지 않아도 그를 위해 일하는 사람들은 모두 기사라는 말에 두 번 고민하지 않았을 뿐, 기사가 된다는 것이 어떤 것인지, '악시아스 대공의 기사'가 어떻게 정의되는 사람들인지 그녀는 몰랐다.

'그대가 기사랑 어울리는 것 같진 않군.'

……어쩌면 그런 걸 꿰뚫어 보셔서 그리 말씀하신 것일지도 모르겠다. 하지만 이제 나는 치유 마법을 가지고 있다. 이 힘은 분명 영주님께 도움이 될 것이다. 말을 탈 수 있게 되기만 하면 정말로, 나도 쓸모가 있을 것

이라는 확신이 들었다.

사제가 될 수는 없는 몸이지만 '신성 능력자'로서 영주님의 기사가 된다면 조금은 사제와 비슷할지도……. 이미 마음은 정했다. 처음부터 정해져 있었다. 충성할 뿐.

'……정말로 마음을 정리한 건가요?'

'제가 정리하고 말고 할 게 뭐 있겠어요.'

……영주님은 좋은 분이시다.

'달라진 것도, 달라질 것도 없어요.'

바뀐 것은 아무것도 없다. 내가 이제 와서 할 수 있는 일이 아무것도 없기 때문만은 아니다.

'제게는 은인인걸요.'

'저를 구해 주신걸요.'

리에타는 가만히 눈을 깜박였다. 악시아스 대공 전하. 오롯이 이 마음 바쳐 충성할 분. 딸의 위패 앞에 촛불을 켜게 해 주신 분. 그 앞에서 목 놓아 울게 해 주신 분. 그분이 아니었다면 어떻게 내가 아델을 위해 울고, 슬퍼하고, 애도할 시간을 가질 수 있었을까.

망자를 애도하고 슬퍼할 수 있는 시간을 충분히 가질 수 있다는 것이 얼마나 감사한 사치인지 리에타는 잘 알고 있었다. 준비하지 못한 채 남편을 떠나보낸 후 주저앉아 슬퍼만 하고 있는 자신을 차마 견딜 수가 없어서, 생각하지 않기 위해, 살기 위해 유품 한 점 남기지 않고 없애 버리고 말아야 했던 기억은 아직도 리에타의 가슴에 한 맺힌 응어리로 남아 있었다.

남편의 죽음은 리에타에게 마음껏 슬퍼하지도 못해 더 쓰라린 상실이었다. 살아서도 죽어서도 항상 두 번째였다는 걸 서운해할 만도 하건만, 꿈속에서도 그 사람은 날 원망하지 않는다.

항상 그렇게, 받아 주기만 하는 사람이었어서.

'제게는 평생 갚아도 못 갚을 은혜를 베풀어 주신 분인걸요.'

카사리우스의 무덤에 묻히는 것을 면케 해 준 분이신데, 지금 당장 그 분을 위해 죽으래도 어찌 죽지 못할까. 리에타는 얕은 한숨을 내쉬며 입술을 당겨 물었다. 승마……. 어떻게든 빨리 배워야 하는데. 티그리스가 날 잊어버리진 않았겠지? 리에타는 무릎을 안은 채 가만히 손가락 끝으로 칼자국을 만져 보았다.

'그대, 리에타.'

'내가 걱정한다는 걸 생각하고 움직인다 하지 않았나.'

리에타는 두 손으로 얼굴을 감싸고 꾹 눌렀다. 손바닥의 서늘한 기운이 두 뺨 안에 스며들었다.

'그대가 뭘 좋아할지 모르겠어서……. 대체로 선호한다고들 하는 걸로 골라 봤는데.'

'……이 중에 그대 취향이 하나쯤은 있었으면 좋겠네.'

애초에 나의 역할은 애첩이니까 그렇게 보이도록 행동하시는 것은 당연한 일인데…….

끼익. 어둠 사이로 빛이 새어 들어왔다. 문이 열리는 소리에 리에타는 퍼뜩 얼굴에서 손을 떼고 고개를 들었다. 막 들어오던 킬리언과 눈이 마주쳤다. 리에타가 당황해 일어섰다.

"오셨어요."

킬리언이 멈칫하며 리에타를 쳐다보았다.

"……뭐 해, 거기서."

리에타는 침대 근처의 바닥에 쪼그리고 앉아 있던 것이 조금 수상하게 보였을지도 모르겠다고 생각하고 머쓱하게 뒷목을 만졌다. 칼자국을 구경하고 있었노라 말하기는 괜히 민망해서 저도 모르게 뭉뚱그렸다.

"축성을 보충하고 있었어요……. 거의 다 했어요. 이제 저기만 하면 끝나요."

리에타는 창문 쪽으로 걸음을 옮겨갔다. 킬리언이 창가로 걸어가는 리에타의 뒷모습을 눈으로 좇았다. 리에타는 창틀 위에 두 손을 올렸다. 우웅……. 제 손에서 나는 소리를 퍼뜩 인식한 리에타는 괜히 당황했다. 소리가 너무 컸다. 지금 일 하고 있다고 너무 티내는 것 같지 않나?

문득 리에타는 눈을 깜박였다. 그러고 보니 근래는 영주님께서 축성을 해 달란 소리가 없으시네. 권능의 부작용이 이제서야 빠진 것이거나, 습관이 되었던 것이 제가 누워 있는 사이에 이젠 관성이 사라져 바로잡아진 것이거나…….

리에타는 멍하니 생각하며 창가를 손으로 쓸어 축성했다.

사라라락……. 울긋불긋 물든 나뭇잎들이 성벽에 내민 몸을 스치며 버스럭거리는 소리를 내었다. 부쩍 서늘해진 바람이 느껴졌다. 이파리 사이로 파고들어 가지를 흔드는 손길에 잎사귀들이 우수수수 가지에서 떨어져 나와 날려갔다. 완연한 가을이었다.

'한 달 정도 시간을 줄 테니 천천히 생각해 보고 그때도 확신이 들면 성으로 찾아와서 말하도록.'

'기한은 가을이 오기까지 정도면 되겠지. 잊을 때쯤까지 그대가 찾아와 별다른 언급을 하는 일이 없으면 거절한 것으로 알겠다.'

서늘한 창틀의 돌벽을 짚고 가만히 섰던 리에타가 그를 향해 돌아서며 조심스레 그를 불렀다.

"저……. 영주님."

"응?" 킬리언은 들어오지 않고 문 근처에 선 채 대답했다.

"그게……. 제 대답을 말씀드릴 때가 된 것 같아서요."

킬리언은 어정쩡한 위치에 선 채 리에타를 쳐다보며 알 수 없는 얼굴을 했다. 잠깐 뭐라 말문을 열어야 하나 망설이던 리에타가 입술을 떼었다.

"앞으로는 '동쪽 별채'로서 영주님을 모시겠습니다."

킬리언의 표정이 이상하게 굳어졌다. 깍지 낀 손끝을 향해 눈을 내리깔고 있어 알아채지 못한 리에타가 말을 이었다.

"일단 가을이니까……. 거절이 아니라고 말씀드려야 할 거 같아서요."

거기까지 말하곤, 퍼뜩 제가 실수했다는 생각이 들어 황급히 고개를 들고 덧붙였다.

"아, 당장 받아달라고 말씀드리는 것은 아니에요! 제가 아직 부족하니까……."

"……."

"그, 당장은 동쪽 별채도 복구가 되지 않았고 저도 아직 말을 타지 못해 못 들어가겠지만요. 별채 수리가 다 끝나고, 제가 승마가 늘면……, 그러니까."

점점 궁색하게 느껴져서 리에타의 얼굴이 붉어졌다.

"그…… 승마는 제가 빨리, 내일부터 연습을 다시 시작할 테니까요."

킬리언은 웃지 못했다. "……그래."

그대로 한 마디를 더 덧붙였다. "천천히 해."

킬리언의 표정이 어딘지 좋지가 않았다. 뭔가 생각했던 반응이 아니었다. 피식 웃으시며 알았다 하신다거나, 머리를 이렇게 툭…… 해 주시리라 생각했는데. 저도 모르게 머리를 만지던 리에타가 약간 허리를 숙이며 걱정스레 그를 올려다보았다.

"저……, 무슨 일이 있으신가요?"

"어?"

"뭔가 고민되시는 일이라도 있으세요? 저 오늘 요양이 끝나니까, 혹시 제가 도와드릴 일이 있다면……."

킬리언이 정색했다. "아니. 그런 거 없어."

그는 상체를 뒤로 빼며 한걸음 물러났다.

"승마 시간에 일정 비워 두지."

그는 그대로 몸을 돌려 휑하니 떠나 버렸다. 리에타는 어색하게 목을 만지다가, 그가 사라진 집무실 쪽을 한 번 보고, 자신의 드레스룸 쪽을 한 번 보았다. 그리고 고개를 한 번 갸웃하곤 허리띠에 걸어 두었던 열쇠를 꺼내어 문을 열고 자신의 방으로 갔다.

"성녀가 리에타를 하비투스 대사원 성물의 계승자로 지목했다."

킬리언의 말에 뷔테르가 어리둥절한 얼굴로 킬리언을 마주보았다.

"하비투스 대사원의 성물이라면……, 엘티움 대석장이요?"

"그래."

"타니아 성녀께서요?"

킬리언이 짧게 끄덕였다. 뷔테르는 고개를 갸웃하더니 고민하듯 수염을 쓸어내렸다.

"성녀께서 리에타 양을 상당히 예쁘게 보신 모양이군요. 하지만 그게 가능하겠습니까? 다른 사원들에서 가만히 앉아 빼앗길 리 없을 텐데요. 아무리 치유 능력이 개방되었다 한들 사제도 아닌 리에타 양에게 순순히 그 정도의 성물을……."

"그게 문제가 아니야."

킬리언이 뷔테르의 앞에 편지를 내밀었다.

"엘티움 대석장은 악마의 손을 탔던 성물이다. 아직 마기가 빠지지 않았어. 아마 향후 수십 년 간은 그럴 것 같고."

"악마의 손을 타요? 석장이 마에 물들었다는 말씀이십니까?"

뷔테르가 놀란 표정으로 편지를 펼쳐 들고 보기 시작했다. 곧 뷔테르의 눈이 커졌다.

"이건……."

"그래."

"노안이 와서 안 보입니다."

"……."

킬리언이 다시 손을 내밀었다. 뷔테르가 편지를 건네자 킬리언은 그것을 읽어 주었다.

"교단에서 곧 이런 공문이 갈 것이니 준비하십시오."

하비투스 대사원의 축성 성물이 악마의 손을 타서 더 이상 손댈 수 있는 자가 없는 바, 타니아 성녀가 성물의 계승자로 악시아스의 대공의 축성술사를 추천하였으니 이에 축성술사 리에타 트리스티는 교단의 명을 받들라.

성물은 기본적으로 강한 신성력이 계속해서 나오는 물건이다. 그러나 그 신성력을 일시적으로 압도할 정도로 강력한 악마의 힘이 작용하는 경우, 드물게 성물이 신성과 마성을 동시에 지니게 되는 경우가 있다. 이 경우 성물은 사제도 악마도 손댈 수 없는 위험하고도 묘한 상태가 된다.

이 상태의 성물을 다룰 수 있는 사람은 이전에 해당 성물과 신성력으로 접촉한 적 있는 사람뿐이다. 하비투스 대사원에서 엄격하게 관리되고 있었던 성물과 신성력으로 접촉한 바 있는 사제는 린델 대주교와 오스티아 대제사장뿐이었다.

대주교와 대제사장은 죽었으니 남은 것은 리에타뿐이었다.

"허허. 이거 설마, 엘티움 대석장이 라멘타의 왕관처럼 변했다는 소리인 겁니까?"

킬리언이 편지를 까닥, 들어 보이며 물었다.

"위험한 물건이 되었다는 거지? 이거."

뷔테르가 끄덕였다. "그렇다고 볼 수 있죠."

악마의 손을 탄 대표적인 성물인 라멘타의 왕관에 실수로 손을 대 타죽거나 미친 사람의 수가 두 손으로 꼽아도 모자란다. 공식적으로 기록되지 않은 사람의 수까지 합치면 더하다. 뷔테르가 말을 이었다.

"대석장이 마의 성물이 되었다는 게 사실이라면 확실히 지금으로썬 그 석장의 계승자가 될 수 있는 건 리에타 양뿐이겠군요."

기본적으로 악마는 성물이나 성수같이 신성한 힘을 지닌 사물에는 손댈 수 없다. 하지만 강력한 고위 악마라면 다소 뜨거움을 감수하고라도 성물을 만지거나 마로 물들일 수 있다.

신성한 힘이라도 일시적으로 그것을 압도하는 마력에 짓눌린다면 타락해 악마의 힘이 될 수 있는데, 악마의 힘이 압도적일 경우 어떤 성물들은 견디지 못하고 산산조각 나지만, 어떤 경우에는 악마의 힘을 지닌 물건으로 변모하게 되기도 한다.

그것은 일시적일 때도 있고 영구적일 때도 있다. 그리고 아주 드물게, 신성과 마성을 동시에 지니게 되는 케이스도 있다. 그 대표적인 예가 라멘타의 왕관이었다.

하나의 성물 안에 강대한 신성력과 신성을 타락시키려는 악마의 힘이 공존하며 소용돌이치는 케이스. 화형당하기 직전 베아트리체 왕녀가 남긴 대륙에서 가장 강력한 축성 성물.

라멘타의 왕관은 라멘타가 화염에 휩싸여 멸망한 이후 신성과 마성을 동시에 지니는 악마의 성물이 되었다. 그것을 황궁으로 옮기기 위해 총 아홉 번의 대규모 축성 의식이 필요했다.

온갖 의식과 성물과 신성 마법으로 무장한 사제들이 조심스레 운반하였는데도 상당수의 희생자들이 나왔다는 것을 킬리언도 기억하고 있었다.

오랜 시간이 지나면 성물은 자체적인 회복력으로 신성을 회복하게 된다지만 그 정도의 힘을 지닌 성물을 타락시킬 정도로 강력한 악마의 힘이 그렇게 쉽게 떨쳐질 리 없다. 성물에 담긴 악마의 영향력은 최소 수십 년에서 수백 년까지 지속된다.

다만 성물과 지속적으로 접촉할 수 있는 신성 능력자가 있는 경우 성물을 훨씬 빠르게 원래의 상태로 되돌릴 수 있다. 성물은 대개 개인이나 사원에 소유권이 있지만 그 소유권을 주장할 만한 주체가 사라진 경우, 특히 유물급으로 중요한 성물의 경우는 교단이 사원들의 의견을 수렴하여 합당한 성물의 계승자를 지목하고 영적인 소통과 관리를 책임지도록 맡긴다.

보통은 쟁쟁한 사제들이 모두 물망에 오르고 서로 하겠다고 나서 맹렬한 물밑 협상이 벌어지지만 성물이 악마의 손을 탔다면 얘기는 전혀 다르다. 제발 맡아 달라고 사정해야 할 상황이면서도 상당히 배가 아플 상황.

킬리언은 다시 한번 편지를 내려다보았다.

축성술사 리에타 트리스티는 교단의 명을 받들라.

리에타 말고는 가능한 사람조차 없는 상황인데 아주 당연하다는 듯이 명령하는군. 리에타는 사제가 아니니 이런 명령에 강제력은 없다. 교단의 명을 받들라니, 어딜 감히.

단순히 성물을 썩힐 순 없다고 생각했으리라는 것 외에도, 당장 엘티움 대석장의 소유권이 어느 사원으로 가게 되느냐 하는 이해관계가 얽힌 일이라는 것을 쉽게 유추할 수 있었다.

킬리언이 냉랭하게 코웃음 치며 편지를 탁자 위에 던져 놓았다. 뷔테르가 던져진 편지를 쳐다보았다.

"언짢아 보이십니다?"

"그럼 유쾌하랴."

"뭐, 나쁠 것은 없는 이야기 같은데요."

"고민해 볼 가치도 없다고 생각하는데."

"거절하시게요?"

킬리언이 싸늘하게 그를 바라보았다.

"그럼 받아들여 이걸? 지금 리에타를 성물의 정화 필터로 쓰겠다는 소리잖아. 위험한 일이야."

"받아들이십시오. 리에타 양은 괜찮을 겁니다."

킬리언이 눈을 꿈틀했다. 뷔테르가 빙긋 웃었다.

"우선, 리에타 양은 대석장과 교통한 바 있으니 죽진 않을 겁니다."

킬리언이 사납게 으르렁거렸다.

"죽지만 않으면 돼? 성물과 접촉한 적 있는 사람이라도 신력과 마력의 소용돌이를 견뎌 내지 못하면 미칠 수 있어."

"그렇게는 되지 않을 겁니다."

뷔테르가 단언했다. 이어진 말은 뜻밖의 것이었다.

"그날 리에타 양이 마수에게 치유 마법을 사용하는 걸 영주님께서도 보셨지요. 보통 신성력으론 아르젠 루프스의 상처를 그 정도로 치유할 순 없습니다. 그분의 신성력에 대해 감히 말씀드리건대, 지금 황제의 전투 사제 누구와 견주어도 리에타 양은 밀리지 않을 겁니다."

뷔테르가 손가락 하나를 세웠다. "타니아 성녀님이나,"

두 번째 손가락이 펼쳐졌다.

"교황 성하 정도만이, 지금 그분의 상대가 될 수 있을 겁니다."

생각지 못한 이야기에 킬리언이 표정을 굳혔다. 뷔테르가 손을 깍지 끼고 곰곰이 생각하는 얼굴로 물었다.

"그런데 타니아 성녀께서는 리에타 양에게서 치유 능력이 개화한 걸 어찌 벌써 아셨죠?"

"……성녀는 수도에 있어. 리에타를 계승자로 지목한 건 겨우 지난주의 일이다. 모르고 한 거야."

"호오……. 역시 안목이 있으시다 해야 할지. 그렇다 해도 상당히 힘을 실어 주시네요. 악시아스에서 사원을 세울 거라는 걸 알고 계셨기 때문인가요?"

"……."

뷔테르가 목소리를 바꾸며 상체를 앞으로 기울여 앉았다.

"이 이야기가 알려진다면 온갖 사원들에서 리에타 양을 포섭하지 못해 안달을 낼 겁니다. 리에타 양이 성물의 계승자가 된다면 결국 엘티윰 대석장은 그분께서 속해 있는 사원의 소유가 될 테니까요."

뷔테르가 깍지 낀 손을 탁자 위에 얹으며 말을 이었다.

"악시아스가 사원을 세울 거라는 이야기를 더 이상 흘리지 마십시오. 다른 사원들은 리에타 양을 포섭할 수 있을지도 모른다는 가능성에 눈이 멀어 리에타 양의 성물 계승에 적극적으로 찬성할 거고, 영주님의 비위를 맞추려 애쓸 겁니다. 리에타 양을 보내 계승권을 따낸 후, 악시아스에 사원을 세우십시오."

그는 테이블을 두드리며 힘주어 말했다.

"죽지도, 미치지도 않을 겁니다. 리에타 양은 악마의 힘을 충분히 제압할 겁니다. 호재입니다. 영주님께서 심으신 씨앗으로 바깥에서 소문이 어찌 돌아가고 있는지 모르실 겁니다. 그분은 이미 상당히 신성한 이미지를 선점하였습니다. 리에타 양에게 엘티윰 대석장을 쥐게 하시고, 악시아스 사원의 얼굴로 들어앉히십시오. 완전히 오염된 하비투스 대사원의 이미지를 뒤집어 그대로 리에타 양의 신성함으로 승화시킬 수 있을 겁니다. 그분을 살아 있는 전설로 만드십시오. 그리고 악시아스에 대제사장으로 눌러앉히십시오. 리에타 양은 「악시아스 대사원」의 여신이 될 겁니다."

아르젠 루프스는 어미와 새끼가 모두 부상에서 회복할 때까지 악시아스 성에서 관리하다가 함께 용의 계곡에 놓아주기로 했다. 치유 마법이 전혀 효과가 없지는 않을 테지만 리에타와 콜브린은 킬리언의 명령대로 치유 마법을 시도하지 않기로 했다.

마법의 힘을 쓰는 동물들이라 신력을 온전히 흡수하지 못해 속도가 느리고 효율이 좋지 않을 것이라는 문제는 둘째 치더라도 어미가 인간들의 접근을 용인하지 않아 최소한의 먹을 것을 제공하는 일 외에 치료를 비롯한 다른 조치는 취할 수 없었다.

고작 며칠 사이 새끼 아르젠 루프스는 어느새 악시아스 성의 명물이 되어 있었다. 암암리에 돈 많은 귀족들 사이에서 가장 사치스러운 애완동물로 연일 경매 최고가를 갱신하고 있는 희귀 마수라는 것도 호기심을 자극하는 요인이었고, 꽉 입 딱 벌어지는 몸값 때문이 아니어도 제법 구경하는 재미가 있는 귀염둥이라는 소문은 빠르게도 퍼졌다.

성에서 일하는 사람들은 모조리 그 근방으로 산책 일정을 잡는 듯 지나다니는 사람들이 부쩍 늘었고, 배달이나 심부름, 청소 등을 하며 오가는 사람들의 수도 평소의 몇 배 이상 늘었다. 특히 인기 있는 시간대는 새끼 늑대에게 배식이 이루어지는 늦은 아침과 초저녁 무렵이었다.

달칵. 우리 문이 열리는 소리가 들리자 새끼 은늑대가 귀를 쫑긋하며 몸을 발딱 일으켰다. 뫄아 뫄아! 하며 제법 고양이 소리 비슷한 것을 내는 새끼 은늑대가 달려갔다. 불곰처럼 저돌적으로 달려오는 아기 늑대의 레몬빛 눈과 리에타의 하늘색 눈이 마주쳤다.

"뫄아!"

새끼 늑대가 눈 깜짝할 새에 달려들더니 발톱을 세우고 그녀의 치마를 타고 오르기 시작했다. 늑대의 발톱에 긁힌 직물은 순식간에 마구 올이 나가며 엉망진창으로 너덜너덜해졌다. 시녀들이 기겁하며 비명을 질렀다.

"아가씨!"

놀란 시녀들이 다급하게 늑대를 떼어 내려 했다. 리에타도 놀라서 두어 걸음 뒤로 물러서며 시녀들이 달려들려는 것을 간신히 막았다.

"가, 가까이 오지 마세요!"

순간 날카로운 기운이 공기를 찢었다.

"크르르르르르……."

어미 루프스의 살기였다. 시녀들이 파랗게 질리며 물러섰다. 아기 루프스는 잽싸게 뒤로 돌아 들어가 리에타의 머리카락 속으로 숨었다. 리에타가 머리카락 아래 목덜미를 더듬거렸다.

"느, 늑대야. 늑대야!"

간신히 아기 늑대의 허리를 붙잡은 리에타가 늑대의 양 앞다리 밑에 손을 껴 넣고 늑대를 들어올렸다. 신난 아기 늑대가 분홍빛 혀를 보인 채 바쁘게 바둥바둥 꼬리를 쳤다. 정신을 쏙 빼놓을 정도로 사랑스러웠다.

시녀들이 몇 걸음 물러나 떨어지자 어느새 살기는 사그라들어 있었다. 아르젠 루프스는 여전히 사람을 경계하고 있었지만 단 한 사람, 아기 루프스가 달려가도 어미 루프스가 경고하지 않는 인간이 있었다.

시녀들이 바들바들 떨며 리에타에게 괜찮으시냐 물었다. 리에타는 고개를 끄덕이며, "괜찮아요. 잠깐만요." 하고는 얼른 아기 늑대를 받쳐 안고 우리 근처로 가서 바닥에 내려 주었다.

바닥에 내려선 아기 늑대는 같이 놀자는 소리인지 리에타의 치맛자락을 입으로 잡아당기며 살랑거렸다. 수의사가 그릇에 늑대에게 줄 먹거리를 담아 오며 웃었다.

"점점 더 팔팔하네요. 저도 늑대라 이건가."

그가 가져온 것을 리에타에게 건네주며 말했다.

"어미 루프스도 꽤나 차도가 있습니다. 내일부터는 안전을 위해 이쪽은 폐쇄할 거예요."

리에타가 받아들며 아쉬운 듯 웃었다.

"아, 벌써요……."

수의사가 어깨를 으쓱했다.

"뭘 아쉬워하십니까. 아가씨는 와서 보셔야지요. 보름날 밤에 영주님 모시고 보러 오십시오. 보아하니 운이 좋다면 진귀한 구경을 할 수도 있을 것 같습니다."

진귀한 구경? 새끼 늑대가 보채는 듯 두 발로 서며 리에타 무릎에 앞발을 올리고 부산을 떨자 리에타는 얼른 양동이에 담긴 것을 아기 늑대에게 물려 주었다.

리에타가 문득 하늘을 보았다. 초저녁의 하늘에 거의 꽉 차 가는 하얀 달이 떠오르고 있었다. 보름달이 뜰 때가 다가오고 있었다.

보름달이 막 떠오른 저녁. 안전을 위해 평소보다 엄중하게 차단된 북동쪽 정원에 리에타와 킬리언이 들어섰다. 리에타는 이번에는 망가져도 괜찮은 튼튼한 작업복을 덧입었다.

킬리언이 눈을 찌푸리고 리에타를 바라보았다.

"다친 데는 없었고?"

"네. 하지만 맞춰 주신 옷이 상하게 된 건 죄송해요……. 앞으로 조심하겠습니다."

"옷은 상관없어."

킬리언이 못마땅한 낯으로 찡그렸다. 리에타가 어색하게 목덜미를 만졌다. 달칵. 정원 울타리의 문이 열렸다. 파바바박. 소리가 나며 작은 동물이 달려오는 소리가 들렸다. 곧 시야에 하얗고 조그만 것이 잡혔다. 킬리언이 막아서듯 앞으로 한 발 나서자 새끼 루프스는 달려오다 말고 멈칫 하며 우뚝 섰다.

리에타가 미소 지으며 앞으로 나와 쪼그려 앉아 팔을 벌렸다. 루프스는 킬리언의 눈치를 보며 꼬리를 내린 채 기웃거릴 뿐 달려와 안기지 않았다.

"늑댕아."

리에타는 사람들이 친근하게 부르는 애칭을 입에 담았다. 그러나 아기 늑대는 달려오는 대신 귀를 쫑긋 하고 휙 뒤로 고개를 돌렸다. 그러더니 파바바박 어딘가로 달려가기 시작했다.

놀란 리에타가 일어섰다. 기묘한 위화감. 우리 안에 아르젠 루프스가 없었다. 키이이잉. 소리가 나며 마수의 아공간이 펼쳐졌다.

어느새 다가온 킬리언이 침착하게 리에타의 어깨를 붙잡았다.

"영주님. 이건……."

"괜찮아. 대비되어 있다."

그가 리에타를 제 앞으로 끌어당겼다. "나를 놓지 마라."

저편에 사람의 형상이 보였다. 순식간에 쇄도한 아기 루프스가 인영을 향해 뛰어오르고 있었다. 놀란 리에타가 소리쳤다.

"늑댕아!"

앉아 있던 사람은 가볍게 팔을 들어 제 품으로 뛰어든 아기 늑대를 끌어안았다. 고개를 돌리자 몸 위로 드리워져 있던 긴 은발이 사르륵 베일처럼 움직였다.

그이는 리에타와 킬리언 쪽을 한 번 보더니 늑대를 안고 천천히 일어섰다. 온몸 위로 드리워진 긴 은발이 달빛을 받아 빛나며 땅에 끌릴 듯 바닥으로 흘러내렸다. 순간 리에타와 눈이 마주쳤다.

와. 엄청난 미인……. 리에타는 생각보다 훌쩍 높아져 버린 그의 키에 올려다보며 퍼뜩 눈을 깜박였다.

'아. 남자?'

길게 늘어뜨린 고운 머릿결에, 너무 아름답기도 해서 순간적으로 여성인 줄 알았다. 하지만 몸을 곧게 세워 일으키자 달빛 아래 드러난 체형은 그가 남성임을 알게 해 주었다.

긴 은발의 중성적인 미남자가 품에 반짝이는 은늑대를 안고 있는 것이 마치 한 폭의 그림 같았다. 아기 늑대가 그의 품에서 가르릉거렸다.

'아디프.'

낯선 목소리에 리에타가 퍼뜩 눈을 들어 남자를 바라보았다. 눈이 마주치자 그가 싱긋 웃었다.

'이 아이 이름.'

아름다운 은발 사내의 등 뒤로 보름달이 떠 있었다. 리에타가 입을 가렸다. 맙소사. 비로소 그가 누군지 알아챘다.

"당신은……."

'루딘.'

리에타가 황급히 고개를 숙였다. "아, 안녕하세요. 저는."

'리에타.'

설명할 필요 없다는 듯, 그가 그녀의 이름을 말하며 웃었다.

'알고 있다. 당신에게는 신세를 졌지.'

루딘이 새끼를 안고 있는 자세는 굉장히 자연스러웠다. 그 품이 편한 듯 새끼 루프스, 아디프가 고개를 위로 해 그의 팔과 가슴에 몸을 부비며 하얀 꼬리를 살랑살랑 흔들었다. 그가 길고 유려한 손가락으로 은빛 털이 빛나는 루프스의 등을 사라락 쓸어 주었다.

"아르젠 루프스?" 킬리언이 눈을 찡그렸다. "수컷이었어?"

비죽 한쪽 입매를 당겨 웃은 아르젠 루프스가 흥, 코웃음 쳤다.

'왜 어미라고 믿어 의심치 않는 것인지 궁금하더군. 뭐, 알아보지 못한 것도 무리는 아니지. 원래 고등동물일수록 암수의 구별이 적다.'

그러더니 인간의 모습을 한 마수의 노란 눈동자가 노골적으로 킬리언과 리에타를 위 아래로 훑었다. 그러더니 픽 비웃었다.

'하등한 것들.'

리에타의 눈이 휘둥그레졌다. 부당한 평가였다.

"어디서 개소리가."

아르젠 루프스의 눈매가 확 날카로워지며 킬리언을 노려보았다.

'뭐가 어째?'

오싹한 기세가 쫙 퍼져나가며 공기가 얼어붙었다. 킬리언은 놀란 리에타를 감싸며 눈 하나 깜짝 하지 않고 태연하게 맞받아쳤다.

"그 하등한 인간의 호의로 목숨을 부지한 주제에 태도는 제법 당당하군. 하나만 알려 주자면 리에타와 나의 차이는 암수의 차이가 아니라 그냥 리에타와 나의 차이다."

시선이 맹렬하게 맞부딪쳤다. 포테일* 아르젠 루프스. 루딘. 어미가 아니었다. 수컷이었다.

◇◇◇◇

* 4-tailed

11

괜찮아, 사랑이야
- 황제 이야기

⚜

제국 수도 로드미뉴 황제 궁. 누군가 타니아 성녀가 머무는 황궁 귀빈실의 문을 두드렸다. 똑똑.

"타니아 성녀님."

창가에 앉아 책을 읽던 타니아 성녀는 자세를 바꾸지 않은 채 답했다.

"들어와요."

시종 사제가 문을 열고 들어왔다. 그리고 막 새에게 빵조각을 던져 주던 타니아 성녀의 앞에 다가와 허리를 숙였다.

"성녀님. 황제 폐하를 알현하시겠습니다."

성녀는 책장을 넘기던 손을 멈추고 황제의 시종 사제를 바라보았다. 이내 그녀는 안경을 벗어 내려놓고 자리에서 일어섰다.

경비병과 시종 사제 들이 지키는 문과 통로 들을 몇 단계나 지나 마침

내 타니아 성녀는 황제의 침실 높디높은 문 앞에 섰다. 고대어로 된 축사가 문 테두리를 따라 유려하게 음각된 까마득한 높이의 황금빛 문 너머에서 화려한 공허가 새어 나오고 있었다.

타니아 성녀는 눈을 가늘게 떴다. 일반인은 물론이거니와 어지간한 사제도 느끼기 어려울 정도로 희미한 기운이었지만 고도로 발달한 영안을 가진 타니아 성녀는 다양한 종류의 강대한 신성력과 그 틈새로 스멀스멀 기어 나오는 검붉은 악마의 기운을 고스란히 볼 수 있었다.

"황제 폐하. 타니아 성녀님께서 드셨습니다."

시종 사제가 안쪽을 향해 그녀의 방문을 알리자 무거운 침실의 문이 조용히 존재감을 드러내는 소리를 내며 느리게 열렸다. 타니아는 시종에게 눈짓한 뒤 홀로 황제의 침소 안으로 들어섰다. 성녀가 들어선 후, 다시 끼이이익…… 긴 소리가 나며 문이 닫혔다.

타니아 성녀가 침대를 향해 걸어갔다. 적당한 거리에서 멈춰 선 뒤, 성녀는 가볍게 허리 숙여 인사했다.

"순례자 타니아가 황제 폐하를 뵙습니다."

검은 기운이 넘실거리는 몸. 의자에도 앉지 않은 채, 침대에 걸터앉아 비스듬히 머리를 짚은 황제가 두 사제들의 시중을 받으며 탁한 눈을 들어 그녀를 바라보았다.

"……타니아 성녀."

물기 하나 없는 메마른 목소리. 황제는 그렇게 한 번 불렀을 뿐, 아무 말도 하지 않았다. 황제의 옆에 엉겨 있는 검은빛 연기가 흐물흐물 사람의 형상을 이루었다. 몽마가 황제의 머리를 쓰다듬으며 귓가에 무어라 속삭였다.

타니아 성녀가 미간을 찌푸리며 바라보자 몽마는 황제의 어깨에 친근하게 제 팔을 감으며 그녀를 쳐다보았다. 초승달 모양으로 입가를 주욱 찢어 보인 몽마가 손가락을 하늘하늘 흔들며 사람 흉내를 내었다.

황제의 사제들은 모두 영안을 가지고 있으니 그것을 볼 수 있었을 것이나, 해결할 수도 없는 일에 분노나 공격성을 표출하여 제 충심을 증명해 보이려 하지는 않았다. 사제들은 그저 익숙하게 황제의 육신을 부축해 조금 더 편히 앉도록 했다.

황제의 모습을 바라보는 사제들의 눈빛에 이제는 전에 보이던 착잡함이나 분노조차 없는 것이 타니아의 기분을 묘하게 만들었다. 그들의 태도에선 이미 황제의 끝을 준비하고 있는 듯한 체념이 보였다. 성녀가 다시 황제를 향해 입을 열었다.

"황제 폐하. 저도 바쁜 사람입니다. 할 일 많은 사람을 기약도 없이 몇날 며칠이나 기다리게 하셨으면 뭐라고 말씀이라도 하셔야 하는 거 아닙니까?"

황제는 아무것도 느끼지 못하는 사람처럼 멍하니 타니아 성녀를 쳐다보았다. 그 옆에서 몽마는 짐짓 슬퍼하는 체 잿빛 구름으로 만들어진 머리를 절레절레 움직여 보였다.

타니아 성녀는 묵묵히 황제의 모습을 바라보았다. 진심이라기보단 정신 차리라고 한 소리였지만 기실 공사다망한 그녀를 이렇게 기다리게 할 수 있는 인물은 대륙에서 황제가 유일했다.

신을 섬기는 자에게는 황제보다도 높은 사람인 교황조차 그녀를 마중 나왔으면 나왔지 기다리게 하는 법은 없었는데, 타니아는 황제를 알현하기 위해 이 주 가까이 기다려야 했다.

타니아 성녀가 씁쓸하게 중얼거렸다.

"안 좋아 보이시는군요."

황제를 만나면 좀 더 쏘아붙여 주리라 생각하고 있었지만 환자의 상태를 보니 영 그럴 마음이 사라지고 말았다. 그 정도로 꼴이 말이 아니었다.

더 야윌 데도 없다고 생각했건만, 더 야위는구나.

황제에게 뿌리박은 몽마도 처음엔 저렇게 크지 않았었다. 처음 발견되었을 때는 겨우 손가락 하나만 한 크기의 조그마한 새끼 악마였다. 그러나 이십 년 가까이 황제의 몸에 기생하여 그의 비탄과 고통을 착취한 악마는 이미 사람만한 크기로 성장해 그의 육신에 막대한 힘과 영향력을 행사할 수 있는 강력한 고위 악마가 되어 있었다.

이미 사람의 몸에 뿌리박은 악마는 숙주가 된 사람과 융합하며 사람의 일부가 되고 신성 공격에 면역성이 생기기에 구마의 힘으로도 어쩌지 못한다. 악마에게 한 번 뿌리박힌 인간은 죽을 때까지 벗어나지 못한다.

그러나 역사상 없던 일 — 대륙 통일 — 을 이미 한 번 해낸 시황제는 포기하지 않았다. 그는 모든 권력과 재력을 총동원하여 악마에게서 벗어나길 이십 년 가까이 시도하고 있었다.

악마에게 뿌리박힌 채 십구 년을 살아남는다는 역사상 없던 진기록을 세우기는 했다. 하지만 이미 그의 목숨에 끝이 보이는 지금까지 악마에게서 벗어난다는 목표는 손에 닿지 않고 있었다. 일어서도 좋다는 허락 따위는 없었지만, 타니아는 자리에서 일어나서 다가갔다.

"근래는 하루에 몇 시간이나 깨어 계십니까."

황제의 곁에 있던 사제가 성녀의 질문에 고개를 숙이며 답했다.

"폐하께선 타니아 성녀께서 오시고 처음 깨어나셨습니다."

"……내가 황궁에 온 지 열흘이 넘었다는 것을 알고 있습니까?"

"예. 폐하께선 오늘 이 주일 만에 깨어나신 것입니다."

"용케 살아 계시는군요."

타니아가 눈을 찌푸리며 황제를 빤히 쳐다보았다. 사제가 원망스러운 기색을 담아 안타깝게 목소리를 낮추었다.

"타니아 성녀님……."

타니아는 눈 하나 깜짝하지 않았다.

"할 얘기는 해야죠. 이대로는 오래 버티지 못합니다."

"성녀님……. 제발."

"외면할 때가 아닙니다. 비단 폐하의 몸 이야기만이 아닙니다. 제국이며 황실이 지금 얼마나 개판인지 저보다 더 잘 아실 텐데요."

타니아 성녀는 황제에게 다가갔다. 날카로운 성력이 타니아의 몸에서 넘실거리자, 황제의 곁에 있던 몽마는 슬그머니 웃고는 황제의 몸 안으로 스르륵 스며들었다.

"폐하와 둘이 이야기하겠습니다. 사람들을 물려 주십시오."

타니아 성녀는 황제를 알현할 때 항상 사람들을 물리고 독대를 했기에, 황제의 시중을 들던 사제들은 군말 없이 허리를 숙이고 물러갔다. 문 앞을 지키던 경비병과 시종, 다른 사제 들도 멀어지는 것이 느껴졌다.

타니아는 자신의 앞에 시체처럼 앉아 있는 남자를 물끄러미 내려다보았다. 대륙의 모든 나라가 그의 앞에 무릎을 꿇었다. 명실공히 대륙의 모든 지배자를 굴복시킨 지배자 중의 지배자. 유사 이래 최강의 정복군주로 불렸던 것이 불과 이십 년 전.

대륙에 최초의 제국을 세운 시황제라는 위대한 이름이 얼마나 허망한가. 육십이 되지 않은 나이에 하얗게 센 머리. 식사를 하지 못해 마르고 쇠약해진 몸. 햇빛을 받지 않고 너무 오랫동안 잠들어 있어 창백해진 얼굴. 그 맏아들에게 물려준 선연한 붉은 눈동자는 탁하게 핏기를 잃어 총기를 찾을 수 없게 된 지 오래였다.

오래도록 고통 받아 나약해진 인간의 육신에선 과거의 영광도 의연한 위엄도 찾을 수 없었다. 더욱이 영안으로 황제의 모습을 보는 타니아의 눈에 그는 껍데기만 인간일 뿐 거의 시커먼 몽마에 물들어 있는 상태로 보였다. 지난번 보았을 때보다 훨씬 심각해진 상태였다.

"이래서야." 타니아 성녀가 눈을 찌푸렸다.

"사람인지 악마인지 헷갈릴 지경이군요. 그렇게 당부를 드렸건만. 왜 또 이렇게 잠식이 진행된 겁니까? 하비투스 대사원 때문입니까?"

황제가 우두커니 중얼거렸다.

"……깨어 있을 수가 없어……. 타니아……."

황제가 천천히 두 손을 들어 올려 제 얼굴을 감싸며 중얼거렸다.

"세상 모두가 나를 농락하는 것 같아. 눈을 감았다가 뜨면 며칠…… 몇 주……. 그 사이 어쩌지 못하는 일들이 저질러져 있어."

"……."

"이번엔…… 하비투스 대사원이……."

황제가 고개를 들고 탁해진 붉은 눈을 그녀에게로 향했다.

"린델 대주교가 언데드가 되어 죽었다는 것이 정말이냐."

타니아 성녀는 잠깐 틈을 두고 답했다.

"……그렇다더군요. 유감입니다."

황제가 허탈하게 웃었다.

"……차라리 이 모든 것이 나쁜 꿈이었으면 좋겠군."

황제의 몸에서 흘러나온 악마의 형상이 상냥하게 그를 쓰다듬었다. 타니아 성녀가 한숨을 쉬며 황제에게 다가갔다.

"그러니 폐하께서 더더욱 정신을 차리셔야 하는 것 아닙니까."

황제가 두 손으로 이마를 감싸 쥐며 고개를 숙였다. 소매가 흘러내려 그의 두 팔에 남은 무수한 상처가 드러나 보였다.

"그대는 모른다. 아무리 저항하려 해도 자꾸만 꿈으로 끌려 들어가. 속절없이 시간이 흘러……."

"……."

"무슨 짓을 해 봐도 깨어 있을 수가 없어."

타니아 성녀가 착잡한 눈으로 그를 바라보았다. 방금 전에도 사제들이 치유 마법을 쏟아붓고 있었던 듯, 그의 팔 위에는 채 낫지 않은 무수한 자해의 흔적들이 은빛으로 빛나며 남아 있었다.

의지의 문제가 아닌 줄을 알아도 이겨 내라, 정신을 차리라 소리를 할 수밖에 없다. 근본적으로 타니아 성녀는 마냥 성격 좋은 성인군자가 아니었다.

황제의 안이함과 실수로 망친 인생과 희생된 목숨 들을 생각하니 눈앞에서 몽마에게 끌려들어 가 허우적거리고 있는 것을 가엾다 여기며 참을성 있게 보고 있을 수가 없었다.

"……킬리언이 필요해. 황실을, 제국을 맡길 사람은 그 애뿐이야."

타니아 성녀가 다시 한번 한숨을 내쉬었다.

"그분께는 이제 황위 계승권이 없습니다. 당신께서 그렇게 만드셨죠. 폐하께는 이제 황태자 전하가 있잖습니까."

"……황태자?"

황제가 멍한 눈을 들어 타니아를 바라보았다.

"황태자가 누구지?"

갈수록 가관이군. 타니아는 그냥 순순히 답해 주었다.

"힐스테드 황자 전하요."

"힐스테드? 그 어린애가 어떻게……."

"힐스테드 황태자 전하는 이제 열일곱입니다. 내년이면 성년이지요."

황제의 눈이 멍해졌다. "벌써……. 그렇게 됐나."

황제의 눈이 절망으로 물들며 제 얼굴을 손으로 감쌌다.

"빌어먹을……."

십구 년 전 시작된 몽마의 잠식은 꾸준히 그를 좀먹고 있었다. 이미 구마의 때를 놓친 악마의 마지막 권능은 한때 대륙을 호령했던 황제를 절망의 구렁텅이로 밀어 넣고 있었다.

세 번째 한숨을 내쉰 타니아 성녀가 지그시 눈을 감았다가 떴다. 타니아 성녀의 눈이 검게 물들며, 암황색 연기와 함께 메르데스가 그녀의 곁에 섰다. 메르데스가 대번에 혀를 내밀며 질색하는 표정을 했다.

"우웩. 역겨운 신성력."

메르데스가 제 몸 주변에 휙 휙 손을 휘저어 제가 머물기 편하도록 바닥에 마법진을 맺으며 투덜거렸다. 와당탕! 황제가 거칠게 팔을 휘저어 서랍장 위에 놓여 있는 물 주전자와 약그릇을 엎어 버렸다. 그 찰나, 동공을 좁힌 메르데스가 손을 들었다. 허공으로 날아가던 것들이 순간적으로 느려지며 멈추더니 스르륵 제자리로 돌아갔다. "교양 없기는." 메르데스가 비난하듯 혀를 찼다.

황제는 아무것도 들리지 않는다는 듯, 제 앞에서 악마가 나오든 말든 고개조차 들지 않은 채 중얼거렸다.

"이러려고……, 황제가 된 것이 아니야."

황제의 손이 부들부들 떨리고 있었다.

"이러려고 그 많은 피를 흘리며 제국을 통일한 것이 아니야."

황제가 자신의 떨리는 손을 내려다보았다.

"모든 일이 내 손을 벗어나고 있어. 그때와 똑같아……. 귀족원은 서로 제 이권 다툼에 바쁘고, 제국에는 역병이 돌고……. 언데드가 일어나고……. 집안 꼴은……."

타니아 성녀가 낮게 그를 불렀다.

"폐하." 성녀가 황제의 어깨에 손을 올렸다.

"그런 절망이 바로 폐하를 잠식하는 어둠입니다. 이렇게 비탄에 빠지시는 것이 바로 폐하의 몸에 뿌리박은 몽마가 원하는 일입니다. 이런 식으로는 그 몽마를 키우는 일밖에 되지 않는다는 걸 폐하께서도 아시지 않습니까."

"몽마……?"

황제가 멍한 눈으로 제 옆을 바라보았다. 스르륵 그의 몸에서 흘러나온 검은 기운이 일렁이며 황제를 마주보았다. 황제는 한참 후에야 멍청하니 중얼거렸다.

"아리아드네."

타니아가 날카로운 성력으로 황제 옆에 나타난 몽마를 후려쳤다. 그리고 가차 없는 진실을 쏘아붙였다.

"정신 차리십시오. 황후 마마가 아닙니다."

신성력에 찢겨졌던 몽마의 환영은 소용없다는 것을 증명이라도 하듯 하늘하늘 원래의 모습으로 돌아가고 있었다.

"똑바로 보십시오. 아리아드네가 아닌 베사니아입니다. 황제 폐하께서 아주 잘 먹이고 키우셔서 이름까지 얻은 고위 악마란 말입니다. 매일 황제 폐하를 악몽에 빠뜨리고 있고 곧 황제 폐하를 잡아먹을 몽마라고요."

황제는 다시 멍하니 중얼거렸다. "……아리아드네."

타니아 성녀는 차마 황제를 후려치지 못하고 골치가 아프다는 듯 이마를 짚고 물러섰다. 옆에서 메르데스가 픽 코웃음 치며 신랄하게 비꼬았다.

"완전히 정신줄을 놓으셨구만?"

타니아가 꾹 눈을 감았다가 뜨며 황제를 향해 차갑게 내뱉었다.

"이대로 돌아가시면 아주 볼 만하겠군요. 열일곱 황제에 미친 황태후. 엉망진창인 귀족원."

황제가 멍하니 타니아를 쳐다보았다. 타니아 성녀가 검게 물들인 눈동자로 그를 내려다보며 싸늘하게 말했다.

"제국이 이 대 만에 끝난다면 아주 볼 만하겠습니다."

황제가 얼굴을 일그러뜨리며 갈라진 목소리로 중얼거렸다.

"안 돼."

"안 된다고 생각하신다면 이러고 계실 순 없습니다."

"킬리언……. 킬리언이 필요해."

옆에서 메르데스가 흥얼거렸다. "미치고 환장하겠군."

말의 내용과는 달리 아주 재미있다는 얼굴이었다.

"아리아드네."

"……."

타니아 성녀는 끝내 눈을 감고 돌아섰다.

"……드디어 완전히 맛이 간 건가? 하긴 오래 버텼지. 이십 년을 정신계 악마의 숙주로……."

"……아직 짐은 맛이 가지 않았다."

"용케 기억하시는군요."

간신히 차분한 모습으로 돌아온 황제가 메마른 손으로 눈을 누르며 한숨을 내쉬었다.

"흉한 꼴을 보였군. 솔직히 요즘 꿈에서 깨어난 직후엔 제정신이 아니다."

"어지간하면 제정신이 돌아오신 후에 불러주시죠. 피곤합니다."

황제가 희미한 미소를 지었다.

"그럴 수 있다면 좋으련만. 언제 다시 잠들지 모르니. 그대. 타니아 성녀. 짐을 오래 기다렸다고."

타니아는 씁쓸한 표정으로 황제를 바라보았다. 보통 사람이라면 여섯 달을 견디지 못하고 미치거나 죽어버릴 몽마의 악몽에 이십 년을 시달리고도 아직 살아남은 사람이었다. 대륙에서 가장 탁월한 사제들의 신성 마법과 온갖 성물들의 가호를 온몸에 둘렀다지만…….

망각의 축복을 받지 못하는 순간순간의 무뎌지지 않는 악몽들. 이만큼 버텨내고 있는 것도 놀라운 일이었다. 잠자는 내내 생생하게 반복되는 인생의 가장 큰 실수와, 가장 빼아팠던 상실과, 전쟁에서의 잔혹한 장면들이 가장 끔찍한 방식으로 뒤섞인 악몽에 황제는 끊임없이 시달리고 있었다.

황제도 처음에는 잘 버티고 있었다. 잠드는 시간도 처음에는 일반적인 사람과 비슷한 수준이었다. 어떤 날은 겨우 세 시간 잠들었고, 어떤 날은 열두 시간 넘게 잠에 빠져들기도 했지만 평균적으로는 하루에 일곱 시간.

겉보기에는 조금 안색이 좋지 않을 뿐 그에게 큰 문제가 있다는 것은 숨길 수 있었다. 황실과 황제의 직속 사제, 악마학자 들이 비밀리에 그가 가진 문제의 해법을 찾으려 애쓰고 있는 동안 황제는 냉정하게 자신의 상태를 점검하고, 평소처럼 정무를 처리하며 비밀리에 방법을 찾았다. 때때로 외부에 자신의 건재함을 과시하기도 했다.

그러나 힐스레인 황녀가 역병으로 요절하며, 굳건해 보이던 그의 가면에 균열이 생기기 시작했다. 황제는 황녀의 장례식까지 단 한 번도 눈물을 보이지 않았지만 황제가 매일 잠에 빠져드는 시간은 반년 만에 열 시간 이상으로 늘어났다. 그리고 조금씩 그를 좀먹듯, 그가 잠에 빠져드는 시간은 길어지기 시작했다.

황제의 주변을 지키는 시종들은 점차 고위 사제들로 대체되어 갔다. 일반인들은 황제가 신성 사제였던 형과 독실했던 황후의 영향으로 딸이 죽은 후 신에게 의지하는 마음이 커져서 그런 줄로만 알았지만, 기실 사제가 아니면 그의 시중을 들 수 없게 되어 가고 있었기 때문이라는 것은 극소수의 사람들만이 알고 있었다.

사람을 미치게 하는 악마의 숙주가 된 황제는 점차 악화되어 갔다. 점차 기억하지 못하는 일이 많아졌고, 판단력이 흐려져 갔고, 헛소리를 하기도 했다. 죽은 사람과 죽지 않은 사람을 혼동했고, 꿈과 현실을 혼동했다. 이따금 격노하며 어째서 자신을 깨우지 않느냐, 왜 깨우지 못하느냐, 후려쳐서라도 잠을 깨우라 화를 내었다. 그래봤자 잠을 깰 수 없다는 것을 알면서도 자해까지 하였다.

황제는 황녀의 죽음에 대해 단 한 마디도 하지 않았지만 그의 몸에서 커져 가는 몽마는 그가 느낀 깊은 비탄을 증명했다. 그에게 슬픈 일이 있을 때마다 황제가 잠에 빠져드는 시간은 부쩍 늘어났다. 황제는 점점 더 늪에 빠져들며 야위었고, 죽어가고 있었다.

그리고 십삼 년 전, 십여 년을 소중히 보호해 온 아리아드네 황후의 묘소에서 예기치 못한 일이 벌어졌다. 성군이 되리라 추앙받던 큰아들은 황궁 한복판에서 수십 명의 사람들을 학살한 후 제 형제의 머리를 잘라 들고 와 그것을 황제의 앞에 집어던졌다.

미쳐 버린 황비는 황제의 앞에서 칼을 뽑아 들고 황자에게 달려들었다. 평생을 사랑한 황후 아리아드네와의 마지막 약속은 무너졌고, 계약결혼으로 시작하였으나 신뢰하는 동반자로서 오래도록 그의 곁을 지켜 주었던 황비는 미쳐 버렸다.

미래를 기대하게 했던 황자 킬리언은 황적을 박탈당하고 추방될 때까지 단 한 마디도 스스로를 변호하지 않고 침묵한 채 황궁을 떠났다.

그날 이후 황제는 하루에 열여섯 시간 이상을 깊은 잠에 빠져 있게 되었다. 킬리언이 떠나고 황제가 두문불출한 십여 년 동안 그 시간은 조금씩 늘어 갔다. 급격히 늙고 야위어 정상적인 상태로 바깥을 활동하기 어려울 정도의 지경이 된 지는 이미 오래. 이미 작년부터 황제는 하루에 채 한 시간을 깨어 있기가 어렵게 되어 있었다.

"그래……. 킬리언을 만나고 왔다고."

"네. 훌륭하게 자라셨더군요. 황제 폐하보다 훨씬 낫습니다."

황제가 한숨같이 미소 지었다.

"당연한 소릴."

지고한 이의 머리는 그 누구보다도 높은 곳에 있어야 한다 하여 황좌는 언제나 가장 높은 곳에 자리하여 있다. 언제나 위엄을 지키기 위해 허리를 펴고 꼿꼿이 앉아 있어야 한다.

그러나 죽음에 삼켜지기 직전의 중환자는 그런 허울은 모두 내려놓은 채 걸터앉은 침대에서 허리를 숙이고, 무릎 위에 팔꿈치를 대고 고개를 숙이고 있었다.

"아베르사티를 황비궁에 유폐했다."

타니아 성녀가 불친절하게 대꾸했다.

"모처럼 잘하셨군요."

"그녀를 폐위할 생각이야."

이번에는 잘 생각하셨다는 말이 나오지 않았다. 타니아는 물끄러미 그를 쳐다보다가 입을 열었다.

"증거가 없을 텐데요. 귀족원의 반발이 거셀 겁니다. 재상은 기회를 놓치지 않을 거예요."

"재상은 움직이는 순간 제거될 것이다."

타니아 성녀는 가만히 그를 바라보았다.

"결심을 하신 겁니까."

황제가 물끄러미 손가락 틈새로 방구석을 바라보았다.

"난 곧 죽는다. 그 전에 정리해야 해."

남 얘기처럼 중얼거리며 앙상하게 마른 손을 내려다보았다.

"지금도 너무 늦었어."

타니아 성녀는 그의 속내를 가늠하듯 가만히 쳐다보았다. 귀족들은 영주로서 자신들의 땅에서 행사할 수 있는 권력을 황제에게 빼앗기지 않기 위해 신경을 곤두세우고 있었다. 그들은 필연적으로 황제에게 집중되는 권력을, 그리고 황제가 어디까지 할 수 있을지를 두려워하고 있었다.

처음엔 황제도 자신이 넘쳤다. 대륙의 지배자들을 다 무릎 꿇렸으니 그럴 만도 했다. 그래서 슬금슬금 기어오르려는 귀족들의 아슬아슬한 명분론을 다 받아 주며 여유를 부렸다. 그에게 돌이킬 수 없는 악마의 잠식이, 시한부의 삶이 기다리고 있을 줄은 몰랐기 때문이었다.

"명백한 증거도 없이 지금 아베르사티 황비를 폐하려 하면 악시아스 대공을 기어이 다시 불러들일 생각이라고밖엔 해석되지 않을 겁니다. 귀족은 귀족대로 시빗거리 잡았다고 날뛸 거고 황태자의 입지는 엉망이 될 거예요. 그쪽을 완전히 포기하시기로 마음을 굳히신 것이라면 모르지만, 아니실 텐데요."

황제가 무릎 위에 얹은 깍지 낀 손을 내려다보았다.

"그래. 그것을 걱정하다 지금껏 아무것도 못했다. 하지만 이제 시간이 없어."

그가 타니아 성녀를 향해 붉은 눈을 들었다.

"위험은 감수하고 갈 수밖에 없다. 이미 아베르사티가 저지른 일들의 폐해가 심각하여 돌이킬 수 없는 지경에 이르렀다. 더 이상 황비를 비호하는 귀족원을 좌시할 순 없어. 더 빨리 시작해야 했다. 내가 이 지경이 되기 전에. 대사원이…… 그 지경이 되기 전에 해야 했는데."

귀족들은 딱히 황비를 좋아하지는 않았지만 황비보다는 황제가 더 위협적이었기에 황비를 비호하는 것으로 자신들의 이권을 챙기고 균형을 유지하려 했다.

비슷한 이유로 악시아스 대공이 위협적이었기에 그들은 황태자를 비호하는 입장을 취했다. 이미 귀족원과는 틀어진 데다 저 먼 곳에서 홀로 귀족들을 쥐락펴락하며 두려울 것이 없는 악시아스 대공보다는 털면 나올 것 많은 황비에게 발목 잡인 열일곱 황태자 쪽이 훨씬 만만한 상대였다.

황제가 그간 황비가 저질러 왔던 수많은 악행들에도 불구하고 정면으로 그녀를 공박하거나 완전히 찍어 내지 못했던 이유는 부채감과 죄의식만 있었던 것이 아니었다. 황제는 악마의 숙주가 되어 제가 저질러 놓은 통일 제국이라는 괴물을 제대로 책임지지 못했다. 차기 황제가 될 황태자에게 부담으로 고스란히 전가될 일이었다.

앞으로 제국을 안정시켜가야 할 황태자에게 힘을 보태 주기 위해 황제는 앞으로 평생을 따라다니게 될 정치적 부담을 최대한 덜어 주고자 했다. 그것은 많은 명분 앞에서 황제를 무리하게 했다.

그가 제위 초기에 제대로 잡아내지 못한 힘겨루기의 주도권은, 그가 제대로 대외 활동을 하지 못하는 사이 많이 기울어 귀족들의 편으로 넘어가 있었다. 귀족원이 내세운 허울 좋은 명분들이 우습게도, 그들은 황제에게서 정중히 빼앗은 권력을 그가 원치 않는 방향으로 휘두르고 있었다.

이미 돌이킬 수 없는 일. 그 균형을 올바른 방향으로 되찾는 것은 차기 황제의 역량에 달려 있는 몫이었다.

"이미 짐이 부덕하고 황비의 허물이 과하여 깨끗하게 새 시대를 열게 해 주기는 글렀다. 흠결 없는 명분과 오롯한 새 시대. 그런 데에 집착하다 킬리언 때와 같은 실수를 할 순 없어."

그는 킬리언 때도 그랬다. 자신의 업적과 함께 자신이 이루지 못한 평생의 숙제를 아들에게 넘겨줄 준비를 하며, 해 줄 수 있는 모든 것을 다 해 주고 싶어 하다가 도리어 타이밍을 놓쳐 그것을 망쳐 버렸다.

그때의 실수를 반복하는 일이 될까 봐, 에스텐펠트는 돌아가지 않는 이성을 간신히 부여잡고 스스로를 추스르며 자신의 남은 목숨을 태워 가며 노력하고 있었다.

에스텐펠트는 무력 하나로 제국을 이루어 냈다. 그러나 일단 통일이 된 이후의 제국에 필요한 것은 무력보다는 지혜와 명분과 정치 감각이었다. 아무리 정치 감각이 빼어난 지도자가 지혜로운 수백 수천 명의 현자와 함께 한다 해도 최초의 제국이라는 미지의 괴물 앞에서 온갖 실수와 시행착

오를 겪지 않을 수 없었을 것이다.

그런데 하물며 에스텐펠트 같은 진퇴양난의 상황에야. 그에게 악마의 침식이라는 비밀이 생기며 황제는 그에게 도움을 주었어야만 했던 이들로부터 스스로를 고립시키고 말았다. 에스텐펠트는 몽마에게 사고력과 정신력을 죄다 빼앗기고 지혜와 총기를 잃어 가고 있었고 이제는 시간마저 없었다.

제국은 흔들리고 있었다. 제국에는 강력한 리더십을 지닌 새로운 구심점이 필요했다. 황제가 악시아스 대공에 대한 미련을 접지 못하는 것도 이해는 되었다.

그러나 이상적인 성군이 되리라, 제국을 정말로 완성할 것은 그이리라 추앙받았던 황자 킬리언은 모두의 기대를 저버리며 일찍이 모든 명분과 자격을 상실했다. 그 스스로도 그것을 계속해서 공고히 했다. 이미 온 대륙이 그를 미치광이 살인마라고 부른다. 냉혹한 북방의 패자 악시아스 대공으로서는 모를까, 황족으로서 그의 정치적 생명은 이미 오래전 끝났다.

그래도 황제가 저렇게 미련을 못 버리고 티를 내는데, 내심 조금은 생각이 남아 있지 않을까 했지만, 동쪽 별채에서의 사고로 그의 내면을 우연히 엿보게 된 타니아 성녀는 깨끗이 포기했다. 그의 안에는 제위에 대한 미련이 단 한 톨도 없었다. 킬리언은 황실에 완전히 정을 떼어 버렸다.

타니아 성녀는 그날 알았다. 킬리언은 절대 돌아오지 않는다. 그는 악시아스를 사랑하고 있었다.

“쓸데없는 욕심을 부려선 안 됐어. 킬리언이 두각을 드러내기 시작했을 때 귀족원이 도발을 해 오든 말든 그 애를 황태자로 책봉해야 했는데. 어차피 나의 제국이라고, 어차피 그 애의 것이 될 것이라고 그토록 안이하게 생각해서는 안 되었는데.”

에스텐펠트가 중얼거렸다. 타니아 성녀는 상념에서 깨어나 그를 바라보았다. 황제는 씁쓸한 태도로 자조했다.

"나와 달리, 그 아이는 완벽하게 더 많은 사람들에게 인정받기를 바랐다. 충분히 그럴 수 있는 아이였으니까."

타니아 성녀는 황제를 향해 실성한 노인 같은 만약에 타령과 옛날 타령은 그만두라고 핀잔하지 않았다. 대신 그녀는 물끄러미 깍지 낀 그의 거친 손을 바라보았다. 그의 몸에 있는 장신구는 대부분 축성 성물이었지만 그 손에 끼워진 결혼 예물인 붉은 루비 반지만은 그렇지 않았다.

"그 애에게서 시작될 새 시대를 위해 그 아이가 가질 수 있는 모든 것을 주고 싶었다. 그 누구도 감히 이의를 제기할 수 없는……, 모든 명분을 주고 싶었다. 그래서 기다렸다. 그래서 로드미뉴의 황태자 전승 문화를 이어 가리라 주장했던 거야."

"……."

"전부 오만이었지."

타니아가 툭 쏘았다.

"폐하는 팔불출입니다. 그 순간을 즐기고 싶으셨던 거죠. 내심 킬리언 전하께서 당당히 모두의 인정을 받으리라 의심치 않으셨던 것 압니다."

"……부정할 수가 없군."

"그리고 지금 악시아스 대공이 몇 살인데 '그 아이' 타령입니까. 못 들어 드리겠습니다."

"그것도 부정할 수가 없군."

황제가 모처럼 소리 내어 짧게 웃었다. 그가 볼우물이 푹 패인 얼굴을 들어 타니아 성녀를 바라보았다.

"킬리언이 스물여덟이 되었던가."

"서른하나입니다. 곧 서른둘이 되시죠."

황제는 눈썹을 당겨 올리며 조금 놀란 티를 내었다가 눈을 휘어 웃었다. “그래? 그럼 지금이 제국력 십구 년인가.”

황제가 허리를 펴며 창밖을 바라보았다. 창밖을 보는 붉은 눈에 바람에 스러지는 낙엽이 스쳐 지나갔다. 아들의 나이로부터 지금의 연도를 추정하는 그의 모습을 보며 타니아 성녀는 그가 잃어버린 시간을 생각했다.

아직 성년이 되지 않은 황태자와 악시아스 대공을 제외한 황제의 자식들은 모조리 성년이 되기 전 죽었다. 고명딸은 역병으로 어려서 요절했고, 다른 둘은 악시아스 대공의 칼에 죽었다.

악시아스 대공이 서른이 넘었다지만 황제는 그를 성년이 되자마자 황적에서 지우고 떠나보내었으니 ‘그 아이’ 소리가 나올 만도 했다.

‘에스텐펠트는 자식으로 인해 피눈물을 흘리게 되리라.’

저주. 에샤힐테 여왕의 저주는 어디까지 뻗어 있는가. 호적에서 파낸 자식은 예외가 될 수 있을까. 글쎄.

“내 쓸데없는 욕심이 일을 그르쳤다. 제위 초기에, 빠르게 귀족들을 제압하고 황권을 공고히 해야 한다는 조언을 흘려들어선 안 됐는데. 킬리언을 진작 황태자로 책봉해야 했는데.”

지나치게 살이 빠져 더 이상 맞지 않는 붉은 루비 반지가 손가락에서 비스듬히 겉돌았다.

“아는가.” 황제가 슬쩍 미소 지었다.

“그 또한 짐이 꾸고 있는 악몽 가운데 하나다.”

에스텐펠트가 돌아간 반지를 바로 잡으며 미소했다.

“내가 좀 더 일찍 죽은 후 아리아드네의 곁에 함께 묻히고…….”

“…….”

“‘킬리언 릴페이엄’이 황제가 되어…….”

아리아드네에게 했던 약속대로, 아베르사티와 윌리엄과 살레리온을 보호하고 그 아이가 좋은 제국을 만드는 꿈…….

"그 꿈은 아주…… 달고, 깨고 나면 아주 쓰다."

에스텐펠트가 흐린 눈으로 미소 지었다. 한 시대를 풍미했던 영웅이 창밖을 향해 고개를 돌렸다. 그해의 푸르렀던 잎사귀들이 화려하게 자신을 물들인 채 창가에서 흔들리고 있었다.

바람 한 줄 들어오지 않는 침실. 화려하고 텅 빈 방. 그 안에 스스로를 가둔 늙은 남자가 덧없이 눈부신 한 낮의 창공을 바라보고 있었다.

"늑대는 부성애가 강한 동물이지요. 아르젠 루프스 역시 늑대의 일종이니까요."

"그러게요……. 어째서 어미 늑대일 거라고만 생각했을까요."

수의사가 민망한 듯 뒤통수를 긁적였다. 잘 아는 것처럼 말은 했지만 그로서도 저 아르젠 루프스가 수컷일 수 있다는 가능성을 염두에 둔 적이 없었다.

가까이 접근할 수도 치료할 수도 없으니 어미, 아니 성체 쪽에는 신경을 기울일 일이 없었다는 핑곗거리가 있는 것이 다행일 뿐이었다.

간밤에 아공간에서 보여주었던 인간 모습의 환영이 꿈이었던 것처럼, 루딘은 평범한 은늑대의 모습으로 우리 안에 엎드려 쉬고 있었다. 은늑대라는 것이 원래 평범하지는 않지만.

"저도 미처 생각지 못했네요. 저렇게 몸체가 큰데 수컷일 수도 있다는 생각을 충분히 할 수 있었는데……."

리에타는 치마 밑에 달려와 보채는 아디프를 안아 들었다. 사람 모습의 환영으로 나타난 루딘이 리에타에게만은 아디프를 안아도 좋다고 허락했기 때문이었다.

체격 이야기가 나오자 리에타는 우리 안에 늘어져 쉬고 있는 늑대 모습의 루딘을 바라보며 의기소침해졌다. 보기 드물 정도로 큰 킬리언과 여자 중에서도 작은 편인 자신의 비교가 저 고귀한 마수에게 인간의 진화 정도의 척도로 사용되어 버렸다는 것이 신경 쓰였다.

하등하다니……. 인류 대표가 되기엔 극단적인 규격을 가지신 분과 견주어 그런 결론이 나왔으니 억울한 측면이 적지 않았다. 그저 우릴 놀리려고 한 말일 뿐일까.

암수의 구별이 적다는 것이 고등하고 하등하고의 척도로 쓰일 수 있느냐부터도 반론의 소지가 있겠지만, 설령 쓰일 수 있다 쳐도 킬리언과 리에타의 차이가 다른 동물에 비해 인류가 하등하다 여겨질 정도로 큰 차이인가 하는 의문이 들었다.

루프스의 아공간에 초대받은 사람에는 킬리언과 리에타 외에 수의사와 다른 사람들도 있었는데 루딘은 왜 굳이 킬리언과 리에타를 비교했을까. 수의사만 해도 킬리언과 리에타의 딱 중간 정도에 그치는 일반적인 체격의 사내였다. 사실 인류 대표로 비교 삼기에는 그쪽이 훨씬 평범한 예였다. 이렇게 일반적인 체구를 가지신 분과 비교되었다면 인간이 하등하다 소리를 들을 정도로 체급 차이가 커 보이지는 않았을 텐데.

'아르젠 루프스는 암수 사이에 이 정도의 체구 차이도 없나?' 루딘의 한쪽 귀가 살짝 움직이더니 마수의 노란 눈동자가 슥 움직여 리에타에게 향했다.

'「이 정도」 차이라기엔 꽤 체급 차이가 나 보이는데.'

아르젠 루프스가 마법으로 만들어낸 목소리가 공기를 울렸다. 리에타는 놀라서 눈이 동그래졌다. 아공간의 힘을 빌리지 않고 저 모습으로도 말을 할 수 있구나. ……그런데 방금 내가 입 밖으로 소리 내 말했던가? 리에타는 얼떨떨하게 루딘을 바라보았다.

그때 낯익은 손길이 리에타의 어깨를 짚어 왔다. 올려다보자 익숙한 붉은 눈동자와 시선이 마주쳤다.

"한 가지 생각에 골몰해 있지 마라. 읽힌다."

"아."

비로소 사태를 깨달은 리에타가 주춤 반걸음 물러섰다. 아르젠 루프스가 생각을 읽는 능력을 가지고 있구나. 루프스처럼 달의 힘에 영향을 받는 마수는 정신에 관한 능력을 가진 경우가 많다는 것이 뒤늦게 떠올랐다.

마수에 대해 좀 더 공부해 둘걸……. 리에타는 얼굴이 붉어지며 고개를 숙였다. 아르젠 루프스에 대해 잘 모른다는 것이 여기저기서 티가 나고 있었다. 밀린 일을 처리하는 데에 몰두하느라 공부할 시간을 내지 못했더니…….

무슨 생각에 빠져 있었는지 루프스는 물론이거니와 영주님에게까지 환히 보여 버렸다. 은늑대가 문득 사람처럼 픽 코로 웃는 소리를 내었다. 또 읽힌 건가? 리에타는 다시 한 걸음 주춤하며 마음을 사로잡는 생각을 지우려 애썼다.

깊이 골몰하고 있는 생각을 읽어 내는 정도는 특별히 아공간을 펼치거나 마법까지 쓰지 않아도 가능할 수 있으니 방심해선 안 되는데……. 별 대단한 생각을 하고 있는 건 아니더라도 속내를 훤히 보여 주고 싶을 리 없다.

킬리언이 눈을 찡그리곤 한 손으로 훽 망토를 들어 리에타를 감쌌다.

"살 만한가 보군. 남의 생각까지 캐고 있는 걸 보니."

망토가 걸쳐진 팔이 리에타의 어깨를 안아 당겼다. 리에타가 뻣뻣하게 굳어지려는 찰나 킬리언이 중얼거렸다.

"마법 차단 기능이 있다."

리에타가 얼떨떨하게 끄덕이듯 살짝 고개를 숙였다. 킬리언이 그녀의 머리를 내려다보았다. 새삼 이렇게 해 놓고 보니 정말 조그마하네. 조금 더 편하게 그녀를 제 앞으로 끌어당기며 킬리언은 리에타의 머리 위에 툭, 턱을 갖다 댔다.

"작다."

당황한 리에타가 반론했다.

"저 그렇게 작지 않은데……. 영주님께서 너무 크신 거 아닐까요."

킬리언이 아래를 내려다보았다. 저도 모르게 본심을 말해 버린 리에타의 얼굴이 새빨개졌다.

"그러니까……. 제 말은, 저희를 보고 인간 전체를 속단하기엔……. 영주님이 많이 늠름하신 편…… 이라는……."

킬리언이 가만히 그녀의 말을 반복했다. "……내가 늠름해?"

말을 할수록 바보짓이 되는 것 같아 리에타는 귀까지 빨개졌다. 리에타는 그렇다고도 아니라고도 못하고 입을 꾹 다문 채 고개를 숙였다.

수의사가 입가를 씰룩이며 시선을 피했다. 루딘도 말없이 눈동자를 움직여 리에타를 쳐다보았다. 킬리언이 묘한 낯으로 리에타를 내려다보았다.

늠름하다고? 내가 좀 그렇긴 하지만 저한테 감히 그런 표현을 한 사람은 없었다. 위협적이라거나, 애 울리기 딱이라거나, 악시아스에서 칼 쓰기에 효율적인 체격이란 소리는 좀 들었지만.

저렇게 귀여운 뉘앙스의 단어로 들으니 제법 괜찮게 느껴지잖아. 온건하게 들리기도 하고. 킬리언이 입가를 매만졌다.

'늠름하시다'라. 흠……. 나쁘지만은 않은데.

킬리언은 문득 리에타의 머리카락 속, 하얀 목덜미에서 붉은 자국을 발견하고 생각을 멈추었다. 그의 눈썹이 찡그려졌다. 리에타의 팔에 안겨 있느라 덩달아 자신의 품속에 있게 된 아디프를 눈짓하며 그가 루딘에게 물었다.

"저 녀석은 암컷이냐 수컷이냐."

'왜.'

킬리언이 그녀의 목 뒤에 드리워져 있던 머리카락을 한쪽으로 걷어 냈다. 리에타가 얼떨떨하게 목을 움츠렸다. 그의 시선이 리에타의 뒷목에 닿았다. 옷깃과 머리카락 사이에 가려져 있던 붉은 생채기가 또렷하게 킬리언의 눈에 들어왔다.

"집적거리지 못하게 해. 리에타가 목을 다쳤잖아."

루딘이 리에타를 바라보았다. 그는 의외로 순순히 사과했다.

'그랬나? 미안하게 되었군. 당신은 상당히 수준 높은 신성 마법을 가지고 있던데, 왜 스스로 치료하지 않았지?'

목? 리에타가 어리둥절한 얼굴이 되어 한 손을 들어 제 목덜미를 만졌다. 자기가 다친 줄도 모르는 듯 그녀의 손이 엉뚱한 데를 더듬거렸다. 킬리언이 작게 혀를 차며 손을 뻗었다.

"왜 아픈 줄도 몰라?"

그는 상처 근처에서 헤매던 리에타의 손을 잡아 다친 자리로 옮겨다 놓았다. 킬리언에게 잡힌 손이 머리카락 속에 숨겨져 있던 상처에 가 닿았다. 채 아물지 않은 상처가 희미하게 따끔했다.

둔한 여자. 다친 줄도 모르다니. 조금 신경 쓰이긴 하지만 알려 주었으니 스스로 치료할 수 있겠지. 늑대의 말마따나 그 자신이 꽤나 수준이 높은 치유 마법 능력을 가지고 있으니.

이내 리에타는 자신의 상처를 손으로 감싼 채 신성력을 일으켰다. 스스로 상처를 치료하는 모양이었다. 킬리언이 잠깐 그녀를 바라보던 시선을 거두고 루딘을 향해 물었다.

"부상은 어떠냐."

'아무 문제없다 하면 당장 풀어줄 테냐?'

킬리언은 그대로 루딘을 외면하고 수의사에게 물었다.

"아르젠 루프스의 상태는 어떻지?"

수의사가 웃으며 답했다.

"어젯밤의 월광욕 이후 확실히 많이 회복되고 안정되었습니다. 아직 거동은 불편한 상태지만 이 이상 상처가 덧나거나 위독해질까 걱정하지는 않아도 될 것 같습니다. 이젠 내버려 두어도 별일 없으면 자연 치유가 될 겁니다."

확실히 숨을 쉴 때 전처럼 쉭쉭 거리는 불편한 쇳소리가 들리지 않는 것이 이전보다 편안해 보였다. 수의사의 말이 이어졌다.

"아르젠 루프스가 협조적이라는 전제 하에 겨울이 오기 전에는 방생이 가능할 것 같습니다."

킬리언이 물었다. "협조적이지 않다면?"

수의사가 말끝을 흐렸다.

"그럼……. 겨울이 오기 전에 방생해야겠죠."

킬리언이 물끄러미 쳐다보았다.

"어째서 결론이 똑같지?"

수의사가 눈썹을 애매하게 꺾어 웃으며 답했다.

"같진 않습니다. 전자의 경우는 방생이 가능해지는 시점이 늦가을, 후자의 경우는 방생하지 않으면 안 되는 시점이 늦가을이니까요……?"

협조적이면 가을부터 방생할 수 있지만 비협조적이면 가을 이후까진 데리고 있을 수 없으리라는 말인가. 어쨌든 가을의 말미, 겨울의 초입이 분기점이라는 것은 같군.

"비협조적이라면 가을 이후까지 데리고 있기 어려운 이유는?"

수의사는 루딘을 한 번 힐끔 쳐다보곤 입을 여는 것이 다소 내키지 않는 얼굴로 말했다.

"지금 저희의 마법 기술로는 온전히 회복한 상태의 포테일 아르젠 루프스를 온전히 억류할 수 있을지 알 수 없기 때문입니다."

리에타가 퍼뜩 루딘을 바라보았다. 루딘은 못 들은 척 조용히 시치미를 떼고 사람들을 외면하고 있었다. 수의사가 조금 어색하게 뺨을 긁적이며 그러는 그를 바라보았다.

"포테일 아르젠 루프스가 완전히 회복해 마법 포박을 부수고 성 내에서 분탕질을 치기라도 한다면 정말로 위협적일 겁니다."

사람은 아니라지만 어쨌든 멀쩡히 대화가 가능한 존재가 듣고 있는 앞에서 이 짐승이 여길 다 때려 부수고 깽판을 놓거나 우릴 죽일 수도 있다는 가능성을 언급하자니 꺼림칙한 모양이었다.

늑대의 모습을 하고 있긴 하지만 루딘은 간밤에 달의 기운을 받고 부상에서 회복해 인간의 언어로도 의사소통이 되는 상태였다. 루딘은 제 이야기를 곁에서 하는 걸 뻔히 듣고 있을 텐데도 우리 안에서 조용했다.

간밤에 아공간에서 대화한 것으로는 말이 통하긴 할 것 같은데.

"이봐, 늑대." 킬리언이 우리 안쪽을 향해 말을 걸었다. 아르젠 루프스가 그를 향해 레몬 빛 눈동자를 움직이며 한발 앞서 대답했다.

'내가 협조적이리라 주장한다면 믿을 텐가?'

킬리언이 무표정하게 말했다.

"협조하든 하지 않든 결과는 같다는데 내가 그런 걸 물을 것 같은가."

루딘은 그의 대답이 못마땅한 듯 입을 열어 사나운 송곳니를 잠깐 드러냈다. 킬리언이 말을 이었다.

"새끼가 있으니 월동 준비를 할 시간을 벌고 싶을 테지."

'…….'

루딘은 대답하지 않았다. 킬리언은 그의 반응을 기다리지 않고 말을 이었다.

"빨리 회복한다면 겨울이 오기 전에 보내 줄 테니 시간을 벌고 싶다면 협조적으로 구는 것이 좋을 거야. 뭐, 네 자유지만. 알고나 있으라고."

루딘은 이를 드러내는 대신 감정 없는 레몬 빛 눈동자로 킬리언을 쳐다보았다. 아무 말도 하지 않았지만 누그러진 기세에서 루딘이 한발 물러서리라는 것이 느껴졌다. 가르릉거리는 아디프를 품에 안고 머리와 등을 쓸어주며 뒤에서 지켜보던 리에타는 가만히 미소 지었다.

정말이지. 굳이 못되게 말씀하시지……. 아디프를 감싸는 루딘을 보고 있자니 제이드 말고도 한 사람 더, 떠오르는 사람이 있었다.

꼭 저런 은발을 가진 사람이 있었지. 리에타는 머릿속에 떠오른 온화하게 웃는 사내의 얼굴을 가만히 지워 내며 둘의 모습을 바라보았다. 루딘이 조용히 공기를 울렸다.

'내 협조에는 가치가 있을 것이다.'

네 개의 꼬리를 감옥 안에 늘어뜨린 채 은늑대가 시선을 내리깔았다.

'나와 아디프가 운이 좋았다는 걸 알고 있어. 저항하지 않겠다. 우리를 풀어 주겠다는 당신들의 호의가 유지되는 한, 나 역시 호의로 당신들을 대할 것이다. 협조할 테니 대신 부탁을 들어 다오.'

킬리언은 말없이 아르젠 루프스를 바라보았다. 감옥 안에서 몸을 바로 세운 아르젠 루프스가 조용히 그를 마주보고 있었다. 마법으로 공기를 울려 소리를 내기에 그는 입을 다물고 움직이지 않은 채 말한다. 그 모습이 고요하고 진실되게 말하는 듯이 느껴졌다.

창살 안에 갇힌 채 입에는 속박이 걸려 있는, 인간과 같은 수준의 고등 지능을 가진 마수. 한때 이 땅을 지배했으나, 지금은 명백하게 힘의 균형이 기울어 사냥의 개체 수마저 관리되는 신세.

동료를 잃고, 가족을 잃고, 사냥의 위협에 시달리며, 그 자신도 새끼를 잃을 뻔했다가 인간의 호의에 기대어 살아남았음에도 은빛 늑대는 비참하거나 무력하게 느껴지지 않고 담담해 보였다.

새끼를 잃을 뻔하고 그 자신도 목숨을 빼앗길 뻔했으나 우연과도 같은 인간의 호의로 목숨을 건진 상황에, 악시아스 마수 사냥꾼들이 머리를 조아리는 킬리언의 앞에서 '부탁'을 말하며 저 자존심 높은 아르젠 루프스는 어떤 감정을 가지고 있을까. 우두머리인 일개 인간에게 굴욕과 분노를 참고 있을까.

순진하게 믿어도 될 상대는 아니지. 평온해 보이는 모습이라 해도, 상대는 마수. 그와는 원수 같은 관계인데.

침묵이 이어지자 수의사가 조심스레 발언했다.

"마법 포박을 풀어 달라는 종류의 부탁이라면 곤란합니다."

킬리언을 향한 것으로 들리기도 했지만 루딘을 향한 경고성 조언이기도 했다. 루딘이 조용히 답했다.

'알고 있다. 무리한 부탁은 하지 않아.'

수의사가 끄덕이고 입을 다물었다가, 다시 말했다.

"……혹여 식사에 대한 불만이라면 지금 이상의 양질의 생고기 공급은 곤란……."

루딘이 불쾌한 기색으로 쏘아붙였다.

'반찬 투정 할 정도로 내 처지를 망각하진 않았다.'

둘의 대화를 들은 킬리언이 결국 피식 웃으며 고개를 저었다.

"요구사항을 말해 봐. 들어 보고 결정하지."

루딘은 입은 꾹 앙다문 채, 마법으로 공기를 울려 말을 전했다. 루딘이 내건 요구사항은 세 가지였다.

첫째, 개방된 환경에서 새끼가 온종일 불특정 다수의 사람들의 시선을 받는 것을 지켜보는 것이 매우 스트레스 받는 일이니 가능하면 지양해 달라는 것.

둘째, 아디프의 교육에 좋지 않은 것 같으니 고양이가 저희들의 눈에 띄지 않도록 조치해 달라는 것.

셋째, 공기를 가르고 날아오는 무기에 대한 트라우마가 생겼으니 창살 옥사 대신 판자나 철판으로 되어 몸을 가릴 수 있는 감옥이었으면 좋겠다는 것.

위험 요소를 엄밀히 따져 봐야겠지만, 생각보다 순진하게 들리는 요구에 킬리언은 떨떠름한 표정을 했다. 그러나 저 콧대 높은 아르젠 루프스가 매 항목을 제법 진지하게 말했기에 조롱하지 않고 가볍게 한 손을 들어 답해 주었다.

"두 번째 거 빼곤 오케이. 시나의 행동반경에 대해선 우리가 관여할 문제가 아니라서."

킬리언이 정원 주변을 쓱 훑어보며 말했다.

"여긴 원래 시나의 구역이거든. 지금도 꽤 불쾌해하고 있을 거라. 그건 객이 이해해라."

루딘은 수의사의 접근을 거부하지 않고 그들이 제공하는 식사를 하기 시작했다. 반찬 투정은 하지 않는다고 쏘아붙였으면서도 아디프가 사람이 주는 먹이에 익숙해질까 염려가 되는지 살아 있는 새나 쥐, 토끼 같은 것은 구하기 어렵냐는 희망은 슬쩍 내비쳤다. 킬리언은 황당하다는 듯 피식 웃으면서도 대부분의 요청을 받아들여 주었다.

시나는 낯선 늑대에게 온통 털을 곤두세우고 하악질을 해 댔지만 자기 구역을 포기하지 않았다. 슬금슬금 담장 너머에 붙어 기던 시나는 아디프가 벽 뒤로 빼꼼 머리를 내밀자 기겁하며 손톱을 세운 말캉한 손바닥으로 옴팡지게 아기 늑대의 코를 때렸다.

"깽!"

아디프는 확 고개를 뒤로 물리며 멍하니 시나를 쳐다보았다. 아디프의 코에 빨갛게 핏방울이 맺혔다.

"크르르르르……."

루딘이 눈을 부라리며 으르렁거리자 바들바들 떨면서도 시나는 날카로운 송곳니를 드러내고 하악 소리를 냈다.

"세상에, 시나!"

그들을 발견한 리에타가 다급하게 달려왔다. 시나는 리에타가 나타나자 깜짝 놀라 쏙 내뺐다. 사람은 저렇게 무서워하면서 저 거대한 아르젠루프스에게선 달아나지 않은 채 자존심을 세우는 것이 용했다.

"끼잉, 끼잉."

아디프가 엄살을 부리며 리에타에게 안겼다. 리에타는 얼른 아디프를 안아 올리곤 은빛 늑대의 빨개진 코에 치유 마법을 시전했다. 리에타의 손에서 나온 하얀 빛이 아디프의 코에 스며들자 상처가 서서히 사라져 갔다. 순식간에 회복한 아디프는 다시 해맑게 꼬리를 살랑거리기 시작했다. 내려 달라는 듯이 앞발로 바쁘게 리에타의 팔을 밀었다.

리에타가 내려 주자, 아디프는 순식간에 땅을 박차고 수풀 속으로 달려갔다. 파스슥! 수풀 부대끼는 소리가 나며 하악 소리와 헥헥! 하는 소리, 조그만 짐승들이 파삭 파삭 수풀을 헤치며 달리는 소리가 뒤섞여 들려왔다.

매우 못마땅한 얼굴로 씨근대던 루딘이 킁, 하고는 제 앞발 위에 머리를 얹었다. 협조하겠다고 약속한 데다 이쪽이야 곧 떠날 객이니 참아 준다는 기색이 역력했다.

리에타는 어쩔 수 없다는 듯 아디프의 뒷모습을 향해 웃었다.

"루딘 님도…… 제가 상처를 봐 드릴 수 있다면 좋을 텐데요."

루딘이 가당찮다는 듯 흥 소리를 냈다.

'다친 곳에 얼쩡거리는 인간이 있는 쪽이 더 신경 쓰인다.'

"치유 외에는 아무것도 하지 않겠습니다."

'진심이라는 것은 알지만, 그 이상은 다가오지 마라. 북방의 알파가 나를 용납하지 않을 터이니.'

리에타가 멍하니 눈을 깜박였다. "알파요?"

'우두머리 수컷을 우리는 그리 부른다.'

내가 영주님의 사람이라서 다른 무리의 수늑대에게 가까이 가면 안 된다는 말인가? 리에타는 작게 웃었다. 영주님께 알파라니. 왠지 어울리긴 했다.

"저희는 인간이라 늑대의 룰을 적용할 필요는 없는걸요."

루딘이 픽 웃었다.

'글쎄. 사람 사는 건 다 비슷하다.'

그 사람에 인간도 마수도 들어가는 건가. 하지만 사람 사는 건 다 비슷하다는 말은 부정할 수 없겠다는 생각이 들어 리에타는 미소했다. 루딘은 이렇게 무심해 보이는 순간에도 계속해서 아디프를 신경 쓰고 있었다. 루딘이 별안간 으르렁거리며 '풀 뜯어 먹지 마!' 외치다가 상처가 쑤시는지 끙끙거렸다.

리에타가 걱정스레 한 번 더 물었다.

"정말 괜찮으세요?"

'내게 가장 좋은 치유술사는 밤과 무관심이니 신경 쓰지 마라.'

리에타는 더 이상 강권하지 않았다. 물러나려는 리에타에게 루딘이 덧붙였다.

'그래도 아디프를 치료해 준 건 고맙다.'

리에타가 "아니에요." 하며 고개를 저었다. 리에타는 아디프의 상처를 치유한 자기 손을 내려다보았다. 여전히 그녀의 손에는 은빛 잔상이 남아 주변을 떠돌고 있었다. 리에타는 어두워진 얼굴로 주먹을 그러쥐었다.

팔락. 킬리언이 눈앞에 놓인 보고서의 페이지를 넘겼다.

린델 대주교. 오르소 계곡 화마 전투 당시, 화마 플람미두스의 난동에 그가 길러낸 많은 제자들을 잃고 일시적으로 치유 능력의 일부를 상실하였다. 석 달의 단식 기도 후 온전한 능력을 회복하였다.

레오웬 대사제. 칠 년 전쟁 르나하 평원 전투 당시, 레오웬 대사제를 보호하려던 성기사 부관이 전장에서 악마에게 희생된 이후 일시적으로 스스로를 향한 치유 능력을 상실하였다. 악마에게 복수를 성공하고 이 년 후 온전한 치유 능력을 회복하였다.

델마르 대사제. 동일 사원 소속의 전투 사제였던 형제의 사망과 언데드화 이후 치유 능력을 상실하였다. 잃어버린 능력을 끝내 회복하지 못하고 환속하였다.

베르무트 성인. 몽마 레무레스에게 당한 후 자가 치유 능력을 상실한 채 루펜 섬에 고립되었다. 이후 역병이 발발하자 함께 고립된 많은 이들이 베르무트 성인으로 인하여 목숨을 구하였으나 성인의 자가 치유 능력만은 회복되지 않아 끝내 병을 이기지 못하고 사망하였다.

리에타가 아닌 사람에게 맡긴 보고서는 그의 성에 차지 않았다. 킬리언은 책상에 보고서를 던져 놓고 등받이에 몸을 기대며 입술을 깨물었다. 리에타가 치유 능력의 일부를 잃었다. 아니 잃었다는 건 어폐가 있나. 처음부터 있었던 적이 있었는지 확인할 길이 없으니.

며칠 전의 저녁, 그녀의 목덜미에 진작 사라졌어야 할 상처가 그대로 남아 있었다. 킬리언이 뚫어져라 리에타를 쳐다보았다.

"상처를 그대로 둔 건 나 걱정하라는 친절인가?"

“예?”

리에타가 멀뚱히 그를 마주보다가 무의식적으로 제 목덜미를 만졌다. 어? 어리둥절한 얼굴로 고개를 갸웃하며, 그녀의 손에 다시 은빛 신성력이 휘돌았다. 우웅……. 공기를 울리는 청명한 소리가 퍼져나갔다. 그녀의 손을 본 킬리언의 표정이 이상하게 바뀌었다.

리에타는 별 생각 없는 얼굴로 제 상처에 손을 대고 기다리고 있었지만, 그녀의 눈에는 보이지 않는 것이 킬리언의 눈에는 또렷하게 보였다. 그녀의 손 아래 놓인 리에타의 상처가.

뭔가를 직감한 킬리언은 바로 자신의 엄지손가락을 물어뜯었다. 으득. 후두둑 피가 흐르는 손을 보고 깜짝 놀란 리에타의 안색이 하얗게 변했다.

“영주님!”

킬리언이 차분하게 리에타를 바라보며 상처 입은 손가락을 리에타에게 내밀었다. “치유해 줘.”

리에타가 창백하게 질린 얼굴로 다가와 황급히 손을 뻗었다. 그녀가 당황해 떨리는 두 손으로 그의 손을 잡았다. 우웅……. 즉시 공기를 공명시키는 소리가 울리며 리에타의 손이 눈부시게 빛났다. 피가 흐르는 손가락 끝 상처에 눈부신 은빛이 스며들었다. 통증이 사라지며 상처가 빠르게 아물어 가기 시작했다. 킬리언이 본 그 어떤 사제의 치유 마법보다도 빠른 속도였다.

“영주님, 왜 이런……!”

놀란 리에타가 치유 마법을 행하며 그를 올려다보았다. 킬리언은 그녀에게 잡혀 있던 손을 가만히 뒤집어 그녀의 손을 움켜쥐었다. 리에타가 당황한 하늘색 눈으로 그를 올려다보았다.

그녀의 손을 거머쥔 킬리언은 리에타의 목덜미 상처를 향해 그녀의 손을 가져갔다. 은빛으로 빛나는 리에타의 손이 킬리언의 손에 겹쳐 쥐어진 채 상처를 덮었다. 리에타는 여전히 영문을 모르는 얼굴이었다.

"여기다."

"네?"

킬리언이 차분히 속삭였다.

"여기에 그대 상처가 있어."

리에타가 얼떨떨한 얼굴로 그를 올려다보았다. 리에타가 멍하니 그를 올려다본 채 눈을 깜박이곤, 새삼 손 아래에 느껴지는 자신의 상처를 만졌다. 그가 다시 속삭였다.

"치유해."

"……."

비로소 무언가를 깨달은 리에타의 눈이 흔들렸다.

"아프잖아."

채 아물지 않아 피가 흐르고 있는 그의 상처가 훨씬 심했지만, 킬리언이 말하고 있는 것은 그 상처가 아니었다. 리에타의 목에 난 사소한 생채기를 보고 그는 딱딱하게 굳은 표정을 하고 있었다. 그건 화를 내는 얼굴 같기도 했고, 당황해하는 얼굴 같기도 했고, 이 모든 걸 예상하기라도 했다는 듯 냉정한 얼굴 같기도 했다. 바로 대답하지 못하고, 킬리언이 생각하고 있는 것을 직감한 리에타가 표정을 굳혔다.

"안 되는 거야?"

리에타는 저도 모르게 안색이 변하며 자신의 상처를 감싼 손을 떼려고 했다. 그가 그녀의 손을 꽉 붙들었다.

"안 돼?"

뭘 부정하고 싶은 건지, 리에타는 당황해 고개를 좌우로 저으며 더듬더듬 말했다.

"자, 잠깐. 잠깐 일시적으로, 컨디션이 좋지 않으면……. 그럴 수가."

그러나 이내 하던 말을 멈추었다. 바로 지금, 킬리언의 손은 그녀의 치유 마법에 의해 나아가고 있었다. 컨디션 난조로 능력이 발현되지 않고 있는 것이 아니었다. 그녀의 손에서 눈부시게 은빛 신성력이 나오고 있었고, 그의 엄지손가락 끝에 물어뜯은 상처는 신성력이 스며들어 아물어 가고 있었지만, 리에타의 목덜미에 난 별것도 아닌 생채기에만은 치유의 빛이 옮아가지 않고 있었다. 이 상처가 아직까지 남아 있는 이유…….

킬리언이 조용히 물었다.

"모르고 있었나?"

거짓말이라도 들킨 사람처럼 리에타는 어쩔 줄을 모르고 그의 시선을 피했다. 리에타는 스스로를 치유하는 능력이 없었다.

몇 번 더 비슷한 시도를 해 보았지만, 리에타가 스스로 자기 자신의 상처를 치유해 보려는 시도는 모조리 실패로 돌아갔다.

그녀의 몸에 낫지 않는 상처를 용납하지 못한 킬리언은 당장 콜브린을 불러 리에타의 상처를 치료하게 했다. 영문을 모르고 리에타의 드레스룸에 불려 온 콜브린이 리에타의 상처에 치유 마법을 시전 했다. 별것도 아닌 사소한 생채기는 이내 신성력이 스며들어 아물었다.

이 상처 때문에 부르신 건가? 콜브린은 그때까지도 크게 이상한 점을 느끼지 못했다. 축성도 자기 스스로를 향해 하는 것보단 서로 해 주는 것이 좋다고 여겨지는 문화가 있기 때문에, 이미 치유 능력을 가진 리에타라도 상처를 제게 맡기는 것이 딱히 이상하다 여겨질 것은 없는 일이었다.

축성이나 치유나 근본적으로 상대를 긍휼히 여기고 위로하고자 하는 마음을 동기로 발현되는 힘이다. 어느 정도 능력에 숙달된 후에는 기술처럼 익숙해지니 심리적인 동인은 점차 멀어지긴 하지만, 근본이 그렇다 보니 같은 능력을 가진 사제가 있다면 스스로 하는 것보단 서로 해 주는 것이 보기 좋다고 여겨진다. 대수롭지 않게 생각하던 콜브린에게 킬리언의 목소리가 날아들었다.

"콜브린."

"예."

"앞으로 리에타를 부탁하려면 알고 있어야 할 것 같아 말해 두는 것이다. 다른 곳에서는 발설하지 마라."

리에타가 어깨를 움찔했다. 콜브린은 알아채지 못하고 어리둥절한 채 대답했다.

"……? 예."

킬리언이 말했다.

"리에타는 자신의 상처를 치유하지 못한다."

콜브린의 눈이 휘둥그레졌다.

"예?"

콜브린이 반사적으로 그녀를 바라보았다. 리에타는 창백해진 얼굴로 어쩔 줄을 몰라 했다. 킬리언은 멈추지 않고 말했다.

"지금은 그렇지만 곧 나을 거야."

"아, 네."

리에타가 이런 일로 주변 사람이 신경 쓰는 것을 원하지 않으리라는 데에 뒤늦게 생각이 미쳤다. 콜브린은 빠르게 당황한 기색을 지우며 가능한 태연하게 대답했다.

"한동안 네가 신경 써라."

"그러겠습니다."

킬리언은 그렇게 말하고 콜브린을 돌려보냈다. 콜브린은 킬리언과 리에타에게 차례로 허리 숙여 인사하고 물러났다. 콜브린이 끼익, 문을 닫고 사라지자 리에타의 드레스룸에는 두 사람만이 남았다. 리에타가 어렵게 입을 열었다.

"걱정끼쳐서……."

죄송하다 하지 못하고 그녀는 고개를 숙였다. 일상생활에는 아무런 문제가 없다. 어차피 치유 마법을 가지게 되었다 해도 모든 것을 치유할 수 있게 되는 것은 아니니까.

많은 사람들이 치유 능력 없이 살아 가고 있고, 리에타도 여태 치유 능력 없이 잘 살아왔으니, 굳이 자기 자신을 향해 치유 마법을 쓰지 못한다 해도 크게 문제될 것은 없었다.

그러나 신성 능력자가 다른 사람은 치료할 수 있음에도 스스로만 치료하지 못한다거나, 일시적으로 치유 능력을 잃게 되는 것은 마음의 병이나 강렬한 정신적 트라우마를 시사하는 일이었다.

킬리언이 그것을 알게 되었다는 것에 리에타는 당혹감을 느꼈다. 리에타가 어색하게 웃어 보였다.

"제 능력이 미흡해서……. 쉽게 영향을 받는가 봐요."

킬리언의 붉은 눈이 그녀를 바라보았다.

"괜찮다 말해도…… 안 믿어 주시겠지만……."

리에타가 다시 시선을 피했다.

"저 그렇게……. 매 순간 슬프고 비참하고 괴롭고…… 그렇지 않거든요."

손가락 끝을 만지작거리며 작게 중얼거렸다. 힘들 때도 있지만…… 괜찮아지고 있거든요. 슬픔에 짓눌려 아무것도 못 하고 있지 않거든요. 애써 거짓 웃음 짓고 있지도 않고요. 괜찮을 때가 훨씬 많거든요. 옛날보단 훨씬, 잘 지내고 있거든요.

정말로 자신이 괜찮다고 믿어 의심치 않았던 듯, 오히려 그녀는 자신의 능력이 온전치 않다는 것이 들추어진 데에 충격 받고 어쩔 줄 모르는 얼굴이었다.

그가 두 손으로 리에타의 양 뺨을 감싸며 시선을 맞추었다. 눈 둘 데 모르던 리에타가 얼떨떨하게 그를 마주보았다. 그가 흘러가듯 담담한 목소리로 말했다.

"알아."

"……."

"낫겠지. 신경 쓰지 마라. 나도 그럴 테니."

"……."

리에타는 힘없는 손으로 치맛자락을 움켜쥐었다. 세상에 아픈 사람이 어디 나뿐일까. 가끔 어쩔 수 없이 공허하고 막막할 때가 있지만, 누구나 그렇게 살아가지 않는가. 나약함의 방증이었다.

그는 그렇게 그녀를 쳐다보다가 색이 옅은 금발 머리를 평소처럼 툭, 쓰다듬어 주었다.

흐릿한 모랫빛 지평선 너머, 금빛 깃발을 든 사람들이 누런 먼지구름을 일으키며 악시아스의 땅을 밟았다. 금빛 깃발. 은빛 방패 위에 교차한 두 자루의 검. 두 검 중 하나에는 검은 용이 꼬리를 감고 있었고, 다른 하나에는 붉은 장미 덩굴이 얽혀 있었다. 높고 뾰족한 깃대 끝에 달린 금빛 술이 마른 모래 바람에 휘날렸다.

모래 바람을 피하기 위해 온몸을 감싸는 로브로 가리고 있었으나 머리 위에 쓴 하얀 사제모는 분명하게 그들의 신분이 성직자임을 드러내고 있었다.

악시아스 성 파수대 위, 파수꾼들이 서로 깃발을 가리키며 눈을 가늘게 뜨고 서로에게 자신들이 본 것을 확인했다. 파수대장이 마지막으로 깃발을 확인하고 짧게 고개를 끄덕인 뒤 아래로 내려갔다.

"대공 각하."

집무실에 들어선 레너드가 킬리언에게 간단히 경례하고 보고했다.

"성직자로 추정되는 대규모의 사절단 일행이 남쪽에서 접근해 오고 있다는 파수대의 보고입니다."

보고서에서 시선을 떼지 않은 채 킬리언이 담담하게 답했다.

"그래."

교단의 부름인가. 생각보다 빠르군. 대답은 이미 준비되어 있었다. 그러나 이어진 레너드의 보고에 킬리언은 서류를 넘기던 손을 멈추었다.

"황제기를 들고 있다 합니다. 황제 폐하의 사절단 같습니다."

킬리언이 고개를 들었다.

"……황제기?"

교단이 아니라? 대륙에서 황제의 깃발을 사용할 수 있는 사제들이란 하나뿐이다. 자타 공인 대륙 최대 규모의 신성 무력 집단. 황제의 전투 사제단이라고도 흔히 불리는, 릴페이엄 딤펠 제국 정예 사제단이었다.

킬리언의 예상을 깨고 교단보다도 먼저 악시아스를 찾은 수백 명의 파견인단이 악시아스 성문을 통과했다. 여느 때보다도 거대한 규모의 사절단 행렬을 신기하게 여긴 악시아스 사람들이 몰려나와 방문자 일행을 구경했다. 말과 마차가 줄줄이 이어진 행렬 가운데 일정한 간격을 두고 황제의 깃발을 높이 쳐든 기수들이 자리해 있었다.

'황제기다, 황제기야.'

'사제들인가? 황제의 전투 사제단이야?'

황제의 사절이 드물게 악시아스를 찾은 적은 있었으나, 이처럼 대규모의 행렬은 처음이었던 데다 근래 보기 드문 성직자들의 무리였기에 사람들은 호기심 어린 눈길로 사제복을 입은 성직자들을 구경하며 수군거렸다.

역병이 돈 이후 근방의 다른 영지들과 마찬가지로 문을 걸어 닫아 외부인의 출입을 제한하고 있는 악시아스였지만 그들은 쉽게 자신들의 신분을 증명하고 황제기를 휘날리며 입성했다. 그들이 들고 있는 깃발에서 알 수 있듯이 그들은 황제가 보낸 파견인단이었다. 삼백여 명에 달하는 대규모의 파견인단에는 놀랍게도 황제의 최정예 직속 신성 사제가 팔십 명 가까이 포함되어 있었다.

킬리언의 어린 시절을 함께한 낯익은 사제들도 적잖이 보였다. 그들을 인솔해 온 것은 킬리언과도 익히 안면이 있는 길리우스 대사제였다.

"어때?"

그들이 입성하는 것을 창밖으로 함께 지켜본 리에타가 고개를 숙이며 침착하게 답했다.

"악마나 위험한 것을 달고 있는 사람은 딱히 보이지 않습니다. 사제복을 입은 사람들은 전부 신성 사제입니다. 뭔가 행동을 하기 전엔 수상하다는 점을 알기 어렵겠지만, 당장 위험한 기운을 드러내고 있는 사람은 없습니다."

창 너머로 지켜본 것만으로 이 정도로 디테일한 대답이 나오리라 생각하지 못했던 킬리언이 물끄러미 그녀를 바라보다 물었다.

"그대의 능력이 향상되어 전보다 분명히 알 수 있는 것인가?"

리에타는 그가 황비의 사절단이 왔을 때와 자신의 대답이 다르다는 점을 묻고 있다는 걸 알고 조금 어색해하며 대답했다.

"'보는 눈'이 조금 좋아지기는 했습니다만, 지금 방문하신 사제분들께서는 전부 수준 높은 신성력을 가지고 계셔서 신성 사제가 확실하다는 걸 쉽게 알 수 있습니다."

그들이 수준 높은 사제들이라는 것은 사실이다. 대륙 최강으로 꼽히는 황제의 최정예 사제들이니까.

'그분의 신성력에 대해 감히 말씀드리건대, 지금 황제의 전투 사제 누구와 견주어도 리에타 양은 밀리지 않을 겁니다.'

'타니아 성녀님이나, 교황 성하 정도만이 지금 그분의 상대가 될 수 있을 겁니다.'

킬리언은 잠시 그녀를 바라보았다. 리에타는 다음 명령을 기다리듯 그를 올려다보고 있었다.

'악시아스에 대제사장으로 눌러 앉히십시오.'

'리에타 양은 「악시아스 대사원」의 여신이 될 겁니다.'

킬리언이 가만히 그녀를 마주보았다. 점점 더 강해지고 있다. 자꾸만, 자꾸만 쓸모가 있어진다. 그냥……. 안전한 곳에 두고 지켜 주고 싶을 뿐인데. 킬리언이 잠자코 저를 바라보기만 하자, 리에타가 조심스레 물었다.

"저도 알현실로 갈 준비를 할까요?"

킬리언이 그녀를 외면하고 말했다.

"아니. 애첩들은 대동하지 않고 만날 것이다."

리에타가 불안한 듯 눈을 내리깔았다. 황제의 사절이라, 황비의 사절보다는 안심하고 계신 것일까. 그래도 지난번의 기억이 워낙 강렬했던 탓인지 리에타는 걱정스러운 마음을 누르지 못하고 망설이다 입을 열었다.

"그럼……, 축성이라도……."

킬리언이 피식 웃으며 그녀를 향해 고개를 숙였다. 리에타가 그의 어깨에 손을 올리고, 그의 이마에 입 맞추었다.

"오랜만이네."

고개를 든 그가 웃으며 하는 소리에 '그러게요.' 대답하려다 왜 그런지 입이 떨어지질 않아 말하지 못하고 시선을 피했다. 이상하다. 얼굴이 홧홧해지고 있었다.

"제국 릴페이엄 딤펠의 태양, 대륙의 지고한 존엄, 황제 폐하의 높으신 명을 받아 신의 은혜가 대륙 곳곳에 닿도록 사역하는 릴페이엄 딤펠 제국 정예 사제단이 악시아스 대공 전하를 뵙습니다."

길리우스 대사제의 인사는 사절단의 외교적 인사라기보단 전투 사제단으로서의 그것이었다. 사제가 팔십 명이라는 데서 짐작하긴 했지만 사실상 이 파견인단의 본체는 사제단으로, 그 외에 함께한 이들은 사절단을 수행하고 보조하는 역할의 사람들로서 함께했음을 암시하고 있었다.

킬리언은 웬일로 애첩들을 대동하지 않고 멀쩡하게 보이는 상태로 정복을 차려입고 그들을 만나 주었다. 이 파견인단의 의미를 가늠하듯 물끄러미 바라보던 킬리언은 잠시 틈을 두고 입을 열었다.

"이 먼 땅까지 미치는 황제 폐하의 너른 은혜에 감사해야겠군. 긴 여정이었을 텐데 수고했다. 그대들은 편히 서라."

깊이 허리를 숙이고 있던 이들이 일어나며 공손히 물러섰다. 대공이 일어서라 한 것으로 표면적이며 공식적 인사가 마무리됐다. 사절단의 대표자인 길리우스 대사제는 물러서는 대신 고개를 들어 단상 위 상석을 바라보았다. 킬리언과 눈을 마주한 길리우스 대사제가 빙긋 웃으며 개인적 인사를 덧붙여 왔다.

"강녕하십니까. 대공 전하."

킬리언이 담담히 받아 주었다.

"오랜만이군."

킬리언은 알현실 상석의 의자에 비스듬히 앉은 채 대사제를 위시하여 늘어선 수백 명의 사람들을 바라보았다. 사제들은 가장 앞에서 절도 있게 도열하고 그 뒤와 가장자리로 귀족 출신의 문무관 관료들이, 그들의 수행인들이 맨 마지막에 순서대로 도열하여 있었다. 잠시 그렇게 쳐다보다가 킬리언은 턱을 괴고 있던 손을 툭 팔걸이에 내려놓으며 덤덤히 감상을 표했다.

"황비마마의 사절이 다녀간 지 얼마 되지도 않았는데 황제 폐하의 사절이라니. 두 분이 이리 번갈아 걱정해 주시니 이 불초한 자식이 몸 둘 바를 모르겠군."

황비의 사절이 다녀갔던 일이 어떤 참혹한 결말로 끝났는지 모두가 알고 있을 터이지만, 모두가 능숙하게 표정 관리를 하며 고개를 조아렸다.

"황송합니다. 대공 전하. 대사원에서 겪으셨던 불미스러운 일에 대해선 저희로서도 차마 참혹하여 위로의 말씀을 전해 드릴 길이 없습니다. 좋은 의도로 시작되었던 일이 악마들의 농간으로 그리 되어 진심으로 유감입니다."

유감……. 그래, 유감이겠지. 그러나 킬리언은 딱히 황실의 소감이 궁금하지도 않다는 듯 표정에 아무런 감정도 드러내지 않은 채 담담하게 말했다.

"그래. 모쪼록 부족한 아들이 폐하의 염려에 송구하고 감사해하더라 전하게."

황비가 획책한 음모라는 증거가 나오지 않은 이상 그 일 역시 그저 하늘에서 뚝 떨어진 사악한 악마의 분탕질, 불의의 사고에 지나지 않는다. 속사정을 모르는 사람들에게야 황실에 관계된 저주의 일환으로 이러쿵저러쿵 오르내리게 될 일이 하나 더 추가되었을 뿐일 것이나, 모르긴 몰라도 이번 일로 황실도 사제들도 기함을 했을 것이다. 신을 두려워하지 않는 황비에게.

사제에게는 귀족도 함부로 하지 않는데, 감히 대주교를. 자신의 사촌이었던 대제사장을. 수백 명의 사제들과 무고한 사람들을…….

더군다나 풍비박산 난 곳은 무려 대사원이다. 악마의 분탕질이 벌어져도 그 사람들만의 비극으로 끝나는 장소가 아니다. 역병이 도는 제국. 역마나 언데드가 언제 곁에서 기어 나올지 모르는 일상. 불안에 떠는 사람들의 마음에 신이란 최후의 보루가 되어야 하는데……. 저 황비는 대체 어디까지 갈 셈인가.

황실도 속을 끓이고 있겠지만 대외적으로 유감이다, 슬프다 이상의 말은 입 밖에 내기 어려울 테지. 킬리언은 잠깐 내려 떴던 눈을 무심히 들어 올렸다.

"이제 본론을 들어 볼까."

그의 눈이 미미한 웃음기를 머금고 늘어선 사절단을 훑어보았다.

"폐하께서 나를 많이 봐주시는군. 악시아스를 점령하기에는 수가 많이 부족해 보이는데."

길리우스 대사제는 농담에 당황하지 않고 허리를 숙이며 답했다.

"악시아스의 역병을 점령하기에는 충분한 수가 아니겠습니까."

킬리언이 눈을 가늘게 하며 고개를 기울였다.

"……역병?"

대사제가 공손하게 예를 표하며 비로소 이번 방문의 목적을 고했다.

"릴페이엄 딤펠 제국 정예 사제단 칠십팔 인. 황제 폐하의 칙명을 받들어 악시아스 역병 구호 활동에 한 몸 바치고자 이 자리에 왔음을 고하옵니다. 악시아스 대공 전하께서는 저희들이 이 땅에서 역병을 몰아내는 데에 미력한 힘을 보태는 것을 부디 허락하시기를 간청하는 바입니다."

킬리언은 팔걸이에 팔꿈치를 괸 채 물끄러미 아래를 내려다보았다. 뒷북이 요란하기도 하군. 킬리언은 가만히 앉아 있다가, 창밖으로 고개를 돌리며 한숨을 쉬었다.

그것을 어찌 해석했는지, 길리우스 대사제가 당당하게 선언했다.

"저희가 왔으니 대공 전하께서는 역병을 염려치 마십시오."

황제의 칙명을 받들고 이 먼 북방으로 달려와 악시아스 땅을 밟은 대륙 최강의 전투 사제들은 자신들이 보무도 당당하게 요란한 뒷북을 울리고 있음을 악시아스 대공을 직접 대면할 때까지도 깨닫지 못했다. 대사제를 위시하여 모든 사절단의 일원들이 비장하게 그를 올려다보았다.

그 규모만 삼백여 명에 달하는 이 으리으리한 파견인단은 악시아스에 역병이 발발했다는 소식을 들은 황제가 한 달 전 수도에서 출발시켜 보낸 역병 구호 지원 인력이었다. 황제가 보낸 사절단을 빙자한 역병 구호인단 안에는 일흔여덟 명의 사제들 외에도 역병 학자, 악마 학자, 의사, 그들을 수행하는 핵심 인력들이 제각기 알찬 구성으로 섞여 있었다.

일흔여덟 명의 최고위 신성 사제라는 것만으로도 대단했지만 황제의 곁을 지키는 것이 본분인 최정예 사제단을 사분의 일 가까이 차출하여 보내었으니 진심 어린 염려이든 체면치레이든 이미 십여 년 전 호적에서 파낸 아들에게 해 주기에는 분에 넘치는 대우였다.

대륙 최강의 사제들 외에도 온갖 학자와 검증된 의사 들을 수행인 삼아 삼백 명이 넘는 대규모 고급 인력 집단을 알차게도 꾸려 보내었으니, 황비처럼 그저 말로만 유감을 표하는 것이 아닌 실로 성의를 표하는 지원이었지만…….

악시아스에서 역병은 가을이 오기 전 뿌리 뽑혔으니 결과적으로 필요 없는 지원이었다. 오히려 지원 인력이 너무 으리으리하다 보니 피차 면구스러운 일이 될 지경이었다.

오는 데 얼마나 들었을까. 내가 염려할 바는 아니지만.

킬리언은 피곤한 얼굴로 한숨을 내쉬었다. 악시아스에서 역병을 빨리 잡은 것이지 그들의 지원이 조롱으로 여겨질 정도로 늦게 온 것이냐 하면 그것은 아니었다. 일반적으로는 역병이 발발하고 세 달에서 네 달이 경과

한 시점은 역병의 확산이 극에 달하고 영지가 가장 위험에 처하게 되는 시기니까.

악시아스에서 제국 수도까지 가까운 거리가 아니기도 하고, 악시아스에 역병이 돈다는 소문이 로드미뉴에 전해졌을 만한 시점을 얼추 계산해 보면 이 뒷북이 대충 납득은 갈 만한 시간이었다.

킬리언이 의자에 기울인 몸을 바로 세우며 피식 웃었다.

"내 죄가 많군. 이리 걱정을 끼쳐 드렸으니……."

그래도 상황이 우습긴 하다.

"수도에서 바로 왔나?"

"그렇습니다. 대공 전하."

"예까지 얼마나 걸렸는가."

"팔월 그믐에 출발하여 한 달 이레가 걸렸습니다."

킬리언은 딱히 탓하는 말을 하지 않았지만 일행의 인솔자인 길리우스 대사제가 먼저 고개를 숙이며 용서를 구했다.

"더 빨리 달려오지 못해 송구합니다."

한 달 이레라. 느긋하기도 하군, 싶다가도 그는 악시아스 기사단을 기준으로 생각했다 싶어 폄하하는 마음을 거두기로 했다. 저 대 인원이 그 먼 거리를 이동한 걸 생각하면 어쩔 수 없는 속도였다.

"고생했군."

오히려 딴에는 출발한 후로 제법 서둘렀을지도. 분위기 파악도 안 하고 들어와 저리 난감하게 순진한 얼굴을 디미는 걸 보면 급하게 오긴 한 모양이다. 그의 입에서 나온 말에 한 고비라도 넘은 양 사제들의 어깨에 들어간 긴장이 은근히 풀리는 것이 보였다.

길리우스가 힘주어 말했다.

"대공 전하께서는 더 이상 역병을 염려치 마십시오. 제국 사제단과 역병의 전문가인 백여 명의 학자들이 함께 하였으니……."

킬리언이 그의 말을 끊었다.

"칙명을 안은 사명감에 급한 걸음 달려오느라 소식에 눈 돌릴 여유가 없었을 것임을 이해한다. 길리우스 대사제."

그는 별 이야기도 아니라는 듯 툭 던졌다.

"악시아스에서 역병은 끝났다."

"……예?"

킬리언은 흥미를 잃은 듯 의자 등받이에 몸을 기대며 지루하게 그들을 내려다보았다.

"자네들이 할 일은 사라졌으니 며칠 여독이나 풀고 황제 폐하의 곁으로 돌아가라. 어찌되었든 제국의 백성들을 향한 폐하의 배려에는 감사드린다고 전하고."

여태 표정 관리를 잘 하고 있던 길리우스 대사제의 얼굴에 이상한 표정이 떠올랐다.

"예?"

감히 웅성거리진 못했지만, 서로 시선을 교환하는 뒤쪽의 사제들과 파견단 일행들의 얼굴 사이에서도 이상한 분위기가 번져 나갔다. 당황한 길리우스 대사제가 급기야 조금 목소리를 낮추며 속삭였다.

"대공 전하. 저희들은 황비마마가 아닌 황제 폐하의 명으로……."

킬리언이 담담하게 대꾸했다.

"알고 있다. 나도 잘못 듣지 않았고 그대도 잘못 듣지 않았어. 내가 말하고 있는 건 그냥 사실이야."

킬리언으로선 정말 이례적으로 같은 말을 하게 하는 데에 짜증을 부리지도, 화를 내지도 않고 무심한 얼굴로 한 번 더 반복해 주었다.

"악시아스에서 역병은 근절되었다. 하지만 폐하께는 감사하다 전해드리도록."

그럴 만도 한 것이, 여러 번 말해도 지겹지 않을 내용이었다. 사제들과 학자들이 얼빠진 얼굴이 되어 서로를 바라보았다. 말없이 킬리언의 뒤쪽을 지키고 섰던 레너드와 기사들은 입술을 당겨 물며 슬쩍 고개를 숙였다.

악시아스에 역병이 돈 지 이제 겨우 두 달이 넘었다. 이렇게 큰 도시에서 사원도 없이 구역 격리가 필요할 정도의 규모로 역병이 발생했는데 벌써 역병을 잡았다는 것은 믿기 어려울 일이었다.

먼 거리에 퍼지는 소문은 느리다. 이래저래 좀 더 소식에 귀를 밝혀 둘 필요성을 느껴 훈련시킨 까마귀를 쓰기 시작한 것도 최근의 일이었다.

원래 나쁜 소식은 찻잔에 한 방울 떨어진 잉크처럼 확 퍼지지만 그 일이 무난하게 해결됐더라는 별 자극 없고 밋밋한 좋은 소식은 쉽게 퍼지지 않는 법이다. 그건 이미 잉크 퍼진 강가에 맹물을 더 하는 일과 같아서 앞선 소문의 흔적은 쉽게 사라지지 않는다.

더욱이 어디에 역병이 돈다는 소식 같은 건 교역이나 왕래에 지장이 생길까 괜찮은 척 쉬쉬하며 덮으려고 하는 경우가 태반이고, 어디가 역병에서 벗어났다는 소식은 반대로 건재한 척하려는 허풍인 경우가 많으니.

역병이 돈다는 소식은 마른 섶에 붙은 불처럼 퍼지는 반면 역병에서 벗어났다더라 하는 이야기는 잘 전해지지 않는다. 시간이 걸리는 일. 아마 타니아 성녀가 황궁에 도착했을 때 황제 폐하께서도 악시아스에서 역병이 끝났다는 것을 아셨을 테지만, 이미 보내 버린 후였을 구호인단을 물리지는 못했을 터였다.

"그러시다니…… 다행입니다만……."

길리우스 대사제는 믿지 못하는 얼굴이었다. '놀랍네요'라거나, '축하드립니다'라거나 하는 인사치레도 하는 둥 마는 둥 하는 것이 영 받아들이지 못하고 있는 눈치였다.

킬리언은 그러든 말든 괘념치 않고 손을 들어 내저었다.

"일단 여독을 풀게."

내보내 놓으면 자기들끼리 알아서 소식을 알아보겠지. 본인들이 악시아스 대공으로부터 신임 받지 못하고 있는 것인가 생각한 사절단원들의 안색은 시시각각으로 변해 갔다.

황비에게야 대놓고 대립각을 세웠지만 황제에게는 그래도 드러내 놓고 개차반처럼 굴지는 않는 그였다. 황비의 일로 크게 화가 난 대공이 설마 황제의 호의와 배려마저 거절하는 무례를 저지르려는 것인가. 아니 그래도 어떻게 감히 지고한 황제의 호의로 보내진 사절단을 이런 식으로 대한단 말인가.

역병이 도는 영지에 황제의 전투 사제단 일흔여덟 명. 닭 잡는 데 소 잡는 칼을 쓰는 느낌이 있긴 하지만 엄청나게 후한 호의였다. 아무리 상대가 그 악시아스 대공이라 해도 솔직히 어느 정도의 환대를 기대할 만한 상황이라 생각했는데. 그러나 무심히 그들을 무시하는 듯 보이던 킬리언은 담담하게 그들의 마음속에 피어오르던 의혹을 일축했다.

"원한다면 가서 확인해 봐도 좋다. 그대들의 봉사에 악시아스 백성들도 기뻐할 테지."

황제의 사절단은 동요한 마음을 채 숨기지 못한 채 종내 믿을 수 없는 얼굴로 황제가 킬리언에게 전하는 의례적 안부 인사나 근황 따위를 중개하고 물러갔다. 킬리언은 적당히 그들을 상대해 주고 몸을 일으켰다.

황제의 전투 사제단. 이 시국에 일흔여덟 명의 최정예 사제들……. 게다가 황실 쪽의 최측근 정보통이 넝쿨째 굴러들어온 것이나 다름없다. 어떻게 굴릴 수 있을까.

머리 한편에선 실리를 채울 만한 계획들이 거미줄 짓는 듯 뻗어 나가고 오랜 세월 몸에 익은 습관은 그들을 경계하는 방법과 이용하는 방법들을 나열하며 그간 계획하고 있던 일들에 가져다 댈 수 있는 효용성을 재어 보고 있었지만 킬리언은 픽 웃으며 본능이 속살대는 피곤한 잡무들을 미루어 두었다.

그는 시계를 보았다. 시간에 맞추려면 빠듯하겠는데. 그는 발걸음을 서둘렀다.

본관으로 들어서자 리에타가 마중을 나와 있었다. 그를 발견하고 그녀가 얼른 다가온다.

"영주님."

리에타의 옷차림을 보고 킬리언이 물었다.

"준비 안 해?"

"예? 무엇을요?"

킬리언은 오히려 그녀의 반응이 이상하다는 듯 반문했다.

"승마. 그렇게 입고 가려고?"

그녀는 드레스 차림이었다. 못할 거야 없겠지만 리에타는 승마를 갈 땐 보통 더 편한 다른 옷을 입었다. 리에타는 당황한 기색으로 대답했다.

"스, 승마 일정은 취소했는데요."

킬리언이 눈을 찌푸렸다.

"뭐? 누구 맘대로."

리에타는 눈을 휘둥그레 뜨고 오히려 목소리를 높였다.

"사절단이 왔잖아요!"

리에타는 진작 승마 일정을 조율한 후였다. 지금 한가롭게 말이나 타고 있을 때가 아니지 않나? 킬리언은 대수롭지 않게 손짓하며 리에타를 돌려

세우고 재촉하듯 등을 밀었다.

"괜찮아, 별일 아니니까. 마사에 사람 보내서 다시 준비하라고 하지."

바로 곁에 있던 시종이 재빨리 마구간에 말을 전하기 위해 사라졌다. 킬리언은 그녀가 지난여름 황비의 사절단을 맞이하며 꽤나 충격을 겪었던 일을 떠올렸다. 그때 생각을 했다면 긴장을 했을 수도 있겠네. 그땐, 내가…….

오늘은 좀 더 잘 대해 줘야겠다. 리에타가 걱정스레 그를 올려다보았다. 근심이 가득한 눈빛에 사절단의 일은 어찌 된 거냐는 물음이 담겨 있었다. 킬리언이 대수롭지 않게 말했다.

"역병 구호하러 왔대."

리에타의 눈이 동그래졌다. 킬리언이 피식 웃었다. "웃기지."

이 모든 게 우습게 느껴진다. 그가 바깥으로 턱짓하며 태평하게 미소했다. "산책이나 가지."

알현실에서 물러 나와 저희들끼리만 남은 후에야 구호인단은 비로소 소리를 낮추어 웅성거리기 시작했다.

"대사제님. 저희가 신임을 얻지 못하는 걸까요?"

"아니, 그래도 이건 너무 무례한 것 아닙니까……? 폐하께서 이렇게까지 성의를 표하시는데."

사람들 사이에 동요하는 분위기가 퍼져나가기 시작했다. 귀족원의 방해가 없었다면 적어도 보름 전쯤에는 도착할 수 있었으리라는 점은 안타까웠지만 노골적으로 일부러 늦게 와 불난 집 구경이나 하려는 거라는 오해를 살 정도로 늦은 것은 아니었다.

게다가 사절단의 구성은 조롱이나 기만이라고 오해하기엔 진심과 성의가 넘쳤다. 황제의 곁을 지키는 것이 본분인 사제들을 농담이나 하기 위해 이렇게 아낌없이 차출했을 리가.

"어쩌면 악시아스에서 역병이 끝났다는 게 진짜일 수도 있습니다."

한 사제가 조심스럽게 의견을 말했다.

"저 얼마 전 그런 얘길 듣기는 했거든요. 헛소문이라 여겨 흘려들었습니다마는……."

"어, 사실은 저도 설핏……."

그게 정말이겠느냐며 당황한 사제들이 술렁거리기 시작했다.

"일단 알아봅시다."

길리우스 대사제는 복잡한 얼굴로 반신반의하며 몸을 돌렸다.

"살펴봐도 좋다는 허락이 떨어졌으니, 우리는 우리의 할 일을 하면 됩니다."

"안녕, 티그리스."

리에타가 오지 않는 동안 꽤 외로움을 탔다던 티그리스는 근래 그들이 찾아올 때마다 귀를 쫑긋거리며 앞발을 굴러 반겼다. 물론 킬리언을 반기는 건 아니고 리에타를 반겼다.

리에타가 회복한 후로 킬리언은 교관을 대신해 매일 리에타의 승마 교습을 봐 주기 시작했다. 교습을 봐 준다 하기엔 그저 티그리스에 함께 올라 성을 한 바퀴 도는 정도의 산책을 할 뿐이었지만.

처음엔 킬리언을 태우는 것이 불만스러워 보이던 티그리스도 그들을 태우면 자유롭게 바깥 산책을 할 수 있다는 것이 싫지 않았는지 곧 성실하고 순종적인 말처럼 굴었다. 티그리스가 알랑알랑 보채는 꼴을 뒤에서 보며 킬리언은 삐딱하게 팔짱을 꼈다.

조금만 더 분발하면 두 발로 서겠네. 그래 봤자 말 못하는 짐승이지만. 리에타가 티그리스의 머리를 두 번 쓸어 주더니 오늘도 잘 부탁한다며 쪽 하고 입 맞추었다.

축성……. 킬리언은 괜히 심기가 불편해 티그리스를 쳐다보았다. 그는 리에타의 신성 능력을 아껴 두고 싶었다. 아무 데나 함부로 쓰지 못하도록. 그게 어떤 능력인데. 꼭 필요한 일이 아니면 쓰지 말지…….

리에타가 자기 능력을 어떻게 쓰든 자기 마음이긴 하지만, 말한테까지 축성할 필요는 없잖아. 킬리언은 내심 그 축성의 가치를 알고 그녀가 감사할 사람만이 리에타에게 축성을 받을 자격이 있다고 마음속으로 선을 정해 두고 있었다.

그는 리에타를 함부로 활용하고 싶지 않았다. 리에타의 축성 성물도, 신성 능력도 저 여자가 끔찍한 고통을 겪으면서 얻은 것이었다. 저 짐승이 그걸 알고 감사해하기나 할까.

과분하다. 낙마를 피하고 축복을 비는 의미라 하기에는 출정하는 것도 아니고 그냥 한 바퀴 산책이나 하는 건데. 마구간지기가 티그리스에게 주라며 당근 바구니를 내밀었다. 리에타가 "감사합니다." 하며 바구니를 받아 들고 당근 하나를 집어 들어 흙을 털었다. 킬리언이 뒤에서 팔짱을 낀 채 뚱하니 쳐다보았다. 뭘 흙까지 털어 주고 있어. 대충 먹이지.

리에타는 꼭 필요할 때가 아니면 딱히 제게 먼저 축성을 해 주겠다 다가오지 않는다. 그가 다니는 모든 장소가 빈틈없는 축성으로 감싸여 있으니 사람에게 받는 축성 자체가 필요하지는 않다는 걸 머리로 알고는 있지만, 그동안 전혀 신경 쓰이지 않았는데 저 하얀 짐승이 아무런 노력도 없이 축성을 받는 걸 보니 괜히 티그리스가 괘씸했다.

말한테는 해주면서 나는…….

티그리스가 순식간에 당근 하나를 해치우자 리에타는 옆에 낀 바구니에서 다른 당근을 집어 들다가 킬리언과 눈이 마주쳤다. 킬리언은 재빨리 심기 불편한 표정을 풀고 옆으로 고개를 돌렸다.

리에타가 원하는 곳에 제 능력을 쓰는 거야 그녀의 소관이지. 자발적으로 하는 일에는 간섭하지 않는 것이 맞다. 하지만 좋지 않은 표정을 캐치했는지 뭔가 망설이는 것처럼 요리조리 눈을 굴리던 리에타는 당근 하나를 들더니 손수 흙을 털어 그에게 내밀었다.

"……영주님도 이거……."

뭐 하자는 거야. 킬리언이 찡그렸다.

"안 먹어."

"티그리스…… 예?"

리에타는 혼란에 빠진 얼굴로 멍하니 말했다.

"티그리스……한테……."

수도에서 황제가 보낸 사절단이 도착했다는 소식은 순식간에 악시아스 내에 퍼졌다. 악시아스 성으로 입성하는 릴페이엄 딤펠 정예 사제단의 위풍당당한 모습을 목격한 사람들이 외성 내성 할 것 없이 한가득이었다.

'악시아스에서 역병이 발생했다는 소식을 들은 황제가 자기 전투 사제단을 뚝 떼어다가 지원 인력으로 보냈다는데?'

'에이그, 달팽이 눈썹이 휘날리겠네. 한참 늦은 뒷북이잖아?'

'모처럼의 호의가 그리 되었으니 황제는 우습게 되었네. 그래도 역시 황제가 우리 영주님을 아끼기는 하는 모양이지. 황제의 전투 사제단을 역병

봉사단원으로 받아 본 영지가 어디 있겠어?'

그것은 악시아스 사람들이 슬그머니 웃으며 뿌듯하게 이야기하는 대목이었다. 그리고 정말 악시아스가 역병을 끝장냈다는 사실을 확인한 사제단은 아연해졌다.

황제의 직속으로서 하늘 같은 칙명을 받아 대가 없이 달려온 사람들만 있는 것이 아니었다. 구호인단에는 황궁으로부터 고액의 봉사료와 특진을 약속 받고 먼 길을 달려온 사람들도 적지 않았다. 그들은 한동안 저희들끼리 우왕좌왕 어찌할 바를 몰랐다.

우리가 뒷북이라니. 이 일을 어찌하면 좋단 말인가. 설마 이대로 악시아스에서 내쫓기는 건 아니겠지? 그래도 황제의 사절단인데.

어떤 이들에게는 자존심과 명예가 문제가 되었고, 어떤 이들에게는 생계와 약속 받은 보상이 문제가 되었다. 겨울을 준비해야 하는 시기, 가을의 중요한 대목에 긴 시간을 소모하여 달려온 사람들이었다.

일이 이렇게 되었다고 황제가 그들에 대한 보상을 완전히 외면하기야 하겠냐만은, 그들이 소모한 기회비용 역시 적지 않았기에 이대로 까딱 잘못해 황제의 면이 깎이거나 황제가 분노하기라도 했다가는 이 가을이 모조리 들어간 긴 여정은 실패한 배팅이 될 판이었다. 이렇게 아무 일도 못해 보고 넋 나간 부랑자가 될 수는 없었다.

역병 구호인단의 인솔자 격인 길리우스 대사제와 책임자 몇 명이 따로 킬리언을 다시 찾아왔다. 그들을 맞이한 집사는 본관 응접실로 그들을 안내했다. 알현 허가를 받고 왔음에도 킬리언이 나타나지 않고 그들을 기다리게 하자 속이 바짝바짝 탔다.

황비의 일로 화가 단단히 나신 걸까. 뒷북으로 생색이나 내려 한다고 언짢아하고 있는 것일 수도 있다. 묵묵히 기다려야 마땅할 시간과 언제쯤 뵐 수 있는지 여쭤 봐도 될 시간 사이에서 아슬아슬하게 줄타기하며 초조해하던 찰나 킬리언이 측근 기사 두엇과 한 여인을 대동하고 들어왔다.

기사들은 문 앞을 지켜 멈추어 서고, 따라 들어온 여인은 그의 등 뒤로 가서 섰다. 격식과 비격식의 중간. 온전히 호의적이지는 않다는 걸 드러내면서도 기사에게는 거리감을 두고 여인을 가까이 서게 하셨다는 건, 적당히 부드러운 분위기를 형성하시는 건가?

공식적 자리에는 첩을 데리고 나오지 않으셨지만 지금 이 자리에는 대동하셨다는 것은 어떤 의도가……. 귀족들이 정신없이 머리를 굴리는 사이 길리우스 대사제가 참 격의 없이도 말문을 열었다.

"저희가 너무 늦었군요……."

그렇게 들으니 비극적인 상황으로 들리는군. 킬리언이 툭 대꾸했다.

"좀 더 엉망이 되어 있었어야 그대들이 달려온 보람이 있었을 텐데. 애석하겠군."

길리우스 대사제가 눈썹을 꺾으며 웃었다.

"그럴 리가 있겠습니까. 정말로 다행입니다. 진심입니다. 역병을 훌륭하게 막아 내셨더군요."

킬리언은 일어서서 예를 표하는 사제들의 인사를 듣는 둥 마는 둥 하더니 제 곁에 있던 귀족인지 사제인지의 의자를 휙 빼내선 자기 옆에 놓았다. 그러더니 여자의 손목을 끌어다 제 옆에 앉게 했다. 여자가 그에게 끌려가 앉으며 당황한 얼굴로 뭐라 작게 속삭인다. 킬리언이 웃으며 그녀에게 뭐라 마주 속삭였다. 졸지에 앉을 의자를 빼앗기고 앉을 곳이 없어진 귀족인지 사제인지에게는 집사가 태연하게 다른 의자를 갖다주었다.

"앉게."

사제들과 귀족들은 무슨 일이 있었냐는 듯이 자리에 앉으며 말을 이었다. 황제 폐하도 뿌듯해하실 것입니다. 어떻게 이렇게 역병을 빨리 잡으셨습니까. 겨우살이 준비를 앞두고 일이 잘 해결되었으니 영지민들이 참으로 안심하고 기뻐하겠습니다. 이래저래 두서없는 서론이 길게 이어지는 것을 킬리언이 끊어 냈다.

"본론."

이래저래 돌려 말할 여유를 주지 않는 킬리언에게 익숙하지 않은 사제들이 위축되었다. 길리우스가 사제들을 대표하여 침울하고도 비장하게 말했다.

"저희들도 밥값을 하게 해 주십시오."

킬리언이 피식, 웃음기가 남은 표정으로 답했다.

"시킬 일 없는데."

그들이야 비교적 처지가 괜찮은 입장이지만, 이 사절단에는 이번 파견이 그들의 겨우살이였던 사람이 많았다. 짐작하고 계시지 않을까 싶지만, 악시아스 대공은 '그런 거 내 알 바야?' 해 버릴지도 모르는 사람이었다.

사제들과 귀족들이 용기를 내어 말을 덧붙였다. 이렇게 저희들을 그냥 돌려보내시면 사람들 보기에도 좋지 못한 그림이 아니겠습니까? 저희 쓸모 많습니다. 이대로는 면이 없어 돌아갈 수 없으니 뭐라도 일을 하게 해 주십시오. 뭐든 잘합니다. ……라는 의미로 번역될 수 있는 요령 좋은 자기 어필이 이어졌다.

그럭저럭 잘 포장하고 있었지만 어떤 귀족을 만나도 공경 받으며 봉사하는 데 익숙한 사제들은 내심 당황하며 쩔쩔매고 있었다. 우리 같은 고급 인력을 쓸모없는 객식구 취급하다니. 상대가 보통의 귀족이었다면 이미 그들이 이렇게 면구스럽게 찾아올 필요도 없이 진작에 적당한 일이 맡겨졌을 것인데.

어떻게 해야 대놓고 거스르지 않으면서 티 안 나게 황제와 거리를 둘까만 고심하는 듯한 악시아스 대공에게 그런 센스 있는 배려를 기대할 수는 없는 것 같았다. 그들은 알현을 위한 입성만 허가받았을 뿐, 정식으로 어디에 머물라는 체류 허가조차 받지 못한 상태였다.

이미 체면이 말이 아니지만 정말 이대로 아무것도 못하고 쫓겨나기라도 했다간 사제단만이 아니라 황제의 면까지 크게 깎이게 될 판이었다. 속이 바짝 탄 사제들은 한 달가량이라도 영지에 머물며 신성 봉사와 역병의 후처리를 하겠다고 자청해 왔다.

제각기 직위와 필요에 따라 내성 지역과 외성 지역에 숙소를 두고 흩어져 머무르며 무료 봉사를 하겠노라, 체류비나 봉사비 일체는 신경 쓰지 않으셔도 된다는 제법 파격적인 제안을 해왔다.

킬리언은 곧바로 허락하지 않은 채, 의자에 기대어 턱을 만지작거렸다. 그러더니 곁에 앉아 있던 미모의 여성을 향해 물었다.

"신성 능력을 업으로 삼아 살아가고 있는 영지 사람들의 생계나 입장이 곤란해질 우려가 있지 않을까?"

있어도 보이지 않는다는 듯, 일부러 외면하고 시선을 두지 않던 사람들의 눈이 모두 악시아스 대공 곁에 있던 아름다운 여인에게로 집중되었다. 킬리언의 물음에 리에타는 고개 숙여 답했다.

"그리 여기신다면, 영지의 신성 능력자들을 한시적으로 고용하여 사제님들의 봉사에 함께하도록 조율해 주시면 어떨까요?"

그녀가 평범한 첩이라고 생각하고 있던 사제들의 눈이 휘둥그레졌다.

리에타의 제안을 받아들여, 킬리언은 황제의 사제들이 무료 봉사를 하는 기간 동안 영지에 정착한 신성 능력자들을 모조리 성에서 임시로 고용했다. 그들은 한 달 동안 성으로부터 고정급을 받으며 황제의 사제들로 꾸려진 역병 봉사단의 안내인 격의 역할을 맡게 되었고, 구호인단은 킬리언의 지시에 따라 제각기 영지에 흩어져 역학적, 신성학적 조사를 벌이고 신성 봉사를 하기 시작했다.

황제의 사제들은 대다수가 악마를 상대할 수 있도록 기사 못지않게 몸을 단련한 전투 사제들이었고 어지간한 기사들에게 뒤떨어지지 않을 정도의 굉장한 체력을 가지고 있었다.

밥값을 다해야 한다는 생각에 사로잡힌 황제의 사제단은 킬리언과 영지 주민들에게 뭐라도 더 도울 일을 맡겨 달라며 발품을 팔고 찾아 다녔다. 오랜만에 영지를 찾아온 대규모의 신성 능력자들을 보고 영지민들은 어리둥절해하면서도 기뻐했다.

사제들은 킬리언이 주의를 준 대로 처신을 잘해 주었다. 근래 역병이 돌아서 뒤숭숭한 악시아스를 위해 한시적으로 영주님과 황제 폐하의 지원을 받아 악시아스 곳곳에 신의 축복이 전해지도록 신성 능력자들이 무료 봉사를 하는 것이라고 입장을 확실히 했다.

영지의 신성 능력자들은 악시아스 곳곳에 신성력이 가장 필요한 곳과 근방의 지리를 안내했다. 그리고 겸사겸사, 황제의 최정예 사제라는 자타공인 제국 최고의 신성 능력자 집단의 일처리 방식과 능숙한 신성력 운용을 어깨 너머로 배워 볼 기회를 얻었다.

친근한 이웃집 사람이었던 신성 능력자가 어지간한 귀족도 감히 함부로 대하지 못하는 황제의 사제단을 진두지휘하는 듯한 모양새로 무료 봉사에 나서자 사람들은 선망하는 시선으로 그들을 우러러보았다. 봉급을 받으며 봉사도 하고 새삼스레 사람들의 존경하는 시선까지 한 몸에 받게 된 신성 능력자들은 어깨가 으쓱해졌다.

신성 능력자들의 무료 봉사를 당연시 여기지 않도록 하기 위한 조처였지만, 사제들과의 봉사로 신성 능력자들의 위상은 오히려 더욱 올라가게 되었다.

처음엔 높으신 분들을 서먹해했던 영지민들이었지만, 점차 매일같이 여기저기 눈에 띄기 시작한 신성 능력자들에게 너 나 할 것 없이 줄서서 축성이나 정화, 치유 일을 부탁하기 시작했다.

언제 황제 폐하를 직접 모시는 사제로부터 치유를 받아 보겠는가. 아이들 싸움에 생긴 생채기, 빵 굽다 데인 손등, 닭에게 쪼인 발등, 가시 박힌 손가락까지 그들의 앞에 디밀어졌다.

황제의 사제들은 결코 귀찮아하지 않았다. 막대한 보상을 약속 받고 역병 지역에서 구를 걸로 알고 왔는데 이 정도 일로 갈음할 수 있다면 사실 몸이야 반길 일이었다.

다치고 힘든 이여 내게 오라. 신의 은총은 차별 없이 공평했다. 그렇게 악시아스 주민들 사이에 섞여 든 사제들을 비롯한 사람들의 귀에는 요사이 대공의 곁에 머무는 백금발의 미녀에 대한 여러가지 이야기가 흘러들어오기 시작했다.

"대공 전하의 애첩? 에이, 그게 무슨 새삼스러운 얘기라고……."

"아니 글쎄, 그런 분위기가 아니더라니까요. 사제님들이 어디 그런 데 관심 두고 말씀하시는 분들이신가?"

"뭐라시는데?"

"그게……."

사제와 귀족 학자들의 수행원들과 파견인단의 하인들이 저희들끼리 목소리를 낮추어 수군거렸다. 수행원들의 눈이 땡그래졌다.

"그런 이유로 황실 사제단의 봉사를 안 받으려고 하셨단 말이야? 그 애첩이 축성 능력자라?"

"에이, 설마!"

"아무튼 그 애첩의 말을 엄청 중히 여기시는 것 같더라니까요? 너무 자연스럽게 훅 들어와서 사제님들이 순간적으로 긴장할 정도였다고……."

수행원이 고개를 설레설레 저으며 웃었다.

"어쨌든 황제께선 관심 가지실 이야기네요. 뭐라도 좋은 소식을 들려드릴 게 있으면 우리로선 환영이지."

"글쎄……. 좋은 소식일까요? 평민인 거야 그렇다 쳐도 과부는 조금……."

"과부가 뭐 어때서. 그런 여자도 황비가 되는 세상인데."

"헹. 그래서 그 결과가 어떻게 됐나 보세요. 집안은 풍비박산 나, 자식들끼리……."

"쉿, 쉿! 이 사람 말조심 안 하네!"

"오히려 문제는 명색이 황제의 맏아들이신데 평민 여자라는 거 아니겠습니까? 어디 무난한 집 평민인 것도 아니고 수도원 출신이면 고아일 텐데, 수도원에서 얼굴 좀 반반한 계집 아이 신세가 어떤가 생각해 보면……."

"어이구. 멀리들도 가십니다. 아니 대공 전하께서 그 애첩이랑 혼인하겠다 하신 것도 아닌데 과부건 평민이건 수도원 출신이건 뭔 상관들이래."

"모처럼 영지가 떠들썩할 정도로 총애하는 애첩이라니 말들 나오는 거지 뭐. 아무래도 대공 전하가 나이가 있으시니까."

또 다른 하인 하나가 거리에서 주워들은 이야기들을 주워섬겼다.

"얘기 들어보니 과부님, 아니, 아가씨 평판은 아주 좋더라고요. 역병 구호 열심히 따라다니고 타니아 성녀님께서도 예뻐하셨다던데."

"엄청 예쁘긴 하다던데. 본 사람 없어?"

"그 얘기가 아니잖아. 아무튼 영지만이 아니라 이 근방에서 엄청 유명하다더라고요. 그분을 모르는 사람이 없대요."

저마다 자신들이 들은 이야기를 꺼내어 놓았다. 내성의 축성술사. 악시아스 대공과의 염문. 하비투스 대사원의 마지막 대제사장. 역병으로 격리되었던 서쪽 영지에서의 헌신적 봉사. 타니아 성녀의 신뢰와 총애. 그 모든 이름이 가리키는 한 사람.

그리고 그 무엇보다도 그녀를 일컫는 이름들 가운데 가장 잘 알려진 것은 '세비타스의 과부'였다.

"영지 분위기가 정말 좋아요."

리에타가 신이 나서 재잘거렸다.

"수확제도 다가오고 있고, 많은 사제분들이 대가를 받지 않고 여기저기 축복을 해 주시니 사람들이 정말 기뻐하고 있어요."

"그래?"

"네! 게다가 황제 폐하랑 영주님 사이도 부드럽게 풀리는 분위기라 사람들이 뿌듯해하고. 영지의 축성 능력자 분들도 다들 배우는 것이 많다고 좋아하시고요."

"흠."

"정말 시기가 좋아요. 사제 분들께 사원 건립에 대한 자문을 구해 볼 수 있겠어요. 사실 사원 건립 계획이 있는 줄 미리 알았으면 성녀님이 계실 때 이것저것 여쭤봤으면 좋았을 거라는 생각을 했었거든요. 아쉽다고 생각했던 참인데, 이렇게 사제님들이 많이 와 주시다니."

"타니아 성녀에게라면 내가 이미 물어봤어."

킬리언이 덤덤히 성녀의 말을 옮겨 주었다.

"돈 되는 일이라면 사양하지 않는 사람이지만 떠돌이 체질이라, 한곳에 정착하는 사원 일은 잘 모르겠다더군. 양심적이지."

리에타가 입을 가리며 작게 소리 내 웃었다. "성녀님도 참." 싱그러운 미소가 얹히자 청아한 얼굴이 화사해진다.

예쁘긴. 별로 재미있는 말도 아닌 것 같은데. 성녀가 그렇게 좋을까? 마음을 무장 해제시키는 미소에 킬리언도 슬쩍 웃었다. 업무에 복귀한 리에타는 다시 생기를 찾아 가고 있었다.

리에타는 자연스럽게 그와 일 이야기를 나누며 그들이 머무는 층으로 올라갔다. 킬리언은 대체로 듣는 입장이었지만, 중간 중간 한마디씩 대답하거나 추임새를 넣어 거들어 주었다. 집무실 앞에 도달해서도 평소보다 한 톤 높은 듣기 좋은 목소리가 계속되었다.

"사원 건립 계획에 대해 자문을 구할 만한 내용은 따로 정리해 뒀는데. 혹시 미진한 부분이 있으면 말씀해 주세요."

"그대가 한 보고서에 그런 게 있을 리가."

추켜올려 주는 소리에 리에타가 웃으며 말을 이었다.

"길리우스 대사제님이 내일 오신다던데요. 개인적으로 영주님 독대하고 싶으시다고……. 슬슬 운을 띄워 두면 좋지 않을까요?"

"아아. 안 그래도 그럴까 하고."

사제들의 봉사에 관련해 시작되었던 이야기는 어느새 사원 건립 화두를 거쳐 수확제 준비와 사냥 이야기로 넘어가고 있었다. 킬리언의 집무실에 들어서서 그는 자신의 책상 앞에 리에타 전용 의자를 빼어 주고 자신의 자리로 돌아갔고, 끝없이 재잘대며 얼른 서류를 가져온 리에타는 거의 의식 없이 그가 챙겨 준 자리에 앉으며 말을 이어 갔다.

"마수 사냥의 신청자가 예년의 두 배를 넘었어요."

"벌써? 잘된 일이지만 수가 너무 많군. 좀 쳐 내야겠는데."

"네. 말씀하신 대로 악시아스 성에 급한 인력이 필요했을 때 지원해 일해 주었던 용병들에게 우선권이 돌아가도록 검토하고 있어요. 이번이 첫 신청인 사람들은……."

킬리언은 아르젠 루프스를 성에서 수용하기로 결정했을 때 그들의 가치를 상당히 후하게 쳐주었다. 그 혜택을 받은 이들이 적지 않았다. 크게 한탕 했으니 겨우살이도 걱정 없겠다, 역병도 걱정이 되겠다, 철수하고 돌아가서 쉬겠다고 결정하는 이들도 꽤나 있으리라 짐작했는데 오히려 소식을 들은 용병들이 몰려들며 악시아스는 더더욱 호황을 맞이했다.

아르젠 루프스 사건이 퍼지며 악시아스에서 역병이 끝났다는 소문이 덩달아 날개를 달게 된 덕이었다. 인근 지역의 역병으로 인해 외부인이 입성 허가를 받는 일이 더욱 번거로워진 상태인데도 많은 사람들이 가을 마수 사냥의 대목을 앞두고 성 안팎에서 머물며 문전성시를 이루었다.

마수 사냥엔 참가하지 않고 길드의 의뢰나 맡곤 하던 용병들도 다른 일을 제치고 마수 사냥에 대거 참여를 신청했고, 악시아스에서 일한 경력이 부족하거나 능력을 증명하지 못해 자격이 되지 않는 이들의 문의도 빗발쳤다.

"그리고 경력이 있는 사냥꾼들은 마수 관리인이나 실제 일선에서 일한 용병대장의 의견을 반영해서 위법 이력이 없고 사냥에 협조적이며 평판이 좋은 이들에게 우선권이 돌아가도록 작성하고 있어요. 모레까지는 보실 수 있도록 보고서 올릴게요."

"모레? 무리하지 마."

리에타가 미소 지었다.

"저 혼자 다 하는 것도 아닌걸요. 새로 배정해 주신 분들도, 사제님들도 많이 도와주고 계시고요."

유능한 킬리언도 딱 몸이 두 개였으면 좋겠다 싶을 때가 있는데 그게 바로 이 대목이었다. 하지만 요새는 가을인데 이렇게 한가할 수가 있나 싶을 지경이었다.

리에타가 앓고 킬리언이 그녀를 간호하며 산처럼 쌓였던 업무들은 그녀가 업무에 복귀하며 빠르게 정리되어 가기 시작했다. 킬리언은 그녀가 자신과 비슷한 타입이라고 생각하고 리에타의 과로를 방지하기 위해 일을 도와줄 사람이라는 명목으로 그녀를 도울 사람들을 붙여 주었던 것이었는데, 생각했던 것과 달리 리에타는 적극적으로 그들의 도움을 받았다.

중요한 판단이 필요한 부분이나 총 보고서의 작성은 모두 리에타가 직접 했지만 모든 일을 혼자 다 끌어안지는 않았다. 그녀는 필요한 만큼 적절하게 사람들에게 도움을 받았다. 킬리언 자신이 직접 도울 사람들을 부리며 일할 때보다 리에타에게 도울 사람들을 붙여 놓았을 때 더 좋은 시너지가 났다.

리에타가 일하는 것을 보며 킬리언은 자신이 너무 아랫사람들을 믿지 않고 스스로를 혹사시켜 왔다는 생각을 했다. 나는 왜 저렇게 하지 않았을까. 이제 리에타는 루딘의 상태에 대해서 이야기하고 있었다.

"정말 좋아졌어요. 요즘 잘 먹기 시작해서 회복 속도가 꽤 붙었대요. 빠르면 다음 보름에는 풀어 줄 수 있는 상태가 될 것 같다고 해요. 아. 그리고 오늘은 루딘 님이 이런 말까지 하지 뭐예요."

'아디프가 너무 귀여운 건 어쩔 수 없으니 너무 길지 않게 시간을 정해 놓고 공개하는 건 괜찮아.'

리에타가 맑게 웃었다. 킬리언은 물끄러미 쳐다보다가 말했다.

"아르젠 루프스를 너무 믿지 마."

"네?"

킬리언은 가볍게 어깨를 으쓱하며 말했다. "우리는 사냥꾼이야."

너무 정을 붙이는 것 같아 걱정이 된 킬리언은 너무 강하게 들리지 않도록 먼발치를 향해 시선을 돌리며 말을 골랐다.

"그들은 마수잖아. 우릴 그렇게 좋아하지 않아. 고등 마수는 사람과 거의 동등한 수준의 지능을 가지고 있으니, 그들도 사람처럼 거짓말을 하고 사람을 속일 수도 있어."

상대가 리에타같이 순진하면 더하지. 마수들 중엔 악시아스를 향해 복수심을 불태우는 부류도 있고, 드높은 자존심으로 인간들이 자신들을 모욕하는 것을 용납지 못하는 부류도 있다.

충분히 이해가 가는 반응이지만, 그 복수심을 생각보다 사악한 방식으로 표출하는 부류도 있기에 마수 사냥은 때론 짐승의 사냥이 아니라 인간과의 싸움으로 느껴지기도 한다. 그것이 마수 사냥이 그냥 짐승을 사냥하는 일보다 더 위험한 이유이기도 했다.

리에타는 조금 전까지 마수 사냥에 대해 이야기하고 있었으면서 루딘의 이야기와 사냥을 전혀 연관시키지 못했던 자기 자신을 깨달은 듯, 입을 다물고 말았다.

루딘과 아디프도 마수 사냥의 희생양이었고, 앞으로도 그렇게 될 수 있다는 것을 미처 생각지 못하고 있었던 스스로에게 당황한 듯했다. 마수에게 익숙하지 못한 사람이 할 수 있는 착각이었다.

대화해 보면 사람 같으니까. 킬리언은 가볍게 화제를 돌렸다.

“그대는 나와 달리 동물들에게 인기가 많더군. 티그리스도 너무 믿지 말고. 요즘 하얀 것들이 거슬려.”

리에타는 그가 농담조로 말을 돌리는 것을 깨닫고 결국 미소 지었다. 킬리언은 의자 등받이에 몸을 파묻으며 농을 가장해 툭 뱉었다.

“얘기 나온 김에 말인데. 말에 타는 건 그대와 나인데 왜 말이 축성을 받아야 하지? 질투 나게.”

불퉁한 목소리에 리에타가 멍하니 눈을 깜박였다. 리에타가 한발 늦게 대답했다.

“……요즘은 말씀이 없으셔서……. 원치 않으시는 줄 알았어요.”

킬리언이 한쪽 눈썹을 치켜들었다.

“뭐? 난 항상 원하는데?”

“그, 그럼 말씀을 하시지…….”

"티그리스는 말해서 축성해 줬어?"

"아, 아니. 이전엔 항상 말씀을 하셨었으니까……."

일 중독자들은 시간 가는 줄 모르고 대화했다. 그렇게 가끔, 이상한 소리들을 할 때도 있었다.

얼마 후, 악시아스에서 사원을 건립하리라는 이야기가 황제의 사제들 사이에 떠들썩하게 퍼져나갔다. 파견인단 고위 사제들 가운데 킬리언의 지목과 길리우스 대사제의 추천을 받은 몇몇이 팀을 꾸려 새로 사원을 건립하는 준비 과정에 필요한 조언들을 제공하는 자문 위원 역할을 맡게 되었다.

그들로서는 새로운 일거리를 할당받은 것이 달갑기도 했지만 악시아스 사원의 건립은 그 자체로도 놀라운 희소식이었다. 대륙의 북동부를 책임지던 하비투스 대사원이 무너진 상황에서 북방의 너른 땅을 지배하는 악시아스 대공이 큰 사원을 건립하리라는 이야기가 퍼지자 사제들은 두 배로 반가워했다.

그동안 사원 자체의 효용성에도 불구하고 신을 믿지 않는다며 냉랭하게 굴었던 킬리언이었기에 감히 제안해 보지도 못하던 일이었기 때문이었다.

황제의 사제들이 함께 하는 사원 건립의 첫 번째 자문 회의가 열렸다. 킬리언은 첫 회의부터 리에타를 대동하고 참석했다.

"여긴 리에타."

그 외엔 그녀에 대한 아무런 설명도 없었지만 이 아름다운 여자가 요즘 대공의 총애가 대단하다던 그 애첩인가 하고 눈치 빠른 사제들이 단박에 시선들을 교환했다. 회의에 데려오실 것이라고는 생각지 못했지만 그녀를 볼 기회가 언제 또 있을지 모른다고 생각한 사람들의 눈빛이 남몰래 빛났다.

재미없는 이야기가 될 것이 뻔한 이런 실무적 회의에까지 대동시켜 인사를 시키는 애첩이라니 처음 있는 일이다. 이건 분명 황제께서 관심을 가지실 만한 이야기일 것임에 틀림없었다.

그 자리에 포함된 대부분의 사람들은 대공이 사제들에게 그녀를 보여주기 위해 데려왔다고 생각했다. 그녀가 성의 축성 실무를 맡고 있는 신성능력자로서 회의에 참석했다는 점은 사제들에게 그다지 고려의 대상이 되지 못했다. 킬리언이 소개해 주는 대신 리에타는 직접 공손히 허리 숙여 인사했다.

"미력한 축성 능력자가 지고하신 분의 곁을 지키는 여러분들께 인사 올리는 영광을 얻어 송구합니다. 주신의 첫 번째 은총 받으신 사제님들을 뵙습니다."

수줍게 미소나 지으리라 생각했는데, 뜻밖에 예의와 격식을 갖춘 인사에 좋은 첫인상을 받은 사제들이 일어서서 따스한 미소로 마주 인사했다.

"자매님께서는 황송한 말씀을 마십시오. 일꾼 된 자로서 가장 높이 빛나는 사역은 주신의 은혜를 가장 낮은 곳으로 흐르게 하는 것이오니."

"가장 낮은 곳에 임하는 주신의 잔이 가득 넘쳐흐름에 경배합니다. 말씀 익히 들었습니다. 이렇게 만나 뵙게 되어 영광입니다. 루시엘리."

"레시엘."

마무리까지 완벽했다. 사제들은 찬찬히 그녀를 살폈다. 이 정도로 소문이 자자한 애첩이니 황제의 귀에 들어갈 것을 예상할 텐데도 회의에 데려와 친히 보여준다는 것은, 단지 총애가 깊은 애첩 그 이상인가 하는 추측을 불러일으키기 충분했다. 그녀의 청을 대공이 제법 귀 기울여 듣더라는 이야기까지 알음알음 퍼져 있는 상태였다.

설마하니 황실의 반응을 볼 정도로 진지한 상대인가. 그녀의 내력이 걸림돌이 될 가능성을 염두에 두고, 그녀가 어떤 사람인지 황실과 직통으로 통할 소식통이 될 저희들에게 미리 보여 주시려는…….

황실에서 사제들은 대체로 귀족원과 황비에게 대립하는 입장으로 황제의 편에 서 있는 사람들이었다. 특히나 사원 건립 자문 회의에 참석한 사제들은 킬리언이 비교적 신뢰할 수 있는 사제들로 구성되어 있었다. 직위가 높고 킬리언에게 우호적이며 황제의 측근으로 오랫동안 활약한 사람들이 많았다. 아마도, 긍정적인 방향으로 이야기를 전하라는 의미일 텐데.

하지만 평민인 데다 과부라는 벽은 결코 낮지 않았다. 대부분의 귀족들이 결혼할 땐 황제에게 고하고 허락을 받는 것이 관례였다. 황적에서 제명당하긴 했지만 황제와의 사이가 완전히 틀어진 것은 아닌 데다 아직 황제는 그를 아들로 여기고 있다는 행보를 보여 왔으니 악시아스 대공이 그 정도의 예의는 지키리라 생각하고 있었다.

회의가 시작되었다. 리에타는 대개 이야기를 듣기만 하며 얌전히 앉아 있었다. 그러나 킬리언이 처음으로 리에타에게 의견을 묻는 순간, 그리고 리에타가 그에 답하여 입을 여는 순간 사제들의 입은 떡 벌어졌다.

그녀는 킬리언의 질문에 답하며, 악시아스 수도원의 규모가 크고 지리적으로도 위치가 나쁘지 않으니 사원이 온전히 조성되기까지 임시 사원으로 활용할 수 있지 않을까 조사를 해 보았다며 레나투스 서방 사원의 사례가 포함된 다양한 자료를 제시하고 의견을 내어놓았다.

사제들은 얼결에 자료를 받아 들며 멍청하니 그녀를 바라보았다. 킬리언은 회의 중간 중간, 꽤나 자주 리에타의 의견을 물었고 그녀가 겸손하고 조심스럽게 내놓는 의견은 뜻밖에 중요하게 받아들여졌다.

황제의 사제들은 처음에 리에타가 의견을 내며 설명한다는 것에 적응하지 못하고 당황해했지만, 이내 그녀가 내어놓는 자료들과 악시아스 수도원의 위치와 구조도를 보고는 얼떨떨하게 고개를 끄덕이며 긍정적인 의견으로 화답했다. 저마다 수도원을 중심으로, 혹은 수도원에 인접하여 사원이 새로 건립된 사례들에 대해 소개하기 시작했다.

황제의 사람들은 킬리언이 누군가의 의견을 묻는다는 것에 처음 놀랐고, 심지어 그녀의 의견을 꽤나 진지하게 받아들인다는 것에 다시 놀랐다. 게다가 그녀가 내놓는 한마디 한마디가 꽤 수준이 높고 합리적이라는 것에 또 한 번 놀랐다.

킬리언이 리에타에게 보이는 신뢰와 존중은 금세 옮아 갔다. 이내 킬리언뿐만 아니라 사제들 역시 리에타와 의견을 나누는 것을 자연스럽게 여기기 시작했다.

기적이 내려 뚝딱 탑이 생기는 것이야 드래곤이 담배 피우던 시절의 이야기이다. 슈펠만 백작부인에게 무상 대여받은 광산이 건축 기간을 줄이는 데 톡톡히 역할을 해 줄 수 있을 것 같지만, 사원을 새로 건립하는 것은 수십 년이 걸릴 대공사였다.

곧 수도원에 비교적 빠르게 공사를 끝낼 수 있을 가건물들을 우선적으로 배치하고 수도원을 품은 형태로 차근차근 사원을 조성하여 점차 쓸모를 넓혀 가는 방향으로 가닥이 잡혔다. 위치가 정해지자 일사천리였다. 베테랑 사제들이 조언을 해 주자 일은 착착 진행되었다.

가장 먼저 사원이 해야 할 역할인 축성과 치유, 성수의 공급과 유통 따위가 중요하다는 점을 짚어 주며 순서대로 들어서야 할 사원의 건물과 기능, 규모가 논의되었다.

악시아스는 용병들이 많이 모이는 특성을 가지고 있으니 길드와 공조하는 방법이 큰 효과를 볼 수 있을 것이고, 제국 최고급품이라는 악시아스 공예품을 사원의 축성이나 예배와 연계할 수 있다면 특색이 있는 사원을 만들 수도 있으리라는 상업적인 조언도 툭 터놓고 논의되었다.

사제들은 악시아스에 건립될 사원이 종교적 기능을 상실한 하비투스 대사원의 수요를 감당하게 될 가능성이 높다는 점에 대해서도 언급했다. 킬리언도 리에타도 이미 그에 대해 이야기해 두었기에 준비된 자료가 많았고, 이야기는 매우 매끄럽게 흘러갔다.

리에타를 바라보는 사제들의 눈빛은 이미 진지하게 바뀌어 있었다. 킬리언이 직접 데리고 다니며 누구의 의견을 이토록 중요하게 듣는 것도, 누군가를 이토록 신뢰하며 일을 맡기는 모습도 처음 있는 일이었다.

이 사람은 누구지? 이런 사람이 단순히 애첩일 리 없다. 어딜 가든 말에 태워 다니고, 그 악시아스 대공이 손수 드레스 샵과 보석상에 데려가 꾸며 주며, 날마다 식사를 함께하고, 시도 때도 없이 사람들 앞에서 입 맞춘다고 소문이 자자한 악시아스 대공의 애첩.

이 사람이 정말 소문 속 그 인물일까?

소문 속에 그녀의 이름은 없었다. '세비타스의 과부', '악시아스 대공의 애첩', '내성의 축성술사' 정도가 그녀를 가리키는 이름의 전부였기 때문이었다. 그들이 소개받은 이름은 '리에타', '축성 능력자'뿐이었다.

게다가 킬리언이 그녀를 대하는 태도는 매우 담백해 보였다. 리에타는 분명 시선을 빼앗을 정도의 미인이었으나 이야기를 나누어 볼수록 매력적인 애첩이라기보다 악시아스 대공이 신뢰하는 겸손하고 신중한 측근이라는 인상이 강해졌다.

황제의 사제들은 점차 처음 그녀를 보았을 때 마음에 품었던 추측을 반신반의하게 되었다. 도무지 지금 그들의 앞에 있는 신중하고 이지적인 여인의 이미지와 연결이 되지 않았다. 하지만 악시아스 대공의 곁에 이토록 아름다운 축성 능력자가 둘이나 있을지는 의심스러웠다.

그러나 그런 딴 생각을 하며 리에타를 곁눈질할 틈은 많지 않았다. 킬리언과 리에타가 요구하는 자문은 매우 수준이 높았다. 그들은 정신을 바짝 차리고 회의 내용에 집중했다.

아침부터 저녁까지 이어진 회의가 끝나자 사제들은 진이 다 빠져 버렸다. 그럼에도 풀려나자마자 모두가 그녀가 누구인지 궁금해하는 이야기가 나오기 시작했다.

그들 역시 악시아스 대공이 외딴 영지에서 사온 평민 과부에 대한 이야기는 풍문으로 들어 알고 있었다. 그러나 모두가 대공과 염문을 뿌린 소문 속 인물이 가리키는 것이 그녀가 맞는지 믿지 못하고 의심하고 있었다. 소문 속 애첩은 과부인 데다 평민인데 반해 '리에타'는 너무 젊고 아름다웠고, 평민답지 않게 명석했다.

대공이 그녀를 존중하는 모습은 그녀를 귀족보다도 격이 높게 느껴지게 만들었다. 신중하고 지혜로운 분위기를 풍기는 것은 사제 교육을 받은 덕분인가 싶기는 하지만……. 사제들이 보기에는 결국 축성 능력자란 사제가 되기엔 부족함이 있어 방출된 모자란 신성 능력자인 경우가 많으니 어딘가 균형이 맞지 않았다.

"맞을걸요? 애초에 악시아스 대공이 근래 곁에 달고 다니는 여자라곤 한 명뿐인걸요."

"네, 맞아요. 백금발에 하늘색 눈. 악시아스 대공의 축성술사 '리에타'."

그들은 오래지 않아 리에타가 그 애첩이 맞다는 것을 알게 되었다. 사제들은 탄식했다. 그 똑똑하고 아름다운 여인이 평민이라는 것이 아까웠고, 과부라는 것이 아까웠다.

어차피 악시아스 대공처럼 사교계에 전혀 참여하지 않는 악명 높은 남자가 유서 깊은 귀족 명문가의 여인을 반려로 맞이할 수야 없는 일이겠지만 호적에서 파였다 한들 준황족이고 황제의 맏아들인데, 모처럼 그가 중히 여겨 곁에 두는 듯한 여인이 그런 배경을 가지고 있다니. 아무래도 지나치게 격이 맞지 않았다.

그러나 회의가 반복되어감에 따라, 처음의 생각은 점차 설득력을 잃어가기 시작했다. 킬리언은 리에타를 대등하게 대하는 모습을 보였고, 리에타는 겸손하고 조용한 편이었지만 의견을 논함에는 머뭇거림이 없었다. 거기에 어딘가 처연하고 청아한 느낌의 깊고 차분한 하늘색 눈과, 이십 년 전 제국 최고의 미인으로 꼽혔던 아리아드네 황후를 닮은 달빛 백금발, 감성을 자극하는 아름다운 외모는 이성을 밀어내기에 부족함이 없었다.

그의 권력과 재력에 딱히 여자의 가문의 힘은 필요하지 않을 테니 그만 좋다면 상관없는 일 아닐까? 하긴 그가 좋다면 과연 누가 그를 막을까?

당사자들의 동의 없는 추측들이 제멋대로 내달리기 시작했다. 대공이 그녀에게 푹 빠져 그의 하렘인 동쪽 별채가 해산되었다느니, 그분의 드레스룸이 어지간한 왕비 침소 뺨친다느니, 악시아스에 사원을 짓는 것이 그녀 한 사람을 위한 것이라느니, 악시아스 성 전체가 강력한 축성으로 신성 요새화 되어 있는 것이 거의 그녀의 공이라느니, 타니아 성녀마저 그녀의 능력을 인정했다느니 하는, 사실에서 조금 비껴 난 소문들이 눈덩이처럼 불어났다.

황궁 소속의 사제들은 황제에게 돌아가서 면피할 만한 이야깃거리가 생긴 것을 기쁘게 생각하고 저희들 좋을 대로 생각하기 시작했다.

영지에서 열심히 봉사를 했다는 것도, 새 사원의 건립에 대한 일이나마 도울 수 있었다는 것도, 악시아스 대공에게 유능하고 아름다운 연인이 생겼다는 소식을 황제에게 전할 수 있게 되었다는 것도 기쁜 일이었다.

티그리스에게 향하던 리에타의 애정 어린 축성은 킬리언에게로 되돌아왔다. 출정하는 것도 아니고 산책이나 가는 건데 무슨 낙마를 피하고 축복을 빌어 달라는 의미의 축성이냐고 투덜거렸던 과거의 그는 이미 기억 속에 없었다.

말에게 입 맞춘 입술을 영주님께 들이댈 수도 없고, 설령 그 반대의 순서라 해도 또 영주님과 말을 똑같이 취급할 수도 없는 일이었기 때문에 리에타는 손으로 머리를 쓸어 주는 축성으로 티그리스에게 하는 축성을 대신했다.

킬리언에게 리에타의 입맞춤을 빼앗긴 티그리스는 짜증을 부리기 시작했다. 리에타가 알아볼 정도로 대놓고 저항하진 않았지만 조금이라도 속도를 낼 때는 킬리언을 떨어뜨려 버리고 싶다는 듯 엉망으로 움직이기 시작했다.

킬리언은 리에타를 내려놓기만 하면 티그리스가 대놓고 로데오 야생마처럼 굴리라는 것을 확신할 수 있었지만 리에타는 말의 미묘한 태도 변화를 눈치채지 못했다. 다만 영주님이 뒤에서 잡아 주고 계신데도 승마가 점점 더 어려워지는 것 같다고만 느끼며 더 집중해 보려고 애썼다.

그러나 말을 대하는 리에타의 긴장을 풀어 주기 위한 산책 겸 승마 연습이라는 애초의 목적은 뒷전이 되어 버렸다. 이미 리에타의 승마 교습은 검은 놈과 하얀 놈의 신경전이 되어 가고 있었다. 애석하게도 하얀 놈은 권력을 남용하는 시커먼 놈을 이길 수가 없었다.

평소처럼 티그리스에 리에타를 태우고 성을 한 바퀴 돈 킬리언이 주변 바람을 느껴 보았다. 바람은 선선하고, 적당히 구름이 있어 햇살은 따갑지 않았다.

날씨가 괜찮네. 리에타는 모처럼 고삐를 넘겨받아 집중하고 있었다. 그러나 이미 상체와 하체가 따로 놀고 있었고 고삐를 잡고 있는 의미가 없는 상태였다. 잔뜩 옹송그리고 있는 대로 힘이 들어간 어깨를 본 킬리언이 피식 웃었다.

"이리 줘."

킬리언이 고삐를 잡고 말머리를 돌렸다. 축 늘어지는 어깨로 리에타가 한숨을 쉬는 게 다 느껴졌다. 킬리언이 웃으며 말했다.

"오늘은 밖으로 나가 볼까?"

리에타가 고개를 들었다.

"밖이요?"

"그대, 악시아스의 가을은 처음이잖아."

킬리언은 성 밖으로 방향을 잡았다.

"아." 그가 성을 나설 생각이라는 것을 눈치챈 리에타가 얼른 상체를 비틀어 뒤로 돌리며 제 목에서 목걸이를 잡아 들었다.

그의 목에 목걸이를 걸어 주려 함이었다. 킬리언은 그녀의 손을 잡아 눌러 목걸이를 사양하곤 돌아선 리에타에게 고개를 숙여 왔다. 딱히 '축성.' 하는 말도 없었다.

성을 나설 때는 자주 이렇게 축성을 한 일이 있다지만, 조금 아까 말에 오를 때도 축성을 해 드렸는데. 이건 분명 과잉 축성이었다. 리에타가 조금 주저하며 말했다.

"저, 방금 전에도 축성을 드렸는데……."

킬리언이 고개를 들고 표정 없는 얼굴을 기울였다.

"은인에게 주는 축성이 아까워?"

리에타는 입을 다물고 대답 대신 손을 뻗어 그의 어깨를 당겼다. 킬리언이 숙여 주자 리에타는 그의 이마에 입 맞추었다. 멀찍이서 그 광경을 목격한 황제의 사제들이 언젠가 성의 사람들이 그랬듯이 입을 떡하니 벌리든 말든, 성문이 열리고 오붓하게 말에 탄 두 사람의 모습이 성 밖으로 사라졌다.

"그대, 성 밖으로 외출을 하지 않은 지 오래되었지. 어디 가보고 싶은 데가 있나?"

"아뇨, 딱히……."

"그럼 그대 집으로 가 볼까?"

리에타의 목소리 톤이 조금 올라갔다.

"그럴까요?"

킬리언은 리에타의 집으로 말을 몰았다. 킬리언이 하인을 보내 집 관리를 도와주겠다고 했지만 리에타는 혼자 사는 집에 그런 호사는 과하다며 사양했었다. 사양하는 리에타에게 킬리언도 강권하지 않았다.

이미 집에 가지 않은 지 몇 달이었다. 집은 오래 비워 두면 망가지는 법이다. 미처 다 정리해 두지 못한 식료품이 걱정이 되었다.

금방 썩지 않는 것들만 남아 있긴 했지만……. 감자에는 꼼짝없이 싹이 났겠지?

그들은 두런두런 이야기하며 티그리스를 타고 내성 거리를 걸었다. 오가는 사람이 많아서 속도를 높이기는 어려웠기에 자연히 느린 걸음의 산책이 되었다. 모여든 사람들로 인해 호황기를 맞은 내성은 평소보다 훨씬 활기가 넘치고 시끌벅적했다. 수확제 준비가 한창이라 더더욱 정신없이 바빴다.

승마와 대화, 곧 돌아갈 집 생각에 한참 빠져 정신을 빼앗긴 리에타는 늘 타고 나오던 거구의 흑마가 아닌 백마임에도 그들을 알아보는 사람들이 더욱 많아졌다는 것도, 놀라움과는 조금 달라진 의미의 시선과 선망하며 흐뭇해하는 수런거림도 눈치채지 못했다.

그 정도로 거리는 분주하고 소란스러웠다. 리에타의 집이 있는 구역에 들어오자 떠들썩한 소리들이 멀어지며 주변이 그나마 조용해졌다.

말에서 내린 킬리언이 리에타를 내려 주었다. 팔을 뻗어 그녀를 잡아 주는 킬리언을 마주보고서야 리에타는 퍼뜩 생각이 미쳤다.

영주님을 집에 초대해야 하나? 지난번에 가져갈 짐을 챙기러 왔을 때, 영주님은 거절하시며 그 뜨거운 땡볕 아래 서 있기를 택하셨다. 지금은 날씨가 좋다지만, 집 정리를 하려면 시간이 조금 필요할 수도 있는데. 여쭤보기는 해야겠지?

그러나 리에타가 입을 열기 전, 집에 말을 매어 둘 만한 곳이 마땅치 않다는 것을 안 킬리언은 다시 훌쩍 말에 오르며 말했다.

"대장간에 다녀오겠다."

아, 다른 용무가 있으시구나. 집과 킬리언 생각만 하느라 티그리스를 어디 매어 두어야 한다는 데에 미처 생각이 닿지 못한 리에타는 영주님께서 대장간에 용무가 있으신가 보다 하고 끄덕이며 얼른 방향을 알려 주었다.

"대장간요? 저쪽으로 쭉 가다가 광장에서 오른쪽으로 가시면……."

킬리언이 피식 웃었다.

"내가 그걸 모를까."

"아……. 네."

자기 집 앞이라고 무의식중에 설명해주려던 리에타가 좀 머쓱하게 목덜미를 만졌다. 십삼 년째 이 땅의 주인이신 분께 내가 뭘 한 거람.

"오래 걸리진 않을 거야. 다녀올 테니 들어가서 잠시 있어."

"네, 그럼. 저는 집을 정리하고 있을게요."

"그래."

킬리언이 말을 돌렸다. 리에타를 내려놓자 바로 비협조적으로 나오는 티그리스에 혀를 차며, 그의 뒷모습이 멀어져 갔다. 그 뒷모습을 보며 불현 듯 어떤 기억을 떠올린 리에타는 오랜만에 찾아온 낯선 그리움에 멍하니 서 있었다.

"……."

그게 마지막 순간인 줄 알았으면 그렇게 보내지 않았을 텐데…….

배웅할 사람이 있었던 한때. 집을 나서는 사람을 문 앞에서 보내던 어느 평범한 가을날. 뒤에서 아델이 우당탕, 뭔가 사고를 치는 소리가 들리며 리에타가 놀라 고개를 돌리자, 그는 얼른 아델에게 돌아가 보라며 웃고 리에타의 등을 밀었다. 그녀는 황급히 문을 닫고 몸을 돌려 방으로 들어가고 말았다.

하다못해 조금이라도 더 오래 보고 있었으면 좋았을걸. 그것이 살아 있는 그를 본 마지막 순간이었을 줄을 알았더라면.

리에타는 한동안 움직이지 못한 채 문고리를 잡고 멍하니 서 있다가. 눈을 몇 번 깜박이고 입술을 물며 담담하게 고개를 숙이고 몸을 돌렸다.

'리에타 트리스티.'

제 손으로 적어 넣은 조그만 명패 속에 적힌 이름이 새삼 눈에 들어왔다. 부산하고 바쁘고 활기찬 가을의 거리에서 조금 떨어진 곳, 축성술사의 집. 잠시 열려 있던 문이 조용히 닫혔다.

어깨를 조금 늘어뜨린 여자의 뒷모습이 닫히는 문틈으로 비쳐 들던 햇살과 함께 가만히 자취를 감추었다. 그런 가을도 있었다.

상한 식료품들을 내다 버리고 바쁘게 집을 청소하던 리에타는 채 꽉 닫지 않았던 이층 창문으로 빗물이 들이쳐 나무로 된 창틀이 상한 것을 보고 당황하며 얼른 창문을 꽉 닫았다. 여름엔 조심해야 한다고 집사님이 주의를 주셨던 일이 떠올랐다.

어떡하지? 이대로 두면 나무가 뒤틀릴 텐데. 칠……. 칠이라도 빨리 해 두고 나갈까? 랄타 염료를 사 둔 것이 있었는데…….

랄타는 들판에서 흔히 자생하는 식물로, 평민들도 쉽게 구할 수 있어 값싼 유성 물감을 만들 수 있는 재료였다. 랄타 염료에 기름을 섞어 바르면 방수, 방충 효과가 있어 세비타스에 있던 그녀의 집에선 창틀이나 벽에 랄타 물감으로 칠을 하거나 다같이 그림을 그리곤 했었다.

리에타는 얼른 아래층으로 내려가 넬라의 잡화점에서 사 두었던 염료와 기름병을 꺼내 통에 넣고 섞었다. 영주님께서 오시기까지 시간이 얼마나 있으려나? 얼른 칠해 두고 가면 딱 좋게 마를 텐데.

리에타는 창밖으로 영주님이 오시는지 살피며 염료와 기름을 섞고 붓을 담갔다. 그때, 초인종이 울렸다. 리에타가 퍼뜩 고개를 들었다. 벌써 오셨나?

당황한 리에타는 얼른 붓을 내려놓고 일층으로 뛰어 내려가 황급히 문을 열었다.

"죄송해요, 영주님. 잠시만……."

리에타는 문 앞에 서 있는 사람을 보고 놀란 얼굴로 말을 멈추었다. 문 앞에 서 있던 사내 역시, 놀란 얼굴로 표정을 굳히며 그녀를 마주 보았다.

그가 모자를 벗었다. 은빛 머리카락이 바람결에 흩날렸다. 그의 머리카락을 스친 바람에 나뭇가지가 우수수…… 몸을 떠는 소리가 들렸다.

아무 말도 하지 않은 채 두 사람이 마주 보았다. 서느런 바람소리와, 멀리서 들려오는 거리의 소란이 둘 사이 적막한 공간을 채웠다. 바닥에 떨어진 메마른 낙엽이 부대끼고 조각 나 바스라지는 소리는 빛바랜 지푸라기 빛이었다.

"오랜만이야."

사내는 어색한 얼굴로, 어떻게 말을 이어야 할지 모르겠다는 듯 입술을 물고 시선을 내렸다.

"드디어 만났네. 음……. 요즘 성에서 지내고 있다고 들어서 못 만나는 건가 했는데……."

"……."

할 말을 잃은 그녀의 입에서는 아무런 대답도 나오지 않았다. 하얗게 빛나는 머리카락 아래 부드러운 곡선을 그리는 눈매가 난처한 듯 조금은 어려운 빛을 담고 휘었다.

"내가 이런 걸 물어도 되나 모르겠지만……."

리에타는 제 눈을 의심하듯 멍하니 그를 바라보았다. 아무 말 하지 않는 그녀를, 반겨 주지 않는 그녀의 표정을 감당해 내기라도 하듯 입술을 꾹 말고 쳐다보던 은발의 사내가 어렵게 미소 지으며, 말을 맺었다.

"……잘 지냈어?"

리에타가 믿기 힘들다는 듯, 이상한 표정으로 미소 비슷한 것을 지었다. 그러나 그 얼굴은 웃는 것 같지 않았다.

마침내 그녀의 입이 열렸다.

"……어떻게 여기에 계시죠?"

한참 만에 열린 입술에서 겨우 흘러나온 말은 인사가 아니었다.

"……."

사내가 꾹 입술을 당겨 물었다.

"……설마 저를 찾아 오셨나요?"

대답이 당연한 일을 믿을 수 없다는 듯 묻는 말에 사내는 오히려 입을 다물고 말았다.

판자와 말뚝, 기둥과 못 따위를 사서 티그리스에 얹고 돌아오던 킬리언은 리에타의 집 앞에 서 있는 사내를 발견하고 눈을 찌푸렸다. 웬 놈이지?

사내의 등에 가려 리에타의 모습은 보이지 않았다. 말을 듣지 않는 티그리스의 고삐를 고쳐 잡으며 그가 티그리스를 휘어잡아 속도를 내려 하는 순간.

"페르디안 님."

들려온 그녀의 목소리에 킬리언의 표정이 굳었다. 페르디안? 카사리우스의 둘째 아들의 이름이었다. 감히 여기가 어디라고!

킬리언은 벼락같이 검을 뽑아 들고 티그리스에서 뛰어내렸다.

그는 순식간에 성큼성큼 걸어 들이닥쳤다. 그대로 사내의 어깨를 잡아채 돌려세웠다.

"영주님!"

그를 발견한 리에타는 칼을 빼어 든 그를 보고 눈이 휘둥그레졌다. 갑작스레 자신을 돌려세우는 강한 힘에 놀란 은발의 사내가 그를 올려다보고 당황한 얼굴을 했다.

하? 킬리언이 헛숨을 뱉었다. 놀랍게도 구면이었다. 킬리언은 상대의 얼굴을 확인하자마자 거의 그를 팽개치듯 밀어 버리고 리에타를 제 등 뒤로 감추었다. 사내가 멀찍이 밀려나며 비틀거렸다.

킬리언은 재빨리 고개를 돌려 리에타를 살폈다. 리에타는 당황하고 놀란 얼굴이었다.

"영주님?"

그녀가 다시 그를 불렀다. 킬리언은 빠르게, 하지만 세심하게 그녀의 얼굴과 표정과 몸을 살폈다. 놀란 것 같긴 하지만 뭔가 정신적으로 충격적인 소리를 들었거나 해코지 당한 것 같진 않았다.

"……악시아스 대공 전하를 뵙습니다."

뒤에서 들려온 목소리에 킬리언이 홱 고개를 돌렸다. 그를 알아본 은발 사내가 자세를 가다듬고 예를 갖추고 있었다.

"하."

킬리언은 기가 막힌 듯한 얼굴로 웃으며 고개를 옆으로 돌렸다가, 노기를 감추지 않는 무시무시한 표정으로 고개를 꺾었다.

"이게 누구야."

시선으로 사람을 죽일 듯 소름 끼치는 살기에 페르디안은 움찔하며 뒤로 물러섰다. 그 짧은 한마디에 담긴 살벌한 기세가 어찌나 강렬한지 주변의 나무에 있던 새들이 일제히 푸드드득 날아올랐다.

"내가 헛것을 보고 있나? 리에타. 지금 내 눈에 빌어먹을 카사리우스의 작은 아들이 보이는 것 같은데 말이야."

리에타 대신 앞의 사내가 순순히 인정하며 씁쓸한 얼굴로 고개를 숙였다.

"……맞습니다. 대공 전하. 페르디안입니다. ……오랜만에 뵙습니다."

"당당하게도 지껄이는군."

싸늘하게 타는 붉은 눈동자가 그를 노려보며 기가 막히다는 듯 웃었다. 얼음장 같은 목소리가 살기를 품고 흘러나왔다.

"어떻게 네놈이 여기에 있을까? 페르디안. 날 납득시킬 수 있는 이유를 대지 못하면 세비타스는 한 번 더 초상을 치러야 할 거야."

"여, 영주님!"

리에타가 당황해 검을 든 그의 팔을 붙잡았다. 킬리언이 고개를 돌려 그녀의 얼굴을 한 번, 제 팔을 붙잡은 손을 한 번 쳐다보았다. 말려?

"그대, 지금 뭐 하는 거지?"

싸늘한 목소리에 이번에는 리에타가 움찔하며 물러섰다. 대답은 뒤에서 나왔다.

"죄송합니다. 대공 전하. 제 생각이 짧았습니다."

순식간에 새파란 검기가 서린 검 끝이 페르디안의 목을 겨누었다.

"네놈에게 묻지 않은 것은 닥치고."

언젠가 세드릭 카발람에게도 향했던 소름 끼치게 표정 없는 얼굴이 기울어졌다.

"목 떨어지기 전에 어떻게 여기 있는지 설명해야지?"

검은 닿지 않았지만, 새파란 검기가 넘실거리며 그의 목에 위협적인 생채기를 내고 있었다. 관자놀이를 타고 땀이 흘렀다. 페르디안이 그의 적의와 본능적 두려움을 감당해 내듯 지그시 눈을 감으며 대답했다.

"……송구합니다. 저는 황실 악마 학자입니다. 지금은 황제 폐하께서 보내신 파견인단, 릴페이엄 딤펠 제국 정예 사제단 소속의 역병 연구원으로 일하고 있습니다."

절대 똑바로 이유를 대지 못하리라 확신하고 목을 딸 준비를 하고 있던 킬리언의 손이 멈칫했다. 황실 학자?

"입성하여 알현했었습니다만……. 말단인지라 가장자리에 서 있어, 저를 보지는 못하셨을 것 같습니다."

킬리언이 살벌하게 씹어뱉었다.

"빌어먹을 황실 학자가 하라는 일은 안 하고 내 애첩의 집 앞에서 뭐하고 있는 거지? 딱히 얼굴 보기 좋을 사이도 아닐 텐데?"

"……죄송합니다. 대공 전하."

페르디안이 깊이 허리를 숙였다.

"그저……. 옛일을 사과하러 왔을 뿐입니다. 제 멋대로 찾아왔을 뿐 리에타에겐 전혀 잘못이 없으니 부디…… 리에타를 의심치 마시고 저를 탓하시기 바랍니다."

"의심?" 기가 막혀 킬리언이 반문했다. "뭘 의심하는데?"

감히 제 입장을 생각하지 못하고 지껄이는 소리가 어처구니없었다. 킬리언의 반문에 당황한 페르디안이 다시 허리를 숙였다.

"대공 전하께서 리에타를 아껴 주심에 제가 괜한 걱정을 하였습니다. 용서하십시오."

더 기가 막혔다.

"아껴 줘?"

비웃는 조로 반복한 킬리언이 칼 몸으로 그의 뺨을 후려쳤다. 철썩! 소리가 나며 돌아간 얼굴에서 당장 피가 흘렀다. 리에타가 경악해 두 손으로 입을 가렸다.

"꼴값하고 자빠졌군. 친해? 지금 어디다 대고 '리에타'야?"

그가 뺨을 치는 순간 사람의 머리를 칼로 베어 버리는 줄 알았던 리에타는 거의 기절할 듯 새하얗게 질려 있었다. 그녀를 향한 위협이 아님에도 온몸이 곤두섰다. 죽는다. 정말로 죽는다.

자신의 말 한마디에 킬리언의 검에 유명을 달리했던 이름도 모르는 사람이 떠올랐다.

"여, 영주님!"

킬리언은 아랑곳하지 않고 매섭게 을러댔다.

"정신 못 차리지? 아직도 너희 영지 과부인 줄 알아? 리에타는 내가 총애하는 애첩이야. 촌구석 백작 동생 따위가 함부로 부를 수 있는 사람이 아니라고!"

"하……, 하지 마세요!"

그의 뒤에 섰던 리에타가 창백하게 질리며 그의 앞으로 뛰어들었다.

"하지 마세요, 영주님, 제발!"

그의 시선이 무시무시하게 떨어져 내렸다. 리에타가 고개를 저으며 덜덜 떨리는 목소리로 말했다.

"한때, 한때 신세 진 분이에요. 제발, 그냥 보내주세요."

뭐? 리에타가 페르디안을 향해 몸을 돌렸다.

"돌아가 주세요. 다시는 뵐 일 없었으면 좋겠……."

그의 뺨에 길게 난 상처와 흐르는 피를 보고 리에타는 흠칫 숨을 들이켰다. 그녀의 손이 무의식적으로 그를 향해 올라가다가 멈추었다. 그녀의 움직임이 암시하는 불쾌한 가정에 순간적으로 킬리언의 이성이 끊겼다.

"윽!"

부술 듯 손목을 움켜쥐는 강한 악력에 리에타가 신음했다.

"지금 뭐해."

설마 지금, 치유 마법을 쓰려고? 사나운 목소리에 리에타는 어찌할 바를 모르고 그를 올려다보았다. 그녀의 눈이 흔들렸다. 사내가 황급히 한 발 다가오며 소리쳤다.

"죄송합니다, 대공 전하! 돌아가겠습니다. 리에타를 놔주십시오!"

사내의 목소리가 처음으로 높아졌다. 킬리언이 끼기긱, 고개를 돌려 그를 쳐다보았다. 이 새끼가……. 지금 뭐라고 지껄이는 거냐.

당장에 검이 올라갔다. 리에타의 눈이 커졌다.

"영주님!"

킬리언이 진심으로 그를 베어 버릴 태세라는 걸 깨달은 리에타가 황급히 그의 팔을 끌어안으며 매달렸다.

"여……, 영주님!"

파랗게 질린 리에타가 정신없이 고개를 도리질 치며 거듭 그를 불렀다. 시선을 내리자 그의 손에 틀어잡혔던 리에타의 손목이 붉게 멍들어 있었다. ……제기랄!

페르디안이 무표정한 얼굴로 리에타를 향해 아주 짧게 시선을 두었다가 거두었다. 알 수 없는 시선으로 리에타를 쳐다보다가, 그는 흰 장갑 낀 손등으로 뺨에서 흐르는 피를 훔쳐 내었다. 페르디안은 온화하게 보이기까지 하는 침착한 표정으로 다시 정중하게 예를 갖추고 허리를 숙였다.

"……폐를 끼쳤습니다."

킬리언은 거의 분노로 돌아 버리기 직전이었지만 간절히 제 팔에 매달린 리에타를 떨쳐 내진 않았다.

"무례를 용서하십시오. 물러감을 허락해 주시겠습니까?"

그를 죽일 듯 쏘아보던 킬리언은 굳은 얼굴로 오래도록 침묵했다. 마침내 살벌하게 힘줄이 도드라졌던 손에서 힘이 빠져나갔다. 검 끝이 아래로 떨어졌다. 힐트를 부숴 버릴 듯 검을 쥔 손은 새하얘져 있었고, 치미는 살심이 이성을 조각조각 갈라 가고 있었지만 끝내 그는 아래로 늘어뜨린 검을 다시 들어 올리지 않았다.

한참을 노려보던 킬리언이 이를 갈 듯 으르렁거렸다.

"꺼져."

페르디안은 입술을 꾹 물고 깊이 허리를 숙인 뒤, 몸을 돌려 멀어져 가기 시작했다. 리에타는 굳은 얼굴로 그의 뒷모습을 바라보다 고개를 떨구었다.

하. 킬리언은 그대로 그녀를 집 안으로 밀어 넣었다. 리에타가 뒷걸음치며 집 안으로 떠밀려 들어갔다. 리에타를 현관에 넣어 놓고, 문간을 비스듬히 짚은 킬리언이 후…… 긴 숨을 내쉬었다.

"……대화 좀 하지."

킬리언이 자신을 올려보는 리에타를 서늘하게 직시하며 물었다.

"집에 초대해 주겠나?"

그에게서 처음 보는 아주 차가운 불이 붉은 눈 안에 이글거리고 있었다.

킬리언은 이를 악물고 심호흡했다. 정말로 오랜만에, 스스로를 제어하

는 것이 힘들 정도로 머리끝까지 화가 났다. 윽박지르지 않기 위해 한참을 진정하려고 노력했지만, 좀처럼 화가 가라앉질 않았다.

뭘까, 리에타. 뭘까? 한때 신세 진 분? 무슨 신세? 리에타는 속을 알 수 없는 얼굴로 고개를 떨구고 있었다. 돌아 버릴 것 같았지만 그는 초인적인의 인내심으로 마룻바닥을 구르지 않았다.

대신 그는 손바닥에 손톱이 파고들도록, 손이 새하얘지도록 주먹을 틀어쥐며 길고 느린 한숨을 천천히 내뱉었다.

"뭔데, 저 자식?"

"……."

원수의 아들과 무슨 빌어처먹을 절절한 사연이 있는 건가 아무리 머리를 굴려도 답이 안 나온다. 둘 사이에 어떤 친분이 있을 수 있을까? 리에타가 페르디안 세비타스에게 신세 질 일이 뭐가 있을까?

카사리우스가 리에타에게 그런 짓을 했는데, 그 아들인 페르디안이 리에타의 이름을 부를 수 있고, 퍽이나 생각해 주는 듯 그런 소릴 지껄일 수 있고, 아직도 관계가 유지될 수 있을 만한 대단한 친분이, 있을 수가 있을까?

칼을 든 그를 다급하게 붙들던 웃기지도 않는 손과, 새파랗게 질렸던 얼굴과, 하늘색 여린 눈이, 그 자식을 향해 치유 마법이라도 쓸 듯 손을 올리다 주춤하던 모습이 기가 막혔다.

아무리 속이 없어도! 무엇보다 그를 미쳐서 돌아 버리기 직전으로 몰아가고 있는 것은 페르디안 세비타스의 그 말이었다. 리에타를 놔주십시오? 개새끼가. 입을 찢어 버렸어야 했는데.

리에타는 간신히 킬리언에게 '페르디안 세비타스'에 대한 이야기를 털어놓았다.

"……그 분은 영주님의…… 그러니까, 돌아가신 카사리우스 백작님의 둘째 아들이세요."

그가 그녀에게 들은 그녀의 이야기 중 가장 긴 이야기가 시작되고 있었다.

"믿기 어려우시겠지만…… 그 분은 한때 제 친구였고, 제 남편의 친구이기도 했어요. ……그분은 수도원에서 오랫동안 수학하셨거든요."

페르디안과 리에타는 그녀가 수도원에 있던 어린 시절부터 십 년 넘게 알고 지낸 사이였다. 어려서부터 학식이 남달라 학자 쪽으로 진로를 결정한 그는 때때로 수도원에 신학이나 악마학, 악마 병리학 따위의 수업들을 들으러 오곤 했다.

세비타스처럼 권세 없는 백작가의 차남이란 귀족들 사이에선 별 볼 일 없는 존재다. 작위나 영지를 계승할 수 없으니 기사나 군인, 학자나 성직자가 되어 자신의 능력으로 작위를 얻거나 형에게 잘 보여 제 살 길을 도모해야 한다.

하지만 그런 사정은 모르는 우물 안 개구리였던 어린 평민 고아들에게 페르디안은 수도원의 왕자님이나 다를 바 없었다. 마차를 타고 집사를 대동한 채 나타난 백작가의 작은 도련님은 침착했고, 거만하지 않고 성품이 온화했으며 보기 드문 은빛 머리카락을 가지고 있는 미소년이었다.

호기심을 갖지 않을 수 없었다. 아이들은 단정하고 깔끔하게 차려입은 예쁜 도련님의 부드러운 분위기에 순식간에 사로잡혔다. 그의 곁에 아이들이 몰려들었다. 많은 수도원 아이들이 그를 선망했고, 그의 관심을 얻고 싶어 했다. 어쩌면 그것이, 그를 꽤나 오랫동안 수도원에 정 붙이게 한 요인이었는지도 모른다.

처음에는 그냥 수도원의 아이들이 어떻게 지내는지 궁금하고, 한번 수도원의 수업을 들어 보고 싶다는 이유에서 왔다고 했지만, 수도원에 와서 아이들을 만나본 후로, 그는 매주 두 번씩 수도원으로 찾아와 평민 아이들과 함께 수업을 듣기 시작했다. 가정교사를 부르시지 그러느냐는 집사의 제안을 거절하고, 페르디안은 수도원에서 수학하길 택했다. 그가 그러길 원했다 하였다.

그는 제 또래의 수도원 고아들과 곧잘 어울려 주었는데, 그가 특히 가까이 하여 곁에 둔 것은 제이드와 리에타였다.

"페르디안 도련님은 왜 제이드랑 리에타만 예뻐하세요?" 하며 또래들이 반 장난삼아 질시하는 소리에, 페르디안은 멍하니 생각하다가 당황한 투로 "걔들이 예쁘니까……." 하였다.

그것이 괜히 뿌듯하고 자랑스러웠더랬다.

나이를 먹으며 페르디안은 유사 이래 가장 어려운 학문이라는 악마학에 관심을 가지기 시작했다. 악마학과 신학은 황실에서 가장 후하게 후원하는 학문 중 하나였다.

신학은 황실의 성직자들이 꽉 잡고 있으니, 아직 밝혀지지 않은 부분이 많은 악마학이야말로 재능 있고 의욕 넘치는 학자들이 도전하기 가장 좋은 분야였다. 어렵고 위험한 분야이긴 했지만, 그만큼 개척 가능성이 무궁무진한 분야이기도 했다.

페르디안은 어린 나이에 천재라 불리며 두각을 드러내기 시작했다. 세비타스 내에서만 통하는 천재성이 아니라 실제로도 주목할 만한 성과를 내기 시작해, 많은 아카데미가 그를 탐냈다.

하지만 페르디안은 수도원에서의 수학을 고집했다. 페르디안은 리에타가 악마를 보는 재능을 가지고 있음을 알고, 그녀에게 어지간한 귀족도 구하기 어려운 최고급 서적인 『하비스턴 악마학』을 선물해 주고 자신의 학업에 동반자로 삼았다.

"리에타."

"작은 도련님."

"리에타."

"페르디안 님."

자연히 친분이 쌓였다. 더 이상 수도원에 그를 가르칠 수 있는 사람이 없을 때까지, 페르디안을 제외하고 수도원에서 가장 우수하다 평가받았던 리에타는 그와 가장 많은 수업을 함께 들은 아이가 되었다.

"……그리고 제가 수도원에서 곤란에 처해 있었을 때, 페르디안 도련님이 많이 도와주셨어요."

리에타가 가만히 눈을 내리깔았다.

"……감사한 일이죠. 백작가의 도련님이니 그 정도는 별거 아닌 일인 줄 알았는데……. 나중에 알고 보니 꽤나 무리해서 도와주신 것이기도 했고요."

……무리해서 도와줘? 그게 무슨 말인지 묻기 전에, 킬리언은 더 신경 쓰이는 것을 먼저 물어보았다.

"수도원에서…… 어떤 곤란이 있었는데?"

리에타는 잠깐 틈을 두고 별일 아니라는 듯이 말했다.

"보호자 없는 어린 여자 아이들이 어디서나 쉽게 겪을 만한 곤란이요."

킬리언은 입을 다물었다. 그가 근 몇 달 동안 파고들어 조사했지만 아직 성과를 거두지 못하고 있던 이야기. 이렇게 쉽게 들을 수 있으리라 생각지 못했던 이야기가 그녀의 입에서 흘러나오고 있었다. 저도 모르게 틀어쥔 손에 힘이 들어갔다. 킬리언은 침착하게 물으려 애썼다.

"……무슨 일이 있었지?"

리에타는 고개를 저으며 담담하게 말을 이었다.

"저는 운이 좋은 편이었어요. 곁에서 친구들이 신경 써 줄 수 있는 형편에 있었고……. 페르디안 도련님이 정말……, 정말로 많이 도와주셨거든요."

다행이다. 제기랄. 리에타가 그런 일을 당하지 않았다는 걸 듣고 분노로 싸해졌던 마음이 탁 내려앉았다. 그러나 꽉 쥔 손에선 힘이 빠져나가지 않왔다.

리에타의 처지는 이미 알고 있던 일이었다. 그런 일이 있었다는 것도 어느 정도는 짐작하고 있었는데, 최악의 상황은 아니었다는 걸 들었으니 기분이 이것보다는 나아야 하는데. 무엇을 향해 이렇게 화가 나는지 알 수가 없었다.

그 자식이 있어서 리에타의 어린 시절이 조금이라도 덜 힘들었다면, 괜찮았다면, 나아졌다면, 구원 받았다면, 그랬다면 오늘의 무례는 용서해도 좋다.

그런데 왜 이렇게 화가 나는 거지. 이런 얘길 이렇게 담담하게 말하는 리에타의 처지에 화가 난다. 왜 이렇게 아무렇지도 않아. 힘들었다고, 괴로웠다고 왜 말하지를 않아. 그 정도 일이 아무 것도 아니야?

"그리고……."

잠시 침묵하던 리에타가 다시 입을 열었다.

"그분이 아니었으면……. 전 아마 남편의 장례를 치르지도 못했을 거예요."

리에타가 아무것도 없는 방구석을 물끄러미 쳐다보았다.

"저는 남편의 죽음을 받아들이지 못한 채 제 정신이 아니었고, 사인이 역병이라는 소릴 듣고 아무도…… 남편의 시신에…… 저희 집에 가까이 오려 하지 않았었거든요."

페르디안은 남편의 장례식을 치러 준 사람이자, 남편의 쓸쓸한 장례식에 와 준 유일한 사람이었다고 말하며 리에타가 고개를 숙여 씁쓸한 표정을 감추었다.

역병으로 남편을 잃은 후, 모두가 그 시신에 다가가기를 꺼릴 때, 페르디안은 경황이 없는 리에타를 대신해 사비로 사제와 일꾼들을 고용해 남편의 장례식을 치러 주었다고…….

거기까지 말하고, 리에타는 조용히 손끝을 만지작거렸다. 킬리언이 그녀를 바라보았다.

"……그토록 그대와 막역했다면 페르디안은 왜, 제 아버지의 유언이 실행되는 것을 막지 않았지?"

"……."

그놈이었다면 그대를 도울 수 있었을 텐데. 킬리언은 기억하고 있었다. 페르디안 세비타스는 카사리우스의 장례식에서 순장되는 리에타에 대해 아무 말도 하지 않았다. 신분을 초월한 오랜 신뢰와 우정을 나눈 막역한 사이라고는 도저히 생각되지 않았다.

리에타가 거짓말을 한다는 생각은 들지 않았다. 그러나 킬리언은 리에타가 의도적으로 그 이후의 이야기를 하지 않는다는 걸 알아채고 있었다.

그후로, 카사리우스가 그녀에게 첩이 되라 종용하고. 그녀가 딸을 빼앗기고, 순장 유언이 공개되고 집행되기 직전까지……. 리에타에게 가장 혹독했던 시절.

리에타는 잠시 침묵하다가, 무표정하게 입을 열었다.

"쉽진 않았을 거예요. 집 안에서 그분의 입지가 그리 좋지는 않으셨거든요."

리에타가 이야기를 피하려는 낌새를 킬리언은 바로 꼬집었다.

"누굴 위해 돌려 말하고 있지? 바른 대로 말해."

리에타는 잠깐 틈을 두었지만 머뭇거리지 않고 답했다.

"……그분은 입적된 사생아였어요."

킬리언은 입을 다물었다. 처음 듣는 얘기였다. 페르디안 세비타스가 사생아였나. 리에타의 목소리가 이어졌다.

"하늘 같기만 하던 도련님에게 그런 사정이 있었으리라곤 처음에는 저희도 상상하지 못했지만……. 오래 함께 있으면 알게 되는 것들이 있잖아요."

페르디안은 내색하지 않았지만, 리에타와 제이드도 점차 알게 되었다.

"……그분에겐 힘이 없었어요."

킬리언은 침묵했다. 카사리우스는 그를 만날 때마다 대공과 동년배인 맏아들이라며 프레데릭을 데리고 나오곤 했지만, 킬리언은 관심 없었다. 몇 번은 차남 페르디안을 데리고 나온 적도 있었는데, 똑똑하단 이야기 정도야 누구나 제 자식 자랑하며 하는 이야기라 기억에 남아 있지도 않고, 은발의 차분한 외모가 한순간 눈길을 끈다는 점 외에는 딱히 기억나는 바도 없었다.

독특한 외모 외에는 별 볼 일 없는 한미한 귀족가의 존재감 없는 차남이었다. 프레데릭도 귀찮은데 페르디안은 무슨.

"저희가 모든 사정을 알진 못하지만……. 저희가 수도원에서 곤란을 겪었을 때, 그걸 도와주기 위해서 도련님은 매번 카사리우스 백작님이나 주변 사람들에게 어려운 부탁을 해야 했다는 건 알게 됐어요."

"……."

"저희를 위해 해 주신 모든 일들이 별일 아닌 척 하셨었지만, 실은 꽤나 무리하신 거였더라고요. 나중에야 알았어요. 평민이랑 어울린다는 것 자체도 흠이 되실 입장에, 쉽지 않으셨다는 거. 오랫동안 신세를 졌지요."

리에타는 담담하게 말을 이어 갔다.

"그분이 천재 소릴 들으며 학문에 두각을 드러내기 시작하셨을 때부터 카사리우스 전영주님이 관심을 갖기 시작하셨어요. 아카데미며 학회며, 밖에 불려 다니기 시작하며 그분도 조금씩 집에서 목소리를 낼 수 있게 되셨지만……."

"……."

"하지만……, 아마 카사리우스 전영주님이 돌아가신 후 프레데릭 도련님이 영주님이 되신 후엔, 페르디안 님으로선 정말로 할 수 있는 게 많지 않았을 거예요. 그러니까."

리에타가 별다른 표정 없이 고개를 숙인다.

"그때…… 절 도와주기 어려우셨을 수도…… 있다고 생각해요."

킬리언은 뭔가를 꾹 참는 듯, 벌써 몇 번째의 긴 한숨을 내쉬었다. 한참 후에야 그는 그녀와 시선을 맞추어 왔다.

"그대, 리에타."

"……."

리에타가 그를 올려다보았다. 킬리언이 말했다.

"진심이 아니지?"

킬리언은 그녀가 딸을 빼앗긴 이후의 일을 의도적으로 말하지 않는다는 걸 눈치챘다. 과거에 얼마나 많은 도움을 받았는지, 얼마나 킬리언이 납득할 만한 친분이 있었는지, 그런 이야기들은 장황했지만.

리에타가 가장 간절했을 때, 리에타가 가장 절박한 궁지에 내몰렸을 때, 그때 그의 이름이 없다.

'도와주기 어려웠을지도 모르죠.'

그 말이 뭘 의미하는지 킬리언은 쉽게 알 수 있었다. 지금은 칼을 들고 날뛰는 악시아스 대공 앞에서 그를 변호하고 있지만.

킬리언이 낮은 목소리로 타이르듯 속삭였다.

"내가, 많이 화를 냈기 때문인가? 그대가 변호하지 않으면 내가 당장 가서 그 새끼를 어떻게 하기라도 할까 봐?"

시선이 엇갈린다. 하늘색 눈 깊은 곳이 잔잔하고 공허하다. 눈동자 속에 분노가 보이지 않는다. 그러나 정말로 괜찮을 리가 없다. 그녀가 속에 없는 말을 하는 그를 알 듯이 그도 이제 그녀를 알고 있었다. 드러내지 않고 묻어 둔 수많은 이야기들. 리에타가 시선을 피했다.

"꼭…… 그렇지만은 않아요." 리에타가 작게 중얼거렸다.

"저도 잘못한 게 있으니까요."

킬리언이 리에타를 쳐다보았다. 무슨 잘못? 눈짓으로 물으니, 리에타가 약하게 웃으며 대답한다.

"위독한 아버지 죽으라고 맨날 저택 앞에서 고래고래 저주하고 그랬거든요. 눈에 뵈는 게 없었죠."

리에타가 킬리언의 시선을 피하며 먼발치를 쳐다보았다.

"헌데 정말 돌아가 버리셨으니. 미움을 샀어도 어쩔 수 없죠. 도와주기…… 싫으셨을지도요."

겨우 그게 그대 잘못이라고? 킬리언이 차갑게 쏘아붙였다.

"그대가 카사리우스의 등에 칼을 꽂았대도 카사리우스는 할 말이 없어야 해. 페르디안도 마찬가지야."

죽은 게 뭐? 그런 쓰레기 같은 자식. 그 새끼가 죽지 않았으면 내가 죽였을 것이다. 결코 쉽게 죽을 수 있게 해 주지 않았을 것이다. 빌어먹을 카사리우스는 고이 제 목숨 거두어 간 역신에게 감사해야 한다. 리에타가 힘없이 웃었다.

"하지만…… 그분께는 아버지였잖아요……."

"……."

"저 같은 게 사정이 딱해 봐야 어떻게 아버님 유언보다 우위에 있었겠어요. 그냥 수도원에서 잠깐 어울렸던 평민일 뿐인데."

저 같은 것? 킬리언은 이글거리는 눈으로 그녀를 뚫어져라 바라보았다.

"그대의 합리적인 사고방식은……. 언제나 그대 자신의 일에 대해선 적용되지 않는군."

눈을 꾹 내리 감았다. 자기 자신을 내리누르듯 깊은 한숨이 이어졌다.

"난 그대의 사고방식이 꽤나 마음에 들어. 항상 나와 비슷한 결론을 내리고, 거기 도달하는 과정은 합리적이고 이성적이지. 이럴 때만 빼고 말이야."

리에타가 가만히 그를 마주 보았다. 킬리언이 힘주어 각인시키듯 말했다.

"이건 우선순위의 문제가 아니잖아. 생사람을 순장하라니, 아버지 아니라 황제의 유언이어도 아닌 건 아닌 거잖아."

리에타가 미소 지었다. 가련하고, 미련하고, 담담해서 그를 화나게 하는 애처로운 미소였다.

"저는……. 그때, 조금 미쳐 있었어요. 아델을 되찾는 것 말고는, 아무것도 생각하지 못하는 상태였고……."

리에타가 한숨을 내쉬며 어깨를 늘어뜨린다.

"십 년 우정도 정이 떨어질 만하게 굴었어요."

어울리지 않게도, 리에타가 가볍게 미소 지었다.

"아마 영주님은 상상도 못하실 거예요."

킬리언은 아무 말도 하지 않았다. 그래. 보지 못했다면, 상상도 하지 못했을 것이다. 지금도 그가 본 처절한 모습과 지금 리에타의 괴리가 낯설다. 저 웃음 속에 얼마나 많은 걸 묻어 두었나.

리에타가 조용히 말을 이었다.

"그래서 아마……. 미움을 샀던 것 같아요. 처음에는 어떻게든 말씀 드려 보겠다며 다독여 주시기도 하고 경비병들이 함부로 하지 못하도록 말려주시기도 했지만……."

리에타가 마른 손바닥으로 꾹 목덜미를 눌렀다. 당시의 기억을 떠올리는 듯 파르르, 속눈썹이 미세하게 떨리더니 이내 감추어진다.

"영주님이 돌아가시기 전, 마지막으로 뵈었을 땐 좀 지치신 것 같더라고요. 당시 제정신이 아니던 저를 상대해 주셨던 분은 그나마 페르디안 님뿐이셨는데. 그러고 보니 그 후로는 그분을 뵐 수가 없었는데. 오늘 처음 뵙네요."

잠자코 리에타의 말을 듣고 있던 킬리언이 퉁명스레 내뱉었다.

"카사리우스의 장례식엔 있었는데?"

리에타가 힘없이 웃었다.

"그랬나요."

그러고 보니 있었을 수도 있겠다는 생각이 들었다. 알루치노를 마시고 끌려 나왔던 당일의 기억은 희미했다. 아무렴 어떠랴. 이제 와서 그런 것이 중요한 일은 아니었다.

"카사리우스의 아들인데 밉지 않아?"

킬리언이 묻는 말에, 리에타는 알 수 없는 얼굴로 그를 바라보았다. 리에타가 발끝으로 시선을 내리며 답했다.

"영주님께서도, 카사리우스 전영주님의 빚을 프레데릭 도련님이나 페르디안 도련님께 청구하지 않으셨잖아요."

킬리언이 표정을 찡그렸다.

"이거랑 그게 같아?"

리에타는 조용히 웃으며 고개를 숙였다. 그녀는 킬리언이 죄를, 법을, 사람을 어떻게 다루는지 곁에서 지켜보았다. 무턱대고 자선을 베풀지는 않았지만, 딱한 상황일 땐 살펴보고 구제할 방안이 있으면 구제했다. 가능하면 부모의 죄나 빚이 자식에게 대물림되게 하지 않았다. 그는 연좌제 따위를 함부로 적용하지 않는 사람이었다.

리에타로선 상상도 할 수 없는 막대한 빚을 탕감해 주며 세비타스에서 자신을 구해 준 것도, 딱히 자신이 특별해서가 아니라, 영지에 도는 역병과 파탄 난 재정, 영주의 죽음으로 비참한 궁지에 몰린 상태였던 세비타스를 적당히 눈감아 주려는 배려였다는 것을……

사실 관심도 없던 애먼 과부는 그저 빚을 탕감해 주기 위한 핑계였다는 것을 깨닫는 것은 어려운 일이 아니었다. 겸사겸사 엮여 있던 무고한 목숨 하나 건진 것일 뿐.

영주 일가가 재정난에 시달리면 자연히 영지민들이 쥐어짜인다. 아무리 쥐어짜 내도 더 이상 나올 것이 없는 마른 행주 같아도, 으레 그러는 것이 귀족들이니까. 킬리언은 평민이었던 적이 없으면서도, 그런 것들을 잘 안다. 사람들이 어떤 것으로 인해 고통 받는지를 안다.

세상에 필요한 분이었다. 충성을 바치지 않을 수 없는 분이었다. 리에타는 제 앞에 선 붉은 눈의 귀족을 바라보았다.

"리에타." 악시아스 대공이 눈을 가늘게 찌푸리며 물었다.

"화낼 줄 몰라?"

리에타의 하늘색 눈이 그를 마주보았다. 킬리언이 그녀의 어깨 위에 가만히 손을 올리며 다시 물었다.

"왜 화를 내지 않지?"

리에타는 조용히 눈을 깜박였다. 제 평생의 분노는 어쩌면 그때 다 타 버려서 남지 않았는지도 모르겠다고, 리에타는 생각했다. 킬리언이 그녀 대신 느끼는 분노를 잘근잘근 다지듯 씹어뱉었다.

"다 나쁜 자식들이었다고 화를 내. 그대에게 몹쓸 짓을 했잖아. 애초에 저주를 들어도 할 말 없는 짓을 한 건 카사리우스였어."

킬리언은 제가 너무 위협적으로 말하고 있지 않나, 꾹 이를 물고 참았다가, 조금 가라앉힌 목소리로 타이르듯 속삭였다.

"있을 수 없는 일이었잖아."

리에타가 가만히 그를 올려다보았다.

"이해해 주려 하지 마. 산목숨이잖아. 귀족 아니라 황족이어도, 해선 안 될 짓이었잖아."

이내, 그녀는 희미하게 대답을 중얼거렸다.

"……감사합니다."

어깨를 잡은 손이 따스했다. 그녀를 잡아 준 손이었다. 그녀에게 손 내밀어 주었던 유일한 사람. 하늘색 말간 눈을 들어 올리고, 그와 조용히 눈을 맞춘 채 리에타가 말했다.

"영주님께서 그리 생각해 주시는 분이시기 때문에."

킬리언을 향해 조금 고개를 기울이며.

"제가 지금 이 자리에 있네요."

그가 살려 낸 작은 목숨이 흔들리는 코스모스처럼 웃어 보였다. 킬리언의 얼굴에 잠시 알 수 없는 표정이 떠올랐다. 고요한 공기.

언제나처럼 무덤덤한 목소리가 튀어나왔다.

"축성해 줘."

리에타는 크게 당황하지도 않고 이내 한숨처럼 작은 웃음을 뱉었다. 리에타가 그의 어깨에 희미한 빛이 감도는 손을 올리고 그의 이마에 입술을 가져다 대었다.

입술이 닿는 순간, 리에타의 어깨에 가 있던 손이 미끄러지듯 리에타의 팔을 타고 내려왔다. 그의 손이 리에타의 팔에서 멈추었다. 리에타의 입술이 떨어졌다.

킬리언은 고개를 들고, 하지만 많이 멀어지진 않은 채 리에타를 쳐다보았다. 저도 모르게 방금 그를 축성한 입술로 시선이 내려갔다가, 다시 시선을 들어 올려 눈을 보았다.

"……."

빨리 떨어지지 않으면 오해를 사겠다는 생각이 들었지만 손이 떨어지질 않는다. 팔에 멈추었던 손이 더 내려가 리에타의 손목에서 멈추었다. 킬리언은 한숨을 내쉬며 눈을 내리깔았다.

"오늘은 내가 그대를 축복해 줘도 되나?"

"네?"

킬리언은 대답을 기다리지 않았다. 다만 그녀를 끌어당겨, 리에타의 이마에 입 맞추었다.

입술을 떼고 뒤로 한 걸음 물러났다. 잠깐 그를 쳐다보며 굳어 있던 리에타가 멍하니 손등으로 제 이마를 가린다. 킬리언은 그녀의 손목을 쥐어 올리며 시선을 내리고, 붉어진 손자국을 엄지손가락으로 문질렀다.

"……멍이 들겠군."

얼떨떨한 얼굴로 이마를 만지던 리에타가 그의 시선을 따라가 제 손목을 쳐다보았다. 그녀가 당황한 기색으로 눈을 깜박인다.

"……많이 아팠나?"

"……아뇨."

치유 마법을 써 보겠느냐고 물어볼까 싶긴 했지만 관두었다. 어련히 내가 보고 있지 않을 때 치유 마법을 써 볼 것이다. 능력이 회복되었다면 말하겠지. 괜히 부담 주지 않는 게 좋을 것이다.

"……돌아가면, 콜브린에게."

"네."

조금 더, 자괴감이 들었다. ……이 여자가 스스로 치유 마법을 쓸 수 있었으면 조금 덜 미안했을까. 그녀는 저를 축복하고 치유해 줄 수 있지만, 그는 그녀를 치유해 줄 수 없다. 제 분에 못 이겨 상처를 입히고 말았다는 것이 한심하고 속이 쓰렸다.

조금 힘주어 잡기만 해도 멍이 드는 연약한 여자라는 걸 알고 있었는데도. 나는 왜 이렇게……. 손목에서 멈춘 채 맴돌던 손가락은 잠시 그 자리에 머물렀다가 그녀를 놓아주었다.

얼마나 머저리 같을까. 병 주고 약 주고…… 축복 같은 소리 하네. 다치게 하지나 말지. 저도 모르게 입이 구차한 소릴 시작했다.

"……내가 좀 욱하는 데가 있어서."

리에타가 멍하니 그를 올려다보았다. 그녀는 어느새 이마를 가렸던 손을 내려 그가 놓아준 손목을 가슴 앞에 끌어당겨 만지고 있었다. 킬리언은 곤란한 듯 조금 찌푸린 얼굴로 혼잣말처럼 말했다.

"……원래부터 이러진 않았는데……. 악시아스가 좀."

"……?"

입이 제멋대로 바보같이 움직였다.

"아니. 내 사정이지. ……그대에게 이해하라는 건 아니고……. 그러니까 내 말은……."

얼떨떨한 얼굴로 쳐다보는 리에타에게, 킬리언은 머뭇거리다가 말을 맺었다.

"미안해."

리에타가 어색하게 그를 올려다보다가 시선을 피했다.

"……아뇨. 제가……."

리에타가 꾹 입술을 당겨 물며 고개를 숙였다. 그리고 들릴 듯 말 듯 중얼거렸다.

"대신 화내 주셔서 감사해요."

리에타는 감싸 쥔 자기 손목을 내려다보았다. 조금 붉어진 손목. 겨우 그런 걸로 미안해하지 않으셨으면 해서, 얼른 손을 등 뒤로 감추며 덧붙였다.

"……이거, 하나도 안 아파요. 그리고……." 한순간 머뭇거리다가, "……걱정 끼쳐서 죄송해요."

마지막 말은 기어들어 가듯이 새어 나왔다.

어슬렁어슬렁 따라오는 킬리언을 뒤에 달고 이층으로 올라온 리에타는 한 팔에는 물감 통을 안고, 다른 손에는 물감 통에 담갔던 널찍한 붓을 들고 어색하게 웃어보였다. 킬리언이 흥미롭게 쳐다보다 물었다.

"그걸 창틀에 칠하면 방수 효과가 있다고?"

"네……. 이렇게 랄타 염료를 기름이랑 섞어서 만든 물감으로……. 세비타스의 집에선 항상 이렇게 했었어요."

"흐음."

악시아스에선 비슷한 용도로 쓰는 다른 공예용 도료가 더 대중적이었지만, 그는 먼 동네에서 건너온 새로운 민간 해법을 관심 있게 구경했다.

"금방 끝낼게요. 잠시 앉아 계세요."

리에타는 창문 쪽으로 돌아서서 물감을 창틀에 펴 바르기 시작했다. 킬리언은 팔짱을 끼고 리에타의 방을 둘러보았다. 서랍장과 침대, 옷장, 거울, 조그만 협탁과 옷걸이가 있는 수수한 침실이었다.

……어디 앉으라는 거지? 걸터앉을 의자 하나가 없어서 킬리언은 멀뚱하니 서 있다가 슬쩍 침대에 걸터앉았다. 외간 남자를 침실에 들여 놓고도 저 나사 빠진 여자는 무신경하게 창틀에 물감이나 찍어 바르고 있단 말이지.

"……제 남편이, 이런 걸 잘했었어요. 창틀만이 아니라 벽에도 랄타 물감으로 그림을 그리고 그랬었는데……."

"……."

리에타가 창 쪽을 향해 돌아선 채로 중얼거리듯 말했다.

"……집에 오는 사람들마다 그림을 보고 놀랐었어요. 그림을 정말로 잘 그렸거든요."

……나사 빠진 쪽은 나다. 머저리 같으니. 누구라도 그런 마음을 가지고 접근하는 걸 달가워하겠냐고 바로 얼마 전에 레너드에게 잘라 말했던 작자는 어디 사는 누구람.

제 얘기 잘 안 하는 여자가 갑자기 죽은 남편 얘길 하는 이유를 알 것 같아서, 딱히 할 말이 없었다. 그래도 입 다물고 있을 순 없어서 얼추 대답이 될 만한 소릴 물어봐 주었다.

"뭘 그렸는데?"

"여러 가지요. 성화를 그리기도 하고, 천사를 그리기도 하고. 꽃이나…… 저나…… 딸아이……. 그런 거."

리에타의 뒷모습을 가만히 쳐다보던 킬리언은 그녀가 모자란 신장으로 어설프게 창틀 위쪽을 칠하느라 애를 먹는 것을 보고 짧게 한숨을 내쉬곤 도로 자리에서 일어났다.

킬리언은 아무 말도 없이 그녀의 뒤로 다가가 조그만 손에서 붓을 빼앗아 들었다. 붓질에 열중해 있던 리에타가 깜짝 놀라 뒤로 돌았다.

순간 물감이 묻어 있던 리에타의 손이 그의 얼굴에 살짝 스쳤다. 뺨에 뭔가 묻었다는 것을 느낀 킬리언이 한쪽 눈썹을 치켜 올렸다.

"어머!"

깜짝 놀란 리에타가 황급히 손을 뻗어 그의 뺨에 묻은 물감을 소매 끝으로 문질렀다. 그리고 리에타는 제 소매에 물감이 더 심하게 묻어 있었다는 것을 깨달았다. 리에타가 황망한 얼굴로 굳어 버렸다.

어쩔 줄을 모르는 그녀의 표정을 보고 창문으로 시선을 돌린 킬리언은 유리창에 비친 제 얼굴 곳곳에 꽃분홍 물감 칠이 된 것을 발견했다.

"죄, 죄송해요! 제가 얼른 수건을 가지고 올게요!"

리에타는 말릴 새도 없이 황급히 화드득 물러나 계단으로 뛰어 내려갔다. 잠자코 그 뒷모습을 쳐다보고 있던 킬리언은 짧게 한숨을 쉬곤 창틀에 마저 칠을 하기 위해 붓을 들어올렸다.

"……."

그는 이미 그녀의 남편의 이름을 안다. 제이드. 지난해 겨울 세상을 떠난, 리에타의 전 남편. 리에타가 아플 때……. 제 아픈 것을 좀처럼 아무에게도 내보이지 않는 그녀가 아마도 많이, 많이 의지했던 이름이었다.

킬리언은 그녀가 저를 밀어내고 있음을 알았다. 그러나 저도 뭘 어쩌고 싶은 건지, 뭘 어쩌자고 그런 행동을 한 건지 제 자신의 마음도 알 수가 없었다.

리에타가 아래층에서 깨끗한 수건을 가지고 올라왔을 땐 이미 물감 칠이 끝난 후였다. 발치에 있는 물감 통 안에 붓을 넣어 두고, 킬리언은 침대에 걸터앉아 느슨하게 깍지 낀 손을 무릎 사이에 내려 두고 있었다. 리에타는 그제야 이층에 있던 의자를 제가 아래 가져다 놔서 앉을 곳이 없다는 걸 깨달았다.

리에타는 어쩔 줄을 모르며 두 손에 수건을 들고 다가왔다. 킬리언은 고개를 돌려 빤히 그녀를 쳐다보았다.

수건을 건네 드려야 하나. 킬리언은 고개만 그녀를 향해 들었을 뿐 대충 걸터앉아 느슨하게 쉬고 있는 자세 그대로 움직이지 않았다. 그가 손을 내밀지 않는데 덜렁 영주님께서 알아서 하시라 수건을 내밀 수가 없어, 리에타는 머뭇머뭇 그의 앞으로 다가갔다.

리에타가 상체를 숙이고 그의 얼굴을 닦아 주기 위해 수건을 쥔 손을 뻗었다. 그의 뺨에 수건이 닿는 순간, 킬리언의 손가락 끝이 리에타의 뺨을 쓱 문질렀다.

당황한 리에타가 눈을 깜박이며 그를 쳐다보았다. 그는 무슨 일이 있었냐는 듯 뻔뻔하게 리에타를 쳐다보고 있었다. 얼이 빠진 채 저도 모르게 자기 뺨을 만지려는데, 킬리언이 그녀를 향해 자기 얼굴을 들고 턱짓했다.

"안 닦아 주고 뭐 해?"

얼굴에 뭔가 묻어 있는 느낌이 선명하지 않았으면 그가 아무것도 하지 않았다고 믿을 뻔했을 정도로 천연덕스러웠다. 리에타가 당황한 얼굴로 쳐다보다가 제 얼굴은 놔둔 채 다시 수건을 들어 그의 뺨에 가져다 댔다.

그의 손이 이번엔 반대쪽 뺨을 쓱 문질렀다.

"……."

정신을 차리지 못하고 굳어 있는데, 급기야 킬리언은 심드렁한 얼굴로 물감 통 안에 손가락을 집어넣었다. 리에타의 눈이 휘둥그레졌다.

"여, 영주님. 뭐 하시는 거예요?"

킬리언은 들은 척도 않고 창문으로 고개를 돌려 제 얼굴을 비춰 보고는 눈을 찡그렸다.

"아직 그대로잖아."

리에타도 얼결에 그의 시선을 따라 창문을 쳐다보았다. 유리창에 예쁘게 꽃분홍 물감 칠 된 제 얼굴이 비춰졌다. 물감 통에 들어갔다 나온 킬리언의 손가락이 이번엔 리에타의 코를 쓱 문질렀다. 다시 불의의 기습을 당한 리에타가 멍청한 표정이 되었다.

"닦아 줘, 빨리."

유치한 복수에 리에타는 그만 할 말을 잃은 채 다시 수건을 들어올렸다. 킬리언은 순순히 고개를 들고 기다렸다. 꾹. 이번에는 이마에 그가 손가락을 문질렀다.

리에타는 그가 제 얼굴에 물감 칠을 하든 말든 포기한 채 조심조심 수건을 쥔 손을 움직였다. 리에타는 그의 뺨에 묻은 물감을 콕콕 집어내듯 두드린 후 문질러 닦아 주고, 콧등에 묻은 물감을 닦기 위해 수건을 움직였다.

킬리언은 그녀가 제 얼굴을 닦아 주는 동안 리에타의 얼굴에 물감을 찍어다 바르더니, 눈 근처로 수건이 움직이자 가만히 그녀를 올려다보던 눈을 감았다. 붉은 눈동자 위에 눈꺼풀이 내리감기며 긴 검은색 속눈썹이 내려앉았다.

리에타는 잠깐 멈칫했다. 간이 배 밖으로 나왔는지 확 물감을 칠해 버릴까 하는 마음이…… 아주 조금은 들었지만 그만두었다.

그런 짓을 하면 안 될 것 같이 잘생긴 얼굴이 낯설었다. 이렇게 눈을 감고 있는 그를 보는 건 처음이었다. 평온하게 포개진 검은 속눈썹 위에 햇살이 부서지며 반짝였다. 날카로운 인상이라고만 생각했던 사람이 눈을 감고 가만히 앉은 채 고개를 숙이자 낯설게 부드러운 얼굴이 되었다.

새삼스럽게 그가 굉장한 미남이라는 게 눈에 들어왔다. 공들인 조각 같은 아름다운 얼굴. 눈부신 햇살이 내려앉은 곧고 거침없는 옆선. 콧등과 뺨에 묻은 얼룩덜룩한 물감조차 한 폭의 그림같이 예뻤다. 순간적으로 그 장면을 그림으로 남겨 두고 싶다고 생각하게 될 정도였다.

리에타는 침범하고 싶지 않은 아름다운 광경에 순간적으로 멍하니 손을 멈추었다가, 이내 수건을 움직여 그의 얼굴에 묻은 물감을 마저 닦아 주었다.

불현듯 남편 생각이 나며 울 것 같은 기분이 되었다. 좀 전에 내려가면서 남편 얘길 한 건 경솔했던 게 아닐까 그렇게 후회했는데……. 다시 남편 얘기를 하고 싶어졌다. 남편 이야기라도 하지 않으면 견딜 수 없을 것 같았다.

킬리언이 눈을 떴다. 리에타는 어색하게 수건을 움켜쥐어 당겼다. 그가 제 얼굴을 비춰 보려는 듯 창 쪽으로 고개를 돌렸다.

"이렇게 하면 되지?"

무슨 말인가 순간적으로 이해 못하고 있다가 얼떨떨하게 그가 향해 있는 곳을 바라보았다. 깔끔하고 완벽하게 물감이 칠해진 창틀이 눈에 들어왔다.

퍼뜩 정신을 차린 리에타가 창틀을 보고 "네, 감사합……." 하며 고개를 끄덕인 순간, 킬리언은 제게 돌려진 리에타의 뺨에 다시 손가락을 쓱 문질렀다. 리에타는 그만 얼빠진 표정이 되어 버렸다.

리에타는 유리에 비친 제 꼴을 멍청하니 바라보았다. 그녀의 얼굴엔 꽃분홍빛 랄타 물감이 가득 찍혀 있었다. 양 뺨에 세 줄씩, 그리고 이마랑 코 위에까지. 아무렇게나 찍은 게 아니었다. 고양이인지 여우인지, 족제비인지, 물개인지 알 수 없는 동물 얼굴을 야심차게도 그려 놓았다.

이게 뭐야……. 킬리언은 무표정하게 붓과 물감 통을 정리하고 그녀의 손에서 수건을 빼앗아 들더니 그걸로 제 손만 슥슥 닦은 후 일어섰다.

“가지.”

킬리언은 앞장 서 계단으로 내려갔다. 수건을 빼앗긴 리에타는 차마 저도 닦아야겠다고 하지도 못하고 혼란에 빠진 채 따라 내려갔다. ……혹시 이거 벌인가? 킬리언이 그렇게 화를 낸 후엔, 꼭 어디 가서 말도 못할 벌을 주곤 하지 않았나.

리에타가 그에게 걱정을 끼치지 않도록 조심하며 벌을 받는 일은 줄어들어 있었지만, 그렇게 무섭게 화를 내는 그는 정말 오랜만이었다. 벌을 주겠다 하셔도 이상하지 않은 일이었다.

만약 이 귀여운 보복이 벌이라면 차라리 감당할 만한 감사한 처벌이라는 생각도 들었다. 그가 얼마나 사람을 곤혹스럽게 놀릴 줄 아는 사람인데 이 정도 장난은 그가 화를 낸 것에 비하면 견딜 만한 수준이 아닌가. 얼굴에 물감을 좀 칠해 놓고 놀리는 정도야 얼마든지…….

마지막 계단 아래로 내려선 킬리언이 뒤로 돌아섰다. 그와 부딪힐 뻔한 리에타가 퍼뜩 멈추어 섰다. 계단 하나를 사이에 두고 서자 눈높이가 맞아 코앞에 있게 된 킬리언의 얼굴이 낯설었다.

리에타가 당황해 눈을 빠른 속도로 깜박였다. 리에타의 얼굴을 도화지로 정체 모를 동물을 그려 놓은 킬리언이 제 작품을 감상하다가 툭 뱉었다.

“귀엽네.”

바보 같은 표정을 하고 그를 바라보는 예쁜 얼굴을 마주보던 킬리언이 무심히 창밖으로 고개를 돌렸다.

"외성으로 데이트나 나가지."

"네?"

리에타가 제 귀를 의심하며 반문했다.

"오늘 나를 크게 불쾌하게 만든 죄를 그냥 용서받으리라 생각지는 않겠지?"

킬리언이 뚱한 낯으로 리에타를 쳐다보았다.

"아깐 정말 화났어. 그러니까 기분 풀어 줘."

리에타가 한참을 망설이다 조심스럽게 물었다.

"……벌인가요?"

킬리언은 대답하지 않았다.

쏴아아아……. 갑자기 비가 내리기 시작해 데이트는 무산되었다.

"소나기 같은데……. 기다렸다가 나갈까요?"

리에타가 눈치를 보며 물어왔다. 한참을 망설이다 벌이냐고 묻더니 대답하지 않았는데 제 맘대로 해석한다. 그리곤 얼굴에 동물 그림을 그린 채 나가는 것도, 데이트란 소리도 저항 없이 고분고분하다. 킬리언이 한숨을 내쉬었다.

"연장 어디 있어?"

리에타가 멍하니 눈을 깜박였다.

"연……장이요?"

히히힝. 방황하다 돌아온 티그리스가 비를 맞으며 리에타의 집 앞을 어정이고 있었다.

티그리스의 등에는 판자와 말뚝, 밧줄 따위 도구들이 잔뜩 매여 있었다. 킬리언은 티그리스와 물건들을 비가 덜 들이치는 집 안 단풍나무 밑에 들여놓고 리에타에게 '연장'을 요구했다.

리에타가 창고로 가서 망치와 못, 톱 같은 것이 들어 있는 통을 가지고 나오자 킬리언은 훌쩍 한 손으로 받아 들었다.

"뭐 만드시게요?"

"티그리스가 머물 곳."

"……아."

리에타가 눈을 깜박였다. 마구간? ……꼭 있어야 되나? 리에타는 자신이 성 밖으로 티그리스를 끌고 나갈 일이 있을까 상상할 수 없다고 생각했다가, 얼른 마음을 다잡았다.

티그리스를 성에 모셔만 두려고 생각하다니. 이런 마음가짐으로 어떻게 기사가 된다고……. 지금이야 성에 머물고 있지만 언젠간 집에 돌아갈 텐데. 여기 와 있을 때 성에서 급한 호출이 오면 훌쩍 티그리스에 올라서 성으로 빠르게 달려가야 할 것이었다.

아무리 그래도 제가 알아서 하면 될 일인데. 영주님께 그것 때문에 이런 막일까지 하시게 할 순 없었다.

"저……. 영주님. 대장간에서 사람을 불러다가 제가 나중에 만들 테니까……."

킬리언이 대답했다.

"됐어. 발도 묶였는데 놀면 뭐 해. 그대가 집에 언제 돌아올지도 모르잖아."

킬리언은 망치질 몇 번과 밧줄 매듭 몇 번으로 순식간에 그럴싸한 울타리를 만들었다. 뜻밖에 이런 일에 익숙해 보이는 수준급의 솜씨에 그에게 우산을 받쳐 주고 있던 리에타의 눈이 휘둥그레졌다.

악시아스 사람은 누구나 좋은 목공이라더니. 설마 영주님에게까지 해당이 될 줄은……. 그동안 킬리언이 힘을 쓰는 모습은 말을 타거나 검을 든 모습일 때에나 봤지 이런 막일을 하는 모습은 상상하지도 못했다.

더욱이 무거운 나무 말뚝이나 판자들을 자연스럽게 들고 옮기는 것이나 땅에 세운 판자 앞에 버티고 서서 망치질을 하는 모습은 도무지 황족답지 않고 소탈하게 보였다. 무거운 걸 들고 서는 폼조차 익숙한 것이, 곧잘 이런 일에 힘을 써 본 사람처럼 어색하지 않고 가뿐해 보였다.

킬리언은 집의 옆 마당, 처마 밑에 빗물을 받는 항아리들과 장작, 짚더미 따위를 모아 두는 자리를 몇 번 살피고 만져 보더니 몇 군데 말뚝을 박고 사이사이 울타리를 설치하기 시작했다.

"여기 잡아 봐."

"아, 네."

리에타는 킬리언에게 우산을 받쳐 주고, 요구하는 연장을 가져다 주고, 그가 올라간 의자가 흔들리지 않도록 붙잡아 주는 등 잔심부름을 했다. 무슨 용도가 될지 짐작도 가지 않던 중간 작업물들이 그의 손짓과 망치질 몇 번에 맞물리고 쌓여 올라가며 튼튼한 울타리가 되고, 기둥이 되고, 문이 되는 것을 리에타는 멍하니 입을 벌리고 쳐다보았다.

처음에는 어떤 형태를 생각하고 계신 건지 상상도 가지 않았던 묘하게 생긴 구조의 판자는 나무 울타리 사이에 자리하더니 눈 깜짝할 새에 여닫을 수 있는 문이 되었다. 어떻게 하려고 그러시지 싶을 정도로 거침없이 지붕 처마를 헐어 내시더니, 아까 밧줄로 엮은 격자 모양의 나무틀을 기둥 위, 지붕 사이에 딱 올려 얹자 거짓말처럼 맞물리며 서까래가 되었다.

킬리언이 의자에 올라가 망치질 몇 번을 하고 나무를 덧대자 진짜 그럴싸한 지붕이 만들어졌다. 리에타가 입을 다물지 못하고 쳐다보았다. 마술이 따로 없었다.

목공들에게 집 짓는 일을 배우셨나? 이전에 있던 지붕보다 훨씬 넓고 튼튼하게 연장된 새 지붕은 어느새 그대로 마구간 겸용 장작 보관소의 지붕이 되어 있었다.

킬리언이 티그리스를 새 마구간 안에 끌어다 넣었다. 티그리스는 비를 피하게 해 줄 새 집이 마음에 드는지 저항 없이 타그닥 타그닥 들어가 마구간 안에 자리했다. 늠름한 자태의 백마가 들어가자 정말로 그 짧은 시간만에 완성했다고 믿을 수 없을 만큼 훌륭한 마구간으로 보였다.

"엉성하지만 나중에 목수나 대장장이를 불러 제대로 된 마구간을 만들기 전까진 대충 써."

리에타가 눈을 크게 뜨고 솔직하게 찬탄했다.

"엉성하다뇨, 전혀……. 이런 걸 할 줄 아시는 줄 몰랐어요."

킬리언은 몇 군데 더 못질을 해 마구나 안장, 채찍이나 고삐 따위를 걸 수 있는 자리를 만들어 두고 사람이 다치지 않도록 마감까지 마치고는 티그리스의 고삐를 걸어 두는 법을 보여 주고 돌아섰다.

"난 못하는 게 없어."

웃음기조차 없는 담담한 자기 자랑에 리에타가 차마 부정하지 못하고 웃어 버렸다. 킬리언은 연장과 남은 재료, 도구들을 챙겨 들고 새로 만든 마구간 밖으로 걸어 나갔다. 그의 뒤를 따라 움직이던 리에타가 당황해 소리쳤다.

"여, 영주님. 머리……!"

쾅 소리가 나며 그가 처마에 호되게 머리를 부딪쳤다. 지붕에 고여 있던 빗물이 후두둑 사방으로 떨어졌다. 킬리언이 눈을 찡그리며 고개를 꺾어 충돌한 부분을 쳐다보고는 "젠장." 하였다.

너무 아플 것 같고 딱한데 조금 웃겨서 리에타는 헛웃음을 흘리며 그가 다치지 않았나 봐 주러 얼른 다가갔다. 쓱쓱 부딪친 이마를 문지르던 킬리언이 제게 손을 뻗는 리에타를 내려다보았다.

리에타가 안쓰럽게 웃으며 그를 올려다보았다. 이렇게 키가 크니 불편하겠다는 생각이 들었다. 리에타가 손을 뻗어 그의 앞머리를 걷어내고 살폈다. 역시나 살짝 찢어진 상처가 나 있었다.

우웅……. 리에타가 신성력을 일으켜 상처가 난 곳에 치유 마법을 시전해주었다. 처마 끝, 애매한 위치에 서 있던 탓에 빗방울이 리에타의 얼굴 위로 톡, 톡 떨어졌다. 코끝에 묻은 유성 물감 위로 빗물이 내려앉았다가 또르륵 굴러 내려갔다. 리에타가 눈을 깜박이자 킬리언이 무심히 손을 들어 쓱 닦아 주었다.

"아."

리에타는 눈을 두어 번 깜박이고 조금 물러서서 제 손으로 얼굴을 문질러 닦았다. 코와 양 뺨에 그려진 지 오래 되어 굳은 랄타 물감은 쉽게 닦이지 않았다. 점점 물감이 엉망으로 번지는 걸 보고 킬리언이 피식 웃었다. 킬리언이 지붕 아래로 들어가 손에 들고 있던 것을 구석에 내려놓고 손짓했다.

"이리 와."

리에타가 쭈뼛쭈뼛 다가가자 킬리언이 제 소맷자락을 당겨 잡고 손을 뻗었다. 리에타가 도로 물러섰다.

"옷이 상하십니다."

"상관없어."

킬리언이 리에타의 팔꿈치를 가볍게 잡고 당겼다. 그의 앞으로 끌려온 리에타가 당황해서 올려보는 사이, 그가 제 옷자락으로 그녀의 뺨과 코를 천천히 닦아 주었다. 리에타는 차마 그를 올려다 볼 수가 없어 그냥 꾹 눈을 감았다.

사용한 연장과 도구 들, 남은 판자나 말뚝, 밧줄 따위 재료들을 창고나 여기 저기 있어야 할 곳에 넣어 두고, 킬리언은 마구간 안에 장작들과 건초 더미를 척척 정리하기 시작했다. 리에타는 뭐라도 도우려고 우물쭈물했지만 그가 워낙 빠르고 힘이 좋으니 걸리적거리지나 않는 게 도와주는 일이었다.

웬일로 얌전하게 굴어 주는 티그리스의 앞에 킬리언은 손수 구유까지 갖다 놔 주었다. 리에타가 안에 건초를 넣어 주자 티그리스는 낯선 환경에서 뻔뻔하게도 건초를 씹기 시작했다. ……정말이지 완벽하게 마구간이었다.

"……영주님께선 어떻게 이런 일을 잘하세요? 황족에게 아무도 이런 걸 가르쳐 주지 않았을 텐데."

킬리언이 담백하게 대답했다.

"황족이 아니게 된 후에 배웠어."

이제는 황족이 아니니까. 속에 들어간 의미에 리에타가 당황했다. 킬리언은 무덤덤하게 남은 판자나 말뚝을 정리해 창고에 옮겨 주며 말을 이었다.

"나도 처음부터 이렇진 않았지. 하지만 여기서 십삼 년을 살았어. 그때 여긴……."

말을 멈춘 킬리언의 시선이 밖을 향했다. 짧게 내린 소나기가 그치고 해가 나고 있었다. 킬리언이 빙긋 웃었다.

"그쳤네. 갈까?"

잘박. 잘박. 다그닥 다그닥. 티그리스가 물 고인 웅덩이를 밟고 물을 튀기며 걸었다.

“그대의 남편은 화가였나?”

“아뇨. 가끔 주변 사람들한테 그림을 부탁받기는 했지만, 직업이 화가는 아니었어요. 평범한 농부였죠. 그림이나 음악을 취미로 했는데, 재능 있었어요. 저에게야 콩깍지였겠지만…….”

그렇게 말하며 리에타가 작게 웃었다. 잠시 후 다시 킬리언이 물었다.

“어떻게 만났지?”

“수도원에서 같이 자랐어요. 그이도 고아였거든요.”

“남편도 사제가 되지 않았나 보군?”

“네. 남편은 신성 능력자가 아니었으니까요. 기초적인 수도사 교육만 받고 예비 사제 코스를 밟진 않았어요. 처음부터 수도원을 졸업하면 마을에 정착할 계획을 가지고 있었고, 그렇게 됐죠. 사제가 되지 못한 저를 떠안게 된 것은 남편으로선 예상치 못한 일이었겠지만요.”

조용히 말발굽 소리만 들렸다. 비 냄새가 나는 땅. 우수수 바람 소리가 들리고 나면 나뭇잎에 맺혀 있던 서늘한 빗방울들이 두어 방울 그들의 머리 위로 떨어졌다. 킬리언은 무심히 그녀의 금발 위에 떨어진 반짝이는 빗방울들을 내려다보며 물었다.

“사랑했나?”

리에타가 대답했다. “그럼요. 그러니까 결혼했죠.”

쏴아. 바람에 작은 물가루들이 날리며, 리에타의 어깨 너머에 무지개가 어렸다.

“사제가 되면 결혼할 수 없을 텐데. 사랑하는 사람이 있는데도 사제가 되려고 했었어?"

잔뜩 비를 머금고 젖어 늘어진 가지가 몸을 스치는 것을 손으로 밀어내며, 리에타가 답했다.

"사제 시험에서 떨어지기 전에는…… 생각하지 못했었어요. 어렸을 때부터 전 사제가 될 거라고 너무 당연하게 생각하고 커 와서 그런 쪽으론 생각해 본 적이 없었고……. 남편도 전혀 그런 티를 내지 않고 항상 친구로 옆에 있어 줬었거든요."

바람 소리와 찰박 찰박 물웅덩이를 차는 티그리스의 발굽소리 사이로, 리에타의 조용한 목소리가 담담히 흘렀다.

"하지만 시험에 떨어져 갈 곳이 없어지고, 이젠 어떻게 해야 할지 모르게 되어 버렸을 때……. 남편이 자기 집으로 오라고 얘기해 줬어요."

킬리언이 잠자코 있다가 말했다. "비겁하게 들리는데."

리에타가 웃었다.

"그런가요?"

"의지할 수밖에 없는 상황을 이용한 것 아냐? 거절할 수 있는 형편이었어?"

"하하하. 아니에요. 이미 다른 분이 소개해 주셔서 지낼 곳이 있기는 했어요."

리에타는 조금 고개를 숙이며 말을 이었다.

"하지만 제이드가…… 그러니까 남편이 보기엔 걱정이 되는 자리였나 봐요. 거기 들어가지 말고 차라리 자기 집으로 오라고 다급하게 쫓아와 말해줬는데……. 처음엔 자기도 고백할 생각은 없었던 거 같았어요. 그런데 제가."

리에타가 쑥스럽게 웃었다.

"어떻게 그러냐고, 너 그러다 소문나면 나중에 장가 못 든다고 하니까,

도저히 참지를 못하고 어쩔 줄 모르다가 버럭……, 아주 엉망진창의 고백이었어요."

'넌 내가 다른 데 장가들었으면 좋겠어? 난 어차피 다른 데 장가들 생각 처음부터 없었으니까 상관없어!'

킬리언은 말없이 리에타의 뒷머리만 바라보았다.

"뒷수습을 하면서 이대로 자길 차 버리고 도망가도 되지만 거기만은 들어가지 말라고. 지금 한 말은 못 들은 걸로 하고 와도 된다고 자기 집으로 오더라도 영영 제 마음을 받아 주지 않고 잊어버려도 괜찮다고 횡설수설하더니. ……다음 날 편지로 한 고백을 받았어요. 평소의 그 사람한테 어울리지 않게 꽤나 손발이 오그라드는 내용이었죠."

리에타. 이렇게 네가 거절하기 어려운 상황에 처해서야 용기를 내는 비겁한 나를 용서해. 네가 꿈을 접게 된 이런 상황을 순수하게 위로해 주지 못하고 한편으로 이건 어쩌면 하늘이 주신 마지막 기회가 아닐까…… 그런 생각을 하고 있는 내 자신이 미안하고 부끄럽다.

네가 사제가 될 거라고 생각해서 마음 접으려고 애썼어. 십 년 쯤 시도한 것 같은데 아직 성공하지 못했네. 어쩌면 너도 알고 있었을지 모르겠지만. 오래전부터, 그동안 말해 왔던 의미랑 다른 뜻으로, 너를 좋아해 왔어.

"내용이 진지해서 엄청 웃었고, 얼굴이 새빨개져서 쳐다보질 못하던 제이드가 생각나서 또 한참 웃었어요. 어울리지도 않는 말투에 그 편지가 나오기까지 얼마나 헤맸을지 생각하면……."

"……."

"엄청 오랫동안 계속해서 봤어요. 그날 밤새도록 읽고 읽고 또 읽고……. 그 고백을 받고 나니까 알겠더라고요. 아, 내가 제이드를 좋아하고 있었구나."

벌써 몇 년 전 일일 텐데 어제 일처럼 설레어하는 목소리가 달콤하다. 생전 하지 않던 이런 이야기를 갑자기 술술 풀어놓는 건, 제게 벽을 세우는 걸까.

하지만 저렇게 행복해하며 이야기하는 얼굴을 보면 그런 의도가 있을 것 같지 않다. 그저…… 페르디안을 보고, 혹은 랄타 물감을 칠하며 옛날 생각이 났거나…… 어쩌면 지금 듣고 있는 사람이 나라는 것조차 신경 쓰이지 않거나.

"사제가 되어 수도원을 떠나는 친구들에게 이야기했더니, 제이드가 십 년이나 절 좋아했다는 걸 모르는 사람이 없지 뭐예요. 오히려 제가 전혀 몰랐다는 게 징하고 대단하다며 놀리더라고요."

리에타가 저런 표정을 짓고, 행복하게 재잘거리는 걸 보는 건 낯설면서도 나쁘지 않지만……. 어딘지 씁쓸한 기분이 들었다. 그 남편은 지금 세상에 없다. 리에타한텐 달콤했던 만큼 쓰리고 아픈 추억이 아닐까.

괜찮은 걸까, 괜찮은 척하는 걸까. 어떻게 벌써 웃으며 말할 수 있는 걸까. 혹시 내가 억지로 말하게 하고 있는 건 아닐까.

그는 뭐라고 해야 좋을지 알 수가 없었다. 고삐를 쥔 손이 평소보다 조금 아래로 내려갔다. 리에타는 가만히 자신의 옛사랑 이야기를 이어 갔다.

"저도 참 눈치가 없었죠. 그런 쪽으론 늦되었나 봐요. 제이드의 마음은 커녕 제 자신의 마음도 몇 년을 모르고 있었으니 말이에요. 사실 이미 제 마음을 깨닫고 같은 집에 살면서도, 저도 제이드가 좋다고 고백할 때까진 일 년이 넘게 걸렸어요."

킬리언은 말없이, 잠시 엿본 그녀의 시시한 옛 사랑 이야기를 들으며 대부분의 사랑은 평범하다는 레너드의 말을 생각했다.

"저만 말하니 민망하네요. 영주님도 이야기해 주시면 안돼요?"

"무슨 이야기?"

"첫사랑이라든가?"

킬리언은 가만히 말을 몰았다. 사랑이라는 것이 생각보다 대단한 것이 아니라면 한 번쯤 있었을 법도 한데 딱히 떠오르는 것이 없었다. 여자 경험이 없는 것은 아니지만 리에타가 말한 것 같은 평범한 사랑 놀음 같은 것을 해 본 적은 없었다. 그렇다고 사실대로 말하면 굉장히 무게 없는 사람으로 보일 것 같았다. 동쪽 별채 여자들을 기만했단 소리까지 들었었는데…….

이제는 바로잡았다고 해도 찔리는 건 찔리는 거다. 할 말이 없어 잠자코 있던 킬리언은 있다고도 할 수 없고, 없다고도 하기 싫고, 대답하는 걸 회피하는 것처럼 보이기도 싫어 툭 뱉었다.

"내 첫사랑은 어머니야."

비웃어도 할 수 없을 발언이라고 생각했다. 하지만 리에타는 그저 작게 웃으며 말했다.

"평범하네요."

그녀는 딱히 비웃지 않았다. 어머니가 첫사랑이라는 게.

"……평범한가?"

킬리언이 천천히 더듬어 확인이라도 구하는 듯 모호하게 반문했다. 리에타가 답했다.

"영주님의 어머니라면 정말 아름답고 좋으신 분이셨을 테니까요."

킬리언은 잠시 가만히 있다가, 조용히 말했다.

"……그런가."

딱히 리에타는 그런 것 말고 진짜 사랑 이야기를 해 달라고 조르지 않았다. 별로 궁금해서 물었던 것도 아니었던 모양이었다.

왜 안 궁금해하지. 나 킬리언 악시아스인데. 악시아스 대공의 사랑 이야기 안 궁금해? 자세히 물어볼까 봐 걱정한 게 허무할 정도로, 리에타는 정말 아무 관심도 없어 보였다.

가만히 먼 곳을 보고 있는 그녀의 눈을 보고 있으니 어쩌면 남편 생각을 하고 있는 건지도 모르겠다는 생각이 들었다. 킬리언은 조금 충동적으로 내뱉어 버렸다.

"레너드는 내가 그대를 좋아하는 거라더군."

풀잎 위에 고이던 빗방울이 모이고 모여 툭, 떨어져 내렸다.

그에게 제 몸을 맡기고 있던 리에타의 어깨가 굳었다. 리에타는 몸을 굳힌 채 아무런 말이 없었다.

티그리스가 움직이는 발소리 사이로, 비 온 뒤의 흙냄새가 피어올랐다. 잠시 둘 사이에는 텅 빈 유리 장막 같은 침묵이 흘렀다. 무덤덤한 목소리로 먼저 정적을 깨뜨린 것은 킬리언이었다.

"혹시 레너드나 지젤이 그대에게 기사단에 들어가지 말라고 하지 않던가?"

리에타가 움찔했다. 킬리언이 그녀의 미세한 움직임을 느끼고 피식 웃었다. 들은 이야기가 없진 않은 모양이군.

"무슨 소릴 들었을지 모르겠지만, 신경 쓰지 마."

리에타는 조금 틈을 두고 물었다.

"그게…… 방금 하신 말씀과 연관이 있나요?"

킬리언이 가볍게 어깨를 으쓱했다.

"지젤이나 레너드는 내가 그대랑 연애하길 바라나 봐. 하지만 난 기사랑은 연애 안 하니까."

리에타는 다시 말이 없어졌다. 무슨 반응이 있을 거라 딱히 예상하고 한 소린 아니지만, 생각한 것보다 긴 침묵이 지속되고 있었다. 리에타가 한참 만에 입을 열었다.

"……기사님들이 짓궂으시네요."

침착한 목소리였다. 대답이 십 분만 빨리 나왔어도 침착하게 들릴 수 있었을 뻔했다. 킬리언은 그녀가 동요하고 있음을 알았다. 가만히 리에타를 내려다보고 있던 킬리언이 조용히 그녀를 불렀다.

"그대. 리에타."

큰 나무 아래, 티그리스가 멈추어 섰다.

"축성해 주겠나?"

평소보다 한 발 늦게, 리에타가 몸을 돌려 그를 올려다보았다. 리에타는 그의 말을, 태도를 한 쪽으로 분명하게 해석해 내지 못한 채 머뭇거렸다. 그녀는 이 상황을 어떻게 해석해야 하는지 확신하지 못하고 있었다.

그 축성이 다른 의미로부터 자유롭지 못할 가능성에 무게가 실리고 있었지만, 방금 그녀 스스로 그 이야기를 기사들의 짓궂음으로 단정 지은 이상, 그저 축성이었다. 못할 이유가 없어야 했다.

신성 능력자로서 그의 기사가 될 것이다, 그에게 충성을 바치리라 약속했다. 그러나 언제나처럼 말간 하늘색 눈동자에는 애써 감춘 의심과 불안으로 흔들렸다. 킬리언은 그저 담백한 태도로 조금 고개를 숙였다.

리에타는 차마 거절하지 못한 채 머뭇거리며 그를 꽤 오래 기다리게 하다가, 긴 긴 침묵에 떠밀리듯 그의 이마에 입술을 가져다 대었다. 리에타의 입술은 평소보다 짧게 닿았다가 떨어졌다. 고개를 든 킬리언이 평소처럼 입을 열었다.

"……어쩌면." 아무 일도 아닌 것처럼. "그 말이 맞는지도 모르겠어."

담담한 붉은 눈과 마주친 하늘색 눈동자가 크게 흔들렸다. 킬리언이 짧게 웃음을 터뜨렸다.

"그렇게까지 놀랄 일인가?"

일전의 말도, 그 후에 이어진 긴 침묵 따위도 없었다는 듯이, 킬리언은 대수롭지 않게 웃었다.

"충분히 있을 수 있는 일 아냐? 자연스러운 거잖아. 우린 너무 오래 붙어 있었어. 그대는 아름답고, 헌신해 가며 날 많이 도와주었지. 마음이 가지 않았다는 쪽이 이상하지 않은가. 난 여자를 좋아하는 짝 없는 남자인데."

리에타의 얼굴이 점점 창백하게 굳어 가고 있었다. 고백이 아니라 사형 선고를 받은 사람 얼굴 같다. 좋은 반응을 기대한 건 아니지만, 이 정도로 안색이 좋지 않을 거라곤 생각 못했는데. 킬리언은 실망스럽기보단 조금 안쓰러운 기분이 되어 그녀를 바라보았다.

하긴. 그녀에게 영주가 품은 연정이라는 것이 그런 비극이 되었으니 리에타라면 무턱대고 겁낼 만한 고백일 수도 있겠다 싶었다. 킬리언은 물러서듯 덧붙였다.

"그대를 어떻게 해 보자고 하는 소린 아니니 걱정 마. 나한테 마음이 없다는 그대 뜻을 존중해."

입 밖으로 내고 보니 감정이 분명해지는 기분이었다. 조금 마음에 들어온 것 같다. 그걸 인정했다. 하지만 그뿐이었다. 킬리언은 마음을 추슬렀다.

이렇게까지 겁에 질린 얼굴을 하길 바란 건 아니었는데. 킬리언은 그녀의 머리를 툭, 쓰다듬었다. 리에타의 뜻을 존중한다는 건 깨끗한 진심이었다. 그녀가 원치 않는 마음은 강요하지 않고 갈무리하여 물러설 것이다. 그냥 말해 보고 싶었을 뿐이었다.

다시 앞을 보라는 듯 턱짓했지만, 리에타는 굳어 버린 채 반응하지 않았다. 아무 말도 하지 못한 채 당황한 듯 흔들리는 청아한 하늘색 눈이 숨 막히게 그를 쳐다보고 있었다.

"이런."

킬리언은 조금 한숨을 내쉬고, 그녀의 이마를 톡 건드렸다.

"너무 고민하지 마. 심각한 얘기 아니니까. 그냥 그랬구나 하고 넘겨. 혹시 먼 훗날, 이즈음을 생각하며 혹시 영주 놈이 그때 내게 흑심이 있었던 거 아닐까 고민하게 될 날이 있을지도 모르지. 그때 그런 쓸데없는 데 시간 낭비 하지 말라고 그 대답을 미리 해 주는 거라고 생각해. 조금 마음이 있었어. 하지만 그뿐이야."

킬리언이 그녀에게 다시 앞을 보라는 몸짓을 했다. 리에타가 두려운 것을 외면하듯 굳은 얼굴을 간신히 앞으로 돌렸다.

아무래도 안심시켜 주는 데 성공한 것 같진 않았다. ……그래. 그런 일을 겪은 여자이니까. 그래도 '영주'로서가 아니라, 그간 사람 대 사람으로 어느 정도 신뢰를 쌓았다고 생각했는데. 저렇게까지 파랗게 질린 얼굴을 하다니. 킬리언은 좀 더 설명할 필요성을 느꼈다.

"영주의 강요라는 게 그대에게 큰 상처일 것이라는 걸 알아. 그 어떤 강요도 할 생각 없어. 대답조차 필요 없어. 그대 대답은 이미 알고 있으니까. 다시 말하지만 내게 마음이 없다는 그대 의사를 존중해."

다그닥, 다그닥, 티그리스의 단조로운 발굽 소리가 두 사람 사이의 공기를 채웠다. 리에타를 놀라게 하거나 겁먹게 하는 건 하루에 한 번으로도 충분했다.

킬리언은 자신의 마음이 리에타에게 그다지 질이 좋지 못한 농담으로 여겨질 수 있다는 걸 되새겼다. 그게 진담이래도 마찬가지다. 그는 리에타를 깨끗하게 안심시켜 주기 위해 말을 이었다.

"겁먹지 마. 고민하지도 말고. 난 지금 좀 기분 내키는 대로 말하고 있거든. 보통 이런 건 마음에 담아 두고 대충 상대가 모르게 하고 지나가는 쪽이 미덕일 텐데……. 책임지지도 못할 가벼운 마음을 흘려서 상대방을 흔들게 되면 안 되니까."

"……."

"하지만 그대는 전혀 흔들리지 않을 걸 아니 오히려 말하기가 편하군."

리에타의 몸이 전례 없이 굳어 있었다. 킬리언은 의식적으로 고삐를 옮겨 잡으며 리에타에게 스치듯 닿는 팔을 조금 떼어 주었다.

"기대하는 거 없어. 안심해. 게다가 그대가 기사가 되면 내가 더 이상 그대를 여자로 보는 일은 없을 테니까. 맹세해도 좋아."

내가 리에타의 상처를 너무 가볍게 생각했나. 미안하고 속이 불편했다. 너무 생각 없이 내뱉은 걸지도. 무서운 기억을 떠올리게 한 게 아니어야 할 텐데.

"그대에게 상처가 많은 걸 알아. 남편이 간 지 얼마 되지 않았고, 카사리우스는 쓰레기였지. 나도 뭐 처음엔 그대에게 크게 다를 건 없었으려나."

리에타는 여전히 아무 말이 없었다. 킬리언은 잠시 침묵을 지키다가 피식 웃었다.

"아까 그대가 이런 기분이었나? 나만 말하고 있으니 난처한데. 역시 실수한 건가 싶은 생각도 들려고 하고. 그대, 뭐라도 좋으니 말을 좀 해 보지."

역시 남편 이야길 괜히 한 게 아니었는데, 내가 눈치 없이 군 건가. 그래도 이왕 저지른 일이 있는 김에 애매한 상태로 찝찝하게 남겨 둘 바에야 마저 저지르고 수습하는 쪽이 더 제 취향에 맞다는 생각이 들었다. 뭐 리에타가 두려워할 필요 없는 대단한 마음이 아니라는 것도 사실이고…….
리에타가 잠시 후 입을 열었다.

"기사랑은, 왜 연애 안 하세요?"

간단한 질문이었다. 킬리언이 대답했다.

"그러겠다고 맹세했어. 그러니 믿어도 돼."

리에타가 잠깐 침묵했다가, 다시 물었다.

"그런 맹세를 하신 이유가 있나요?"

킬리언은 물끄러미 리에타를 내려다보았다. 이렇게까지 각 잡고 할 얘긴 아닌데. 툭, 농담조로 던졌다.

"나를 사랑한다고 목숨 바친 여기사 같은 건 없어."

조금은 있을지도 모른다고 생각했다.

"황후인 어머니에게 기사의 맹세를 바치고 목숨 바친 소드 마스터 스승 같은 것도 없고."

……그것도 조금 생각했다.

"뭐, 대단한 이유는 없어. 충성 이상으로 비이성적인 희생이 개입하는 걸 원치 않는 건 사실이지만. 맹세한 건 그저 '동쪽 별채' 기사단을 조직하며 그런 약속이 필요하다고 판단했기 때문이었지."

그는 정말로 오랜만에 옛날의 일을 떠올렸다.

"'동쪽 별채'는 상황이 특수하잖아. 대외적으로 나를 위해 애첩인 척 행동해 주는 여기사단……."

킬리언이 고삐를 틀자 티그리스가 다시 움직이기 시작했다.

"애첩 흉내 내 달라고 하고 여기사들을 들여 놓고 기사를 진짜 애첩 삼아봐. '그럼 그렇지. 여기사에게 충성은 무슨.' 이런 소리나 듣게 되겠지. 그리되면 나를 믿고 충성을 바치려 했던 여기사들을 배신하는 일이 되거니와, 내 꼴도 얼마나 우습게 되겠냐."

동쪽 별채의 기강은 어떻게 될 것이며, 어떤 여기사가 앞으로 나를 믿고 기사단에 들어올 것인가. 한 번의 전례가 생기면, 군신 간에 신뢰가 무너지고 사심이 생기는 걸 어떻게 걷잡을 것인가.

지금처럼 사심을 갖지 않은 강한 여기사들이 동쪽 별채에 들어오고, 기사들이 여기사들을 동등한 기사로 여겨 존중하고, 그들이 마음껏 충성을 바치는 데 거리낌이 없고, 그를 충심으로 섬기는 데 의심이 없고, 주군과 기사 사이에 혹시나 하는 마음을 가질 필요가 없는 것.

킬리언이 한 맹세는 지금의 '동쪽 별채'를 있게 한 맹세였다.

"대외적으로는 애첩을 가장하니만큼 더더욱, 난 그들을 기사로서 존중하고 예우하려고 해. 대외적으로 명예를 떨치기 어렵고 위험한 임무를 희생하여 맡아 주는 만큼 더 존중받아 마땅하고. 그런데 진짜 침대에라도 끌어들이기 시작한다면 어떤 기사가 날 신뢰하고 마음껏 충성을 바치겠나."

진짜 충성을 바칠 주군을 원하는 기사들은 더 이상 악시아스 기사단을 선택하지 않을 것이고, 딴 맘을 먹고 들어오려는 기사들이나 줄 서게 될 것이다. 뭐 그건 자의식 과잉일 수도 있지만. 킬리언이 싱겁게 어깨를 으쓱했다.

"그건 실리적인 이유고. 사실 맹세가 아니어도 기본적으로 그런 관계가 좋다고는 생각 안 해."

킬리언이 차분하게 말을 이었다.

"기사에게 주군. 도제에게 스승. 신도에게 사제."

킬리언이 담담히 말을 이었다.

"정신적으로 의존할 수밖에 없는 대상이지. 애정을 착각하기도 쉽고."

"……."

리에타는 어느새 그의 말에 빠져들어 귀 기울였다.

"후자는 전자를 완전히 손안에 놓고 쥐락펴락할 수 있는 입장인 반면 전자는 그로부터 휘둘릴 수밖에 없는 입장이야. 애정을 느끼기는 너무도 쉽고 맹신하지 않기는 어렵지. 그들의 저울은 너무 기울어 있어. 그런 상황에서 올바른 사랑은 불가능해."

올바른 사랑. 리에타는 잠자코 그의 말을 곱씹었다.

"뭐 그렇게 사랑에 빠져 행복한 사람도 있을 수 있겠지만. 적어도 내가 추구하는 건 그런 사랑이 아냐."

리에타에게 사랑이란, 정신 차리고 보니 불현듯 물들어 있는 그런 것이었다. 그러나 대공의 이야기는 꽤나 합리적이고 지혜롭게 들렸다. 이성적이고 좋은 사람의 사랑이었다. 킬리언이 말을 이었다.

"기사는 내게 충성하고 위험을 무릅쓰며 나를 지키는 사람들이지. 나는 그들의 명예와 긍지를 지켜 줄 책임이 있어. 그 책임을 다하기 위해 나는 기사와는 그런 관계가 없으리라 못 박았고."

사랑 한번 제대로 못해 본 사람의 사랑론에, 리에타는 점차 설득되어 갔다. 두려움으로 차갑게 얼었던 마음이 점차 따뜻하게 풀려 가기 시작했다.

"내 처지가 그렇게 안정적이지 못하기도 하고……. 책임질 수 없는 사랑은 시작하지 않는 것이 옳겠지."

그렇게 계산할 수 있는 것이 사랑이냐고 반문할 법한 차가운 이성 아래, 항상 따뜻한 배려가 있었다. 그는 언제나 생각한 것보다 더 사려 깊은 사람이었다. 그녀가 그의 이야기를 납득하고 있고, 굳어 있던 리에타의 어깨가 조금씩 풀리는 것을 느끼며, 킬리언이 슬쩍 웃었다.

"사심이 개입되는 과잉 충정도 원치 않아. 충정으로든 무엇으로든 나보다 약한 사람이 날 지킨답시고 몸을 던지는 일이 다시는 없길 바라고."

리에타는 그 말속에 그가 염두에 둔 사건이 뭔가 있기는 있었던 것 같다고 느끼고 물었다.

"누가 그런 행동을 한 일이 있었나요?"

바로 그녀 자신이 했던 행동이라고는 꿈에도 생각지 못하는 리에타의 물음에, 킬리언은 그냥 피식 웃어 버렸다.

"그런 여기사 없다니까."

어쨌든 얼어 있던 데서 벗어나 평소의 상태 비슷하게 안색이 돌아온 리에타가 다행스러웠다.

"그간 여기사들 모두 내 침실로 와서 기사 서임을 받았지만, 충성 맹세 외엔 아무 일도 없었어. 믿어도 돼. 서임식 하는 날부터는 주군과 기사뿐이야. 남자 여자는 없어. 그대가 오는 날도 그럴 거고."

킬리언이 무심히 말을 이었다.

"그리고 그런 날이 오지 않는다면, 뭐. 기사가 되는 것은 거절한 것으로 알지. 그뿐이야. 그렇다고 그대의 마음을 오해하진 않을 테니 걱정할 필요는 없어. 이전과 달라지는 것은 없을 테니까."

리에타는 뭐라고 말해야 할지 몰랐다. 카사리우스와 영주님은 다르다. 그녀도 안다. 제 반응을 모독으로 여기지 않고 제 기색이 좋지 않은 것에 이렇게 상냥하게 말씀해 주시는 것이었다.

그의 배려는 고마운 일이었고, 이런 마음을 가지신 분께 그런 거부감을 내색했던 것은 부끄럽고 죄송한 일이었다. 킬리언의 말이 이어지고 있었다.

"그대 마음이 아니면 아니라고 말하면 돼. 그대 마음은 그대 권리잖아. 내가 뭘 어쩌겠어. 내 마음이야 잠깐 혼자 설레다가 말 감정일 뿐이야. 편히 생각해. 손가락 하나 까딱 못하는 권력자의 총애라는 걸 즐기라고."

리에타가 비로소 웃었다.

"……기사가 되겠습니다."

킬리언이 짧게 웃음을 터뜨렸다.

"바로 차 버리네. 예의상 며칠 고민하는 척도 안 해?"

웃기게도 리에타가 머뭇거렸다. "……할까요?"

그게 더 웃겼다. 킬리언이 킬킬거리며 고개를 저었다.

"어. 며칠만."

악시아스 대공이 태어나서 처음 해 본 이성을 향한 마음 고백은 대개의 첫 번째 고백이 그렇듯 망한 고백이 되어 가고 있었다.

그들이 성으로 돌아온 것은 해 질 무렵이었다. 잠깐 산책하고 온다며 성 밖으로 나갔다던 사람들이 승마 시간을 훌쩍 넘겨 해가 거의 떨어질 때

까지 돌아오지 않자 많은 사람들이 걱정하며 기다리고 있었다.

말에서 내린 킬리언이 리에타에게 손을 뻗고 있을 때, 그들을 찾으러 나온 지젤과 레너드가 황급히 달려오며 소리쳤다.

"어디 갔다 이제 오세요!"

"산책 좀."

막 땅에 리에타를 내려 준 킬리언이 그들을 돌아보았다. 미심쩍은 눈으로 티그리스를 살피던 레너드가 묘한 얼굴로 그들을 쳐다보았다.

"……내성에 주인 없는 백마가 제멋대로 활보한다는 제보가 들어와서 교관들이 파랗게 질려 뛰쳐나갔었습니다만……."

레너드는 '설마 티그리스는 아니었죠?' 하는 눈으로 의심스레 그들을 바라보았다. 리에타가 멍하니 티그리스를 보았다. 티그리스…… 였을지도? 킬리언이 채 대답하기 전에 지젤이 자신의 이마를 짚으며 다가와 말했다.

"영주님……. 오늘 예정되어 있던 일정들 다 잊으셨어요? 전부 구멍 났잖아요."

일정? 그들을 향해 고개를 돌린 리에타가 얼떨떨하게 눈을 깜박였다. 레너드가 반쯤 자포자기한 태도로 집사에게 건네받은 종이를 눈앞에 들어 보이며 한숨 쉬었다.

지젤이 레너드의 손에서 종이를 빼앗아 들더니 킬리언이 갑자기 자리를 비워 엉망이 된 일정들을 나열하며 잔소리를 하기 시작했다. 당황한 리에타가 킬리언을 쳐다보았다.

"오늘 오후 일정 하나도 없다고 하셨잖아요."

말을 멈춘 지젤이 "네에?" 하고 도끼눈을 떠 킬리언을 쳐다보았다. 킬리언은 덤덤한 얼굴로 지젤의 손에 들려 있던 종이를 휼쩍 빼 들더니 훑어보며 답했다.

"거짓말이었다."

리에타가 멍하니 입술을 벌렸다. 리에타가 알고 있던 몇 가지 오후 일정을 확인했을 때 킬리언은 "그건 오늘 꼭 안 가도 되는 일정이야.", "그건 미뤄졌어." 따위로 대충 뭉갰던 것이다.

리에타가 곤란한 얼굴로 눈썹을 꺾으며 그를 불렀다.

"영주님."

그는 뻔뻔하게 리에타를 한 번 쳐다보고는 도로 종이로 시선을 돌렸다.

"그대랑 있는 게 좋아서."

리에타는 순간적으로 말문이 막혔다. 지젤과 레너드가 딱 입을 다물며 댕그란 토끼 눈이 되었다. 킬리언은 레너드에게 종이를 돌려주며 담담하게 말했다.

"내가 소나기를 헤치고 뛰어와야 할 정도의 일은 없었네. 그렇지?"

"예? 예……. 그, 그렇죠."

"교관들은 돌아왔나?"

"예."

킬리언은 짧게 끄덕이고 손사래를 치며 알았으니 이만 가 보라고 했다.

"……?"

다그닥 다그닥. 워, 워 소리와 함께 맞은편에서 두 마리 말이 끄는 큰 수레가 속도를 줄이며 그들을 스쳐 지나가려 했다. 레너드가 얼른 정신을 차리고 지젤의 소맷자락을 잡아끄는 순간, 킬리언은 리에타의 어깨를 제 쪽으로 끌어당겼다. 리에타는 당황한 얼굴로 주춤, 킬리언 쪽으로 끌려갔다.

지젤과 레너드, 킬리언과 리에타가 길 양쪽 끝으로 각각 갈라지고, 그들 사이로 수레가 다그닥 다그닥 소리를 내며 지나갔다. 마차가 길을 꽉 채우며 시야를 가린 순간, 푸르르릉.

"아잇! 씨, 젠장. 티그리스!"

티그리스의 신경질적인 뒷발차기를 아슬아슬하게 피하며 레너드가 소리쳤다. 당황한 지젤이 고개를 돌리고 얼른 레너드의 손에 들려 있던 고삐를 받아들었다.

"워. 워."

티그리스를 진정시킨 후 돌아보았을 때 이미 두 사람은 저만치 멀어져 가고 있었다. 지젤과 레너드는 심상찮은 얼굴로 두 사람이 걸어가는 뒷모습을 쳐다보았다.

"내일은 사원 자문팀이랑 수도원 방문 일정이 있어요. 더 이상 미룰 수 없는 일정들이 여기 이만큼이나……."

리에타가 걱정스레 손에 들고 보고 있던 종이를 킬리언이 툭 빼앗아 들었다. 리에타가 허전해진 손을 멍하니 보고 있다가 고개를 들어 그를 바라보았다. 킬리언은 심드렁한 얼굴로 손가락 사이에 끼운 종이를 훑어보다가 제 책상 위에 내려놓았다.

"오늘은 이런 거 말고, 대화나 좀 더 하지. 그대 얘기 좀 더 들어 봤으면 싶은데."

"……제 얘기요?"

리에타가 어색하게 반문했다. 킬리언은 종이를 뾰족하게 접더니, 날개가 달린 화살촉 모양으로 만들어 휙 던졌다. 종이 화살촉은 공기를 가르고 휙 날아가 쓰레기통 안에 떨어졌다.

"그동안 너무 내 얘기만 했잖아."

눈이 마주치자 리에타는 약하게 웃으며 고개를 저었다.

"영주님의 일을 돕는 게 지금 제 일인걸요."

리에타는 그에게 고용된 사람이니 그와는 그의 일 이야기를 하는 것이 당연했다. 킬리언은 개의치 않고 으쓱하더니 리에타에게 티테이블 건너편 자리를 권했다.

"앉지"

그가 가리키는 곳을 바라본 리에타는 킬리언이 의자에 앉은 뒤 그의 맞은편에 가 앉았다. 그가 곰곰이 생각하는 듯하더니 운을 떼었다.

"처음 식사한 날이었나. 그날 이후로 내가 그대 얘길 딱히 들은 적이 없는 것 같네."

"그대한테 내 시간을 좀 써 주는 게 공평하다면서, 내가 소홀했어." 하며 그가 찻주전자를 달각, 열어 보았다.

"소홀하긴요. 영주님께선 이미 제 승마에 많은 시간을 할애해 주고 계시고……."

그가 친히 찻주전자 아래 불을 당기며 말했다.

"그런 거 말고. 이야기나 하지, 오늘은."

리에타가 뒤늦게 당황해 손을 들어 올렸다가 입을 다물고 도로 내렸다. '제가 할게요.' 하는 소리가 목 끝까지 올라왔지만 고급 차를 잘 모르는 리에타로서는 제대로 맛을 낼 자신이 없었다. 영주님이 부르시지 않는데 감히 제가 집사님을 청할 수도 없었다.

그가 찻잎을 넣은 주전자를 올리는 걸 바라보며 리에타는 머쓱하게 목덜미를 만졌다. 킬리언은 가만히 촛불 위에 올라간 찻주전자를 쳐다보며 생각에 잠겼다.

오늘 있었던 일은 그의 속 어딘가에 불을 지폈다. 정확히 어떤 일이, 어떤 불을 붙인 건지 분명하게 알 수는 없었지만 확실한 건 킬리언이 그저 그녀가 더 많은 걸 이야기해 주었으면 하고 바라게 되었다는 점이었다.

오늘 그녀의 이야기를 듣고 나니 제가 너무 돌아가고 있었다는 생각이

든 걸까. 어찌 됐든 리에타의 이야기를 더 들어 보는 게 좋겠다는 심산이었다. 그녀가 스스로 뭔가 말하는 것을, 털어놓는 이야기를 더 듣고 싶었다.

세비타스에서는 힘들었다, 수도원에서 어떤 것들이 그녀를 괴롭게 했다, 카사리우스를 저주한다, 페르디안을 원망한다, 하다못해 누굴 족쳤으면 좋겠다는 이야기라도 좋았다. 고단하고 재미없고 듣기 힘든 이야기로 가득하더라도, 뭐든 리에타의 입으로 해 주는 그녀의 이야기가 듣고 싶었다.

딸 이야기도, 남편 이야기도 상관없다. 그녀만 괜찮다면 전부 들어 주고 싶었다. 어둠 속에서 혼자 울 수 있도록 벽 너머에서 못 들은 척 침묵하는 대신, 그녀의 앞에서 눈을 마주하고 들어주는 것도 괜찮지 않을까.

그녀가 어떻게 살아왔는지. 어떤 삶이 지금의 그녀를 만들었는지. 내 눈앞에 지금의 그 모습으로 서기까지 그녀에게 어떤 역사가 있었는지.

뭐든 하고 싶은 말을 해 줘. 내가 도와줄 수 있게.

킬리언이 묵묵히 차를 내려 찻잔에 따라 건네주었다. 뜨거운 김이 오르는 찻잔이 달그락, 소리를 내며 리에타에게 다가왔다.

"……감사합니다."

리에타는 뜨거운 찻잔을 만지작거리며 조금 어색한 얼굴로 그를 마주보았다. 다짜고짜 '네 이야기를 해 봐라. 대화를 하자.' 라니. 무슨 말을 하라는 말씀이신가.

일전에야 그들이 서로를 잘 모르는 상태였으니 리에타가 자신에 대해 설명할 이야기들이 있었다지만 이제 그들은 서로를 잘 안다. 리에타가 어떤 사람인지, 지금 성에서 어떤 일을 맡고 있고, 어떤 능력을 가지고 있는지, 무엇을 할 수 있고 무엇을 할 수 없는지, 어떤 역사를 가지고 이 땅에 와서 지금에 이르렀는지까지. 리에타에 대해 지금 킬리언보다 잘 아는 사람은 없었다.

게다가 리에타는 자신의 생각보다 킬리언이 저에 대해 훨씬 더 잘 알고 있으리라 어렴풋이 짐작하고 있었다. 영주님의 상황에 낯선 외지인인 그녀에게 이 정도의 신뢰를 보여주시기까지 자신의 내력에 대해 충분히 조사하지 않으셨을 리 없다고 생각하고 있기도 했고……. 그녀의 기억에 말한 적이 없는데도 킬리언은 제 딸이나 남편의 이름을 자연스레 알고 받아들이고 있었으니까.

어련히 알아보셨겠거니 했다. 저 같아도 그리 했을 테니, 이상할 것도 없는 일이었다. 그러니 할 말이라곤…….

"……."

애매한 침묵이 흘렀다. 리에타는 서먹한 표정으로 눈을 굴렸다. 킬리언은 무슨 생각을 하는지 앞에 찻잔을 놓은 채 리에타를 빤히 쳐다보기만 했다.

악시아스라는 거친 환경과 킬리언이 처한 상황은 그를 강하게 단련시키고 소탈하게 다듬었지만 세련된 사교 기술이나 대인 관계에 있어서는 오히려 퇴보하게 만든 측면이 없지 않았다.

형제를 참수한 미치광이 살인마라는 타이틀을 달고 군림하는 군주인 그에게 그런 대화의 기술은 거의 필요하지 않았다. 공격적으로 쏘아붙이거나 협박하거나 비꼴 줄은 알아도 자연스럽게 말을 이끌어 내거나 세련되게 포장할 줄은 몰랐다. 그런 식으로 말하는 그에게 대화가 이어지게 맞추어 오는 건 당연히 상대방의 몫이었으니까.

킬리언이라고 우호적인 대화를 할 줄 모르는 건 아니다. 하지만 천둥벌거숭이 같은 부하들 장단에 적당히 어울려 주거나 짧게 툭 툭 던질 줄이나 알았지 자연스럽게 화제를 주도해 섬세하고 민감한 이야기를 끌어낼 줄은 몰랐다. 그러기엔 킬리언은 너무 직설적이었다.

게다가 킬리언은 제가 지금 리에타에게 원하는 이야기는 그런 식으로 나오는 게 아니라는 걸 미처 생각지 못하고 제 상념에 빠져들어 있었다. 카사리우스. 세드릭 카발람. 세비타스 수도원. 페르디안……. 그녀를 잡고 놓아주지 않는 세비타스의 망령들.

사별한 남편과, 성물이 된 딸의 유품과, 차마 말할 수 없는 그 아이의 행방. 제 자신을 향해 발현되지 않는 리에타의 치유 능력과, 악마의 손을 탄 대사원의 성물을 계승하라며 곧 날아들 교단의 소환 명령까지. 아직 그녀에게는 어느 하나 끝나지 않은 일이었다.

그녀는 과거와 현재와 미래의 위협이 사방에 칼날처럼 돋아 있는 위험한 독방 안에 아슬아슬하게 갇혀 있었다. 리에타에게 있었던 일. 지금 일어나고 있는 일. 앞으로 일어날 일. 그 사이에서 자신이 해 줄 수 있는 일.

그런 상념들을 머릿속으로 굴리며 킬리언은 조용히 리에타의 얼굴을 쳐다보았다. 그녀의 입이 열리기만 기다리는 킬리언의 시선에 리에타는 점점 난처해졌다.

대화를 하자 하시더니 마냥 보고만 계시네. 그렇게 기다리는 것이 마땅히 영주님의 대화하는 방법은 아닐 텐데……. 이전엔 어떻게 대화를 했더라?

전엔 킬리언이 그녀에게 이랬느냐 저랬느냐 묻는 이야기에 리에타는 제깍제깍 대답만 충실히 하면 되었다. 차라리 그때처럼 제 이야기의 무엇이 궁금하신지 물어봐 주시면 좋으련만.

리에타는 어색하게 찻잔을 만지다 그걸 입가로 가져갔다. '윽.' 차를 한 모금 머금은 리에타는 간신히 표정 관리를 했다.

'뜨……뜨거워. 게다가 엄청나게 맛없다!'

차는 입천장을 익혀 버릴 정도로 뜨거웠고, 맛은 쓰게 느껴질 정도로 떫었다. 찻잎도 너무 많이 넣은 것 같고 지나치게 오래 우린 것 같기도……. 물도 너무 팔팔 끓이신 것 같은데…….

이 정도로 떫을 거라면 제가 내리는 게 나았을지도 모른다는 후회가 생길 정도였지만 리에타는 꾹 참고 꿀꺽 삼켰다. 대단히 썼다. 제가 촌부라

맛을 모르는 것이려니. 비싼 차니까 이런 맛으로 먹는 것이려니 했다.

충격적인 차 맛으로 마음을 진정시킨 리에타가 마침내 침착한 얼굴로 입을 열었다.

"하문하십시오."

"……."

킬리언이 퍼뜩 눈을 깜박였다. 그도 본능적으로 뭔가 자신이 바라는 것이 이게 아니라는 건 알았다. ……취조 말고 허심탄회한 대화를 원한다는 뜻인데. 별로 안 내키나?

사실 아까의 대화는 복합적으로 리에타의 마음이 흔들린 특수한 환경에서 나온, 평소라면 듣기 어려운 이야기였다. 킬리언이 뱉어 놓은 고백으로 마음에 빗장이 채워진 리에타에게서 다시 쉽게 나올 수 있는 이야기가 아니었다. 거기에 그녀의 이야기를 더 들어 봐야겠다고 다짜고짜 결정한 킬리언의 접근방식은 굉장히 투박했다.

킬리언이 친근하게 대화하는 여성이라곤 동쪽 별채 여기사들뿐이었다. 똑똑하거나 새침하거나 우아하거나 말괄량이 같거나……. 개개인의 특징이 다르다 해도 기본적으로 죄다 그에게 숨기는 것 없이 솔직하고 충성스런 기사들이었다.

아까처럼 어렵잖게 대화가 이어질 수 있을 줄 알았던 킬리언은 비로소 그녀의 안색을 살폈다. 침착하지만 조금 굳은 얼굴. 정적이 흐르며 눈이 오래 마주치자 리에타는 영문을 모르고 어색하게 미소 지었다.

"……."

그녀와의 대화에 전에 없던 벽이 느껴지는 것 같았다. ……뭔가 난처하고 꺼리는 기색. 킬리언은 묘한 표정으로 몸을 뒤로 물렸다. 뭔지 알 것 같았다.

"내가 불편해졌나?"

리에타가 눈을 깜박였다. “네?”

“이제 둘만 있는 게 걱정돼? 내가 딴맘이라도 먹을까 봐?”

리에타의 눈이 커졌다.

“아, 아뇨! 그런 걱정은 하지 않았습니다.”

“그대 눈에 불신이 가득한데?”

리에타는 당황해 빠른 속도로 고개를 저었다.

“아닌데요.”

아니긴. 역시 실수한 거지. 킬리언이 허리춤의 칼을 검집 채 풀어 들었다.

“그대가 걱정할 만한 일은 일어나지 않을 거라고 맹세하지.”

“네?!”

맹세? 혼비백산한 리에타가 눈을 크게 뜨고 벌떡 자리에서 일어났다. 맙소사. 어떻게 감히 영주님께 그런!

“저, 정말 아니에요!”

킬리언이 칼을 뽑으려는 걸 보고 기겁한 리에타는 황급히 손을 뻗어 그의 손을 막았다.

“영주님을 믿습니다. 차라리 제가 맹세를 할게요!”

……오늘 내 칼이 많이 잡히네. 다급하게 검을 붙든 리에타의 손을 내려다보았다가 고개를 든 킬리언이 눈을 찌푸리며 고개를 갸웃했다.

“……무슨 맹세?”

리에타가 더듬더듬 외쳤다.

“저, 저는. 매, 맹세컨대 영주님께서 오늘 하신 말씀의 진의를 의심하지 않겠습니다!”

킬리언은 이 순진한 여자가 맹세에 대해 잘 모른다는 걸 깨닫고 칼을 뽑으려던 손을 멈칫했다. 그런 맹세는 무효다.

맹세의 예*에는 이래저래 의미가 담긴 역사적 유래가 있는데, 결론만 말하면 맹세는 '행동을 구속하는 서약'의 의미가 강하다. 자신의 명예를 걸고 자신의 약속이 흔들리지 않는 신념임을 확언하고, 자신의 행동이 그 신념의 바깥으로 치닫지 않을 것임을 서약하는 것. 충성을 바치는 기사의 맹세가 당신의 검이 되겠다는 약속인 것도 그런 맥락이다.

리에타가 말한 것은 '의심하지 않겠다.' 엄밀히 어떤 행동을 하겠다는 약속도 아니거니와 의심이나 생각 같은 것은 본능이고 불가항력이라 제 마음대로 안 하겠다고 안 할 수 있는 것도 아니다. 이처럼 쉽게 어그러질 수 있는 마음의 문제는 애초에 맹세의 대상이 되지 않는다.

그런 걸 알기 어려운 평민들이야 다짐이나 약속 정도의 의미로 제각기 맹세를 남발하곤 하지만, 킬리언은 황실 예법을 교육받은 사람이었다. 황족이 명예를 걸고 하는 맹세는 인장을 찍은 서약만큼의 신용을 담보하는 일이었고, 황족이 하는 맹세가 구색 없다 비웃음을 사서는 안 되기 때문에 그는 맹세에 대해 엄격한 기준을 가지고 있었다.

리에타가 기절할 것 같은 얼굴로 제 칼을 붙든 걸 보고 킬리언은 한숨을 쉬었다. 오늘만 두 번째. 이미 몇 번이나 비슷한 행동을 한 적 있지만……. 사실 이런 행동도 말도 안 되는 거긴 하지. 내가 칼을 뽑겠다는데 물리력으로 막으려 하다니.

맹세가 이런 거다 저런 거다 따지고 드는 게 무슨 소용이람. 별로 그런 거 아는 척하고 싶지도 않고 이 여자 앞에서는 다 부질없게 느껴졌다. 그 의미와 무게를 모르는 사람을 상대로 맹세해 봤자 그것은 자기만족에 지나지 않는다.

◇◇◇◇

* 禮

혼자 신념을 세우는 게 언제나 무의미한 일은 아니지만 지금은 리에타를 안심시켜 주려고 하려던 맹세인데, 정작 그녀에게 와닿지 않는 방식이어서야 무용하다는 생각이 들었다.

그는 그냥 검에서 손을 떼고 제 칼을 그녀에게 넘겨주었다. 리에타가 엉겁결에 그의 검을 두 팔로 안아들었다.

"맹세는 됐으니 그대가 들고 있어."

킬리언은 한 손으로 휘두르는 검이었지만 리에타는 두 팔 안에 끌어안고도 무게가 버거운 듯했다. 당황하며 아래로 떨어지려는 팔을 추슬러 올렸다. 킬리언은 맹세 대신 그녀에게 좀 더 직관적이고 유의미하게 와닿을 수 있을 방도로 자신의 검을 넘겨주는 걸 택했다.

"그대가 조금이라도 위협감을 느낀다면 뽑아 휘둘러도 좋다."

그의 말에 리에타가 뜨악한 얼굴로 눈을 휘둥그레 떴다. 리에타가 어떤 흉악한 병기를 든대도 맨몸의 킬리언에게 대적할 수 없겠지만, 제게 그걸 휘두르란 소리에 리에타는 기겁했다.

"마, 말도 안 돼요."

황실 예법에 쓰인 맹세의 예도는 몰라도 그를 향해 칼을 휘두르는 게 반역인 건 알았다. 리에타가 황급히 검을 추슬러 그의 앞으로 내밀었다.

"저, 전 정말로 영주님 말씀을 믿습니다. 그러실 분이 아닌 줄 압니다."

차마 '검을 들었다'고 하기 민망할 정도로 리에타가 검을 들고 있는 자세는 엉망이었다. 예쁘네. ……가 아니고. 그야 물론 검 수련한 사람 같은 자세가 나오리라 생각지는 않았지만, 최소한 그립을 잡아야……. 저러다간 칼이 검집에서 저 혼자 떨어져 폼멜†이 발등을 찍을 판이었다.

◇◇◇◇

† Pommel

"……."

리에타에게 안 어울리는 건 없다고 생각하지만, 어쩌면 저렇게…….

"……역시 그대는 기사보다는……."

리에타가 눈을 깜박이며 그를 올려다보았다. 킬리언이 뒷말을 삼키며 피식 웃었다. 리에타는 기사랑 어울리지 않는다. 사제라면 기사보단 어울리지 않을까 생각해 봤지만, 이내 마의 성물을 쥐라는 교단의 명령이 떠올라 마뜩잖아졌다. 역시 그녀는 좀 더 자유로운 축성술사 쪽이 가장 어울린다는 생각이 들었다.

그치만 아무래도 이 타이밍에 기사가 되지 말라고 말하긴 그렇겠지. 흑심으로 보일 것이다.

"……그렇게 날 믿으면 앞으로도 전처럼 축성해 주나?"

……뱉어 놓고 보니 이쪽이 더 흑심으로 보였다. 하지만 리에타는 거침없이 고개를 끄덕였다.

"당연하죠. 그게 제 일인걸요."

킬리언은 물끄러미 그녀를 바라보다가 시선을 내려 바닥을 보며 웃었다.

"……그래?"

리에타는 못할 이유가 없다는 듯 의연하게 그를 바라보았다. 그의 축성술사였다.

킬리언은 그녀를 아래층 침실 앞까지 데려다주었다. 어차피 그녀가 드레스룸에서 자지 않는다는 건 알고 있었고 늦은 시간이었다. 하고 싶었던 대화는 흐지부지되었지만, 그는 천천히 하기로 했다. 오래 곁에 둘 사람이다. 오늘만이 기회는 아닐 것이다.

페르디안이 그녀와 과거에 얼마나 오랜 시간을 쌓았든, 앞으로 내가 리에타와 보낼 시간이 더 많을 테니까.

다른 생각이 많았기 때문일까. 가는 길은 평소보다 짧았다.

그녀의 침실 문 앞에 서서 킬리언은 리에타를 내려다보았다. 슬쩍 그녀의 머리 옆 문간을 짚으니 별 말을 하지 않았는데도 그녀가 손을 뻗어 그의 어깨를 짚었다. 우웅, 신성력이 공명하는 소리와 함께 리에타의 몸에 은빛이 감돈다.

평소와 같은 밤 인사. 불쑥 제가 손 짚고 있는 이 문이 고장 나서 안 열리면 좋겠다는 생각이 들었다. 아무 것도 바뀐 것이 없는 리에타가 서운한 것 같기도 하고 다행스러운 것 같기도 했다. 조금 이상한 기분이었다. 킬리언이 피식 웃었다.

조용히 복도를 밝히는 돌벽 위의 촛불 아래서, 킬리언은 말없이 그녀에게 고개를 숙였다.

"……."

리에타가 그를 바라보았다. 그의 검은 머리카락 위에, 그리고 아래를 향해 드리워진 긴 속눈썹 위에, 타는 노란 빛, 투명한 은빛, 돌벽에 반사된 서늘한 회색빛이 뒤섞이고 있었다.

일렁이는 공기. 머무는…… 숨소리. 리에타가 저도 모르게 주춤 상체를 뒤로 물렸다. 웅…… 웅…… 웅……. 신성력 소리가 평소보다 길게 꼬리를 늘인다.

그의 어깨에 손을 짚은 채 리에타는 동상처럼 멈추었다. 무엇인가에 걸린 것처럼 몸이 움직이지 않았다. 리에타가 움직이지 않자 기다리던 킬리언은 살짝 고개를 들며 의아한 듯 붉은 눈을 그녀에게로 향했다.

갑자기 확, 얼굴에 당혹스러운 열기가 몰렸다. 눈이 마주치기 직전, 리에타는 저도 모르게 황급히 시선을 피하며 그의 이마를 향해 손을 뻗었다.

당황한 채 신성력을 휘감고 다급하게 뻗은 손은 리에타가 원했던 것보다 세게 날아가 급기야 그의 이마를 확 밀어 버렸다.

탁. 소리가 났다. 킬리언은 조금 놀란 듯 눈을 깜박이며 그녀의 손에 순순히 밀려났다. 깜박 깜박. 양쪽 다 놀란 토끼 눈이 되었다. 자기가 저지른 일을 깨달은 리에타는 어찌할 바를 모르고 그의 머리에서 급히 손을 떼었다.

"……죄, 죄송해요!"

그는 사색이 된 리에타를 보고서 어깨를 으쓱하더니, 아무 일도 없다는 듯 물러섰다. 킬리언이 입을 열려는 찰나, 그의 뒤에서 "어……." 하고 무의식적으로 흘리는 작은 소리가 들렸다. 공교롭게도 복도를 지나던 어린 하녀들 두엇이 그들을 발견하고 퍼뜩 입을 다물며 꾸벅 인사를 올렸다. 리에타가 몸을 굳혔다.

아차, 서먹하게 구는 걸 다 보이고 말았을까? 하녀 아이들은 이 이상한 광경을 어떻게 빨리 못 본 척하고 지나가야 하나 어째야 하나 눈치를 보는 모양새였다.

리에타가 한 행동과 지금 그들이 보인 모습이 애첩이 영주님을 대하는 좋은 분위기로 보였을 리가 없었다. 평소와 다른 어색한 모습에 이상함을 느끼고 있는 것일 터였다.

리에타는 당황했다. 영주님은 애첩으로 행동하는 여기사를 존중하기 위해 맹세까지 하시는 분이신데. 자신은 공과 사를 구분하지 못하고 임무를 방기한 채 엉망으로 행동하고 있었다.

별안간 킬리언이 리에타의 어깨에 손을 올리더니 훌쩍 다가왔다. 리에타의 눈이 커졌다. 이마에 촉, 부드러운 것이 가볍게 닿았다가 떨어졌다. 순식간에 벌어진 일에 리에타는 숨을 멈추었다. 킬리언이 다정하게 미소 지었다.

"잘 자."

당황한 리에타가 빠르게 눈을 깜박이며 손등으로 이마를 가렸다. 그녀 자신으로선 매일같이 하던 일이고, 그가 하는 것도 오늘이 두 번째였지만. 어떻게 된 걸까. 이마에 남은 감촉이 처음과는 이상할 정도로 달랐다.

하녀 아이들이 입을 가리고 웃으며 얼른 자리를 피했다. 이내 둘만 남았다. 머릿속이 하얘진 리에타는 차마 그를 쳐다보지 못하고 발개진 얼굴을 떨군 채 조금 늦은 밤 인사를 올렸다.

"……평안히 주무세요."

그가 낮게 웃었다.

"나는 무리일 것 같은데."

"……."

리에타는 꿀 먹은 벙어리가 되었다. 킬리언은 웃음기 남은 얼굴로 까닥 고갯짓했다.

"농담이야. 들어가."

굳어 있던 리에타가 불퉁한 얼굴로 중얼거렸다.

"……영주님 농담은 하나도 재미없어요."

킬리언이 작게 소리 내 웃었다.

"그거 너무한데."

먼저 올라가시라고 말하려는 찰나 그가 문간을 짚은 손을 미끄러뜨려 문고리를 눌렀다. 끼익. 등 뒤로 문 열리는 소리. 자신의 뒤로 열린 방문을 잠깐 보고 있던 킬리언이 여상히 덧붙였다.

"내일 아침 일정은 전부 두 시간씩 미루어 둘 테니 늦잠 자."

리에타가 그를 올려다보았다. 킬리언이 물끄러미 그녀를 바라보다가 그녀의 머리를 툭 쓰다듬어 주었다. ……오늘 페르디안 님을 만난 저를 신경 써 주시는 걸까?

"……전 괜찮아요."

그가 입매를 쓱 올리며 바닥을 보고 웃었다.

"내가 안 괜찮을 예정이라."

리에타가 꾹 입을 다물었다.

"……재미없다니까요."

그가 웃는다. 좋아하는 것 같다는 말은 죄다 농담이라는 듯이 능청스런 표정으로. 킬리언이 리에타의 달빛 머리카락 끝을 쥐어 올리고 입 맞추었다.

"그대는 좋은 꿈 꾸길."

침실로 들어선 리에타는 멍하니 의자에 옆으로 앉았다. 머리카락이 스치는 어깨를 움츠린 채, 등받이에 팔을 걸치고 아직도 이상한 감촉이 남은 이마를 만지작거렸다. 그녀는 멍하니 테이블 저편 거울을 쳐다보았다.

거울 속에 곱게 차려입은 낯선 여자의 얼굴이 비쳤다. 가만히 두 손을 들어 올려 예쁘게 늘어뜨린 머리카락을 주섬주섬 모아 틀어 올려 보았다. 그렇게 얼기설기 틀어 올린 머리를 잠깐 쥔 채 거울 속에 비친 자신을 마주하고 있다가, 고정할 만한 것이 없어 그냥 그대로 제 머리칼을 내려놓았다.

이내 그녀는 옷을 갈아입은 뒤 불을 끄고 어둠 속에서 침대 시트 속으로 파고들어갔다. 서늘하고 부드러운 감촉. 몸을 감싸던 어둠은 이내 미지근한 온기가 되었다.

리에타는 가만히 눈을 감았다. ……주신 은혜는 무엇이든 다 하여 갚으리라. 충성을 다하리라. 충성은……. 충성은.

'달라진 것도, 달라질 것도 없어요.'

……기억을 되찾아서 다행이다. 더 이상 달라질 게 없어서…… 다행이

었다. 어쩌면, 여기까지 내다보고 그렇게 말씀하셨던 걸까.

'당신이 대축성 의식에 섰을 때 집중된 막대한 신성력이 당신의 기억을 봉인한 몽마의 마법을 무너뜨리기 시작했어요.

근래 잊고 있던 걸 떠올리기 시작했죠?

한번 부서지기 시작한 이상 이 기억의 봉인은 언젠간 완전히 무너지고 말 거예요.

그대로 두었다가 예기치 못한 순간에 알게 되는 것보다, 늦기 전에 전부 아는 게 나을 것 같으니…….

내가 풀어 줄게요.

자아. 눈 감아요.

따끔합니다.'

리에타는 조용히 감았던 눈을 떴다. 어둠에 눈이 익숙해져 가고 있었다. 리에타는 물끄러미 방 한쪽 구석에 놓여 있는 위패 쪽을 쳐다보았다. 드레스룸에는 어울리지 않는 물건이라 이곳에 남겨 두었던, 그녀의 딸. 가만히 손으로 더듬어 목에 걸린 아델의 반지를 만져 보았다. 그 결에 동쪽 별채 여자들이 선물해 준 팔찌가 왼손에서 잘그락거렸다.

……악시아스 성의 축성술사. 나는 여기에 와서 얼마나 많은 것을 얻었나. 충만해져야 마땅한데 어쩔 수 없이 공허한 것도 다 몸이 편하고 배가 불러서 하는 고민이라는 걸 안다.

살아서 먹고, 자고, 나를 필요로 하는 곳에서 일하고 있다. 그걸 죄스럽다 여기는 것도 호사다. 리에타는 목 위로 시트를 당겨 올리며 뒤척였다.

당신 유품…… 다 없애지 말걸. 뭐라도 하나 남아 있었으면. 눈을 깜박이며 어두컴컴한 천장에 제이드의 모습을 그려 보았다. ……요즘 왜 안 와. 오늘은 당신 왔으면 좋겠다. 아델이랑 같이.

오랜만에 그리운 이의 꿈을 꾸길 바라며 리에타는 다시 눈을 감았다.

눈을 떠도, 눈을 감아도 어둠이었다. 아무리 그 자리에서 거절한 고백이어도, 바뀔 것이 없어도, 마음에 파문은 생기는 거였다.

새우처럼 몸을 웅크렸다가, 반대편으로 돌아누웠다가 손등으로 이마를 짚고 뒤척이며 한숨을 내쉬었다. 두 시간 정도는……. 잠 못 이루어도 괜찮을 터였다.

집무실로 돌아온 킬리언은 문득 제 방에서 생소한 물건을 발견하고 멈칫했다. 조그만 흰 꽃이 곱게 맺힌 꽃줄기 하나가 소담스럽게 심어진 화분이 그의 책상 옆 창가에 놓여 있었다.

뭐지? 언제부터 이런 게 이 자리에……. 킬리언은 고개를 갸웃하며 회색 화분을 쳐다보았다. 그 주변을 살펴봐도 이질감이 없는 것이 갑자기 생긴 물건은 아니라는 생각이 들었다. 이미 위화감을 느끼지 못할 정도로 그의 공간 속에 녹아들어 있던 조그만 화분이 갑자기 낯설게 그의 눈길을 사로잡은 것이었다.

……어디서 봤지? 화분의 존재는 처음으로 인지했지만 저 꽃은, 어디선가 본 적이 있는 것 같았다. 그는 눈을 가늘게 뜨며 기억을 더듬었다. 길거리에서 흔하게 볼 수 있는 꽃 같기도 하고…….

마침 침실에서 그의 잠자리를 보고 집무실로 건너온 집사가 티테이블을 정리하고 있었다. 킬리언이 그를 불렀다.

"에른."

"예, 주인님."

"이게 웬 꽃이지?"

에른이 그가 가리킨 화분을 보더니 답했다.

"주인님께서 화병에 꽂아 두신 꽃줄기에서 뿌리가 났기에, 시동이 화병을 갈며 옮겨 두었습니다."

킬리언이 멈칫했다. 무슨 꽃인가 생각났다. 뿌리가 나? 그게 언제 적 일인데…….

"……언제……."

"글쎄요, 잘 모르겠습니다. 이미 꽤 되었는데요."

금방 시들어 없어질 줄 알았던…… 잠시 방에 들였던 이름 모를 하얀 들꽃이 어느새 소리 없이 뿌리를 내린 채 삭막한 방을 밝히는 은은한 향기를 품어내고 있었다.

그렇게 말하는 게 아니었는데. 킬리언은 약간 후회하기 시작했다. 자꾸만 곱씹게 됐다. 이렇게 되지 않을 수도 있지 않았을까. 생애 처음 해 본 고백인데, 거절 당할 줄 몰랐던 건 아니지만, 그렇게 가차 없이 차인 게 충격이었나. 자꾸 미련이 남았다.

신중하게 접근했다면, 조금은 다른 반응을 기대할 수 있지 않았을까. 아무래도 그녀가 저를 싫어한다는 생각은 들지 않았다. 리에타는 그에게 진심으로 웃어 주었고, 그를 위해 정말 마음을 다했다. 그녀의 충정의 색은 단순히 목숨을 구해준 사람에 대한 감사, 그 이상으로 보였다.

……시간이 필요한 거 아니었을까. 리에타의 경우는 귀족의 강요가 그녀에게 큰 상처로 남았고, 많이 사랑했던 남편을 잊지 못하고 있으니까. 시간이 필요했던 거 아니었을까.

자신이 남자로 보이지 않으리라곤 생각되지 않았다. 킬리언은 객관적인 눈을 가지고 있었고 제가 사내로서 그렇게 매력 없는 사람이 아니라는 걸 알고 있었다. 돈도 권력도 능력도 뭐 하나 부족함 없고, 성품이야 좀 거칠어졌지만 경우 없이 나쁜 새끼는 아니니다.

유혹은 받아 보기만 했다. 솔직히 그간 유혹에 실패하지 않기 위해 그에게 필요한 것이라곤 '전혀 관심 없는 여자'와 '손 내밀면 맞잡을 여자'를 구분하는 정도의 눈치뿐이었다.

봄에 리에타한테 한 번 헛발질을 한 적이 있긴 하지만 그런 실수가 잦지는 않았다. 그 후론 리에타가 '전혀 관심 없는 쪽'이라는 걸 확실히 알게 되어 다시는 실수하지 않았고…….

해 본 적 없긴 하지만 작정하고 유혹하려 들면 할 수 있지 않을까 하는 자신감도 조금은 있었다. 그는 온갖 다양한 방식의 유혹들을 몸으로 체험하며 살아온 사람이었다.

황자였던 시절엔 시달렸다 할 정도로 접근해 오는 여자가 많았다. 놀랍게도 황실에서 내쳐진 직후 방황하던 악시아스 정착 초기에도 그랬던 시기가 있었다. 그때의 그에겐 칼 한 자루와 몸뚱이 말고는 정말 아무것도 없었는데도.

그러나 그때 접근해 왔던 여자들 사이에는 암살자도 적지 않게 섞여 있어, 아예 여자에겐 아주 형편없는 불한당이라는 이미지를 만들고 접근하는 여자들에게 철저히 벽을 세우며 쳐 내기 시작한 후에야 그는 약간의 평화를 되찾을 수 있었다.

결론은 근거 없는 자신감은 아니란 거다.

'영주님께서 그리 생각해 주는 분이시기에, 제가 지금 이 자리에 있네요.'

자신이 그녀에게 조금은…… 아니, 상당히 고마운 사람일 거라는 자각도 있었다. 그녀가 점차 자신에게 마음을 열어 간다는 것도 느꼈다. 두려워하는 기색이 거둬져 가고, 점점 더 많이 웃어 주고, 편하게 느끼는 것이 보이고, 경계심을 거두고 방심하는 것이 보이고…….

조금씩이지만 이제는 스스럼없는 행동이나 말도 한다. 밑바닥까지 꽝꽝 얼어붙은 줄로만 알았는데. 한겨울 혹한의 호수, 창백한 빙결 밑에 감추고 있던 여린 생명들이 보이기 시작한다. 어느새 얇아진 얼음벽 너머 언뜻 언뜻 움직이는 것들이 보이기 시작하고서야 안다. 아직 살아 있었구나.

리에타는 귀족을 두려워하고 조심스러워하는 성격이지만 생각보다 순진하고 틈이 많다. 자신에게 익숙해지면서 순간순간 그것을 잊는다는 게 보인다. 어쩌면 그녀의 어린 시절에 페르디안 세비타스가 있었기 때문일까.

동쪽 별채 여자들과 가까이 지내기 때문이리라고만 생각했는데……. 가끔 공허한 눈으로 앉아 아득하니 다른 곳을 쳐다보는 걸 알고 있지만, 그가 부르면 돌아본다. 오셨어요. 입을 열면서 미소한다.

힘들지 않을 리 없지만, 항상 힘들어하기만 하는 건 아니다. 사람은 회복하기 마련이니까.

자꾸만 아쉬운 마음이 들었다. 영영 후회할 짓을 한 거 아닐까. 내가 살면서 리에타 같은 사람을 또 만날 수 있을까. 이토록 마음을 움직이는 사람이, ……이런 사람이 앞으로 다시 있을까.

뒤늦은 첫사랑이었다.

기사가 되면 돌이킬 수 없다. 만약 내게 시간이 충분히 있었으면, 조금만 더 시간을 두고 천천히 말했다면, 리에타도 달리 생각해 주지 않았을까.

내가 좀 더 신중하게, 공들여 그녀의 마음을 열었더라면…… 그럼 그렇게 단박에 거절하진 못하지 않았을까. 조금만 더 그녀의 마음이 치유된 후에, 좀 더 그녀의 마음에 두려움이 가신 후에, 그녀의 지난 사랑이 사랑보다는 그리움으로 엷어진 후에.

킬리언은 자꾸만, 그녀가 거절한 이유에 대해 생각하기 시작했다. 그리고 만약을 가정하기 시작했다. 이랬더라면. 저랬더라면.

마음을 입 밖으로 내고 나자 자꾸만 미래를 생각하게 되었다. 조금 더 가까운 곳에, 오래도록 그녀를 곁에 두는 미래를. 내가, 기다린다고 한다면, 너는…….

하지만 이내 자신이 저질러 놓은 말들이 발목을 붙잡았다. 파랗게 질린 리에타가 안쓰럽고 안타까워서, 그런 말을 한 것이 미안해서 했던 말들.

젠장. 왜 그랬을까. 그렇게까지 할 건 없었는데. 제 손으로 무덤을 파고, 관을 짜고, 멋들어지게 광까지 내고 들어가 누운 걸로도 모자라 제 손으로 관 뚜껑을 덮고 못질까지 했다.

절대로 없을 거라고? 왜? 자연스러운 일인데. 평범한 일인데. 있을 수 있는 일인데. 내가 왜 그랬을까. 굳이 고백을 하면서 우리 사이에 절대 그런 일은 없을 거라고. 왜.

당장 어쩌자는 것도 아니었고 시간이 지나면 리에타의 마음이 바뀔 수도 있는 건데. 그럴 수도 있는 건데, 왜 나는 경솔하게 그런 소릴 했을까.

킬리언은 책상에 걸터앉은 채 물끄러미 책장을 쳐다보았다. 그의 손가락이 책장에 꽂힌 고전 로망스 소설의 책등을 부질없이 스쳤다. 연인. 기사. 연인.

『로즈와 하멜 백작』, 『얼음 여왕의 기사』, 『황제와의 하룻밤』, 『페레트라 극단』.

그의 손끝이 『페레트라 극단』에 가서 멎었다. 손가락 끝을 당겨 그걸 반쯤 빼냈다. 풋풋하거나 성숙한, 어리숙하고 바보 같은, 치명적이거나 절절하거나, 순수하거나 때론 그냥 별거 아닌. 『페레트라 극단』 속에서 에스라스와 마담 셸시아가 보여 준 대단한 희생이나 격정만이 아니라, 서로의 옷깃을 여며 주고, 그를 기다리며 달을 보고, 돌아오며 그녀를 생각해 꽃을 꺾던, 구스타프와 레나가 한 것도 사랑이라는 걸 이제는 조금 알 것 같다.

각자의 세계에서 나름대로 펼쳐지는 그들의 별것 아닌 이야기. 아름다운 어머니를 바라보던 어린 소년의 시간 속에도 그것이 있었다.

그저, 자꾸 눈길이 가고, 바라보면 행복하고, 조금 안타깝고, 시선이 마주치면 웃게 되는 그런 것. 다른 책들 사이에 끼인 채 반쯤 빠져나와 있는 책을, 그는 완전히 뽑지 않은 채 걸쳐 놓고 쳐다보았다. 손가락 끄트머리만 가져다 댄 채.

그녀와 마주한 식탁 위에도, 그저 잠깐 눈이 마주치는 순간에도, 축성을 기다리며 혼자 설레어하는 순간에도 그것이 있었다. 저 혼자 주워 왔던 이름 모를 꽃에 뿌리가 난 것을 보며 새삼스러워하는 순간에도, 실패한 고백을 곱씹는 순간에도, 그것이 있었다.

……이 이야기는 끝났을까. 내가 성급하게 그런 고백을 해 버리고 말아서. 『대공과 축성술사』가 아닌 『은혜 갚는 여기사』로. 그렇다면 정말로 싱거운 이야기겠는데.

킬리언은 책을 놔둔 채 고개를 위로 꺾어 물끄러미 천장을 보았다. ……어젯밤 축성을 하다가 이상한 행동을 한 거, 어쩌면 조금은 날 의식하기 시작한 건지도 모른다고 생각하는 건 너무 구질구질한 비약일까.

일렁이는 촛불이 비치는 하늘색 눈동자는 미세하게 떨리는 것처럼 보였다. 그렇게 흔들리는 유리 같은 눈으로 조금 난처한 양 저를 올려다보다가, 잠깐 눈을 깜박이듯 아래를 보다가, 조금 삐죽거리는 얼굴로 다시 올려다보는 그 순간순간이 참, 못 견디게 예뻤는데.

"분명히 뭔가가 있었어."

대무 후 만신창이가 되어 바닥에 널브러져 있던 레너드가 부스스 상체를 일으켜 앉으며 동조했다.

"……그런 것 같지?"

지젤이 고개를 돌려 그를 쳐다보았다.

"별말씀 없으셔?"

"없으셔."

"……둘 사이에 뭔가 있었던 게 틀림없는데."

"……그건 나도 비슷한 의견이긴 한데."

지젤이 심각한 얼굴을 하고 있다가 일어났다.

"알아보자."

"뭘?"

"내가 리에타를 떠볼게. 당신은 대공 각하를 맡아."

앓는 소리가 절로 났다. 또 그거야? 더는 안 될 것 같은데…….

'리에타의 입장을 생각해 봐. 상황을 알잖아? 나 아니라 누구라도 그런 감정을 가지고 접근하는 걸 달가워할까? 좋대도 말려야 할 판국에 그대들이 지금 아니라는 사람의 등을 떠밀 때야?'

'이 정도면 충분히 대답이 됐겠지. 나가.'

……그렇게까지 말씀하셨는데 어떻게 더……. 차라리 킬리언의 거절만이 걸리는 점이었다면 레너드는 더 들이대 볼 생각이 있었다. 하지만 킬리언으로부터 리에타의 입장을 생각하란 일침을 들은 후부터 레너드는 함부로 그런 소릴 할 수가 없게 되었다.

솔직히 말하면 킬리언의 명령이기 때문이라기 보단 리에타에게 미안해서 그럴 수가 없게 돼 버렸다. 대공 각하의 곁을 채워 주실 가능성이 유력해 보이는 여성분이라는 생각에만 일방적으로 눈이 멀어 축성술사님의 입장을 생각하지 못했다는 게 사실이었다.

레너드는 세비타스에서의 리에타를 처음부터 봐 온 사람이었고, 그녀의 내력을 직접 조사한 사람이었다. 이성을 잃은 리에타를 제 눈으로 보지는 못했지만 오랫동안 그녀의 처절한 몸부림을 봐 왔던 마을 사람들이 고개를 설레설레 저으며, 때론 눈물짓거나 분노하며 그녀의 딱한 사정에 대해 말하는 것을 직접 들었다.

그때는 남 이야기로 들었으니 와닿지 않았지만, 리에타가 어떤 절망의 밑바닥에 있었는지 그녀가 어떻게 살아왔는지 다른 사람들보다는 잘 안다고 볼 수 있었다. 그런데도 눈이 멀어 머릿속엔 꽃밭만 있었으니 솔직히 양심에 찔렸다.

레너드는 제 손바닥에 이마를 갖다 문질렀다.

"이젠 못 물어보겠어……."

"왜? 왜 못 물어봐?"

"……더 엮으려 들면 안 될 것 같다고."

지젤이 답답하다는 듯 눈썹을 꺾었다.

"누가 막 억지로 떠밀고 갖다 붙이래? 그냥 살짝 도움이 필요하신지 어떠신지 떠보기만 하면 되잖아."

레너드가 풀이 죽어 말했다.

"무슨 얘길 하면서 떠봐? 바로 얼마 전에 그래 놨으니 에둘러 말해 봤자 엮으려 든다는 속내가 보일 게 뻔한데."

"그 정도 요령도 없어?"

'요령 좋은 네가 해.' 소리가 차마 안 나와서 레너드는 마른세수를 하며 중얼거렸다.

"……대공 각하께서도 바로 얼마 전에 아니라고 잘라서 말씀하셨고……."

"사람 마음은 변하는 거라고. 분명히 최근에 뭔가 중대한 변화가 있었어. 당신도 느꼈잖아."

……지젤이 나보다는 축성술사님과 더 친할 텐데. 내가 오지랖인 걸까. 레너드는 갑갑한 듯 한숨을 내쉬었다.

"……너무 대공 각하 생각만 하는 거 아냐? 축성술사님은 원치 않으실 수도 있잖아. 넌 축성술사님이 그러시는 것도 봤다면서."

지젤은 레너드가, 지난여름 안나의 일과 카사리우스의 이름 앞에 무너져 내리던 리에타를 언급하는 것을 알았다. 지젤은 물끄러미 그를 내려다보다가, 레너드 옆에 나란히 쭈그리고 앉아 에휴 한숨을 쉬며 무릎에 턱을 괴었다.

"……봤으니까 그러는 거야."

표면적으론 킬리언만을 위해서인 듯 말해 왔지만, 사실 지젤은 그 장면을 봤기 때문에 더더욱 그들이 잘되었으면 좋겠다 생각하고 있었다. 리에타를 조금이라도 아는 사람이라면 누구나, 약해 보이는 겉모습과 달리 어떤 면에서는 뜻밖일 정도로 강하다고 말한다.

하지만 그녀를 가까이서 지켜본 지젤은 얼마나 그녀가 약하고 위태로운 상태인지 알고 있었다. 리에타는 한 번 무너지면 걷잡을 수 없이 무너진다. 그녀의 정신은 아직 제 트라우마를 견디지 못한다.

기억이 통째로 날아가는 것만 봐도 그렇다. 침착하고 의연한 얼굴을 하고 제가 잘 감추고 잘 견뎌 내고 있는 줄 알지만, 얼마나 티가 나는지 모른다는 점이 더 심각하다.

동쪽 별채는 리에타에게 나름의 의미가 되고, 쉼이 되고, 치유가 되는 사람들이지만, 리에타가 무너졌던 그날, 지젤은 자신이 그녀를 감당해 낼 수 없음을 알았다.

지젤은 동쪽 별채나 그녀가 좋아하는 이웃들만으로는 그녀를 짓누르는 고통의 무게를 견디게 해 줄 온전한 버팀목이 될 수 없다는 걸 받아들이고 있었다.

동쪽 별채 여자들과 스스럼없이 잘 지내고, 그들과 함께 있을 때 곧잘 웃기도 하고, 진심으로 즐거워하기도 하고, 어두운 기분에 함몰되는 일이 없어도.

그녀는 아직 제 상처를 드러내 보이지 못한다. 제 과거를 털어놓은 적도, 눈물 한 방울 제대로 보인 적도 없다. 그들을 믿지 못해서가 아니라 리에타 자신이 견디지 못해서다.

그건 그들이 잘 아는 누군가와 비슷했다. 제 기사들을 사랑하고, 제 땅을 사랑하고, 강하고 의연하게 보이지만, 그 역시 오래도록 벗어나지 못하고 있는 과거의 일이 있는 사람.

쑥스럽게 웃는 얼굴이 예쁜 순진한 친구. 가끔 멍한 얼굴로 먼 데를 쳐다보는 버릇이 있고, 머쓱할 땐 말간 얼굴로 목덜미를 누르고, 어려운 기분을 느낄 때는 손톱 끝을 뜯듯이 만지작거리는 버릇이 있는. 근래에는 그들이 선물해 준 손목의 팔찌를 손가락으로 감는 버릇이 생긴…….

뭐든 의지할 게 필요한 사람의 무의식이 자아내는 사소한 몸짓들을 지젤은 못 본 척해 주는 것밖에 하지 못했다. 타인이 침범할 수 없는 영역이라 여겨 왔다.

그러나, 십삼 년을 덮어 두었던 킬리언의 상처가 리에타를 곁에 두고 희미한 변화의 조짐을 보이기 시작하는 것을 지켜보며 지젤은 무언가 느끼는 바가 있었다.

어쩌면…… 리에타의 상처도 언젠가…….

"……일단 어떻게 돌아가고 있는 건지 파악이라도 해 봐야 원치 않는지 어떤지 알 수 있지 않겠어?"

지젤은 분연히 떨치고 일어났다.

"방법을 찾아보자. 당신은 나만 믿고 따라와."

지젤이 레너드의 어깨를 힘차게 두드렸다. "가자. 충신."

레너드가 푹 한숨을 쉬며 따라 일어섰다.

사람들 사이에 축성술사님에 대한 이야기가 뜨겁습니다.

리에타 님에 대한 호기심과 궁금증으로 이러쿵저러쿵하는 통에 사원 건립 자문팀이 제법 시달리는 모양입니다.

리에타 님의 능력이나 미모에 대한 이야기야 뭐 당연한 것이고

대체로 의도하신 대로 이야기가 흘러가고 있습니다마는,

역시 출신이 아쉽다는 이야기들을 많이 합니다.

평민이라는 것이나 과부라는 것, 수도원 출신의 고아라는 것도.

킬리언은 가만히 이마를 괴고 있던 손을 내려 종이를 정리했다. 예상하고는 있었지만 쉽지 않네. 평민이나 과부나 수도원 출신의 고아가 귀족이나 무뢰한이나 평범한 사람들로부터 핍박받지 않고 어려움이나 편견 없이 살 수 있는 땅.

제가 그녀의 손을 잡아 주지는 못하더라도, 그녀가 발 디딘 땅을 조금 더 좋은 곳으로…….

리에타가 계기가 되기는 했지만 리에타만을 위한 일은 아니었다.

리에타의 앞으로 수많은 서신들이 날아오기 시작했다. 리에타는 제 집을 비운 지 오래되었고, 내성의 축성술사가 악시아스 대공의 곁에서 떠나지 않는다는 이야기를 모르는 사람은 없었으므로 악시아스 성으로 직접 찾아오는 편지가 대다수였지만, 내성에 있는 그녀의 집에 쌓이는 편지들도 있었는데, 어쨌든 전부 킬리언의 손으로 들어왔다.

리에타는 아나이스에게 왔던 편지 세 통을 제외하곤 단 하나도 받지 못했다. 자신에게 수십 통의 편지가 오고 있다는 것조차 알지 못했다. 모든 편지는 킬리언의 손을 거쳐 집무실 벽난로 속에 떨어졌다.

리에타의 앞으로 온 서신들을 확인하고 불태우는 작업은 킬리언의 고정된 일과 중 하나가 되어 가고 있었다. 리에타가 본관의 축성을 위해 성을 순회하는, 리에타가 그의 곁에 없는 얼마 안 되는 시간에 이루어지는 작업이었다.

그녀에게 오는 편지의 대다수는 외부의 사원이나 사제들에게서 온 것들이었다. 그저 교류했으면 좋겠다며 인사를 건네는 정도의 편지가 가장 많았고, 사원에서의 연수를 제안하는 편지, 의도를 명시하지 않은 채 한번 만나 봤으면 좋겠다 제안하는 편지, 인사 삼아 축복의 말 따위를 적은 편지도 있었다.

전부 리에타가 성물의 계승자가 되리라 예측하고 추파를 던지는 놈들이었다. 킬리언은 전부 불태워 버렸다.

그리고 발신자를 알 수 없는 편지들도 있었다. 주제넘게도 겸허한 마음을 가지라는 것으로 시작해, 요부는 개심하라는 둥 마녀는 대사원의 성물을 넘보지 말라는 둥 개소리를 지껄여 놓은 악질적인 편지들도 있었다. 역시 전부 불태워 버렸다. 물론 발신자 추적하라는 명령을 할 수 있는 건 하고.

킬리언은 거의 리에타를 무균 상태로 보호하고 있었다. 처음에는 조심스럽게 편지를 열어 보고 원상태로 만들어 열어 보지 않은 척 리에타에게 건네주려는 노력이나마 기울이며 조금 미안한 마음을 가졌었지만, 이제 그는 그냥 막 편지를 뜯어 보고 있었다.

어차피 리에타 손에 들어가게 되는 편지가 없었…….

"……?"

습관적으로 편지를 뜯고 읽어 내려가던 킬리언이 멈칫했다. 정말로 오랜만에, 멀쩡한 편지였다. 리에타에게 전해질 가치가 있는……. 이 이름. 성에 납품하는 사람들이던가? 기억에 얼핏 그들을 반기던 리에타의 모습이 남아 있었다.

킬리언이 퍼뜩 에른을 올려다보며 물었다.

"이 편지 주고 간 사람들, 돌아갔나?"

"아가씨. 어쩜 그렇게 주방 바닥에 앉아서 그러고 계셨어요. 하녀 아이가 다친 것이 안쓰러우셨으면 따로 방으로 오라 부르시거나 콜브린 사제님을 불러 주셨어도 되었을 것을요."

오전에 축성을 보충하러 주방에 갔다가 마침 사고로 상처를 입은 하녀를 치유해 주었던 일에, 조용히 리에타를 독대한 시녀장이 충언했다. 리에타가 민망한 듯 웃었다.

"잠깐이면 해 드릴 수 있는 일이었는데요……."

시녀장은 한숨을 쉬고 말했다.

"아가씨. 상냥하신 분인 걸 저도 압니다. 저희도 사람인데 모시는 분이 다정하고 친절하신 것을 어찌 싫어할까요."

"……."

"하지만 하녀들에게 나란히 앉길 권하시고, 하녀들이랑 같이 허드렛일을 하려 하시고, 하녀 아이가 다쳤다고 그렇게 함부로 치유 마법을 써 주시고, 심지어 저희에게 존댓말을 하시고……. 그러시면 안 됩니다. 아랫것들의 기강이 흐트러집니다."

윗사람이 자애로우면 한도 끝도 없이 기어오르는 성정을 가진 아이들도 있는 법이고, 굳이 그러지 않아도 실수를 하는 아이들이 나오기 마련이다.

아랫사람을 존중하는 건 좋지만 너무 평민 티가 났다. 심지어 시녀장인 제게는 너무나 공손하기까지 했다. 하나도 기분 좋지 않았다. 다른 사람들에게 흉을 잡히고, 우습게 보일 일이었다.

리에타는 시녀장의 말에 손끝을 매만지며 고개를 숙였다. 모시는 분이라니.

"하지만 전 성에 고용된 신성 능력자이기도 한걸요……. 게다가 저는 평민이고 시녀장님은……."

시녀장이 고개를 저었다.

"악시아스 성은 신분이 중요한 곳이 아닙니다. 아시잖습니까."

악시아스 성은 성주인 킬리언부터 신분에 있어서 몇 번이나 큰 굴곡을 겪었다. 그의 주변을 채우는 기사들도 대부분 근본 없는 용병이나 평민 출신들이었다. 학자나 기사 중엔 귀족의 피가 흐르는 사람들도 있었으나 감히 이런 환경에서 제 출신이 고귀한 것을 자랑 삼을 만한 사람은 없었다.

머리로는 알고 있지만 오랫동안 세비타스에서 지낸 리에타에겐 도무지 적응이 되지 않는 일이었다. 시녀장이 간곡히 말했다.

"상냥하게 대해 주시는 것, 감사하고 있답니다. 하지만 전하의 곁에 서시는 이상 아가씨의 격이 대공 전하의 격을 대표하기도 한다는 것을 잊으셔서는 아니 되어요. 근래 성에는 외부인이 많이 드나들고 있고 보는 눈도 많습니다. 아가씨의 일거수일투족이 대공 전하의 얼굴이 됩니다."

특히, 수도에서 오신 사제 분들과 귀족들까지 지켜보고 있는데 그토록 뜨거운 소문의 중심에 선 아가씨가 대공 전하의 여인으로서 하녀나 시녀들에게 존댓말을 하다니 절대 안 될 말이었다.

이 아가씨는 저는 물론이거니와 아가씨보다도 어린 하녀 애들에게도 죄다 존댓말을 붙이고 제 이름을 허락했다. 물론 엄히 단속하여 아직은 감히 아가씨의 이름을 함부로 부르는 경우 없는 하녀는 나오지 않았지만.

모시는 아가씨가 고상하고 품위 있고 모두가 우러러볼 만한 품격을 갖추지 못하고 이런 심각한 실수를 한다는 건 시녀장인 그녀의 책임방기, 직무유기로까지 느껴졌다. 위아래가 바뀐 것 같은 꼴에 누가 볼까 노심초사할 노릇이었다.

"……시녀장님."

"시녀장. 혹은 리엔. 이름을 부르시고 하명하십시오."

"……당치 않아요. 저는 대공 전하의 얼굴이 될 정도의 사람이 아니에요. 일개 축성 능력자고, 잠시 머무는 애첩이 방자하게 구는 것이 더 흉잡힐 일이라고 생각해요. 저 같은 과부가 아가씨 소리를 듣는 것도 분수에 맞지 않는 일이고요."

킬리언이 문 밖에서 문고리를 열려다 안쪽에서 들려오는 소리에 멈추었다.

"대공 전하를 가장 가까이서 보필하시는 아가씨께서 어찌 그리 말씀하십니까. 게다가 잠시 머무는 애첩이라니요. 대공 전하께서 아가씨처럼 아끼시는 분이 없으신데……."

리에타가 어색하게 웃었다. "……그런 총애가 언제까지 가겠어요."

시녀장 리엔이 이번의 말에는 정말로 놀란 얼굴이 되어 리에타를 바라보았다.

"아가씨……."

시녀장은 뜻밖의 걱정스런 표정으로 고개를 숙이며 말했다.

"혹시…… 대공 전하께서 아가씨를 서운하게 하신 일이 있습니까?"

벌컥. 문이 열렸다. 시녀장이 당황한 얼굴을 했다가 얼른 표정을 추스르며 일어섰다. 리에타도 조금 놀란 얼굴로 따라서 일어섰다.

"……오셨어요."

말한 후에야 "영주님을 뵙습니다." 하는 소리가 나오지 않았다는 걸 깨달았다. 시녀장이 저를 윗사람 취급하여 인사를 올릴 권리를 돌리고 물러서 있던 것이었다. 킬리언은 아무것도 듣지 못한 양 잠깐 리에타를 쳐다보다가 슥 입매를 올려 웃으며 고개를 기울였다.

"내 곁에 있으면 시간이 빨리 간다는 뜻이겠지."

리에타가 입을 다물었다. 킬리언이 담담하게 시녀장을 향해 말했다.

"시녀장은 물러가 집사에게 할 일을 듣거라."

"예."

시녀장이 고개 숙이고 물러갔다. 리에타는 약간 당황한 얼굴로 조심스레 그를 올려다보며 손끝을 만지작거렸다.

완전히 둘만 남자, 리에타는 망설이다 입을 열었다.

"저……. 제가 실수를."

"실수한 거 없어. 그게 그대다우니까. 하고 싶은 대로 해. 그대가 제일 잘할 수 있는 방식으로."

킬리언은 담담하게 웃었다.

"다만 그대는 좀 더 자신을 소중하게 여겨 주고."

그가 툭, 리에타의 머릴 쓰다듬었다.

"여인으로서가 아니더라도 나는 그대를 오래 총애하여 곁에 둘 생각이니, 그런 말은 하지 마라."

리에타는 살짝 목을 움츠렸다가, 고개를 숙이듯 끄덕였다.

"……네."

가을 수확제를 앞두고 사방에 커플이 속출하고 있었다. 악시아스 성도 예외가 아니어서 성의 고용인들끼리, 혹은 외부인들과 섞여 둘씩 짝을 이

루어 어울리며 곳곳에서 별을 본다, 꽃을 본다, 축제를 본다 난리들이었다. 아디프의 정성이 빛을 보기 시작하는지 은빛 늑대와 시나몬 빛 고양이도 서로의 몸에 기대어 한가로운 가을볕을 쬐게 되었다.

악시아스 기사단에서도 이상 기류가 곳곳에 포착되며 제각기 취향에 따라 알콩달콩 풍기 문란과 꼴불견 들을 이루었지만 어쩐지 리에타의 주변과 동쪽 별채는 잠잠했다.

핑크빛 소식은 뜻밖의 곳에서 가장 먼저 들려왔다. 악시아스 성으로 찾아온 넬라와 마틴이 무려, 결혼한다는 소식을 전해 왔다.

"……!"

리에타는 오랜만에 만나는 반가운 사람들의 놀라운 소식에 할 말을 잊고 입을 가렸다. 넬라가 방긋 웃으며 어깨를 으쓱했다.

"일단 첫 번째 결혼 상대로는 그렇게 나쁘지 않은 거 같아. 경험이라는 건 중요하니까."

곧 결혼할 예비 신랑을 앞에 두고 하는 넬라의 망발을 마틴이 산뜻하게 받아쳤다.

"먼 훗날 네 삶을 회고할 때 그때 마틴과 함께했던 때가 내 인생의 최고 황금기였구나, 반추할 수 있게 해 줄게."

넬라가 다정하게 그의 팔짱을 끼며 미소했다.

"야망을 이루기 위한 당신의 노력 기대할게."

마틴이 제법 정중하게 그녀의 손을 잡고 손등에 키스했다.

"지켜봐."

아무튼 죽이 잘 맞는 커플이었다. 리에타를 쉽게 만날 수 없으리라 지레짐작하고 있던 넬라와 마틴은 편지를 써서 결혼 소식을 전하려 했는데, 리에타에게 들어가는 편지를 모조리 검열하고 있던 킬리언의 손에 먼저 그것이 들어갔다.

그녀가 오랫동안 이웃들을 만나지 못하고 있었음을 떠올린 킬리언은 바로 이들이 돌아갔느냐고 물었다. 다행히 그들은 아직 성에 남아 납품 일을 처리하고 있었고, 두 사람에겐 일을 마친 후 본관으로 가서 리에타를 만나고 가라는 분부가 떨어졌다.

그들은 무려 영주가 머무는 본관으로 불려 갔고, 그래서 이 급작스런 면회가 성사된 것이었다. 뒤늦게 말문이 트인 리에타가 놀란 얼굴로 활짝 웃으며 넬라를 포옹하고 축하와 축복의 말을 전했다. 넬라가 방긋 웃으며 고맙다고 답했다.

막 결혼 성사 비화를 이것저것 물으려는 찰나, 똑똑, 응접실 문을 두드리고 나타난 시녀장이 정중히 허리를 숙여 인사하며 말했다.

"아가씨. 드레스룸에 손님 모실 다과 준비를 해 두었습니다."

리에타가 주춤 몸을 돌리고 그녀를 향해 마주 고개를 숙이려고 했다. 순간 눈이 마주친 시녀장이 리에타를 보며 살짝 눈썹을 꺾고 웃었다. '감사합니다, 시녀장님.' 소리가 나올 뻔하다가. 그녀에게 주의를 들은 일이 떠올라 주춤 허리를 펴며 말을 고쳤다.

"고마워요, 시녀장."

시녀장이라는 소리에 넬라와 마틴의 눈이 휘둥그레졌다. 시녀장이 부드러운 얼굴로 생글 웃고 다시 한번 허리 숙여 인사한 뒤 뒷걸음으로 물러갔다. 리에타는 머쓱하게 목덜미를 만지며 뒤쪽을 가리켰다.

"어……. 준비를 해 주셨다니 올라갈까요?"

"정말 들어가도 되는 거야? 진짜로?"

내성에서 잡화점을 경영하는 데다, 납품을 위해 성 안에 들어가는 일도 종종 있는 넬라와 마틴이었지만 영주님이 머무시는 본관 안에 들어가 구경을 해 본 적은 없었다. 그들은 조금은 설레어하고 조금은 쭈뼛쭈뼛하며 소문이 자자한 리에타의 드레스룸으로 함께 올라갔다.

문을 열자마자 물씬 달콤한 냄새가 풍겨 왔다. 좀 전에 그들이 있었던 응접실이 우습게 보일 정도로 으리으리한 방에 넬라와 마틴의 눈이 휘둥그레졌다. 솔직히, 리에타도 그만 놀라고 말았다.

방 한가운데에 고풍스러운 레이스로 덮인 원형 테이블이 배치되어 있고 커다란 은쟁반 위에 초콜릿과 치즈, 연유, 꿀이 녹아 흘러내리는 네 개의 커다란 퐁뒤 분수대들을 위시하여 다과상이라 부르기 황송할 정도의 웅대한 디저트 한 상이 차려져 있었다.

라트리아 의상실에서 왔을 때와 같이, 소문을 밖으로 날라 줄 사람들이기 때문에 신경을 쓰신 걸까 짚이는 데가 있긴 했지만, 엄밀히 그들은 공적인 손님도 아닌데. 평소보다 확연히 힘이 들어간 상차림이었다.

그들의 용무가 예사 안부 인사는 아님을 짐작하기라도 한 듯 온통 커플을 위한 디저트의 절정이었다. 넬라가 딸꾹질을 시작했다. 마틴은 멍하니 입을 벌린 채 테이블을 쳐다보았다. 리에타도 당황했지만 그들이 놀란 만큼은 아니었다.

혹시 다른 일정이 있으신데 저희가 귀하신 시간을 빼앗은 건 아니냐는 눈빛을 보내 오며 둘의 자세가 급격히 공손해지고 있었다. 리에타가 어색하게 손을 내저어 수습하려 했다.

"하, 항상 이런 건 아닌데……."

리에타가 기어들어가는 목소리로 중얼거렸다.

"여, 영주님께서 신경 써 주셨나 봐요……."

한참 후에야 간신히 충격에서 헤어나온 그들은 다과를 탐하기 시작했다. 맛이야 기가 막힌 것은 두 번 말할 필요가 없었다. 평소에도 솜씨 좋은 주방장이 혼을 갈아 넣은 듯한 역작들이었다.

온갖 과일을 종류별로 퐁뒤에 담가 먹다 못해 케이크까지 치즈와 초콜릿에 담가 먹기 시작한 넬라가 탄복한 얼굴로 한숨을 쉬며 말했다.

"와……. 영주님 총애가 대단하다고 말로는 들었는데……. 정말 상상 초월이다. 우리, 자기 친구라고 귀빈 대접 받는 거야?"

마틴이 넬라의 입가와 머리카락에 묻은 치즈를 닦아 주며 슬그머니 물었다.

"이거 남으면 우리 좀 싸 가도 되나? 넬라가 정말 좋아하는 건데."

"그럼요. 시녀장님께 부탁드릴게요."

세상에, 세상에를 몇 번이나 중얼거리며 넬라가 방을 두리번거리며 살폈다.

"이게 겨우 자기 '드레스룸'이라고? 저기 침대도 있는데. 침실은?"

침실은 평범한 방이었지만 그런 걸 해명할 순 없어서 리에타는 얼버무렸다.

"침실은…… 따로 아래층에."

"와아."

넬라가 눈을 동그랗게 뜨며 찬탄했다. "……혹시 영주님 침실은?"

"아, 영주님 침실은 옆방……."

어머머머. 하며 넬라가 입을 가렸다.

"세상에. 진짜 우리 여기 들어와도 되는 건가?"

"어후……. 리에타 정말 대공비 되는 거 아냐? 혹시 좋은 소식 있으면 우리도 전해 들을 수 있어?"

아무리 그녀가 '총애 받는 애첩'이라는 오해를 사서 받으려는 입장이어도 그런 추측은 너무 나간 것 같아서 리에타는 난처하게 웃으며 고개만 저었다.

"설마요."

"왜, 왜? 애정이 풀풀 느껴지는구만."

"이렇게나 아끼시는데."

라트리아 의상실에서 왔을 때는 임무라는 생각이 분명해 침착하게 응대할 수 있었는데 역시 이런 식으로 친구들에게 보이기는…… 태연하게 굴기는 쉽지 않았다. 다행히 리에타가 부담스러워 한다고 생각했는지 그들은 더 이상 호들갑을 떨진 않았다.

리에타는 모르고 있었지만 그녀는 엄청난 소문의 중심에 서 있었다. 대공과의 염문도 염문이거니와 악시아스 전역을 휩쓸며 봉사를 펼치는 황제의 사제들조차 그녀 얘기만 나오면 분위기가 심상치 않아 엄숙한 얼굴로 말을 아끼거나 긍정적인 태도로 찬사를 하거나 한 마디라도 그녀에 대해 더 들어 보려고 촉각을 곤두세우거나 했다.

소문은 끝을 모르고 부풀고 있었다. 넬라와 마틴이 리에타를 만나기 어려우리라 생각했던 이유였다.

넬라와 마틴은 거의 밤이 될 때까지 머물다 떠나갔다. 리에타는 소녀 같은 얼굴을 하고 그들을 배웅했다. 동쪽 별채 여자들과 있을 때와는 또 다른 모습이었다. 넬라와 마틴을 보내며 기쁘고도 설레어 하는 얼굴을 한 리에타를 뒤에서 지켜보던 지젤이 별안간 선언했다.

"저거다."

"뭐?"

그녀가 레너드의 손목을 붙들며 홱 고개를 돌렸다.

"우리 사귄다고 하자."

"엥?"

지젤은 눈을 반짝이며 주먹을 치켜들어 붕붕 흔들었다.

"주변을 꽃밭으로 만들어 주자고! 왜 이 생각을 진작 못했지?"

레너드가 기막힌 얼굴로 항변했다.

"말도 안 되는 소리 마."

지젤이 눈을 깜박이며 의아하게 반문했다.

"왜 말이 안 돼?"

레너드가 버럭 소리쳤다. "제대로 속일 수 있을 리 없잖아!"

지젤이 눈을 찡그렸다.

"어후, 귀청이야. 아니 뭐 대단한 연극이라도 하재? 말이나 그렇게 하자고. 자세한 건 둘만의 시간에 알아서 한다고 하면 되지."

레너드는 말문이 막혔다가, 간신히 반박했다.

"그런 부질없는 거짓말을 해서 얻을 수 있는 이익이 우리가 짊어져야 하는 리스크를 상회해?"

"무슨 리스크씩이나. 어차피 지금 당신 관심 있는 여자 없잖아?"

"그……."

"수확제 같이 즐길 파트너가 필요해서 잠깐 사귀기로 했다고 하든가."

"말도 안 되는."

"그럼 그냥 사귀는 걸로. 적당히 우리 목적이 이루어지면 합의하에 관계 정리한 걸로 해."

"이봐. 지젤."

"오히려 당신이랑 날 엮으려 드는 이야기들은 깨끗하게 정리될 여지가 있겠는데. 이미 한 번 만나 봤지만 안 맞아서 헤어졌다고 하면……."

"나는 그런 소문 싫어!"

지젤이 혀끝을 깨물었다.

"아……. 그런가. 최소한 대공 전하의 애첩이랑 엮인 최측근 심복 기사네. 기사단장과 부기사단장이 헤어진 연인 사이라는 게 퍽이나 보기 좋지도 않을 것 같고."

"……."

"그럼 비밀로. 리에타한테만 활용하자. 우리 사귀는 건 비밀이야. 이러면 어디 소문 날 리스크는 없으니, 됐지?"

"지젤."

"얻을 수 있는 이익이야 명백하지. 핑크빛 분위기 조성하는 건 물론이고, 이야기 꺼내기도 훨씬 쉬워질걸?"

"……."

"내가 다 알아서 할게. 당신은 필요할 때 입이나 맞춰 줘."

"……."

레너드의 얼굴이 흙빛으로 구겨졌다.

"정말요?"

레너드와 만나 보기로 했다는 지젤의 폭탄선언에 리에타는 눈이 동그래졌다.

"와! 언제부터?"

지젤이 배시시 웃었다. "얼마 안 됐어."

그렇게 아니라더니! 리에타가 놀란 얼굴로 입을 가렸다.

"세상에……. 전혀 눈치 못 챘어요."

당연하지. 당사자들도 모르는 일이었으니까. 지젤이 웃으며 입술 앞에 둘째손가락을 올리고 목소리를 낮췄다.

"쉿. 리에타한테만 말하는 거예요. 영주님도 모르셔."

리에타도 목소리에 덩달아 자세까지 낮추며 속닥였다.

"영주님께도 비밀이에요?"

"응. 뭐……. 솔직히 얼마나 만날지도 모르는 거니까. 막상 잘 안 맞아서 그냥 동료로 돌아가게 될 수도 있는 거고."

지젤이 어깨를 펴며 산뜻한 태도로 한쪽 눈을 찡긋했다.

"공사는 구분할 거예요. 앞일은 모르는 거니 일단 비밀로 해 줘요."

리에타가 얼른 끄덕끄덕했다.

"응……! 그럴게요."

세상에. 기사단장과 부기사단장 커플이라니. 잘됐으면 좋겠다. 리에타가 소녀처럼 눈을 빛냈다.

"좋아하는 사람이 계속 곁에 있으니까 좋겠어요."

지젤이 어깨를 으쓱하고 말했다.

"장점이기도 하고 단점이기도 하고 그렇지 뭐……. 아무래도 자주 보니 정들긴 하는 것 같아요."

지젤이 리에타의 말간 낯을 쳐다보았다. 정말이지 좋은 방법이 아닌가. 지젤이 이야기해 보고 싶은 화제에 대한 문턱이 확 낮아진 게 느껴졌다.

……리에타는 혹시 그렇게 정드는 사람 없어요? 아니야. 너무 속 보이는 질문이다. 리에타는 혹시 요즘 신경 쓰이는 사람……. ……아니야, 아니야. 이건 너무 내 행복에 취해서 리에타의 상황을 배려하지 않는 성급하고 무례한 질문이야.

지젤은 머릿속으로 묻고 싶은 얘길 꾹 참았다. 리에타는 제 자매의 일처럼 좋아하며 축하해 주고 예의를 넘지 않는 선에서 이것저것 궁금한 것을 물어보았다. 지젤은 노코멘트 없이 청산유수로 술술 대답해 주며 웃었다.

둘이 잘 어울린다거나, 레너드를 칭찬하는 소리에는 새침한 얼굴로 박한 평가를 하긴 했지만 내심 싫은 기색은 아니었다. 리에타가 생글거리며 천진하게 질문했다.

"지젤은 레너드 님의 어디가 제일 좋아요?"

어디가 제일 좋냐고? 으음. 지젤은 눈을 아래로 깔며 곰곰이 생각하다가 대답했다.

"검술……?"

의외의 대답에 리에타가 어리둥절한 얼굴로 눈을 깜박였다.

"검술요?"

지젤은 스스로의 대답을 되새겨보는 듯 잠시 침묵하다, 이내 희미한 미소를 지으며 천천히 끄덕였다.

"응. 검술."

리에타는 하나도 이해 못한 얼굴로 멍하니 지젤을 쳐다보았다.

"레너드의 검은 묵직하고 고지식한 게 ……레너드 같은 데가 있거든요. 요령 부릴 줄 모르고, 조금 느리지만 성실하고 우직하고……."

지젤이 손에 들고 있던 양산을 휘릭, 움직여 세우며 고개를 들었다. "들어 봐요, 리에타."

지젤의 양산이 리에타로선 이해할 수 없는 궤적을 그리며 움직였다. 아래서 위로 올려 치는 건 힘과 속도에 한계가 있어요. 이러쿵저러쿵한 상황에서 여길 이렇게 베면 여길 이렇게 찔러 들어왔을 때 필연적으로 약점이 생기게 되거든요. 그건 이러쿵저러쿵하기 때문에 정말로 극복하기 어려운 약점이에요. 대공 각하 같은 괴물이 아니고서야, 솔직히 영영 극복하지 못할 거라고 생각했는데…….

지젤의 눈빛이 묘하게 변했다.

"……극복했더라고요."

리에타는 하나도 이해 못한 듯 멍한 얼굴로 지젤을 쳐다보았다. 지젤이 가만히 양산 끝을 응시했다.

"솔직히, 레너드가 천재적이라거나 재능 있다고 생각해 본 적 없었는데. ……그렇게 의심하지 않고 끈질긴 것도 재능의 일종이겠죠. 결국 해법을 찾아내고 말았으니 말이에요."

리에타는 곰곰이 생각하는 얼굴이 되었다가 감명 받은 얼굴로 끄덕였다. 검술을 하는 사람들 사이의 교감…… 같은 건가?

"그런 정석적이지만 뻔한 검술로 그 정도 실력이라는 건 정말로 노력했다는 뜻이에요. 다른 사람들이라고 노력하지 않는 게 아닌데. ……레너드는 정말로 끈질겨요."

설명하던 지젤이 잠깐 침묵하며 모호하게 눈을 내리깔았다. 리에타는 그런 표정을 하는 지젤을 처음 보았다. 내내 산뜻 발랄한 얼굴이다 처음으로 진지한 눈을 하고 아래를 내려다본다. 그러다 퍼뜩 정색하며 재빨리 덧붙였다.

"눈치 없고 센 척하는 건 별로지만."

리에타가 눈을 크게 떴다. "레너드 님이 눈치가 없어요?"

지젤이 찡그리며 웃었다.

"눈치만 없다뿐인 줄 알아요? 글쎄 몇 년 동안이나 내가 영주님 연인이거나 최소한 옛 연인쯤은 되는 줄 알았다지 뭐에요. 바보 아니야?"

지젤이 하늘을 우러러보며 개탄했다.

"이제야 말하는 거지만 우리 '동쪽 별채' 여기사들 중에 영주님이랑 연애 비슷한 거라도 해 본 여자는 하나도 없거든요. 남자 기사들도 거의 다 알고 있는 얘긴데. 세상에, 전하의 최측근인 데다 부기사단장이면서 대체 레너드는 몇 년 동안이나 무슨 오해를 하고 있었던 건지."

저런, 세상에. 리에타는 고개를 끄덕끄덕 하며 지젤의 이야기에 귀 기울였다. 지젤은 태연하게 조잘거리며 리에타의 반응을 살폈다. 놀라지 않네?

확인하지도 않고.

이건 이미 알고 있는 사람의 반응이었다. 자신은 물론이고 동쪽 별채에 영주님의 옛날 애인이 한 명도 없다는 소리에 놀라는 기색이 없다.

누가 말해 줬을까? 그걸 말해 주었을 가능성이 가장 높은 사람은 물론 리에타와 근래 가장 많은 시간을 함께 보내고 있는 그분이었다. 정말로 대공 각하였을까? 그렇다면 어떤 맥락에서 말해 주신 걸까? 지젤이 슬쩍 화제를 돌리며 물꼬를 텄다.

"아무튼 수확제를 혼자 보내지 않게 돼서 그건 좋아요."

리에타가 물었다.

"계획 있어요? 기사님들은 축제를 어떻게 보내요?"

지젤이 도르륵 눈을 굴리며 입술을 동그랗게 모았다.

"우리야 순찰 핑계로 돌아다니면 그게 데이트지 뭐."

데이트. 리에타가 아주 잠깐 멈칫했다. 어? 방금……. 지젤은 묘한 기색을 감지했지만 너무 짧아서 그게 뭔지 알 수 없었다. 리에타의 표정엔 어느새 티 없는 웃음뿐이었다. 잘못 봤나?

"그러고 보니 리에타. 악시아스 축제는 처음이겠네. 수확제, 구경하러 갈 거죠?"

리에타가 애매하게 웃었다. "글쎄요……."

지젤이 슬그머니 떠밀었다.

"에이. 영주님께 말씀드리면 하루 정돈 빼 주실 텐데. 안내도 해 주실 테고. 다녀와 봐요."

지젤이 웃으며 넌지시 농담처럼 던졌다.

"그냥 티그리스 타고 한 바퀴 돌고 와. 일정은 펑크 나지 않게 미리 말하고 가고."

이 정도는 괜찮겠지? 리에타가 눈을 깜박이며 지젤을 쳐다보았다.

'지젤이나 레너드는 내가 그대랑 연애하길 바라나 봐.'

리에타는 물끄러미 바라보다 그녀를 불렀다.

"지젤."

"응?"

리에타가 웃었다. "저, 유예 기간이 끝났어요."

지젤이 놀리듯 웃으며 리에타를 쳐다보았다.

"리에타, 아직 승마 멀었던데?"

'혹시 레너드나 지젤이 그대에게 기사단에 들어가지 말라고 하지 않던가?'

'무슨 소릴 들었을지 모르겠지만, 신경 쓰지 마.'

"기사단장님."

"……응?"

리에타가 고개를 기울이며 웃었다.

"폐 끼치지 않을게요. 더 열심히 할게요."

"……."

지젤이 미묘한 얼굴로 리에타를 바라보았다. 리에타의 손목에 감긴 팔찌에서 늘어뜨려진 은빛 앙크 십자가가 손안에서 작게 흔들렸다.

"제가 많이 부족한 사람이긴 하지만……, 기사단에 신성 능력자가 있으면 도움이 되지 않을까요?"

"그야……."

지젤이 말꼬리를 흐렸다.

"그러니까 나, 승마 좀 가르쳐 줄래요?"

……응? 지젤이 눈을 깜박이며 리에타의 얼굴을 찬찬히 살폈다.

"리에타는 영주님이…… 가르쳐 주고 계시잖아요."

리에타가 그녀를 보며 웃었다.

"영주님은 바쁘시니까…… 난 더 연습하고 싶어요."

"나도 바빠. 연애하느라."

"그럼 레이첼이나 세이라……."

"걔들도 바빠요."

리에타가 배시시 웃었다.

"말을 타지 못하면 기사가 될 수 없다는 거, 정말이에요?"

지젤이 멈칫하며 눈을 깜박였다. ……어떻게 알았지? 이미 기사단원들과는 모두 입을 맞춰 둔 상태였다. 기사단 입단에 승마는 기본 소양인 걸로 리에타에겐 사기를 치기로.

그 작전이 공유되지 않은 건 킬리언뿐이었다. 리에타는 다 안다는 듯이 웃으며 지젤의 얼굴을 쳐다보고 있었다. 잡아뗄 수가 없다. 알고 묻는 게 틀림없었다.

쉽게 당황하지 않는 지젤이 저도 모르게 버벅였다.

"난 되, 될 수 없다곤 안 했는데. 곤란하다고 했지."

리에타에게 뜻밖의 카운터를 당하고 당황한 지젤은 마음이 급해져 레너드에게 달려갔다. 이거 틀림없이 좋은 분위긴데! 지금 뭔가 가선 안 될 길로 가고 있어. 대체 뭐가 어떻게 돌아가고 있는 거야?

"이대론 물 건너가기 직전이라고!"

이렇게 손 놓고 있을 거야? 우리가 뭐라도 해야 하는 것 아니야? 지금 중요한 순간이 틀림없다고 내 육감이! 오장육부가! 우주의 기운이 말해 주고 있는데!

속사포처럼 이어지는 지젤의 이야기를 듣고 있던 레너드가 정신을 차렸을 땐 이미 킬리언의 앞이었다. 레너드는 거의 정신을 놓은 채 열변을 토하는 저 자신을 깨닫고 망연해졌다.

"대공 각하. 한 번 더 생각해 보십시오. 사랑은 별 게 아니라니까요. 상대방을 염려하는 마음, 그 사람에게 자꾸만 눈이 가고, 눈이 마주치면 웃음이 나오고, 그 사람을 생각하면 마음이 따뜻해지는……."

지젤은 멍하니 레너드의 열변을 쳐다보았다. 뭐야 이 얼간이는? 떠보라고 보냈더니 이런 식으로 하고 있었단 말이야? 이렇게 해서 멀쩡한 대답이 나올 리가 없잖아! 곧바로 킬리언이 인상을 썼다.

"또 시작이야? 보고나 해."

그러나 자포자기한 상태로 정신을 차린 레너드는 오히려 그의 그런 태도에 자극 받았다. 레너드가 진지하게 두 주먹을 불끈 쥐고 대답했다.

"각하. 거창한 게 아닙니다. 사랑의 형태는 다양하고 사람마다 관계마다 다른 색깔을 가지고 있어요. 그건 생각하시는 것보다 훨씬 더 평범한 것일지도 모릅니다. 대공 각하께서 지금 가지고 계신, 그분을 가엾어 하시는 마음도……!"

킬리언이 퉁명스레 레너드의 말을 잘랐다.

"더 이상 말할 필요 없어. 그대 말이 맞으니까."

"예?"

"리에타를 좋아하는 게 맞다고."

레너드의 눈썹이 아래로 처지며 실망스런 낯빛이 되었다.

"각하. 대충 무시하려 하지 마시고 진지하게 대답해 주십시오. 저는 제 검과 목숨과 충정을 걸었습니다."

킬리언이 서류를 들고 있던 손을 책상 위에 툭 내려놓고 똑바로 레너드를 쳐다보았다.

"알아. 진심이고, 고백도 했어."

잠시 자신들이 무슨 이야기를 들은 건지 이해하지 못한 지젤과 레너드가 벙 찐 얼굴로 서로를 마주보았다가, 동시에 비명처럼 소리쳤다.

"예에?"

소리가 너무 커서 킬리언이 눈을 찡그리며 몸을 뒤로 물렸다.

"고, 고백이요? 무슨 고백이요?"

"리에타에게 고백하셨다는 말씀이세요? 설마 좋아한다고?"

"……뭐 그런 취지로."

둘의 입이 딱 벌어졌다.

"대체 언제?"

"뭐, 뭐라고 말씀하셨어요?"

킬리언이 인상을 썼다.

"아무리 내 성에는 비밀이 없다지만, 내가 그런 것까지 그대들에게 말해야 하나?"

"이것만 대답해 주세요!"

지젤이 레너드를 밀치고 다급하게 앞으로 나섰다.

"리에타가, 받아들였나요? 진지하게 만나 보기로 하신 거예요?"

킬리언이 못마땅한 낯으로 둘을 번갈아 쳐다보았다. 둘 다 대답을 듣기 전에는 결코 물러서지 않을 태세였다. 킬리언은 짧은 한숨과 함께 입을 열었다.

"앞서 나가지 마. 마음이 가는 건 사실이지만 심각한 감정은 아니고 대답할 필요도 고민할 필요도 없다고 했으니."

"예?"

지젤과 레너드의 표정이 해괴해졌다.

"레너드에게도 말했지만 리에타는 지금 누굴 만날 상황이 아니야. 남편을 보낸 지 일 년이 채 안 됐고. 많이."

킬리언이 잠깐 말을 멈추었다가. "사랑했던 모양이더군."

툭 던지듯 맺었다. 그리고 여느 때처럼 냉정하고 차분한 붉은 눈이 그들을 향했다.

"보고해."

"뭐지?"

넋이 나간 레너드가 허망하게 중얼거렸다.

"마음조차 부정하셨던 분이 이미 고백까지? 너무 빠르잖아? 대체 무슨 일이 있었던 거야?"

"……."

좋아는 하지만 많이 좋아하지는 않고 대답도 고민도 할 필요 없다고? 아무리 생각해도 고백하는 남자가 해서는 안 될 헛소리를 하셨을 가능성에 무게가 실리고 있었다.

자신에게도 있는 첫 번째 고백의 흑역사를 떠올린 레너드는 설마 자신이 주군에게 실시간으로 흑역사가 생기는 것을 막지 못한 것인가 하는 불길한 예감에 휩싸였다. 골똘히 생각에 잠겨 있던 지젤이 조금 눈을 찌푸리며 입을 열었다.

"아냐……. 아냐. ……차라리 난 나쁘지 않은 것 같아. 솔직히 어떤 고백이든 지금 리에타한테 받아들여졌을 것 같지 않거든."

지젤은 한 찰나 그들의 주군의 얼굴에 스쳤던 뭐라 설명하기 어려운 표정을 떠올렸다. 남편을, 많이 사랑했던 모양이라고? 동쪽 별채 그 누구에게도 말한 적 없던 떠난 남편 이야기, 영주님께 털어놓은 걸까? 두 사람 사이에 대체 어떤 대화가 오갔던 걸까?

"어쩌면……. 우리가 간섭하지 않는 게 나을지도 모르겠어."

"뭐?"

지젤이 제 말을 확인하듯 고개를 한 번 주억거린 후 레너드를 쳐다보았다.

"그래. 손 떼자. 대공 각하께 맡기자."

레너드는 배신당한 표정으로 그녀를 쳐다보았다.

"손을 떼자고?"

어떻게 그럴 수가 있어. 각하께 축성술사님은 놓치면 안 되는 여자라면서. 분명 여자가 듣기에 결코 좋지 않을, 해선 안 되는 소리가 섞인 고백이었던 게 틀림없었다. 망하는 길로 접어들고 있는 게 보이는 이 사태를 뻔히 두고 그냥 손을 떼라니?

"당신이 했던 말대로 우린 물러서는 게 낫겠어."

여태까지 레너드가 주장했던 내용이었지만 오히려 지금은 지젤과 의견이 뒤바뀌어 버린 꼴이었다.

"아니, 도움이 필요하다는 네 말이 옳았던 것 같은데."

지젤과 레너드는 한참을 옥신각신했다. 그러나 레너드는 지젤을 이겨먹은 적이 거의 없었다. 레너드는 결국 머리를 싸쥐었다.

"미치겠네. 물가에 어린애 내놓은 심정인데."

대공 각하. 거긴 아니에요. 그쪽은 아니라고요. 첫사랑에 방황하는 사춘기 청년이 할 법한 고백이긴 한데, 그런 게 내 주군의 고백이어선 안 된다. 지젤이 한숨을 내쉬며 미간을 눌렀다.

"됐어. 뭐든 빨리 배우시잖아. 모르겠어? 우린 뒤집기를 시켜야 한다고 생각했는데 어느새 혼자 걷고 계신다고."

레너드는 불안을 떨치지 못한 채 머리를 헤집으며 인상을 찡그렸다.

"그 걸음이 낭떠러지를 향해 가고 있는지 어떻게 알아? 그 고백은 대체 뭐였냐고. 대체 축성술사님께 뭐라고 하신 거야? ……잠깐만. 그런데 너 지금 대공 각하께 뒤집기라고 했어?"

"뒤집기든 걸음마든 난 대공 각하께서 잘해 나가실 거라고 생각해. 믿어 드리라고!"

자신의 주군을 뒤집기에 걸음마 배우는 어린애 취급하는 기사들이 서로를 불경하다 욕하며 티격태격했다. 그 고백의 내용이 '레너드는 내가 그대를 좋아하는 거래.'였다는 걸 알았다면 레너드는 물론이고 지젤도 기함했을 것이지만, 지젤은 아무것도 모른 채 굳건한 빛으로 눈을 들었다.

"잘하셨을 거야. 잘하실 거야. 못하는 게 없으신 분이잖아."

'고민이 있군.'

킬리언이 한쪽 눈썹을 치켜들었다. 아디프의 출입과 면회용으로 만들어진 작은 곁문이 탁, 소리를 내며 열리고 루딘이 빼꼼 머리를 내밀었다. 루딘의 요구사항을 받아들여 두툼한 철판으로 튼튼하게 제작한 안락한 철제 감옥이었다.

먹여 줘, 재워 줘, 신경 거슬리지 않게 원하는 면회 시간까지 지정해 제 손으로 문까지 여닫을 수 있게 해 줘. 정말이지 팔자 좋은 짐승이었다.

킬리언은 자신이 마법을 차단하는 마수 가죽으로 만들어진 망토를 두르고 있는 걸 확인했다. 아르젠 루프스가 감옥 안에서 멀쩡히 마법 포박에 갇혀 있는 것도.

"……어떻게 내 마음을 읽었지?"

아르젠 루프스가 콧방귀를 뀌었다.

'그 정돈 안 읽어도 알 수 있어. 리에타도 아니고 북방의 알파가 혼자 날

찾아와 인상 구기고 앉아 있을 일이 뭐가 있을까.'

킬리언은 혼자 생각하길 관두고 그의 앞에 털썩 앉았다. 루딘이 비죽 비웃었다.

'상담이라도 해 주랴.'

비아냥에 아랑곳 않고, 킬리언은 거두절미하고 용무를 말했다. 그의 입에서 나온 말은 뜻밖의 내용이었다.

"리에타의 치유 능력에 문제가 있는데 원인이 마음의 병이다. 혹시 너의 마법으로 치료나 개선이 가능한지 알고 싶다."

루딘이 묘한 빛으로 킬리언을 쳐다보았다.

'……마음의 병?'

"과거의 상처에서 기인한 심리적 문제인데, 무리하지 않는 방법으로 해결이 가능하다면 원하는 걸 들어 주마."

이게 무슨 개소리야? 루딘은 어이가 없는 듯 잠깐 말을 잃었다.

'할 수 있다고 하면 마법 포박을 풀어 주고 네 반려를 맡기기라도 할 셈인가? 날 어찌 믿고?'

킬리언은 팔짱을 끼고 뻔뻔하게 대꾸했다.

"흑마법사나 몽마보다야 협조적인 마수 쪽이 낫겠지."

'북방의 알파는 순진하기도 하지. 내가 네 반려를 해코지하기라도 하면 어쩌려고?'

"'새끼를 인질 잡혀 협조적인 마수'라 표현하지 않은 내 배려를 굳이 무시하는군."

루딘이 단박에 냉기를 뿜으며 으르렁거렸다.

'……내게 바라는 게 뭐냐.'

"말했잖아. 마음의 병을 치료할 수 있나? 그게 궁금할 뿐이다."

루딘이 사납게 이를 갈았다.

'할 수 없다면 나와 아디프를 풀어 주지 않을 셈이냐.'

"빨리 회복한다면 겨울이 오기 전에 보내 준다는 약속은 지켜질 것이다. 늑대. 네가 먼저 배신하지 않는 한."

'속임수로 마수들을 꾀어 학살하는 인간의 약속을 믿을 성 싶으냐!'

"약속은 지켜질 것이다."

순간, 킬리언이 자신의 몸을 가리고 있던 망토를 풀었다.

"리에타가 그러길 바라니까."

마법으로부터 차단되어 있던 사람의 마음이 훅 끼쳐 오는 바람처럼 엄습했다. 킬리언이 망토를 움켜쥐고 망설임 없이 몸에서 떼어 내자 강렬한 의지가 뚜렷하게 전해져 왔다. 굳건하고 흔들림 없는 진심.

루딘이 입을 다물었다. 그가 보여주고 있는 단호한 의지는, 그의 입에서 나오고 있는 말이 한 점 거짓 없이 깨끗한 본심이라는 걸 증명하고 있었다. 아르젠 루프스에게 그보다 효과적인 설득은 없었다.

제 속을 이렇게 그대로 열어 보여 주리라 생각지 못했는데. 한 번도 보인 적 없던 그의 의지가 이 정도로 단호하리라고도 생각지 못했다.

킬리언은 풀어 헤친 망토를 다시 입지 않았다. 그런데도 처음부터 그런 건 필요하지도 않았다는 듯, 능숙하게 감정을 갈무리해 감추자 그의 생각은 하나도 읽히지 않았다.

그러나 그가 짧은 시간 내보인 확고한 의지는 의심할 수 없이 분명한 것이었다. 인간은 이런 방식으로 아르젠 루프스를 속일 수 없다. 루딘이 잠시 침묵하다 어쩔 수 없이 조금 누그러진 태도로 말했다.

'……내가 원하는 건 약속대로 나와 아디프를 용의 계곡에 풀어 주는 것뿐이다.'

킬리언이 담담하게 말했다.

"그래. 그럼 대가가 아니라 호의에 기대어 부탁하지. 나는 몰라도 리에타에게는 감사하고 있어야 하지 않나? 그 정도 호의를 베풀 용의는 가지고 있을 거라 생각하는데."

'…….'

"그동안 리에타를 만나며 뭔가 느낀 것 없나? 도움이 되는 조언을 해 준다면 바라는 걸 들어 주겠다."

그간 굳이 내색하지 않았지만, 리에타는 한 가지 생각에 골몰하지 않음으로써 정신계 고등 마수의 앞에서 마음을 숨기는 데 능숙하지 못했고 루딘에게 많은 부분을 읽히고 있었다. 그리고 그것은 역설적으로 루딘이 리에타를 신뢰하게 하는 한 요인으로 작용하고 있었다.

하지만 한편으로 리에타가 순수한 호의를 가지고 있다는 걸 보여 주어 제 경계심을 누그러뜨리려는 의도가 아닐까 루딘은 줄곧 의심해 오고 있었다. 생각을 읽히는 데에 무방비한 상태로 리에타가 날 만나는 걸 허락했던 게 상당 부분은 자신을 방심시키기 위한 그의 공작이리라 생각하고 있었는데. 진짜 목적은 이쪽이었나.

'……내가 뭘 바랄 줄 알고.'

"네가 바랄 만한 것 중 내가 할 수 없는 건 거의 없다."

킬리언은 오만하지조차 않은 평이한 어조로 말했다.

"물론 협상은 해야지. 하지만 너의 조언이 리에타에게 도움이 된다면, 나는 네게 후하게 셈할 것이다."

'…….'

루딘은 그가 '악시아스 마수 사냥'을 걸고 있음을 알았다. 저 말이 진심이라면, 북방의 패자가 그걸 걸었다는 건 정말 놀라운 일이었지만, 루딘은 킬리언이 원하는 대답을 할 수 없었다.

정신계 마법을 무슨 마인드 테라피쯤으로 생각하는 건가. 아르젠 루프스가 몽마와 유사한 계열의 정신계 마법을 쓰는 건 사실이지만 그건 무슨 섬세한 마음의 병을 치료하는 용도로 쓸 만한 마법 따위가 아니었다.

그저 정신계 아공간을 펼치거나 속내를 들여다보거나 정신이 망가지도록 분탕질을 치는 정도가 가능할 뿐. 발견한 마음의 상처를 재료로 난장판을 만드는 용도라면 모를까, 그런 한가로운 용도로는 애초에 발달한 적이 없었다. 킬리언이 이내 입을 열어 말했다.

"치료는 할 수 없나 보군. 할 수 있다 대답하지 않는 걸 보니."

속내를 꿰뚫어 읽힌 데다 능력까지 폄하당한 듯한 굴욕감에 루딘이 퉁명스레 쏘아붙였다.

'북방의 알파는 한심한 수컷이로구나. 네 반려의 상처는 네가 보듬어야지 왜 나한테 와서 협박질이냐.'

킬리언이 찡그렸다.

"짐승 부르는 이름으로 날 부르는 건 관두지 그래. 난 협박하지 않았어. 그리고 리에타는 내 반려가 아니다."

루딘이 가만히 있다가 이상한 어조로 되물었다.

'반려가 아니라고?'

킬리언이 되받아쳤다.

"왜 반려라고 믿어 의심치 않는 것인지 궁금하군. 고등 동물이라 암컷과 수컷 사이에 그 외의 관계는 생각지 못하나?"

자신의 말을 그대로 가져온 킬리언의 비아냥에도 루딘은 별반 반응하지 않은 채 고개를 기울였다.

'……그래? 퍽이나 애틋하기에 반려인 줄 알았는데.'

애틋? 수도원에서 처음 봤을 때 말인가. 킬리언은 허탈하게 웃었다. 마법을 포박당한 와중에도 제법 마음을 꿰뚫는 능력까지 발휘할 수 있는 듯하고, 정신계 마법의 정수를 보여 주는 포테일 아르젠 루프스라 하기에 혹시나 기대를 걸어봤는데.

정신계 마법의 신통력을 내가 너무 과대평가했군. 이래서야…….

'그럼 무슨 관계인데?'

무슨 관계는. 리에타는 내게 은혜를 입은 후 충성을 바치려고 하고 있고 나는 그녀에게 근래 고백했지만 곧 마음을 접을 거고 충성 서약은 받아들이겠다고 약속한, 짐승은 이해하기 어려울 복잡하고 미묘하고 인간적인 관계…….

라 생각하던 킬리언이었지만 머릿속으로 문득 그녀의 얼굴을 떠올린 순간 무의식적으로 중얼거렸다.

"……외사랑?"

루딘이 양쪽 얼굴을 비대칭으로 일그러뜨렸다.

'허? 가혹한 수컷이군.'

루딘의 말에 킬리언이 대번에 미간을 찌푸렸다.

"무슨 개소리야? 짝사랑하는 건 난데."

'어?'

저도 모르게 울컥 짜증이 치밀어 루딘에게 쏘아붙였다.

"다음 보름까지 자리보전 잘해서 돌아가고 싶거든 입 조심해라. 리에타의 앞에서 반려니 뭐니 그딴 소릴 하면 주둥이를 꿰매 놓을 테니."

'…….'

"리에타는 반려를 잃었어. 그 상처가 아직 남아 있는 상태다."

허여멀건 게 보고 있으면 짜증나는 새끼가 떠오르는 걸 참고 굳이 만나러 온 보람이 없다. 도움도 안 되는 짐승 같으니.

킬리언은 그대로 떠나가 버릴 심산으로 앉았던 자리에서 몸을 일으켜 세웠다. 인사조차 없이 홱 몸을 돌리는데, 이어진 마수의 목소리에 발걸음이 얼어붙었다.

'그래? 리에타는 종일 네 생각만 하던데.'

몸을 돌린 채, 내디딘 발 그대로 굳어 버린 킬리언이 녹슨 철문처럼 끼이익 고개를 돌렸다. 루딘은 심드렁한 얼굴로 그를 외면한 채 쩝, 입맛을 다시며 몸을 웅크리고 있었다. 그대로 루딘은 인사조차 없이 감옥 문을 닫으려 했다.

"잠깐."

텅. 킬리언이 손을 뻗어 닫히던 철문을 잡았다.

"지금 그거 무슨."

반쯤 닫힌 곁문 틈새로 비치는 늑대의 레몬빛 눈이 깜박였다.

'왜?'

"왜? 왜냐니, 지금, 너 한 소리."

루딘의 눈이 가늘어지며 주둥이가 사람처럼 비죽 호선을 그렸다.

'뭐. 연정일까 봐?'

"지금 그런 뜻으로 말한 거 아니었어?"

'아니었는데.'

"뭐?"

루딘은 보란 듯이 입을 쩍 벌리고 하품하며 외면했다.

'널 생각할 뿐이었다. 사랑이든 미움이든 귀찮아 죽겠음이든 알 게 뭐야.'

루딘이 다시 앞발로 힘을 주어 문을 닫으려 했다. 집채만 한 마수의 힘은 무지막지했지만 킬리언은 철문을 뜯어 낼 듯 잡아 버티며 다급하게 말했다.

"잠깐만. 늑대. 그 얘기 좀 자세히 듣자."

루딘이 퉁명스레 비웃었다.

'못난 수컷이군. 직접 부딪힐 용기도 없어서 제삼자에게 들으려 하나?'

루딘과 킬리언이 서로 쥐고 있는 철문이 때 아닌 힘겨루기에 팽팽하게 비틀리기 시작했다.

"웃기지 마. 너 지금 일부러, 나한테."

'도움도 안되는 짐승은 입 꿰매고 자리보전이나 하련다. 가라.'

"거짓말하는 거지. 야, 늑대. 야, 루딘!"

철문이 우그러지기 시작했다. 루딘은 속을 뒤집어 놓으려 작정을 한 듯 심드렁하게 대꾸했다.

'믿건 말건 네가 알아서 할 일이다.'

텅. 루딘이 마침내 힘을 주어 매몰차게 문을 닫아버렸다.

나와, 이 빌어먹을 짐승! 정말로 협박하고 싶어지기 전에! 킬리언이 급기야 감옥 문을 때려 부숴야겠다고 결정하기 직전, 그의 뒤쪽에서 덜컥, 소리와 함께 문이 열리고 누군가의 목소리가 울렸다.

"영주님?"

킬리언이 움찔 멈추었다가 목소리가 들려온 방향을 향해 고개를 돌렸다. 이제 스치기만 해도 알아볼 수 있는 백금발의 머리카락이 바로 시야에 들어왔다. 리에타가 조금 놀란 얼굴을 했다가 이내 미소를 지으며 다가오고 있었다.

"와 계신지 몰랐어요……. 루딘 님을 보러 오셨어요?"

킬리언은 미처 생각을 정리하지 못한 채 굳어 버렸다.

"……리에타."

자기도 모르게 입에서 그녀의 이름이 튀어 나갔다. 이름을 불린 리에타가 의아한 기색으로 멈춰 서서 하늘색 눈을 깜박이며 그를 올려다보았다.

"네?"

……내 생각만 한다고? 킬리언은 입에서 튀어 나오려는 말을 본능적으로 삼키며 입을 다물었다. ……무슨 말을 하게? 종일 내 생각을 한다는 게 진짜냐고 물어보기라도 하게? 킬리언은 아무 말도 하지 못하고 그녀를 바라보았다. 머릿속에 루딘의 비웃음이 메아리쳤다.

'못난 수컷이군. 직접 부딪힐 용기도 없어서 제삼자에게 들으려 하나?'

못난 수컷? 웃기지 마. 맹세코 리에타의 속내 같은 걸 떠보려고 루딘에게 온 게 아니었다.

"……왜 그러세요?"

그를 쳐다보던 리에타의 의아한 시선이 저편 철제 감옥으로 향하는 게 느껴졌다. 순간적으로 킬리언은 리에타의 시선을 따라 아르젠 루프스가 문을 닫고 들어간 감옥을 쳐다보았다.

잠깐만. 킬리언은 팽개쳤던 망토를 다급히 들어 올렸다. 그는 즉시 감옥 앞에서 몸을 돌려 성큼성큼 리에타를 향해 다가갔다. 제게로 훅 끼쳐 오는 심상치 않은 기백에 리에타가 주춤, 뒤로 반걸음 물러섰다. 순식간에 리에타 앞에 도달한 킬리언은 다짜고짜 망토를 펼쳐 들고 그녀를 감싸 안았다.

망토와 함께 그의 팔에 둘러싸인 리에타가 아무 말도 하지 못하고 당황한 얼굴로 그를 올려다보았다. 눈은 그녀와 마주하고 있었지만 킬리언의 신경은 온통 등 뒤의 철제 감옥 안, 아르젠 루프스에게 가 있었다.

이내 그녀가, 제게 둘러진 망토 자락을 한 손으로 움켜쥐며 조심스레 그를 불렀다.

"……영주님?"

킬리언은 당황해 굳은 낯으로 그녀를 마주보았다. 루딘의 개수작이다. 휘둘리면 안 된다. 이미 그날 경솔하게 말한 걸 실컷 후회하지 않았나. 다시 같은 실수를 반복할 생각은 없었다.

이성이 표정 관리 하라, 휘둘리지 마라 비명을 지르고 있었지만 안면 근육은 모조리 얼어붙은 듯 움직이지 않았다. 그의 낌새가 아무래도 심상치 않아 보였는지, 리에타가 걱정스러운 얼굴로 망토를 움켜쥐지 않은 손을 뻗더니 그의 손 위에 얹었다. 킬리언이 눈에 띄게 움찔했다.

"……무슨 일이 있으세요?"

리에타가 조심스럽게 그를 올려다보며 물었다. 요사이 부쩍 습관성 울컥증을 보이는 그를 진정시키려는 무의식의 발현인 듯, 리에타는 그의 눈을 주의 깊게 들여다보며 그의 손등을 가볍게 쓸어내리듯 눌렀다가, 떼었다가, 다시 눌렀다.

킬리언은 리에타가 당황해 손을 뗄까 봐 차마 그녀의 손을 쳐다보지도 못하고 굳은 얼굴로 리에타의 눈만 마주보았다. 손등 위에 얹힌 작고 따뜻한 감각이 오락가락했다.

'리에타는 종일 네 생각만 하던데.'

킬리언은 매우 당황했다. 리에타는 제가 뭘 하는지도 모르는 듯 칼을 쥐지도 않은 킬리언의 손을 달래듯 토닥이며 그의 기색을 살피고 있었다. 그녀가 다시 물었다.

"왜 그러세요?"

……제기랄. 일단 저 늑대 놈에게서 리에타를 멀리 떼어 놓고 봐야겠다. 킬리언은 리에타의 몸에 두른 망토의 단추를 잠가 주고 그녀의 어깨를 잡고 뒤로 밀었다. 뭔가 위험한 것으로부터 다급하게 물러서게 하는 양.

"……?"

눈이 뒤통수에 달리진 못했으니 뒤를 볼 순 없었지만 킬리언이 붙잡고 있어 헛디디진 않았다. 리에타는 어리둥절하게 그를 올려다보며 양쪽 어깨를 잡힌 채 뒷걸음질쳤다.

시선이 엇갈렸다. 아무것도 모르는 순진한 얼굴을 보니 죄책감이 밀려왔다. 킬리언은 굳게 입을 닫은 채 리에타를 내려다보았다. 치료가 불가능하다는 게 확인된 이상 계속 리에타를 읽히게 둘 생각은 없었다. 늑대가 한 말이 진짜든 아니든, 늑대가 리에타의 속을 들여다보는 것도, 이용하는 것도, 그 말에 휘둘리는 것도 용납할 생각은 없었다.

킬리언이 입을 열어 빠르게 말했다.

"망토를 주문해 줄 테니까, 앞으로 여기 올 땐……"

킬리언이 입술을 깨물더니 "아니." 하며 말을 삼켰다. 그가 이내 짧은 한숨과 함께 엄지와 검지로 꾹 미간을 누르고는 고개를 저었다.

"아니다. 앞으로 늑대 면회는 나랑 같이 가."

"예?"

킬리언은 그렇게 당부하고 리에타를 다시 몇 걸음 뒤로 물러서게 하다가, 아예 리에타의 몸을 뒤로 돌려세우곤 그녀의 어깨를 당겨 안고 빠르게 걸었다.

리에타가 영문을 모르는 얼굴로 발걸음을 재촉하는 그를 올려다보았지만 킬리언은 리에타를 쳐다보지도 않은 채, 굳은 얼굴로 발걸음만 옮겼다.

리에타, 대체 무슨 생각을. 냉철하기 짝이 없는 얼굴을 하고 있었지만 머릿속은 엉망진창으로 뒤집어지고 있었다. 루딘의 개수작에 놀아나고 있다는 생각이 들었지만 치닫는 마음이 어떻게 되질 않았다.

"시간 날 때 이쪽에 있는 책들 읽어 봐."

킬리언이 손을 뻗어 책장의 위쪽에 있는 한 지점을 가리켰다. "여기부터." 그리고는 손가락 끝을 쭉 대각선 아래까지 그으며 훑었다. "여기까지." 리에타는 멍하니 고개를 끄덕였다.

"네……."

킬리언은 거기서 그치지 않고 아예 자기가 말한 책들을 모조리 뽑아 하인들을 시켜 리에타의 드레스룸으로 옮겨다 놔주었다. 리에타는 얼떨떨하게 자신의 책상 위에 쌓여 가는 책들을 바라보았다.

『마수학 개론』, 『악시아스 토착 마수 도감』, 『용의 계곡에서 살아남기』,

『용의 계곡의 지배자들』, 『실전 마수 대응 매뉴얼』, 『생존 사냥꾼의 마수 관찰 일기』…….

마수에 대해 공부할 필요가 있겠다고는 줄곧 생각하고 있었는데……. 수확제 관련 업무다, 갑자기 들이닥친 황제의 사제단과 관련한 업무다, 사원 건립에 관한 자문이다……. 마수에 대한 공부보다 급한 다른 일들이 쌓여 있어서 좀처럼 시간이 나지 않았다. 미처 공부할 엄두를 내지 못하고 있었던 차에 직접 책을 골라 알려 주시니 감사한 한편으로, '갑자기 왜……. 무슨 일이 있으셨나?' 하는 생각이 들었다.

사람들이 물러가고, 킬리언이 그녀를 바라보았다. 리에타는 이제 그가 루딘에 대해 무슨 말을 하겠구나 하고 내심 마음의 준비를 하고 킬리언을 마주보았다. 망토를 둘러 주신 것, 황급히 그곳에서 저를 데리고 나오신 것, 곧바로 한 무더기 책을 안겨 주시며 마수에 대해 공부하라 하신 것까지 모두 갑자기 루딘 님을 경계하시는 듯한 언동이었다.

무슨 일이 있으셨던 걸까. 그러나 킬리언은 입을 열지 않고 한참 그녀를 바라보기만 하다가 말없이 손을 뻗었다. 그의 말을 기다리고 있던 리에타는 얼떨떨하게 눈을 깜박였다. 그러나 손을 뻗은 킬리언은 뭔가 망설이듯 그녀의 얼굴 근처에서 머뭇거리다가, 리에타의 어깨 부근 옷깃만 정돈해 주고는 손가락을 그러쥐며 손을 거두었다.

리에타는 얼떨떨하게 제 어깨를 만졌다. 킬리언은 보이지 않게 손을 내린 채 엄지와 검지 끝을 꾹 문질렀다. 주먹 안에 뭔가가 잡힐 듯 말 듯한 기분이었다.

"……리에타."

그가 그녀를 불렀다.

"예."

리에타가 대답했다. 킬리언은 조금 머뭇거리다가 말했다.

"혹시 나한테…… 뭐, 할 말 없나?"

제기랄. 뭔가……. 뭔가 더 나은 말이 있을 것 같은데. 왜 이렇게 갑자기 머저리가 된 기분이지. 킬리언은 자기도 모르게 마른침을 한 번 삼키고, 뚫어져라 리에타를 쳐다보았다. 리에타는 영문을 모르는 표정이다가, 아……, 하고 작은 소리를 내더니 꾸벅 고개를 숙이며 말했다.

"책을 추천해 주셔서 감사합니다. 용의 계곡에 갈 때까지 확실하게 공부해 둘게요."

킬리언은 멈칫했다. '용의 계곡'에 갈 때까지?

"……같이 가게?"

그 위험한 곳에, 리에타가 직접?

리에타는 잠깐 멈칫하더니 긴가민가 조금 자신 없는 태도로 물었다.

"……저는 같이 가는 게 아닌가요?"

킬리언이 리에타의 눈을 보며 물었다.

"가고 싶어?"

리에타가 머쓱하게 고개를 숙이며 작은 목소리로 중얼거렸다.

"저야 영주님께서 결정하시는 대로……."

"그대 의견은 어떤데?"

머뭇거리던 리에타는 어색한 얼굴로 미소하며 목덜미를 눌렀다.

"……생각해 보니 제가 그리 도움은 되지 않겠네요……."

킬리언은 입을 다물었다. 리에타가 그들에게 꽤나 마음을 주었다는 건 이미 알고 있었다. 그들이 자신들의 고향에 잘 돌아가는지 확인하고 싶어 할 거라는 것도, 작별 인사를 하고 싶어 할 거라는 것도 당연한 일이었다. 그는 자신에게 선택권이 없음을 알았다.

리에타는 언제나 루딘과 아디프를 보며 적잖이 치유받는 얼굴을 하곤 했다. 그게, 아까 그 순간에도 당장 루딘과 아디프 면회는 중단이라는 소릴 차마 벨지 못했던 이유이기도 했고, 루딘을 통한 리에타의 치유 가능성이라는 발상을 킬리언이 맨 처음 떠올렸던 이유이기도 했다.

킬리언은 짧게 한숨을 내쉬고는 리에타의 양 어깨 위에 두 손을 올리고 그녀를 마주보았다. 리에타가 그를 올려다보았다. 말없이 한동안 그러고 있다가…… 잠시 후 킬리언이 작게 말했다.

"망토……."

"……?"

"……사이즈."

그저 그녀를 잡아 보고 싶어 궁색한 변명을 해 놓고, 킬리언은 급격히 형편없어진 자신의 말주변을 저주했다. 리에타는 잠시 후에야 그가 지금 손으로 자신의 사이즈를 재고 있다는 말인 줄을 알아들었다. 루딘과 아디프를 놓아줄 때, 용의 계곡에 함께 가게 해 주신다는 말인 것도.

자신이 도움이 되지 않으리라는 걸 깨닫고 따라가려던 마음을 접었던 리에타가 어쩔 줄 모르고 고개를 저었다.

"저…… 꼭 데려가 주실 필요는 없어요. 제가 짐이 될지도 모르고요."

킬리언이 답했다.

"어떤 원정이든 치유술사가 짐이 되는 경우는 없다. 이젠 그대도 실무자나 다름없으니 한 번쯤 가 보는 것도 도움이 될 테고."

리에타는 그를 올려다보다가 가만히 입술을 닫은 채 끄덕이듯 살짝 고개를 숙였다. 왠지 부끄러워졌다. 어깨를 잡은 손이 저를 격려하는 것 같았다.

킬리언은 리에타를 붙든 채 뭔가 할 말이 있는 듯 다시 입을 열려고 하다가, 끝내 도로 입을 다물고 바닥을 향해 시선을 떨구었다. 작은 한숨. 킬리언의 손은 그렇게 그녀의 어깨를 한동안 잡고 있다가, 아쉽게 떠나갔다.

킬리언은 마수에게 익숙한 사람이었다. 그는 이곳에서 수십 년 살아온 용병들과 마수 사냥꾼들 모두가 인정하는, 대륙에서 가장 강한 마수 사냥꾼이었다. 그는 단순히 유능한 사냥꾼일 뿐만 아니라 개개인의 단위로 위험하게 이루어지던 악시아스의 마수 사냥을 집단 사냥으로 체계화하고 법제화하여 정착시킨 사람이기도 했고, 이 악시아스 성을 수백 년 만에 마수들의 손에서 탈환한 사람이기도 했다.

황실에서 쫓겨난 젊은 폐황자가 역사상 전무후무한 고독한 마수 사냥꾼으로 역사에 이름을 남긴다는 것도 어떤 면에서는 멋진 일이었을 것이지만, 킬리언은 사냥꾼의 전설로만 남기엔 너무 많은 일을 이루어 냈고 결과적으로 그는 북방의 패자로 군림하는 악시아스 대공이 되었다.

악시아스 대공이라는 이름이 더 널리 알려진 지금은 예전의 이름이 잘 불리지 않지만, 십여 년 전의 그를 알던 마수 사냥꾼들이나 용병들은 여전히 경외감을 담아 악시아스의 제일가는 사냥꾼에 대한 예우와 존경의 의미로 그 이름을 부르곤 했다.

'악시아스의 첫 번째 마수 사냥꾼'

킬리언은 소파에 삐딱하게 앉은 채 초조하게 손가락 끝으로 팔걸이를 두드렸다. ……망할. 제대로 한 방 먹었다. 태어나서 한 번도 마수에게 이렇게 처참하게 휘둘려 본 적이 없는데.

'리에타는 종일 네 생각만 하던데.'

……이게 정신계 마수의 진가라면 인정할 수밖에 없겠다다. 개수작이라 여기고 생각하지 않으려고 해도 이미 한번 귀에 들어온 정보는 쉽사리 외면이 되질 않았다.

……정말일까? 생각을 읽어 내는 정신계 능력이라 해 봤자 마법이 차단

당한 환경에서는 제한적이고 온전하지 못하다. 반려인 줄 알았다고 헛소리한 것만 봐도 그다지 실속이 없다는 건 알 수 있다.

하지만……. 단순한 것은 읽히기 쉽다. 리에타가 정말로 그의 생각만 하고 있었다면, 무방비한 상태로 종일 골몰하고 있는 상황이었다면. 아르젠 루프스에게 그런 식으로 포착 당했다 해도 이상할 것은 없는 일이었다.

그런데…… 연정은 아니라고? 킬리언은 엄지손가락으로 꾹 미간을 눌렀다. 그 부분만 거짓말일 거라고 좋을 대로 생각해 버리기엔, 무엇보다 중요한 문제가 있었다. 정작 리에타가 이미 그의 고백을 거절해 버렸다는 점이었다.

평소 같으면 꺼냈을 리 없는 죽은 남편 이야기를 한 것도, 좋아하는 것 같다고 말했을 때 그토록 좋지 못한 안색이었던 것도, 신성 능력자로서 내 기사가 되겠다고 한 것도. 모두 의심할 바 없이 명백한 거절을 가리키고 있었다.

킬리언이 손바닥으로 벌써 몇 번째 얼굴을 쓸어내렸다.

"……."

정신 차려야 하는데. 제기랄, 차라리 치고받고 싸우는 게 낫지. 이런 식의 공격에는 속수무책으로 당할 수밖에 없었다. 정말 그걸 꿰뚫어 보고 루딘이 이런 개수작을 한 거라면 맹세코 그 망할 자식의 털을 다 뽑아 놓을 테다. 하아……. 킬리언은 마른세수를 하며 한숨을 내쉬었다.

차라리 루딘의 말을 듣지 말았어야 했는데, 쓸데없이 신경이 쓰인다면 잊기라도 해야 하는데 애매하게 던져 놓으니 뇌리에 박힌 생각이 도무지 떨쳐지지 않아 미칠 노릇이었다.

아무리 마수의 눈에 내가 곱게 보이진 않을 것이라지만……. 먹여 줘, 재워 줘, 치료도 해주고 살던 곳에 다시 놓아주겠다는 의지까지 확인시켜 주었는데, '마수'와 '사냥꾼'으로서야 원수지간이라 해도 개개인으로서

'루딘'은 '킬리언'에게 고마워해야 하는 입장 아닌가?

은혜를 들먹이든, 멱살을 쥐고 끌어내든, 뭘 해서라도 루딘을 탈탈 털어내고 싶은 마음이 굴뚝같았지만 완전히 비겁한 수컷은 못 되어서, 리에타의 건강에 대한 문제가 아닌 그녀의 마음을 캐내는 일에는 아디프를 들먹여 협박할 수도, 악시아스 마수 사냥을 걸고 딜을 할 수도 없었다.

초조해하던 킬리언은 협탁 위, 시선 끝에 걸려 있던 편지를 향해 손을 뻗었다. 빙글. 다시 빙글. 손가락 끝으로 네모나게 접힌 조그만 종잇장을 몇 번 굴렸다.

툭. 뒤집어엎으니 글자가 쓰여 있던 면이 뒤편으로 사라졌다. 툭. 다시 돌려 엎으니 글자가 쓰인 앞면이 다시 나타났다. 언젠가 그를 고뇌에 빠뜨렸던 싱거운 몇 마디.

집에 가는 일은 급하지 않습니다. 기다리겠습니다. – 리에타 트리스티.

킬리언이 물끄러미 글씨를 바라보았다.

기다리겠습니다.

입술을 꾹 당겨 물면서 천장을 쳐다보았다.

……루딘이 그런 말을 했어. 그대, 리에타. 정말 내 생각을 해? 무슨 생각을 해?

킬리언이 떠나가고 방에 혼자 남은 리에타는 쌓인 책들 중 하나를 슥

꺼내어 들었다. 『정신계 마수의 모든 것』. 리에타는 가만히 눈을 깜박이며 킬리언의 태도를 생각했다.

'아르젠 루프스를 너무 믿지 마.'

'우리는 사냥꾼이고, 그들은 마수다.'

'사람처럼 거짓말을 하고, 사람을 속일 수도 있어.'

마수와 사냥꾼……. 아무리 눈치가 없어도 분명 무슨 일이 있으셨다는 걸 알 수 있는데 말씀해 주시지를 않는다. 그렇게 주의를 주셨는데도 루딘과 아디프에게 정을 떼지 못했다는 티를 내고 말았기 때문일까? ……야무지지 못하게. 충분히 영주님의 마음을 헤아리고 든든하게 의지가 되어 드리지는 못할망정…….

리에타는 루딘과 아디프가 무사히 몸을 회복하고 용의 계곡으로 돌아가길 바라고 있었지만, 그렇다 해도 기본적으로 영주님께 충성하는 것이 우선이라 생각하고 있었다. 그들을 너무 믿지 말라는 킬리언의 조언도 잊지 않고 있었다.

일전엔 가벼운 농담을 섞어 심각하지 않은 분위기로 환기하며 말씀하셨지만 그 내용까지 가볍게 넘겨도 되는 건 아니었다. 자신이 악마에 대해 아는 것처럼, 킬리언은 마수에 대해선 전문가나 다름없는 사람이다. 그의 조언은 정말로 귀 기울여 들어야 하는 이야기였다.

머리로는 인지했지만 사실 루딘과 아디프에게는 좀처럼 마음의 벽이 세워지지 않았고 리에타로서도 그런 자신을 자각하고 있었다. 그래서 더더욱 영주님께는 티를 내지 않으려 노력했지만, 킬리언은 눈치가 빠른 사람이었다.

그러니까 아마 루딘 님과 무슨 일이 있었는지 말씀해주지 않으시는 건, 내가 못 미더워서…….

"……휴."

리에타는 조금 서운하고 한심한 기분이 들 것 같아 얼른 떨쳐 내려고 고개를 들었다. 언제부터 모든 얘길 다 듣는 게 당연했다고. 영주님은 신중하신 분이고, 나는 겨우 몇 달 전부터 그분의 곁에 있었을 뿐이다. 조금 마음을 주셨다는 말씀을 들었다고 해서 내가 그분께 무슨 일이든 신뢰를 받고 있으리라 생각하는 건 어리석은 오만이었다.

리에타는 마음을 다잡고 의자에 앉아 책을 펼쳤다. 그럴 만하니 그러셨겠지. 어떤 구체적인 위협이 있다는 이야기를 해 주지 않으셨다 해도, 자신이 알아서 그들을 조심해야 하는 것이 옳았다.

영주님을 위협하는 무언가……. 몰라도 상관없다. 내가 꼭 들어야 하는 얘기라면 말해 주셨을 것이다. 리에타는 마음을 정리하고 팔락, 팔락, 책장을 넘겼다.

"무슨 생각해?"

창틀에 축성하며 잠시 창밖의 단풍을 바라보던 리에타가 돌아보며 웃었다.

"벌써 가을도 반 너머 갔네요."

"무슨 생각해?"

리에타는 넋을 놓고 탐하던 타르트를 킬리언 쪽으로 내밀었다.

"주방장님은 정말로 천재 같아요……. 어떻게 이런 맛을 내는 걸까요? 이것 좀 드셔보세요."

"무슨 생각해?"

서류를 넘기다 잠깐 멈춰 있던 리에타가 눈을 깜박이며 곰곰이 생각하듯 고개를 기울였다.

"수도원 시찰 일정 생각하고 있었어요."

킬리언은 온종일 똑같은 질문을 반복했다.

"무슨 생각해?"

"마수들이 이 성을 몇백 년 동안이나 지배했다는 게 놀랍다는 생각……."

"무슨 생각해?"

"……아무 생각도……."

"무슨 생각해?"

"……."

처음엔 별생각 없이 대답하던 리에타도 이쯤 되자 이상함을 느끼기 시작했다. 뭔가 집요했다. 자꾸만 같은 질문이 몇 번씩 되풀이되는 것이, 그가 원하는 대답이 있는 것 같다는 생각이 들었다.

"……제가 혹시 무슨 생각을 해야 하나요?"

킬리언은 뚫어져라 그녀를 쳐다보다가 "아니." 하고는 애매하게 고개를 돌렸다. 그렇게 묻는 킬리언이야말로 종일 리에타가 무슨 생각하는지만 생각하고 있었다. 그는 어제 루딘에게서 들었던 이야기에서 아직까지 벗어나지 못하고 있는 상태였다.

킬리언은 저쪽 소파에 앉아 자신이 맡긴 물건들에 축성을 하는 리에타의 뒷모습을 뚫어져라 쳐다보았다.

내 생각 하지 않았을까? 나 정도 되는 사람이 그런 마음을 가지고 있었다는데. 막 생각나고 심란하고 고민되는 게 당연하지 않을까? 심지어 매일 같이 붙어 있는데.

그리고 루딘은 진심으로 리에타와 내가 서로의 반려라고 믿고 있었다. 리에타가 내 반려가 아니라는 소릴 들은 후 루딘이 보인 의외라는 반응만은 진짜였다. 그러니까 적어도, 내 생각을 꽤 많이 하더라는 건 거짓말이 아닐 거라는 생각이 들었다.

하지만……. 그 생각의 근원에 있는 것은 충심일까, 연심일까. 신성력을 일으키는 리에타의 옷자락이, 머리카락이 나풀거렸다.

리에타의 입에서 나온 말은 충심이었다. 그러나, 정말 충심뿐일까? 자꾸만 리에타가 올려다보던 표정이 아른거렸다. 못 견디게 예쁘던 그 표정. 정말 충심만 가진 사람이 그런 표정을 지을 수 있을까? 지젤도, 동쪽 별채 그 누구도, 그에게 그런 표정을 보이지 않는다.

그때, 축성을 마친 리에타가 일어나며 돌아섰다. 눈이 마주쳤다.

"영주님, 드릴 말씀이……."

"……어?"

리에타의 얼굴에 보일 듯 말 듯 긴장한 기색이 어렸다. 순간, 킬리언은 괜히 마음이 철렁했다. 저도 모르게 자세를 바로잡았다. 리에타가 그를 보고 미소 지었다.

"……앞으로 승마 연습은, 제가 알아서 할 수 있을 것 같아요."

살짝 시선을 피한다. 그리고는 가슴 앞섶을 누르며 공손하게 허리를 꾸벅 숙였다.

"그동안 시간을 내 주시고 도와주셔서 감사했습니다."

"……."

다른 의미로 마음이 내려앉았다. 리에타가 꺼낸 말에 킬리언은 빤히 그녀를 쳐다보았다. 짧은 정적이 흘렀다. 킬리언은 잠깐 그렇게 물끄러미 그녀를 보고 있다 물었다.

"왜?"

리에타는 불편한 내색을 보이지 않으려 애를 쓰며 답했다.

"세이라가 시간을 내 줄 수 있을 것 같다고 해서요. 북서쪽 연무장에 축성 순회 가는 김에, 세이라가 도와준다면 바쁘신 영주님께 굳이 부탁드리지 않아도 될 것 같아서……. 티그리스도 싫어하는 것 같지 않고요."

그러나 꽤나 구구절절, 불편하게 들리는 목소리가 되고 말았다. 킬리언은 쓰게 웃었다.

"……승마는 계속 도와줄게. 세이라는 정식으로 승마를 배운 적 없어. 그대가 배우기에 좋은 스승은 아냐."

리에타는 조금 꺼리는 빛으로 곧바로 답하지 못하고 망설였다. 킬리언이 피식 웃었다.

"승마는 잘못 배우면 고치기가 어려워. 지금 상태로 무리해 배우면 나쁜 버릇이 생길걸."

그리고 담담하게 고개를 돌렸다.

"그것까지 사양해서 날 무안하게 만들지는 마. 무슨 뜻인지 충분히 알아들었어."

"……."

리에타는 난처한 얼굴로 입술을 당겨 물었다. 그가 자리에서 일어났다.

"앞으로 애첩 역할에서도 가능하면 그대는 제외시키지."

리에타가 그 말에 퍼뜩 놀라 고개를 들었다.

"아, 아뇨! 그건 계속 하겠습니다. 하게 해 주세요. 그것 때문에 '동쪽 별채'로 들어가는 것인걸요."

"굳이 그대 아니어도 충분히."

"신성 능력자는 필요하시잖아요." 리에타는 얼른 덧붙였다.

"그것까지 거절하셔서 저를 염치없게 만들지는 말아 주세요."

킬리언이 졌다는 듯 피식 웃으며 시선을 내리고 손을 들어올렸다.

"……그래."

킬리언은 조금 쓰린 기분으로 리에타에게서 억지로 시선을 거두었다.

……이런 게 거절당하는 기분이구나.

그날, 기사가 되겠다는 말로 거절당했을 땐 제대로 실감하지 못했던 걸까. 직접적인 거절의 말이 아니었기에…….

그녀가 이렇게 저를 밀어내고서야 뒤늦게 정말로 거절당했다는 실감이 들었다. 난 대체 뭘 하고 있던 거람. 이제야 제가 내내 하고 있던 삽질이 미련이라는 걸 인정했다.

……생각보다 많이 좋아했나 보다. 그런 생각이 들었다.

탁. 리에타가 자신의 방으로 들어가고, 문이 닫혔다. 킬리언은 잠깐 드레스룸 앞에 서서 생각에 잠겨 있다가 몸을 돌렸다. 언제부터 거기 서 있었는지 조금 떨어진 곳에 서서 그가 먼저 물러서기를 기다리고 있던 시녀장 리엔이 인사했다.

"대공 전하를 뵙습니다."

그는 가볍게 인사를 받아 주며 드레스룸 쪽을 고갯짓해 물었다.

"리에타에게 가나."

"네."

킬리언은 끄덕이고 드레스룸 문 앞에서 물러서 주었다. 시녀장이 꾸벅 인사하곤 그를 지나쳐 드레스룸 문 앞에 섰다. 그때, 킬리언은 불현듯 어떤 말을 떠올렸다.

'그런 총애가 언제까지 가겠어요.'

글쎄. 언제까지 갈까. 이 마음이. 그녀를 붙잡고 싶은 손을, 실은 꽤 오래전부터 참고 있었다. 시녀장이 찾아왔음을 고하고 들어오세요, 하는 예쁜 목소리가 들리며 리에타의 드레스룸 문이 다시 열렸다.

끼익. 조금 물러서 있는 킬리언에게는 안쪽에 있는 리에타가 보이지 않았다. 다만 문 틈새로 나오던 방 안의 환한 빛이 복도를 조금 비추었다. 시녀장이 방으로 들어가고, 다시 문이 닫혔다.

킬리언은 리에타가 있는 방에서 흘러나오던 빛이 문이 닫혀감에 따라 점점 가늘어지다가, 탁. 소리와 함께 단절되는 것을 쳐다보았다.

킬리언은 저도 모르게 손마디를 턱에 갖다 댄 채 심각하게 아래를 쳐다보다가 눈을 들어 닫힌 문을 다시 쳐다보았다. 그런, 총애가, 언제까지 가겠어요……. 킬리언은 의심스러운 표정으로 가늘게 눈을 찌푸리고 서 있다가 자기 집무실로 들어서 이마를 짚었다.

설마……. 내 마음이 오래 안 갈 거라고 생각했나? 충분히 그럴 수도 있겠다는 생각이 뒤늦게 들었다. 아니, 잠깐. 제가 지껄인 장난 같은 고백이 뒤늦게 신경 쓰이기 시작했다. 곱씹을수록 뭔가 크게 잘못됐다는 생각이 들었다.

심각한 감정 아니라고 했고, 책임지지도 못할 가벼운 마음이라고도 했고, 그냥 이러다 말 거라고까지 했다. 킬리언은 초조하게 입술을 짓씹었다. 설마…….

그는 천천히 제가 했던 말을 되짚기 시작했다. 생각할수록 '잠깐만, 이게 아닌데' 싶었다. 조금 마음이 갔을 뿐이라니. 지금 제 상태는 결코 조금 마음이 가는 정도가 아니었다. 그는 매우 리에타를 신경 쓰고 있었다.

누구보다 그녀를 잘 알고 싶었고, 그녀와 가장 가까운 건 저라는 걸 확인받고 싶었고, 좀 더 특별한 사이가 되고 싶었다.

내 축성술사였다. 언제까지고 그녀의 축성을 받는 건 나뿐이었으면 했다. 그리고, 갑작스레 망치로 머리를 맞은 듯 깨달음이 왔다.

"……."

충동적으로 좋아하는 것 같다고 말해 버린 후, 처음으로 아쉬운 기분이 들었던 건 앞으로는 전처럼 축성을 해 주지 않을지도 모르겠다는 생각이 들었던 때……. 그는 리에타가 해 주는 축성에, 그녀가 다가오는 순간에 집착하고 있었다.

이제껏 자신은 리에타랑 잘해 보고 싶은 건 아니라고 생각하고 있었지만, 사실 킬리언은 그녀가 저랑 잘해 보고 싶다고 생각해 줬으면, 그녀가 다가와 줬으면 하고 바라고 있었다.

나는, 리에타의 상처를 건드릴지도 몰라서, 다가갈 수 없으니까……. 기가 막힌 깨달음에 킬리언은 굳어 버렸다. 제게 있는 줄도 몰랐던 마음이었다. 여인의 마음을 구하는 사내가, 졸렬하게…….

그러면서 기대하는 게 없다고 지껄였단 말인가? 그러면서 어쩌면 내가 좋아하는 건지도 모르겠다고 애매하게 말했고, 그녀를 생각하는 자신의 마음이 아주 별것 아닌 것처럼 말해 버렸다. 내가 얼마나 리에타를 중요하게 여기고 있는지, 얼마나 그녀를 생각하는지.

정말 말해야 했던 것들은, 말하지 않으면 알 수 없는 것들은 말하지 않았다. 그저 자연스럽게 마음이 갔을 뿐이니, 그냥 그랬구나 하고 넘기라고만……. 킬리언은 굳은 얼굴로 이마를 눌렀다.

뒤늦게 크게 실수했다는 생각이 들었다. 킬리언은 저도 모르게 초조하게 손에 든 책을 펼쳤다 덮었다 했다. 그래. 주군이 그냥 넘기라는데 설령 마음이 있었대도 자기가 뭐라고 해. 아뇨, 이의 있습니다. 저는 하루 내내 주군 생각만 하는데요. 그 마음 접지 마시고 쭉 발전시켜 나가 주세요.

리에타가 이럴 리가 없잖아? 리에타의 입장에, 나를 상대로 설령 마음이 있었더라도 잠깐 서로의 유희 상대가 되고 어색하게 끝나느니 기사가 된다는 선택을 하는 게 리에타에겐 합당한 길이었을 거라는 걸, 아니, 어쩔 수 없는 선택이었을 거라는 걸 생각지 못했다.

'아직 확실한 건 아니다. 무엇보다도, 거절당했잖아.'

리에타는 마음 있다고 한 적 없다고, 그의 이성은 혼자 달려가는 생각을 뜯어말리고 있었지만, 불현듯 제 마음을 자각하고 폭주하기 시작한 감성의 질주 본능은 무지막지했다.

충동적으로 자신의 마음을 고한 날 이후 접어야지 생각했던 마음은 계속 커져만 가고 있었다. 별것 아니라 생각했던 마음은 놓이기는커녕 점점 수면 위로 올라와 거대한 실체를 드러내고 있었다.

킬리언은 책 틈새에 책갈피 대신 꽂아 두었던 조그만 카드를 뚫어져라 쳐다보았다. 킬리언이 혼자 있을 때마다 그의 손을 떠나지 않는 그 카드는 근래 거의 그의 책갈피로 쓰이고 있었다. 하도 만지작거려 가장자리가 닳기 시작한, '기다리겠습니다'가 쓰여 있는 리에타의 편지였다.

킬리언은 그것을 집어 들어 쳐다보다가, 방 하나를 건너 리에타가 있을 침실 쪽 방향을 쳐다보았다.

이렇게 밀어내지고 보니 마음을 접는다는 게 마음대로 되는 일이 아니라는 깨달음이 왔다. 기다리는 쪽이 훨씬 쉽다는 깨달음이. 금방 사라질 마음은 결코 아니었다.

불안한 상황도, 지속적으로 목숨의 위협을 받는 자신의 처지도 리에타의 앞에선 모두 사소한 고민처럼 느껴졌다. 좋아하는 사람이었다.

"……."

마음이 닫혀 있다는 이유로, 다가가기 어렵다는 이유로 그녀가 먼저 다가오길 손 놓고 기다릴 때가 아니었다. 두드려야지. 흔들어야지. 뭘 하고 있는 거야? 여인의 마음을 구하는 사내가 나무 밑에서 감 떨어지기만 기다리는 여우처럼 처신하고 있다니. 멍청한!

리에타의 마음이 다른 사람을 받아들일 준비가 되어 있지 않다면, 기다릴 준비가 되어 있다는 걸 알려 줘야 했다. 오 년이고 십 년이고 그 마음을 열어 주기만 한다면 못 기다릴 게 없다고, 얼마든지 그럴 수 있다고 말해야 했다.

『대공과 축성술사』. 아직 끝나지 않았다. 이렇게는 못 끝낸다. 미숙했다는 이유로 제대로 시작도 못 해 보고 포기할 수는 없었다.

똑똑. 레너드가 들어와 경례했다.

"말씀하신 보고서를 가져왔습니다."

"레너드."

"네."

킬리언이 이글이글 타오르는 눈으로 그의 충실한 심복을 쳐다보며 물었다.

"여자하고 친해지려면 어떻게 해야 하지?"

'음…….'

페르디안이 준 악보를 들여다보던 제이드가 난해한 표정으로 웃었다.

'아주 훌륭한 음악이네요. 역시 페르디안 님은 취향도 고상하세요. 페르디안 님의 취향이니 멋진 음악일 거라고 확신합니다. 물론 전 이런 콩나물 대가리에서 음악을 읽어 내는 재주는 없지만요.'

'……뭐?'

제이드가 페르디안에게 악보를 돌려주었다.

'저는 악보를 볼 줄 몰라요.'

페르디안이 악보를 받지 않은 채 멍하니 입을 벌렸다.

'거짓말.'

리에타가 작게 웃음을 터뜨렸다.

'정말이에요. 제이드는 악보를 읽을 줄 몰라요. 저희가 어떻게 그런 걸 배웠겠어요.'

페르디안이 믿을 수 없다는 듯 눈을 크게 떴다.

'말도 안 돼……. 악보를 못 보는데 어떻게 음악을 연주해? 게다가 네가 그 곡을 완주하는 걸 내가 몇 번이나 들었는데!'

제이드가 의아한 빛으로 고개를 갸웃했다.

'어떤 곡인데요?'

'네 손에 들고 있잖아. 그거! 아르카디아 무곡!'

제이드는 불가해한 얼굴로 콩나물 대가리가 가득한 종이뭉치를 쳐다보았다.

'……제목 말고, 한번 불러 봐 주실 수 있어요?'

페르디안이 조금 자신 없는 태도로 띄엄띄엄 몇 마디 멜로디를 흥얼거렸다. 리에타는 어떤 곡인지 알아듣지 못했지만 제이드는 바로 '아, 그거.' 하더니, 훌쩍 턱 밑에 낡은 바이올린을 대고 활을 들어 현에 가져다 대었다. 물 흐르듯 움직이는 손길 아래, 너무도 간단하게 유려한 선율이 흘러나왔다. 리에타도 그제야 아! 하면서 낮게 탄성을 뱉었다. 그러더니 이어서 뒤쪽 멜로디를 따라 흥얼거리기 시작했다.

'이거 맞죠?' 하고 페르디안에게 확인을 구하려던 제이드가 손을 멈추려다 말고 리에타를 쳐다보았다. 페르디안이 웃으며 눈짓했다. 악보를 볼 줄 모르는 청년이 미소와 함께 이어서 바이올린을 켜기 시작했다.

이게 「아르카디아 무곡」이구나. 리에타가 좋아하는 곡이었다. 제이드가 어디선가 훔쳐 듣고 와 종종 연주해 주곤 했던 곡. 제이드가 연주하는 음악. 페르디안이 알려준 제목. 수도원의 가을.

세 사람 사이로 낙원의 춤 같은 아름다운 음률이 퍼져나갔다.

구덩이 아래로 관이 내려가는 걸 보며 리에타는 거의 제정신이 아닌 채 울부짖었다.

'가지 마, 가지 마, 안 돼, 가지 마. 당신 없이 나 혼자, 나 혼자 어떡하라고.'

리에타는 구덩이 아래로 달려들려고 했으나 페르디안이 그녀의 몸을 뒤에서 끌어안아 저지했다.

'……그만 보내 주자.'

인부들이 관 위에 흙을 뿌리기 시작했다. 리에타는 몸부림치며 울었다.

'안 돼, 잠깐만. 잠깐만 멈추라고 해 주세요. 잠깐만.'

페르디안은 더 이상 장례를 멈추어 주지 않았다. 이미 장례를 세 번이나 중단시킨 후, 페르디안은 앞으로 세 번만 더 멈출 것이고, 그 후엔 멈추지 않을 것이라며, 제이드를 보낼 준비를 하라고 말했다. 그건 아마도 일곱 번째였다. 페르디안은 뒤에서 그녀를 붙들고 울었다.

'보내 줘……. 제이드가 신의 품으로 갈 수 있게 해 줘.'

안 돼, 싫어. 잠깐만, 난 아직 보낼 준비가 안 됐어.

'보내 주자. 보내 줘야 해. 네가 이러면, 제이드가 편히 떠날 수가 없어.'

싫어, 싫어. 떠나지 말라고 해요.

'제이드한테 얘기해. 잘해 나가겠다고. 잘 이겨 내겠다고 약속해.'

흙이 덮여 가는 관이 시야에서 사라져 가고 있었다. 지금이 아니면 말할 수 없다. 리에타는 거의 정신을 놓은 채 마지막 말을 쏟아 냈다.

사랑해. 사랑해. 잘 가. 조심히 가. 우리 걱정은 하지 마. 당신 없이도 잘해 나갈게. 내가, 내가 아델을 잘 키울게. 그러니까 당신은 더 이상 우리 걱정은 하지 마.

……거짓말로 가득했던 숨 막히는 이별. 그날의 서러운 울음을 기억한다. 이를 악물고 꾹꾹 울음을 눌러 삼키며 뒤에서 속삭이던 목소리를 기억한다. 나와 똑같이 슬퍼해 주었던 그 사람의 떨리는 몸을 기억하고 있다.

그래서 나는……. 나와 같은 마음일 줄 알았다. 당신이 도와줄 거라고 생각했다. 어떻게든 아델을 구해 줄 거라고 생각했다. 친구라고 생각했으니까. 내가 당신에게 그걸 바란 게, 그렇게 무리한 부탁이었을까?

정말 아무것도 할 수 없었는지. 할 수 있는 걸 다 해 봤지만 잘 되지 않은 건지. 최선을 다하지 않았던 건 아니었는지. 정말 당신으로선 최선을 다했는데도 일이 이렇게 되고 만 건지.

의심하는 것도, 원망하는 것도, 이해해 보려 애쓰는 것도, 이제와선 아무 의미 없지만. 친구라고 생각했는데…….

나도 아무것도 하지 못했으면서. 결국은 남인 당신한테 내 아이를 구해주지 않았다고 원망하는 마음을 갖는, 이런 내가 염치없나요?

"아가씨! 아가씨! 일어나세요!"

하녀가 리에타를 깨우며 소리쳤다. 눈을 뜬 리에타는 멍하니 낯익은 하녀의 놀란 얼굴을 올려다보았다.

"세상에. 이 땀 좀 봐. 괜찮으세요? 악몽을 꾸셨어요?"

따스한 손이 리에타의 이마를 쓸어 주었다. 리에타가 상처를 치료해 주었던 하녀, 미나였다. 내가 늦잠을 잤나. 리에타는 퍼뜩 창밖으로 눈을 돌려 아직 어둑한 하늘을 확인했다. 미나는 그녀가 시간을 걱정하는 걸 알고 얼른 말했다.

"아직 안 늦으셨어요. 평소보다 이른 시간이에요. 전 근처를 지나다가 소리가 나서 들렀고요. 아, 허락 없이 들어온 건 죄송해요……."

리에타는 멍하니 미나를 바라보았다. 꿈이라는 걸 자각하고 있었다. 그다지 울거나 소리 냈던 것 같지 않은데. 방 밖으로 소리가 나갈 정도로 내가 잠꼬대를 심하게 한단 말인가.

역시 드레스룸을 침실로 쓰지 않길 다행이었다. 리에타가 잠긴 목을 가다듬으며 침대에서 몸을 일으켰다.

"……미안해요. 폐를 끼쳤네요."

미나가 손사래를 쳤다.

"어휴, 아니에요. 조금만 기다리세요. 목욕물을 덥혀 드릴게요. 시간이 좀 걸릴 테니 일단 옷 갈아입고 계세요. 감기에 걸리겠어요."

미나가 얼른 리에타에게 갈아입을 침의를 꺼내어 건네주었다. 리에타는 힘없는 손으로 받아 들며 약하게 웃었다.

"그럴게요. 고마워요."

미나가 얼른 목욕물을 데워 오겠다며 나간 뒤, 리에타는 비척비척 침대에서 일어나 땀에 젖은 옷을 갈아입고 축 늘어져 앉았다.

그날. 집 앞에서 페르디안을 만난 후, 리에타는 벌써 며칠째 예전의 꿈을 꾸고 있었다. 제이드의 꿈도 있었고, 페르디안의 꿈도 있었다. 행복했던 기억도 있었지만, 그렇지 못했던 기억도 있었다.

멍하니 푸석한 눈가를 문질렀다. 울진 않은 것 같다. 다만 몸이 긴장한 탓인지 약간 아프고 힘이 빠졌다. 리에타는 가만히 몸에 힘이 돌아오길 기다렸다. 익숙한 일이었다.

일어나고 싶은데 몸이 움직여지지 않는 것도, 뭔가에 쫓기는 듯 내몰리는 느낌이 드는 것도, 그런 후에 잠에서 깨어나면, 싸늘한 추위와 몸에 남은 무력감이 한동안 몸을 늘어지게 하는 것도.

그래도 이제는 꿈꾸면서도 꿈인 줄을 알아서, 어느 정도는 몸의 반응을 통제할 수 있게 되었다. 땀을 흘리고 몸이 긴장하는 것이야 어찌 되지 않지만 무서워하며 울거나 실제로 허둥거리지는 않는다. 처량 맞게 울며 일어나지는 않게 되어 다행이었다.

제이드. 이제는 슬프기보단 반갑다. 악시아스로 오고선 정말로 오랜만에 남편의 꿈을 연달아 꾸었다. 줄곧 딸아이만 꿈에서 만나서 미안했는데, 그거 하나만은 페르디안에게 진심으로 고마웠다.

어쨌든 악시아스로 온 리에타에게는 '페르디안 세비타스'라는 사람, 유품 하나 남지 않은 제이드와의 추억의 유일한 증인이었으니까.

미나가 목욕물을 준비해 왔을 때, 리에타는 언제 악몽을 꿨냐는 듯 평소와 다름없는 평온한 모습으로 돌아와 있었다.

"미안해요. 무겁죠."

"에이. 별말씀을요. 한스가 요 앞까지 거의 다 가져다 줬는데……."

말하다 말고 미나의 얼굴이 벌게졌다.

"오, 오해하지 마세요. 이 새벽부터 그, 그런 게 아니라요."

한스. 미나가 다쳤다는 소리를 듣고 헐레벌떡 뛰어왔던 청년의 이름이었다. 리에타가 미나를 치유해 주고 주방을 나섰을 때 그는 꾸벅 허리를 깊이 숙여 인사했었다. 그들이 잘되어 간다는 걸 모르는 사람이 없었지만 리에타는 그저 웃으며 입에 쉿 하는 모양을 하고 말해 주었다.

"오해하지 않아요. 설명하지 않아도 돼요."

미나는 아직 그런 걸 부끄러워하는 소녀였다. 상처가 깨끗하게 나은 손으로 소매를 걷어붙이며 리에타의 목욕을 도와준다고 의욕을 불태우는 미나에게 리에타는 고맙다고 웃으며, 혹시라도 영주님께서 걱정할 만한 말씀은 드리지 말아 달라 당부했다. 그리고 저는 목욕은 원래 혼자 하니까 미나는 가서 도와준 사람에게 고맙다는 말만 전해 달라고 말했다.

물이 떨어지는 머리카락 아랫단에 젖은 수건을 대고 꾹꾹 누르던 리에타의 머리 위에 툭, 마른 새 수건이 얹어졌다.

"미나. 안 도와줘도 된다니까요……."

리에타가 웃으며 고개를 돌렸다. 그리고 저를 내려다보는 붉은 눈동자와 딱 눈이 마주쳤다.

"……."

킬리언은 리에타를 보는 둥 마는 둥 하고 머리에 전체적으로 수건을 대고 꾹 눌러 물을 닦아 주고는 수건을 든 채 머리에 남은 물기를 털어 주기 시작했다.

"춥겠다."

킬리언은 리에타의 몸에 보송보송 햇살 냄새가 나는 수건과 담요를 몇 겹이나 더 둘러 주었다. 그 위엔 이불까지 둘둘 말았다. 거울 속 리에타는 순식간에 머리만 내놓고 둘러싸인 고치 같은 형상이 되었다. 킬리언이 피식 웃었다.

"귀엽네."

뒤늦게 정신을 차린 리에타는 앉은 채 이불 속에서 꼼지락거리며 킬리언 쪽으로 몸을 돌리려 했다.

"제, 제가 할게요."

드르륵 끌리던 의자 다리가 이불자락을 밟았다. 몸이 의자째 미끄러져 균형을 잃더니 기우뚱 기울어 느리게 킬리언의 품에 툭, 떨어졌다. 킬리언이 놀라지도 않고 가볍게 받아 안았다. 리에타의 얼굴이 확 달아올랐다. 킬리언은 리에타가 웃기다는 듯 웃고는 제자리에 돌려놓았다.

"내가 하게 해 줘."

"……."

얼굴이 상기된 리에타가 당황한 기색으로 시선을 피했다. 킬리언이 조금 머뭇거리다 손을 떼었다.

"……미안. 싫으면 안 할게."

리에타는 발개진 고개를 떨군 채 대답하지 못했다. 허락이라 여긴 킬리언이 작게 웃으며 수건을 들고 리에타의 머리카락을 매만졌다. 사락사락, 머리카락을 스치는 손길이 못 견디게 간지러웠다. 쿵…… 쿵…… 심장이 뛰기 시작했다.

“뭐야, 뭐야? 황제의 사제들이 왜 수도원에 온 거야?”

“악시아스에 사원을 세운대. 수도원을 중심으로 지어 볼까 하고 지금 사전 답사들 오신 거라고.”

“사원? 악시아스에 사원이 생긴다고?”

“허. 우리 영주님은 사원에 관심 없으신 거 아니었어?”

‘사원 건립 계획’의 종합 사전 답사라며 대대적으로 황제의 사제들이 수도원에 몰려왔다. 기존 회의에 자문위원단으로 참석하던 사제들만이 아니라, 영지에서 봉사를 하던 사람들과 그들과 함께 하던 수행인들, 영지의 축성 능력자들, 그 사이 사제들과 친분이 생긴 평범한 동네 주민들에, 마침 수도원 근방에 머물고 있던 용병과 사냥꾼들까지 대거 수도원으로 몰려와 구경을 했다.

뷔테르는 물끄러미 킬리언을 쳐다보았다. 킬리언은 무시했다. 리에타가 하비투스 대사원의 성물의 계승자로 인정받을 때까지 악시아스의 사원 계획을 공개하지 말라던 뷔테르의 조언은 받아들여지지 않았다.

수도원을 둘러보고 강당 겸 빈 기도실을 빌려 의견을 나누기 시작한 사제들을 뒤에서 지켜보는 킬리언의 곁에 뷔테르가 지팡이를 짚고 와서 나란히 섰다.

“청개구리 심보가 있으신 걸 제가 자꾸 잊죠.”

킬리언은 눈만 슥 돌려 그를 쳐다보고는, 도로 앞을 보았다. 뷔테르가 한숨을 내쉬었다.

“뭐, 됐습니다. 예상한 바입니다.”

“허튼 수작 하지 마.”

“제가 감히 뭘 어쩌겠습니까.”

사원이 할 수 있는 일과 대사원이 할 수 있는 일에는 분명 차이가 있다. 당연히 대사원이 되면 좋다. 다른 사원에 영향을 받기보단 영향력을 행사할 수 있기도 하고. 그러나 사원이 대사원으로 인정받기 위해선 사원 단독으로 대축성 의식을 벌일 수 있을 정도의 강력한 성물이 필요하고, 많은 대중들이 인정할 만한 어떤 증거물과 거대한 서사도 있어야 한다.

역사의 뒤안길로 사라져 가게 된 하비투스 대사원의 비극은 역설적으로 악시아스 사원으로선 꽤나 딛고 올라설 만한 서사거리가 되었다. 모실 신은 하비투스 여신이면 적당하다. 대사원의 일을 수습한 사람들이 대부분 이쪽에 있었으니 정당성도 있다.

하비투스 대사원의 성물을 그대로 계승한다면 악시아스 사원에서 주장할 만한 서사와도 딱 맞아떨어지게 되니 안성맞춤이었다. 리에타 양이 다른 사원들의 훼방이나 음해 없이 엘티움 대석장을 계승받을 수 있다면 신생 사원이 대사원이 되는 것은 정말로 꿈이 아니다.

그러나 킬리언이 행동으로 보여 주는 완강한 거부를 보니 그 일의 위험성을 다시 생각하게 되었다. 뷔테르가 시선을 앞으로 향해 둔 채 말했다.

"너무 괘씸하게 여기지 마십시오. 딱히 위험해도 상관없단 생각은 아니었습니다. 저는 정말로 리에타 양이 해낼 수 있으리라 생각하고 한 제안이었습니다."

킬리언이 답했다.

"마의 성물을 쥐는 데서 오는 마법적 위험만이 리에타에게 닥칠 위험의 전부가 아니다."

그것도 그렇지. 악시아스에 사원이 세워지리라는 소문이 퍼진 이상, 사제가 아닌 데다 과부이고 평민이라 사제가 될 수도 없는 리에타는 다른 사원들로부터 정당성을 공격받을 소지가 많았다. 사원은 다수 군중들을 설득하고 여론을 형성하는 강력한 힘을 가지고 있다.

타니아 성녀가 지지 표명으로 힘을 실어 주었다 해도 다른 사원들이 작당만 하면 리에타는 지금 선점하고 있는 긍정적 이미지와 사회적 입지에 타격을 입을 위험이 크다.

킬리언이 잘 다루어 내리라 생각했기에 그것까지 포함해서 괜찮을 거라고 생각했던 것이었지만, 킬리언이 이렇게 나온다는 건 엘티움 대석장의 계승과 관련해선 완전히 일을 틀어 놓기로 작정한 것이었다.

뷔테르는 더 이상 왈가왈부하지 않기로 했다. 리에타 양도 이미 많은 일을 해 주고 계신데, 한 사람에게 너무 많은 짐을 지우는 것도 못할 일이었다.

엘티움 대석장을 얻기 어렵게 되었다는 건 아쉬운 일이지만, 영주님이라면 그런 것 없이도 능히 잘 해 나가실 것이라는 생각이 들었다. 내가 도우면 된다. 내가 아니어도 데미안과 콜브린이, 그분의 곁을 지키는 기사들이 도울 것이다. 그리고 그후에는 수도원의 아이들이 자라서 도울 것이다.

유서 깊은 성물이 없어도, 영주님이라면 좋은 사원을 만들어 주시고 보호해 주실 것이다. 뷔테르는 힐끔 눈을 들어 킬리언을 쳐다보았다. 십 년 전엔 황무지였던 곳이 대도시가 된 것도, 사원이 생기는 것도 대단한 일이다.

무엇이든 안 될 것 같은 일도 해내고 마는 사람이 곁에 있으니 너무 많은 기적을 욕심내게 된다는 생각이 들었다. 신처럼 보이는 사람이 해낼 법한 일에서 눈높이를 낮추어 인간에게 시선을 돌리니, 킬리언의 마음에 리에타를 향한 불이 확실하게 당겨진 것이 보여 대사원의 성물을 포기하는 쪽도 꽤 나쁘지 않은 흐름처럼 느껴졌다.

고대 마법이 살아 있던 시기, 기적으로 일으켜진 대지와 계곡. 탑과 사원. 심판과 재앙. 멸망과 부활. 그렇게 역사에 기록되는 일만이 기적이 아니다. 인간에게 일어나는 변화도 때로는 기적이다.

모여서 회의를 하던 사제들 중 하나가 고개를 들고 두리번거리다가 킬리언과 눈이 마주쳤다. 그가 입을 열기 전 킬리언이 먼저 물어봐 주었다.

"왜?"

"저어, 마수 사냥꾼들에게 제공되고 있는 수도원 앞마당에 대해 논의를 했으면 하는데요. 축성술사님은 같이 오지 않으셨습니까?"

"같이 오긴 했지만 오늘은 없어. 다른 볼일 보냈다. 나와 이야기 하지."

"아, 예……."

킬리언이 있는데도 이제 사제들은 리에타를 먼저 찾는다. 뷔테르는 그것도 조금은 기적 같은 일이라는 생각이 들어, 사제들과 킬리언을 한 번씩 쳐다보고 웃었다.

킬리언이 리에타에게 맡긴 '다른 일'은 휴가였다. 오늘 킬리언은 그녀에게 하루 간의 강제 휴가를 명했다. 그것을 리에타는 킬리언을 따라 수도원에 도착하고서야 통보받았다.

"왜, 왜 하필이면 오늘……!"

"그냥."

"아니, 적어도 오늘 시찰까지는 함께……!"

"데려가."

당황한 리에타는 수도원 시찰까지는 참여하고 쉬겠다고 버티며 저항했지만 걱정 끼치지 말란 말에 끝내 굴복하고 말았다. 이미 킬리언에게 귀띔을 받고 와서 기다리던 동쪽 별채 여기사들이 홀짝 리에타를 낚아 갔다.

그들은 수도원에 있는 라나의 거처에 초대되었다. 무너지기 전 동쪽 별채 여자들의 거처도 검소한 편이었지만 수도원 내부에 있는 라나의 독채는 그보다도 질박한 곳이었다. 보통의 수도사들이 머무는 거처보다 넓기는 했지만 공간의 대부분을 정체 모를 마법 실험 도구와 잡동사니들, 화폭 따위가 차지하고 있어 그다지 넓다는 느낌이 들지 않았다. 모양 자체도 평범한 수도사의 방과 다를 것이 없었다.

다만 놀기는 좋았다. 마법사인 라나의 방에는 신기한 물건이 많았다. 리에타와 마찬가지로 라나의 방에는 처음 와 본다는 로테와 베스도 신기해하며 푸른 도깨비불이 아롱거리는 크고 작은 수정 구슬들을 건드려 보았다.

벽에 걸린 족자엔 라나가 직접 그렸다는 그림들이 군데군데 걸려 있었고, 마법 물품의 재료로 쓰이는 마수 전리품, 즉 동물의 신체 일부가 든 유리병 같은 것도 여기저기 놓여 있었다. 베스는 벽장을 가린 커튼 앞에서 호기심 어린 얼굴로 기웃거렸다.

"라나. 여기에는 뭐가 들어 있어요? 열어 봐도 돼요?"

"나는 상관없지만, 후회할 거예요. 보기 좋지 않은 게 들어 있어요."

베스는 뜨악한 얼굴로 벽장 앞에서 한발 물러났다. 그나마 보기 불편한 것은 나름대로 치워 둔 거였나? 베스는 불가해한 얼굴로 유리병 안에 든 정체 모를 동물의 눈알을 들여다보았다. ……이 친구는 보기 좋은 축이라 나와 있는 거야?

"이 유리병들은 뭐예요?"

로테가 흥미진진한 얼굴로 불쑥 머리를 내밀고 물었다. 베스도 로테가 가리킨 푸른색, 붉은색, 초록색, 노란색 불투명한 액체가 든 유리병을 쳐다보았다. 설마 저 파란 건…… 동쪽 별채의 악몽이 되었던 바실리스크의 피……? 섬뜩해하는데 라나가 답했다.

"물감이요."

"……."

베스는 저도 모르게 한숨을 내쉬었고 로테는 조금 실망한 얼굴이 되었다. 여자들은 저마다 흥미에 따라 그림을 구경하거나 마법 물품을 구경하거나 했다.

리에타는 그림 쪽이었다. 리에타는 은은한 연보라색으로 물든 꽃이 흐드러진 들판을 그린 족자를 들여다보며 감탄했다.

“꽃이 정말 예뻐요. 색깔도 예쁘고.”

리에타가 보는 그림을 어깨 너머로 살핀 세이라가 물었다.

“이 그림 색칠했네? 전에 봤을 땐 저 꽃들 흰색이었는데.”

라나가 “네.” 대답하며 미소 지었다.

“이 그림들 다 라나의 작품인가요? 굉장하네요.”

엘리제가 웃으며 대신 자랑했다.

“이게 다가 아니야. 그림이 너무 많아서 따로 모아 두는 그림 방도 있어요. 라나, 우리 그림 방 구경해도 돼?”

“라나, 전에 여기 걸려 있던 나비 그림, 어디 있어? 나 그 그림 보고 싶은데.”

“그건 부채 만들었어요.”

“에엑! 너무해! 내가 제일 좋아하는 그림이었는데!”

라나가 뒤적이던 서랍장에서 그림이 그려진 부채를 꺼내어 들었다.

“세이라한테 주려고.”

“헉……. 감사합니다, 라나 님.”

세이라가 태세를 전환하며 공손히 두 손을 내밀고 굽신거렸다. 리에타는 족자에 걸린 어떤 그림 앞에 멈추어 섰다. 푸른 들판. 지평선에 앙상하게 일그러진 옛 성터의 그림자. 잿더미가 된 폐허에서 솟아올라 파란 하늘을 가로지르는 빛의 기둥은 붉은 빛이었다.

“오. 나 이거 알아. 이거 그거지? ‘라멘타 최후의 빛.’”

지젤과 베스가 리에타 옆에 와서 그림을 보고 감탄했다.

"와……. 이건 정말 멋지네요. '최후의 빛' 원본 못지않은데요? 꼭 진짜 보고 그린 것 같아."

"원본 본 적 있어?"

"네. 수도에 있을 때."

"아. 너 귀족이었지. 자꾸 잊네."

여기사들이 두런거렸다. 십구 년 전 멸망한 신성 왕국 라멘타의 위령비. 몇 달 간 라멘타 왕궁을 휩쓸었던 악마들의 화염 속에서 솟아오른 정체 모를 빛의 기둥.

어떤 이들은 그것을 베아트리체 왕녀의 부고를 전해들은 에샤힐테 여왕의 피눈물이라고도 하였고, 어떤 이들은 평화로운 시대의 종막을 알리는 악마 해방의 신호탄이라고도 하였다.

왕궁을 잿더미로 만든 화염 속에서 시작된 이 빛의 기둥은 모든 것이 시커멓게 타 없어진 후에도 몇 년 동안이나 지속되었다. 많은 화가들이 그 빛의 기둥을 그림으로 남겼고, 대중들은 그 그림들에 다양한 이름을 붙였다.

'라멘타 최후의 빛', '여왕의 눈', '진혼의 첨탑', '비탄의 노래: 에율라티아'……. '제국을 향한 축복', '제국의 앞길에 빛을' 따위의 대담하고 뼈 있는 제목을 붙여 황제를 향한 여왕의 저주를 빗댄 그림들도 있었다. 이것들은 모두 개별 작품들의 이름이자 그 빛의 기둥을 가리키는 대명사가 되었다.

빛의 기둥이 완전히 사라져 버린 후에는 당대에 그려진 유명한 몇몇 작품들이 기준이 되어 모작과 아류작들이 쏟아져 나왔다. 평화로운 자연과 황량한 폐허, 파란 하늘과 붉은 빛의 기둥을 대비시키는 이런 화풍의 원조는 '라멘타 최후의 빛'이라는 작품으로 많은 후대 작품들의 원류가 된 그림이었다.

"……."

리에타는 담담한 눈빛으로 그 그림을 바라보았다.

"우와. 리에타! 이것 좀 봐!"

리에타가 고개를 돌렸다. 세이라가 고이 접힌 하얀 양산을 들고 눈이 동그래져서 쳐다보고 있었다.

"이건 리에타 거래!"

팟! 세이라가 양산을 펼쳤다. 테두리에 연보라색 꽃이 점점이 흐드러진 뽀얀 레이스 천이 화사하게 펼쳐지며 방을 밝혔다. 리에타가 눈을 동그랗게 뜨며 아차 하는 얼굴로 입을 가렸다.

"네? 아니에요. 저는 아무것도 준비 못 했는데……."

라나가 미소 지었다.

"괜찮아요. 내가 좋아서 주는 거니까."

'동쪽 별채' 모두 양산 하나씩은 다 선물했는데, 따로 만날 기회가 없어 리에타만 이제야 주는 거라며, 라나가 웃었다. 세이라가 양산을 보며 거듭 감탄했다.

"이건 정말 역작이다. 그동안 라나가 만들어 준 양산 중에 이게 제일 좋아 보이는데?"

엘리제가 웃으며 핀잔했다.

"탐내지 마, 세이라. 좋은 양산을 주면 뭘 해. 너는 기껏 받은 것도 잃어버리기나 하잖아."

"윽……. 아, 아니 그러니까 내가 이걸 탐낸다는 뜻이 아니라……. 그만큼 각별한 정성이 들어간 거라는 걸 리에타도 알아달라는 의미로다가……."

여자들이 웃음을 터뜨렸다. 라나가 웃으며 말했다.

"미안해요, 세이라. 그건 신성 능력자용이에요. 분실 방지 마법도 걸려 있어요."

세이라가 분실 방지 마법이란 소리에 흥분했다.

"그런 게 걸려 있었으면 나도 안 잃어버렸을 텐데!"

라나가 웃었다.

"그래요. 다음 양산엔 꼭 마법을 걸어 줄게요. 그러니 그건 탐내지 말고 리에타에게 줘요."

"아니, 내가 진짜 이게 탐난다는 그런 뜻이 아니라……."

웃음소리 속에서, 세이라가 염치없어하며 양산을 들고 다가와 리에타에게 그것을 건네주었다. 받아 들고 보니 한눈에도 좋은 물건이라는 걸 확실히 알 수 있었다.

이렇게 쉽게 받아도 되나 황송할 정도였지만, 모두가 세이라를 놀리는 재미에 푹 빠진 흐름이었던 데다, 라나도 아무렇지도 않게 그저 생긋 웃고 말아서. 리에타는 그저 민망하고 고마워하며 감사 인사를 하고 선물을 받았다.

보낼 때는 불편해 죽을 것 같던 얼굴이었는데. 킬리언이 리에타를 다시 만났을 때, 그녀는 좋은 시간을 보냈는지 제법 긴장이 풀린 얼굴이었다. 손에는 처음 보는 양산을 들고 있었다.

"뭐야 그건?"

킬리언의 질문에, 리에타가 민망한 듯 웃으며 답했다.

"라나에게 선물 받았어요……. 보여 드릴까요?"

리에타는 빙그르르, 손잡이를 잡고 돌리더니 팟, 양산을 펼쳐 보여 주었다. 하얀 양산에는 조그만 연보라색 꽃 무더기가 가장자리에서 물들어 오듯 테두리를 따라 그려져 있었고, 손잡이 부근에 동그란 수정 구슬이 달린 양산대는 세공까지 되어 있는 것이 꽤나 고급스러워 보였다. 리에타가 양산을 올려다보고 뱅글 반 바퀴 돌려 보며 웃었다.

"꽃도 라나가 직접 그렸대요. 예쁘죠."

킬리언이 리에타를 보며 답했다.

"예쁘네."

리에타가 웃었다.

"비상시엔 신성 능력자의 무기로도 쓸 수 있대요."

리에타가 두 손으로 양산대를 잡았다. 우웅 소리가 나며 리에타의 몸에 산들바람 같은 신성력이 일었다. 양산의 손잡이 끝에 달린 수정 구슬이 눈부시게 빛나고, 신성한 힘이 집중된 양산대에서는 은빛 아지랑이가 피어올랐다. 킬리언이 얼떨떨하게 쳐다보았다. 그럴싸한데?

……하지만 굳이 양산이 무기 역할을 해야 할 이유가 있나? 그냥 무기를 쓰면 되지. 리에타는 양산이 마법 지팡이라도 되는 양 두 손으로 잡고 천진하게 웃었다.

수정 구슬이 빛을 뿜어내자 꽤 괜찮은 마법 무기처럼 보이기까지 했지만 웃기게도 반대편 끝에 달린 건 양산이었다. 킬리언은 조금 황당해서 웃으며 물었다.

"무기 사 줘?"

리에타가 작게 웃음을 터뜨리며 양산을 감싸 접었다.

"아뇨."

양산을 갈무리하는 리에타의 손목에서 팔찌가 흔들렸다. 동쪽 별채 여자들이 선물해 준 물건들……. 나도 뭔가 해 주고 싶다는 생각이 들었지만, 목걸이는 다른 것이 있는 데다, 팔찌는 이미 있으니……. 반지를 해 줘야 하나 하는 헛된 생각이 들려고 해서 킬리언은 그저 웃으며 고개를 돌렸다.

간밤에는 그의 충실한 조언자들과 맹렬한 토론이 있었다. 킬리언은 여자랑 친해지는 방법, 여자에게 신뢰를 주는 방법, 여자에게 마음을 증명하는 방법, 잘못한 고백을 정정하는 방법 따위를 연이어 물었다가, 넋이 나간 레너드가 멍하니 할 말을 잃고 그를 바라보자 곧바로 손사래를 치고 일어섰다.

'아니다. 못 들은 걸로 해라. 내가 알아서 하마.'

'뭐, 뭘 어떻게 알아서 하신다는…….'

킬리언은 그대로 자리에서 일어나 나가려고 했다. 당황한 레너드가 말을 더듬으며 소리쳤다.

'어, 어디 가십니까?'

'지금 가서 리에타한테 말하겠다.'

'예?' 레너드가 기겁하며 킬리언을 붙잡았다. '지, 지금요?! 무슨 말을요?!'

'신경 꺼.'

어느새 달려 들어온 지젤이 뜯어말리며 충언했다.

'안 돼요! 지금 기합이 너무 많이 들어가셨어요!'

'아닌데?'

'좀만 더 진정하고 가세요!'

'난 완벽하게 진정하고 있어.'

'아니시거든요? 고백하신 지 얼마 안 되셨죠! 며칠이나 됐다고 바로 말 바꾸시려는 거예요?'

정확하게 짚어 내는 지젤의 지적에 킬리언은 멈칫했다. 킬리언은 그렇다고 확언한 적 없지만 지젤은 그날, 둘이 같이 사라졌던 소나기 오던 날이 킬리언이 리에타에게 고백했던 날일 거라고 직감적으로 확신하고 있었다. 혹시 리에타에게 들었을까. 그랬든 아니든 상관없지만, 예리한 지적은 날카롭게 파고들었다.

'잠깐만, 잠깐만 저희랑 이야기하고 가세요! 이렇게 가시면 후회하세요!'

충신들의 만류가 킬리언의 발목을 잡았다. 하지만 이건 내가 알아서 할 일이라는 생각도 들었다. 갈까? 말까. 얘기를 들어 볼까? 말까.

'들어 보고 가셔도 늦지 않습니다.' 레너드가 다시 끼어들었다.

'지젤은 축성술사님이랑 친합니다. 도움이 되지 않겠습니까?'

레너드의 부추김에 킬리언이 뚱하니 쳐다보다 툭 뱉었다.

'내가 더 친해.'

지젤은 정신이 혼미해졌다. 레너드가 진지하게 설득했다.

'지젤은 같은 여자니까 저희보다 그분의 마음을 잘 알지 않겠습니까?'

그건 그럴 수도 있지만……. 결정타가 날아들었다.

'그리고 각하께선 언제나 경험자의 조언은 들어 볼 만한 가치가 있다고 하지 않으셨습니까.'

지젤이 멈칫했다. 레너드가 지젤의 손을 잡고 깍지를 꼈다.

'말씀 못 드렸습니다만, 저희 얼마 전부터 사귑니다.'

킬리언은 물끄러미 그들의 얼굴을 쳐다보았다. 파격적인 얼굴들이었다. 레너드는 깍지 껴 잡은 자신들의 손이 남의 것인 양 외면한 채 킬리언을 거의 노려보고 있었고, 킬리언이 쳐다보자 당황한 지젤이 손을 빼려고 하는 걸 레너드가 꽉 붙잡는 것이 보였다.

지젤은 저한테 말할 생각은 없었는지 킬리언을 보고 당황한 기색이었지만 부정하지 않았다. 지젤은 얼굴이 새빨갛게 달아오르며 슬그머니 시선을 피해 바닥을 노려보았다.

마주 잡고 놓지 않는 손이 킬리언의 시선을 끌었다. 마침내 킬리언은 당장 뿌리치고 달려가려던 기세를 누그러뜨린 채 피식 웃어 보이고 말았다.

'싫다더니. 잘 어울리는구나.'

레너드는 그 발언으로 킬리언의 주의를 자신들에게로 돌리는 데 성공했다. 신뢰할 수 있는 조언자로서의 능력 어필이 효과를 발휘했다기보다는, 그들은 킬리언이 진정으로 아끼는 부하들이었기 때문이었다.

결국 킬리언은 리에타에게 달려가려던 계획을 미루어 두고 두 기사들과 테이블에 마주 앉았다. 아끼는 두 기사가 진지하게 만나 보기로 했다니 혹시 결혼이라도 하려나 싶어 이야기를 들어 보려던 것이었지만 어느새 이야기는 킬리언의 취조가 되어 가기 시작했다.

킬리언은 썩 내키지 않는 듯 비협조적인 태도였지만 완강히 거부하진 않은 채 띄엄띄엄 털어놓았다.

'……기다릴 수 있으니까 날 다시 생각해 보라고 할 생각인데.'

지젤이 단언했다.

'그렇게 말하시면 리에타는 당장 도망가 버릴 거예요.'

킬리언이 머뭇거렸다. 그건 싫었다.

'……그렇다 해도 내가 감당할 몫이지. 어쨌든 내가 잘못 말한 거니까 정정해야 하지 않나.'

'아니에요. 안 돼요. 솔직하기만 하다고 능사가 아니에요.'

'……그럼 계속 오해하게 둬?'

'고백도 타이밍이 있는 거예요. 상대방이 어떤 기분인지, 어떤 마음인지 살핀 다음에 좋은 분위기를 봐서, 특별한 시간과 장소를 엄선해서! 이렇게 다짜고짜 가서 일단 내가 하는 말을 듣고 생각은 나중에 해 보라고 던지는 게 아니라구요.'

맞는 말 같았다.

'그때까진 평소처럼 대하세요. 사람 대 사람으로요.'

'……그러고 있어.'

'그러고 있기는요. 평소엔 안 그러시는 분이 갑자기 여자, 여자, 여자에서 벗어나질 못하고 계시면서.'

'……여자잖아?'

'여자로 대한다고 특별할 것 하나 없어요. 오히려 과해지면 역효과예요. 여자이기 이전에 사람이라고요. 그리고 상대가 리에타라는 걸 잊지 마세요.'

킬리언은 침묵으로 수긍했다. 일단 성급하게 말을 번복하지 말고, 리에타가 부담을 갖지 않을 선을 지켜라. 급하게 거리를 좁히려 하지 말고, 천천히 다가가라. 너무 남자로서 어필하거나 자기 자신을 과시하려 하지 마라. 폭력적인 모습을 보이지 말고, 배려하며 온화하게 행동해라. 뭐든 부담스러워할 수 있는 행동은 하기 전에 허락을 받고 예의를 지켜라.

킬리언은 일단 그들의 조언을 받아들이기로 했다.

"……그래서 말인데요, 혹시 제가 남쪽에 서신을 좀 보내도 될까요?"

킬리언이 퍼뜩 상념에서 깨어나 반문했다.

"응?"

"편지를 보내 준 친구가 절 걱정하고 있는 것 같아서…… 받은 편지에 답장을 보냈으면 해서요. 잘 지내고 있다는 소식을 전해 주고 싶은데……."

편지? 리에타는 그가 잊었다고 생각했는지 조금 이마를 만지작거리다가 덧붙여 왔다.

"'아나이스'요. 세비타스 쪽으로 저한테 왔던 편지……."

자신이 편지에 대해 알고 있다는 걸 너무 당연하게 전제하는 리에타의 말에, 킬리언은 곧바로 대답하지 못한 채 멈칫했다.

……잠깐만. 리에타의 말을 곱씹어 봤지만 그녀의 말은 그저 편지 봉투에 쓰인 발신자를 안다는 정도의 의미가 아니라 편지의 내용까지 안다고 생각하는 사람을 상대로 하는 발언이었다.

……내가 편지를 봤다는 걸, 어떻게 알고 있지? '예의를 지켜라'에 위험

신호가 켜졌다. 그는 뭐라 확신할 수 없는 낯으로 그녀를 바라보았다. 최근 알게 된 걸까? 아니면, 처음부터 알고 있었나?

미처 신경 쓰지 못하고 있던 일이었다. 그때 전해 주었던 아나이스라는 친구의 편지는 도로 밀봉해서 보지 않은 척 리에타에게 보냈었는데. 요사이 밀려드는 편지들은 워낙 수가 많고 대부분이 쓰레기라 멋대로 열어보고 있었지만 사실은 그러면 안 되는 거라는 걸 킬리언도 알고 있었다.

실수였다. 최소한 리에타에게 무슨 거짓 핑계를 대더라도 내가 먼저 편지를 좀 보겠다 허락을 구하거나, 혹은 이러저러해서 보고 있다는 것에 대해 언질은 주었어야 하는 거였는데.

"내가…… 편지를 읽어 보고 줬다는 걸……."

킬리언은 꾹 입술을 물었다가, 껄끄러운 표정으로 말을 맺었다.

"어떻게 알았지?"

킬리언은 모르는 일이라고 잡아떼지 못했다. 편지를 열어 봤다는 걸 그렇게까지 철두철미하게 숨기고 있지는 않았지만, 리에타가 알고 있었다는 걸 알게 되고 보니 그렇게 대충 다루어선 안 되는 일이었다는 생각이 들었다. 리에타는 뜻밖에 조금 놀란 표정이 되어 눈을 깜박이며 그를 보고 있었다.

"그야……." 리에타가 말끝을 흐렸다. 드레스룸에 덩그러니 놓여 있던 편지를 받고 조금 울고 난 후에 따뜻한 물을 들여와 준 하녀는 누구의 명령을 받은 걸까.

뻔한 일이었다. 리에타가 편지를 발견한 시간은 킬리언이 으레 그녀의 드레스룸에 찾아오던 시간이었지만 언제나 그녀를 데리러 오던 타이밍에 그는 나타나지 않았다. 그래서 리에타는 한동안 마음을 진정시킬 수 있었다. 평소보다 조금 늦은 방문과 평소와 똑같은 차분한 대화, 아무 말도 없었지만 평소와 다름없는 식사 시간 속에서 리에타는 킬리언의 배려를 느꼈었다. 다 알고 계신다 생각했다. 그저 모든 게 자연스러워서…….

"……당연히…… 영주님께서 먼저 보시고 제게 전해 주셨을 거라고……."

당연히 봤을 거라고 생각했다고? 킬리언이 조금 느리게 반문했다. "왜 그렇게 생각했지?"

리에타가 멍한 얼굴을 했다. 당연한 게…… 아니었나? 질문을 받고서야 알았다. 당연한 일이 아니었다. 편지는 밀봉되어 있었다. 자신이 영주님이 편지를 보셨다고 믿을 근거는 없었다는 데에 뒤늦게 생각이 미쳤다. 이 편지를 누가 가져다 주었을까, 킬리언이 왜 아무것도 묻지 않을까. 궁금해하지도 않았다.

악시아스에서 일어나는 일은 전부 킬리언의 손안에 있었고, 그건 리에타에게 숨 쉬는 공기가 도처에 있는 것과도 같은 일이었으니까. 리에타는 킬리언의 정보력에 대해 잘 알고 있었다. 그리고 그 안에서 딱히 불편함을 느끼지 않았다. 오히려 안심하고 있을 수 있었다. 그렇게 생각한 자신이 낯설었다.

대답하지 못하는 리에타를 바라보는 킬리언의 표정이 어딘지 좋지 않았다. 리에타는 얼떨결에 전혀 다른 이유를 입에 담았다.

"제가 누구의 사주를 받게 될지도 모르니까……."

리에타는 자기도 모르게 중얼거리다 말고 입을 다물었다. 킬리언이 리에타의 말을 듣고 딱딱하게 굳은 표정으로 그녀를 바라보고 있었다.

"……그러니까 내가 그대를 의심해서, 그대에게 들어가는 편지를 검열하는 게 당연하다고 생각하고 있었다고?"

그가 가늘게 눈을 찌푸리며 고개를 기울였다. 리에타는 조금 어색한 얼굴을 했다. 그렇게 표현하고 보니 굉장히 이상하게 들렸다. 그들 사이에 그런 일이 벌어진다는 건 뭔가 자연스럽지 않게 느껴졌다.

사실 상황이 그렇기는 했다. 지금 리에타는 킬리언의 최측근 애첩, 게다가 겨우 몇 달 전 돈에 팔려 온 여자였다. 누군가 악시아스 대공을 해하고 싶은 사람이 있다면 가장 먼저 매수해 보려고 시도할 만한 사람이었다.

오랫동안 그에게 충성을 바쳐 온 다른 기사들과는 달랐다. 이래저래 영주님께 아직은 못 미더운 사람인 것도 사실이니까…….

리에타는 말실수를 했다는 걸 깨닫고 소매로 입을 가렸다. 잘못 말했다는 생각이 들었다. 편지를 보시긴 했지만 그게 밀봉되어 있었다는 건, 내용을 읽어 봤다는 걸 자신이 알게 하고 싶지 않으셨다는 의미였을 텐데…….

자신이 보셨겠거니 하는 것과 그것이 두 사람 사이에 공언되는 것은 다른 문제였다. 리에타는 그것이 불신의 확언이 되지 않기를 바라서, 그리고 이것이 그와 자신 사이에 문제가 되지 않기를 바라서 얼른 말했다.

"다, 당연히 그러실 수 있죠. 아니, 그러셔야죠."

킬리언의 눈썹이 꿈틀했다.

"저 같아도 그리 했을 텐데요……. 오히려 그러지 않으셨으면 왜 그러지 않으시냐고 제가 여쭤봤을 거예요."

킬리언의 표정이 좋지 않은 것을 알아챈 리에타가 머뭇거렸다.

"신뢰해 주시는 건 감사하지만……."

리에타가 애써 머쓱하게 웃으며 덧붙였다.

"그렇게 믿어 주시면 안 되지 않나요? 저는 영주님을 모신 지 얼마 되지도 않았으니까요."

킬리언의 표정이 굳어졌다. 우리 사이에 신뢰가 겨우 이 정도였냐는 농담이 가볍게 나오질 않았다. 킬리언은 새삼 그들 사이에 쌓인 시간의 깊이를 재어 보았다.

리에타를 안 지 반년이 넘었다. 그 시간이 짧다 생각해 본 적 없는데. 뜬금없이 불쾌한 하얀 놈까지 떠올랐다. 시간이 뭐가 중요한데?

"그 정도 사람 보는 눈은 있어."

"……하지만 영주님."

"그만." 킬리언이 약간 날카로운 눈으로 그녀를 바라보았다.

"의심을 해도 내가 해. 그대가 정해 줄 문제가 아니야."

리에타가 움찔하고 고개를 숙였다.

"……주제넘었습니다."

킬리언은 피로한 얼굴로 한숨을 쉬었다. 온화하게 대한다면서? 제기랄. '예의를 지켜라'도, '온화하게 대해라'도 엉망이 됐다. 누군가에게 무슨 말을 들을까 봐 검열하고 있는 것은 맞았다. 하지만 리에타가 자신에게 해를 끼칠 무슨 사주를 받을까 봐 불신해서 감시했던 건 아니었다.

그러나 이유 같은 게 중요한 문제가 아니었다. 내가 그렇게나 신뢰를 주지 못했냐고 묻기에는 방금 전까지 서신을 검열하고 있다는 사실을 숨겨 오지 않았나. 할 말이 없었다.

킬리언은 고개 숙인 리에타를 바라보았다. 킬리언이라고 안 지 얼마 안 된 낯선 외지인을 처음부터 무턱대고 신뢰한 것은 아니었다. 다만 리에타가 킬리언에게 가진 진실된 감사와 호의, 충심은 파악하고 있었다.

그리고 그것을 넘을 만한 다른 욕망이나 동기가 리에타에게는 없다는 것을 신뢰했다. 처음부터 기본적으로 금전에 휘둘리는 부류의 사람이 아니라는 점은 알고 있었고, 리에타에겐 볼모로 잡힐 만한 가족이고 무엇이고 남은 것이 하나도 없다는 점을 신뢰했다. 처음에는 그랬었다.

무엇 하나 분명히 말할 수 없는 것을 설명하는 대신, 킬리언은 그저 불친절하게 툭 내뱉었다.

"나를 배신할 예정이 있나?"

너무나 당연한 말에 리에타는 당황하지도 않고 대답했다.

"그럴 리가요."

킬리언이 냉랭한 표정을 조금 밀어내며 살짝 입꼬리를 올렸다.

"그거 봐."

킬리언이 물끄러미 리에타를 쳐다보았다. 손을 잡지 않았을 뿐, 바로 곁에 있다고 생각했던 사람이 사실은 꽤나 멀리 있었던 것 같다. 기분이 이상했다. 못 믿어서 편지를 열어 본 게 아닌데.

리에타의 말이 충심에 기반한 것이라는 걸 아는데도 배신이라도 당한 듯한 기분이었다. 그녀에게 들어갈 편지를 검열하고 있었음에도 화내기는커녕 충심으로 그것이 당연하다 말해 주는 그녀에게 오히려 고마움을 느껴야 하는 입장이다.

입장 바꿔 생각해 보면 지금 불쾌감을 느껴야 할 사람은 내가 아닌데. 알고 있었다 말해 주니 다행스러워야 하는데. 그런데…….

"……왜 이렇게 서운하지."

리에타는 당황한 얼굴이 되었다. 킬리언은 끝내 그녀에게서 고개를 돌렸다. 내가 먼저 잘못한 일이니, 내가 서운해할 문제가 아니라고 머리로는 납득하려 해도 쉽지 않았다.

신뢰하고, 신뢰받고 있다고, 리에타도 그렇게 여기고 있으리라고 생각했던 것이 다 착각이었나. 새삼 짝사랑이라는 걸 확인당하기라도 한 기분이었다. 킬리언이 입을 열었다.

"밖에서 안으로 들어오는 서신은 내가 사정이 있어 먼저 확인하고 있어. 미리 말하지 못한 점은 미안하다."

"……."

뭔가 말해야 한다는 생각이 들었지만, 리에타는 아무 소리도 입 밖으로 내지 못했다. 킬리언이 말을 이었다.

"하지만 그대를 못 믿어서 그랬던 건 아니야. 이것만은 믿어 주었으면 좋겠군."

리에타는 당황했다. 정말 어울리지 않게도, 자신의 말에 킬리언이 상처

받은 것 같다는 생각이 들었다. 지금 그의 말, 표정, 목소리, 그 안에 숨겨지지 않는 실망과 서운함. 그 모든 것이 자신이 깊이 신뢰받고 있었다는 걸 말하고 있었다. 그냥 알 수 있었다.

루딘 님의 이야기를 해 주지 않으셨을 때, 신뢰받지 못하고 있구나, 생각했었는데. 그가 모든 걸 말해 주지 않아도, 지금 킬리언이 하고 있는 말이 진심이라는 게, 그가 자신을 정말로 신뢰하고 존중하고 있다는 게 느껴졌다. 그리고 나의 신뢰가 이분께 생각보다 중요한 문제라는 것도.

초조했다. 말을 잘못했다는 생각이 들었다. 그런 게 아니라고 해명하고 싶었다. 킬리언이 눈을 맞추어 왔다. 담담한 표정이었다.

"말하지 않고 편지를 열어 본 것, 미안하다."

"아, 아뇨……."

리에타가 황송한 말씀에 황급히 두 손을 내저었다.

"전혀…… 괜찮습니다. 당연히 그러실 수도 있는 일입니다."

"당연하지 않다." 킬리언이 다시 그녀를 외면하며 말했다.

"용서해라."

킬리언의 눈이 떠나가는 순간, 리에타는 저도 모르게 다급하게 손을 뻗었다. 탁. 킬리언이 퍼뜩 고개를 돌렸다. 리에타가 당황한 얼굴로 그의 손을 잡고 있었다. 리에타가 더듬더듬 말했다.

"제가……, 제가 죄송합니다."

조금 놀란 얼굴로, 킬리언이 리에타를 마주 보았다. 리에타의 눈빛이 흔들리고 있었다.

"영주님께서 절 불신하신다거나, 감시하신다고 생각했던 건 아니었습니다. 절 믿어 주셔서 많은 일을 맡겨 주시는 걸 감사하고 있는걸요. 편지를 보셨다는 건 그저, 그러셨나 보다 저 혼자……. 아무튼 용서까지 필요도 없는 일입니다."

리에타가 어쩔 줄 모르는 낯으로 그를 직시하며 빠르게 말을 이어 갔다.

"편지를 보셨다는 건 정말 상관없습니다. 무슨 사정이 있으신 것도, 네. 말해 주지 않으셔도 괜찮습니다. 전에도 말씀드렸지만 저는 정말로 영주님을 믿으니까요. 그리고 영주님께서도 정말로 저를 믿어 주신다는 것도 알고 있어요."

리에타는 점점 더 다급하게 말했다.

"저도, 저도 영주님이랑 같은 마음……!"

리에타가 급격히 말꼬리를 흐렸다. 그가 당황한 얼굴로 그녀를 바라보고 있었다. 얼굴이 가깝다. 내가 뭘 하고 있는 거지? 리에타는 저도 모르게 화들짝 손을 떼고 물러서려 했다.

탁. 이번에는 킬리언이 멀어지려는 리에타의 손을 잡았다. 퍼뜩 쳐다보자, 킬리언이 놀란 얼굴로 그녀를 바라보고 있었다. 달아나려는 그녀의 손을 빈틈없이 당겨 잡은 채, 잠시 주의 깊게 그녀의 눈을 바라보던 킬리언이 작게 끄덕이며 말했다.

"……알았어."

눈이 마주쳤다. 포로롱. 가볍게 날갯짓해 날아가는 울새의 발밑에서 구르던 먼지가 흔적도 없이 흩어졌다. 똑, 연못에 맑은 물소리가 퍼졌다. 조용히 눈을 마주한 채, 바람에 머리카락이 잔잔하게 흔들렸다.

잠깐 그녀를 쳐다보고 있던 킬리언은 리에타를 잡지 않은 손으로 얼굴을 한 번 쓸어내리더니, 이내 소리 없이 웃는 얼굴로 다시 리에타를 마주 보았다. 잡은 손을 살짝 끌어당기며, 그가 리에타의 눈을 마주 보고 반복했다.

"알았어."

그때까지 안절부절못하는 얼굴을 하고 있던 리에타는 저도 모르게 눈을 조금 크게 뜨며 안도했다. 아……. 다행이다. 뭐가 그리 다행스러운지,

안심이 되었다. 하아. 작게 숨을 뱉듯 그를 보고 마주 웃었다.

다행이다. 말은 부족했을망정, 제 마음만은 전해졌다는 걸 알 수 있었다. 시선이 교차했다. 킬리언은 잠깐 뭐라 말해야 좋을지 모르겠다는 얼굴로 그녀를 바라보고 있다가 리에타의 손을 조금 끌어당기며 웃었다. 당황한 것 같기도 한 얼굴로, 잡고 있던 손만 한 번 고쳐 잡으며 꾹 입을 다물었다.

그냥 알게 되는 것들이 있다. 리에타가 그냥 아는 것들이 있듯이, 킬리언도 그냥 알게 되는 것들이 있었다. 리에타는 자기가 어떤 얼굴을 하고 있는 줄도 모르고 그를 마주 보고 웃어 주었다.

무방비한 웃음이었다. 그가 웃어서 다행이라는 듯이. 킬리언은 그저, 마주 보며 웃을 뿐이었다.

작게 인 산들바람이 연못 위에 떨어진 낙엽을 밀었다. 이파리가 길게 미끄러지며, 잔잔한 파문이 연못 전체로 퍼진다.

리에타는 문득 풀어져 있는 제 자신을 자각하기라도 했는지 눈을 깜박이며 잡힌 손을 내려다보았다. 민망해하며 손을 빼려는데, 킬리언은 놔주지 않고 웃었다. 한참 동안. 그는 잡은 손을 놔주지 않았다.

바람이 농익은 계절이었다. 혹독한 북방의 겨울을 앞둔 식물들은 여름내 정든 잎들을 떨어내며 바지런히 겨울나기를 준비하고 있었다. 바람이 불어도 불지 않아도 낙엽이 떨어졌다.

리에타는 한참 동안 잡혀 있던 손을 어색하게 만지작거리며 바스락 바스락 발에 밟히는 낙엽을 내려다보았다.

아직 그대의 휴가가 끝나지 않았다며, 킬리언은 리에타를 데리고 한적한 성 안을 거닐었다. 그대가 모르는 성 안의 산책로와 지름길들을 알려 주겠다 핑계를 대었다.

악시아스 성은 넓은 곳이었고, 언제나 다니던 길만 다니는 리에타에겐 생소한 장소가 많았다. 단풍 든 나무 사이사이로 난 구불구불한 오솔길. 이어진 돌계단에 드리운 꽃 그림자. 군데군데 조그만 수풀이 우거진 오솔길 위에 가을 햇살이 유리 장막처럼 쏟아졌다.

몸을 숨긴 채 요리조리 뛰어다니는 조그만 동물들의 소리가 가을바람 위에 발자국을 내며 흐드러졌다. 리에타는 어느새 주변 풍경에 빠져들었다.

"답장은 썼나?"

리에타가 멍하니 있다가 한발 늦게 대답했다.

"아뇨……. 써도 된다고 하시면 이제 쓰려고요."

옆에서 걷던 킬리언이 문득 손을 뻗어 리에타의 머리카락에 내려앉은 낙엽을 떼어 주었다. 리에타가 멈칫 발걸음을 늦추었다.

"서신을 보내는 거야 그대 자유지. 그건 왜 나한테 물어?"

그렇게 말하며 킬리언은 손가락을 튕겨 낙엽을 날려 보냈다. 리에타는 날아가는 낙엽을 쳐다보며 눈을 깜박이다 자기 머리카락을 만졌다.

"아나이스라고 했지? 헤르메덴 사원에 있다고?"

"네."

"만나 보고 싶진 않아?"

킬리언의 물음에, 낙엽을 쳐다보던 리에타가 눈을 깜박이며 그를 올려다보았다.

"아나이스를요?"

킬리언은 속으로 레이첼에게 맡겼던 일을 떠올리고 있었다. 킬리언은 길드를 통해 아나이스가 소속되어 있는 헤르메덴 사원 쪽으로 접촉을 시도하고 있었다. '아나이스'를 만나 볼 수 있는지, 그리고 혹시 그쪽에서 파견 의사가 있다면 악시아스 쪽으로 축성 사제 '아나이스'의 장기 파견을 요청할 생각이었다.

그러나 가만히 그를 올려다보던 리에타는 만나 보고 싶다고 말하는 대신 담담하게 시선을 돌리며 말끝을 흐렸다.

"……언젠가 인연이 되면 어련히 만나지겠죠."

리에타가 담담한 표정으로 앞을 보았다.

"각자 열심히 살고, 가끔 잘 지낸다는 소식을 들을 수 있는 걸로 족해요."

자연스럽게 말을 피한다. 킬리언이 물끄러미 리에타의 옆얼굴을 쳐다보았다. ……왜 보고 싶다고 말을 못해? 눈을 보면 뻔한데.

킬리언은 아예 의사 타진 과정을 건너뛰고 헤르메덴 사원에 금액을 적어 '아나이스'를 지목하는 장기 파견 요청서를 보내는 쪽이 낫지 않을까 생각을 바꾸고 있었다. 가뜩이나 거리도 먼데 시간 끌어서 뭐하나.

킬리언은 곧바로 머릿속으로 파격적인 파견 비용을 책정했다. 협상은 없다고 못 박으며 파견 비용은 두 번 생각할 필요도 없을 정도로 후하게 책정하면 봄이 오기 전에 만나 볼 수 있을 텐데…… 너무 강력하게 요청하면 오히려 겁먹고 몸을 사리려나?

악시아스 대공의 대외적 이미지가 꽤나 험악한 편이라는 것이 마음에 걸렸다. ……그냥 좀 더 젠틀하게 시간을 주고 의사를 물으며 기다릴까. 어차피 혹한기의 악시아스는 기피할 가능성이 높다.

치유나 구마 능력은 없는 축성 사제라면 아마 헤르메덴으로서도 못 보내겠다고 아낄 이유가 없을 것이니 그쪽 대주교가 거부하지 않는다면 성사될 가능성이 높지만, 킬리언은 위험 부담을 하고 싶지 않았다.

리에타의 친우다. 웬만하면 좋게 대우해 주며 기분 좋게 오도록 불러주고 싶었다. 언제든 달려오겠다고 말했다곤 해도 빈말일 가능성도 있고, 막상 현실 앞에서 어려운 결정일 수도 있었다.

킬리언은 헤르메덴의 대주교와 '아나이스'에게 직접 청하는 서신을 보내 볼까 생각하기 시작했다. 와 주면 좋겠는데. 꼭 리에타 때문이 아니어도 악시아스에는 사제가 많이 필요해질 테니까.

이야기가 긍정적으로 풀린다면 리에타가 편지를 굳이 보낼 필요 없이 그 사제를 만날 수 있게 될 것이다. 하지만 괜히 먼저 말했다가 혹시라도 성사가 되지 않으면 리에타가 실망하게 될 것 같아 킬리언은 아직은 말하지 않기로 했다.

그냥 모른 척하고 있다가 얘기가 잘 풀린다면 불쑥 데려와 만나게 해서 깜짝 놀라게 해 주고 싶기도 하고……. 그러면 리에타의 편지가 엇갈릴 가능성이 있으려나. 킬리언이 물었다.

"길드 편에 편지를 전해다 줄 만한 용병이나 여행자를 알아봐 줄까?"

리에타가 고개를 저었다. "아뇨. 괜찮아요. 편지는 제가……."

"아직 훈련 중이긴 하지만 녹턴이 제법 멀리까지 갈 수 있게 되었는데, 빨리 가길 원한다면 그편으로 보내 보는 것도 나쁘지 않겠군."

까마귀 녹턴은 귀하신 몸으로 대우받고 있는 최정예 전령 새였다. 리에타는 깜짝 놀라 두 손을 내저었다.

"아뇨, 보내는 건 그 정도로 급하지는 않아요. 그런 것보다도……."

리에타가 머쓱한 듯 목덜미를 만지며 말했다.

"편지에 쓸 내용에 대해서 여쭤보고 싶은데요. 바깥에 영주님에 대해 어떻게 알려지길 원하시는지……. 제가 실수할 수도 있는 거니까요……."

아. 킬리언은 눈을 한 번 깜박이고 앞을 보며 대수롭지 않게 대답했다.

"그대 마음대로 해."

리에타는 난처한 얼굴이 되었다. 원래 이런 건 마음대로 하라는 게 제일 어려운 법인데……. 그때, 킬리언이 불쑥 던졌다.

"내 얘기를 쓸 건가?" 리에타가 얼떨떨하게 답했다.

"네……, 제 근황을 밝힐 거니까…… 아마……."

"뭐라고 쓸 건데?"

리에타가 머뭇거리며 그 질문을 그대로 돌려주었다.

"……뭐라고 쓸까요?"

킬리언이 싱겁게 웃었다.

"그걸 나한테 물으면 어떡해?"

리에타가 조심스러운 태도로 눈치를 보며 질문을 조금 구체화했다.

"……차갑고 냉정하신 분이라고 쓸까요?"

킬리언이 묘한 낯으로 눈썹을 살짝 찡그렸다.

"내가 그래?"

리에타는 혼란스러운 얼굴이 되었다. 바깥에 그렇게 알려지길 원치 않으시는 건가?

"……바깥에선 그렇게들 아니까……."

"바깥에선 내가 그대를 대단히 아끼는 걸로들 알 텐데."

리에타가 눈을 깜박이며 "아……." 소리를 냈다. 킬리언이 눈썹을 으쓱였다.

"뭐, 그대 맘대로 쓰는 거지만. 잘 지내고 있다고 전해주려던 것 아니었어? 그렇게 말하면 더 걱정하겠는데."

리에타가 머뭇거리며 말을 이었다.

"그럼…… 저한테만은 다정하신 분이라고……."

킬리언이 웃음을 터뜨렸다. 리에타는 괜히 민망해져서 얼굴이 붉어졌다. 변명처럼 더듬거리며 말했다.

"그, 그러니까……. 영주님께서 바깥에 대외적으로 보여주기를 원하시는 모습을 알려 주시면……."

"그냥 솔직하게 써." 킬리언이 웃음기 남은 얼굴로 말했다.

"어차피 그런 편지 하나로 뭐가 바뀌진 않아. 무섭다고 쓰면 역시 그렇구나 할 테고. 좋게 쓰면 겁에 질려서 편지도 솔직하게 못 쓸 정도로 무서운 사람이구나 할 테지. 그대 마음대로 써도 상관없어."

……그도 그렇네. 그래도 불안했다. 믿어 주시는 만큼 실수하고 싶지 않았다.

"그럼…… 쓰고 보여 드릴게요. 문제가 될 만한 이상한 점이 있는지 보내기 전에 검사해 주세요……."

킬리언이 쓰게 웃으며 다른 데를 보았다.

"검사 받을 필요 없어. 그대를 의심치 않는다."

아까보단 누그러진 태도였지만 유쾌해하진 않는 기색이었다. 자신의 편지를 검열하라는 것을 킬리언은 거의 모욕이라 받아들이는 것 같았다. 리에타가 뭐라 말하지 못하고 머뭇거리는 사이 킬리언이 말을 이었다.

"아까 말한 대로 밖에서 안으로 들어오는 서신은 내가 사정이 있어 확인하고 있지만 그대가 밖으로 보내는 건 검열할 생각 없어. 그대를 믿는다."

굳이 보내는 것과 받는 것, 둘 중 하나를 확인한다면 반대로 되어야 하는 것 아닌가? 리에타는 알 수 없었지만 어련히 뜻이 있으시겠거니 "네……." 하고 분부대로 끄덕였다.

"걱정되면" 킬리언이 툭 던졌다. "그냥 지금 뭐라고 쓸지 한번 말해 보지. 듣고 판단해 줄 테니까."

"……지금요?"

"응."

리에타는 영문을 모르는 얼굴을 했다. 킬리언이 운을 띄웠다.

"아나이스에게."

"……?"

리에타가 어리둥절한 얼굴로 바라보는 걸 마주보며, 킬리언이 편지의 서두를 열었다.

"보내 준 편지는 잘 받았어. 오랫동안 답장을 하지 못해서 미안해. …… 뭐 이렇게 시작하면 되려나?"

그가 산뜻한 얼굴로 말을 이었다.

"네가 들은 소문은 사실이 맞아. 난 세비타스를 떠나서, 악시아스에 정착했어. ……이런저런 일들이 있었지."

그리고 킬리언은 어깨를 으쓱하더니 리에타를 향해 턱짓했다. 뒤를 이어가 보라는 말이었다. 리에타가 얼떨결에 입을 열었다.

"……너무 걱정하지는 않아도 돼. 나는, 잘 지내고 있어. ……여긴 좋은 곳이야."

리에타가 머뭇거리며 그를 쳐다보았다. 킬리언이 소리 없이 웃으며 팔짱을 꼈다.

"……물가가 좀 비싸지만, 그만큼 일하는 값을 잘 쳐주는 곳이라서…… 지내기 나쁘지 않아. 세금이 그렇게 비싸지 않은 편이고……. 난 축성술사로 일하고 있어서 생활에 어려움은 없어."

킬리언이 만족스럽다는 듯이 싱긋 웃고 계속하라는 듯이 고개를 까닥였다. 리에타가 어색하게 눈동자를 굴리며 말을 이었다.

"여긴 악마도 없고, 역병도 없고, 살기 좋아. 마수들 때문에 위험할 줄 알았는데. 마수들은 용의 계곡에서 거의 나오지 않아. 위험한 일도 거의 없어. 도둑도 없고……. 이웃들도 친절하고……. 성 사람들도 정말 좋은 사람들이야……."

킬리언이 피식 하고는 손을 들어 중단시켰다.

"영지 얘기만 할 거야?"

리에타가 우물쭈물하며 킬리언을 올려다보았다. 킬리언이 작게 고개를 저으며 웃었다.

"편지로 정보원 노릇 할 필요 없어. 그대는 내 애첩이지 악시아스 홍보 대사가 아니니까."

리에타가 손가락 끝을 매만지며 아래를 보았다.

"……이, 이제 하려고 했어요."

……영주님의 애첩답게. 꿀꺽 마른침을 삼켰다.

"영주님은……." 고개를 들자 눈이 마주쳤다. "……좋은 분이셔."

거기까지 말하고, 리에타는 눈치를 보며 어색하게 그를 쳐다보았다. 킬리언은 슬쩍 웃으며 팔짱을 끼고 돌벽에 기댄 채 쭉 해 보라는 듯 가만히 기다렸다. 리에타는 손끝을 매만지다가 다시 바닥을 내려다보며 말을 이었다.

"……내 목숨을 구해 주셨고, 집도 주셨고, 생활비도 주셨고, 일자리도 주셨어."

잠깐 말이 끊겼다. 킬리언이 잠자코 있다가 불쑥 끼어들었다.

"그것뿐이었나?"

리에타는 꾹 입술을 다물었다가 도리도리 고개를 젓고, 다시 '애첩답게'를 되새겼다.

"……영주님이, 잘 돌봐 주셔."

킬리언이 피식 웃었다. 그리고 손을 뻗어 리에타의 머리로 떨어지려던 낙엽을 공중에서 잡아 주었다.

"드레스도 사 주시고, 목걸이도 사 주시고……. 성에서 머물게 해 주시고……. 말도 선물해 주시고…… 승마도 가르쳐 주시고…… 집에 마구간도 만들어 주시고."

……잘하고 있나? 슬쩍 킬리언을 쳐다보았다. 별다른 표정 없이 툭, 손가락을 튕겨 낙엽을 날려 보내며 킬리언은 눈썹만 한 번 으쓱했다.

"처음엔 나도 무서운 분인 줄로만 알았는데……. 꼭 그렇지만은 않아."

킬리언이 조용히 팔짱을 끼고 리에타를 쳐다보았다.

"나를 많이 걱정해 주시고……배려해 주시고……위해 주셔."

파드득. 새가 가지를 박차고 오르며 가지에 매달려 있던 이파리가 떨어졌다. 리에타는 그를 똑바로 보기가 어려워 연못 쪽으로 시선을 향한 채로 말을 이었다.

"……영지 사람들도 다들 그분을 좋아해."

"……."

바람이 연못에 떨어진 낙엽을 떠밀자 이파리가 수면에 길게 미끄러지며 파문이 일었다.

"나도……."

"……."

"……좋은 분이라고 생각해."

새파랗게 높은 하늘 아래 따스한 빛으로 물든 바람이 흘렀다. 킬리언이 물끄러미 리에타를 바라보았다. 묘한 미소를 띤 킬리언이 팔짱을 끼고 한쪽 턱을 괸 채 웃었다.

"그건 아닌 것 같은데."

……역시 애첩의 말이라기엔 너무 데면데면한 느낌인가? 리에타가 입술을 물고 약하게 웃으며 알겠다고, 정정하겠다는 의미로 반쯤 고개를 끄덕였다.

"……나도 그분을 좋아해."

"……."

침묵이 흘렀다. 마주 보고 있지 않은데도 시선이 느껴졌다. 그리고 낮게 웃는 소리.

"정말?"

리에타가 눈을 깜박이며 주춤 그를 올려다보았다. 킬리언이 그녀의 손을 잡았다. 손가락이 부드럽게 얽혔다.

"날 좋아해?"

리에타가 얼떨떨하게 그를 바라보았다.

"나는 좋아해."

울타리에 앉아 있던 이름 모를 새가 날아갔다.

"……익히 그대도 아는 바겠지만."

가을바람이 둘 사이를 스쳐 지나갔다.

리에타는 아무런 대답도 하지 못했다. 당황한 그녀를 물끄러미 바라보던 킬리언은 조용히 리에타의 손을 내려다보았다.

……작다. 검이나 무기를 다루는 사람이 아니니 그런 종류의 단단함이나 강인함, 굳은살 같은 것이 없는 것은 당연하겠지만, 유난히 연약하게 느껴지는 손이었다.

축성술사는 손에 흉터나 굳은살이 많이 생기는 직업이 아닌데도 그녀의 손에는 언제 생겼는지 모를 잔 흉터가 많았다. 그가 아는 상처도 있었다. 손가락의 끝마디와 손톱 부근에 남은 몇몇 희미한 흉터들은 킬리언을 만난 후에 생긴 것이었다.

그는 그것이 언제 어떻게 생긴 것인지 알고 있었다. 킬리언은 말없이 그것을 바라보았다. 타니아 성녀에게 치유 마법으로 치유를 받았음에도 손톱이 깨지며 생긴 상처들은 지워지지 않는 흉터가 되어 그녀의 반투명한 손톱 안에 희미하게 남아 있었다.

킬리언은 리에타의 손가락을 쥐고 그 흉터들을 가만히 쓸어 보았다. 그가 아는 상처도, 모르는 상처도 많은 여자였다. 킬리언은 깊어진 눈으로 가만히 리에타를 바라보았다. 리에타는 지금의 상황을 어색해하는 얼굴이었다. ……좋아한다고 말하고 싶어서 못 견디겠는데. 남들은 이걸 어떻게 참는지 모르겠군.

"……도망가지 마."

주춤 물러서려던 리에타가 멈칫했다. 킬리언이 고개를 기울이며 웃었다.

"나를 좋아한다며."

시선이 교차했다. 리에타가 잡힌 손을 꿈지럭거렸다.

"그건……."

리에타는 말을 잇지 못한 채 한동안 침묵하다가 슬그머니 시선을 피하며 어색하게 웃었다.

"좋은 주군이시니까요……."

선을 긋는 대답이었다. 그저 이대로 별다른 이야기도 아니었던 것처럼, 가벼운 장난으로 무마하고 싶다는 듯이. 킬리언이 살짝 웃었다.

"그래?" 그가 엄지손가락으로 그녀의 손등을 슥, 쓸었다.

"남자로는 별로?"

그저 손가락으로 손등을 쓸었을 뿐인데, 리에타의 얼굴이 새빨갛게 달아올랐다. 리에타는 잘게 떨리는 속눈썹을 들어 올려 그를 쳐다보다가, 생각보다 가까운 거리에 당혹스러운 듯 곧바로 어색하게 시선을 피했다. 킬리언이 작게 웃으며 손을 느슨히 잡았다.

"힘든 질문인가?"

리에타가 자기 발끝을 내려다보며 간신히 대답했다.

"……남자 여자, 그런 거 없을 거라고 하셨잖아요."

"그건 '기사가 되고 나면'이고. 아직은 아닌데."

리에타는 고개를 숙여 외면한 채 목덜미를 만지며, 바스라질 것 같은 목소리로 기어들어가듯 중얼거렸다.

"……놀리지 마세요."

담담한 목소리가 훅 파고들었다.

"이런 걸로 농담할 정도로 나 여유롭지 않은데."

리에타가 입을 다물었다. 그녀는 한참을 어찌할 바를 모르다 끝내 붉어진 얼굴을 아래로 떨구고는, 다른 손으로 꾹…… 그의 손을 밀어냈다. 킬리언은 억지로 붙들지 않았다. 리에타는 그를 외면하며 뒤로 반걸음 물러섰다. 리에타의 손이 빠져나간 그대로 킬리언은 빈손을 쥔 채 가만히 리에타를 바라보았다.

……이러지 말랬는데. '예의를 지켜라', '온화하게 행동해라'에 이어 '성급하게 말을 번복하지 마라', '부담을 주지 마라', '천천히 다가가라'까지 제 손으로 부숴 버렸다. 마지막으로 '남자로 어필하지 마라'까지. 부하들이 해 주었던 조언들은 모조리 무용지물이 되어 버렸다.

킬리언은 얕은 한숨을 내쉬며 웃었다. 어쩔 수 없다. 마음은 숨긴다고 숨겨지는 것이 아니었다. 킬리언은 정직하게 고했다.

"난 그대 생각보다 더 많이 그대를 좋아해."

예고도 없이 성큼 다가오는 꾸밈없는 고백에 리에타가 숨을 멈추었다. 킬리언은 담담하게 말을 이었다.

"요즘 자꾸 멍청한 소리만 하는 것 같아서…… 말하기가 무서운데."

그가 계속 두드렸다.

"나 지금 꽤 용기 내는 거거든."

킬리언이 한 걸음 다가왔다. 어렵게 반걸음 물러섰던 거리가 무용하게 좁혀졌다. 발끝만 내려다보느라 감히 쳐다보지 못하고 있는데도 그가 다가오는 게 느껴졌다. 손가락 끝이 떨렸다.

"나만 그런 거 아니지?"

"……."

"지금 나 혼자, 전혀 마음 없는 사람 괴롭히고 있는 거 아니지?"

철렁, 마음이 내려앉았다. 눈을 마주하고 있지 않은데도 붉은 눈동자가 느껴졌다. 그가 바라보는 시선이 너무 짙어 숨을 곳이 없다.

킬리언이 조금 느리게 손을 내밀었다. 킬리언은 가만히 리에타의 얼굴을 살피다가, 그녀의 손가락 끝에 자신의 손가락을 얽어 들어왔다. 한 개, 그리고 두 개. 리에타는 본능적으로 움찔했다. 잠시 틈을 두고 그의 목소리가 이어졌다.

"그날, 잘못 말한 게 많아."

느리게 세 번째 손가락이 맞닿았다. 온 신경이 피부가 닿은 부분으로 쏠려, 리에타는 어쩔 줄 모르고 붙잡힌 손을 내려다보았다.

"잠깐 가벼운 마음 아니야."

"……."

손가락이 얽혀 들었다.

"내가 이런 게 처음이라, 내 마음을 몰랐어."

강한 힘도 아니다. 그저 잡아당기면, 다시 손을 빼면 되는데. 손에, 그리고 목소리에 담긴 조심스러움이 리에타의 손을 꽉 붙들어 맸다. 달아나지 못한다. 리에타는 차마 뿌리치지도, 고개를 들지도 못했다.

그가 조금 더 다가왔다. 에스코트하듯 가볍게 들어 올려진 손이, 그의 단단한 가슴에 닿는 게 느껴졌다.

"나 좀 봐."

콩. 킬리언이 리에타의 이마를 자신의 이마로 살짝, 건드렸다. 얇은 옷 너머로, 그러쥔 손에 묵직한 심장 고동이 잡힐 듯 느껴졌다. 흠칫 고개를 들자 붉은 눈이 곧게 그녀를 바라보고 있었다.

"아직, 시간이 필요한 거면."

"……."

"그러면 내가 기다릴 수 있거든?"

꾸밈없이 부딪혀 오는 마음이 버거워 숨이 막혔다. 고개를 숙여도, 눈을 감아도 달아나지지가 않는 눈빛이 가슴을 두드렸다. 리에타는 아득하게 멀어져 가는 발밑을 바라보았다. 서늘하고 다정한 목소리가 계속 귀를, 심장을 울렸다.

"내가…… 그대를 기다려 봐도 되나?"

킬리언이 잡은 손을 엄지손가락으로 조심스레 쓸어 보며 말을 이었다.

"그대 마음이 열리길 기다리면서…… 노력해 봐도 되나?"

손에 잡힐 듯한 심장의 고동에, 가슴 속 무언가가 걷잡을 수 없이 무너져 내렸다. 조각조각 부서지고 있는 것은 성벽인가, 그 안의 심장인가. 목이 졸린 듯 숨이 막혀 있던 리에타는 최후의 보루처럼 사랑했던 사람의 이름을 입에 담았다.

"저한텐 제이드밖에 없어요."

그러나 이미 아는 바였다. 킬리언에게 그의 이름은 장애물이 되지 않았다. 그가 웃었다. 무어라 정의할 수 없는 애틋하고 다정한 미소였다.

"오래 걸려도 괜찮아. 나는 기다릴 수 있어."

리에타가 절박하게 고개를 내저었다.

"기다리지 마세요. 보답해 드릴 수 없어요."

킬리언이 잠자코 그녀의 얼굴을 바라보았다. 하늘색 눈이 그를 마주 보지 않는다. 그녀는 어딘가 내몰린 얼굴이었다. 킬리언이 잠깐 말을 멈추고 가만히 리에타를 쳐다보며 말했다.

"지난번에도 생각했는데……."

킬리언이 찬찬히 리에타의 얼굴을 살폈다.

"왜 그렇게 겁에 질린 얼굴을 해?"

리에타가 굳어진 안색으로 입을 다물었다.

"혹시 내가 무서워?"

리에타는 대답하지 못했다. 킬리언이 리에타의 손을 조심스럽게 고쳐 잡았다. 엇갈려 쥔 손가락을 풀고 리에타의 손을 제 손바닥 위에 올린 채 엄지손가락으로만 감싸 쥐었다. 담백한 접촉이었다.

"그대가 날 신뢰하고 있다는 걸 알아."

킬리언이 다짐하듯 고개를 숙이고 리에타의 손등을 감싸 쥐었다.

"그 신뢰에 걸어봐 주면 안 되겠나."

옷 너머로 묵직한 심장 고동과 함께 그가 미소 지었다.

"믿어도 돼. 강요는 없을 거야."

그녀가 신뢰하는 목소리였다. 그녀를 안심시키는 미소였다. 리에타가 가늘게 몸을 떨었다. 차라리 강요였으면, 차라리 그냥 하룻밤 취하겠노라, 그러니 너를 바치라 하셨으면.

속절없이 기울어 가는 마음이 끔찍하다. 잘 지켜 내고 있는 줄 알았는데. 다정한 목소리가 가만가만 이어졌다.

"기다리게 했다고 책임지라고 안 해. 그냥 내 마음이 그렇구나, 알고만 있어."

그가 고개를 숙인 채 나긋하게 속삭였다.

"그냥 내가 좋아서 기다리는 거니까. 내가 어떻게 하는지 지켜보기만 해."

작은 숨결에도 해일이 인다. 모든 걸 다 쓸어가 버릴 것처럼. 괜찮았는데, 괜찮은 줄 알았는데, 마음이 마음을 배신한다. 킬리언이 미소 지었다.

"그리고 언젠가 기분이 내키면, 나에 대해 한 번 진지하게 생각해봐 줘."

제이드, 나 어떡해.

"조금은…… 나를 좋아하는지 어떤지."

엄마, 나는 어떡하면 좋아요. 킬리언은 이마를 맞댄 채, 가슴에 댄 손을 조금 끌어당기며 미소했다. 내가 더 좋아지게 할게. 지금은 이 정도로 괜찮아. 리에타가 아슬아슬한 숨을 뱉어 내며 꾹 눈을 내리감았다.

"……저 같은 것보다 어울리는 분이 있으실 거예요."

킬리언은 그녀의 말이 마음에 들지 않는 듯 눈을 찡그리며 웃었다.

"내가 좋아하는 건 그대인데."

리에타가 그의 말을 부정하듯 고개를 저었다.

"저는 평민이고요……. 과부고요. 아이까지 있었고요."

목소리가 떨려 나왔다. 그는 물러서지 않았다.

"내가 좋아하는 건 그대라고 말했다."

그게 뭐 어때서, 반박하는 말조차 없다. 리에타의 여린 하늘색 눈동자가 흔들렸다. 킬리언은 어느 정도는 자신하고 있었다. 지금은 극복하기 힘든 상처와 그리움에 가로막혀 힘겨워하고 있지만, 아직 마음의 준비가 되지 않았을 뿐이라고. 아직 불안해하고 있지만, 저 높은 성벽 너머엔 자신에 대한 마음도 없지 않다고. 리에타가 언젠가는 상처를 딛고 일어서서 자신을 마주 봐 주리라고 생각했다.

"리에타."

킬리언이 달래주듯 리에타의 목덜미와 뺨을 감싸고 고개를 들게 했다.

"나한테 기회를 줘."

눈이 마주치고, 바스락대는 바람결에 머리카락이 흩날렸다. 얼굴 앞에서 흔들리는 머리카락을 정리해 주며 킬리언이 웃었다.

"그대를 낫게 해 주고 싶어."

리에타는 뭐에 한 대 얻어맞기라도 한 듯 망연한 얼굴로 그를 쳐다보았다. 이름 모를 새의 날갯짓 소리, 정처 없는 바람 소리. 매미 소리 사라진 자리에 들어선 나뭇잎 버스럭거리는 소리가…….

그리고 그의 얼굴이 가까워졌다. 흠칫 어깨가 떨렸다. 놀랄 틈도 없이 벌어진 일이었다. 따뜻하고 부드러운, 조금은 메마른 감촉.

스치듯 닿았을 뿐인데, 온몸이 벼락이라도 맞은 듯 깨어나며 발끝까지 저릿한 감촉이 내달렸다. 닿을 때는 아무 소리도 없었던 메마른 입술이, 떨어질 때는 촉, 물기 어린 소리를 남기며 멀어졌다. 넋이 나간 리에타가 망연히 손등으로 입술을 가렸다. 킬리언이 가만히 이마를 맞댄 채 속삭였다.

"나를 좋아해라." 그가 다정하게 웃었다. "내가 치유해 줄게."

리에타의 눈이 크게 흔들렸다. 그의 손이 닿아 있는 목과, 뺨을 통해 전해져 오는 짙은 사람의 온기. 깊어진 눈에 담긴 애틋한 연정은 숨겨지지 않았다.

리에타가 멍하니 그를 올려다보았다. 순간, 당황한 킬리언이 몸을 굳혔다.

"왜 그래."

또다시, 머저리 같은 말이 튀어나갔다. 후두둑. 손등 위에 뜨거운 것이 떨어졌다. 당황한 킬리언이 입을 딱 다물고 어쩔 줄 모르며 리에타의 뺨에 흐르는 눈물을 다급하게 훔쳐 냈다.

"울지 마."

말까지 더듬었다. 그렇게 당황한 적이 있었을까. 킬리언은 안절부절못하며 리에타를 달래느라 어찌할 바를 몰랐다.

"내가 미안."

킬리언은 한참을 헤매었다. 저를 달래지 못해 어찌할 바를 모르는 서툴고 다정한 사람의 목소리를 들으며, 리에타가 두 손으로 제 얼굴을 가렸다.

선인장밖엔 살 수 없다 생각했던 황량한 땅에 거짓말처럼 뿌리내린 교목 같은 사람이었다. 크고 넓은 사람이어서, 그 너른 그늘 아래서 지친 몸을 쉴 수 있었다.

무심히 그 자리에 서 있기만 하는 듯했던 그 나무가 언제부턴가 저를 바라보고 있었다. 가지를 내려 비와 바람을 막아 주고 있었고, 힘들어할 때 어깨 위를 쓸어 주고 있었다.

바라보니 그 웃음 안에는 푸석하게 마른 잎이 가득했다. 황량하기만 한 나무 같던 사람이 여러 가지 따스한 색으로 물들어 있었다.

사랑하는 아나이스.

오랜만이야. 오랫동안 편지를 보내지 못해서 미안해. 신년 인사 편지랑 선물을 동봉한 편지 포함해 세통 모두 최근에야 받게 돼서 이제야 답장을 보내.

많이 걱정했을 것 같아서 미안. 이 편지가 빨리 도착해서 네 걱정을 조금이라도 덜어 줄 수 있었으면 좋겠다.

"리에타."

"네."

"잠깐 이리로."

다가간 리에타에게, 킬리언이 불쑥 꽃을 내밀었다. 한 아름의 코스모스였다. 멈칫한 리에타가 경계하는 낯빛으로 쳐다보자 킬리언이 말했다.

"신성력으로 정화한 땅에서 자란 건데, 상태가 어떤지 한번 살펴봐."

자신이 착각했다는 걸 깨닫고 당황한 리에타가 얼른 두 손으로 꽃을 받아들었다. 훅 향기가 끼쳤다. 두 팔 안에 한가득 안아 든 꽃을 살피는데 킬리언이 싱긋 웃었다.

"거짓말인데."

"……."

킬리언이 리에타의 머리를 슥, 쓰다듬고 스쳐 지나가며 말했다.

"그냥 생각나서 꺾어 왔어."

어디부터 이야기를 해야 할까. 아나이스, 네가 들은 소문이 어떤 건지 나는 정확히 모르겠지만 내가 더 이상 세비타스에 없다는 것과 혼자가 됐다는 내용이라면 전부 사실이야.

난 혼자가 됐고, 내가 큰 어려움에 처해 있을 때 악시아스 대공 전하께서 날 거둬 주셨어. 난 그분을 따라 세비타스를 떠나서 악시아스에 정착했어.

리에타는 물끄러미 책상 위에 놓인 코스모스를 쳐다보았다. 리에타는 그날 이후 매일 매일 꽃을 받았다. 침실에서 자고 올라오면 드레스룸에, 하루의 일과를 마치고 내려가면 침실에 숨래잡기하듯 꽃이 놓여 있었다.

때로는 한 송이. 때로는 몇 송이. 때로는 한 아름씩. 누가 보냈다는 이야기는 없었지만 알 수 있었다. 뻔한 일이었다.

여긴 지내기 좋은 곳이야. 이주해 온 사람에 대한 편견이나 텃세가 없고 평민이 살기에도 정말 괜찮은 곳이거든. 세금이 비싸지도 않고 치안도 좋은 편이야. 처벌이 엄하지 않은데도 도둑과 걸인이 없다는 게 믿어져? 마수들의 땅이라고 해서 위험할 줄 알았는데 그렇지도 않더라. 영지에 잠깐 역병이 돌았었지만 지금은 괜찮아졌고…….

아, 나 타니아 성녀님도 만났다? 역병이 돌 때 마침 근처 사원에 계시다가 도와주러 오셨지 뭐야. 성녀님은 정말, 정말, 정말로 멋진 분이셨어. 아나이스도 만나 봤으면 정말 좋았을 텐데. 곁에서 봉사하게 해 주셔서, 얼마나 영광스럽고 행복했었나 몰라.

킬리언이 리에타의 머리카락을 쥐어 올리고 코를 묻은 채 숨을 들이마셨다.

"꽃 냄새가 나."

"……네, 영주님 덕분에요."

킬리언이 무슨 말인지 모르겠다는 듯 어깨를 으쓱하며 시치미를 떼었다. 리에타가 작게 한숨을 내쉬었다. 리에타는 아직 한 번도 보지 못했지만, 손수 꽃을 꺾어 들고 돌아다니는 킬리언을 보았다는 목격담이 사방에서 쏟아지고 있었다. 방에 꽃이 가득하니 더 이상은 보내 주지 마시라 말해 봤지만 소용이 없었다.

"……말린 꽃에 축성을 해서 친구들에게 선물해도 될까요?"

반쯤 체념한 물음에 킬리언이 싱긋 웃었다.

"그대 좋을 대로 해."

아직 이곳의 겨울을 겪어 보진 못했지만 북방이라고 그렇게 춥지만도 않더라. 조금 선선한 편이긴 한데 여름은 똑같이 더웠어. 겨울의 혹한기는 많이 춥다고 하던데, 아직은 모르겠어. 내가 겪어 보지 못해서 그럴 수도 있긴 해.

"북쪽은 춥다고 들었는데, 막상 지내 보니 그렇게 춥지만은 않네요."

킬리언이 피식 웃었다.

"겨울이 오면 생각이 바뀔걸."

리에타가 눈을 깜박였다. "그런가요?"

킬리언이 살짝 눈썹을 찡그리며 고개를 까닥였다.

"아아. 북방의 겨울은 혹독하니까. 난 겁도 없이 용의 계곡에서 첫 겨울을 나면서 얼어 죽을 뻔했었어."

킬리언이 약한 소리 비슷한 것을 하는 걸 처음 본 리에타는 조금 놀라 쳐다보았다. 킬리언은 계곡에서 조난당해 죽을 뻔했던 이야기, 마수를 잡아 가죽을 벗겨 입고 간신히 동사를 면했던 이야기를 해 주었다.

담담하게 정제된 그의 고생 이야기를 들으며 리에타는 킬리언이 처음부터 성의 권좌 위에 앉아 있었던 것은 아니라는 걸 새삼스레 깨달았다. ……영주님도 많이 고생하셨구나. 이야기를 이어 가던 킬리언이 문득 멍하니 쳐다보며 경청하는 리에타를 보고 어깨를 으쓱했다.

"재미도 없는 얘길 한참 했네. 사냥하고 동물 가죽 벗기는 게 썩 듣기 좋을 얘기도 아닐 텐데."

리에타가 얼른 고개를 저었다.

"아니에요. 도움이 많이 되었어요. 방심하지 않고 준비해 둘게요."

때마침 서늘한 바람이 휘잉 불어 리에타의 머리카락을 날렸다. 슬쩍 웃은 킬리언이 리에타의 어깨에 폭, 망토를 감싸듯 둘러 주며 말했다.

"내가 있는데 뭐가 걱정이야."

난 여기에서 축성술사로 일하고 있어. 영주님이 많이 신뢰해 주셔서 그 외에도 많은 일을 맡겨 주고 계시고……. 친구들도 많이 생겼어. 몸은 멀리 있어도 항상 마음은 함께하는 아나이스도 있고.

"좋은 사람 있을 때 잡아."

페닐 아주머니의 말에 리에타가 눈을 깜박였다.

"……예?"

아주머니가 팡, 빨래를 털어 널며 지나가듯 말했다.

"자기는 아직 젊잖아."

자기도 모르게 저편에서 서성이고 있는 킬리언에게 시선이 갔다. 그는 자신이 지난번 만들었던 마구간을 살피며 가볍게 보수하고 있었다. 리에타는 황급히 시선을 거두었다. ……미쳤어. 어딜 보는 거야.

그냥 원론적인 얘기일 것이다. 설마 영주님을 두고 하는 말씀일 리가 없는걸. 리에타는 황급히 바구니에서 빨래를 꺼내어 주섬주섬 털었다. 페닐 아주머니가 힐끔, 리에타가 바라봤던 방향을 곁눈질하고 다시 빨래 바구니로 몸을 숙였다.

"저만한 남자가 애달아 있는데, 내가 자기랑 몇 달만 더 알았으면 미쳤다고 뭘 망설이냐고 등 떠밀었을걸…….”

아무렇지 않게 던져진 아주머니의 말에 리에타의 얼굴이 얼떨떨하게 굳어졌다.

“영주님이 몇 달을 못 기다리고 휘딱 낚아 가시는 바람에, 아줌마 오지랖에도 우리 사이가 그래도 되는 사이인가 고민하게 되어서 가만히 입 다물고 있는 거지…….”

“…….”

페닐 아주머니가 허리를 펴 몸을 일으키며 구겨진 빨래를 펼쳤다.

“왜 여태 지지부진하고 있어? 자기도 언제까지고 그렇게 살 수는 없잖아.”

리에타는 멍하니 아주머니를 쳐다보고 있다가 물었다.

“……어떻게 아셨어요?”

아주머니가 호호 웃었다. “딱 보면 알지. 그런 사이 아닌 거.”

리에타가 당황했다. 내가 너무 연기를 못했기 때문인가?

“……많이 티가 나나요?”

아주머니가 웃으며 손사래를 쳤다.

“자기는 괜찮아. 영주님이 아주 애달은 티가 나서 그렇지.”

리에타의 얼굴이 벌게졌다. 페닐 아주머니의 말이 잔잔하게 이어졌다.

“아직은 이르다, 뭐 그런 식으로 생각할 건 이해하는데. 스스로 행복하면 안 된다거나, 그게 죄스럽다는 생각은 하지 마. 그건 스스로를 해치는 생각이니까.”

팡, 여름 이불을 털어 널며 아주머니가 말했다.

“가끔씩은 마음이 시키는 대로 해도 돼.”

리에타도 말없이 빨래를 널었다. 빨랫줄에 널린 시트에 쨍한 가을볕이 쏟아졌다. 한마디 더 사족이 붙었다.

"나쁘게 안 하실 거야. 우리 영주님 괜찮은 분이셔."

리에타가 약하게 웃었다. ……알아요, 저도.

리에타는 편지지 위에 놀리던 손을 멈춘 채 종이에서 깃펜을 떼고 가만히 앉아 있었다. 잉크를 먹인 후 시간이 지나 습기가 말라 버린 촉은 무용지물이 되어 있었다. 그대로 한동안 앉아 있다가, 다시 잉크를 먹였다.

영주님은

거기까지 쓴 채 리에타는 다시 손을 멈추고 물끄러미 편지지를 내려다보았다. 영주님은…….

"다음 주에 수확제 구경 가겠나?"

킬리언이 불쑥 나타나 물었다. 리에타가 눈을 깜박이며 반문했다.

"……수확제요?"

"그대가 바빠서 축제 구경을 못 갈 거라고 했다던데. 내가 그 정도로 그대를 혹사시키고 있었나?"

리에타가 황급히 손을 내저으며 더듬더듬 답했다.

"아, 아뇨. 괜찮아요. 그런 뜻으로 한 말도 아니었고……."

킬리언은 리에타의 말을 듣지 않았다.

"하루 놀자. 사람이 일도 좀 쉬면서 해야지."

"바로 얼마 전에도 쉬었는걸요. 괜찮아요."

"수확제는 좀 남았어."

"그렇게 자주 쉬지는 않아도 돼요. 바쁘기도 하고, 저 그렇게 피곤하지 않……."

"나는 하루도 못 쉬었는데."

리에타가 그만 입을 다물었다.

"혹시 누구 다른 사람이랑 선약이 있어?"

"그……, 그런 건 아닌데."

"그럼 나하고 가지."

리에타가 머뭇거렸다. 킬리언이 웃었다.

"지난번에 못다 한 데이트 하자."

리에타가 멈칫하며 킬리언을 쳐다보았다. 킬리언이 뻔뻔하게 말했다.

"내가 맡겨 둔 데이트 하나 있는 걸로 기억하는데."

리에타가 멍청하니 그를 쳐다보며 눈을 깜박였다.

"……아."

비가 와서 무산되었던 그 날의 벌…… 안 한 건가, 데이트? 생각해 보니 그날 킬리언은 노동만 했었다. 킬리언이 리에타를 보고 싱긋 웃었다.

"다른 약속 잡지 마. 나랑 가기로 한 거야."

"……영주님."

"이건 키스 아니고 축복."

킬리언은 그녀의 말을 듣지 않은 채, 태연하게 리에타의 이마에 입 맞추더니 도망가 버렸다.

몇 번이나 종이에 깃펜이 닿으려다, 떨어지기를 반복했다.

영주님은

킬리언의 이야기를 쓰려고 몇 번이나 깃펜 끝에 잉크를 다시 먹였지만, 글씨를 쓰지 못한 채 오랜 시간이 지나자 촉끝이 말라서 갈라지고 있었다. 리에타는 킬리언에 대해 단 한 글자도 쓰지 못했다.

선물 받은 꽃들이 쌓여 가며 리에타의 방에는 화병이 하나둘 늘어 갔다. 테이블 위와 책상 위, 창가와 문 옆에 화병이 놓이고도 쌓여 가는 꽃들이 주체할 수 없이 넘쳐 나기 시작했다. 꽃들은 시들기 전에 예쁘게 말려 벽에 장식했다. 드레스룸과 침실은 점점 꽃으로 가득 차기 시작했다.

'강요는 없을 거야. 그대가 다 낫고도 내가 그대 마음에 차지 않으면, 그때 거절하면 돼.'

'그대의 신의를 배신하는 일은 없을 테니.'

"……후우."

손목에 난 작은 생채기에 치유 마법을 써 보던 리에타는 여전히 차도가 없음을 알고 한숨을 내쉬었다.

'나를 좋아해라. 내가 치유해 줄게.'

문득 벽에 걸려 예쁘게 마른 꽃다발을 바라보니 불쑥 떠오르는 목소리가 있었다.

'리에타, 나……. 리에타라면…… 영주님을 양보해도 좋아요.'

작게 바람 빠지는 듯한 웃음이 나왔다. 동시에 눈물이 날 것 같았다. ……안나. 평안한가요? 그곳은 좋은가요? 당신도, 내가 사랑했던 사람들도…… 그곳에 잘 있나요? 아델도…… 제이드도…… 엄마도.

안나. 나는 무슨 삶을 바라 여기에 남아 있는 걸까요.

'자기는 아직 젊잖아. 가끔씩은 마음이 시키는 대로 해도 돼.'

멋진 책상. 따스하게 타는 벽난로. 바닥에 깔린 아름다운 융단. 고급스러운 침대. 리에타는 갑자기 그 모든 것이 막막해졌다.

고마워. 아나이스. 네 편지를 받고 많이 의지가 됐어. 걱정 끼쳐서 미안해. 믿기 어렵겠지만 난 잘 지내고 있어. 만나면 하고 싶은 얘기가 정말 많아. 어려운 일은 아무것도 없어. 나는 정말 잘 지내고 있거든. 부디 너도 건강했으면 해.

킬리언의 침실. 홀로 들어와 축성을 마친 리에타는 침대 옆 마룻바닥에 기사의 맹세가 남긴 검의 흔적을 물끄러미 바라보고 있었다.

바뀔 것은 없다. ……결국 다 내게 달린 일. 침대 옆에 웅크리고 앉은 리에타는 무릎 위에 턱을 괴고 물끄러미 칼자국을 바라보다가 손을 뻗어 그것을 쓰다듬어 보았다. 깊고 단정한, 검이 꽂혔던 자국. 마룻바닥에 새겨진 맹세의 흔적은 단호하고 매끄러웠다.

……다 내게 달린 일.

너무 염려하지 않아도 돼. 벌써 일 년이 다 되어 가는 일이고, 나는 잘 이겨 내고 있으니까. 그냥 이전처럼 웃어 줬으면 좋겠어. 고맙고 미안해.

문득 마룻바닥을 바라보는 리에타의 표정이 심각해졌다. ……난 바닥에 뭘 꽂아야 하지? 영주님께서 검을 하사해 주실까? 검을 주신다면 내 힘으로 바닥에 그걸 꽂을 수 있을까? 리에타는 근심 어린 얼굴로 마룻바닥을 만져보았다.

잠깐만. 이 마루……. 르나하산 오크 나무인가? 엄청 단단해 보이는데……. 꼭 바닥에 검을 꽂아야만 기사가 되는 줄 아는 리에타는 걱정스레 무릎을 대고 앉아 견고한 마룻바닥을 힘주어 쓸어 보았다. 밀도 높은 바닥은 딱딱했다.

칼자국이 있는 근처도 꾹꾹 눌러 보았다. 바늘 하나 들어갈 틈도 없다. 눌리거나 벌어지는 느낌조차 없었다.

갑자기 걱정스러워졌다. 검을 못 꽂으면 어떻게 되는 거지? 기사의 맹세를 못 하면 기사는 못 되는 걸까? 지젤에게 물어봐야 하나?

엄숙한 기사의 맹세 도중 볼품없이 검을 놓치고 마는 제 모습을 상상한 리에타가 창백해졌다. 삐끗한 손에서 떨어진 검이 딱, 데구르르…… 바닥을 굴러가 버리는 모습이 눈앞에 선하게 그려졌다.

순간 리에타의 머릿속에 킬리언이 낮게 웃는 소리가 스쳤다. '그대, 정말 이 쪽에는 재능이 없군.' 저도 모르게 움찔 고개를 돌려 뒤를 돌아보았다.

"……."

아무도 없다. 당황한 리에타는 얼굴을 굳힌 채 입을 꾹 다물고 있다가, 고개를 확 저어 그 목소리를 떨쳐 버렸다.

마른 가지에 바람처럼 2

1판 1쇄 발행 2019년 12월 13일
신판 3쇄 발행 2022년 12월 1일

지은이 달새울
펴낸이 김영곤 **펴낸곳** (주)북이십일 아르테
아르테본부 웹콘텐츠팀 배성원 강혜인
마케팅1팀 배상현 이보라 한경화 김신우 **디자인** 박숙희
출판마케팅영업본부장 민안기
출판영업팀 최명열 **제작팀** 이영민 권경민

출판등록 2000년 5월 6일 제406-2003-061호
주소 (우 10881) 경기도 파주시 회동길 201(문발동)
대표전화 031-955-2100 **팩스** 031-955-2151

ISBN 978-89-509-9428-0 04810

아르테는 (주)북이십일의 문학 브랜드입니다.

(주)북이십일 경계를 허무는 콘텐츠 리더

아르테 채널에서 도서 정보와 다양한 영상자료, 이벤트를 만나세요!
페이스북 facebook.com/21arte **블로그** arte.kro.kr
인스타그램 instagram.com/21_arte **홈페이지** arte.book21.com

• 책값은 뒤표지에 있습니다.